U0606225

图 1　1993 年 8 月，作者北越秦岭到内蒙古大沙漠考察土地沙化情况

图 2　1994 年 5 月，作者赴重庆调查耕地撂荒情况

图 3　作者在不足 4 平方米的角楼里写完《啊，国土》文稿

图 4　1993 年 10 月 29 日，《啊，国土》研讨会在成都召开

王治安文集（第一卷）

当代中国生态解密

DANGDAI ZHONGGUO SHENGTAI JIEMI

土地卷

王治安 著

中国农业出版社
农村设物出版社
北京

读王治安的作品，让你坐立不安

（代序）

高旭国　闫慧霞

王治安（1936—），男，汉族，四川省剑阁县人。1964 年毕业于西南大学马克思主义学院哲学专业。历任四川日报社科教部副主任，文艺副刊部编辑、高级记者、当过兼职律师。为中国作家协会会员，巴金文学院创作员，中国散文与旅游文学研究会理事，中国人口文化促进会理事、四川省记者文学艺术研究会理事、公安部新闻高级专业技术资格评审委员会委员、四川省大熊猫生态与文化建设促进会会员。

王治安从 20 世纪 70 年代开始发表文学作品，著有长篇报告文学“人类生存三部曲”（《国土的忧思》《靠谁养活中国》《悲壮的森林》）《拥挤的地球村》《三峡大移民》《希望在中国》《中国缉假行动——形形色色的假酒案》《熊猫苦难的日子》《轰天绝唱——〈收租院〉泥塑奇观》《收租院奇案》《世纪之交·谁主俄罗斯》、长篇小说《人生一万八千日》、报告文学集《生活没有梦幻》、散文集《唤醒大地》、电视文学剧本集《血祭黄土地》，还出版有评论集《生态文学拓荒者——王治安研究》等 20 多部，共计 600 多万字。

王治安的文学成就主要体现在生态报告文学的创作上，其“人类生存三部曲”厚积薄发、力透纸背，在改革开放以来的生态报告文学创作中占有重要的一席之地。王治安的生态报告文学多次获奖，包括中国人口文化奖、“中国潮”优秀报告文学奖、中国新闻奖、四川省文学奖、成都市“金芙蓉”文学奖等。

一、土地、粮食、森林、人口等人类生存问题的生态聚焦

“人类生存三部曲”的第一部《国土的忧思》(原名《啊，国土——忧患的警钟》) 于 1992 年出版，第二部《靠谁养活中国》于 1997 年出版，第三部《悲壮的森林》于 1999 年出版。三部曲的写作从 1990 年到 1999 年，整整用了 10 年的时间。作者为表现好土地、人口、粮食、环境等关乎人类生存的重大主题，“不辞辛苦跑遍全国，走访了数以千计的有关土地、人口、林业的管理人员和教授、专家，以及工人、农民和市民，收集了大批素材，创作出 72 万字的长篇报告文学。”①

三部曲以探讨人类生存生态问题为题旨，相互之间既有联系，又各自有所侧重。

《国土的忧思》是国内第一部揭示人地矛盾，反映吞噬土地与捍卫土地之争的长篇报告文学。

作品开篇即列举近些年来风行全国各地的“圈地风”、“土葬风”和大企业向大城市密集、林区大肆砍伐森林树木等破坏人类生存生态的不良现象，从而引出由于人口剧增，土地锐减所造成的日趋严重的人多地少的矛盾冲突。不仅四川人满为患，中国人满为患，整个世界也是人满为患。1990 年联合国公布的数字是：当年全球人口 53 亿，到 2000 年将达到 62.5 亿，到 21 世纪末将达到 142 亿。眼下，全球每一天诞生婴儿 25 万，中国每一天诞生婴儿 6 万，占到了全球的 1/4。

人口剧增带给人类社会的三大危机是：耕地不足、粮食匮乏和温室效应加剧。

人地矛盾的问题在中国是最为严重的。中国虽然在人口上占到了世界的 22%，可耕地面积只占到了世界的 7%。若以人均耕地面积计算，中国只占有世界平均水平的 1/3，而美国则达到中国的 7 倍，中国人均耕地面积在世界排名第 67 位，在 5 000 万以上人口的国家和地区中排名倒数第二位。再看看国内的纵向比较，近 30 年来，国土减少了 2.8 亿

① 王晓：《“人类生存三部曲”荣获多项大奖》，《作家文汇》2006 年第 6 期。

亩[①]，相当于一个法国的面积。新中国成立以来，年均减少耕地 700 万亩，等于一个北京市。近些年，年均减少耕地 800 万亩，相当于一个青海省的耕地面积。1957 年的时候，中国人均耕地面积尚有 2.8 亩，但现在只剩下 1.4 亩，也就是说只剩下原来的一半。如果按照 1982—1985 年减少的幅度计算（每年减少耕地 1 138 万亩），那么，50 年后，中国的人均耕地面积将会再减去一半，只有 0.7 亩了。土地的减少必然带来粮食产量的减少，从 1987 年开始，中国重又变成了粮食进口国，并由此产生“连锁反应”，导致原材料、机械和原油等进口量的扩大和增加，而这势必会成为制约中国经济发展的瓶颈。从理论上讲，中国承载人口的总量是 15 亿～16 亿人，可据专家推测，到 2050 年中国人口就将达到 17 亿，超载 1 亿～2 亿……

在行文中，作家查阅、援引了一组组令人触目惊心的人地矛盾的数据、资料，穿插到他所叙写的同样触目惊心的一桩桩具体的人地矛盾的事件和案例当中，相互对照印证，既有报告的纪实性，又有政论的论证性，因而具有雄辩的说服力和强烈的视觉冲击力。

在反映吞噬土地与捍卫土地这场特殊的矛盾斗争中，作者走出书斋，深入到城市和农村的各个角落，一方面深刻地揭示和无情地鞭挞非法占地，违法谋地，抗法赖地等社会怪现象，另一方面则满腔热忱地弘扬、讴歌和礼赞那些坚守在国土战线上的忠于职守，秉公执法，不徇私情的好人好事。

从 20 世纪 80 年代中后期到 90 年代初期，是中国土地管理非常混乱的时期，农村耕地流失失控，城市土地交易失控，官员和单位利用职权占地也失控，商人、个体户以及无业游民等以各种形式倒卖土地更是失控，全国各地有关土地纠纷的事件和案子堆积如山，层出不穷。以四川省为例，仅 1982—1986 这 5 年时间里就发生违法占地案件 105 万起，良田沃土被侵占吞噬 79 万亩，相当于一个中等县的规模。

在形形色色的违法占地案件中，最难处理的是手中握有一定权力的各级领导干部。四川省一年之内就发现各级领导干部非法建私房 24 575 户。成都市在半年的时间里就查出共有 2 088 名干部占地建私房，其中

① 1 亩≈667 平方米，下同。

被确认违法违纪者668名。在县级单位，各类违法占地建私房案件五花八门，难以详细统计。如A县，先后有81个单位、590户干部在附近郊区的三个村强征硬夺耕地共计478.6亩，结果导致这三个村耕地面积大幅度减少，人均耕地面积最多的才达到0.986亩，最少的则少到了0.038亩，更有164户村民被剥夺得无立足之地。与之毗邻的B县，也在近郊违法占地，一年内建私房347户（其中干部占1/5），同时各单位均采取“少批多占”的战略，如县电力公司批地2.8亩，实占6亩；县药材厂批地2.8亩，实占5亩；县人大、政协、老干局、多经局、财政局、林业局等44个单位共批地184亩，实占300多亩。最有代表性的还是石柱县的领导干部，包括县人大常委会主任、副主任、县委副书记、县委顾问、县委组织部长、国土局长、民政局长、人事局长、公安局长、教育局长在内的53位领导干部，在县城违法占地修建一条“华尔街”，为自己盖起一幢幢豪华气派的小洋楼。与此形成鲜明对照的是，那些失去了土地和家园的农民无田可种，无家可归，呼天不应，呼地不灵。在走投无路的情况下，有些农民干脆铤而走险，背起炸药包要去炸市委大院……

在树立正面、先进的典型方面，好的地区、好的单位有大邑县、宜宾市、广元市、达县市。其中的大邑县委和县政府的领导班子最具代表性，他们在全省率先把土地管理科设立在县纪委部门当中，并在各乡镇增设土地管理员，实现全县土地管理网络化。他们还在成都市各县区中率先成立了国土局，实现了土地管理的机构、班子、人员“三到位”。在国土战线上涌现出的一批先进模范甚至英雄人物当中，有“抓土地管理上了瘾”的“绿林好汉”——大邑县委书记梁恩玉，有“一身正气，两袖清风”的宜宾市国土局局长余凤冀、童世明，有一身豪气、在全川第一个扯起旌旗向土地交易“隐形市场”发起进攻的乐山市国土局局长薛万才，有高悬“说情簿”、被誉为“土地包公”的合川县国土局局长魏桢华，有像攻克碉堡一样攻克土地案子的“不愧英雄本色”的军队转业干部——岳池县国土局局长成兴华，有多次受到违法抗法者威胁却“不怕掉脑袋”的简阳县国土局监察股长谢友德，有不爱财的“土地财神”——成都市青白江区华严乡土地管理办主任王德松，有“眷恋蓝土地”的“铁面杀手”——富顺县土地管理干部陈昌伦等，更有为保卫国土英勇献身的烈士宜宾市黄桶坪乡国土员蒲先云和遂宁市南强乡治安员戴中华等等。正是因为有了这些“国土卫士”的任劳任怨和无私无畏的奉献，共和国的土地才得到最大限度的保护。作者一面鞭挞歪风，一面弘扬正气，这使得《国土的忧思》这部反映占地与护土之间惊心动魄斗争的壮丽书卷，带给人的不仅是忧思、阴霾和郁闷，更多的还是希望、光明和催人奋进的未来前景。

《国土的忧思》问世以后，立刻在全社会产生广泛的反响，先后被4家报纸连载，并有《人民日报》、《光明日报》等七八十家报刊、广播电台和电视台做了宣传报道，该作品还被改编成上下两集的电视剧《血祭黄土地》，由峨眉电影制片厂拍摄完成。

然而就在这部作品出版后不久，全国又掀起新一轮的占地、圈地、炒地浪潮，“开发区热”、“房地产热”、“土地出让热”、“花园别墅热”、“高尔夫球场热”、“人造景观热”、“滥建庙宇热”等一哄而起，席卷各地，结果酿成全国第三次土地管理失控。作者由此陷入惶恐困惑之中，如果顶风写续集会冒着很大的风险，如果就此罢休，自己多年来对于土地、人口、粮食、环境等一系列问题的思考和创作构想将化为乌有。彷徨犹豫当中，第八届全国人大二次会议召开，此次会议的中心议题就是要求解决好土地和农业问题。受到会议精神的鼓舞和领导同事的支持，作者再次拿起笔创作出《靠谁养活中国》。

《靠谁养活中国》是《国土的忧思》续集，对人地矛盾的主题作了进一步的深化和拓展，尤其是突出了与土地密切关联的人口、粮食问题。如果说《国土的忧思》主要还是以四川省为描写对象，那么到了《靠谁养活中国》，作者的笔触则不再局限于一省一地，而是扩展到全国乃至世界。

《靠谁养活中国》开篇就把笔锋指向90年代初期全国出现的第三次土地管理失控：

渴望金钱又缺少金钱的人，忽然间发现踩在脚下的这块普普通通的土地，就是硕大的“聚宝盆”、“摇钱树”，顿时地产热发烧了、疯狂了！

炒！炒！炒！火爆的中国房地产，如狂风，似洪水，一拉开序幕就呈现出一往直前的势头！

无论是漫步大都市，在街头留心一瞥；或去中小城市；或在党政机关，乡村小道都可以听到人们高谈阔论的中心议题：土地、开发区、房地产。房地产广告如雨后春笋，齐刷刷地冒了出来；房地产广告充斥了大街小巷，门窗屋顶、公共汽车上，甚至别出心裁，向空中发展。

你若打开每天的报纸，无论是国家级几十家大报，还是地方小报，头版的显著位置上无不写的是有关房地产业的起步、发展、竞争……①

在这样的大环境下，全国各地几乎都卷入土地的开发、转让和买卖的浪潮当中。仅以 1992 年为例，4 月份，杭州把 6 000 亩土地划出来面向海外公开招标；5 月份，重庆向港澳商家出让土地 1 900 亩；6 月份，福建把 51 片、共计 43 平方千米的土地交外商开发；7 月份，江苏批租土地 42 幅；8 月份，四川广汉一次批租土地 4 050 亩；9 月份，河南洛阳出让土地 3 万亩；10 月份，上海批租土地 135 块，累计 1.26 万亩……大城市如此，小城市也不甘示弱。作品写某县级市的市长，一开口就要圈地 32 平方千米搞开发区、办新城区，当国土局负责人提出要按法律法规履行行政审批手续时，这位市长居然声称："我的话就是法，先划地，手续以后再说。"在从成都去新津的仅有 40 千米长的路段两旁，行人居然可以看见 73 处圈地，小的十几亩，大的几百亩。由此可见当时全国的土地管理混乱到了何种程度！

与《国土的忧思》一样，《靠谁养活中国》也以众多典型案例揭示了土地战线上权与法的较量、公与私的斗争，特别是用犀利的笔触揭示了土地管理和土地交易过程中多种多样、形形色色的违法犯罪行为。他们当中有的身居高位，有的不过是政府部门或经济组织里的普通一员。他们有的是明火执仗，有的是暗箱操作，有的是集体犯罪，有的是个体作案。他们无论职位高低贵贱，采取的手段、方式如何，有一点却是相同的，那就是都在吃"唐僧肉"，都在发土地的财，包括上海市美联房

① 王治安：《靠谁养活中国》，四川人民出版社 1999 年出版，第 19－20 页。

地产开发公司的四位董事长和总经理，海南省负责土地规划和房地产开发的一位厅长，河南省泌阳县的一位村党支部书记，北京市某局用地科的一位科长，深圳市房管局的一位局长，厦门市负责城市规划建设的一位副市长，四川省绵阳市某房地产公司的两位经理和一位书记，海南“永宏房地产开发公司”的总经理和副总经理，四川省简阳市开发区的一位主任等。作家记录和描摹这些钻进土地管理、土地开发和土地经营领域的大大小小的“蛀虫”和“硕鼠”，目的不是为了猎奇，而是为了警醒世人，作家高度的社会责任感和历史使命感渗透在作品的字里行间。

在对素材、题材的剪裁、调用以及写法上，《靠谁养活中国》与《国土的忧思》有所不同的是更多了一些分析、思辨、论证的环节，特别是突出了对于问题的根源、症结的挖掘和展示。比如对于土地管理过程中存在的问题，作者就没有满足于就事论事的个案式、“麻雀”式的剖析，而是立足全局，着眼于整体，条分缕析地陈述其五种表现形态及形成原因：无视法律，越权批地；下放权力，助长歪风；冲破法规，不利统管；农村土地，任意分割；花样百出，无奇不有。再比如作者对 90 年代初兴起的“开发区热”、“房地产热”、“招商引资热”、“占地圈地热”等社会现象，不是简单的一概而论的否定，而是通过摆事实、讲道理的办法，客观冷静、实事求是地分析了它的功与过、是与非，并着重剖析了该社会现象的两大特点：一哄而起和头脑发热。其结果是导致了在短短两年的时间里，就圈地圈出 9 000 多个开发区，达到了此前 10 年总和的 78 倍，转让出去的土地总计 1.5 万平方千米。若按当时开发费用的最低标准计算，每平方千米需 1 亿元，也就是说，开发 1.5 万平方千米的土地需费用 15 000 亿元。这是一个根本无法实现的天方夜谭的数字！实际的情况是：当时全国投资仅为 732 亿元，也就是说，只能开发 732 平方千米。余下的怎么办呢，作者对大多数开发区的处境作了一个形象的比喻：巢多凤少、花多果少，以至于在 1993 年 7 月开始的“房地产大清理”中，全国开发区的总量几乎被砍掉了一半。

《靠谁养活中国》也写到了域外的状况，特别是亚洲、非洲和拉丁美洲一些经济落后国家土地失控、人口增加和粮食减产的状况。从世界范围看，到 2050 年人口将达到 100 亿，据专家预测，届时世界人均粮食供应量只有 239 千克，是美国现有水平的 1/4。近年来土质恶化正像瘟疫一样蔓延全球各地，至少已有 9.1 亿公顷的土地失去肥力，加之气候变化、生态失衡、自然灾害等原因，全世界的粮食生产从 20 世纪 80 年代初就开始呈下降态势，这预示着世界性的粮食安全已经受到威胁。简言之，超载的地球到 21 世纪中期以后很难再养活像蘑菇云一样爆炸的人口了！

再回过头来看中国的情况。过去，中国用世界 7%的耕地养活了占世界 22%的人口，这个奇迹还能在以后延续吗？对此，中外学者均有乐观与悲观的两种论调。西方一位著名学者就在其《谁来供养中国》一文中断言："未来中国人养活不了中国"。国内也有学者认为到 21 世纪中国人口达到高峰值 16 亿时，"后果难以想象"。1995 年 4 月，国务院研究室副主任杨雍哲在一次讲话中阐明了官方的观点："对中国粮食问题作出过分悲观的估计是难以成立的……到下个世纪人口达到高峰值 16 亿时，粮食仍然可以保持基本自给。"但同时这位发言人也表示："当然这是非常不容易的事情。这就要求我们始终要十分重视吃饭问题，任何时候都不能掉以轻心……"

《靠谁养活中国》最后以中国人的吃饭问题收尾，作者铿锵有力向世人宣告：

> 要养活 12 亿中国人，靠外国农场主，不行；靠盟友，不能解决根本问题。唯独只有靠中国农民养活中国，靠中国人养活中国。[①]

1997 年 2 月，正当《靠谁养活中国》与读者见面之时，当时的国务院总理朱镕基到西南考察。当他看到金沙江两岸森林被砍伐一空的场面后，心情十分沉重。不久，他到四川阿坝州考察，又看到了同样的情景，总理流着眼泪坚定地说：一定要把森老虎请下山！果然，第二年国务院就发文在全国实施"天然林资源保护工程"，命令全国各地一律停止砍伐。这件事对作者促动很大，因为他作为一名记者，早在多年前就关注森林的乱砍滥伐问题。

① 王治安：《靠谁养活中国》，四川人民出版社 1999 年出版，第 395 页。

1998年，王治安在《四川日报》上发表报告文学《十万森工：放下斧头，遍山种树》，被全国数十家报刊转载，产生很大影响。受此鼓舞，作者着手写作一部反映森林生态危机的长篇报告文学。

三部曲的最后一部《悲壮的森林》，所表现的森林乱砍滥伐问题其实也是土地问题的延伸，只是切入点转向了人类的生存环境。作品主要写了“两史”，一是伐木者的悲壮史，二是生态恶化的灾难史。

四川省原是全国四大林区之一，森林资源十分丰富，可经过新中国成立以后几十年的竭泽而渔式的过度采伐，至今几乎到了无木可采、无树可伐的地步。新中国成立后砍伐森林最为严重的三个时期分别是50年代末“大跃进”时期、“文革”动乱时期和80年代“五斧争林”（国有林、县有林、乡有林、村有林、个人林）时期。新中国成立以来四川省先后建立起28个森工企业，包括采伐队22个，水运局3个，筑路队3个，职工队伍高峰期达到110 285人。10万伐木大军长年驻扎在山上，夜以继日地砍伐森林砍了将近半个世纪，砍到90年代终于砍不下去了，各林业局普遍出现了“两危一剩”的局面。所谓“两危一剩”，是指森林资源危机、经济来源危机和人员过剩，说白了，就是没有树可砍了，没有钱可赚了，人自然也就没有事可做了。企业连年亏损，职工连年发不出工资，下岗转产成为历史的必然。

面对几代伐木者现实当中面临的尴尬处境，作者用历史的眼光回顾和肯定了他们过去饱经风霜，受尽寒苦，为国家建设作出的巨大贡献，呼吁人们应该记住和感谢他们昔日的奉献和牺牲：“伐木者，在莽莽苍苍的老林中，献了青春献终身，献了终身献子孙！他们用粗大的双手，擎起了一片蓝天；为共和国的建设，竖起了丰碑；为那片洪荒之地，启动了致富之门；为民族地区，引来了活力与生机；为山里的乡亲，洒下了一片真情。”①

作品追叙了昔日伐木者“住山洞，睡帐篷，风餐露宿，与山风相伴，与野兽为邻”的艰苦生活和不平凡岁月，同时以点带面地描摹了王大松、任树友、王顺山、季历山、李甫杰、罗祥永、刘德清、郭师傅、向师傅、罗桂英等一批先进人物、模范人物、甚至也可以称作是英雄人

① 王治安：《悲壮的森林》，四川人民出版社1999年出版，第71页。

物的可歌可泣的感人事迹。为了祖国的伐木事业，他们不但把青春和汗水毫无保留地献给了山林，他们有的还从当年的一条壮汉变成了终生的残疾，他们有的还把年轻的生命永远地留给了山林（据统计，从 1953 年到 1985 年，四川省森工因公死亡 4 532 人，重伤 3 706 人）。作者还以同情的笔触披露了他们下岗以后经济上的拮据，退休以后生活上的没有保障和由此导致的悲凉、苦楚的晚年境况，比如许多人只能靠国家每月发给他们的 300 元“保命钱”度日，当 300 元“保命钱”被拖欠、被截留后，他们四处上访却往往无济于事，他们有的在大街上捡破烂、捡废品，有的得了病无钱医治只能躺在家里等死，还有的服毒、上吊、跳河、乞讨、饿死、削发为僧……然而即便如此，他们也不愿给政府多找麻烦，他们在万不得已上访时也只是提出“要生活费”、“要口饭吃”，从不提额外无理的要求。他们在物质上是贫困的，但在精神上却是高尚的：“当共和国需要他们砍树时，他们毫不犹豫，抡起斧头向参天大树砍去，凭着他们的能耐，凭着他们的毅力，立下了汗马功劳，树起一面鲜红的旗帜；如今，需要他们造林、护林，他们依然是那样可爱，那般听话，整装待发，时刻准备着，扎根深山，再创辉煌，再立新功。”①

当然，作者也没有回避半个世纪以来正是由于他们的砍伐，使得四川的天然林消耗殆尽，进而造成生态失衡，洪水泛滥成灾，环境恶化加剧。对于过去的那一段历史应该怎样看待、如何评价？作者无意于寻找或追究个人的因素，因为作者清醒地意识到了那是由于一个时代的愚昧无知所酿成的悲剧，有其历史的必然性。为此作者把笔墨重心放在了后果的揭示上，目的是警醒后人不再重蹈覆辙。作者指出，大规模砍伐森林会带来多方面的不良后果，诸如气候异常、水土流失、土壤沙化、动植物种类减少等等。现在世界上每年水土流失 240 亿吨，土壤沙化面积 4 500 万平方千米，仅在热带森林就有 200 多种动物和 2 万种植物濒临灭绝的危险。目前，中国的水土流失面积已达 180 万平方千米，占整个国土面积的 18.7%；土壤沙化面积 262 万平方千米，占整个国土面积的 27.3%，并且以每年 2400 平方千米的速度向外扩展。以长江为例，1998

① 王治安：《悲壮的森林》，四川人民出版社 1999 年出版，第 89 页。

年那场历史上罕见的洪水肆虐就与其沿岸森林植被遭到破坏直接相关，据统计，长江流域的水土流失量目前已达到73万平方千米，滚滚洪流中夹带的泥沙冲至中下游的河川、湖泊、水库，已达17.4亿吨，如果把这17.4亿吨泥沙筑成高宽各1米的长堤，那长堤可绕地球34圈。长江虽然是世界上第三大河流，可它的泥沙流量相当于尼罗河、亚马孙河和密西西比河的总和。长江洪水泛滥每一年造成的直接经济损失也是非常严重的，1991年是500亿元，1994年是1 700亿元，1995年是1 500亿元，1996年是2 200亿元，1998年是1 600亿元……

庆幸的是，1998年9月1日，国务院一声令下，"天保工程"在全国拉开序幕，从此，在960万平方千米的国土上，将再也听不到乱砍滥伐的声音，再也看不到乱砍滥伐的场面，昔日的伐木者都将变成明天的栽树人。作者为此欢欣鼓舞，盛赞这一历史壮举的"目的和意义不亚于人类首次登上月球"。在这一历史转折时期，四川省林业系统率先走出历史的阴影，带头停止了天然林的采伐，黑龙江、云南、内蒙古、贵州、重庆、甘肃、山西、青海等其他省区，纷纷向四川看齐，一个新的生态、文明、绿色的时代终于开始了！作者为此发出由衷的祝福："愿半个世纪以后，中国的大好河山，换新装，披新绿！"

二、忧思录与启示录

中国作家自古以来就有一种宝贵的优良传统叫做"忧国忧民"，比如屈原、杜甫、范仲淹、关汉卿等，他们把国家的安危、民族的兴衰、百姓的苦乐看得比什么都重要，他们的创作往往采用现实主义的笔法，大多选取和表现与国家的前途、民族的未来和人民的命运息息相关的题材内容。

王治安就是属于这种类型的作家，或者说，王治安继承了中国作家的这一优良传统。从王治安的作品中，我们依稀可以读出屈原的"长太息以掩涕兮，哀民生之多艰"和杜甫的"安得广厦千万间，大庇天下寒士俱欢颜"以及范仲淹的"先天下之忧而忧，后天下之乐而乐"的内在情怀和人格理想。

傅德岷教授在读过《国土的忧思》后写了一篇文章叫《深沉的历史

忧患》，文中评价说："这不是一部普通的书，而是以作家的心血浇筑成的全景立体展示我国人地矛盾的忧思录，是讨伐当今盲目'圈地'、非法占地者的檄文，是对英勇的'国土卫士'的悲壮颂歌！"[①] 其实，不仅《国土的忧思》是忧思录，整个"人类生存三部曲"都是忧思录，如果说第一部《国土的忧思》是关于"人"与"地"二元矛盾的忧思录，那么，第二部《靠谁养活中国》就是关于"人"、"地"、"粮"三方矛盾的忧思录，到了第三部《悲壮的森林》又加上了"树"（环境问题），是关于"人"、"地"、"粮"、"树"四方矛盾的忧思录。

为什么要写作有关土地、人口、粮食、环境等人类生存问题的忧思录，作者在《对大地一往情深——"人类生存三部曲"创作手记》中作了解释和说明。

第一部《国土的忧思》的创作初衷，是因为作者在下乡采访过程中看到了大量的土地被强取豪夺的场面，"那些失去土地的农民，一张张沮丧的脸，不时在我眼前晃动；声嘶力竭的喊声'还我土地'，不时在我耳际轰鸣，让我坐立不安。作为一位有良心的作家，此时，我的心情比谁都激荡，再也捂不住胸中的创作激情。家里人多，房子又小，要静下心来十分费力，便找了个僻静的地方，只有二三十平方米的小阁楼。我提着几大本采访笔记和一大捆资料，便在那里安营扎寨……闭门百日，极少与外界交往，饿了煮一碗清汤面，晚上一直熬到深夜。"[②] 第二部《靠谁养活中国》的写作动机则是因为西方的一个学者（美国世界观察研究所所长莱斯特·布朗），在 1994 年 9 月发表了一篇指责中国缺乏粮食安全的文章《谁来供养中国》。是民族自尊心、自豪感和自强意识促使作者完成了这部作品，作者想通过作品告诫国人："中国 10 多亿人口，只能自强自立，自己养活自己，我国人多地少，更要珍惜不可再生的资源——土地。"[③] 在写作第三部《悲壮的森林》之前，作者曾多次到岷江、夹金山等林区考察，当他亲眼目睹了成片成片的天然林被毁掉的情景后，心情十分沉痛。他说他写《悲壮的森林》的目的，就是为了

① 傅德岷《深沉的历史忧患》，《文论报》1993 年 7 月 11 日。
② 四川省作家协会创作研究室：《王治安研究》，中央文献出版社 2007 年出版，第 251－252 页。
③ 四川省作家协会创作研究室：《王治安研究》，中央文献出版社 2007 年出版，第 253 页。

“唤起人们热爱森林，热爱大自然，对毁坏森林的行为引起愤懑。”就是要“告诉人们，也告诉后代，破坏天然林，是不会有好结果、好下场的。”①

在写作三部曲之前作者的心情是忧虑的，而当三部曲完成出版之后，作者的心情同样轻松不下来。比如第一部《国土的忧思》与读者见面后，他回忆说：“我捧着书，阵阵高兴，阵阵惆怅。高兴的是，我多年的夙愿变成了现实，把激烈的人地矛盾，推到读者面前，敲响了忧患的警钟；而忧虑的是，一些愚昧的人，对地球的破坏，已完全失去了理智。这样的呐喊，能否达到它应有的效果?”② 特别是在不久后全国掀起新一轮“占地热”、“圈地热”、“炒地热”、“开发区热”、“房地产热”、“土地出让热”时，作者更是忧心匆匆、寝食难安，带着重重疑虑深入基层明察暗访，当他看到许多所谓的开发区只剩下一片片荒草地后，不禁发问：“1958 年，全民炼钢，大办公共食堂，搞得天翻地覆，结果呢，人闹疲了，钱花光了，两手空空。眼下大办‘开发区’、‘房地产热’，围地圈地，搅得农民不安，社会不安。这些过热的举动，会不会又放空炮呢?”③ 由此可见，作为记者出身的王治安，“无冕之王”的情结注定了他不可能像某些纯书斋里的作家那样，只满足于书本上的写写画画，他要用他的笔介入现实，干预现实，这一特点反映在他的创作当中，便是无论写人还是写事都具有极强的现实针对性、甚至是直面现实矛盾的尖锐性。

《国土的忧思》第四章之第二节“‘华尔街’前的忏悔”即是典型的一例。

这一节写在四川省的东部有一个远近闻名的贫困县叫石柱县，该县的“县太爷们”——包括县人大常委会主任、副主任、县委副书记、县委顾问、县委组织部长、县国土局长、县民政局长、县人事局长、县公安局长、县教育局长等 53 位领导干部，在县城里辟地建了一条豪华的街，名曰“华尔街”，街两旁矗立着壮观、气派的小洋楼，这些小洋楼

① 王治安：《悲壮的森林》，四川人民出版社 1999 年出版，第 337 - 339 页。

② 王治安：《国土的忧思》，四川人民出版社 1999 年出版，第 397 页。

③ 王治安：《靠谁养活中国》，四川人民出版社 1999 年出版，第 57 页。

都是属于违法占地造起来的。作者在写完石柱县“县太爷们”奢侈豪华的住宅后，紧接着就写石柱县老百姓的茅屋寒舍，如近郊村民谭定勇一家三口，无房住，常年住在山崖绝壁下的石洞里，洞顶漏水不断，洞内阴暗潮湿，蚊蝇泛滥，致使孩子全身生疮溃烂……以此形成鲜明的反差和对照。

作者还以抓新闻特写的手法，抓住该县教育局长这一典型，把他和该县师生员工做了一番详细的比较：

> 教育局长的私邸是“华尔街”最为阔气的建筑。一位报社记者曾这样写道：“记者漫步在‘华尔街’上，看到了一幢考究的四层小洋房。记者有幸进入屋中逐层观赏，见到屋中的布置错落有致，层层出新。时新的家具，一应现代化的家用电器，足以让生活在大城市的人也愧叹不及。然而，记者置身于这富丽堂皇之中，比较栖身危房的师生，却是别有一番滋味在心头了……”因教育经费奇缺，全县中小学危房面积逾4万平方米。悦来中学17个班，近200名女学生，时值寒冬，仍在破烂不堪的教室中滚地铺。窗户上没有挡风遮羞的玻璃，席子底下只有几根乱草，难以防潮防寒。寒风袭来，学生冻得直叫。男学生的住宿条件更为恶劣。没有宿舍，500多名男学生，住在八面来风的礼堂内。没有床，利用木棍、木板、横七竖八支撑着。每当夜幕降临，一个个生灵像泥鳅一般，东倒西歪，蜷缩在昏暗、潮湿、散发着汗臭味的环境中度夜。学校领导多次向县教育局反映，回答始终是四个字：无法解决。位于县城的太白中学，教室、宿舍和厕所破烂不堪，早被安全部门鉴定为必须“立即拆除的危房”。可学校无钱改建，至今仍在使用。学校多次紧急报告县教育局，均无结果，只好将资料存档，以便倒塌后追究刑事责任时用……多么鲜明的对比！面对如此严重的现状，局长大人却心安理得，躲在舒适的洋房内，自享天伦之乐！[①]

① 王治安：《国土的忧思》，四川人民出版社1999年出版，第113－114页。

这样的对比，不禁令人想起杜甫的“朱门酒肉臭，路有冻死骨”，读者读之，不能不叹服于作者仗义执言的胆识和勇气！

“人类生存三部曲”既是忧思录，也是启示录，因为作者“忧思”的目的是为了在人类的背部猛击一掌，促使人类猛醒、幡然悔悟和痛改前非。

三部曲之第二部《靠谁养活中国》，为了劝说人类热爱大地母亲，在篇首加了一个“引子”，题目叫《我们都是土地的孩子》。在这篇“引子”里，作者有理有据地指出：我国农业面临最大的难题是，耕地逐年减少，人口逐年增多。1979—1989 年间，我国耕地减少 5 500 万亩，相当于丢了一个山西省。与此同时，人口却增加了 1.33 亿，相当于多了两个江苏省。我国现在人均耕地 1.3 亩，仅为世界人均耕地的 1/3。1957 年我国耕地面积曾达 17.6 亿亩，但从 1953 年到 1956 年，累计减少 2.6 亿亩。我国近年耕地净减量为：1992 年净减 437 亿亩，1993 年净减 484 亿亩，1994 年净减 597 亿亩。按此速度，50 年后我国人均耕地只剩下 0.6 亩，100 年后，子孙后代将无地可种……可以说，任何一位读者读到这里，都会为之一振，甚至不寒而栗！

在这篇“引子”的结尾，作者语重心长地告诉我们：

> 民以食为天，国以民为本，农业丰则天下安！
>
> 古人云：民之所生，衣与食也；食之所生，水与土也。土地是人类生存的基础，是历史发展的要素，是人类永恒而不可泯灭代替的宝贵资源，是一切生产和生存的源泉。有土地不愁衣食，有粮食不愁生活。
>
> 人只有依附着土地，依附着庄稼，依附着粮食，才能去创造价值。人类的生存，无不依附着土地。土地是人类的母亲，我们都是土地的孩子！①

然而，在现实生活当中，总有一些利益群体或个体，为了获取眼前的利益不惜糟蹋土地和挥霍浪费土地，90 年代以来国内一些地方兴起的

① 王治安：《靠谁养活中国》，四川人民出版社 1999 年出版，第 7－8 页。

“高尔夫球场热”、“人造景观热”、“庙宇热”、“修坟热”等就属此列。对此，作者为我们算了这样一笔账：兴建一个 18 洞穴的国际标准高尔夫球场，需要投资 1 亿元，占地 1000 余亩，如果兴建 100 多个这样的球场，就要耗资 100 多亿元，占用土地 10 多万亩。据 1994 年年底的统计，我国已经投入使用的高尔夫球场就有 20 多个，正在兴建的有 50 多个，准备兴建的难以估算。人造景观方面，自从深圳修建的“锦绣中华”问世以后，争相效仿者甚多，什么“民俗村”、“文化街”、“西游宫”、“三国城”等到处兴建，项目屡屡重复，仅一个“西游宫”全国就有 30 多个。一般来说，20 个人造景观就大约占地 3 万亩。经济的发展有时带来的不是文明进步，而是封建迷信的抬头，大兴土木建庙和修坟就是个例证。某县，共有 238 个村，村村都修建了“土地庙”、“龙王庙”、“山神庙”等，共计 20 余种，150 余处，占地 2 万平方米。1989 年我国死亡人数 650 万，其中火化者仅为 180 万，另有 470 万实行土葬，若以每座坟头占地 0.2 亩计算，每年占地将近 100 万亩。

常言道，不算不知道，一算吓一跳。作者的精打细算，往往能给我们打开另一面眼界，纠正我们过去习以为常的某些行为或观念。比如过去国人在夸耀自己国家的优势时，使用频率最高的两个词汇往往是：“人口众多、地大物博”，可经过作家一番计算得出的结论却是：“人口众多、地少物稀”。何以至此？原来，在 960 万平方千米的国土当中，山地占 33%，高原占 26%，盆地占 19%，丘陵占 10%，平原占 12%，这也就意味着 960 万平方千米只是一个统计学意义上的概念，真正意义上的耕地并不多，只占到了世界耕地面积的 7%。在《悲壮的森林》里，作家对我国每年发生的自然灾害也算了一笔账，得出的结论是其中有一半以上是由人为的因素造成的，也就是说，如果我们尊重大自然，按生态规律办事，每年起码有一半的自然灾害可以避免。“人类生存三部曲”中，像这样发人深省、催人警醒之处俯拾即是，所以我们说它不仅是生态忧思录，也是生态启示录。

三、撼人心魄的艺术感染力

评论家吴野这样来形容他的阅读感受：“读王治安的作品，绝不是一件赏心悦目的轻松事儿。他的书，让你读得心惊肉跳；让你读得扼腕长叹；让你读得坐立不安，似乎应该站起来做点什么。”[①] 吴野说的这种感受绝不是他一个人的，读过王治安作品的人可能都会有类似的同感。

王治安的作品为什么会产生如此强烈的、撼人心魄的艺术感染力？也许不同的读者会有不尽相同的答案，但有一点应该是大家共同认可的，那就是“真实”，“真”和“实”是王治安报告文学创作的灵魂所在，是王治安的报告文学之所以具有打动人心的力量的奥妙所在。“真”，是说作者写到纸上的东西都是真的，包括真人、真事、真资料、真数据等，没有一样是假的；“实”，是说作者的文风和文品不轻浮、不虚夸，扎扎实实、本本分分，经得起读者的推敲和时间的检验。

王治安在谈他的报告文学创作时，多次谈到“真实”的问题，反复强调“真实是报告文学的生命”。他在《对大地一往情深——〈人类生存三部曲〉创作手记》中回忆说：“我自从踏上报告文学创作之路，始终不渝地把报告文学的真实性作为创作准则，特别是反映重大题材，反映人们十分关注的大事，必须真实地再现历史，不虚构，不胡编乱诌，这是我创作的原则之一。这三部曲中的时间、地址、人物、事件都是经得起考究的。”[②] 他又在《人地矛盾　世纪之忧——在第六届中国人口文化奖颁奖大会上的发言》中说，为了体现真实性原则，“10 多年来，我几乎跑遍全国，采访了数以千计的与土地、人口有关的领导、土地管理干部、计划生育干部、城镇居民、农村村民，收集了几大捆资料，记录了 10 多个笔记本。”[③] 他还在《悲壮的森林》的“后记”里说，“我踏破‘铁鞋’，为的是什么？为的是要录下一段真实的历史，一个个可歌可泣的、鲜为人知的故事。我清楚，歌功颂德，可以迎合一些人的笑脸，可那不是我的性格，也不是我的初衷，我追求的是真实，是实事求是的态度。在当今社会风气不正的情况下，要讲真话，简直是‘难于上青天’。因此，我在动笔之前，就反复考虑过，采取实录的表现手法，人名、地名、时间、地点，统统都是真实的，全文没有一点虚构。”[④]

---

① 吴野：《生态文学第一人》，《资源与人居环境》2004 年第 7 期。

② 四川省作家协会创作研究室：《王治安研究》，中央文献出版社 2007 年出版，第 256 页。

③ 四川省作家协会创作研究室：《王治安研究》，中央文献出版社 2007 年出版，第 274 页。

④ 王治安：《悲壮的森林》，四川人民出版社 1999 年出版，第 339 页。

的确，读王治安的作品，不必对其真实性产生丝毫的怀疑，他说得到，做得到，他笔下的人物，无论是他肯定的、褒扬的好的人物，还是他批评的或鞭挞的不好的人物，包括那些违法乱纪者、那些贪官、那些腐败分子，他都能够指名道姓，绝不逢迎，也绝不隐匿。而他笔下所记录的那一桩桩大大小小的有关土地、人口、粮食、环境等方方面面的事件、案件、事例、案例，作者更是力求真实、客观、准确，有时连一些细枝末节也交代得清清楚楚。

近些年来，随着文学商业化写作时代的到来，有些报告文学作家为了获得经济效益，为了吸引读者的眼球，放宽了真实性的尺码，增加了若干虚构的成分，结果好看是好看了，但丢失了报告文学这一复合文体中“报告”的属性，让人觉得非驴非马四不像。从这个意义上说，王治安这种本分、朴实的文风是特别值得肯定和提倡的。

要写好真人真事，有时需要借助一些数据资料以增加其说服力和感染力，这是许多优秀的报告文学作家常用的笔法。按照龚举善教授的说法，“数字在特定审美语境恰到好处地运用不仅不与报告文学的文体本性相悖，恰恰相反，它将以不可替代的独特身份彰显着报告文学的真实力量。”①

“人类生存三部曲”多处借助数据资料来论及土地、人口、粮食、环境等方面面临的严重问题，以及它们之间既相互制约又相辅相成的辩证关系。如《靠谁养活中国》第六章里“数据的考证”一节，就借助数据资料来分析土地、人口、粮食之间的关联和影响。据作者查询考证，现代以来中国耕地减少有三个高峰期，一是民国三年到民国七年，耕地从 15.8 亿亩减少到 13.1 亿亩，平均每年荒芜 6700 万亩；二是从 1957 年到 1977 年，全国耕地减少 1.8 亿亩，相当于减少了 20 个福建省的耕地面积；三是 1978 年以后，耕地平均每年减少 480.5 万亩，其中，从 1986 年到 1993 年的 8 年时间里，耕地减少 3500 万亩，每年净减耕地 450 万亩。而人口方面的数据统计是，1995 年我国人口即已达到 12 亿，12 亿是怎样的一个概念？相当于美国、苏联、日本、英国、法国、意大利、加拿大等 16 个国家的总和！12 亿人口意味着什么？意味着 12 亿张

① 龚举善：《走过世纪》，红旗出版社 2003 年出版，第 108 页。

嘴每天至少吃掉200万亩土地一年生产的粮食，而且12亿不是一个固定不变的数字，是一个每时每刻都在增加膨胀的数字。再看粮食方面，我国粮食播种面积的警戒线为16.5亿亩，中央一再强调要稳定和增加粮食生产，绝对不能低于这个警戒线。可实际的情况却不尽如人意，自1991年以来，我国粮食播种面积连年下降，4年内下降了将近6 000万亩，到1994年已经降到警戒线以下水平……《悲壮的森林》为了说明近年来全国乱占林地和过量采伐林木的情况，用抽样的方法查证列举了1997年的两组数据。第一组数据是全国乱占林地最为严重的5个项目，分别是黑龙江宝清县水库工程占用林地750公顷；新疆库车县农业开发占用林地718.7公顷；河南嵩县金矿占用林地729.9公顷；内蒙古阿荣旗301国道占用林地280公顷；湖南石门县修路修坟占用林地115.7公顷。第二组数据是过量采伐林木最为严重的7个单位，分别是内蒙古金河林业局超量采伐4.4万立方米；吉林黄泥河林业局超量采伐2.8万立方米；黑龙江东方红林业局超量采伐4.1万立方米；黑龙江兴隆林业局超量采伐4.3万立方米；大兴安岭呼中林业局超量采伐11.7万立方米；云南景谷县林业局超量采伐4.3万立方米；云南卫国林业局超量采伐7.2万立方米。这些令人无懈可击的数据资料的使用，确实要比讲解抽象的道理好得多，有时作者给读者讲了一大堆的道理，可能还不如列举一组直观的数据更具有说服力和感染力。再比如在《靠谁养活中国》第八章的“土之不存，国将焉附”一节，作者引用了八届政协七次会议上李瑞环报告中有关“人口多、耕地少”的许多数据，我们从这些数据中了解到，中国虽然有960万平方千米的土地面积，约占世界陆地面积的1/15，居世界第3位，但由于人口过多，所以人均占地面积还不到世界人均数的1/3。在人口超过5 000万的26个国家当中，中国人均耕地仅高于日本和孟加拉国，居第24位，相当于美国的1/9，泰国的1/4，印度、巴基斯坦的1/2。并且，中国人口目前仍在日益膨胀，而耕地却在急剧减少。从1957年到1986年，全国累计减少耕地6.1亿亩，净减少2.3亿亩，平均每年减少790万亩。1993年又创历史新高，全国耕地减少了937万亩。现在中国每年净增人口1 600万，相当于每年增加三个半青海省的人口数量。很明显，这些数据对于帮助人们正确认识我国人口与土地的关系及其现状，对于增强人们爱土、护土的责任感和危机意识都会起到积极的促进作用。

王治安的作品之所以能产生撼人心魄的艺术感染力，还有一个更内在的原因，那就是作者的真情实感，是作者的真情实感打动和感染了读者。王治安无论写什么题材，都不把自己当局外人，而是真心投入，真情付出，直至沉潜在他笔下的人物和情节当中不能自拔。

他在《悲壮的森林》的“后记”里说，“本文与前面两部作品一样，我是带着情感去采访的。在采访中，我曾几次流下了伤心的泪水，特别是在凉山州采访全国劳动模范王顺山和几位伤残工人时，他们流泪，我也流泪。”① 可以说，正因为作者在感情上与那些饱经风霜、含辛茹苦的伐木工人的感情融合在了一起，所以他才能够像对待亲人一样对待那些素不相识的人，他才能够在那些素不相识的人遭到不公平待遇时伸出援助之手，请律师、写内参、送报告，为改变他们的命运奔走呼号、排忧解难。而在行文之中，他更是以充满同情的笔触描写了那些长年在野外作业的伐木工，到了晚年后孤苦、凄凉的境况：

> “这批工人，自小受的教育少，文化不高，进了山，与世隔绝，对外面的世界知之甚少。他们为国家付出的多，对家庭、对子女付出的少……他们把爱交给了森林，把情感付给了参天大树，一年一次的探亲假，短暂的日子，他们不知道如何去享受人生的天伦之乐。他们人是森林的，身上还带着野味，树是硬邦邦的，人也是硬邦邦的，情感也是硬邦邦的，妻子需要爱，不知道如何去体现对爱人的温柔，仍然像木头一般……儿子不认识父亲，女儿记不住爸爸的名字，一切都是陌生的，父子情、夫妻情，都是那样单薄，那样生疏，那样乏味。人老了，落叶归根，回到家乡，妻嫌弃，子不爱……”②

试想，如果作者没有对于伐木工的深深的了解和理解，没有对于伐木工的设身处地的着想，没有把伐木工的苦楚和忧虑揣进自己的心里，

① 王治安：《悲壮的森林》，四川人民出版社 1999 年出版，第 339 页。
② 王治安：《悲壮的森林》，四川人民出版社 1999 年出版，第 156 页。

能够写出这般体贴入微的文字吗?

再看《国土的忧思》第七章《长江养育他　他为长江去》，作者不惜用一整章（长达几万字）的篇幅详细叙写为保卫国土献出宝贵生命的年仅35岁的四川省宜宾市黄桶坪乡国土员蒲先云的先进事迹，因笔墨饱含真情，所以写得催人泪下：

“他走了，走得那样匆忙，又那样洒脱。昨天，他还答应爱妻，一同去看姥姥；今天，他又说带女儿兰兰去商店买个雪娃娃。今冬，他计划给山上的乡亲们，安上自来水管；明春，再把石板路延伸到山那边。他说了，帮蒋大爷改造破草房；他盘算，为五保户清扫院坝，浆洗被子。妻子盼，女儿望，乡亲们在期待……啊，有很多很多的事等待他去奔波，周旋，实现……然而，他突然倒下了……他再也回不来了！乡亲们肝胆裂碎，泪水涟涟，千遍万遍呼唤他的名字：先云呀先云，人民的好儿子，你不能走……”[①]

王治安在写作上如此投入如此动情，与他的出身和经历有关，对土地的热爱、对家乡的热爱、对乡亲们的热爱，是他创作上永恒的动力和不竭的源泉。他在《对大地一往情深——“人类生存三部曲”创作手记》中坦言：“我是农民的儿子，熟悉这片热土，更熟悉辛勤耕耘这片热土的农民兄弟。我的老家在剑门山区，地处高山峡谷，土地贫瘠，农民一年汗流浃背，可收成寥寥。在我的记忆中，农民依附薄土薄地，过着贫寒的生活，即便如此，世世代代的农民还得靠土地而繁衍生息……自打我走上新闻战线，当了记者，我所采写的大多是‘三农’题材……”[②] 他又在《生年不满百　常怀千岁忧——致中国香港作家刘济昆先生》中说：“我的根在剑门山区，生于斯，长于斯，几代人都是本分百姓，爱土，爱乡，爱家，对土地的芬芳，对禾薯的甜美，有一种特

① 王治安：《国土的忧思》，四川人民出版社1999年出版，第193页。

② 四川省作家协会创作研究室：《王治安研究》，中央文献出版社2007年出版，第255页。

殊的情感……”[①] 看来确实像作家自己所说的那样，他这辈子与土地有缘，因为按星相学划分，王治安的星座属于“土”，所以他不但土生土长在山区的沃土之中，而且长大了以后，工作了以后，一直都与土地分不开，一直都写着土地和与土地有关的故事，包括人口、包括粮食、包括森林环境……

（作者系浙江农林大学教授。原载《改革开放以来生态文学创作研究》，中国农业出版社，2015 年 12 月出版）

① 四川省作家协会创作研究室：《王治安研究》，中央文献出版社 2007 年出版，第 267 页。

我与生态文学一起成长

（自序）

王治安

“等待这一刻”，是我多年的期盼，多年的生态梦，一等就是40年！如今，仿佛这一刻已经到了眼前，举手可触啊！

羊年新春到来之际，从紫禁城传来振奋人心的声音：“环境就是民生，青山就是美丽，蓝天也是幸福，要像保护眼睛一样保护生态环境，像对待生命一样对待环境。对破坏生态环境的行为，不能手软，不能下不为例。”这是中华民族的决策者在2015年3月6日的全国“两会”上（即全国人民代表大会和全国政协会），向全国民众唱响的令人兴奋的高歌：号召神州大地动员起来，创建“生态文明”，还我“美丽中国”！

早在4年前，从京城传来鼓舞民众的信息，决策者将下决心，整治环境，建设“美丽中国”，给民众以优美而安静的生存空间。那之后，决策者又亮出了“生态兴则文明兴，生态衰则文明衰”的理念，还点赞：“生态环境的保护是功在当代、利在千秋的事业。”总而言之，这一回动了“真情”，发出了动听而有力之音！

决策者的“觉醒”，不是今日所见，而是早有所悟。20世纪末，每每“两会”也曾发出过这样的“呼声”。在“两会”结束的那一天，照旧要召集“人口、资源、环境”相关部门的决策者，召开专题会，议论议论这类事。当初，我感到“这一刻”似乎降临了，心中无比喜悦，然而，这样的例行时间也不算短，持续了好几年，也讲了不少令人欣慰的话，媒体也急于向大众吹风，传播信息。虽然，风声乍起，并有一些的举措，但气度与效应低微，“风”也越刮越小。

应该说，从那之后，首都先后提出三大工程：天然林资源保护工程、退耕还林工程、大熊猫栖息地保护工程，是一个历史性的转折。那一刻，我心中无比激动，挥毫书写了一系列生态文学作品。

有人说，文学历来都是“贵族”的，而我的作品恰恰相反，既不是写帝王将相的夺权称霸，也不是写达官贵人的闺房秘闻，而是聚焦普通人、劳动者，着力反映他们在为社会创造财富中的欢乐与焦虑。我自称，这些作品是颂扬普通人的“平民文学”。

我爱与他们扎堆，他们喜欢读我的书，作品一问世，他们自觉或不自觉地聚在一起阅读、评说。于是，二者一拍即合。其实，许多观念是随着历史的更迭而新生的。今天的社会，主导者是劳动群体，历史使命也就由他们担当与传承下去。我认为，一位作家最幸运的是，你的作品能得到历史的验证，能得到广大读者的认同。

我的作品缘何能让读者和当事者接受，究其原因也许是，我的这些文字，说的是真话，没有半点虚拟。还有，在作品中，既说问题，也说功德，对那些与人类有益的事，给予表扬与倡导；同时，也让广大读者看到希望和未来。总之，这些燃烧的激情文字，来自深山和田野，出自肺腑，旨在唤起民众的心灵，唤起全社会关注生态环境，爱护人类生存的空间，点燃生态文明的烛光！

谈到报告文学的真实性，这是一个严肃的话题。也就是说，讲假话是报告文学的“死敌”，所以我不能说假话，去“蒙”读者，特别是农民兄弟。

报告文学隶属“非虚构”文学。在当今世界文坛上，非虚构文学和虚构文学的发展是与日俱增的。著名评论家雷达在《漫说“非虚构”》一文中向大家介绍说，在欧美一些发达国家，尤其是美国虚构与非虚构至少是平分秋色，甚至，非虚构作品占的份额还要大一些。他还说：“如何讲述真实是非虚构的核心问题。如何准确地反映时代生活，如何抓住典型特征，如何一下子就从各种毛糙的感受中一把拎出那最耀眼的细节，是考验作家的时刻。如何活生生地、毛茸茸地表达我们这个时代，是非虚构的重要命题。”

我的作品，泱泱几百万字，无论从字里行间，还是人物、故事、时间、地点，都讲一个“真”字，说真话、实话、心里话，举手可触，举目可见，没有半点水分。

多年来，我在创作中，一直在追求真实，寻找真实。仿佛，“真实”成了我人生的标杆，而虚无缥缈的幻影，是我文学创作的大忌，真诚才是我成功的基站。

大自然的态势，是不以人的意志为转移的。你要“哄”它，它就要报复你，甚至会出现突然袭击：雾霾、沙尘暴、龙卷风、泥石流……让你无处栖身。保护环境，无论如何是耽搁不得的。地球村有72亿人口，每时每刻，自觉或不自觉地在践踏脚下的泥土，戏弄身边的环境。2015年1月15日，18名国际顶尖环境专家，在美国《科学》杂志发表题为《地球的界线：在变化的星球上引领人类发展》的文章，警告人类的行为已经“越界”。科学家2009年作出定论，并测量了地球生态可承受的9条生态线。文章说：地球生态可承受的9条安全界线，分别是：气候变化、臭氧空洞、海洋酸化、生物多样性、土地使用、淡水资源使用、化学污染、大气污染和生物化学地球环境。论述的9条“生态界线”中：目前人类活动中已经突破了气候变化、生物多样性、土地使用和生物化学地球环境4条界线，从根本上改变了地球的运行，把人类引入“危险地带”。中国的状态更令人担忧，也许不只是4条。时至今日，气候、森林、土壤、水资源……都是中国人关注的焦点，议论的热点。

春秋时期，《管子·立政》中说，“草木不植成，国之贫也”；“草木植成，国之富也”。“行其山泽，观其桑麻，计其六畜之产，而穷富之国可知也”。古人管仲的言谈，对今人是有其深切教意的！

我国的生态环境欠账颇多，如今仿佛已到了积重难返的地步！土地在一天天被吞噬，大气污染满天沉闷，生命圈在一天天缩小……作为一个有责任心的作家，看到地球村如此死寂般的状态，能不急吗？早在20世纪60年代，我就察觉到中国生态出现恶性循环，急着搜集材料，执意将民族的忧患注入书中。

若用时髦语言表述，我是一位“两栖”作家，享有30多年的记者生涯。新闻的敏感，铸就了我锐敏的目光，急切地关注人类所面临的困惑。我生长在“皇柏”葱茏、绿树成荫的四川剑门山区，从小就热爱土地，关爱森林。

前事不忘后事之师。在探索生态文明的路上，中国人是吃了黄连之后，才开始回应的。我们付出的代价太多啦！20世纪末，出现的那一幕幕难以治愈的创伤让人心酸。改革开放，复兴中华，是不容置疑的，但不能以损害生态环境为代价。我不是先知先觉的先行者，我的作品也只是起到抛砖引玉的作用，让更多的人尽可能早日领悟吃黄连的滋味，引发出的胃酸难受的实感。我耗去几十年的光阴，写下了这些支离破碎的文字，只录下灾情的一部分。我以为这些文字，有着永恒的价值。它可告诉子孙，在地球上，在中华大地的核心地带，曾经出现的那些让人心酸的景象。

亲爱的读者，在这里，我想声明一点，我所著的生态文学系列，绝不是迎合少数读者的低级趣味，也不是为当政者涂脂抹粉，而是要唤醒大地，唤醒民众，唤醒决策者。我的作品也许带着浓郁的酸味、辣味，不那么养眼，不受头头脑脑们的欢欣，但它却是一剂“苦口良药”。我生就是说真话、做实事的人。不会用假话、虚话，糊弄读者，也许这是骨子里的基因所定。作为一位有责任心的作家，应对读者负责，对社会负责。

经过 40 多年的奔波与劳顿，植成五棵色彩斑斓的“文学树”：生态文学、熊猫文学、改革文学、庄园文学、名人传记文学；其特征有三：大众化、真实化、时代化。

我期待的“这一刻”正向人们大步走来，为迎接“生态文明”建设空前繁荣，祝愿“这一刻”的到来，我刻意从出版的各种文体 20 多部、600 多万字的文学作品中，筛选和拔萃出约 200 多万字，集结成《王治安文集——当代中国生态解密》，按照主题分土地、粮食、森林、人口、移民、熊猫等六卷。这些文字，是我文学生涯中最具代表性的作品。

我所著的生态文学作品，是与自己的人生思路和时代相关的，它记录了我国创建“生态文明”、修复生态环境所走过的艰苦历程，颇为世人关注。在这里，感谢所有关爱和善待我作品的读者和朋友！

2018 年 4 月 15 日

目　　录

电视文学剧本

长篇报告文学

国土的忧思

国土的忧思

摘　　要

人类大声疾呼：地球超载了！

一个全球性的人地矛盾在不断加剧。中国的情况最为严峻，四川尤为突出。警钟业已敲响！

然而，这一严峻现实，却至今未引起人们普遍的、高度的重视。在农村，违法占地浊流泛滥；在城市，“圈地”邪风愈刮愈猛。土地正一片片被吞噬，捍卫土地的斗争正一天天激烈。

《国土的忧思》是第一部反映这一斗争的长篇报告文学。它以丰富、翔实的资料，全方位地揭示了人地矛盾的严重性；它以大量活生生的真实故事，形象地表现了这场斗争的复杂性和艰巨性。对一个个愚昧落后者、以权谋私者、顽固抗法者进行了无情地揭露和抨击；对一大批无私无畏、勇敢坚强的土地卫士进行了热情的讴歌与颂扬。作品融知识性、理论性、文学性于一炉，是一部进行国情教育、普法教育的好教材。

序

韩素音（英籍华裔著名作家）

这本报告文学《啊，国土——忧患的警钟》(后改名《国土的忧思》) 写得很好，值得大家一读。它论述的问题关系着中国亿万人民的未来兴旺发达和幸福。作者王治安用报告文学的形式，以客观、科学和认真的态度，既写好的，也写问题；既不夸大，也不掩饰地叙述其对国土的忧患，反映了中国人口多、土地少的全面貌，启人深思，使我不愿释手，阅至深夜。中国的基本国情是既要很好地利用土地资源，保护良田沃土，使人们得以丰衣足食；又要解决好国家工业化、现代化须占用部分土地而带来的矛盾。中国只拥有世界可耕地的7%，而要养活22%的世界人口，倘有失误，势必发生土地危机！遗憾的是，现在有些地方的人们并未完全理解这一简单的道理。

对土地的保护、利用和开发是我一直关心的事情，希望其对中国农业的稳产、增产提供保证。过去一段时间对森林乱砍滥伐造成水土流失，使全国的沙漠化面积超过了15%，政府下了很大功夫控制沙漠化趋势的扩大，我也邀请过几位外国专家来中国交流这方面的经验。近一两年新的问题又有出现，一些地方不关心对现有良田的保护，无开垦荒地山坡的计划，甚至不切实际地圈划各种“开发区”，虚占良田沃土。无远见、无效益地占用土地，得不到真正的发展，也不符合中国领导人倡导的目的。不严格控制可耕地的占用，产生不利后果是对不起人民的，我们应该认真对待这个问题。

这本书除供国内读者阅读外，还可翻译后在国外发行，在拉丁美洲、非洲的一些国家或地区，也存在不注意保护土地，任意砍伐森林等类似问题。

土地是人类珍贵的有限的财富，它是我们最为宝贵的资源！

（原载《人民日报》1993年10月11日）

1993年4月

第一章　地球的困惑与人类的呐喊

土地——人类的母亲

如果有谁问，
世界上什么最美丽？
我肯定地说，
土地，土地，除了土地还是土地！
美丽朴实无华，
无声无息。
就像含苞的蓓蕾深藏娇艳，
青涩的果子饱含甜蜜。
准确地说土地就是我们的母亲，
我们是一群吞食泥土的孩子。
那水是土地流淌的血液，
粮食是土地鲜嫩的肌体，
就连那熬粥的砂锅，
也由泥土铸成，
盛饭的青花大碗也由泥土烧制。
而土地静静地躺在我们脚下，
任其撕扯蹂躏，
深入她的某一部位又抬脚远去，
当我们再也不能动弹的时候，
又总是柔柔地覆盖我们，
像一条温暖的被子……

——一位诗人

人体——地球的一个器官

地球，是人类的母亲；人体，是地球母亲身上的肉团。

我们现在说，地球像个皮球，是个不停地转动着的圆体，这是极普通的常识，就连幼儿园的小朋友也清楚。可当初，人类还处于蒙昧无知的远古时代时，对地球却是陌生的，关于它的脾气，它的形状，它的价值，谁也说不清。

哥白尼的大脑仿佛特别大，特别灵，能先知先觉，是他率先提出了天体运行的“日心说”理论，指出地球是一个绕自转轴自转并绕太阳公转的行星。这一科学论断遭到教会的反对。他们怎么不气恼呢？神父的迷人法术被冲破了，他们的根基被动摇了，他们自然会怒发冲冠。但是，他们的反对是徒劳的，哥白尼的日心学说不仅否定了曾愚弄西方一千多年的“地心说”，以简单完美的圆形轨道等论点吸引了天文学家的注意，更由于他冲破了中世纪的神学教条，彻底改变了人类的宇宙观念而引起了一场伟大的“哥白尼革命”。

其实，早在哥白尼之前一千多年，中国的荀子已经提出了“天行有常，不为尧存，不为桀亡”的自然运行法则。在荀子看来，天体有着周而复始的运行轨道，有轨迹，有规律。因此，作为地球的孩子——人，他们与地球有着母子关系。那么，人的造型与地球的造型有没有相似之处呢？

在自然界，普遍存在着对称规律。就是说，物体有一个纵横相对的坐标结构。就地球而言，它的坐标结构是以子午线和赤道线构成的。

也许，你未曾想到，人体的结构也有纵横坐标，而且是个圆体。人体形成的最早细胞是个圆形，不必多言。在母亲的腹中生长，发育，直至呱呱坠地，整个身躯像个肉疙瘩。那仅仅是就外观而论。

倘若你伸开双臂，不难发现，手臂与相垂直的躯干，正好组成个“十”字，一个标准的纵横坐标，而且纵横的长度大致相等。

说人体像个圆，自然就得有个圆心，人的“心脏”部位就是个圆心，中心。人体的活动，无不围绕着这个中心运转。

多么有趣啊！人体内血液的循环、脉搏的跳动，宛如舞厅的霓虹灯，有着自身强烈的节奏感，有着它自身的规律，从动脉流向全身，又从静脉流回心脏，那也是一个圆，一个运行流动的循环体。

多么奇妙啊！倘若要从血液的社会学来分析，不同的血型，表现出不同的个性、不同的思维。如果按医生的表示方法，即用符号形式表示，可以分为四种：A 型是“｜”，B 型是“—”，O 型是“O”，AB 型是“X”。四种符号如果组成一幅图，放在一个平面上，正好是“⊕”形。图内的线条恰似地球的经线和纬线。

这图案，用于医学，是一幅示意图。图内总体构成中的纵横坐标结构，又是以 A 型，B 型为主体。

请别惊讶！这是科学，绝非邪说，绝非牵强附会，一切运转都与当初兰斯坦纳所开创的血型自然学的原理相同。

古往今来，科学家在发现人体是个圆形的同时，还发现组成人体的各种“零部件”无不是个圆，头、眼、鼻、嘴不必多说，其他器官也是如此。

于是，一位西方学者得出一个科学结论：人体是地球的一个“器官”。

于是，人与大自然，以一种察不透的精神一同融合了。

于是，生命的起源，人类的起源、繁衍和发展，便和地球难分难舍，血肉相连，没有地球也就没有生命，没有土地也就没有人类！

然而，人类似乎并不理解地球的苦衷和难处，而且还以无情的面孔对待自己赖以生存的母体！

目前，不少觉醒的人们都在大声疾呼：拯救地球！“世界地球日”的活动波及五大洲。地球究竟怎么了？

“圈地风”在蔓延

走出城区，抬眼望去，只见一处处围墙高筑，一片片沃土上杂草丛生，长期荒芜。看着这种情况，谁能不感到痛心？可怕的是：这种景况不止一处有，而是处处有，正呈蔓延之势，从城市近郊渐渐向外扩展着……

日复一日，年复一年，一块又一块良田被吞噬。如此下去，粮食从哪里来？人类又靠什么来活命？

不能不令人忧心啊！也不能不使人为此大声疾呼啊！

作为一位记者，一位共和国的公民，我当然不能沉默。一个阴云密布的上午，我走进成都永兴巷四川省国土局所在的大楼，在五楼找到了该局宣传处的戴世荣同志。

这位头顶已挂雪花，成天摇着笔杆儿的中年汉子，是位“土地通”。四年来，他不辞辛劳，跋山涉水，走乡串户，了解全省土地占用情况，掌握了大批材料。提到“圈地风”，他就深恶痛绝，满腔怒火。

“我省的空闲地到底有多少？目前，很难拿出准确的统计资料，一则眼下‘圈地风’有令不止，二则圈后不用，也不让别人用，千方百计要保护既得的土地。他们怕‘政策变’，就是怕得而复失，前功尽弃，所以不惜一切代价封锁起来，长期与政府抗争。”

他的声音略显低沉，似乎有什么难言之苦。末了，他又报出一串令人震惊的数字：乐山、内江、广元等十余个地区，空闲地多达 13 800 亩。若按一亩养活三五个人，这些土地可养活十万八万人。

地处金沙江畔的攀枝花市，已征缓建的现象特别突出，全市总共有 3 700亩良田好地搁置一边睡大觉。有一个小小的矿务部门，财大气粗，人际关系好，他们利用手中得天独厚的权力和所在部门的优势，在滔滔金沙江畔，围起一大片土地，700 亩啊！长江源头，地连着山，山连着天，可耕地奇缺，沿江的沃土寥寥无几，而这个区区小局，咽喉一张，便吞食了大片可耕土地。

重庆，是人们立足都难找到个地方的山城。在那里土地比黄金还贵！在狭长的嘉陵江边上，一家大企业征地 180 亩，整整闲置 10 年。还有一家军工厂，征地 1 200 亩，至今未动，成为老鼠繁殖的天堂。

还有一桩奇事。某国防厂，在山上隐居了数年，现在要下山见“世面”，决定迁到成都过几天体面舒心的日子。因为他们有过功，国土部门便把这家大企业安排在龙泉山工业区，应该说是特殊照顾了。可他们一听却火了：

“哼，我们的命孬，刚把肩上的‘山’卸下来，又在头上压一座‘山’，不干!”他们仿佛像报端曾登过的那位得“疝气”的青年一样，把“疝”字错读成“癌”字，吓昏死了。他们不愿来，还扔了一句话：“那我们就迁皖北。”

成都附近的几个县闻讯后都争相邀请，投标的结果，新都县以最优惠的条件，把该厂夺了过去，占去良田300亩。地到了手，却无钱兴建，只好把大部分土地闲置起来。

在成都平原的尽头，摩天岭下，有一片平展展的黑土地，那便是蜀中美酒“剑南春”的故乡。这里物产丰富，人口稠密，寸土寸金。近几年，乡镇企业如雨后春笋，一哄而起，占用了大量土地。几经折腾，有的胜了，有的倒了，倒了的人散地废，被闲置的土地竟达四百多亩。

这里列举的，仅仅是几个例子。从全省范围来看，其严重程度就更加触目惊心！1990年，国土部门对重庆市做过一次调查，仅95个单位，就占地5 600亩，占而不用，长期闲置，是荒废三年还是五年，谁也不知道。

谈到此事，办公室的同志立即轰动起来，你一言，我一语，无不表示义愤。

“记者同志，希望新闻界支持，呐喊！事情迫在眉睫，不呼吁咋得了?”大家渴望社会的支持，渴望舆论的谴责！我那不平静的心，又加重了许多砝码。

有人算了一笔账，全省各项非农业建设，每年占用耕地和非耕地为20万亩，如果14%被闲置，就有3万亩土地被浪费。耕地和非耕地对半开，按单产500公斤计，一年就会损失粮食750万公斤。

对国家不利，对社会不利，对农民不利！

在征地问题上，一些部门的负责人心中无大局，丝毫不顾国家、民族的长远利益，一味“穷讲究”。在新建或扩建工程中，八字还没一撇，就盲目追求大工厂、大企业，异想天开搞什么“花园式”、“别墅式”、“宫殿式”……一亩能办的厂，想征三亩；三亩能办的厂，想征九亩。总之多多益善。中国人没有裤子穿，他们不觉得羞耻，但如果没有五亩三亩来搞“喷水池”、“金鱼池”之类，他们却会大为不安。

这是私心在作怪，这是本位主义的具体表现。这些同志至少是缺乏基本的国情、省情观念。既可怜，又可憎！

中国人有句俗话：瘦狗拉屎——强挣。

许多单位的头头，看见别人修房造屋，垂涎三尺，急急忙忙策划、筹措、贷款。可怜巴巴地凑起一笔钱，或征了地没钱买材料或买了材料没钱施工……一年、二年、三年……人拖疲了，群众闹烦了，只好让土地生蛆。

乡镇企业占用土地更方便。土地就在他们脚下，腿一抬，便占山为王，不需费多大唇舌，十亩八亩的地便到手了。摊子铺开，而又无力驾驭，就随意将大片土地用来堆放杂物，或出租赚钱，或喂牛喂马，或繁殖鸡鸭鹅兔。

瞎子见钱眼开。在改革开放中，一些单位没有实体和赚钱的能力，他们向往钞票，企图找个能下"金蛋"的地方，于是便想到土地。地处城郊的地，不是金口岸，也算银口岸，只要有了地皮，再盖上房子，一夜之间，大把大把的钞票便上手了。这些年，城市人口、流动人口急剧增长，搞得城市如同蚂蚁窝，有房还怕变不了钱?

在成都，有那么一个单位的头，脑壳"烂"，鬼点子一串串。他指使基建科，花了8万元在成都市郊征得一亩地，计划可修7层楼的商品房2 800平方米，加上修建费不过花85万元。每平方米的价格按800元计，可卖224万元。或者出租，要不了几年便可以成为"房老板"。然而运气不佳，刚征了地就碰上基建压缩，一圈三四年没解冻。

人贱地残，土地荒废。啊，不幸的大地。

土地，死者与生者在"争夺"

张白清一夜没合眼，窸窸窣窣地折腾到天明。

张白清是远近闻名的孝子，其父不幸患了食道癌。父亲在病中时，他的眼泪就已经流干了。在父亲咽气的那一瞬间，叫他不安的不是父亲生与死的问题，而是如何逃脱可怕的火化，为死去的父亲领回一副完整的尸骨。这也是老人家唯一的遗愿。

他排行老大，这件事，只有他主宰了。他急如星火，此刻仿佛听见父亲在病中呻吟："白清呀，我死了，一定把尸骨送回老家，埋在西山坡那片树林里……"

几十年来，父亲含辛茹苦，省吃俭用，养活了他们兄妹五人。他对父亲的大恩大德铭刻在心。早些时候，他在本县信用社当会计。他总是向往大城市，总觉得在山旮旯里成不了大气候。改革开放以来，他想法搞了一张"留职停薪"的证明，进了成都市，在锦江汽车厂当秘书。很快，又把老婆孩子母亲父亲一大家子从山旮旯接到城里，过起现代都市的生活。殊不知，父命不长，好时光没过到两个春秋便咽了气。

从大城市运走遗体，要冒极大的风险，轻则罚款、记过，重则开除党籍。真可怕，倘若如此，他一生就完了。经过激烈的思想斗争后，他还是决定冒一次险。

张白清原是一个诚实人，然而，当他第一回使出十八般武艺，编织谎言，骗到一张盖有十来个大红印章的"停薪留职"证明时，他犹如阿里巴巴发现金库一般高兴。因为他通过这件事，发现了自己的智商。

如何让父亲逃脱"高烟囱"这一难关呢?

迫在眉睫！此时此刻，这位共产党员再也顾不上"清规戒律"，他斗胆昧着良心，帮死人骗活人。这一回，他的骗术，可算达到了登峰造极的地步。

第一招，要骗过户籍的眼睛；第二招，要疏通火葬场的司炉工。

天，已近黄昏，张白清在医院办完手续，佩带上黑纱，恭恭敬敬将父亲的遗体抬上灵车，向火葬场急驰而去。与此同时，他派了一辆面包车让弟妹们呼呼啦啦、哭哭啼啼也上了车。

车向北驶去。行至汽车厂门前，便兵分两路：一辆载着遗体的车向绵阳方向疾驰而去；另一辆车拐进车间，在车间的尽头抬出了一具用木料和石膏制成的"木乃伊"。那脸形，那身架，和他的父亲一模一样。

不多时，小车开进火葬场，把"遗体"送进了高烟囱……返回市区后，张白清拿着"火化单"，望着骨灰盒，舒了一口气。骨灰盒里面装着一些泥土，上面覆盖上白色骨灰，那骨灰是他向火葬场讨的“下脚料”。

当晚，张白清在车间里，放好“骨灰”盒，设下“灵堂”。并请来三朋四友，还有派出所的户籍、街道办事处的头，热热闹闹，为父亲举行葬礼。张家老大又当着大家的面，痛哭流涕地表演了一番。

他父亲的遗体却完完整整埋在了那片林子里，并占了大片土地。

至今，张白清想起来，都觉得自己“聪明”过人。多可悲呀！

土地，死者在向生者“争夺”！

就在成都郊外的一些丘陵地带，也不难发现坟茔在悄悄垒起，“馒头包”一个接一个，一片又一片。这情况，当然不止此一处才有，在全川屡见不鲜，在全国许多地区也屡见不鲜。近年来，由于忽视了在人民群众中进行唯物主义的宣传教育，唯心主义便乘虚而入，以致封建迷信沉渣泛起。各种迷信活动越来越猖獗，使得活人失去了主心骨，把自己的命运系在死人身上，乞求死人庇佑。

于是，阴阳先生、端公道士、神汉、巫婆纷纷出笼，重操旧业。端公道士俨然以“阎王爷”的派员自居，为死者进地狱开通行证，给活者灌“迷魂剂”。在巴山蜀水，他们编造许多邪说，专门欺骗文盲和科盲。有的竟然声称，如果死者生前是“农二哥”，今生今世积德行善、孝敬父亲，到“地府”便可“农转非”，审批权就在端公道士手中哩。自贡市农村还出现了以阴阳、道士为主的丧葬专业户。这支别动队走乡串户，利用各种邪说，把丧葬排场越搞越大。

丧葬陋习的泛滥，使得人地矛盾一天天加剧。

据有关部门统计，1989 年我国死亡人数 650 万，其中火化的仅 180 万，有 470 万人实行土葬，占用可耕地进行土葬的高达 370 万人。若以每座坟头占地 0.2 亩计算，每年就将损失近百万亩土地，比塞舌尔整个国家的面积还要多。

一个多么可怕的数字！

土地在一天天被吞噬，人类的生命圈在缩小，而丧葬陋习导致的乱占耕地的势头还有增无减！

四川农村占用田土葬死人的现象，也相当严重。1989 年，内江市死亡 5.5 万人，其中火化的仅 5 000 人，有 5 万人实行土葬。

为了制止土葬风，自贡市曾采取过一些硬性措施。政府规定，职工死后，亲属要凭“火化单”才能领取抚恤金。然而，上有政策，下有对策，不少人家将死者尸体火化后，仍坚持把骨灰盒装入棺材入土，占地造坟。于是乎，一个新型的行业应运而生。在郊区一个叫“马吃水”的地方，近年来涌现出一家家石棺个体户。

在一些地区，还出现了另一种怪现象。有些人受迷信邪说的影响，将祖坟转移，渴望来世进入“天堂”。涪陵市山窝乡官桥村的退休干部杨某等人，1985 年邀约附近杨姓村民 8 人，为荣耀杨氏祖宗，请来道士安香位，把已成耕地的祖坟地圈起来，立石碑，建祖坟，顶礼膜拜。

以上事实说明，解决这一问题的关键在于改变人们的陈腐观念。观念不改，任何强硬措施都是难以削平这些坟头的。

1990 年，第四次人口普查揭晓，我国已达 11.6 亿人。不消百年，这些人也将辞世。倘若继续实行土葬，每座坟占地按最低数 4 平方米计算，11.6 亿该占地多少？无须多久，神州大地将会坟茔满布，子孙后代将难以在这片土地上继续生存、繁衍。

“哪里的黄土不埋人？”数千年的土葬习俗，铸成了我们民族根深蒂固的殡葬观念。特别是汉人，一直把土葬看得太重。

“死无葬身之地。”这是人们最惧怕的结局，也是用以咒骂仇人最凶狠的言辞。

还有，村里有谁发了财，升了官，捧场的人就会说：“你家祖坟埋得好”“你家林地风水好”。

于是，人还活着，有的就开始忙着为自己找墓地。为了选个好地方，以便福荫子孙，来世转运，有的甚至不惜重金，请“风水先生”为之相地。

这些精神枷锁把我们民族压得太久了，坑得太苦了，不卸掉行吗？无数事实表明，传统的殡葬观念不是不可改变，而是完全能够摒弃革除的。

人民的好总理周恩来，他的骨灰没有葬入烈士陵园，而是按他的遗嘱，撒向祖国江河湖海，为全国人民树立了典范。记得当年天安门广场悼念周总理的无数挽联中，出现过这么一副："骨灰撒江河，看波涛涓滴都是人民泪！"伟人如周总理尚且如此，何况我辈？总理生前曾批评那些毁林者是"吃祖宗饭造子孙孽"，那些乱占耕地、大造坟墓者，不也是在"造子孙孽"么？

《文汇报》1990年10月18日，报道了天津市52名已故市民的骨灰撒入滔滔渤海的消息，引起了全国数以亿计群众的称赞。人们竖着大拇指说：天津人有勇气，观念新。上海延安路居民冯维德老人，在给报社的信中写道："我老伴的骨灰盒1991年2月即将寄存到期，我为此心里总不安定。墓葬要占国家土地，又要花费五六千元。我没有工作，子女又各有家室负担，不宜再增加他们的开销。我赞成实行海葬。我们敬爱的周总理的骨灰是撒入江河大海的，我们要向周总理学习。我百年之后，也和老伴同样处理。希望上海也能举行海葬……"

随着改革开放的深入发展，改革殡葬习俗的呼声正一天天高涨，并开始为越来越多的人所理解、所接受。

有人曾倡议平地深葬，骨灰入土植树，节约土地。这是个好办法！1989年3月18日，广州白云山脚有二百多市民和香港同胞，在庄严的葬礼进行曲中，把亲人骨灰撒进泥土，植上树。这一创举，带动了全广州市民，很快便有293人报名，愿将亲属骨灰入土植树。

其实，火葬在我国早已有之。

我国考古学家在发掘甘肃临洮县寺洼山的史前遗址时，发现一个盛有人类骨灰的灰色大陶罐；洛县西区出土的文物中，发现有北宋骨灰瓦罐；福州还发现北宋元丰年间的火葬墓。

一些古籍中，也有过记载。《墨子・节葬下》中写道："秦之西有仪渠之国者，其亲戚死，聚柴薪而焚之。"叙述了甘肃庆阳县西南部的仪渠，早在先秦时期，那里的人民就实行了火葬。

就社会阶层而论，不仅在庶民中有人实行火葬，在皇室成员中，同样有人实行火葬。《新五代史》上这样写道：后晋皇帝石敬瑭的妻子李氏死后，她的皇儿称帝，便"焚其骨，穿地而葬焉"。

我国古典名著《水浒传》中还描绘了武大郎被毒死后，他的尸体被送往“化人厂”焚烧的情况，这就足以表明在宋代火葬已有了很大发展。

《红楼梦》中，有一位“心比天高，命比纸薄”的丫头晴雯，当她被驱出贾府，含恨而死之后，刻薄的王夫人闻信即命：“即刻送到外头焚化了罢!”于是晴雯就被“立刻入殓，抬往城外化人厂上去了”。

从上述的记载可以看出，我国从先秦至宋、元、明、清，老祖宗早已有了火葬的风俗。自宋代以来，还出现了“化人”的专设工厂。古人既然已经为我们树起了文明的楷模，今人为什么不很好继承和发扬这一优良传统而偏偏要死抱住落后陈腐的“僵尸”不放呢?

实行火葬，是利国、利民、造福子孙后代的好事，也是缓解人地矛盾的一项重要措施，我们应该积极倡导，大力推行!

灾难深重的成都平原

四川盆地，土地肥沃，出产丰富，历称“天府之国”。近几年，大城市、中等城市不断发展，随之而来的是大片大片的良田被圈占、吞噬。人口剧增，土地锐减，人地矛盾日趋尖锐。

四川省委常委、成都市委书记吴希海，曾在报上发表题为《保护国土，造福人民》的文章，呼吁全市人民行动起来，保护耕地。

文章指出：“土地是一种十分宝贵，不可再生的有限资源，是农业发展最基本的生产资料，是人类赖以生存和发展的物质基础。尤其是耕地，更是直接关系到人们的吃饭和生存问题。”

成都市人口、耕地情况不容乐观。“据统计，1989 年全市有耕地 699.8 万亩，人口 908.5 万，人均占有耕地仅 0.77 亩，不足世界人均量的五分之一，全国人均量的 61%。在今后一个相当长的时间内，人口还会继续增长，各项非农业建设也不可避免地要占用一部分耕地。这种人口、耕地的反向增长，必将使有限的土地资源与整个社会需求之间的矛盾日益突出，严重制约我市国民经济和社会事业的发展。”

形势严峻啊!

在四川省第一个“国土宣传月”进入高潮的时候，我访问了成都市金牛区国土局局长谢直兴。

提起保护平原沃土，这位土生土长的“老成都”便按捺不住内心的激动。他忧心忡忡地说道：“我区地势平坦，土壤肥沃，适宜各种作物的生长。我们肩负的任务十分艰巨，既要解决几十万人的吃饭问题，又要保证国家重点建设。如何理解、认识国土工作的重要性，是我们工作的重点和难点。”

“长期以来，由于没有专门机构管理土地，以致机关、企业乱占滥用。农民有种错觉，认为土地是土改时分给他们的胜利果实，属于自己所有，于是随意支配。80 年代初期，农民违法占地建私房达到了高峰，造成土地锐减。解放初期，金牛区人口 13 万，拥有耕地 37.2 万亩；现在人口增加到 50 万，而土地只有 28 万亩，人均耕地从 2.8 亩降到 0.51 亩。随着经济的发展，国家建设用地猛增，10 年内，金牛区减少了 116 个生产队（组），成都市的幅员由解放初期的 17 平方千米，扩大到 77 平方千米，到本世纪末将延伸到 116 平方千米。”

他搬出大叠资料，指着已扩大数倍的规划图，图上，城市街道正向四面八方辐射。他显得有些心情沉重。他忧虑的是：土地被占用了，几十万农民将怎么办？土地一天天锐减下去，今后吃穿问题又怎么解决？

成都平原被蹂躏，引起了各方面的强烈反应。1990 年 1 月 18 日，在《四川日报》显要位置上，推出了一则报道：《成都土地研究会向社会呼吁：珍惜方寸土地，留给子孙耕种》。文章写道：

“在最近结束的成都房协城镇土地研究会年会上提请社会各界注意：素以‘天府之国’心腹地区著称的川西坝子，人均耕地急剧减少，希望有关部门一定要加强对土地的宏观控制和微观管理，节约用地，保护耕地。”

“目前，同新中国刚成立时相比，川西坝子减少的耕地几乎相当于温江、郫县及龙泉驿等三个县（区）现有面积的总和。成都市现有耕地比那时减少 101 万亩，城郊接壤地区下降更多。参加研讨会的不少人在论文中，希望尽快履行国有土地有偿使用制度，以便提高土地利用率，避免乱占滥用耕地，使耕地迅速减少的局面得到有效的控制……”

请听听从各个角落里传来的呼唤：救救面临被吞食的成都平原吧！

1990年仲春，一封厚厚的人民来信，飞向国务院，飞到了国务院总理的案头上。写信者是成都市民郑有国、童为民。这两位市民，怀着一颗赤诚的心，写下了千言万语。肥沃的成都平原，有着得天独厚的自然条件，一碗土，一碗油，一碗饭，一亩产一吨，素有“水旱从人，不知饥馑，时无荒年，天下谓之天府也”的美誉。眼下，大大小小的“地老虎”，在吞食着这片宝贵的耕地资源，“饥馑”“荒年”就在眼前。自1958年以来减少的耕地数相当于每年减少100亿～150亿公斤粮食。天府粮仓的美称已成历史。成都平原的粮食已经不能养活巴蜀儿女，反而成都、重庆、德阳三市，每年还要调进粮食30亿公斤。

国务院十分重视，李鹏总理十分重视。总理批示：“采取严格措施，保护土地资源。”

国家土地管理局根据总理的批示，立即组织了调查组，由副局长马克伟带队，风尘仆仆，南下入川，进行了深入细致的调查。

调查组耳闻目睹，感触很深。眼看那些平展展的沃土，一块一块地被占被吞，许多村乡的农民只能经营极少的土地，生活拮据，举步维艰。他们惊叹，对成都平原耕地的保护问题，再也不能沉默了。正如来信所说“关系到四川一亿多人口生存的大事”，同样也关系到中华民族生存的大事，乡乡村村、家家户户无不大声疾呼：“虎口夺地”“耕地不能再占了”！

经多角度、多剖面的透视分析，总结出蚕食耕地的原因和保护耕地的难点是：发展地方经济与保护耕地的矛盾；基本建设选址、三线企业调整布局与保护耕地之间的矛盾；城市发展与保护耕地之间的矛盾；农业内部结构调整过猛，过多占用耕地的矛盾；利用林盘（村庄）内部空地挖潜盖农房与改变农民旧有观念和习惯的矛盾；土地管理机构、队伍与工作不相适应的矛盾……

由于工农产品存在剪刀差价，因此出了“高产穷县”。“父母官”认为“亏”了，“不拿出二三万亩地搞工业，经济上就翻不了身”。因而，“圈地风”一刮再刮，经久不衰，有能力搞工业的要占地；没能力搞工业的，先圈一大片，引鸟“筑巢”。对此，农民红眼，一家一户孤居的陋习膨胀，私欲膨胀，任意扩大林盘地，家家户户将住房、坟地、竹林三位一体，造成大量好田好土闲置。据查，绵阳市有林盘19万处，27万农户占地32万亩，平均每户占地1.1亩。

大小城市，伸开翅膀，无止境扩大。德阳市1983年建市，当时建成区仅11.9平方千米，现在为17平方千米，平均每年增0.73平方千米，年增长6%。1985年，省批准该市到2000年城市规划面积为49平方千米，尔后该市有关部门又将规划扩大到60平方千米，分别为1983年的4倍和5倍。

“不能见死不救!”农民在呼唤。省、市有关部门也动起来了。1991年5月28日，四川省人大常委会颁发了《四川省成都平原耕地保护区耕地保护条例》，准备1992年1月实施。

这条例表明领导机关已经下定决心，动员全社会保护成都平原耕地。

大企业疯狂地向城市密集

三线企业纷纷下山，拼命挤向大城市，已形成一股热潮。这是成都平原土地锐减的又一大特征!

“备战备荒为人民”。这是20世纪60年代重大的战略思想之一。

1964年6月6日的中央工作会议上，毛泽东作了讲话。他提出了一个战略决策，要搞三线工业基础的建设，一线二线也要搞点军事工业。各省都要有军事工业。有了这些东西，就放心了。

想当初，世界局势风云变幻。世界列强凶相毕露，对年轻的人民共和国虎视眈眈。对此，共和国不得不加强三线建设，国防建设，自身建设。

在漫长的历史岁月中，天府之国的四川多次成为帝王军阀偏安割据，问鼎中原、统一中华的战略要地。于是一大批企业，纷纷从沿海，从东北、华北涌进四川，各路人马从五湖四海云集巴蜀。他们一批又一批，随着企业，携儿带女，进入深山密林，高山峡谷，安居乐业。

他们有技术，有干劲，转战南北，管理铁路，修筑公路，开发矿山，发展钢铁生产，兴修水利。总而言之，各路“神仙”荟萃四川，为“天府之国”锦上添花，对四川的发展和建设，立下了汗马功劳。

这批有功之臣，在穷乡僻壤，为共和国的三线建设含辛茹苦，创造了累累硕果。由于他们长期深居山区，信息闭塞，适应不了改革开放的形势，如今都纷纷要出山。

1983年，党中央、国务院作出了对三线建设进行调整、改造，充分发挥作用的重大决策。于是，近几年，刮起一股“迁徙风”。纷纷“离乡背井”，抛弃苦苦经营二三十年的高楼大厦，浩浩荡荡向大城市进军，并不惜血本重新破土兴建，蚕食大片沃土。原来的工厂成为空城，闲置让人不堪回首；如今占用大片大片的良田，让人痛心疾首！据说要在龙泉镇建一座航天城，占地9.9平方千米。

有人问，他们曾响应“备战备荒为人民”的号召，在盆周山乡，耗去巨资，建起一座座大工厂，占地一片又一片，是对？是错？眼下，他们纷纷涌向大城市，又将会带来啥后果？

有人称：这是时代“综合征”。

有人说：不对。城市在大变，乡村也在大变。从备战角度来看，发展国防工业生产，那些地方更安全，更适合，为啥一定要往外迁呢？

一场激烈的争论拉开了。似乎谁的理由都充分，但谁也说不服谁。

1991年严冬的一天清晨，我冒着伸手可搂的浓雾，走访了成都市规划院和规划局的专家、权威。原订黄副院长给我介绍成都平原的有关情况，不巧，当我登上二楼院长办公室的门时，这位精明干练的女院长已被“抢”走了。她不无遗憾地说：“今天忙得不可开交，很遗憾，不能与你交谈。我托刁成武同志给你介绍，他是专管成都市规划工作的，你看咋样？”

她将我引进一室，会见了小刁。

小刁是个憨厚朴实的小伙子，聪颖随和。他打开古老的文件柜，抱出一捆资料，正儿八经地向我诉说起成都平原的遭遇。下面便是我和他的对话记录：

笔者：成都是文化古城，三国时期已闻名遐迩，近几年，大企业纷纷下山，向大城市涌来，为啥？

小刁：成都平原像块海绵被，平平展展，舒舒服服，许多人都想躺在这块地上，许多企业都想分享成都的良辰美景。前些年，土地管理放松了。噢，你一松，他们便蜂拥而至。

成都市郊的地理位置，市政府作过这样的布局：

岷江水系，从西北向东南流去。原来的老城区、府河、南河以内是作为省、市机关所在地；西面属于上风、上水，用作风景旅游区、居民生活区，已建成的抚琴、青羊小区就属于那个范围；城北也属生活区，不发展大工厂，用于建设仓库、铁路、行政办公、文化设施；东北角是以电子工业为主体；城东、城南属下水、下风，是重工业区。

为适应改革开放新形势，对工业发展作了科学合理的规划，并划出龙泉、簇桥以及牧马山、木兰山作为新开发的工矿企业区。

笔者：成都市既然是座历史文化名城，寸土寸金，对内迁厂有无规划区域？现在已有一批企业迁到市郊，是何原因？你能说个子丑寅卯吗？

小刁：近几年向城郊涌来的大学、工厂、科研所太多了。这些单位吞吐量大，一来占地一大片，一两百亩，甚至上千亩。这些企业有个共同特点，先从外省迁到四川的边远山区，大兴土木，占地一大片，没住多少年，现在喜新厌旧，又往成都挤，又占一大片，一个厂花去两份基建投资，占用两份土地。目前，我省一批农民的承包地被征用后，又未能解决就业问题、生活问题，所以农民层层上访，找政府，形成一种不安定的社会因素。

这些单位财大气粗，几乎都是部属企业，像洪水一般，挤入成都市，谁也挡不住。据我们掌握的情况，近几年，峨眉、阆中、广元，以及合川、华蓥山等一批大厂都已经把脖子伸进来了。据说还有一批企业要往城郊搬。这样搞，不仅使城市人口猛增，而且造成供应、设施、交通、房屋紧张。成都平原这块肥沃的黑土地，今天占一块，明天占一片，令人担忧啊！

小刁边说边站起来，指着墙上那张“成都市行政地图”，一一点着那些企业、科研所、学校所占去的沃土。他越说越激动，仿佛在谴责、在控诉那些向成都涌来的狂热者。

我站在地图前，似乎更注意到，图上密如蛛网纵横交错的河流、公路，以及浩瀚的岷江一泻千里留下的轨迹。甘露般的高山雪水，滋润着这片沃土，孕育着古今人民。成都，正是在岷江的乳汁哺育下的一块圣地。多可惜呀，如今这块宝地，正遭到蚕食，遭到践踏。

我睁大了眼睛，顿时心中的怅惘和困惑使人感到窒息。成都市已有数千家工厂，市区已被高耸的厂房、林立的烟囱所包围。这座名城，常常是烟雾弥漫，灰尘满天。眼下，企业成几何级数增加，人口更是一个可怕的数字。如果再添一批“外来户”，怎么得了啊？

笔者：哎，小刁同志，听说这些厂不仅向成都密集，还向温江、新都、广汉等郊区涌进，是真的吗？

小刁：哦，那就多了。郊县的情况，市规划局更清楚，你可以找他们聊聊。

他“咚咚咚”地把我从二楼引到底楼，找到“老规划”陈栖凤工程师。她虽然已过中年，在绘制祖国蓝图的岗位上，奋战了整整三十个春秋，可她精神抖擞，对往事记忆犹新。她是个爽快人，不等我发问，就率先打开了话匣子，开诚布公地说：你来得正好，我们早就希望新闻部门帮我们呼吁呼吁。经常宣传依法用地，可就有一些工厂，先斩后奏，土地占了，基建已拉开战幕，才向市上报材料，常常弄得你哭笑不得。中央三令五申讲土地管理要依法、统一、全面、科学。现在哪里统得起来呢？真令人头痛！

有家大厂，先决定迁成都，我们花了许多工夫，勘测规划，安排他们到龙泉驿，他们不如意。正值此时，附近几个县想把这家厂当作“摇钱树”，展开了竞争，条件一个比一个优惠，土地随意放宽，价格低廉。谁不想占点便宜呢？最后。这家厂放弃成都，投奔新都。

笔者：哎，陈工，你能否讲得具体点？

陈工：嘿，那中间有许多有趣的故事嘞，如果你要写报告文学或小说，倒是很好的素材。这场竞争的奥秘何在？也许有些东西只能意会，不可言传。这件事，后来矛盾闹大了。新都县政府先给 50 亩地，没有办好手续，只在报告后边批了一笔就搞起来了，农民的工作没有做好，有意见。你想嘛，土地是农民的命根子，他们失去了生存的条件，咋不闹嘛！

农民既没有得到什么实惠，也没有“农转非”，矛盾激化了，暴露了。农民上访不断，弄得县里狼狈，厂方也狼狈，工期推迟了。工厂与农村的关系、企业与县上的关系。全闹僵了。后来找规划局去调解，也没生效，一搁闹了好几年才平息。

迁到这个县的企业很多呢，基层干部和农民承受不了，就向上级政府反映。我记得，1988年，有位管农业的干部写了一封长长的信反映到中央去，后来这封信从中央转到省上，省上又转到市委。各种矛盾交织在一起，越闹越大。

咋不闹呢？开初，给地时，向别人打了包票，一亩地，几万元钱，叫人家放心。可钱到手，农民的吃饭问题、劳动就业问题许了愿，不兑现，怎么行？农民也是人嘛，不能用绳子把他们挂起来呀。人，要吃要喝呀，一日三餐，一餐也不能少。农民现在光光生生，什么也没有了。

几百农民成群结队，携儿带女，长期上访。他们找县里，县里说解决不了，“农转非”没指标，叫厂方解决；厂方说他们给了钱，农民不该他们管。大家踢皮球，今天一脚踢过去，明天一脚踢过来，倒霉的是农民。矛盾闹大了，省市有关单位都去解决过，省市国防工办的领导也多次去解决过，我也跑了四五趟，都无济于事。

笔者：这样的事，别的地方有没有？

陈工：有啊，温江也出现了，矛盾尖锐。后来不知如何解决的，因为市规划局没有介入。

唉，多好的土地哟！这成都平原仿佛是块唐僧肉，这个吃一块，那个吃一块，新都一大片，温江一大片，成都郊区就不用说了。近几年，大企业像潮水一般往大城市涌来。这样下去，富饶美丽的成都平原，全变成工厂了。

陈工还告诉笔者，他们的手段高明，发动全厂职工，拉关系，攀亲戚，有的从上往下通，有的从下往上通。他们的招数绝，有了钱这个敲门砖，没有冲不垮的堤。这些厂绝大部分是部属企业，后台硬，票子多，向上面要钱方便。

还有一种妙法，叫做“攻坚战”。他们先征个十亩八亩地，搞个“基地”，钻进来，然后再挖空心思，扩大势力范围，最后达到目的。

1990 年 5 月，国家土地管理局组织调查组，调查结束时所写的《关于四川省土地资源保护问题的调查报告》中，这样写道：

“基本建设项目选址，三线企业调整布局与保护耕地之间的矛盾。目前，我国基建项目占用耕地只规定了缴纳耕地占用税的义务，没有保护、节约耕地的任务，更没有耕地保护工程的开支。加之各项建设又缺乏统一布局和综合安排，不少建设单位往往从降低工程造价和企业自身利益出发，千方百计把工厂企业安排在地势平坦、土地肥沃的特别是大中城市郊区。一些地方政府只从发展当地经济，增加地方财政收入出发，不顾牺牲良田菜地，用优惠的条件提供土地，吸引工业项目；农民为致富，跳出‘农门’，也乐于将土地让出来，没有强有力的措施，这股占地风难以刹住。以三线企业调整为例，‘七五’时期，国家计划内迁往成都地区的三线企业是 12 个，但到去年底，确定进成都市的三线企业达到 49 个，多数为自由结合，哪里给地多、条件好就到哪里去。比计划多出好几倍，占地 8 000 多亩。据了解，‘八五’期间，列入计划的还有 7 个企业迁往成都地区，预计占地 2 900 亩。这些企业绝大部分拟建在优质高产农田上。调查中，我们在新都县看到了在一片农田上矗立起来的工厂企业，以及那些企业之间的宽阔的‘高技术一条街’。西南交通大学，也从风景秀丽的峨眉山麓搬迁成都市郊，新占地近千亩，而原址仍然归该校使用。”

“工厂企业和大专院校不断涌进城市，不仅占去大量良田，还带来一系列问题。例如成都市区人口自然增长率为 5%，每年 8 000 人，而机械增长却达到每年 3 万人，因而加重了城市基础设施和公共事业不适应的矛盾，每年都要筑路建学校，新增商店和医院等。”

“……根据我国人多地少这个基本国情，城市发展用地应实行旧城改造与新城发展相结合的原则，适度限制盲目向郊区‘推煎饼’的做法。我国人均占有土地和耕地面积，不足世界人均数的五分之一。因此，要综合平衡、统筹安排，不能顾此失彼，要处理好‘一要吃饭，二要建设’的关系。”

“1984 年，国务院批准的成都市 2000 年城市发展总体规划，其建成区由59.2平方千米发展到81平方千米，人口控制在145万以下。到1989年年底，建成区面积已达72平方千米，城市建设平均每年增加2.13平方千米，增长3.6%，超过计划速度的57%；人口147万，提前十多年突破控制指标。”

四川省人民政府对抢占耕地的局势极为不安，采取了许多措施，曾在1988年经过充分酝酿，制定了《关于保护成都平原耕地的意见》的文件。文件的内容很好，但执行起来难，抢占风禁而不止！

1991年6月，国务院根据中国的国情，在第83次常委会议上决定，每年6月25日为全国“土地日”。为了纪念土地法规贯彻执行5周年，迎接第一个“土地日”，四川省人民政府于6月20日，邀请了部分教授、专家、学者以及有关部门的领导，召开座谈会。与会者心情激荡，畅所欲言，一致强烈呼吁要重视成都平原耕地锐减的严峻局势以及造成的严重恶果。

省政协副主席辛文，代表全省民主党派，在座谈会上大声疾呼：“搞社会主义，就是要消灭城乡差别，事实证明，这些年共产党也在不懈地努力。乡村在前进，差别在缩小。不知为什么那些大厂、大企业千方百计要往大城市挤，中小城市和农村也要搞经济开发嘛。他们已经在那里扎下根，应该继续搞下去。成都是块平地，既不像海边，可以填海造田；也不像山区，可以上山开荒。这块被围困的土地，没有退路，无处发展，人口密度那么大，这样无止境地占下去，百姓如何生活?”

在纪念第一个“土地日”的活动中，四川城市与农村，无处不在呼吁：一亿人口的四川，应该行动起来，保护成都平原!

十万大军向森林开刀

我无法忘记那十万大军，十万把斧头，十万名伐木的能工巧匠！

1988年。都江堰市。春寒乍暖。四川省林业部门的领导、专家云集在此，探讨天字第一号大问题，保护森林，保护大熊猫。

在一片激昂的愤怒声中，一位黑脸粗壮的汉子，坐在大厅的正中，发出了洪钟般的声音，评说十万大军的功过。

“他是谁?”我向身边的与会者打听。

“他叫邹洪福，是阿坝州林业局局长。”

邹洪福心中像有个炸药桶，他噼里啪啦爆了一通。顿时，与会者都鸦雀无声了。

“留得青山在，不愁没柴烧。”他越讲越气，霍地站起，立在大厅中央，仿佛在向全世界呼吁：“可在我们阿坝州，十万大军压境。干什么?砍树，伐木。同志们，想一想，十万大军，一支庞大的队伍，庞大的吞吐量，吓人呀!”

阿坝州是四川重要林区，原有310万公顷的原始森林。后来，不知从哪儿冒出了一个奇谈怪论：“要得富，快砍树。”于是，十万大军，浩浩荡荡，顺着岷江河谷，开进了阿坝州，组成11个森工局。

从此，山林不得安宁，大片大片的树木倒在刀斧之下。层层加码，岁岁加码，年生长量100万立方米，而下达的采伐任务却高达250万立方米。由于砍伐过量，森林覆盖面积急剧下降。几年光景，汶川、茂县、松潘、南坪（后改名九寨沟县）等县处处留下光山秃岭。

茫茫群山，青青林海，是祖先留给我们的宝贵财富，然而却毁于一旦!

邹洪福是1950年初进山的。三十多年来，他像一尊山神，蹲在川西北的林海里，扛着猎枪，从草原到林海，从林海奔向草原，捍卫着森林，捍卫着藏汉人民赖以生存的物质财富。

然而，十万大军进山之后，“山神”失去了威力。那是国营森工局，有谁挡得住呢?“山神”常常望着转眼即逝的森林哭泣，流泪!

他忧郁，像谁抽了他的筋骨，紫铜色的脸上阴云密布。此时，他的眼窝红红的，泪水已经渗出。古人云：男儿有泪不轻弹。可以看出，这位森林卫士，对林区，对草原怀有多么深厚的感情啊!

青山留不住，三百多万公顷原始森林，几乎被吞噬殆尽。

问题反映到北京。全国政协环境调查组，曾到岷江上游的汶川县映秀湾实地踏勘，并由此逆流而上，奔向源头的几百千米的河谷地带。郁郁葱葱的森林已荡然无存。先砍树，后挖根，然后再火燎耕种，从山脚一直垦到山顶，导致水土严重流失。那景象，使教授、专家们无不摇头惊叹！

谈起阿坝州的情景，笔者有很深的感受。

70年代初，我首次去汶川（阿坝州的门户）采访，汽车过了都江堰，便钻入了遮天蔽日的林子，松柏参天，望不到尽头，看不到边。当初，汶川是个令人神往的圣地。

变了，变了！不到十年光景，我再度进山，展现在面前的是一派荒凉。横亘千里的林木不见了，美丽的自然风光全没了。光山秃岭，乱石嶙峋，山崩石流，河水枯竭，真使人痛心疾首！

卧龙自然保护区的森林之谜，也在逐年消失。

1988年3月，我和大熊猫专家胡锦矗教授、植物专家秦自生教授，溯岷江支流耿达河、皮条河而上，到了卧龙自然保护区。

几天的观察、分析和感受，使我难以忘怀。我回到编辑部，随即写了一篇记者来信《卧龙原始森林面临砍光危险》，发表在《四川日报》的头版显要位置。

“记者来信”这样写道：“在卧龙自然保护区，世界野生动物基金会与我国共同建立了卧龙大熊猫研究中心。然而，这块宝地近几年来却遭到严重破坏，郁郁葱葱的绿林正在被吞噬，皮条河两岸长达60千米的山坡，已是荒山秃岭，严重威胁着大熊猫的生存。其根本原因是有法不依，执法不严。卧龙乡杨某，1986年9月盗伐森林5.99立方米（按活立木计算为17立方米），据公安部门调查证据确凿，按《森林法》应追究刑事责任。可有关部门一拖再拖，至今未作处理。更为严重的是，汶川县三江乡二村六人合伙，1986年11月在保护区西河一带盗伐木材331立方米，破坏了成片森林，结果只处分了二人，量刑偏轻，群众对此十分气愤。在保护区的腹心地带，有些农民为了砍树烧柴，现在直径30～40厘米的树都被砍掉了。据统计，仅此一项，一个乡一年要砍伐树木约3 545立方米。农民修房建屋，做家具、棺材等，批少砍多，批小砍大，已成普遍现象。现在保护区出现了许多奇异现象，滑坡、河流改道已有多处。耿达河流域出现了大片干涸河谷，去冬今春皮条河流量明显减少。保护区有关负责人忧心忡忡地对记者说，如不坚决刹住此风，要不了10年，卧龙20万公顷的森林将会被全部砍光。”

有法不依！对，这是最不得人心的事。过去，在山里，喇嘛庙主也有个“王法”，谁进山砍了树子，不杀头，也要割下一只胳膊。嘿，真灵，那王法一颁布，众望所归，无人敢轻举妄动。

现在有法不依，于是出现恶性循环：砍，砍，砍！省、地、市、县，集体和个人，“五把斧头”高高抡起，一齐向森林开刀。

近几年来，随着科技发展，伐木工具进化，十万大军，丢掉斧子，扛着现代化的电锯，如猛虎饿狼，盘踞林海，坐吃山空。

青山变秃岭，悲哉！

十万大军向何处去？

他们要吃，要生存下去。树子吃光了，没办法吃疙蔸，现在疙蔸吃尽了，养不活，“嫁”出去，一个人陪嫁一万元。这可是个不小的数字，然而背着票子找老人婆，还没有人收养，真可怜。

怎么办？他们也有一肚子气。他们曾远离家乡，为了支援林区的建设，苦没少吃，汗没少流，如今落到这个地步，走投无路，眼下还得靠树，砍树，吃树。

据调查，长江流域有33万平方千米的林区，长江上游占三分之二。川西森林覆盖率50年代为40%，眼下已降到12%。灾难还在蔓延，10万大军还在高原上，四川有17万森林工人，采伐实力相当雄厚。

邹洪福在谈话结束时，全身哆嗦，双手拱在胸前，好像在祈祷，沮丧的脸阴沉沉的，没有一丝悦色。“这些伐木大军，上面不采取果断措施，有何法子呢？他们是人，还要养活老婆孩子。现在第一遍采完了，又返回来采第二遍。按这个进度，要不了七八年，大树小树全没了。”

可怜的森林！我听完邹局长的讲述，只觉不寒而栗。

不久，我又在报端读到几则令人触目惊心的消息：

消息之一：

古蔺县龙山区护家乡杨家村的5 000多亩成材杉木林，被邻近的双河区小水乡几个村的毁林团伙，明火执仗地连续砍伐 6 年之久，如今几乎洗劫一空。

杨家林区是古蔺县的重点林区之一，5 000 多亩成材林木连片集中，茂密挺直，过往行人无不称好。1983 年以来，邻近的小水乡的张庆、李庄等村，逐渐形成一帮毁林团伙，由开始时的暗偷逐渐发展成为明抢。他们经常几十人甚至上百人地进入杨家林区，明目张胆地乱砍滥伐。他们不听劝阻；毒打护林人员，对制止盗伐行为的人伺机报复，对前往调查情况的国家工作人员进行围攻。这伙人调戏妇女，抢吃民食，为所欲为。有一次，一位五保户老大娘哭着求情，要求不要砍她的山林。这伙人竟把老大娘捆在树上，然后砍伐 10 多棵树子扬长而去。杨家村二组村民廖泽江管理的 300 多亩上好山林，被这伙人多次砍伐。廖泽江一家多次劝阻无效，只好用火药枪鸣枪警告，不料击伤张庆村村民黄某。后经调查处理，廖泽江赔偿医药费 300 元，并已兑现 270 元。谁知竟因尚差 30 元钱，廖泽江家遭到厄运。1988 年 5 月 8 日，一伙人在廖泽江家强行“兑现”，牵走价值 800 元的水牛一头，抬走棺材一口，扛走木料 8 根，连照明用的电灯泡也被摘走，围观的人还顺手牵羊，扛走堆在院坝里的木料几十根。由于这次“兑现”有人为他们“撑腰”，这伙人更加有恃无恐，连续对杨家林区进行了一星期的大规模砍伐。在这七天里，仅廖泽江家的山林树木就被砍走 1 242 根。廖泽江一家走投无路，被迫离家躲避。廖家走后，这伙人不仅将他家管理的 300 亩山林和 5 亩竹林全部砍光，连房前屋后的 12 根棕树也未幸免。他们还将砍树削下的桠枝弄来破坏廖泽江家的庄稼，使廖家损失惨重。在这伙人肆无忌惮的破坏下，杨家林区的大部分山林被砍光，毁林面积4 000 亩，占全林区成林面积的 80%左右，其中全部砍光的在2 000 亩以上，直接经济损失 1 000 多万元，全村人均 3 万多元。

消息之二：

荥经县内的光头山、大矿山国有林区和泸定县的兴隆、冷碛两乡镇接壤。长期以来，农民无视森林法规和荥经县的忠告，闯入林区盗伐林木，纵深达 20 多千米，累计伐木达 10 余万立方米，致使数万亩森林惨遭破坏，给该区域的生态环境带来很大影响。1988 年荥经三合乡发生了历史上罕见的大规模的泥石流，冲毁房屋 513 间、耕地 1.8 万亩，与该区域大面积的毁林密切相关。

1988 年 6 月至 1989 年 7 月，荥经县有关领导先后 6 次到该区巡察，每次都看到上百人在林区盗伐林木，并当场查获了当事人及运木头的驴子、拖拉机、汽车等，在此期间，荥经、泸定两县的领导曾交换意见，并达成尽快解决盗伐林木问题的协议，但未能奏效，盗伐国有林的行为愈演愈烈。目前，除盗伐木材不见收敛外，有的单位还组织近百人在林区伐木修筑公路，使破坏国有林的事态更趋严重。

四川森林惨遭破坏，不仅仅是西部、南部，东部山区的情况更令人震惊!

三峡就是一个典型。我每次去三峡都有新的感觉，新的认识，新的忧伤。

三峡如此美丽富饶，又如此丑陋贫穷！去过三峡的人，都说三峡是一幅富有诗意的、独具特色的山水画，令人神往！可如今，天然森林资源被砍，到处是穷山、秃岭、乱石，美消失了，丑不可言。

那里是长江的中游，宛如一个人的躯干主体，能这样袒胸露背吗?

唐朝诗人李白在《早发白帝城》中写的三峡美景是十分动人的：“朝辞白帝彩云间，千里江陵一日还。两岸猿声啼不住，轻舟已过万重山。”那时三峡树木参天，“蝉非一，树非一，鸣声亦非一”“常有高猿长啸”，因此，猿声、蝉声，树影幢幢，浑然一片。只因风景瑰丽，林木参天，才会出现“啼不住”的情景。

如今，荒山秃岭，猿猴的身影也难看见。据史书记载，三峡两岸森林茂密，草木繁多，数百种飞禽走兽出没其间，不仅有华南虎、云豹、金丝猴、梅花鹿，而且有“国宝”大熊猫。据大熊猫专家的考证，在更新世早期，四川东部许多地方都有大熊猫。这表明那时的长江流域是富有的，林木葱茏，动物繁衍、安居其间。

回顾历史，三峡和其他地区一样，林木多次惨遭浩劫。战争年代掠夺性的砍伐；“大跃进”时期，全民毁林炼钢铁；大办“公共食堂”吃饭不要钱，便是乱砍、滥伐的好时光；农业学大寨，毁林，开荒，人造大平原；“文革”中，无政府主义泛滥，乱砍滥伐达到了高峰……一切情况表明，近三四十年来，涪陵、万县两地区的森林面积减少一半。奉节县过去山山岭岭郁郁葱葱，田边地界林木密布，可现在森林覆盖率由32.3%下降到17.4%。巫山县由24.6%下降到11.7%。川东地区由于森林遭到破坏，必然惨遭大自然的惩罚。1982年在云阳附近，一座山滑入了长江，堵塞了三分之二的航道。川东水土流失日益严重，土地肥力下降，连年伏旱，多可怜啊，粮食单产只有一二百斤！1988年川东闹旱灾，缺粮，30万农民无粮吃。万县是罕见中的罕见，水土流失造成6 000多亩光板田，不能耕种。

长江上游大片森林被破坏，因此而留下无穷的后患。生态学规律告诉我们，自然界的某一部分遭到破坏，必然波及整个人类。

地球表面最初曾有76亿公顷的森林，覆盖率为60%，而每年消失的森林十分惊人：1 500万公顷。目前，世界平均每人占有森林16亩，我国不足2亩。森林覆盖率，我国为12.98%，德国30%，美国34%，苏联34.5%，瑞士57%，日本68%，芬兰73%。在160个国家和地区中，我国的森林覆盖率排在116位。20世纪80年代统计，四川的森林覆盖率，已由50年代的30%下降到13%。

人类与自然的关系，应该是和谐的。然而和谐的气氛被破坏了，大自然遭到蹂躏，可悲的人类不爱护自己的母亲，必然在劫难逃！

不止一个科学家预言：生态破坏是人类21世纪面临的最大灾难，其后果不亚于一次全球核大战。而这个“最大灾难”已潜伏在中国的土地上。芬兰《赫尔辛基新闻》的文章说：由于放牧过度，肆意砍伐森林和农田地力枯竭等原因，中国正面临一场严重的生态危机。

长江，向我们出示“黄牌”

不知是哪位权威人士讲过：“森林是江河的源泉，江河是人类生存的母亲。”

森林惨遭毁灭，自然江河的源泉会枯竭。随之出现山崩地陷，土地流失，导致不可收拾的恶性循环。

对森林的开发，以及森林对长江的影响，在学术上，认识并不是一致的。

20世纪80年代初，四川省某森工局的一位专家，看见国家拿大把大把的钞票向国外进口木材，他感到心痛，随之发出感叹：“中国人穷，经济上的困惑短期难以摆脱，哪来那么多钱进口木材呢？川西的原始森林一大片，若不开采，会自己腐烂，多可惜啊。”

在那时，这观点得到许多人的赞同。我猜想，也许，这就是十万大军上川西的理论依据。

经济学家，往往用推断木材生产的能力，来认识和评价森林；而生态学家，则认为森林执行着不可取代的生态机能。

理论与实践常常在这一问题上，是背离的，矛盾的，甚至是不可调和的。

四川省林业厅保护处工程师崔扬韬，他和森林打交道几十年，凭他的直感和经验，他反对大批劳力“嚓嚓嚓”地砍树林。他的道理简单而寓意深刻：“大军进山，人走到哪里，公路修到哪里，树就砍到哪里。由于我们的交通工具、采伐工具落后，大树一倒，小树遭殃，人踩、树压，采伐队一走，留下光山秃岭，人们形象地称伐木工人为‘剃头匠’。”

就地球而言，应该说，森林是生态的主体。它不仅孕育着绿色水库，孕育着山川河流，而且孕育着人类。

川西森林资源在生态环境中，历来有着涵养水源，稳定江河流量，削减洪灾的巨大功能，是“天府之国”富庶的保障。然而，这一保障被破坏，造成生态失调。

长江早已向我们发出警告！

最近，我又一次进入人们担忧的川西林区，所得到的信息，更使人忧心。在长江上游又有新的变化，有林地面积年均下降率为0.6%～0.8%，林木蓄积量平均年下降率为0.6%～1%。

目前，由于生态失调，长江流域水土流失面积56.2万平方千米，每年因水土流失而输入东海的沙量达6.8亿吨（其中大部分是上游流失的），已是黄河输沙量的三分之一，比世界上三大河——密西西比河、亚马孙河和尼罗河的总输沙量还多。

为什么？

四川很特别，是个山多，江河多，自然灾害种类繁多的地区。尤其可怕的是暴雨激发而成的滑坡和泥石流等山地灾害，无论规模和造成的影响、损失，都属全国首位。

这是一个盆地，平原沃土只限于盆子底部那一点点，微乎其微，那山地却是围了一大圈，东南西北都有，占全省面积的93.5%。江河纵横，全省大小河流有1 300多条，滑坡和泥石流9万多处，散布于江河两岸和盆地边缘山区。因此，雨季到来之后，山洪暴发，130个县、市都遭受着滑坡和泥石流的袭击。其中有40多个县城处于泥石流的包围之中，危在旦夕，亟待整治。

据四川省防洪办公室统计，截至1990年岁末的30年间，全省因滑坡和泥石流灾害而死亡的人数已达数万，毁坏房屋十多万间，淤埋土地一百多万亩，毁坏水利水电设施一千多处。

20世纪80年代以来，由于森林毁坏惨重，四川的山地灾害又有新的发展，10年间因滑坡和泥石流而死亡的已达七千多人，造成直接经济损失四十多亿元。

这些骇人听闻的数字，包含了无数生命和财产，也给活着的人们敲响了警钟。

诚然，四川的天灾形成，是多种原因的集合体，有客观的和主观的、自然的与人为的。尤其是盆地边缘地带，是滑坡和泥石流的频发多灾区。那里地质构造错综复杂，地震频繁而强烈，山的稳定性差，地形高低悬殊，山高坡陡流急，季风气候造成的局部大暴雨，这是滑坡、泥石流的主要原因。

地球表面的变化，更迭，是种自然现象。但这些年，人们的经济活动向盆周山区迅猛发展，乱砍滥伐森林，陡坡垦植，开矿弃渣等活动，导致山地生态环境恶化，水土流失和地表侵蚀加剧，此乃四川滑坡和泥石流灾害日益严重的重要原因。

20 世纪 50 年代，四川森林覆被率曾在 30%以上，那时的泥石流发生的县只占 16 个；到 80 年代，森林覆被率下降到 13%左右，而发生泥石流的县份增加到 130 个。

开矿不予综合治理，水土的流失也极其严重。据四川 11 个地、市的不完全统计，开矿 3 900 处，造成水土流失面积 374.6 平方千米，年流失量 1 651 万吨；建工厂 1.5 万处，水土流失面积 363 平方千米，年土壤侵蚀量 522.7 万吨。

眼下，滑坡和泥石流灾害，已成为干扰破坏四川经济建设，影响“天府之国”社会安定和几十个县市几千万人民安危的心腹大患！

据三峡咽喉测报，长江上游，随着滔滔江水，平均每年输沙量高达 5.6 亿吨，三峡区间的输沙量为每平方千米 1 000 吨。这是令人震惊的数字！它表明，四川盆地的沃土被江水裹挟流进了浩瀚的东海！这是一笔巨大的财富，是大米和布帛！

一切表明，失去的不是泥沙而是“血液”！

葛洲坝是举世瞩目的水利杰作！然而，由于泥沙的淤积，给这个工程带来许多困扰。如果你有兴趣的话，可以从重庆乘上江轮，顺江东去，在葛洲坝船闸处去翻阅翻阅厚厚的记录簿，便会看到蝇头小字间的含意。洪水到来，工人们要忙于断航泄洪保坝；枯水季节，要忙于断航蓄水保发电；泥沙淤塞，只好断流冲刷淤泥。

四川的水土流失面积还在无限扩大，已从 50 年代的 9.4 万平方千米剧增到 38.3 万平方千米。每年流入长江的泥沙中内容丰富，仅氮、磷、钾肥有600万吨，比每年8 000万农民节衣缩食省下的钱买来施入土中的化肥还多。

据历史记载，金沙江流域的河谷地带，早在西汉时期就开始采矿炼铜，人们挖山不止，伐木烧炭，开荒种田，延续一千余年，将一片片密不透风的原始森林，变成了满目疮痍、草木不生的“鬼剃头”，给金沙江畔留下了100多条残暴凶猛的泥石流。多么残忍啊，1984年5月27日凌晨，突然暴雨如注，强大的泥石流黑浪滚滚，夺去了117名铜矿工人的生命！

不知从什么时候起，仿佛四川盆周山地，临近雨季到来，人们便惊慌失措，坐卧不安。仿佛夏秋之间，有魔鬼下凡，给人类降下“祸星”。

巴蜀人已成惊弓之鸟！

20世纪70年代初，我去汉源采风，没住三天，城内传说四起。相传，大渡河有条孽龙，被河沙埋了鼻子，出不了气，便困在江心。三年要翻一次身，正好那年期满。孽龙一动，大渡河水陡涨，汉源城要滑入河心，全城居民将成鱼鳖。我当初也懵了。我虽不信传说，但对地处泥石流窝的汉源城有些戒心。

平静而美丽的汉源城，突然变成了一座“炸药库”，仿佛一触即发。人，四处逃窜，搬家的搬家，投亲靠友的投亲靠友；交通、邮电几乎中断；机关、学校人心惶惶，不可终日……

汉源境内森林破坏严重，泥石流早是该县一大灾难。曾有一个生产队，被泥石流埋没，人已成了化石标本。

事情就有那么巧，十年之后，这座县城一夜之间，果真在神不知鬼不觉的时候，向大渡河滑去……当我再次踏上汉源时，滑坡的痕迹清晰可见。这一永恒的纪念，将是地质学、考古学的宝贵财富！可别忘记，这一滑却成为汉源人的一块心病。

汉源县城最早从九襄迁到大渡河边，现在无奈，只好又返回故地——九襄。

20世纪70—80年代，可怕的滑坡事件随处可见。三峡地区可算长江沿岸崩塌滑坡集中分布的地区之一。1982年夏天，云阳县鸡扒子一座山坠入浩瀚的长江，堵塞了长江三分之二的江面，阻塞航运，损失一亿多元。1987年9月1日，巫溪县城附近大滑坡，丧生近百人。然而，在死者尸骨未寒，伤者还躺在病榻上呻吟之时，三峡境内所剩无几的树木，又遭灾难，乱砍滥伐风又盛行起来。

无数事实证明，这一切都与植被的破坏，森林的毁灭息息相关。

长江，从上游到中游，所面对的是递增的荒山秃岭，递增的滑坡，递增的泥沙。所以人们在惊呼，长江的吞吐和负荷量已经达到极限，如不及时治理，必将成为第二条黄河。

“天网恢恢　疏而不失”

《老子》七十三章：“天网恢恢，疏而不失。”意思是天道公平，作恶就要受惩罚，它看起来很稀疏，但决不会放过一个坏人。人类对大自然犯了“罪”，可以说是“坏人”自寻其苦，受到大自然的惩罚，是自作自受，理所当然。

难忘的1981年，光阴已流逝多年了，可人们对此却记忆犹新，不寒而栗！

素有“天府之国”美称的四川，忽然，受到老天一次最大的惩罚：暴发了一场引起国内外极大关注的、百年不遇的特大洪灾。

从6月下旬至9月初，在连续60多天里，先后遭到六次暴雨、洪水的袭击，受灾县（市、区）共有135个，被淹的县城有57个，受灾人口约2 000万人，受灾的农田达1 756万亩（大多是肥沃、平坦的耕地），约占全省农田的17%。因受灾停产的工矿企业有3 115个，受灾的中小学达一万多所，损失校舍256万平方米。成渝、宝成、成昆铁路几度中断，县以上公路断道523条。损失惨重！全省因洪水造成的直接经济损失达25亿元以上，减少粮食收入150万吨。

这是一次浩劫！虽然没有出现历史记载的那样：每逢大灾之后“哀鸿遍野，人人呼号，饥民喧嚣，嗷嗷待哺”，灾民“扶老携幼，负囊背筐，号声哭声，日夜不绝，流离之状，惨不忍睹”。但是，这次灾难使四川人民精神失去了平衡，年年雨季到，岁岁人不安。经济上伤了元气，数年难补。四川的经济长期落后于全国，不能不说与四川的自然灾害有关。

四川省政府在《从1981年洪灾中吸取的重要经验教训》一文中，这样写道："今年我省发生特大洪水灾害，除了是由于我国东部的副热带高压脊的阻挡，在四川盆地西部（旺苍、盐亭、金堂、成都、洪雅一线附近）停滞了一段时间，一度形成阻塞性降雨，并逐渐东移这个前提条件外，一个很重要的原因，是长江上游地区森林遭到严重破坏。现在，全省193个县、市和相当于县的区，森林覆盖率大于30%的只有12个县，平均覆盖率已由解放初期的19%下降到13%，川中地区53个县（市）中有近半数覆盖率不到3%，有的县竟在1%以下。山上地上少树无树，大地既难得水，又不稳土，暴雨一来，山洪即发，水卷泥沙滚滚下流，势不可挡，大为加重了洪水灾害。7月25日凌晨2时，北碚水文站检测嘉陵江洪水，每立方米中所含泥沙竟高达12.4千克。在南充、遂宁、金堂、内江等城市，洪水退后，平地都有高起一两米的淤泥。可见由于森林覆盖率下降等原因，造成水土流失的严重程度。"

在那场教训中，还有几桩惊心动魄的悲惨事件。

悲惨事件之一：

洪流——将一列火车冲入大渡河，数百名旅客在劫难逃！

哗——！哗——！哗——！7月8日夜间，突然发生天漏，大凉山区洒下倾盆大雨，山洪暴发，洪水夹着石块、泥沙，在山间翻滚湍流。

9日凌晨一时许，地处成昆铁路北段乌斯河车站至尼日车站之间的利子依达沟，突然山崩地裂，罕见的泥石流，从山顶倾泻而来。这股巨龙一般的泥石流，龙头高达二三十米，席卷着数千立方巨石，奔腾而下，巨大的冲击波，将横跨在这条沟上的125米长的铁路大桥拦腰截断，连同两孔桥梁一起推入大渡河……

以水急浪大著称于世的大渡河，此时洪水已经高出警戒线。

这里地势险要，山崖陡峭，桥隧相连。正值泥石流暴发之时，从昆明开往成都的442次客车，行驶在隧道内。在风雨交加的午夜，根本无法辨明前方的情况。当列车驶出隧道口，司机突然发现桥被冲断。近在咫尺！列车正奔驰在千分之十四的下坡道上，已无法钳制住机车的滑行，转眼间，列车最前面的两台内燃机车、行李、邮政车厢以及 8 号、9 号、10 号、11 号车厢，栽入波涛滚滚的大渡河中……那惨相一言难尽！

岁末，笔者乘火车路经此地，望江边，锈迹斑斑的车厢、车轱辘还仰面朝天躺在沙滩上，白骨依稀可见，仿佛惨情惨景就在眼前！

悲惨事件之二：

发怒的沱江，张着血盆大口，眼看吞去 400 条生命——支部书记奋不顾身救灾民。

连日的暴雨，沱江若疯若狂，宛如一条发怒的巨龙，张着血盆大口，扑向沿江两岸。

暴雨声，咆哮声，炸雷声，惊醒了党支部书记赖才祥。他推开窗户，不禁惊叫起来："唷，好大的水呀！"

此刻，地处江心的张家、飞马两个大队，已是一片汪洋，400 多群众在洪水中呼救，挣扎。

洪水仍在不断上涨，群众扶老携幼爬上屋顶、树杈，哭的哭，喊的喊。突然一个浪头打来，又一位七旬老人被洪水卷走……

这里的交通、电话全部中断，成了孤岛。情况十万火急！怎么办？

赖支书凭着他 40 年水上生涯的经验，他判断张家、飞马两队的群众正处在危急之中。于是他冒着倾盆大雨，立即组织了 60 多人的抢险队，驾着十余艘船只，火速赶到现场。

"快，快，赶快救人！"

他们将船驶向江心，可滩多浪急，看不清航线，费尽九牛二虎之力，才找到一条险路，靠近正在呼救的群众。然而水越涨越高，沱江大桥桥洞已经通不了航。船被困在江中，靠不了岸，人仍在危急之中。

船工急如星火！赖支书急中生智，将大船换用小船。然后，他们将老人、小孩、妇女，一个个背上小船，救上岸边……

天已经黑下来了。洪水、雨天、雾霭凝成一片。赖支书背着张家二娃子，高一脚，低一脚，轻一脚，重一脚，只顾往船上跑。由于用力过猛，他忽然一脚踏翻了跳板，二人一齐坠入波涛滚滚的沱江。

水急，天黑。赖支书虽然水性好，但一天的劳累，早已精疲力竭，此刻被洪水一浸，更觉得全身无力。他俩在水中挣扎着……

哗——！一个浪头打来，他们又被卷走一二十米远，眼看就要被洪水吞没。几个年轻的船工，急忙跳进洪水中追击四十米，才把这一老一少救上岸来。

此时，赖支书已经困乏不堪，动弹不得。他稍休息片刻，咬咬牙，又立即投入战斗……

夜深了。沱江的水还在不断上涨。船工们已经连续战斗了十多个小时，没有停篙息桨，也没吃没喝，人已精疲力竭。但当他们看见洪水中挣扎的群众，又开足马力向传出呼救声的方向驶去……

这支抢险队，从 12 日夜晚一直战斗到 14 日凌晨 4 点，才将沱江沿岸数千名群众救出洪水。赖支书却累得心力极度衰竭。他救活了群众，此时大伙又来救他。群众望着他那垂危的生命，不禁潸然泪下，火速将他送进医院抢救。

那一年，沱江这条巨龙，究竟吞食了多少人的生命？这一直是个未知数。然而它并不满足，往后连续数年泛洪灾，年年岁岁有人丧身亡命！

悲惨事件之三：

安顺桥忽然垮塌，几百条生命毁于一旦。那景象，惨不忍睹！

提起那场灾难，老陈至今仍泪水涟涟。

那是 1981 年夏天。数日的暴雨、洪灾，使成都平原遭受了一场浩劫。

那天阴转晴。降了多日的暴雨之后，难得有个好天气。大清早，老陈的爱人林琳牵着儿子狗娃，专程去锦江河畔观赏咆哮的洪水和上游打来的漂木、房屋以及家禽家畜。

老陈是个豁达人，对妻子儿子特别爱。妻子是小学教师，儿子刚进小学门。母子俩正好放暑假。儿子闹着要去看洪水，老陈当然不会反对。

锦江波涛滚滚，河水冒出十来米高。长而高大的安顺桥，只露出桥面儿。三二百个看热闹的人，挤站在桥上。大伙越看越高兴。他们从未见过那样壮观的景色。

“啊——！”一声惨叫，桥跨了，几百人全部被洪水吞没……

顿时，水中的哭声、呼救声，岸边的惊叫声，嚷成一片。

部队官兵从附近的军营里冲了出来，公安干警蜂拥而至，大街小巷的居民纷纷赶来……然而一切都迟了，一泻千里的洪水，已经把落水的群众卷得无踪无影。

“狗娃子！林琳!”

老陈沿着锦江河岸，喊呀，叫呀，寻呀，找呀！一直找了三天三夜，不见踪影。第四天凌晨，他在岷江边上找到了两具僵尸：母亲抱着儿子，紧紧不放……

洪水吞去了几百人的生命，也吞去了老陈的妻子和儿子，从此他成了孤人。他忧郁，他悲伤，常常独自一人，站在锦江河畔，用泪水祭奠死去的亲人。十年过去了，老陈依然如此。

该　砍

第二章　土地，人类赖以生存的基础

土地，是人类赖以生存的物质基础。人，是地球上最活跃的分子。人的生存与发展，无不依赖于地球，依赖于地球上最基本、最重要、最宝贵的有限资源——土地。

然而，时至今日，人类却走向了困惑，人多地少的矛盾达到顶峰。追溯中华民族漫长的历史，大汉王朝，中国人均耕地 9.6 亩，人均有粮 320 公斤；盛唐时期，人均耕地 12.6 亩，人均有粮 500 公斤；明代，土地与粮食，有幸保持了唐代的水平。如今的中国，已经落后于世界，落后于祖先，人均耕地仅 1.4 亩，人均占有粮食 380 公斤。人口膨胀，欲望膨胀，土地锐减，人类赖以生存的基础发生了危机，发生了动摇！

人满为患蜀为最

自有人类以来，我们的祖先就世世代代、朝朝暮暮在地球上生活、劳动、繁衍。日出而作，日落而息，每时每刻都离不开产生、哺育人类的慈母——土地。

大地给了孩子生命，给了孩子爱，并希望他们成龙、成凤。然而，随着人类渐渐失去控制力，一个个新生命昏昏沉沉，糊里糊涂来到这个人口过盛的世界。大家不知道如何爱地球、爱自己，更不知道如何爱母亲，无限制地繁衍，以致超过了地球的承载力，因此，便开始践踏母体，摧残母体。

人类可悲！一面在呼喊：地球超载了；一面又在拼命地繁殖。

全球人满为患！

中国人满为患！

联合国发出警告：人口爆炸，触目惊心！

1990年夏天，联合国人口普查基金会发表的世界人口白皮书，公布了一个可怕的数字：1990年全球人口已达53亿，预计到2000年将增加到62.5亿，到21世纪末，世界人口将达142亿。

白皮书警告说，由于人口剧增，造成的全球规模的耗费和污染，将引起空前规模的气候变异，很可能使人类社会陷入严重危机。

第一大危机：粮食匮乏。食品生产已达到极限。1988年，世界谷物产量落入低谷，人均水平仅344公斤。许多国家谷物亏空，仰仗北美进口，而北美连年干旱，致使世界谷物库存量锐降至消费总量的17%，大大低于24%的“安全线”。

第二大危机：耕地严重不足。在地球的表面，据理论家的推算，地球赐予人类的土地，倘若得到开发，可养活330亿人口。然而，这毕竟是个神仙数字，其中包括森林、草原、山川河流占地，这些是不可能全部开拓成良田的。

较为现实的预测，是个令人心酸的数字：到2000年，将有36个国家的4.86亿人口，不能在本国得到温饱水平的食物。这样，就难免相互厮杀，去占领别国的土地，或向别人乞求一碗稀粥。

第三大危机：人口增长将加速地球温暖化。人口增加必然带来人类使用的各种工具的增加，同时，采伐森林，烧荒造田也必然大规模地加剧。这样，排放的废气会越来越多，以致造成大气中二氧化碳会量上升，氧气再造能力减弱，这就是日益危害全球的“温室效应”。据测，全球已升温0.6℃，到21世纪中期将升温1.5～2.8℃。从而导致全球气候、地貌、生态环境发生可怕的大转变。

眼下，全球53亿人口，每过一秒，世界就增加3个人，每天多25万，三百六十五天就冒出近一亿的人口。啊，太可怕了！

中国更可怕。中国每天出生6万婴儿，占世界日出生数的四分之一。世界人民在关注中国啊！

1990年，中国进行第四次人口普查，普查结果，共有人口11.6亿。

尽管国家规定了严格的计划生育政策，但人口增长仍然远远超过了预计增长率。从正式统计的数字表明，1990 年要比 1980 年多养活 1.3 亿人。

尽管经济得到了发展，1990 年秋收又创最高纪录，但人均谷物供应却比 10 年前还少。每年新生婴儿超过 2 300 万，这意味着要不断从大家口里夺去粮食养活他们。

如果真像所预言的那样：中国生育高峰要持续到 1996 年，那么到本世纪末下世纪初，估计人口将达 13 亿。这就是说，比中央在 80 年代初制定的雄心勃勃的计划多一亿人。另一个难题是，流入城市的人口不断增加。目前城市人口已有 3 亿，比 80 年代初多冒出了一亿。

我国人口占世界总人口的 22%，而人均耕地却仅为世界人均耕地的四分之一，相当于美国人均耕地的七分之一。近 30 年来，我国土地净减 2.8 亿亩，等于一个法国。近几年，平均每年减少 800 万亩耕地（相当于一个青海省的耕地），每年少产粮食 250 万吨。

20 世纪的帷幕即将降落，21 世纪的曙光已微露天际。人类，正向着新的历史高峰攀登。中国将以怎样的步伐走向新时代呢?

中国，不仅面临着科学技术的挑战，经济的挑战，而且面临着人口的挑战!

11.6 亿人口，无疑对共和国的经济发展，是一种巨大的冲击波!

早在 1982 年，我国第三次人口普查结果公之于世时，美国《时代》周刊即撰文对中国的人口发展进行了描述：

“10 亿中国人走过天安门要用多少时间呢? 假如将所有的中国人按 4 人一排编成队，每队相距 6 英尺（约 1.8 米），以每小时 3 英里（约 5.8 千米）的恒速走过天安门的话，将需要 10 年多的时间才能全部通过。”

“中国的节育措施已将人口自然增长率降低到 1.4%，但每隔两秒钟仍有一个婴儿呱呱落地，每天大约出生 43 200 人，假如再把他们的父母 10 年内以每小时 3 英里的速度通过天安门期间所生的婴儿计算在内，那么这支队伍全部通过天安门的时候，则还需要加上 20 个月……”

中国人的命运，11 亿中国人在祈祷，外国友人也在为这位世界“巨人”卜卦。

1987年，我国国民生产总产值破天荒第一次突破万亿元大关，从世界的第八位上升到第七位。这不能不说是个奇迹！

然而，眼下，这位“巨人”养不活11亿张嘴。按人均收入，与世界128个国家相比，这位“巨人”居倒数第20位。

日本贸易振兴会海外调查部的中国问题专家，1990年在《工业新闻》上发表文章，对人口众多的中国，进行了剖析、研究。

“中国人口每年以超过1 500万的速度在增加。据估计，1989年底人口11.12亿，到2000年将超过13亿。也就是说，中国每年增加的人口相当于阿富汗的人口或捷克斯洛伐克的人口（其中的数字是预测的）。

“要想让如此迅猛增加的人口吃上饭，并有工作，没有长远的对策是不行的。

“从人民公社的解体到农业耕地的租赁，这个转变取得了成功，农业产量从1978年的3.05亿吨，最近三年已增加到4亿吨。但是，随着人口的增加，每年的粮食消费也增加1 000万吨至1 500万吨。从1987年起，中国重新变为粮食进口国。

“这三年间的粮食进口，每年都超过1 500万吨，1989年的粮食进口额达30亿美元。

“今后，农业生产也不会取得显著增长，理由是耕地面积将越来越少和农业生产率下降。4.5亿多的农业劳动力，总是在寻求剩余劳动的出路。只要不走出农村地区，耕地面积的缩小和生产率的下降将在所难免。以吸收劳动力为目的而推行的经济开发，主要集中在耕地面积广大的沿海地区，结果，往往导致耕地的减少。

“提供就业机会的开发，当前代价很高。耕地面积的减少，除导致粮食进口的增加外，还扩大了开发所需的原材料、机械和原油的进口。1985—1989年，机械进口额是60亿美元，工业原料进口额是35亿美元，两者都有增加。中国原油产量的增加速度逐年放慢，1989年同上一年相比，几乎没有增加。原油的出口，这几年也一直在下降，1989年同1986年相比，减少了近15%，另一方面，原油进口1989年是1986年的7倍。

“人口增加导致粮食进口的增加和工业原料等进口的增加，这需要大量的外汇。于是必须以促进出口为首要任务，以确保外汇来源。幸亏这四年来，出口增长很顺利，出口额已由1985年的260亿美元增加到1989年的525亿美元。但是，产品出口比率不到50%，其中绝大部分是纺织品和杂货，这些产品在国际市场竞争很激烈，现在还无法保证将来的出口会继续增加。”

不难看出，中国人口急剧增长是对经济发展的重创，在近几十年内伤痕仍在不断加大，难以愈合。

人满为患蜀为最！

古人云：“天下未乱蜀先乱，天下已治蜀未治。”

治蜀重要，治蜀难！

四川的人口形势与压力，比全国各省市更严峻！

近几年来，拥有一亿多人口的四川，计划生育虽然抓得紧，也取得了一些成效，近10年少生2 500万人。然而，由于封建残余还在继续作祟，旧的观念意识还在泛滥，因而多生超生之风并未根本刹住，计划生育在部分地区失控，有30%的后进县自由繁殖，使不该出世的人出世了。

据调查，四川省“七五”期间，人口计划没有完成。“八五”期间的状况如何，很难预测。据权威人士测定，1991—1995年，会出现一个可怕的数字，全省有720万女青年，每年有142万人进入婚育期，育龄妇女达322万人以上。这些年，四川经济活跃，人民生活虽然没有沿海那么富裕，但也有不小变化。20～29岁的生育旺盛期妇女，生孩子的劲头与欲望随着经济的好转更迫切。据预测，今后每年出生的人数不会低于231万人。

由于人口的增长，粮食虽然年年丰收，而人均占有数却反而下降。1989年，四川粮食产量创历史最高水平，而全省人均占有数反而比1984年低122公斤。根据全省经济、社会发展战略规划，到2000年，假设上下努力争取最佳效果，巴蜀人口控制在1.2亿，按世界人均占有粮食400公斤的标准计算，则平均每年必须增产粮食8.3亿公斤。然而，使人不安的是，从1985年以来，四川像一位老妪，粮食总产量一直徘徊不前，全省粮食单产每公顷比世界平均水平已高出1 400公斤，在农业科学技术没有新的突破的情况下，要大幅度从地里挖出大批粮食，十分艰难。可怜，素有“中国粮仓”美称的四川，将是一个缺粮户！

对于人口增长造成的危机，科技工作者发明了新奇的“人口警示钟”。电子钟的红色数码管以每秒3次的速度迅速地跳动着。每次跳动，都发出一个信号，告诉人们又有一个婴儿呱呱坠地，在人满为患的神州大地上，又增加了一分忧虑！

这种电子钟，不仅可以准确地显示此时此刻全世界、全中国以及你所居住的城市的人口增长率，还同样可以显示有关教育和耕地的参数。

这一丰功伟绩，是时代的产物。北京市政府已决定在天安门广场附近，以及市区的主要大街路口悬挂这种警示钟，时刻向群众发出警告：必须把过快的人口增长速度降下来！

要降下人口增长速度，太难太难了。正当我在撰写本文时，1990年的岁末，从川东传来一个信息，是喜是忧，我说不清楚，只觉得心中怅惘、茫然。

稿件是酉阳县广播电视局一位通讯员向报社编辑部投来的新闻稿。文章不长，讲的是在白浪滔滔的乌江边，酉阳县田坝乡陆家村二组26岁的青年妇女白彩菊，在12月19日，糊里糊涂地，一胎生了四个小生命。四子共存，最重的1 500克，最轻的1 000克。虽然孩子不算重，但一切健全；母体虽然只有1.5米的个头，一次产四子，还比较轻松、平安。

我盯着照片上那四条小生命。目瞪口呆。可怜啊，谁能想象，人体基因竟然那么灵验。倘若有三分之二的母亲都像这样哺育后代，地球这个圆形体将被压弯腰。

可爱的母亲，少生几个孩子吧，让已具有生命的人，活得舒展些！

流动人口大潮汐

在中国这片国土上，人们不时发出感叹：“最自由的是农民！”

是的，自20世纪80年代初，农村实施土地承包责任制，一改过去把农民拴在土地上的局面。农民一旦解脱，活力如初。他们随着改革开放，不满足祖祖辈辈传给他们的信念："三十亩地一头牛，老婆孩子热炕头。"他们打破闭关自守、墨守成规的旧观念，宛如出笼的鸽子，冲出"夹皮沟"，拥向大都市，走向大千世界。这是一次历史性的大变革。

有利必有弊。八亿农民从土地上解脱出来，于是，黑压压的人群拥向铁路、公路、车站、码头，即刻出现了可怕的流动人口大潮汐。

每当春夏之交，收完小麦、油菜，种完大春作物，男女农民，卖掉余粮剩米和肥猪，带着积攒的资金，带着挣大钱的梦幻和好奇心，背井离乡，大摇大摆地走向大城市。

来自报端的信息：在 80 年代中期，全国 23 个百万人口以上的大城市，每天流动的人口总量达 1 000 万，外出时间较长的流动人口达数千万。那涌来荡去的人流中，有 80％是农民。首都，每天进出 80 万，车站、旅馆暴涨，常常交通堵塞，食宿紧张；上海，早来晚去的人口超过百万，南京路车辆难行，外滩难以落脚。

当海南划为特区之后，立即出现了"海南热"。几十万人口，自发地一齐拥进尚未经过现代化工业文明开发、熏陶的处女地，于是便很快出现了骚动和混乱。

传播媒介称他们为"盲流"，公安、城管部门称他们为"流动人口"，文学家喻他们为"游荡的茨冈"。内地人争相涌去，南海的漩涡加快了，湍急了，成了盲流聚集、碰撞、涌动的巨大场所。他们为谋求挣钱的机会，互相竞争、排斥、制约，而许许多多的人，却一无所获。钱花光了，成为"无产者"，街道、路旁、车站，三五成群，各占一块地方，形成一个个"圈地"自治的"游牧部落"。海南人被席卷而来的"海南热"弄懵了，他们叹息："内地人是不是吃错了药？"

人满为患的四川，"农村包围城市"的状况更为突出。

文化古城成都，是川西平原的腹心，"天府之国"的省会所在地，四川的政治、文化、经济中心。近几年，南来北往的"盲流"，如潮水般涌来。蓉城共栖息着 147 万居民，外地来蓉谋生、挣大钱的常住人口不下 40 万。外地人与本地人、常住人与流动人、居民与农民，混杂在一起，跌跌撞撞，涌过大街小巷，在狭小简陋的巷子内，四处可以看到那些求职、挣钱的青年、老妇和中年。在一号桥、二号桥、十字路口，他们背着工具，挂着木牌，招揽生意，做木活、石活，打临工，当保姆，搞推销，什么都干。还有剐黄鳝、爆米花、扫烟囱、捅下水道的；修车补鞋，裁剪装饰……他们不怕脏不怕累，凡是城里人不愿干的活，他们都一一包揽。他们有意和无意之中，已经进入市民的生活圈子，成了大都市的一个组成部分。

诚然，他们向大城市涌来，为城市的经济发展、劳动力的开发起到了一些刺激作用，开辟了新的行业，出现了新的景象。

然而，这支经久不衰的“盲流”队伍，也为城市增加了许多困扰。在不堪重负的大城市，面对这股“大潮汐”，人们目瞪口呆，惊恐不安；难以治愈的“城市病”，更加恶化；拥挤不堪的交通，出现“肠梗阻”。

伴随着“大潮汐”的到来，偷盗、抢劫、凶杀、走私、倒卖等违法犯罪活动也随之急剧上升。成都火车北站旁的农贸市场，表面的繁荣中，同时夹杂着很多肮脏的勾当。从1987年到1990年，先后发现三起倒卖珍稀动物大熊猫皮的犯罪活动，作案者是“盲流”。安顺桥的“劳务市场”，被人们称为“人市”，男人和女人，空虚腰包，怀抱双手，成百上千的买者与卖者，你向着我，我向着你，时而交头接耳，时而握手言欢。他们在交换什么？无可奉告。我曾到那里去过多次，想弄个究竟，可一贴近，他们只“嘿嘿”一笑，使个眼色，什么都不讲，什么都不说，便各自散去。据调查，起初这里只是“地下烟市”的外围“战场”，南来北往的“烟贩”云集于此，进行“无形”交易，被多次“围剿”的“烟贩”仓皇逃窜后，“保姆市场”随之兴起。

成都市公安局的一位预审员曾告诉笔者，近几年所破获的案件中，相当部分罪犯是农民。这是值得注意的大问题。1990年，公安部门作过统计，北门、西门一带发生的刑事案件，60%是农民干的。人口流动，造成大城市“杂、乱、散”，犯罪多，发案率急剧增长。

据1991年6月10日《成都晚报》消息报道：“近年来我市盗割破坏通信线路的案件居高不下，且愈演愈烈，已严重影响国家经济建设的发展，成为一项严重的治安问题。据有关部门不完全统计，今年1至5月份，我市共发生通信线路被盗破坏案件 150 起，线路长 66 500 米，中断通信 62 万分钟，仅线路的经济损失达 40 多万元。”

这些突发性案件，其作案人员多数是郊区农民。

随着“大潮汐”的涌来，不法分子乘虚而入，嫖娼卖淫、拐卖妇女的案件屡屡发生。城市的繁荣，给郊区农民带来了发展经济的良机，郊区农民自办的第三产业随之蓬勃兴起。他们对城市形成包围圈。这些地方居住分散，地势偏僻，管理混乱，许多“小事”无人问津。于是，便成了不法分子藏身的“安全地带”。那些分散的住宅和管理松散的角落里，便是不法分子进行肮脏交易的重要场所。

专家叹息：“人口难以统计清楚，黑人黑户既无法查，也查不清。”庞大的“超生游击队”是支可怕的队伍。他们为了逃避监督，采取“跨省、跨市、跨地区行动”。人口“大潮汐”为他们创造了好机会。他们流入那些无人管理或管理甚差的地区，繁衍出无法统计的“黑小子”、“黑姑娘”。笔者目睹，在成都市郊的一片平房住宅中，常常进进出出一批批大肚子青年妇女……年年如此，岁岁长流。那里便是一处“黑孩子”的诞生地。

准确地统计超生未报户口的人口，是人口普查中的一大难点。1982 年，第二次人口普查时，通过各种手法，查出“超生游击队”哺出的下一代，未报户口的竟有 300 多万。

近年来，我国新生儿不报户口的问题更加严重。1988 年 10 月，国家统计局在全国范围内抽样调查了 57 万个孩子，发现有 9.5 万未报户口，占 16.67%。据了解，现在全国各地未报户口的超生人口数以千万计。

一棵树不能歇两窝麻雀

许多人，盯着那张《亚洲国家人均消费情况表》，仿佛掉进了冰窖，凉到了脊柱尖。顺着排列的坐标轴，心里数着名次，日本、澳大利亚、新加坡……最后是咱们中国——一个举世瞩目的文明古国，消费状况仅优于尼泊尔。

为什么？中国“地大物博”，历史悠久。中国人也有两只手，没有谁坐吃闲饭。祖祖辈辈日出而作，日落而归，肩挑背磨，日子却总过得紧紧巴巴，人均每年基本消费水准还不及一个小国。许多人想不通啊！

人口、资源、环境、粮食、能源是当代人类生存与发展共同关心的五大难题，也是制约中国现代经济发展的基本因素。

人的最大特点是有一张嘴，嘴又大、又馋，每天每顿都要吞进许多美味佳肴。一些人吃饱了还不满足，还想吃得更精更有滋味一些。人的欲望似乎永远难以满足。

人会生息，地不会生息。一棵树只能栖一窝麻雀，若栖上两窝，有一窝就得饿死。

这道理很简单，“民以食为天”嘛。地球上，一块土地养活一个人容易，要养活两个人就难，或许有一个会饿死。

世界上只有一个人例外，他以草为主食。这个“怪人”，就出现在“天府之国”。这是真事，绝不是讹传。

那是1976年的仲春时节。在长江巫峡南岸官渡乡凉水村，有位农民名叫龚清孝。人长得魁梧，壮如牛，行如风，一身好力气。一天他在地里干活，时到晌午，已是饥肠辘辘，大汗淋淋，力不从心，便收拾工具回家。在返家途中，他路经滴水岩，想找口水喝，殊不知水已干枯。他坐下小憩，忽然感到心中如火燎一般，难受极了。他见身旁有一窝青青的野草，便顺手扯了几根，送到嘴边，顿时觉得清香可口，不一会儿，一窝茅草下肚，难受感觉顿消。

从此，只要此症复发，他便以草为药治之。天长日久，百草成了他的主食。

事过十几个春秋，龚清孝每餐必食一些青草，草类已占食量的三分之二。

渐渐地，他的饮食习惯有了明显改变。过去他很喜欢吃肉，如今见肉就恶心。体力虽然不如以前，记忆力也有所衰退，但思维正常，干活仍然有条不紊。

龚清孝身上出现的返祖现象，引起了许多生物学家的重视，也不可避免地引来一些荒唐的幻想和推测。倘若人多为患的世界，有三分之一的人以草为食，粮食紧张的现象就会缓和，世界谷物的储藏量就会大大增加。

幻想毕竟是幻想，但也表明人们的渴望和要求、恐怖与追求，怕中华大地再过二百年，出现不耕不种、缺吃缺喝的可怕现象。

岁月悠悠，生命悠悠，自从“上帝”虔诚地把“诺亚方舟”放向宇宙，人类便在此中繁衍生息，开拓航程。

如今，人类正走向困境！

也许有人说：人口问题是天下第一难事。它既是世界难题，中国又何苦如此着急呢？

是的，人口问题确属世界性难题，可中国已是世界之“最”！能不急吗？

目前，中国的耕地仅占世界耕地的7%，要养活占世界21%的人口，而且耕地面积还正在不断锐减啊！

1957年，全国人口6亿，人均耕地2.8亩，目前只有1.4亩。1989年人均谷物收获量只有362公斤。这个数字能再减少吗？

人口的增长，对经济建设和人民的生活水准的影响是很明显的。中国人均收入已由世界的第108位，降至126位，属于世界贫困的国家之一。

邓小平同志提出，到2000年要使我国的人均收入达到1 000美元。这一目标，是以12亿人口为基数。然而现在预测，在那时人口不是12亿，而是13亿。新增1亿人口，国民经济的总收入也得加码，得多出1 000亿美元。

能实现预定的目标吗？奋斗目标是鼓舞人心的。然而要成为现实，又觉得困难重重。

其困难不在于国民经济能否有那么快的增长速度，而在于要转变农民“多子多孙多富贵”的观念。控制人口增长，远比发展生产、加快经济发展步伐难十倍、百倍。

四川就更难啦！

群众议论，振兴四川的经济，犹如振兴川戏一样。上面急，群众急，密锣紧鼓，报纸、广播、电视，大大小小的喇叭成天宣传鼓劲：“富民”、“升位”，然而越喊越落后，在全国竟从21位降到24位，眼下仅先于西北几个摆在戈壁滩的省。“四川与山东对赛!”这口号多鼓舞人心啊!唉，闹了几年，山东上去了，四川却退后了。

为什么?人多呗。一个人的饭两个人吃，两个人的饭四个人吃。一棵树上栖两窝麻雀，难熬呀!

人口：第四次浪潮

20世纪留下了一个巨大的隐患：人口大爆炸!

一万年前，农业革命堪称人类社会的“第一次浪潮”。17世纪，首先从英国爆发，然后波及全球的产业革命，称为“第二次浪潮”。时至今日，地球发生了突变，工业革命所创造的鼎盛时期不复存在了，蒸汽机的霸权地位不复存在了，不知不觉地，整个文明社会的主体，便以电子、原子时代、信息时代所取代。因此，出现了波澜壮阔的“第三次浪潮”。

目前，世界却失去了平衡，能源危机、环境污染、军事竞争加剧。“海湾战争”的爆发，以及人口爆炸的压力，把整个世界卷入了“第四次浪潮”。

人口的剧增，谷物供应的短缺，在各国引起了骚动。人们在呐喊疾呼，却又束手无策。

在此问题上，人类显得多么无能、渺小!

地球的承载能力据联合国考察，只能养活83亿～93亿人，现在已经有53亿，预计到2000年将出现一个惊人的数字：62.5亿人口，到2050年将达108亿。据测算，我国到2000年人口将接近13亿，到2050年可达17亿。目前，中国人口已达11.6亿。这意味着什么?

自然资源综合考察委员会所建立的“中国土地资源生产潜力及其人口承载力”课题组的专家们，在广袤的中国大地上，从南到北，从东到西，经过一年的综合考察分析，得出了我国土地最高承载量为15亿～16亿人口的结论。

这个数据并非传说，而是科学，是事实，他们有充分依据!

他们选用反映综合气候要素的实际可能蒸散量与地区自然植被年产量

的关系式，计算我国土地资源的生产潜力，结果表明，我国土地资源的潜在生产能力每年约72.6亿吨干物质。其理论的最高承载能力为15亿～16亿人。

我国地域虽然辽阔，但西高东低，地区的差异悬殊。西部高山崛起，层峦叠嶂，浩瀚的戈壁滩与莽莽西藏高原的总面积占全国面积的53.8%，而生物量却仅占9.5%，承载能力仅为全国承载能力的4.3%。东部虽然土地肥沃，物产丰富，而总面积却只占46.2%，年生物生产量占全国90.5%，承载能力为95.7%。

一个级差摆在我们面前。当20世纪落下帷幕的时候，我国人口将剧增到近13亿，需要粮食5亿吨。根据单产现状与历史增长的趋势推断，到那时，无论怎样向土地“挤压”，我国的粮食产能也只有4.6亿吨。这就将出现一个难以弥补的缺口。

如果将时间推移到2025年，我国人口出现第三个高峰期，人口可达16亿，需要粮食6亿吨。而我国的粮食生产水平只能达到5.9亿吨，尚差1 000万吨。

半个世纪后，总人口将达到一个不堪设想的数字，再上一个新台阶，缺粮的数字就更惊人了。

这并非危言耸听!

最近，专家们还提出一个数据，如果把人口、土地资源、粮食生产能力划分为三类，就更能清楚地阐明这一问题。

富裕地区：资源承载力高于人口的需求，包括鄂、湘、鲁、赣、皖、浙、苏、黑、吉9省区，总面积占全国的20%，耕地面积约占全国的40.5%，粮食播种面积约占全国的44%，而人口约占全国的41%。

临界地区：资源承载力接近于人口需求，包括豫、冀、晋、内蒙古、川、陕、宁、新8个省区，其总面积占全国的41%，耕地占37%，农作物种植面积占全国的34%，人口仅占31%。

超载地区：土地资源承载力低于人口需求，包括京、津、沪、辽、闽、粤、桂、黔、滇、藏、甘、青等12个省市区。超载地区的总面积占全国的38%，耕地面积占全国的20.6%，粮食播种面积占全国的21%，而人口占全国的27%。

也许，有人会提出疑问，我国是世界上的大国，怎么会呢？事实很清楚，你不妨看一看，我国目前有两个令人担忧的数字：一是我国土地绝对数大，相对数小。人均土地13.3亩，人均耕地1.4亩，都不及世界人均数的三分之一，位列世界67位，在5 000万人口以上的国家中列倒数第二位。我国的土地承载力已接近临界点，而且人口增长与土地减少呈反向发展，必然以双倍速度向我们逼近。二是土地总量大，可利用土地面积比例小。在960万平方千米土地中，山地占33%，高原占26%，耕地只占10.4%，一部分土地只具有数量的统计意义，缺乏使用价值。

对于中国的土地与人口之间的矛盾，美国《基督教科学箴言报》曾以《中国独生子女政策的反常之处》为题发表文章。文章说：

"确实，中国计划生育政策存在着非常大的争议。一方面，它为控制中国急剧膨胀的人口数字而受到了赞扬，使人口的年增长率从70年代的2%以上降至80年代末期的1.4%。另一方面，它建立一个庞大的政府机构来执行这项计划，这在某种程度上干预了西方标准所无法容忍的私生活。

"中国国家计划生育委员会主任彭佩云女士问道：'但是，我们还有什么选择呢？'

"与此同时，人口增长给土地造成了压力。40年前，中国人均耕地为2.8亩（约合半英亩）。彭佩云说，如今这个国家的人均耕地已不及那个数目的一半。尽管去年丰收创了纪录，但是人均粮食比五年前要少。彭佩云问道，是坚持一个家庭只要一个孩子，还是允许人口任意增长从而使人们饿死呢？

"这并不是一个容易回答的问题。负责计划生育的官员们承认，他们对每年有一千多万人做流产手术感到苦恼。他们说，流产并不是控制生育的可取措施。

"但是很显然，如果不最密切地注视人口增长问题，中国就不能满足其人民对生活水平适度提高的愿望。同样明显的是，人口爆炸，既不符合中国的利益，也不符合世界的利益。"

对中国，历史的教训，现实的客观实际，都向我们敲响了警钟，只有控制人口的增长，才有前途，才有民族的发达与兴旺。

事实就是如此。新中国成立以来，我国耕地每年净减700多万亩，等于一个北京市。人均耕地减少了一半。1982—1985年，全国形势更为严峻，每年减少耕地1 138万亩。这个可怕的数字，按人均1.4亩计，等于凭空增加811万人口，实际上，那几年全国每年实增人口为806万。

科技工作者通过电子计算机的周密计算，得出了一个可靠的结论：中国，这个世界大国，倘若按照耕地年减少1 138万亩、人口年增加806万的速度发展下去，那么，50年后人均耕地将只有0.7亩，这样，三分之二的粮食就得靠进口；200年后，耕地将减少20亿亩，一部分盖起高楼大厦，一部分还草还林，全部耕地就将践踏殆尽。

人类将向何处发展

在古希腊神话中，有个叫安泰的巨人。他的母亲是地神盖娅。安泰只要脚不离地，就可源源不断地从母体那里汲取力量，保持最旺盛的精力。因而，他力大无穷，所向披靡，天下无敌。

一日，安泰的对手、机智而勇敢的赫拉克勒斯了解到了安泰的奥秘，便再次与安泰格斗。他们斗得难解难分时，赫拉克勒斯设下妙法，把安泰高高举起，让他离开地球。安泰一脱离开母体，便失去了力量，于是赫拉克勒斯就在空中击毙了他。

这是神话故事，但它却生动地把人与地球的血肉关系讲得一清二楚。人是母体——地球——上掉下来的肉疙瘩，倘若离开了母体，就难以生存。

然而，到了今天，人类却失去了控制，急剧膨胀，同时又拼命践踏土地，使耕地面积急剧下降。人类正在不停地吞食母体——地球。

所以，科学家提出这样一个严峻的问题：地球将毁于谁之手?

有人断言，地球将毁于人类。现在，地球已处于毁灭的边缘。这一威胁不是来自宇宙的其他星球，而是由人类本身造成的。

不是吗？请看一看。大气污染，全世界每年有10亿吨二氧化碳和其他废气排入大气层，二氧化碳的年增长率已达0.4%。它好像一层日益加厚的薄膜，使地面辐射热难以逸出高空，因此，大地如同一座温室，越来越热。与此同时，大气中的臭氧层逐渐变薄，以致太阳的紫外线能直接辐射到地球表面，使患皮肤癌的人数不断增加，使生物的生长速度渐渐放慢。浩瀚的海洋也遭到了袭击，有机垃圾正在毁灭着海洋。最大的难题是，如何处理带有危险性的核废料和化学工业废料。森林的毁灭，导致了气候的急剧变化，导致了酸雨的增多。毁灭森林，不仅中国如此，世界也如此。过去的30年中，非洲的森林毁坏了80%；要不了100年，亚马孙河一带的热带雨林将全部被毁灭；东南亚地区的森林目前也正在遭受毁灭。如此大规模地毁灭森林，对地球的生存带来了巨大的威胁。

人类啊，别毁了地球！

如果地球真的到了不能承载时，人类将向何处发展?

为了生存，人们正在艰苦奋斗。

奋斗之一：

科学家经过一番苦苦思索，提出，人可以像蚂蚁一样，重返地下，再度穴居，这是可供人类选择的最好途径。目前已有先例，朴实的德国人，已开始移居地下。科学家预言，下个世纪末，将有三分之一的人“深挖洞”，向地球的心脏部位靠近。

奋斗之二：

人类的另一个选择是海洋。海洋占地球面积的七成。向海洋进军，向海洋“敲诈”。早在1912年，人类便开始了建造海底村庄的试验。这个海底村庄建在红海苏丹港外水深14米处。当年一位名叫柯斯塔的苏丹人，自告奋勇出任海底村村委会主任，带去20户人家，共50人移居海下。1977年中，尽管不少村民已先后过世，但新村民的繁衍、发展均很正常，而且海底村越来越兴旺。

奋斗之三：

有人设想，把地球人疏散到其他星球上去行不行?

一些有识之士认为，太空是海、陆、空之外的“第四空间”。许多科学家经过考察，已确立“太空也是资源”的新判断。从而，让人们认识到，开发太空资源发展宇航生产，对人类有着重大意义。

可喜的是，世界大国近年已从军火竞争，转入太空、宇宙的竞争。美、苏两个老牌宇航大国，一直保持着领先地位。两国宣布将研制新一代的大型太空平台、太空站、航天飞机（从飞机上发射航天器）。美国原总统布什雄心勃勃，宣称21世纪初，美国人将登上火星。

从长远来看，科学家把希望寄托在月球上。月球是我们的近邻。月球与地球有许多相似之处，表层上有山、有土，而且已经有宇航员上去尝试过了。为了猎取这个目标，科学家们还制定了人类征服月球的宏伟计划，提出了移居月球的具体措施。最近，美国航空和太空总署的专家、官员们，根据从天外搜集来的星星点点的资料，经过研究，总结出了宝贵的科学理论。根据这些理论，提出了在2010年建成第一个月球移民基地——月球镇的周密计划。

这计划，他们认为是宏伟的、可行的。首先，在月球上制造人工生态环境。到了2012年之后，以月球镇为基地，进行改造月亮的大规模工程建设，争取在2050年移居10万人，建成首座月球城。

到那时，寂寞嫦娥将不再寂寞，广寒宫从此属于人间。

——是司马懿进城了吗?

——不，全是流动人口!

第三章　千奇百怪的土地纠纷

这仿佛是规律：干蠢事的人总来不及考虑后果。

在这片国土上，人们为了休养生息，为了生存与发展，而奋斗。然而，也有那么一些人，为了私利与享乐，展开了形形色色的角逐！他们口口声声说：为了子孙！

然而，他们的拙劣行动，却忘了子孙的子孙。

一场舆论的角逐

这是客观事实，绝对不以人的意志为转移！

在波浪滔滔的大渡河边，举世闻名的四川乐山大佛脚下，发生了一起案子，说它大也不大，说它小也不小，说它奇也不奇。可“这场‘官司’意义重大，在全川引起了各界的广泛关注”，宛如奔流不息的大渡河，掀起阵阵狂浪，至今仍未平息。

那些民间与官方、同行与外行、同情者与反对者之间的纷争、游说、迎合……无关紧要，唯独舆论的介入，使这桩土地纠纷出现了非同凡响的局面，使争论一浪高过一浪……

1989 年 2 月 14 日，《法制日报》在显著的位置，率先以《“下有对策”的苦果》为题，披露了这起土地纠纷案。

文章结构严谨，笔锋犀利，充满了“火药味”。

“上有政策，下有对策”。这句话已成了人们的口头语。有的人仅仅是说说，表示对这种现象的不满与愤恨；有的人却是身体力行地照那么做。然而，“搬起石头砸自己的脚”这句名言又总是不紧不慢地跟在这句话的后头。这不，下面记述的就是一个“挨砸”的。

1970 年 12 月，四川省××建筑工程公司从建工部一局七公司手中无偿接收了乐山新村基地人民东路 54 号（征地 5.39 亩，实际占地 7.31 亩）。一住便是 13 年。

1983 年 11 月，××建筑工程公司因施工队住地布局调整，经四川省人民政府批准迁往成都。该公司为了自身建设需要，打算处理这块基地。1987 年 6 月，乐山某制药厂因新建生产车间急需用地，闻讯后即派人与某建筑公司谈判买地。某公司明知根据《中华人民共和国土地管理法》和《四川省土地管理实施办法》，这种买卖土地的行为是非法的，但仍讨价还价地进行谈判。公司有关人士明确表示：“表面上不能谈土地买卖，处理这块基地不能用买卖或转让这两个词，要按搬迁成都给予补偿的提法来谈。”想用“补偿”来掩人耳目，达到自己赚钱坑害国家的目的。经过一番讨价还价，双方达成协议，某建筑公司党委常委会也表态：“同意作价 293 万元把新村基地卖给乐山某制药厂。”

签订协议后，乐山某制药厂于 8 月 4 日向乐山市医药局递交了购买四川省××建筑工程公司乐山新村基地房屋的报告。8 月 6 日，乐山市医药局向乐山市政府转报了乐山某制药厂的报告。该报告明确写道：“四川省××建筑工程公司基地 4 600 平方米（约 7 亩），房屋建筑面积 4 034 平方米，有价转让给制药厂。”8 月 28 日，乐山某制药厂向四川省××建筑工程公司付 150 万元。9 月 2 日，乐山市政府就此报告作出批复，同意乐山某制药厂在国家规定价格范围内购买四川省××建筑工程公司乐山新村基地上的建筑物和构筑物，并到乐山市房地产管理局办理购买手续。同日，市房管局认为房价太低，有偷漏税之嫌，即召集双方重新核定价格为 66 万元，并签订了《有偿价拨固定资产协议书》。由于房价转化要多上税，买卖双方又在 9 月 2 日签订的《搬迁补偿及有偿价拨固定资产实行细则》中规定：另由乐山某制药厂承担税款 34 561.50 元，应付四川省××建筑工程公司的款从 293 万元增加为 2 964 561.50 元。9 月 10 日，乐山某制药厂付清全部余款。9 月 26 日，四川省××建筑工程公司向乐山某制药厂移交了新村基地。双方买卖成交后，于 9 月 28 日到乐山市房管局办理房屋买卖手续，并向该局提出土地权属变更报告。市房管局当即答复，土地权属变更手续不属我局办理，只同意购买其房屋。

1988 年 1 月，乐山市国土局对四川省××建筑工程公司与乐山某制药厂有偿价拨新村基地进行 3 个多月的调查，取到了大量证据后，认定四川省××建筑工程公司高价非法转让土地，严重违反了《中华人民共和国土地管理法》和《四川省土地管理实施办法》的有关规定，拟处罚款 13.4 万元（含乐山某制药厂罚款 3 万元），没收 230 万元。同年 4 月 28 日，乐山市国土局考虑到该公司认识错误的态度较好，减轻处罚，向四川省××建筑工程公司发出了没收 180 万元的非法所得款，罚款 10 万元的处理通知。但该公司对其行政处罚不服，以“定性不当”为由，于 6 月 3 日向乐山市市中区人民法院提起诉讼，要求撤销对其处罚决定和办理土地权属变更手续。乐山市市中区人民法院经过审理，于 11 月 14 日判决：一、没收原告非法转让土地所得款 180 万元；二、对原告罚款 5 万元。判决后，四川省××建筑工程公司仍不服，又以“原判认定事实不实，定性不准，处理不当”为由，向乐山市中级人民法院上诉。

乐山市中级人民法院经过调查审理，认为四川省××建筑工程公司在房屋买卖成交中与乐山某制药厂以签订搬迁补偿为名，对土地进行变相买卖，违反了《中华人民共和国土地管理法》第二条第三款和《四川省土地管理实施办法》第二条之规定，构成了买卖土地的行为，乐山市国土局依法给予行政处罚是合法的，原判认定事实清楚，证据充分，适用法律正确，诉讼程序合法，处理恰当，但定性不准。于 1989 年 1 月 5 日作出终审判决：一、维持乐山市市中区人民法院判决书第一项中没收原告非法所得款180万元和第二款。二、变更第一项中的非法转让土地为买卖土地。以上判决没收款项共185万元，由上诉人在本判决送达后10日内交乐山市国土局，由该局依法上缴。

至此，这桩非法买卖土地的交易落下了帷幕。某建筑公司可以说是“赔了夫人又折兵”。这起交易的结局，对于那些明知国家法律、政策规定，但为了小团体的私利反其道而行之的人，也许是一帖清醒剂。

这一报道引起了轰动。法律的尊严受到了尊重，国土得到了保护。这是一些人的看法。

诚然，对于一起有争议的案子，干部与群众，当事者与局外人……为之冒出种种想法，并不为奇，舆论界出现分歧，进行探讨，也很自然。

北京某报在1989年6月5日，以《向法律界请教——经济官司透视》为题，大胆地提出了自己的看法。内容如下：

也许是少见多怪，四川省××建筑公司同乐山市国土局的诉讼是我们见到的一起较为奇特的官司。

事情的起因十分简单：

原驻乐山市的四川省××建筑公司奉命迁往成都后，于1987年7月准备出卖4 872平方米的办公基地资产。与这块基地毗邻的乐山某制药厂因扩建厂房急需用地，以293万元的价格击败竞争对手，与建筑公司拍板成交。

双方签约后即向市政府报告，市政府办公厅于1987年9月2日行文“同意乐山某制药厂在国家规定的范围内购置建筑公司乐山基地的建筑物和构筑物”。交易双方随即到乐山市房产管理局办理了一切产权过户手续。

正当乐山某制药厂开始往成都汇钱的时候，一位副市长召见建筑公司领导，要求降低补偿费，退款给制药厂。1988年3月5

日，这位副市长再次召见建筑公司领导，提出三点意见：（一）中止转让，公司退款，药厂退地；（二）建筑公司净收 90 万元，其余钱退还药厂；（三）如建筑公司不同意以上两个方案，则按非法买卖土地处理。建筑公司经研究，决定接受第一方案，中止转让。3 月底，那位副市长又一次召见建筑公司领导时说，你们选择第一方案不明智，退钱后还要罚款几十万元，而且房产也不能再作其他用，土地只能搞绿化。

据知情者介绍，就在建筑公司同乐山某制药厂达成转让房产的协议后，市建委根据市政府的指示，于 1987 年 8 月 28 日开会研究设法使协议作废。

终于，这个办法被两个月后才正式成立的乐山市国土局找到了。他们以“非法转让土地”为由，于 1988 年 4 月 28 日下达书面通知：“没收建筑公司非法转让土地所得的土地费 180 万元，另处以罚款 10 万元。”

“赔了夫人又折兵”的建筑公司向乐山市法院告状不顶事，转而向四川省高级人民法院呈交了申诉状。

这场官司看起来在短期内难见分晓，但是，它在经济界引起的涟漪却难以平静。

四川省政策研究室的同志提出一个值得思考的问题：企业间的正常经济交易是否都要经过政府批准？

曾经出面调解的四川省国土局的几位工作人员说，建筑公司出售房产，是经过市政府批准的。即使涉及土地转让，也只是手续不完善，而不能定性为“非法”；何况建筑公司在成交后，向房管局及后来成立的国土局补报了土地转让报告。

类似这样转让房产的情形，在乐山也很多。如果建筑公司是乐山市的企业，肥水未流外人田，肯定安然无恙。

经济理论工作者的考虑更为深刻，他们提出了一系列应该回答而目前“无法”解答的问题。

房产作为商品投入市场，能否“随行就市”，不断增值？乐山市政府对建筑公司房产价格作出官方评估，是否有悖于经济规律？

房、地产原来无法分割，政府批准出售房屋而不准转让土地使用权，是否有利于企业间的资产有偿转让？

土地不随房走，跨地区的企业兼并何以正常进行？

企业间的经济协议有无法律效力？乐山某制药厂对建筑公司的搬迁补偿是否必须由政府审定？是否可以解释为出售土地收入？

以上是两家报纸之间爆发的一场笔战。

不难看出，这是一场有趣的争论。事隔一年之后，又有几家新闻单位参战。虽然是迟到者，却都充分发挥了各自的职能。

1989年5月2日，四川人民广播电台在“天南地北”节目中广播了一则报道，题目是《向法律界请教：这样的产权交易合法吗》。声音播出，就等于宣布四川人民广播电台也参与了这场争论。

这起案件，非同小可，因为涉及基本国策，涉及保护土地造福人类的大业。

本来许多报纸都力图参与评说，由于建筑公司已向法院提起申诉，不便干扰法律程序，只好坐等良机。

当然，也有积极行动者。1990年第一个“国土宣传月”中，《四川日报》意在通过这一典型而“奇特”的案例，宣传“两法”，因此以《买卖土地国法难容》为题，再次作了报道。报纸刚刚发出，便引起了强烈反响，败诉者首先提出了异议。

这场角逐，究竟是法律失去了尊严？还是人们失去了理智而产生偏见？抑或是地方本位主义作祟？见钱眼开的利己主义在扰乱视听？

这场争论似乎是多余的，但又是不可避免的。由于法制观念的淡薄，不少人对法律的理解是残缺的，无论是出自于公正还是偏见，都会染上自己的感情色彩。

在当今，保护法律的尊严，保护人民群众的权益，反映法律工作者、土地工作者的心声，是一切舆论工具义不容辞的责任。自然，为了取得最佳效果，反映情况必须客观、公正、准确。

这场角逐，究竟谁胜谁负呢?

笔者带着好奇心理，于1991年5月25日，匆匆地向省法院奔去，想弄个水落石出。

法律是严谨的。办理此案的两位法官，慎重地告诉笔者，自去年受理此案后，他们已去乐山反复查证。究竟如何处理，目前还未经过审判委员会最后裁决，所以无可奉告。

握别时，他们婉言相告，无论案情咋变，咋改，不会影响国法的尊严，也不会影响土地法的实施。

人们拭目以待!

（获悉：此案在九年之后的1998年6月，四川省高级人民法院重新作出判决，否定了“买卖土地”的说法，要求退还没收款。但乐山市政府和市国土局不服，已上访到最高人民法院，并向四川省人大和国土资源部送了材料。）

“独臂英雄”大闹“天宫”

1990年7月7日，一群衣着破烂的农民，风风火火、哭哭啼啼地走进了省报编辑部。他们那愤怒的心情，伤心的劲儿，犹如失去了亲人一般。究竟为了啥? 还没等接待人员发问，他们便大声疾呼：“还我们土地，我们要吃饭，我们要生存!”

他们四处求援，走投无路，最后只好向报社呼吁，把希望寄托在舆论的监督上。

领头的是个壮实的青年汉子，额宽脸阔，虎头虎脑，长着密匝匝的胡须。遗憾的是，他已断掉一只手臂，完全丧失了劳动力。

他自我介绍，当兵时任过排长，别人叫他“胡子排长”。他性格刚强，豪爽，浑身是胆，受人爱戴。

他很有号召力。据说他15岁那年，东坝与西坝的青年发生冲突，他率领东坝的青年，浩浩荡荡西征，打败了西坝的青年。从此，他便“占山为王”，使东坝“统治”了西坝。有一次，在云南老山前线，他带领一个班，夜袭9号高地。他们神出鬼没，穿密林，攀绝壁，躲过雷区，悄无声息地拔掉了敌人的一个个岗哨，直插敌人的巢穴，消灭了敌人一个连。他的胳膊就是在那次战斗中失去的。

而今，这位英雄，为了土地，为了群众的生存和子孙的幸福，他不得不带领乡亲们呼吁、上访、求援，谋求一块栖息之地。

“胡子排长”取出一叠皱巴巴的材料，仿佛是一份“请战书”，递给编辑后，他便复述起他们村里近几年发生的风波。

末了，他又递上一份《关于乱占乱用我村土地情况的报告》控告信：

上级领导：

我社地处店子乡场镇，背靠三座山，面向凯江河。全社主要田地分布在河谷一带，一条公路全长1 500米、宽8米，横穿于我社好田好土最中间。我社人均耕地仅有0.5亩，可人均上缴款项29.5元，向国家出售征购粮48.5公斤、油菜11.2公斤。农业投资惊人，每人耕地需要肥料款一年两季25元，农药费5元，电费及其他费用6元，合计人均共45元。人均全年只产粮食240公斤，减去上交征购60公斤，人均生活只剩180公斤，完成国家任务后，村民的生活十分困苦，绝大部分人要到集市购买高价粮，每到青黄不接之际，有的饿得哭，有的被迫到外地去乞讨或帮人以维持生活。趁机，人贩子猖獗，一大批妇女、儿童被拐到外省贩卖，《牧马人》中的“李秀芝”在我们乡不断出现。

造成我们村上述灾难的主要原因是，农民失去了生存的源泉——土地。

70年代，修建公路时，只打招呼，未经协商，也没有任何手续，没给任何赔偿，利用强制手段，非法占地4亩，未给我们减少任何统购和农业税。

80 年代初，修建学校，公社出面协商，批准占地 5 亩，赔偿三年通产 1 500 元。可是，学校在修建中，仅建围墙就圈地 11 亩，乡干部利用欺骗手法，使学校逐年扩大，特别是在土地管理法颁布之后，还不断修建，任意强占耕地。

更有甚者，在颁布土地管理法之后，我乡各单位非法占地 15.5 亩。我社全体村民要求各单位从占用土地之日起，赔偿我社土地征用费、减免农业税及粮食征购，以及历年来占用我社土地的粮食损失费和经济损失费，可他们不理不睬，不顾村民的死活。

我社全体村民迫切要求，有手续占地的 6.1 亩，应减去粮食征购及农业税。其他无手续占的 31.9 亩，要求按土地管理法规定，赔偿我社土地征用费、人口安置费、土地补偿费，免去农业税和粮食征购。我们盼望“清官”深入实地，明察秋毫，解决我们的疾苦！

敬礼！

店子乡东坝村一社 59 户村民

1989 年 6 月

上诉信件的末尾是密密麻麻、横倒竖歪的签名，每个名字上，还按着红红绿绿大小各异的指印。

今天，编辑部热闹非凡。十多个村民，争先恐后地向编辑哭诉他们数百次上访都毫无结果的情况，以及他们失去土地的痛苦。

这场土地纠纷特殊。这一回披露的，不是农民违法占地建住宅，也不是干部利用职权不批乱占建私房，而是当地政府中的“菜子官”，刚刚摘掉文盲帽子仍然顶着“法盲”帽子的乡干部导演的一幕苦戏。

他们目无法纪，一口一口地吞噬耕地 38 亩。诚然，乡镇建房需要用地，但也该遵照政策、法律行事，怎么能乱搞一通呢？

也有这种状况，当初是集体耕种，吃“大锅饭”，乡村干部凭着感情，将村里的土地，或作人情，少批多占，送给好朋好友；或“无私”奉献给顶头上司。

农民失去土地，叫天天不应，叫地地不灵，无奈走进县政府那座刚竣工的“幸福楼”。父母官把他们推过去，抛过来，当作皮球踢。他们找到地县国土部门，然而，那方的“土地卫士”缺钙，屈服于压力，睁只眼，闭只眼，不敢问津。

1982年，国务院颁发了《国家建设征用土地办法》，1987年全国人大正式颁布实施《土地管理法》，可“山高皇帝远”，在那穷乡僻壤，他们便是“皇帝”，主观臆断既可代替国法，也可吓唬村民。

自从土地实行联产承包责任制后，土地对农民的生存显得特别重要。别的村人均至少有一亩，而一社人均仅有5分，而且，土质瘠薄，石谷子包包，红一片，黄一片，地无三寸土。倘若碰上“孽龙”作怪，把河水吸干，“上帝”又不愿奉献她的奶汁，一社的村民就会陷入饥饿之中。

农民憋着一肚子气呀！他们上哪儿去诉说呢？于是，有人给他们出谋划策：上访。他们踏进了县政府大门，一次、二次……白搭。他们只得垂头丧气归来。

可怜的人，可怜的遭遇！他们毕竟是一伙“夹皮沟”的“农二哥”，南瓜大的字识不了一筐，更没见过大世面，不敢登大雅之堂。

有人建议，凑些款子，请个“高手”帮忙打官司。

“高手”果真请来了，有文化，又能说会道，曾当过业余律师，他还大言不惭地吹嘘“包打赢”。

他确实像个“救世主”，成天上下奔波，周旋，游说。

大半年过去了，抽烟、喝酒，差旅费耗了一大笔。村民们从黄泥薄土中捞回几个钱，还要养家糊口，哪供得起这位“律师”的超前消费呢？

无奈，大伙罢免了“律师”，推举“胡子排长”当头，往外闯。他们想，“独臂英雄”虽说文化不高，但他勇敢，过去可以率领一个排，今天率领一个村没有问题。

山沟里，这寂静的穷乡僻壤之地，正在悄悄地酝酿着一场“革命”。这场革命不是打土豪，也不是斗恶霸，而是要攻破重重关系网，对准那些不管村民死活的官僚主义者。

浩浩荡荡，全村的农民打着红旗，高呼着共和国诞生时喊过的“还我土地”的口号，向乡政府拥去！

他们冲向农校，阻止他们在那片非法侵占的沃土上建房子。

事态在扩大。派出所民警赶来，不问是与非，用皮带驱赶无辜的农民，一位村民被打得遍体鳞伤。他想不通，握着妻子的手说：“孩子他妈，你把儿子看好，我没有什么想头了。”他一狠心离家出走了，至今下落不明。

这事惊动了县委、县政府，县里立即派来调查组。乡政府的头，眼看事已败露，谎言掩盖不了狐狸的尾巴，又向一批人许愿，动员村民作伪证，只要哄走调查组，立即付土地赔偿费，还可多给些。

这是缓兵之计！当村民知道是骗局时，调查组早已远离店子乡。

1988年7月1日，大伙推举“胡子排长”统“兵”西进，几次登上市委、市政府的大门。他们要求市长接见，但工作人员说市长不在家；要求书记接见，秘书长打前阵顶着……

村民们走投无路！事态在发展，矛盾在激化。

夜，在无声无息地消逝。凯江河畔的桤木林中，几间东倒西歪的茅屋内，人影幢幢，声音低沉。一会小尹送来了一个大纸箱，沉甸甸的；一会小张弓腰驼背地送来一个大口袋……

“是啥呀?”几位年长的盯着那些怪物，吓呆了。

这里，正在酝酿着一场可怕的事！只听见“独臂英雄”大声冒出一句：“别怕别怕，我有经验，出不了差错。放心!”

“放心，咋个放心得下哟？市委去不得，会闯出人命的!”年长的在犹豫。

一伙村民，终于提着胀鼓鼓的包包，离开了店子乡，向市里走去……

“农民背着炸药包，要炸市委!”一个骇人听闻的消息传开了。顿时大家慌了手脚!

市长立即召见市司法局长，局长找来律师小江和小李。

接着，组织一批民警、保卫人员，兵分两路：一路人日夜守护在市委、市政府门前拦截；另一路人在市内巡逻，“围剿”那伙危险人物。

接着，两位律师星夜兼程，火速赶到店子乡，苦口婆心从清晨一直谈到太阳落山。几位“死心塌地”的农民，才算回心转意，收回了一个可怕的念头。律师转告他们，市里立即派人解决，希望他们不要再干蠢事……

往后情况如何呢？这是大家关心的。于是，我于1990年10月走访了两位律师。他们坦率地告诉我：农民反映的情况属实，乡政府等单位抢占耕地的行为，造成了严重后果，给村民的生产、生活带来了极大困难，严重侵犯了农民的合法权益，影响了党群关系。那事，后来市委书记也亲自过问，作了一些补偿。但乡政府违法占地，及其所属单位的违法行为，至今未得到应有的处罚，农民仍在不断上访……

“隐形市场”泛滥成灾

是他们——乐山市国土局，率先发出《关于加强乐山市中心城区城镇国有土地使用权转让和出租管理的通告》，通告强调：“为了贯彻执行《中华人民共和国城镇国有土地使用权出租和转让暂行条例》，改革城镇国有土地使用制度，取缔城镇国有土地‘隐形市场’，制止国有土地资产流失，强化城市土地管理，促进城市建设和经济发展……”

还有一段指令：“转让和出租国有土地使用权的单位和个人，必须于1991年元月31日前，到当地土地管理所缴纳土地出让金或土地租金。逾期不交者，每超过一天按收益总额的千分之二收缴滞纳金。”

真灵！《通告》字字句句落地有声，咄咄逼人。那震慑力，不亚于六级地震，使整个嘉州城出现了空前的骚动。

俗话说，冰冻三尺非一日之寒。农村占用耕地失控，城市土地隐形交易，从土地资源里赚的钞票流入集体金库和个人腰包，这已是历史的过错和土地管理混乱所导致的恶果。

一个春日，我走访了乐山市国土局局长薛万才。

这位一身豪气的老局长，有一套治理城市的绝招。他曾担任过乐山市（县级）市长，精神矍铄，性格豪爽，办事果断，大伙叫他“乐山通”。他的工作作风很不一般：立计划，体现一个“早”字；做工作，体现一个“快”字；说话，体现一个“精”字。

管土地，自然他不用请顾问，哪块地皮是谁家的？面积多大？权属的演变？他都了如指掌。

对于土地的黑市交易，薛万才早在任市长期间已触到它的脉络。

在嘉州，“隐形市场”形形色色，千奇百怪。有的利用公房出租、转让，一到手房子变成“摇钱树”；有的一间铺面，向房产部门租来，只花三元两元，一转让一月三百四百不等，若是“金口岸”，还可高达上千元。据统计，乐山市仅此一项，每年有 2 500 万～3 000 万元流入私囊或集体单位。

去年秋天，薛万才组织调查组，决心对乐山市的“隐形市场”摸个水落石出。可以说，在全川他第一个扯起旌旗，向僻静的角落和那些无人关注的地下交易发起攻势。很快在城区的四条大街，组织了四个土地管理所，配备了一支强而有力的土地管理队伍，形成一个严密的网络。

正巧，此时此刻国务院发出了“55 号令”，摧枯拉朽，将一个个“隐形市场”暴露在光天化日之下。他们一鼓作气，在全市拉开了帷幕。

春播秋实。据调查，虽然水很深很深，但摸清了家底。

一家个体户，早些时间做百货生意，他嫌利不大，心里一直在打着别的主意。他隔壁有一位长老是个管房地产的老手，他知道房地产大有文章可做，便来向长老求教。长老关心他，很乐意向他面授机宜指点迷津：“你卖些小玩意儿赚得了几个钱呀？陋巷深宫，到处是破房烂屋，为何不去开发开发？”

心有灵犀一点通。他茅塞顿开，立即改行，怀揣钞票，将破破烂烂的旧街房买来修补修补后拍卖，拍卖后再买。建房卖房，反复倒腾。从 1989 年开始，仅 2 000 元资金垫底，几番倒腾后，而今他竟变成了手握 80 万元的大财主。

二轻局有位留职停薪的干部，别人叫他“电抱鸡”。他的脑袋瓜儿特别灵，高能量。他说，当今社会的主题歌，是如何赚钱。提起赚钱，他的眼珠儿瞪得特别圆，算盘珠儿打得溜溜转。开初，他横下一条心，搞联合办厂，探索致富抓钱的新路子。往后，他发现一个秘密。于是，他换了旗号，在“横向”的幌子下，搞“金蝉脱壳”之术。最早他与某村联合兴建的第一个厂，是“建筑材料厂”，厂房刚落成，他便卖出去，赚了一大笔钱。他尝到了甜头。嘿，这钱来得很轻松。搞企业，生产石材，笨重，费力，要赚十万、八万的，得花多少时间呀！于是，他又将所得的地产款，建起云母加工厂，一打滚盈利两三百万元。他一不做二不休。随后他又建成黄连加工厂、新兴涂料厂、化工厂……建一个卖一个，年年建厂不见厂。虽然厂房没有，银行的存折却有了一摞。

“他赚的什么钱呀?”

“赚的地皮钱呗。”

“地皮是谁家的嘞?”

“国家的嘛。”

“用国家的土地，赚钱装入集体和私人腰包，对吗?”

“嗳，谁叫你不把地管好?”

这话不无道理。这伙人，正是钻了土地管理不严的空子，从黄土上，刮回大把钞票。

群众眼巴巴看到大批钱财流入私人腰包，便责怪政府：“历代政府都收地租，现在几十年吃‘大锅饭’，让大批资金流入民间，结果穷了国家，富了个人。”

管与不管大不一样。乐山市以政府的名义，先发《通告》，后发文件，政策强硬，深入人心。市政府、市政协主动带头缴纳地租。随后，部分居民根据文件规定，主动向国土局交纳土地租金。1990 年岁末拉开战幕，在市中区、沙湾、五通桥、犍为、峨眉山等区、市、县贯彻执行以来，仅仅三个月，已为政府收回 80 多万元流失的资金。预计，仅这几个县、区可收回 800 多万元。

“隐形市场”遍布巴蜀，各地的表现形式虽然各有差异，而实质却是一回事。

在四川省政府所在地——成都，给人们带来的忧虑更为突出。

这些年，由于农村人口大量拥入城市，这些“盲流”进城来，要吃，要住，要有活动空间，要有栖身之地。于是，成都市郊农村的出租私房越建越多，房租一涨再涨。这里便形成了一个很大的“隐形市场”。

在成都市的腹心地带——闹市区，人们所看到的则是另一种状况了。

“文革”期间生育高峰期出生的人如今一批批大量加入劳动力市场。仅1990年，成都市高初中毕业生就达63 900人，加上过去的待业青年，这支队伍十分庞大。这些人要就业，要谋生，无论摆摊设点，还是加入“大篷车”队，都需要有一块地方。因此，都市里“出租私房热”勃然兴起，从郊区蔓延到城区，从小街蔓延到大街。住房宽的就不必多叙，住房窄的，也要千方百计挤出一块地方出租赚钱。成都的盐市口、东大街、蜀都大道均属“金口岸”，一小块地方，一个月三百五百，不费吹灰之力就到手了。

价格昂贵，主要是地皮价值，如果没有那块适合摆摊设点的地皮，房子能值几何？

可见，哪里人口密集，哪里有城市，哪里就会出现“隐形市场”，哪里的土地黑市交易就不可避免。重庆、成都是“天府之国”经济、文化最发达之地，也是“隐形市场”最“繁荣”的地区。

“隐形市场”像蛀虫，如白蚁，正张着血盆大口，在吞噬共和国的肌体。

澄不清的长江水

一个阴云密布的冬日，我再次走进四川省国土局那幢大楼，走访了监察处的几位土地卫士。

李德远和隋太明，监察处的两位头头。与我握过手后，他俩便迅速拉开了话题，陈述起土地监察工作的难点与艰辛。

人生是奉献不是索取！土地卫士一开始就去实践这句话。这些年，搞监察是在骂声、哭声与怨声中度过的。保护与蚕食，捍卫与侵扰，法律与强权……是不可调和的对抗性的矛盾。他们挨打挨骂是常事，被杀伤、杀死也时有所见。

全省监察工作会议昨天在嘉州结束。

李处长轻轻地理了理稀疏的鬓发后，便谈起与会者心中的怨与恨。感情丰富的李德远显得心情有些沉重。

为了这片国土的安全，土地卫士不知付出了多少艰辛？忆往昔，在他们的身后，留下了许多可歌可泣的传说与故事。这些英雄的业绩，有目共睹；这些人间沧桑，又使他们感到骄傲与慰藉。

李处长这位“老监察”的感触最深，洞察力最强。他坦然地告诉我：“去年以来，遵照中纪委、监察部、国家土地管理局的部署，把清理干部‘三违’建私房作为落实党的十三届四中、五中、六中全会精神，惩治腐败，加强廉政建设，密切党群关系的一件大事来抓。几年来，我省土地监察工作在各级党委、人大、政府和国家土地管理局的正确领导下，取得了显著成绩。各地在认真贯彻执行国务院 8 号和省政府 59 号文件，清理越权批地，清查干部‘三违’建私房的同时，还抓了监察机构和监察制度的建设，并探索了一些解决执法难，做好超前防范工作的路子……

“但是，成绩中掺杂着阴影，喜悦中包含着忧虑。最使人不安的是，政府只给予我们法律条文，授予我们行政手段。而眼下，我们面对的是一些‘法盲’与‘文盲’，自私与野蛮。这些人为了私利，不择手段，不择时机，与监察人员抗衡。公安人员装备齐全，林业公安也配有枪支弹药，我们却手无寸铁。如何执法？如何对付那些丧失人性的野蛮人？”

隋太明也激动了，这位外省老乡，在土地监察工作上，已经辛辛苦苦干了四个年头。全省许多大案、要案，他都一马当先积极参与了清查。一谈起这个话题，他心里就是气，忧心如焚啊！他向我报出了一串惊人的数字：去年全省共清理干部“三违”建私房 24 575 户，为占地建房总数的 72.6%，其中县级干部 246 人，区科级 3 236 人，乡股级 5 612 人，一般干部 15 481 人。有 6 439 人受到经济处罚，给予党纪政纪处分的 518 人，追究刑事责任的 8 人，收回违法占地面积 83 589 平方米，其中拆除、没收房屋共 47 181 平方米。

他们都深有感触。这些年，在违法、违政、违纪中，最难处理的是干部。而干部中，最难处理的又是党员干部。关系网，裙带风，以言代法，以权谋私，像澄不清的长江水，理不顺的乱麻堆。

群众说："计划生育的难点在群众，土地管理的难点在干部。"这是千真万确。

干部是人民的"公仆"，应该全心全意为人民服务。这是共产党的宗旨，是写入了党章的。然而，一些干部忘记了这一点，他们贪图便宜，强奸民意，不可一世。群众一提起这样的干部就撇嘴、指责，怨声载道。

在这场决斗中，有私与公的较量，也有局部利益与全局观念的较量，更多的则是权与法的较量。

较量之一：

死抗的背后，有三个强权者、一个"坐地虎"，谁也动不了他们一根毫毛。

A县，是四川最南边的一个山区县。人穷，地瘦，扶不起，站不住。有人说他们的祖坟没埋对，他们自己说是遗传基因中缺少某种元素，所以祖祖辈辈受穷。这话也许有道理。经济落后与文化落后相关联，文化低，素质差，经济就搞不上去。文化落后也是产生"法盲"的基本原因之一。

四川有句俗语："人穷怪屋基"。

A县把这话当作经典。时至1985年，县领导还这样认定：更换祖先、改变遗传基因是万万不可能的，但更换天地却唾手可得。

环抱县城的香水山镇南、马栏湾、柏香湾三个村，拥有责任田的农民共2 991人，耕地面积1 648亩，人均耕地0.55亩。先后有81个单位、590户干部，由于利欲熏心，便大肆强征硬夺，五年内，共蚕食耕地478.6亩。农民的耕地更加少得可怜，耕地最多的柏香湾四组人均仅0.986亩，最少的马栏湾村一组人均仅0.038亩。有164人无立足之地，人均耕地在一分以下的有340人。

"耕者有其田"。这是历代农民造反的宗旨。共产党领导的革命任务之一也是为了农民翻身，得到生活的源泉——土地。也许，有人会问，事情就发生在A县“父母官”的眼皮下，他们咋想呢？

这个仅有1.7万人的小县城，违法建私房的“领头羊”就是三个副县级干部，44个区科级干部和47个党政干部。

他们手段高超，有的一个人报几个户口；有的干脆虚报假名假户，有的一户人占几个宅基地；有的占一处，修一处，卖一处；卖了再占，再修，再建，从中牟利。

猴子称霸王！在川南的崇山峻岭中，他们就是“美猴王”、“弼马温”，无人敢惹，也无人敢管。国土部门也曾管过，然而这群“甲壳虫”，你在东面扫，他们往西面跑；你在西面扫，他们往东面溜。还有那些说情者、支持者、包庇者……结成网络，进行反扑，搞得执法部门、监察部门、国土部门寸步难行，谁敢举报、清理他们呢？

尤其令人愤慨的是那位副县长，他的“点子”多，办法诡。先是以他妻子的名义申请批地建房，觉得面积太小，就摇身一变，找他的姨妹顶替，又吞了一块。还不过瘾，又找人联合建房。占地、围地过程像变戏法一样，先是由城建局长牵线，从个体户手中用两千元钱买来一块。此地属于环城公路预留地，他随机应变，将它修成七个门面，转卖给商业局。羊毛出在羊身上！将那笔款子又建又修，还赚了大利。结果是肥了个人腰包，坑了国家和集体。

较量之二：

B县与A县是孪生兄弟，一个在东，一个在西，一个利用强权，一个施展虎威。

传染病毒一般，A县违法占地建私房的歪风还没有刹住，毗邻的B县火星乡违法占地建私房之风又骤然刮起。

那情况与A县一模一样，可称是一个娘肚里滋生的双胞胎。

位于城区的火星乡，共有10个村，耕地4 435亩，人均0.78亩。1987年以来，“占地风”骤起，呼啦一声，全乡建私房347户，其中有违法行为的达302户，国家干部占五分之一。

群众来信像雪片一般，纷纷飞向主管部门。据信访处剖析：县电力公司批地 2.8 亩，实占 6 亩；县中药材厂批地 2.8 亩，实占 5 亩；县人大、政协、县委老干局、政府多经办、财政局、林业局等 44 个单位，共批地 184.4 亩，实际占地 300 多亩。而且大多是修建的超标准住宅，被群众称为“地主庄园式大院”……

还有一批干部像饥渴的田鼠，闻见地上的油腥味，便削尖脑袋往里钻。所以修房建房，出租倒卖，从中牟利，是 B 县的另一大特点。有位区级干部，脑子灵，关系广，手段高，先后利用职权占了五处宅基地，转卖三处，修两处，赚回利息三四万；有位银行行长建起一幢高级住宅，专门出租，月租金 700 元；县粮食局一位干部将所建新居以 4.7 万元出售后，又在单位分得一套公房……

1990 年 6 月 6 日，《人民日报》登载了来自 B 县的一则报道：《爱惜土地莫乱建房》。

这则报道揭了老底，点中了穴道：

“近几年来，我县火星乡境内的耕地上，建起了 66 家砖瓦厂，37 家酒厂，数百座楼房，星罗棋布的旅馆、饭馆、货摊、住宅，致使这个乡的 4 000 多亩耕地被占用或被毁坏，其中，很大一部分耕地是非法占用的。为何火星乡乱占耕地、毁坏农田的情况如此严重呢？

“一是贪财卖地。例如，一户农民全家的责任田卖掉后，建起了一幢砖房，购买了电视机、收录机、洗衣机等，但是，好景不长，这家农民很快便将卖田的钱花完了。现在，他们生活艰难。到目前为止，全乡有 15 户农民是这样干的。

“二是索贿批地。火星乡一些乡村干部肆意索贿批地，有些单位和个人不该占用土地，但只要给他们行贿送礼，就可以得到‘关系地’、‘后门地’，有的乡村干部还打着保护耕地的幌子，公开索要‘信息费’、‘盖章费’、‘辛苦费’，少则几百元，多则上千元，火星乡原乡长受贿 2.4 万元，被判处有期徒刑 3 年。

“三是以权建房。火星乡少数领导干部，有的占用两处宅基地建私房，有的占用宅基地后转手倒卖。在映月村有两套近 100 平方米的砖瓦房，修起了三年都无人居住，据知情人透露，这两套房是一家医院向火星乡征地时，两个乡干部捞得的好处，他们迫于外界的舆论压力，暂时让房子空着。

“四是蚕食耕地。火星乡一部分农民为了扩大宅基地，将房前屋后自留地、责任田作为垃圾场，然后以非耕地为由，用来兴建私房。县供销社一职工在龙鹤村批得 29 平方米的一块地基，却修建了一幢 206 平方米的楼房，全乡不少农民采用这些手段建私房，蚕食耕地近 30 亩。

“五是强行占地。由于火星乡土地管理混乱，助长了乡里一些农民强行占地建房。一些经济条件困难的农民，让别人出钱在自己的自留地、责任田建房，映月村陈某拿 150 平方米蔬菜地，与他人合建了一幢楼房，他分得两层楼。一些经济条件比较好的农民，修建住房后进行倒卖，牟取暴利。马厂村张某占地建房三处，将其中的两处住房卖了，牟利 4.5 万元。据调查，两年来，全乡有 191 户农民，未经批准，强行占地建房 13 245 平方米。

“当前，我县因乱占滥用土地建私房而发生的纠纷时有出现，已成为一个严重的社会问题。县政府有关部门虽然建立了土地管理制度，但流于形式，有关部门对于那些非法占地，毁坏耕地的行为，视而不见，听而不闻。”

哗——，在县里展开了另一场较量。

群众心中憋了多年的气，没处出。这一回，他们先睹为快，报纸一到 B 县，各机关、学校、工厂欢呼雀跃。人们围得里三层外三层，一边读报，一边议论：

“哎呀呀，是哪个胆大包天，敢捅这个马蜂窝?”

“听说是个小人物。”

“不，是个小记者。”

“嘿，真棒，他为大伙儿伸了腰，出了气!”

“哼，我看县里的领导，不会轻易放过他。‘县太爷’的老毛病，谁不知道呀？谁要是捅了他的背脊骨，准会暴跳如雷。”

群众说对了，老虎的屁股摸不得。B 县的丑闻暴露在光天化日之下后，一股强大的压力立即向老罗袭来。

先是一位县委副书记登门质问："我们讲过，写批评报道稿件，要经县委审查，你为啥不执行?"

随后有人威胁他："要用高价请杀手，把他的脑袋砍下来。"

老罗遭受着责难，甚至威胁到他的生命安全；老婆、孩子也承受着强大的压力，惶惶不安。

好心的群众担心："君子报仇十年不晚，老罗的苦日子也许还在后头呢!"

妻子受不了，多次提出离婚；老罗走投无路，要求调离B县，而主管的领导却卡着不放。

在危急中，老罗向市委、市府反映了他的处境和B县的问题。市上派出8人调查组，进驻B县，查违法占地问题，阻止对老罗的报复行为。

他们做了一些工作，处理了几个违法分子。但土地仍未还，耕者仍无田，这场较量仍在继续……

生死恋

第四章　往事回首空余恨

能从别人的逆境中汲取智慧的人是真正的聪明人。

——英国谚语

本章，笔者将把笔触涉入违法者受到制裁之后的忏悔与余恨之中。

区委书记的黄粱一梦

这是一桩奇案！

案情本身并不奇，奇就奇在人们的各种心态，各种感觉，各种传说。这一切均属全方位的反应，错误的与正确的，在此得到了验证；各级领导，各自带着官方的或自我的或模棱两可的心态，参与了议论、领略、体验。时间拖了两年零八个月。案情虽在山沟悄悄地隐去，围绕着案子出没的各种游魂却仍然在游荡、招摇……

群众被吸引，干部被卷进风波，新闻记者纷纷涉足大山沟，调查、监督、呼吁。

当这一奇案争论不休之时，1989 年 6 月 24 日《四川政协报》首先推出一篇批评报道，题为：《怪：一区委书记违法两载仍逍遥；奇：县政府发红头文件抵制土地管理法》。在报道中这样写道：

"……个别领导错误维护该县原柑子区委书记、现县乡镇企业局党总支书记杨×，致使省地国土部门对杨违法占地行为的处理建议在长达两年的时间内不能实施。四川省国土局领导对此提出强烈批评，并呼吁新闻舆论进行公开监督，促使问题早日得到解决。

"根据省国土局两度、地区国土局五度赴该县的调查，原柑子区委书记杨×在1987年1月和11月两次知法犯法，非法侵占国家土地105平方米，修起了一幢私人住宅。省地县国土部门认为，杨的违法行为发生在国家《土地管理法》颁布之后，应依法将杨在违法占用地上修建的私房予以拆除或没收，同时给予行政处分。一位副省长曾对杨×问题两度批示：‘要抓住这个典型，严肃处理。请省国土局协助地区，查清事实，坚决处理。’而身为区委书记的杨×竟在大庭广众之下对国土部门调查人员进行谩骂：‘你算老几，你混账，你们省上、地区来的，莫以为衙门高就以权压人，我建房跑不脱，我这个书记早就不想当了，你能把我怎么办?’

“然而，这桩经省地县几级组织反复调查，违法事实清清楚楚，绳之有纪，处之有法，罚之有规的事情竟一拖两年半得不到解决。县委、县政府的个别领导人错误地维护违法者。杨×不仅没得到党纪国法应有惩处，反而由区委书记易地为官，当上了县乡镇企业局党总支书记，举家乔迁县城。

“……县政府为杨×非法占地开绿灯，同意其补办手续，在未对杨作出任何处理的情况下使其非法占地合法化了……

“四川省国土局监察处的同志向记者介绍说，由于这个县的个别领导人对杨×违法行为采取错误维护和姑息迁就态度，该县违法占地风愈演愈烈，至今仍在蔓延……”

四川省国土局监察处的杨处长，这位国土战线上的女将，以切身体会，诉说着在执法和处理干部违法违纪中的苦衷。

她，是位性格刚强的女性，在谈到对杨×案件调查处理时，她竟控制不住自己的感情，眼窝儿潮湿了。提起这件事，她至今心中难以平静。

面对此案，有许多糊涂观念扰乱了人的思绪。有人说：“杨×家人多，经济拮据，他还要工作，不能做得过分了。我们是共产党领导的国家嘛!”

有人出面调和：“错了，补办手续不就行了吗?知错就改，还是好同志、好党员嘛。”

这话听起来很有道理。错了，改了就好。如何改，土地是没有再生能力的资源，占一块少一块。按这一观点，谁都可以占，占了补办手续就行了。说得轻松，实际是为杨书记辩护开脱。

群众也许说得更尖锐："共产党的书记违法可以不受法律制裁，这和封建王朝的'刑不上大夫'有啥两样?"

这案子，轰动了神州!

杨处长受省国土局的派遣，又一次启程北上，走进了大山沟。

这是第几次？她记不清了。但只觉得心跳得厉害。那些危言和忠言一齐涌上脑门。

究竟是人的法制观念不强，还是大脑皮层产生了一种"抗药性"？处理此案，无论在省城还是在山沟里，七嘴八舌，议论纷纷。这些议论，形成了一种无形的网，纠缠于心，使人生厌。

她在对笔者讲那段经历时，心情特别沉重。她感慨地说："处理一个干部，阻力重重，不说县委、县政府个别领导不配合，就连纪委内部的个别人也认为，杨书记家有七八口人，老的老，小的小，困难，倘若把房子收了，他们上哪儿住？他们用感情代替法律，用个人义气代替国土政策。这些思想要有多糊涂就有多糊涂。其实，正因为他是干部，处理就更应该严。群众反映他一家人霸道，一向不讲道理。这一点，我们也领略过。有一次，我和一位监察人员去现场查看，杨的女儿大吵大闹，装傻，装糊涂，猛然间把一个脏拖把投向那位同志，搞得他一身稀脏。当然啰，硬来他们不敢，因此搞小动作，耍孩子气，以发泄他们的不满。"

这真是场攻坚战。后又经过半年的舌战，上下周旋，八方对抗，最后才好不容易攻下来。

1989年12月9日，《四川政协报》以《县政府实事求是纠正失误，违法逾两年杨×终于被惩处》为题，再次作了报道："10月下旬，省纪委、省监察厅、省建委、省国土局以及达县地区各有关部门的联合调查组，与该县的四大班子以及各有关职能部门的领导广泛交换了意见。县领导同志认识到，县政府发的3号文件对杨×违法占地采取补办手续的做法违背了《土地管理法》，客观上为杨×非法占地合法化开了绿灯。为此，县政府对上述文件予以纠正。这个作法体现了县委、县政府实事求是、有错必纠的态度，从而为国土部门依法处理杨×违法问题创造了条件。县委领导还针对杨×不能正确对待群众与舆论监督的态度，提出了严厉批评。

“10 月 29 日，对杨×的处理决定送交本人，杨表示愿接受处理并愿意接受组织对他的纪律处分。为此，这桩历时两年零 10 个月，省国土部门先后查处 9 次，经省政府、省纪委多次严肃批示，新闻舆论数度曝光的‘马拉松’案终于得到了结。”

案子真的了结了吗？其实不然。

1990 年，笔者两度进山采访，仍然有人为老杨鸣不平，对《四川日报》《四川政协报》等舆论监督接受不了，认为是“小题大做”。

1991 年 3 月，在成都望江宾馆召开的全省国土工作会议上，我正好与达县地区国土局一位副局长同住一个房间，我们有意无意间，又谈起那件事。那位副局长坦率地告诉我：

“哎，提起这案子，还有个细节。杨×所占的土地，分三部分组成：一部分是蚕茧站转让给他的，有人说责任应在蚕茧站；一部分是社里的荒地；第三部分，社干部点头同意的，一位副乡长批准的……他的责任不大。对此，当初有三种反应：第一种认为处理轻了，实际上每平方米折价 40 元，是种赎买政策；第二种认为处理过急，当初选择这个典型就没选准；第三种认为处理过重，应以教育为主，不该先罚款，后赎回……”

这些议论，谁对谁错？副局长没有分析。末了，他道出一席真心话：“依我之见，老杨不算典型，这个县也不是违法占地建私房最严重的县。要说典型，相邻的一个县应名列榜首，那里的问题成堆，而且至今处理不下去，顶牛，对抗，谁去处理都感到棘手。唉，记者同志，你看国土管理多难啊！”

室内沉默了。他的这番感慨，引起了我的深思……

副局长是个直性子，痛快人，他不护短，不隐瞒自己的观点。提起另一个县，他又激动起来，噼里啪啦地把干部违法占地建私房的丑事，通通吐了出来。

对区委书记的处理，已成历史，任其各自去思考分析。无论是出自私愤还是袒护，都已无关紧要。眼下，人们最敏感、最关心的是比邻县的干部占地风正像瘟疫一样蔓延……

他是管土地监察的副局长，这几年他已饱尝了土地监察的酸甜苦辣。他不足 50 岁，可两鬓早已花白了。

次日，会议告一段落。副局长带着简单的行装，背着一捆会议文件、资料，匆匆出发了，前面，迎接他的是更艰难的战斗……

“华尔街”前的忏悔

这里说的是川东石柱县城的一条街。

“华尔街”这名取得别致，独特，还有一些辛辣味。它不是记者的智慧，也不是作家的想象，而是出自山区村民“笨拙”之嘴。

“华尔街”确实壮观，阔气。街长 1 000 米，排列着上百幢风姿各异的小洋房。这里住着一批“官”。他们那些漂亮的小洋房，是任意蹂躏土地、强奸民意建起来的。在违法占地的 53 个领导干部中，有县人大常委会主任、副主任、县委副书记、县委顾问、县委组织部长、国土局长、民政局长、人事局长、公安局长、教育局长、县人大常委会办公室主任……违法者班子整齐，步调一致。他们为“华尔街”的崛起立下了汗马“功劳”!

石柱县，是川东有名的贫困县。全县人民至今没有根本解决温饱问题。而“父母官”却缺乏紧迫感，更没有因此而感到羞愧。

看看群众的生活状况吧。在距县城 10 多里的下路区三会乡下坪村，村民谭定勇和妻子王满州，这对年轻夫妇，带着四岁的儿子，没有住房，长年累月住在绝壁下的山洞内。洞口用乱石垒起一垛“墙”，再糊上黄泥，便是他们的“家”。岩上，流水飞过，滴滴答答，昼夜不停。为了排去流水，主人在岩上悬挂着许多破破烂烂的塑料布，犹如万国旗。洞内阴暗，脚下是终年不干的积水，头上结着蜘蛛网。潮气袭人，小孩的脸上、手上、腿上全是溃烂的疮。他们一家就这样伴随着流水和蚊蝇，在山洞内送走春夏，又迎来秋冬。

在石柱县，缺房少屋，蹲岩洞，住草房的绝不止谭定勇一家!

一个财政连年出现赤字，人民生活还未脱贫，在全国挂了号的“老、少、边、穷”的贫困县，一个扶贫脱贫应为当务之急的地方，却冒出一批“富员外”。他们居然能拿出巨款大兴土木，营造“安乐窝”。这能不使人感到惊讶吗?

那风，先是从城南的园林街刮起的。县里的某些官员，不听有关领导的招呼，率先在那片土地上营造私人住宅。很快，这股违法占地的邪风，就像瘟疫一般蔓延开来，从西城扩展到东城。接着，在礼塘坎的苗圃里，在城南的沃土上，在城北的肖家坎以及城西的龙河之滨，一幢幢“官邸”拔地而起。

当“华尔街”的“老板”们大兴土木，搞得热火朝天的时候，他们已经忘记了共产党人的宗旨，忘记了还未越过温饱线的46万群众。

“哟，他们哪来那么多钱?”群众提出了疑问。

据23名区科级干部自报的数字，建房花费共35万元，户均15 000元，最多的达5万元。5万元人民币，是一个县太爷15～20年的工资总和呀！难道他可以不吃不喝，不养活老婆和孩子?

他们当然不会自己掏腰包。手里有权，办法就多的是。有人借用“母子工程”，趁机将私房工程与公房工程捆在一起，承包出去，从中贪占国家“三材”，挖社会主义的墙脚。结果私房修得比公房漂亮，而造价却比公房低。这仅仅是其中的一种，别的手段更高明，有人低价买来高价卖，从中牟利，再盖高楼；有人滚雪球，占地—建房—卖房；再占地—再建房—再倒卖……两滚三滚，发了，不仅有钱修房，而且三大件、五大件全有了。

诚然，也有一些干部是“老实人”，家中余钱剩米并不多，见别人建起高楼大屋，心中痒痒的，觉得自己吃了“亏”。于是，他们“打肿脸充胖子”，或向亲朋好友借钱，或向银行贷款，或挪用公款，还没举行竣工典礼，已经负债累累。

群众说，这些“老爷们”，都有一部“谋私史”，若记录下来，可以书成长卷。不妨选择一二，揭其面纱，露其灵魂，看看他们的卑劣手段。

其一：县人大常委会主任，该县首席立法“官”。他的私邸，正正中中坐落在城东礼塘坎那片平展展、绿油油的苗圃地上。那里山清水秀，郁郁葱葱，把那幢占地 97 平方米的高楼大屋，映衬得更加雄伟壮观。

1988 年 5 月，由他主持召开的县人大常委会，正儿八经讨论通过了该县《土地管理实施细则》。主任也挥毫动驾画了押，其中规定“私房占地不得超过 60 平方米”。

然而，墨迹未干，这位高谈阔论“坚持原则”的主任，“翻手为云，覆手为雨”，竟带头不执行人大常委会通过的《细则》。他得寸进尺，贪得无厌，违法占地建房后，还要申请 30 平方米的土地建厕所。

当然，人大常委会主任要地，国土局长无论如何也得给这个面子，便大笔一挥，30 平方米的上等地便被鲸吞了。群众讽刺说：“当官的屁股真大，修厕所都占地 30 平方米。”

其二：教育局长的私邸是“华尔街”最阔气的建筑。一位报社记者曾这样写道：“记者漫步在‘华尔街’上，看到了一幢考究的四层小洋房。记者有幸进入屋中逐层观赏，见到屋中的布置错落有致、层层出新。时新的家具，一应现代化的家用电器，足以让生活在大城市的人也愧叹不及，眼界大开。然而，记者置身于这富丽堂皇之中，比较栖身危房的师生，却是别有一番滋味在心头了。作为一个党的领导干部，本应具有‘先天下之忧而忧，后天下之乐而乐’的品质……”

石柱县由于是山穷、水穷、人穷的地方，因而普教发展缓慢，文盲层出不穷。

全县教职员工的工资低，奖金少，更谈不上其他福利。1984 年以来的医药费 20 余万元，无钱报销，还有些危重症、癌症病人，因无钱医治，仍在痛苦中呻吟。

教育经费奇缺，全县中小学危房面积逾 4 万平方米。悦来中学 17 个班，近 200 女学生，时值寒冬，仍在破烂不堪的教室中滚地铺。窗户上没有挡风遮羞的玻璃，席子底下只有几根乱草，难以防潮防寒。寒风袭来，学生冻得直叫。男学生的住宿条件更为恶劣。没有宿舍，500 多名男学生，住在八面来风的礼堂内；没有床，利用木棍、木板，横七竖八支撑着。每当夜幕降临，一个个生灵像泥鳅一般，东倒西歪，蜷缩在昏暗、潮湿、散发着汗臭味的环境中过夜。学校领导多次向县教育局反映，回答始终是四个字："无法解决"。

位于县城的太白中学，教室、宿舍和厕所破烂不堪，早被安全部门鉴定为"必须立即拆除"的危房。可学校无钱改建，至今仍在使用。学校数次紧急报告县教育局，均无结果，只好将资料存档，以便倒塌后追究刑事责任时用。已有32年教龄的刘荣廷老师一直住在危房中，他说："我到石柱县后，没有住过一间好房子，在高山上教书时住板壁房，也住过土墙房，到现在退休了还住危房。房子问题给局长反映过，教了一辈子书，落得如此下场真寒心。"

多么鲜明的对比！面对如此严重的现状，局长大人却心安理得，躲在舒适的洋房内，自享天伦之乐！

其三：在"华尔街"的正中，有一座跃居榜首的高楼，被群众称为"霸王居"。

房子的主人是本县大财主黄连公司总经理。

在石柱县，总经理是个响当当的人物，"改革家""企业家"……头上的桂冠足有一打。他有权有钱，实力雄厚，财大气粗。他脾气暴躁，作风霸道，遇事得让他三分，上下左右无人敢惹他。

他修的住宅比谁家都壮观雄伟，设施齐备，造型新颖，楼后围有庭园，园内修有金鱼池、赏花坛，操的是花园洋房的派头，共占地300多平方米。

"霸王居"这名取得很贴切，既体现了那幢楼房独占鳌头，又体现了总经理的作风——盛气凌人。此人一向无法无天。他建私房，未经国土部门批准就动了工；建房政策明文规定："不准围墙筑院"，他哪里听得进？

在清查他违法占地的问题时，他吼声如雷，大吵大闹，先发制人，拒不认错。

……

对石柱县干部违法占地建私房的事，中央和地方10家报纸杂志作了披露。

很快，石柱县在全国"一鸣惊人"。

很快，全县一派呐喊声，强烈要求，对违法占地建私房者，以权谋私者，不顾群众死活、只顾建自己的安乐窝者，给予严处。

很快，黔江地委、石柱县委召开了紧急会议，明确规定，局以上的领导干部，停止建私房。

1988 年 11 月上旬，省政府在黔江地区进行现场办公时，正是群情激愤、呼声四起的时候。省政协副主席、省扶贫领导小组组长，就几家报纸披露的石柱县领导干部建私房的问题，和两位副省长充分交换了意见。他们认为情节严重，必须重处。

为了弄清情况，11 月 18 日，一位副省长又实地考察了“华尔街”，又感慨一番。紧接着，他向黔江地区纪委的领导，作了具体指示：本着实事求是、治病救人的精神，弄清问题，及时处理。这位副省长很理解、支持记者。他在离开石柱前，对新上任的县委书记讲，无论哪家报社记者前去调查情况，应提供方便，积极配合，不要护短。

然而，石柱县的一些领导干部，却自有一套对策，他们既不接受报纸、群众的批评，也不按省、地领导的意见办。

他们分庭抗礼，联合行动。县委副书记、县级机关党委副书记、南宾区一干部三家合建楼房，向国土局要地 32 平方米，实际占地 171 平方米。对超出部分，国土部门按规定罚款，他们自恃大权在握，置之不理。令其停止，他们仍然强行施工。

于是产生了极坏的影响。当初，县上采取了措施，令其收兵，然而现场一派繁忙，干得热火朝天。而且，“建房风”东山再起，越刮越猛。

这场斗争波及全省，影响极坏！

四川省委书记批示：“请省纪委会同黔江地委严肃查处！”

省纪委书记批示：“请组织力量抓紧查处，并报结果。”

1989 年春天，省纪委、省政协、省监察厅、省国土局、省教委、黔江地委及地纪委、地监察局、地建委有关部门分别派员到石柱县，共同组成省、地、县联合调查组，对石柱县城建私房问题，进行了全面调查，并提出了处理意见。然后，从多方听取意见，研究制订了《实施意见》，逐级上报。

5月30日，省委第21次办公会，听取了关于石柱县城私人建房占地问题情况和处理意见的汇报，审议并原则同意黔江地委、行署和联合调查组的意见。

省委指出，对石柱县城干部在占地建私房过程中违反有关规定的问题，一定要严肃处理，并将处理结果公开见报。

大势所趋！省、地、县一起行动，摧枯拉朽，势不可挡！然而，在实施中，却并不那么顺畅，来自各个方面的阻力仍然不小。

问题涉及数十名干部的切身利益。他们能量大，影响广，个个赤膊上阵，妄图对抗到底！

李德远回顾起那段经历，至今还心有余悸。他怀着沉痛的心情，陈述当初的一些片段："斗争激烈啊！究竟从谁开刀？选择突破口真难。再三思索，决定拿人大常委会主任作试验。噢，太硬，被顶了回来；改变主攻方向，准备在副县长头上树立'榜样'。可方案刚公布，有人就为他鸣不平，认为县国土局长主管批地，为何自己违法？应该从他头上开刀！"

这话有道理，调查组服了。

可以说，这是一场血战，没有过五关斩六将的决心和勇气，是难以奏效的。

斩将之一：

焦成斌挥泪"斩"局长。

是的，石柱县国土局局长近水楼台，利用职权，在这场土地角逐中，扮演了一个不光彩的角色。

大约在1987年4月，他突然萌发出一个想法："造窝"。于是这位年富力强，脑袋灵活，掌握全县建房征地审批大权的"神"，当即写了仅20个字的申请，第二天就被批准了。但他并不满足，想扩大宅基地，又利用手中的权力两次得到施工许可证，三次扩大占地面积，线不断放长，尺码不断加大，最后增加到76平方米。

局长漂亮别致的小洋房刚刚修起，便满城轰动了。一双双羡慕的目光，引发了一个个美梦。人们再也不能沉默了！

顿时，申请书像雪片一般飞向县国土局，局长家门庭若市。

局长显然被“捧”昏了头，钢笔尖上的墨水哗哗外流，一个、二个、三个……数百张申请书，都从他的眼皮下溜过……

昔日，局长太辛苦了！今天要从他头上开刀，是不是有点“冤枉”呢？他多占土地仅仅12.53平方米呀！

“你们屁眼黑，官官相护，为啥国土局长不处罚？”群众的骂声像炮弹一样炸响。

李德远不远千里从川东匆匆赶回省上，将情况向省国土局局长焦成斌作了汇报。

焦局长当机立断，作出决定：“不行！我们必须对己严。对国土局长不慎重处理，便理不直，气不壮，腰不硬，难以摆脱困境。”

经研究，省局决定将县国土局长的房子没收，罚款905元，并建议党内给予严重警告处分。理由很简单，因为他是县国土局长，没把好关。

此时，焦成斌显示出他的大将风度和果断沉着的作风。他经过一番思索后，便将处分决定上报省府。同时，一个长途电话通往川东，叮嘱石柱县对县国土局长一定予以重处。

当第一个处分决定曝光之后，全县轰动了。群众欢呼：“这回动真格的了，违法者脱不了爪爪。”

一切幻想破灭了！违法者四面楚歌！

斩将之二：

逼上梁山，抛开一个疯女，硬砍头面人物。

县人大常委会主任以妻子名义，巧取豪夺，占地138.65平方米，超出74.65平方米，影响极坏。处理他时，他又抬出疯女人，制造重重障碍。他老婆似乎有种“灵”感，一听说要罚款，说疯就疯，要自杀，要跳楼，两手拿把锄头，两眼喷射着仇恨的火焰，大吼大叫：“你看你看，黑心烂肺的家伙，要拆我们的房子啦……来啦来啦，呸！龟儿子，倒霉的，你想干啥……”

主任与疯子配合得十分默契，疯子的“病”一发，主任的托词便有了。

是真疯，还是装疯？说不清，道不明。那情景，使人毛骨悚然，弄得工作组进退两难。处理吧，怕真的出了人命；不处理吧，这位本县的“头面”人物，攻不下来，要想解决其他违法占地的问题就别想前进一步。

“硬砍！他的问题严重，手段恶劣，影响极坏。”有人怒不可遏。

也是，他占的面积大，手段卑劣。他分管县林业工作，可他早就虎视眈眈，盯着一块好土。他一户就把苗圃地吞了一半。

逼上梁山。对这家“钉子户”只好硬砍！

依法拆除54.04平方米，没收私房43.38平方米，罚款1 822.40元，给予党内严重警告处分。

斩将之三：

斗智，“霸王”力不从心，“咚”一声跪下求饶。

诚然，县人大常委会主任算个“歪人”，但本县交警大队长比他更“歪”。他“官”不大，却刁钻凶险，称王称霸，不可一世。

他申请批地60平方米，实际占地107平方米，修了六楼一底，十分阔气。

对他的问题，调查组十分谨慎，经初步调查，这位队长的轶闻趣事不少。

前几年，他将农村的妻子调到县城，又从小集体调到县交警队，掌管财务大权。

建私房，工程大，一般人也得筹备三年五年，还免不了要拉债。他家人多，工资收入低，他仿佛玩魔术一般，没费吹灰之力，上十万元的工程轻而易举就完成了。

他哪来那么多钱呢？谁都这么怀疑。但怀疑不是根据，所以闹来闹去，始终是个谜。

有人暗中发现，他将私房与公房混杂，一同包给建筑队，从中得利。这些事，谁也难查。他是办案的内行，作起案来自然就比一般人高明。对他那些抓拿骗的事儿，要查清也确实难。

调查组也曾打算撞开一个缺口，可跑来跑去，只捕到一些鸡毛蒜皮的事儿。他修房造屋，那些司机争先恐后帮他拉砖瓦，运泥土，分文不收。他是交警队长，不巴结点，山不转水转，万一撞在他的“枪口”上，叫你吃不了兜着走。

俗话说：狡猾的狐狸斗不过好猎手。几个回合不分胜负，于是群众心里重重地打了个问号：联合调查组是不是好猎手？

随着查处工作的步步深入，又查出队长一个带戏剧性的传奇故事。

据群众反映，他家的成员中，有一个孩子来路不明。看模样，像他，有人早就怀疑是他的。而他却遮遮掩掩，不敢承认，一直是个谜。

几年前的一天，他突然发现他老婆的肚子大了，他喜不胜喜。然而，喜中有忧，要生，已是第三胎，肯定通不过。要打掉，这位封建意识比现代意识浓十倍的人，决不会那么干脆。队长想：“多子多福嘛，不说三个，十个八个我也要。”

他不吭声，不露馅，待瓜熟蒂落时，才突然提出妻子怀孕了。他很鬼，“做手术”不要别人监督，还买通医生出了刮宫证明，不多久，他又突然传出一个说法，有个亲戚给他送来一个孩子，是在路边“捡的”，那孩子长得和他一模一样。他便收下了那个“无娘儿”，并上了户口。

几年来，别人问他，他矢口否认这孩子是他的，这次，调查组决心弄个水落石出。他仍然不承认那孩子是他的亲骨肉。调查组一不做二不休，给他来了个突然袭击：决定送他们父子俩到上海去验血型，并买好车票，敦促他们启程。

陈队长毫无思想准备，一听虚了。他便噔噔噔地跑到县委招待所，“咚”一声跪在地板上，痛哭流涕，向调查组的头儿求饶，承认孩子是他的亲骨肉。陈队长原形毕露，后悔莫及！

狐狸，碰上了好猎手，“歪神”终被“正神”治服了。

陈队长被没收了房子，开除了党籍，乖乖地搬出了“华尔街”，他痛苦不已，想忏悔已经晚了……

“华尔街”的风波，传遍了全省。经过查处，53 名副局级以上的领导干部都受到了不同程度的处罚。

胡局长败走麦城

在三峡的峡口以北，有个县，县里有个水电局，局里有位胡局长。他，聪明干练，但偶尔也显出一丝儿糊涂，所以，人们有意无意中称他为“糊涂局长”。

他在那偏僻的山沟里，拦河筑坝，蓄水发电，日里夜里，风里雨里，一干 40 年，确实做了不少利国利民的好事。

他是有功之臣，但却不能正确对待自己。眼目悬空，夜郎自大。渐渐地，群众开始讨厌他，他与群众也有些格格不入了。

有位心理学家，以其最丰富的哲学思想对人生的痛苦作过概括。据他所言，人生有三大痛苦：一是卸掉官帽最痛苦；二是失去心爱的宝物最痛苦；三是离开美好的人间，步入天国最痛苦。

时至公元一千九百八十七年，胡局长扳着指头一算，自己已经快到点了。失“官”的痛苦日夜逼近，使他坐卧不宁！他回首往事，心空如野，环顾四壁，两手空空，不禁满腹凄凉。

他的第一个不安是，作为一位局长，风风雨雨 40 年，县里的山山水水哪一处没留下他的足迹？可如今，老了，退了，还没有个像样的窝。他成天忧心如焚。

说来也巧，正值此时，“占地风”顺着三峡吹进了峡口，也吹“醒”了胡局长。他于是一下振作起来，决心去实现自己的计划——营造“安乐窝”。

胡局长虽然人清瘦，文化不高，但脑袋瓜儿活，凡对他有益的大事小事，他总是想方设法往里钻，如同苍蝇趴在鸡蛋上，无缝儿也要觅个孔。

80 年代中，骤起的建房风，从石柱县刮向江北，从川东卷向川西，从川西又回溯到三峡。那风越刮越猛，撞及夔门又反弹至该县，更富有破坏力。那力，在县水电局发生了巨大的效应。

记得，那年岁末，县水电局决定修建水利电力开发公司，借用盛山、汉丰水管站的名义，向县国土局申请征地。经上级主管部门批准，征地1.83亩，作为修建办公室及宿舍用地。

好漂亮的土地！寸土寸金，对地的价值，老胡并不糊涂。有两句时髦用语他记得一清二楚："五十八九连爬带滚。""有权不用，过时作废。"失落感和人生的痛苦，不时在他心里泛起涟漪。但他不甘寂寞。本来，机关建房是公家的事，鸡蛋上没有缝儿。他执意不服老，千方百计伺机钻进去，咬一口。他想直取太露了，因此就变换手法。

1988年4月，他邀约副局长和财务股副股长一起行动。三人为"众"嘛。他们以"群众"的名义提出，局里为职工建宿舍统一集资他们就不参加了，要求从单位征地中划拨部分土地给他们建私房。

局党组对此很"慎重"。党组书记兼局长的老胡，先后三次正儿八经主持会议讨论，可以说局长、书记慎之又慎，意见高度统一。经过揉与搓，同意胡局长等三人从单位已征用的土地中拨出0.2亩。

"民主集中制嘛，群众有意见？不行，党委和局机关都批了。下级服从上级，干部职工服从党组书记。"老胡把群众的忠言压了，谁反对也是白搭。只要老胡一句话，方方面面的意见都"代表"了。

就这样0.2亩土地被老胡等人鲸吞了。随后，他们匆匆上马，准备营造"胡氏宫殿"。

下川东有个古老的说法：黄眼珠儿心不足。在施工中，他们又偷偷地占去0.16亩，共0.36亩。怕露了马脚，他们于是主动向单位交了占地费3 626.24元。从此，这块地不再姓"公"，而姓"私"。

1988年9月2日，这是他们一生中最难忘怀的日子。他们一扩再扩，未经任何上级部门或土地主管部门的批准。擅自动工后，又悄悄地把线放得老长老长，将沃土咬了一块又一块，实际占地0.43亩。

这位局长同他的帮手，就是这样厚着脸皮，像孙猴子偷吃仙桃一样，今天偷一个，明天偷一双，不断扩大势力范围……

转眼间，一幢崭新的大楼拔地而起，五楼一底，共计12套，每套三室一厅一厨，好不阔气。胡局长喉头粗壮，一人就吞噬一半，分得六套，占地 147.23 平方米（本人及五个子女各一套）。他花了多少钞票呢？有人说 15 万元，有人说 20 万元，也有说 30 万元。那个未知数，谁也道不明。不过有一点是清楚的，局长家里人多，收入甚少，要拿出十万八万太难太难。即使他 40 年不吃不喝，全部工资存入银行，利滚息，息滚利，也凑不足这个数，何况，他老婆还是个“农二”。

县水电局里里外外的干部群众，望着耸立于城头的高楼，骂不绝口，咒骂局长是个“以权谋私的老手”，“变了色的共产党员”……

对胡局长等人利用职权非法占用国有土地的行径，县国土局、县纪委、县监察局、县建委组织联合调查组，经过长期调查后，认为情节严重，手段卑劣，不择手段把单位征的地转划给私人建私房。错，错，错！

1990 年 11 月 14 日，县国土局请示省、地国土局，对此作出了行政处罚决定：

一、没收县水电局非法转让土地所得的 3 626.24 元。

二、没收胡局长在非法占用的 147.23 平方米土地上所建的六套房屋及其他设施。

三、没收张、杨二人在非法占用的 139.94 平方米土地上各建的三套房屋及其他设施。

这决定如同一枚炸弹在局长的心口上开了花。

顿时，县城一派狂欢，鞭炮、礼花四起，人们奔走相告，拍手叫绝，欢呼“共产党万岁！”

顿时，胡局长气得死去活来，两眼发呆。

他辛辛苦苦磨破了嘴皮，费尽了心血，经营两三年才修好的“别墅”，竟然被没收。他怎么不痛断肝肠呢？

“不，命不要可以，房子必须保住，不能就此罢休！”胡某要破釜沉舟，决定“告御状”，再拿出 15 000 元打官司。

40 年来，老胡像经营山区小水电一样，经营他的关系网。他文化虽然不高，但搞外交，拉关系，却是他的拿手好戏。

他确实舍得花血本。那“处罚决定”一到手，他便马不停蹄，先到地区，穿行在熟人、同事、领导之间，凭着他的三寸不烂之舌，四处游说，呐喊，企图唤起领导的同情，以及同乡、熟人的怜悯。随后，他长途跋涉，西征省城，施展他的绝技。

他下的功夫，确实奏了效。一时间，电话、条子、书信，一个个、一封封涌向国土部门。说情者愿不辞辛劳为这位老局长“出力”、“打气”，帮他力挽狂澜！

对此，省国土局监察处处长李德远非常气愤。他对笔者说：“土地法颁布四年了，我们有些领导不学习，不贯彻，以言代法，以情抗法，叫我们如何执行？胡局长的问题十分清楚，可他为啥如此横行？到处招摇，寻找同情者。这是种极不正常的现象。如果我们一些领导干部，对他的行为正确对待，他就缺少市场，闹不起来。”

说情者的语言很生动：“老胡工作几十年了，老干部嘛，修一幢房子，不容易，不要没收，收了别人会说共产党太无情了。”还有人支持他“告御状”，通天，一直告到北京去。

该县是个“夹皮沟”，盆地意识根深蒂固。一些人担心，一旦老胡这个柱子垮了，搞水电咋个办？本县穷，到省里、地区打通关系，讨点钱，要点物资什么的，全靠他。

由于种种姻缘关系，两度处理，两度被顶了回来。无奈，省、地、县只好组织联合调查组，到该县复查。复查结果，认为情况属实，处理适度，维持了县国土局的“处罚决定”。

中国有句俗话：不见棺材不流泪！胡局长很有能耐和决心。他不惜长途跋涉，三次登门找省国土局的领导。

“如果你们现在通知县国土局取消决定，就算了。否则我要向法院告你们，你们非吃败仗不可！”他很得意，带着律师，冲进焦局长的办公室，进行恐吓。

焦成斌决不示弱，针锋相对：“县国土局是按法律处理的，你不服，向法院告，这是你的权利。但我们决不后退半步！”

“这一回，县国土局输定了。不过，我还是希望私了算了。这是人民内部矛盾嘛，好说好散。”老胡见焦局长没有一点松动，语调变得委婉了些。

老胡终究没能攻下这位执法如山的领导，又垂头丧气返回川东。

随后，他花了很大力气，几度上北京、成都，可仍没有结果。最后只好孤注一掷，向县法院提起诉讼，把县国土局推上了被告席。

这是一场权与法、是与非的较量，是一场前进与倒退的斗争。这桩行政案件一出现在县城，立即引起了各方的关注。

1991 年 4 月 2 日，县人民法院依法公开审理这起行政案件。

那一天，汉丰镇内热闹非凡，远远近近的干部群众，大清早就赶到县人民大会堂外等候。门一开，人们潮水般涌进，场内 1 400 多个位子，座无虚席。人们都说，这是解放 40 年来，汉丰镇举行的一次最热闹、最开心的公开审理。省、地法院的人来了，地、县的领导到场了，省、地以及附近县的国土部门的领导也赶到了。

法庭严肃紧张，秩序井然。审理遵循着法律程序一步一步进行。法庭上，原告与被告、双方的代理人进入了一场舌战。

经过一天激烈的辩论之后，审判长当场宣判：驳回胡、张、杨的诉讼请求；维护县国土局作出的没收他们在非法占用土地上所建的 12 套房屋及其他设施的处罚决定；案件受理费由胡承担 2 659 元，张、杨各承担 1 334元……

胡局长全面败诉！其实，老胡难得糊涂。人们在猜测，这一回，不知是第六感官出了故障，还是失去官帽的痛苦逼着他孤注一掷！

呼呼啦啦的“黑色旋风”

过去，这类占地建私房的事，似乎微不足道。因为那时土地无人管，农村处于无政府状态。

所以，强行私侵土地的农户一个接一个。他们的理由“充分”：农民是土地的主人，占用点有啥不得了？

谎言，可以欺骗活蹦乱跳的人，却不能欺骗沉默的土地。人在饥寒交迫的时候，最美好的、最现实的愿望是求得一顿美餐。若求之不得，便产生种种幻想，渴望天上飞过的鸟儿，一松口掉下一根谷穗；或者在耗子洞里抄出几根玉米棒子。但那是微不足道的，满足不了人们的需要。精神的慰藉，永远无法代替物质上的要求，人们生存的条件是要粮食，大批的粮食！

多年来，世世代代以农为本的中国农民，对赖以养家糊口的土地，有着深厚的感情。在“天府之国”，村民们把土地奉若“神灵”，视为“衣食父母”。他们对土地的认识，正如英国经济学家威廉·配第说的那样：“土地是财富之母，劳动是财富之父。”道理很简单，农民没有土地，不说发家致富，连养家糊口也成了天方夜谭。这是问题的一个方面。另一方面，农民为了自己一家一户的私利，加之受落后观念的影响较深，他们照样会践踏土地。

前些年土地管理不严的时候，是农民侵吞土地建房、造坟的好时光。仅 1982 年到 1986 年，四川省违法占地案件竟达 105 万起，形形色色的“地老虎”、“占山王”，吞噬良田好土达 79 万多亩，等于六年吃掉了一个中等县。

对乱占滥用耕地的行为，再也不能等闲视之。省府决定，对侵吞土地的“地老虎”，该查的查，该罚的罚。全省上下主动出击，一支支浩浩荡荡的队伍遍布城乡，查出大量干部违法占地案件，其中已有部分披露于报端：

披露之一：

他们——一群利欲熏心者，一群抗法者，一群身败名裂者。

一支检查组挺进黔江山区后，群众无不叫好。一日，组长正漫步街头，忽然一个中年汉子悄悄塞给他一张纸条。他打开那张纸条，一行歪歪扭扭的字迹吸引住了他的视线：“朝前走百米，自有文章。”

啊，究竟有什么文章呢？

他一边走，一边猜，根据路人的指点，他向着一个神秘莫测的密林深处走去。走不多远，果然别有洞天。一幢幢“小洋房”被掩映在郁郁葱葱的林木之中，富丽，幽静，令人神往。他选择一幢三楼一底外加地下室的住宅，打开卷尺比量，哟，那地基足有 140 平方米。厅级干部也达不到那样的标准，普通干部更望尘莫及。

这是典型，一个违法建私房的典型!

检查组抓住这一典型，便在黔江扎下了根。

报载（1990 年 10 月 9 日）：

“自 1985 年以来，在该县县级机关党政干部中，兴起了一股‘修建私房热’。仅几年时间，县城内的‘小洋楼’、‘小公馆’、‘私人别墅’拔地而起，其建筑规模小的 100 余平方米，大的近 1 000 平方米；造价少则 1.2 万元，多的超过 10 万元。

“在修建私房中，一些干部利用职权拉关系，走后门，贪污挪用公款，索贿受贿，在群众中造成恶劣影响。该县从去年 7 月开始，由县委一名副书记和县纪委书记挂帅，从各系统抽调了 130 名干部组成清房工作组，对全县干部建房从上至下进行清理，并将清理结果张榜公布，接受群众监督。到 1990 年 7 月底止，已查明在县城规划区内建私房的干部职工共 596 人，县团级干部 13 人，区科级干部 85 人，股所级干部 91 人，一般干部职工 407 人。其中，有 476 人有不同程度的违法占地行为，违法超占土地 2.17 万平方米。经处理已退回土地 1.5 万平方米，拆除违法建筑面积 565.9 平方米，没收房屋建筑面积 5 078.4 平方米，收缴土地管理费、园林配套费、耕地占用税、违法占地罚款等费、税共 40.76 万元，并对严重违法违纪的干部进行了处理。

“原县农资公司党支部书记、经理，为了给其情妇修建别墅，大量贪污公款和倒卖化肥，牟取暴利 12 万余元，被黔江地区人民法院依法判处死刑；原县水泥厂厂长，1985 年任职后，仅 4 年时间就投资 10 万余元，修起了一幢建筑面积 800 多平方米的私房，因贪污受贿罪被司法机关依法逮捕；掌握宅基地审批权的原县国土局局长，越权违法审批土地，导致县城规划区土地管理失控，受到党内留党察看 2 年和行政降一级工资的处分。”

披露之二：

天府沃野，寸土寸金——严惩违法者，保护平原耕地。

报载（1990 年 2 月 7 日）：

“成都市在清理干部占地建私房中，重点清查资金、材料来源，推动廉政建设向纵深发展，取得了好的效果。

“1989 年 9 月以来，成都市对干部占地建私房进行认真清理，共查出 2 088 名干部占地建私房，其中违法违纪者 668 名。在此基础上，他们将重点转入清查建房者的资金、三材来源。对建房者的资金、三材来源是否正当、合法逐户进行调查；对疑点多、群众反映强烈的重点调查，对一时难以查证的问题，设立档案待查。到 1990 年 2 月底，全市已处理违法违纪干部 618 名，没收非法所得、罚款 13 万元，拆除、没收 118 户的建筑。龙泉驿区同安乡乡长，贪污计划生育罚款 6 000 元营建私房，被逮捕。成都市还根据清房工作中发现的问题，制定了《干部建房必须申报资金三材来源、用工办法、家庭人口的规定》等制度。”

披露之三：

一个温柔的农妇，为了私利却变得如此凶残，击伤无辜的“土地卫士”。

秋收时节，硕果累累。在开江县的山塆塆里有个宝塔坝，坝上有个乡政府。乡政府那左边的地平线上，有一块很美很美的良田，田里的稻子长得特别茂盛，沉甸甸、金灿灿的稻穗，吸引着南来北往的游人、村民。

提起这块稻田，还有一段令人难忘的经历哩！

人们清楚地记得，在 1990 年 3 月，山风夹着雪花，飘飘扬扬，从山岭卷向峡谷，从峡谷又卷进崖下。冷飕飕的天气，真坑人。老人躲在被窝里，不敢伸脚丫儿；顽孩从门缝里伸出半个头来，瞅见呼啸的北风，急忙缩了回去，怕风刮掉了耳朵。

可村民朱嫂却不怕寒风刺伤了她那柔嫩的脸蛋，一个冬天上下奔忙，做着建屋梦。早春还没到来，她就兴师动众，从老远老远的山崖下运石砌基脚。

她一家三口，住房占地面积有145平方米，已经超过了农村住房标准，可她还不满足，还想再扩大。

于是，她偷偷摸摸请来泥水匠以及东山的二叔、西山的表弟，趁干部还陶醉在春节饮酒划拳的吼声中，她已悄悄地在四分良田里埋下了第一块基石……

“不行不行，朱嫂，你没经批准就建房，是违法!”国土员半是命令半是规劝。

“哦？这是我的地呀。”她理直气壮，似乎土地是她的私有财产，别人无权问津，所以她毫无愧色，继续干她的。

赶场那天，国土员匆匆赶到现场，再次苦口婆心向朱嫂宣传政策法规，严肃地指出她的违法行为。若不停止，后果将不堪设想。

殊不知，这些肺腑之言竟惹怒了朱嫂和她的亲友，于是他们对国土员大打出手。国土员奋力抵抗，可寡不敌众，一阵头昏目眩，他“扑通”一声倒在了地上。群众火速赶来，七手八脚，把国土员送进医院抢救，才没酿成大祸。

朱嫂结伙打伤了国土员，还不罢休，她又纠集10多个人，赶到区公所滋生事端，搞静坐，缠领导，干扰机关正常工作。

这件事不断升级，从乡里闹到区里，从区里闹到了县政府。

这些年，在开江县违法占地户打骂干部和国土员，屡见不鲜。对朱嫂肇事，县委、县政府十分重视。次日，县国土局的领导同县、区、乡的公安干警，以及人大、司法、法院等部门的干部赶到现场，分头调查核实材料，随后收审了两名行凶者，对另外三人，根据情节轻重，分别给予了处分。同时，按照土地管理政策和法规，责令朱嫂退出强占的良田。

这起土地纠纷，很快在巴山沟引起了强烈反响！广大群众热烈拥护政府的决定，同时，也受到了一次深刻而生动的土地法规教育。

见房就占——忆童年游戏

第五章　爱地如子　护地如母

“土中生白玉，地内出黄金。”

也许，每当你读到“土地”二字时，会难以忘记许多美丽动听的传说。从洪荒时代的“诺亚方舟”到哥伦布寻找新大陆。星移斗转，岁月流逝，冲不淡人类对生命的追求，对土地如痴如醉的渴望！

人类依赖土地而生存，人类又因土地矛盾而角逐、斗争。

“绿林好汉”

地球上万物的生命，都是经过新生—死亡—再新生的过程而无限延续的。万物的生命依赖于土地，而地球本身生命的延续则主要依赖于树木。这是自然循环规律，是无数的历史与现实所证实的。

地处成都平原尽头的大邑县，那里保存着一片神秘的原始森林。靠近人口密集的成都平原，至今还保存着万年以上的原始森林，似乎有些不可思议。这也许是大自然的恩赐吧！

大邑县地形复杂，田连阡陌，林木葱茏，既有平展展的大平原，也有绵延起伏的丘陵，还有终年积雪不化的高山，所谓“七山一水二分田”。这里气候多变，冬无严寒，夏无酷暑，春季寒潮频繁，秋天阴雨绵绵。

大邑县风景独特，是旅游观光的好去处。城北有郁郁葱葱的静惠山公园，依山傍水，景色宜人；城西有烟霞湖，青山绿水，碧波荡漾，令人流连忘返。那里名胜古迹众多。古柏参天的鹤鸣山是道教发源地；神秘幽深的雾中山是佛教早期传教的圣地；城北的锦屏山麓有三国名将赵子龙之墓；始于唐朝的岳师岩古迹，迄今保存着 1 032 尊栩栩如生的摩崖石佛；闻名遐迩的地主庄园陈列馆和大型泥塑《收租院》，以及新近建设起来的川西民俗博物馆，又是拍摄电影、电视的“天然影棚”，被影视界称为“影视庄园”。

大邑，人杰地灵，是块宝地。在这片古老而美丽的沃土上，勤劳朴实的人民，辛勤耕耘，不断创造出丰硕成果。近几年，它的发展更是喜人，成了成都平原上一颗熠熠生辉的明珠。1989 年大邑被评为“全国土地管理先进县”；90 年代第一春，农业迈大步，“父母官”们又捧回一枚“全国粮食增产先进县”的奖章。

这是奇迹呀！

这奇迹之所以获得，自然是县委、县政府领导得法，更重要的是，他们彻底转变了陈腐的国土观念，杜绝了随意践踏土地的行为。很早，他们就有着惜土如金，着力管好用好国土，发展农业生产，造福人类的指导思想。

山川灵秀大邑美！大邑那片紫色土地吸引了我。90 年代的第二春，我慕名踏上了久负盛名的大邑县。

夜，已经很深很深，县国土局三位局长，不顾一天的疲劳，兴致勃勃地向我介绍：该县的“父母官”，无时无刻不在关心重视祖先留下的这片“遗产”，无时无刻不在潜心思索，执意美化这片土地，绘制新的蓝图！

年富力强的县国土局局长郭应文，坦诚地告诉我：“大邑县很特别，县政府领导多年来一手抓农业生产，一手抓土地管理整治，把土地看成农村致富之母，人类生存之本，所以常抓不懈。”

是的，县里的班子，国土观念新，认识到了人地矛盾十分突出，严峻的形势咄咄逼人。解放初期全县有人口 28 万，耕地 59 万亩，现在人口发展到 48 万，耕地却减少到了 45 万亩。那时人均耕地 1.95 亩，而今只有 0.97 亩。耕地锐减已经成为制约这个县的农业、工业乃至经济稳定持续协调发展的一个重要因素。目前，乱占风禁而不止，时有发生。

县领导虽然不是什么先知先哲，但他们有远见，有魄力。为了尽早扭转土地失控、乱占滥用耕地的严峻局势，在全省土地管理还处于一片混乱的 1985 年，他们就率先在县计委内设立土地管理科，并把分散在各个部门的管理权收归一处，实现了城乡土地统一管理。并在乡镇确定了土地管理员，实现了全县土地管理网络化。他们还是成都市第一个成立国土局的县，很快实现了机构、班子、人员“三到位”。

国土管理是一项新兴事业。它的科学性、规律性有待摸索、研究和发展。对国土工作，县委、县政府领导的第一个感觉是：烦、杂、难。它涉及的面广，矛盾多，那难度与计划生育工作没有两样。所以，县委、县政府“偏爱”国土局，处处给予优惠，班子配备强，人员素质好，还为他们专建一幢小巧玲珑、窗明几净的办公楼。

说起“偏爱”，县委书记梁恩玉毫不含糊。他对国土，心贴得近，事想得多，权给得足。

在某些地方，某些人的心目中，国土局似乎是个可有可无的“闲散”机构，领导不重视，群众瞧不起。有人鄙视道：“国土局就是开开条子，收点票子，画画红线。”一些领导甚至把国土部门当作“乞丐群落”，任意支配。

大邑县却不一样，那里国土局的身价高。上级领导总是千方百计维护国土部门的权威，支持、参与国土局的工作。

县委书记梁恩玉是个痛快人，直肠子，脾气好，谈吐自然，举止大方。那阵，他任县长，抓土地管理上了瘾。也许有点缘分，他全身沾满“农”字：出身农民，高中毕业又回家当农民，尔后考入高校，就读的是四川农大，到了县上又管农业……41个春秋，他的脚板没离开过黄泥紫土。他说得很实在：“土地是农民的命根子，千百年来，农民没有土地的痛苦记忆犹新。在中国，无数次农民斗争都是为了土地；无数的先烈奉献出自己宝贵的生命，也是为了土地；共产党从地主手上夺回土地，交给农民，我们却不爱惜土地……这是一桩令人痛心疾首的事！”

县国土局副局长车宗贵接过书记的话题：“县委、县政府抓国土宣传，一抓就中。干部群众中，有人错误地认为土地承包后，应是谁包谁有。有了这种观点，就出现各自为政，任其支配、转让、倒卖，花样百出。县政府把土地管理列入议事日程，县长、书记亲自抓。大会讲，小会说，谁的思想没通就开‘单份’。很灵验，三搞两搞，干部都卷入了土地管理的圈子。县里的最高组织机构——县委常委会，还专门给国土局长一个特殊位子，每次举行会议，都邀请局长到会。国土局有何大的动作，先在常委会摊牌、讨论、定盘。”

梁恩玉，无论是作县长还是当书记，从不搞“垂帘听政”，喜欢亲自“插手”。他说得很直率：“农村工作两大难题：一是计划生育，二是国土管理，一二把手不抓是失职。”

抓而不紧，等于不抓，也是失职！

他抓得实在，抓得具体。宣传“两清”，他是宣传员；搞土地申报登记工作，他自告奋勇担任全县申报领导小组组长，没日没夜蹲在第一线，解决群众来信来访，他到县国土局现场办公，处理一个又一个积案和群众关心的问题。

第一个“国土宣传月”刚拉开序幕，县委梁书记第一个登台。他中气足，拉开嗓门进行电视讲话、广播讲话。他的话有着浓郁的乡土气息，丰富的乡土情感，句句实在，字字动听，使人振奋。

话不在多，而在于实在。他这样做，一抓就灵。通过宣传，让群众了解人多地少的国情、省情、县情，树立珍惜和合理利用土地、切实保护耕地的国策观念，依法用地的法制观念，增强紧迫感和危机感。

大家都说处理违纪案件有两难：一是处理党员比处理群众难；二是处理穿皮鞋的比处理穿草鞋的难。

办事果断的梁恩玉不怕邪，主动为国土干部分忧，难啃的骨头他承担，难处理的案子他组织人攻关。

这是县委的决策。国土局刚建不久，就组织一帮子人，浩浩荡荡开赴农村清查违法占地问题，一清到底。在全县，很快查出 1 090 起案件。

县政府下了一道命令，既要本着“尊重历史，注重现实，依法办事，敢于碰硬”的原则，又强调干部带头，秉公执法，不徇私情。凡干部占地，作为专项，列为考核干部的重要内容。梁恩玉亲自出击，查一个，处理一个，曝光一个。来势凶猛，违法占地的干部个个胆战心惊，纷纷缴械。

有人惊呼：“啊，梁恩玉抡起斧头不认人，该砍的砍，该抓的抓，即使天王老子也不管！”

说怪不怪，说奇不奇！他坐镇国土局现场办公时，群众纷纷反映干部违法占地的卑劣手段，群众的气愤情绪也刺激了书记的灵感，他破釜沉舟，对违法者决不苟且姑息。

在梁恩玉看来，转变观念，处理违法占地，那是历史，那是偿还旧债，决不能一叶蔽目。抓土地的详查、规划、开发、利用，才是长远之计。

梁书记有了这种“先知”，所以他第二步，是抓土地资源的调查与规划。

这位“父母官”确实讨人喜欢，他把整个心思都投入了故乡的土地，他爱这里的山，爱这里的水，爱这里的一草一木。在他担任县长期间，就把管好国土的担子搁在自己肩头上了。在这片土地上，山山水水都留下了他的足迹。

1989 年夏天，为了弄清全县的土地资源、森林资源、旅游资源，梁恩玉率领 17 名科技人员和专业干部，在莽莽的原始森林中，跋山涉水，风餐露宿，进行了为期 18 天的考察。

后山是一块神秘地带！其幅员 482 平方千米，占大邑县总土地面积的三分之一。后山，地处龙门山脉，由东向北延伸，地质结构复杂。西北端的大雪塘主峰，海拔 5 364 米，为区内的最高峰。最低处——中嘴，海拔 1 550 米，高差达 3 814 米。境内层峦叠嶂，飞瀑流泉，原始森林浩瀚苍郁，珍禽异兽成群结队，奇花异草随处可见。植物种类共有 3 000 余种，珍禽异兽共有 300 余种，其中有大熊猫、金丝猴、牛羚等国家一级保护动物 10 多种。那里美丽、神奇、丰富，历来为人们猎奇、探险的地方，也是理想的旅游观光胜地。

后山富庶美丽，早已为世人瞩目，但自古到今，却无人涉足，资源不清，谜底未揭。在民国时期（1946 年），参议员魏廷鹤上书南京政府，要求派员勘测，开发水力资源，专家组行至双河场，被奇峰异石、悬崖峭壁所吓倒，便就此却步。解放后，1958 年，地、县两级组织千人进山考察，但由于当时勘测设备缺乏，未能深入其中。尔后，因为决策失误，意识陈腐，对原始森林，采取“竭泽而渔”的做法，乱砍滥伐，毁坏了大片森林，教训匪浅，至今人们记忆犹新。

大邑县始建于唐朝咸亨二年（公元 671 年）。从古至今，这个“蜀之望县”的历代“父母官”都梦想过，要进这片神秘地带探险猎奇，闹个水落石出。然而，都是纸上谈兵，未曾实现。

不到长城非好汉！

这位出身农民的书记梁恩玉，披坚执锐，临难不顾，身先士卒。他凭着一双铁脚板，勇敢地踏进了这片神秘的土地。

梁恩玉的同班好友、县国土局办公室主任张晓云在谈到那段艰苦历程时，至今印象深刻，如临其境。

他说，这次考察，不论官还是兵，都肩负重担，被盖、干粮、仪器、用具每人一大包，至少有四五十斤重。在平常，不说爬山，仅背那个大包袱也够吃力的了。

他们从大飞水入山，不多时，就踏上渺无人烟的原始森林。他们背上背着行李，手里拿着砍刀，一边走，一边砍，每砍一条路，都要费九牛二虎之力，冒出一身大汗。行动艰难，一天只能走三四十里。累了、饿了，或席地而坐，或躺在湿漉漉、软绵绵的枝蔓、苔藓上，一口干粮一口雪。夜幕降临，将被盖铺在草甸上，和衣而眠。醒来时，背上的露珠儿已结成了冰。

他们穿过莽莽苍苍的原始森林带，爬上绿油油的草原，向大雪山挺进。

啊，屈指数来，他们已经行走 12 天了。已经被蚂蟥、树枝、灌木丛雕琢得遍体鳞伤，体力锐减，人已精疲力竭。此时此刻，他们全靠着一种信念支持着，为了这片土地，为了全县人民，他们没有泄气，没有倒下去。

他们爬上海拔 4 600 米的雪山卡子，极目远眺，雪山连着天际，诸峰尽在脚下。大伙望着神奇的自然景观，心旷神怡，喜出望外。

忽然梁书记心跳加快了，脸色苍白，四肢松软，全身发怵，胃底翻滚。

“哇——！哇——！”他吐了，嘴里冒着白泡，瘫在雪地上，动弹不得……

“啊，是不是高山反应？”不知是谁冒出一句。张晓云急忙取出药片，给书记喂上，又捧了一些雪花化成水，给他灌上，但仍然不见好转。

大家急得六神无主。咋办？送医院？哪儿有？上山走了十余天，下山，要抬着病人，一百三四十斤重，全体上阵，也得花十天半月才能回到县城，何况大伙都无缚鸡之力了。倘若书记……有个三长两短，咋向全县人民交待！

张晓云伏下身子，摸了摸书记的脉息，微弱而缓慢，再看看脸色，由白变乌，仿佛从“太平间”出来。他吓出一身冷汗，双手一击便嘤嘤地哭了起来……

“哎哟，你这人就是犟脾气，我说不再向上爬了，你横竖要往上冲。嘿，万一出了事，我向嫂子咋说得清楚……”

大伙儿望着半死不活的书记，泪水涔涔而下。

忽然，张晓云急中生智，他命令大伙：“快，把他抬起来，下山，也许到了低山可能好些。”

大家抬着书记，踉踉跄跄往山下走，不多时，书记脸色红润起来，心速恢复了正常，人也精神些了，又歇了一些时候，书记终于恢复了活力。

险情过去了，可大伙的心还在“咚咚”直跳。说真的，这是冒险行动！这位身体壮实的五尺汉子，自个儿也没估计到身体会卡壳。

17 名“绿林好汉”，经过 18 个日日夜夜的折腾、奔波，圆满结束了对后山的考察。他们献出了滴滴汗水，赢来了累累硕果！随后经过努力，写出了 8 份开发后山，全面发展大邑经济的考察报告。并制订了综合开发规划，提出了综合开发后山的战略方针：“交通先行，旅游开道，以森林资源的综合利用为依据，水能建设为骨干，矿产开发为重点，走综合开发的路子。”同时，还确定了“开发与保护相结合，增殖资源，永续利用”的原则。

一身正气　两袖清风

人常说：客走旺家门。

春日刚到酒乡叙州，客人纷至沓来。国家土地管理局局长王先进前来参加英雄蒲先云的命名大会之后，中共中央政治局委员、省委书记又接踵而来；前天泸州的客人刚走，昨天珙县的参观团即登门来访，今天嘉州国土局一行 5 人又抵达宜宾取经……

是被五粮液的香味所诱惑？还是被宜人的春色所吸引？都不是。各路客人全是冲着宜宾市国土局来的。

该局诞生虽然不满 4 周岁，然而人才辈出。不仅有“土地卫士”蒲先云、从老山归来的英雄童世明，还有一位全国国土战线上的模范余凤冀。

这支队伍特别能战斗，土地详查，土地开发，秉公执法都是顶呱呱！

近年来，要说他们有什么成绩的话，那便是在党内党外一般人不易做到的事他们做到了。具体讲，他们在纠正“三风”（党政干部违反规定接受钱物风、利用职权用公款送子女读书风、利用公款超标准装修住房和多处占房风），治理“三乱”（乱收费、乱罚款、乱摊派），整顿行业不正之风上，做出了令人信服的成绩。

本局有许许多多“清规戒律”：逢年过节不给职工送礼品，购实物；发奖金比着文件干，多一分也不给；对来访者、参观者、老上级、老领导，不宴请，不摆烟酒，不送礼；干部到基层实行下乡登记，吃工作餐，交饭菜票，不准多吃多占……

村看村，户看户，群众看干部。年近花甲的“老解放”余凤冀朴实无华。有人说，他做事有点“狠”，执纪有点“坑”。他深有感触地对笔者说：“光阴荏苒，转眼 40 年的大好时光即将过去。孔夫子对人生作了高度概括：三十而立，四十而不惑，五十而知天命……我呢？也许与众不同，给自己做了总结：十年幼稚，十年困惑（极‘左’思潮对他的偏见），十年‘动乱’，可以说前 30 年工作心不顺、力不从，无用武之地。岁月悠悠，转眼已过半百，老之将至，一切已成历史。然而，时代赋予我青春，上级要我管理国土。在沉闷中我振作起来，踏上了征途。可以说，第四个 10 年，是我的黄金时代。然而余下的时光不多了，但我并不悔恨，老马识途，总算没有虚度！”

这位曾在市计经委、房管部门工作多年的老同志，和土地有着“亲缘”关系。1987年，他准备解甲归田，隐居二线，谁知市里组建国土局，又点中了他这员老将。

老将不减当年勇！当初组建国土局，没有人，没有钱，没有立足之地，一切都得他自个周旋。他克勤克俭，四处招兵，八方求援。不多时，在市政府大院的窝棚内，挂牌开张，转眼已熬过了四个春秋。

他谈得津津有味，指着那张跟随他30多年的办公桌，笑呵呵地说：“你看，这张桌子，已破烂不堪，原准备扔了。嘿，当时没办法，修修补补，又排上了用场。”

行动是最好的说明。清晨，他总是第一个走进窝棚，摇扫帚，擦门窗，打开水。夜幕降临，他还在伏案写材料、阅文件，守在棚内。

“余局长，你觉得最满意的是什么？”我突然袭击，提出了一个漫无边际的话题。

他未加思索，坦率地告诉我：“我最满意的有三条，一是早行两年，率先建起测量队；二是详查土地后，把多余的2 000多亩土地收起来，进行再投入，再开发，既调动了农民的积极性，又为政府增加了财政收入；三是建立了一支精干廉洁的队伍。还有个笑话，对宜宾市局的工作，省国土局有位领导曾这样对我说：‘老兄，你们跑得太快了。’这话妙极了！我们确实有点深圳意识。我回答：‘啊，我余下的时间不多了，不超前行吗！’”

谈到廉政，余局长的表率作用远近闻名。

1988年的秋天，他从热电厂回来，打开黑色的手提包，突然发现一个胀鼓鼓的纸包，哪来的？他有点莫名其妙，叫另一位同志打开看，嘿，里面包着55张大团结。面对白花花的票子，大伙愣神了。余凤冀猜测是不是热电厂送的“红包”，以表示“心意”，他们怕他不收，就悄悄装进了手提包。

“不行，不行，赶快给他们送去。”余局长派赵泽敖送去，可厂里不收，第二天又被送了回来。

这家厂很重情。他们建厂用地、征地，市国土局的领导为他们操劳奔波，一切进展很顺利，他们以此作酬金。

“心意领了，可钱不能收。”余凤冀语气坚定。

推来推去，送去送来，不知往返了多少次，最后实行民主表决：交公。

“这是市长批的，国土局为解决菜蔬用地有功，发给每人奖金50元。”主管部门的领导找到了理由。

钱一到，便轰动了全局，有人说这钱该得，连市长都点了头；有人讲，一份劳动一份报酬，又没哪个吃欺头。

嗨，老余这回更坚决，他听不进大伙意见，公然违背市长的“指令”，把钱退了回去。

在党风不正的今天，许多人喜欢凑热闹。去年春天，一位省劳动模范的家属违法占地建私房，市国土局决定给予处罚。这位劳模在别的问题上，事迹先进，堪称楷模；可在这个问题上却硬着头皮，拉关系，一错再错。一天，趁童世明不在家，他咚咚咚地叩开了童家的门。童世明的女儿童春芳打开门，看见来者的神色有些紧张，她心里就明白了几分。

“喂，你有啥事？请到办公室去找我爸爸。”童春芳关上门继续做她的功课。

“不不不，没啥事，我是你爸爸的战友，顺便来看看。”

童春芳经过几番询问，才收下了这位“战友”送来的两瓶五粮液和一筐蜜橘。

父亲下班归来，却想不起有这样的“战友”，便责怪女儿不该收下“礼物”。为此事，受委屈的女儿不禁流下了眼泪。

军人出身的童世明，别看他粗手粗脚，说起话来粗声粗气，可他处理这类事却小心谨慎，万无一失。

次日早晨，童世明把“礼物”送到了机关纪委，纪委给他打了收条。正巧，那位劳动模范也来了。童世明借此机会，像训斥逃兵一般，狠狠地批评他的不轨行为。末了，又毫不含糊地责令他拆除违法占地所建新房。

这几年，宜宾市国土局拒贿岂止三五起。现金啦，名酒名烟啦，衣料皮鞋啦，难以统计。这些诱人的“礼物”，都没能击倒他们，这支队伍越战越坚强！

镇守川北“门户”

土地管理，广元市算后起之秀！

那地方穷，然而，地穷人穷志不穷。相比之下，这里的“父母官”国土观念新，土地管理棋高一着。

“惜土如金，爱土如命！”这是他们的座右铭。

马谡失街亭的故事就发生在那里。这片土地，对兵家是重要的，对庶民百姓则更是不可缺少的命根子。

前些年，对土地任意侵扰，随意强占的现象十分普遍。众多的人口，争夺有限的土地，广元市内更是短兵相接。

“保住门户！”市府给国土局的任务是艰巨的。

土地卫士们，有了市府的支持，宛如猛虎下山。

这是一支由郝市长直接组建的精锐部队。42 个卫士中，大学生 16 人，共产党员 25 人。市长的观念是“严格把关，宁缺毋滥”。对班子的组建是这样，对国土的管理同样如此。市长抓，书记抓，从不放松。哪里出现矛盾，他们一马当先奔向哪里。

市国土局局长谈到市领导如何重视国土管理时，特别得意、自豪。他说：“说真的，国土管理是个新课题，开初，难免有些缩手缩脚。但市领导处处为我们打气、壮胆、排除险情，因此，我们工作起来就得心应手，顺顺当当。”

“王副市长，这起土地纠纷解决不了，怎么办?”市国土局向市领导报告。

“组织人员进行调查，一定弄个水落石出。”王金祥火速出马，很快找来双方，弄清缘由。

有家部属厂搬迁成都，不通过国土部门，私自将 290 亩土地，卖给另一个单位，折价 550 万元。买主也属部管地师级单位，大而且资格老。

“哼，再大的单位无视国法、进行‘黑市’交易也不行，要受处罚。”市领导毫不含糊。

会议室挤得水泄不通。双方领导沉默不语。王副市长像位启蒙老师，一遍又一遍向他们宣讲《土地管理法》。

“我们是转让，不存在买与卖。”他们异口同声，为各自的不轨行为辩护。

“你看，你看，法律条文写得清清楚楚，土地的转让必须通过国土部门的批准。你们招呼都不打一个就自行交易。这……”

“好了。不认错就全部没收。”等待是有限的。王副市长硬砍。

正当市国土局决定依法主政，抡刀硬砍这块硬骨头时，违法者目瞪口呆，乖乖地交了罚款，补办了手续。

这桩案子未了，新案又发。

这一桩是28年前的积案。1962年，正是中国人饿肚皮的困难日子。不知当初是咋熬咋忍集资兴建起了广旺铁路。那时的土地不值钱，准备征用而未征的六亩地，埋没荒野闲置了几十年。市里准备修建洗车场，决定向国土部门征用，却受到铁路部门的阻挠，说这块地原属铁路局，各持己见，争论不休。

这“官司”复杂，市国土局有点畏惧，只好请市长亲自出马。

市长列出日程表：查找史料，亲临现场考察，召集各方调解……经市委、市府领导的不懈努力，终于调解成功。

市领导就是这样一环抓一环，一级抓一级，对疑难病症，毫不拖延、苟且。

广元市之所以被评为全国土地管理先进市，就在于该市的领导把土地管理放在重要的位置上。市长郝振贤新年伊始，所过问的第一件事是国土；外出归来，所关心的第一件事是国土；他执意纳入法制轨道的第一件事还是国土！

“去年以来，我市各级党委、政府认真贯彻省纪委、省监察厅、省建委、省国土局《关于对城镇在职干部个人建造住宅加强管理的通知》精神，严肃处理领导干部违法、违纪、违章建造私房，取得了初步成效。据统计，全市已清查处理违法、违纪、违章建私房的干部811人，有力地打击了违法占地行为，基本刹住了乱占滥用土地的歪风，促进了党政机关廉政建设。”这席话，是1990年7月8日，副市长王金祥在全市“两清”工作会上讲的。话不多，却富有指导性；言不重，却具有震慑力。

广元市国土管理之所以成绩斐然，正是市委、市府领导辛勤劳动的结果。

早在1990年5月，一得到省委、省府电话会议的精神，他们便雷厉风行，迅即成立了以市委副书记朱天开为组长，常务副市长王金祥、市委常委、市纪委书记阎增约为副组长的“两清”领导小组，在全市展开了清理各级干部违法、违纪、违章建私房，及部分地方政府越权批地的“两清”工作。仅仅三个月，上上下下共查出干部建私房3 034户，违法占地近2万平方米。

每个市、每个县的土地管理都有许多难点，广元市的难点仍然在如何处理干部违法建私房上。

最近，县城内人们交头接耳，议论纷纷。有人在公开说风凉话：“先进市，怎能对干部姑息养奸、睁只眼闭只眼，一拖了之呢?”县委担心若不及时控制事态，会酿成大祸。

原来，有个县查出17名干部违法建私房，侵吞了一大片土地，群众纷纷举报后，他们各显神通，有权的向国土部门施加压力，有钱的请客送礼谋求宽恕……一时间，里里外外，闹得满城风雨。

这批干部资格老，职务高，他们曾在这片土地上主宰过一切。一些国土部门的干部，曾是他们的部下或他们的后代，他们哪里会把这些后辈放在眼里?

群众呼声四起。县局找市局，市局找市府。市长奔赴现场，谈话，交待政策，阐明道理，并对他们进行了严肃处理。没收的没收，拆除的拆除，罚款的罚款。还有四位干部企图“顽抗”，结果受到党纪、政纪处分。

接着，市长召集各县领导干部和国土部门的干部100多人开了个现场会，抓住这一反面典型，教育干部群众。

这件事，深入了民心!

事后，有位领导对笔者说：“案子过了，但心不安呀，看到拆除、没收的情景，领导自己的心里在呜咽，但又别无他法。”他完完全全体会到了孔明挥泪斩马谡的心情。

由于市领导秉公执法，不徇私情，受到人们普遍的称赞。人们赞誉广元市的领导，最根本的就是这一点——铁面无私！

成功的“三级跳”

这是一片热土！

这里的山，层峦叠嶂，一山高出一山！

这里的水，源远流长，清澈见底。

这里的人，憨厚朴实，勤劳勇敢。

在那崇山峻岭中，有颗明珠——达县市，是全国土地管理的红旗，是巴山人的骄傲。

90年代第一个春天，我慕名来到达县市，在一片高楼林立的小巷中，找到了市国土局。

那天，接待我的是副局长龙福全和年轻的办公室主任肖一化，一老一少，配合默契而和谐。

老者，年过半百，秃顶，微胖，满面春风；少者20有余，人精，脑灵，朝气勃勃，像一泓春水。

他俩十分热情，很理解我的来意。老龙率先拉开话题，侃侃而谈，讲述起大巴山国土管理工作的酸甜苦辣。

“也许有人认为，大巴山，方圆千里，地大物博，不存在人地矛盾。其实在这块土地上，多年来，人地矛盾自觉不自觉地已成人们生活中的第一矛盾。近年来，随着城市化和工业化的加速，人口急剧增加和相对集中。全市耕地由解放初人均1.77亩下降到0.32亩。土地，已是巴山沟人们角逐的中心。”

在土地问题上的角逐，远比竞技场的纷争激烈十倍、百倍！

1991年3月，在西班牙塞维利亚举行的第三届世界田径锦标赛上，中国选手李惠荣成功的一跳，以13米98的成绩夺得女子三级跳远银牌。大家看到的是银光闪闪的奖牌，对于她，更重要的却是隐形于后的长达10年的磨炼与艰辛。

达县市在夺得全国国土管理金牌奖的时候，他们也是以惊人的毅力，完成了三级跳，方才达到理想的境界。

第一跳：

枪口——首先对准自己人，一位骨瘦如柴的大娘控告儿子，一位聪明的青年向政府“自首”。

这也许带点儿遗传基因。达县市政府雷厉风行，办事果断，酷似当年巴山游击队的优良传统。

记得那是1987年的事。国土局诞生的前夜，达县市政府领导率先统兵，兴师动众，对所有乡镇违法占地进行了大清查。清出违法侵占面积30余亩，共罚款11万元。结合舆论的攻势，使这次“围剿”一举成功。

威力震撼了巴山沟。一些违法者，纷纷倒戈缴械，矫正自己的不轨行为。

南外镇新桥村，一位白发苍苍、骨瘦如柴的大娘，不顾儿子的阻挠，颤巍巍地走进镇政府，揭发儿子的不轨行为。她家本有一座房子，可儿子不满足，违法占地修起偏房，还要逼着她迁入那阴暗的偏房。为什么？老人很有心计，她经过多方调查，了解到儿子因钱迷心窍，想偷偷地将祖业变卖，供小两口受用。

老大娘气得死去活来，劝儿子，儿子不从，她只好向政府控告儿子的违法行为，并要求法律保护自己的权益。

还有一条新闻很新奇！北外镇高家坝村一户村民，申请20平方米土地扩建厨房。按理，他的要求是可批可不批的，因为他家虽然人口多，但脚下占用的地已经不少了。只因他与国土员是同学、“哥们”，感情好，国土员心软，不好回绝，手一挥，45平方米就被他吞并了。

市里大造声势，宣传基本国策，那青年被震慑了，像热锅上的蚂蚁，吃不下，睡不着，自觉理亏。他一狠心跑到镇上自首，退出了多占的土地。

自觉者毕竟是少数，而“钉子户”却层出不穷。复兴乡采煤专业户，在黑色金子中捞到不少钱。钱多了自然喜欢享受。政府照顾他的情绪，批准他迁建占地 120 平方米。

钞票，是个好东西，也是个坏东西，没有不行，多了害人。这个个体户，财大气粗，自恃胸脯厚，臂膀硬，目无国策，目无法纪。他虽然身居深山老林，可想法却不一般。据他观察，现代的建筑，无论是法国式、美国式，他都瞧不起。他朝思暮想要出点新。这位青年好奇，喜欢读点、学点古诗词。他无意中从晋代诗人陶渊明的《桃花源记》里悟到了一点味儿，因此，他决定寻一“绝境”，修建一座古香古色的亭阁式建筑，引出“汉不入境，蛮不出洞”的桃源景色！

在施工中，他又玩了个花招，改变了量具，偷偷占地 553 平方米。在他的影响下，巴山脚下另有三户就更大胆了，不经申报，自建，侵占耕地。

呼呼啦啦，村民议论开了，气愤了，怒吼了！

为了刹住歪风，村乡干部一马当先，讲政策，做工作，不料碰了一鼻子灰。事态在发展，影响在扩大。市国土局的领导亲临现场调查、丈量，并及时发出了“停工通知书”。那青年的“桃源梦”破了，自动拆基还耕。另三户却拒不执行！

诉诸法律。市国土局向法院递交了“申请执法书”。法院在公安部门的配合下，开出警车，出动民警、法官，强行拆除了非法建筑，依法保护了耕地。

第二跳：

市长主动“降职”当小官，厂长胡言受惩罚。

1988 年岁末至 1989 年初，是我国经济陡涨时期，也是乡镇企业盲目发展的高峰期。农民办店、建厂，乱占滥用土地，在巴山沟一时闹得不可收拾。他们有他们的说法：“这是为集体嘛，又没哪个把土地吞了！”

“土地管理难呀！”这呼声，感动了市府领导。市长邵正权率先垂范，亲自披挂上阵抓清查。那时清查工作正进入最难最难的第二阶段。市长的工作程序很特别。他是先弄通思想，再采取行动。所以，他利用一切宣传阵地，反复讲："城乡土地统一管理的原则是天经地义的，是党中央、国务院根据我国人多地少的国情确定的，也是《土地管理法》规定的，是整顿土地管理秩序的一个重要步骤，只能强化，不能削弱。"在百忙中，他主动"降职"，担任"市违法占地清查小组""土地资源详查小组""国有土地确权发证小组""清查在职干部建私房小组"等组长。月月都要听取土地管理工作的汇报，重大疑难病症，他亲自涉足现场诊断，找出症结，然后舒经活血，一一解除"病痛"。

巴山沟的个体户，随着经济开放，已纷纷冒出地平线。"万元户"不多，百万富翁稀贵。镇南的黄桷树下，一夜之间冒出个"大财主"。他腰缠万贯，跃跃欲试，企图再上新台阶。

1989 年仲春，他与南外镇新桥村联办"烧碱厂"，一方投资金，一方出土地，调兵遣将，执意大干一番。他们一挥手占地 8.3 亩，并星夜破土开建。

土地监察员发现后，立即责令停工，违法者熟视无睹，有令不从。他仗势，这个厂里里外外，参与者、支持者，大大小小有 30 余家企业。他声称，这厂是经过重庆、达县等地的 10 余个单位论证的大工程，共分三期：一期工程投资 513 万元，二期工程投资 760 万元，三期工程投资 3 000 万元，共占地 300 亩。

市国土局禀告市政府，市政府立即举行了第 54 次办公会。经研究，组成了联合调查组，市长当头，前往各地调查。不多时，真相大白。"烧碱厂"是个骗局。他们痴心，想利用引进外资作诱饵，骗取信任。市府领导决定去找那个"大财主"，做细致的思想工作。

他口出狂言："什么什么，领导小组组长。嗬，不说一个组长，就是市长我也不怕。"

一番狂言弄得市长啼笑皆非。看来，还得动点大手术。这小子没把市长放在眼里。

市府决定，将这一疑难病症，诉诸法律。嘿，法律未动，那青年便不翼而飞……

清查是绝对有效的，全市查处乡镇企业违法占地 10 起，收回土地 32.4 亩。

第三跳：

市长说：矫正干部的不轨行为是治病救人，绝不是“剜肉补疮”。

干部不满，一半是代表自己利益，一半是为违法占地的群众说情。他们想出一个自以为是的说法，说市长的举动是“剜肉补疮”。

深夜，万籁俱寂。市长伏在灯下，哗哗地翻着唐诗。聂夷中《伤田家》诗：“二月卖新丝，五月粜新谷，医得眼前疮，剜却心头肉。”那“剜肉补疮”来源于此。他再次字斟句酌，领会那富有哲理的内容。可以肯定，他处理干部违法建私邸，决不是利用有害的办法救眼前的急难，不顾日后困苦。

他合书沉思，依然坚定自己的信念和策略。“天下治乱，系于用人。”用人必须坚持原则，才能用活，才能治乱！

事实上，要说前面两跳难，确实如此。但更难的还是第三跳：清理干部建私房。

干部有权有势，群众对他们有畏惧心理。处理干部的违法行为，市长不出面更难。在这个问题上，邵正权理解国土干部的苦衷。

一些基层干部还保留着巴山“背二哥”脾气，莽撞粗鲁，谁动用权力理抹他们，他们会以硬对硬，甚至挥舞拳头硬抗。

市长想，这一跳，必须大动干戈。按照市委、市府意见，监察、纪委、政法、国土等部门，齐心协力，首先对 1987 年 1 月 1 日以来，在职干部违法、违章占地建住宅进行了全面清理，全市共查出国家在职干部违法占地建房 42 户，占地面积 1 000 多平方米，对此依法进行了处理，群众拍手叫绝！

在职干部的崩塌，对离职干部教育很大，他们只敢嘀咕，不敢抗衡，也纷纷缴械“投诚”。

达县市土地管理三年三大步，一年一个新台阶。1988 年，受到省人民政府表彰，授予“巩固清查成果，强化土地管理”锦旗一面；

1989 年，国家土地管理局授予市局为全国“土地监察工作先进集体”的光荣称号；

1990 年，达县市被评为“全国土地管理先进市”，荣获锦旗一面。

那面鲜艳的锦旗，不一般。市长手捧奖旗，掂出了它的分量，也掂出了今后自己肩上担子的重量。国土管理难，但只要领导把视线放在地平线上，重视财富的源泉，土地是能保住的！

第六章　献身国土的勇士

这批土地卫士，为了脚下这片土地，他们赔上了自己的家，赔上了自己的青春年华，甚至生命！

这不是虚构，而是真实的人，真实的故事。这些故事，是一首首撼天动地的歌；这些人物，是一束束照彻天宇的光。壮哉！伟哉！大地的儿子！

高悬“说情簿”

他瞪着一双大眼睛，坐在乳白色的灯光下，“哗哗啦啦”地翻着资料，一串令人惊心的数字，宛如针尖刺痛了他的视网膜：1950 年，耕地 155 万亩，人均土地 1.7 亩：1988 年耕地减少到 122 万亩，人均耕地降到 0.8 亩……如此下去，到本世纪末，合川县人均耕地将只有 0.6 亩，缺口粮 1.5 亿公斤。

“啪！”他把材料往桌上一扔，发出了阵阵悲叹：“唉，多可怕，将来只有喝西北风啊！”

合川县，是个有 147 万人口的大县啊！民以食为天，要吃，要喝，少一顿都不行。地在锐减，人在激增，任何一个有良心的“官”坐在这个位子上，也会不安，也不能不想想全县人民所面临的危机。

作为县国土局一号人物的魏祯华，他自上任那天起，就没有过上一天舒展平静的日子。无论在大街小巷，还是在渠河岸边，每到一个地方，仿佛一张张脸都含着忧虑和渴求在望着他，要他这位土地卫士，守住这片宝地，不让人侵犯。

在合川，百姓面对一块块沃土被侵吞，曾敬过“土地神”，拜过“上帝”，企图求助神灵保住他们赖以生存的物质基础。然而，他们年年拜佛，土地年年减少。天长日久，人们失望了，土地庙前门庭冷落。干部睁只眼闭只眼，群众丧失信心。

在人口猛增、土地锐减的今天，人们强烈地呼喊着法律，呼喊着一位真正的“土地神”。

顺应潮流，55 岁的共产党员魏祯华，在此呼喊声中出现在大家面前。他于 1987 年仲秋走马上任，当上了县国土局局长。

魏祯华刚被提名任局长时，他就有一种预感：这“官”难当！论级别，最多是个正科级，最基层最普通的干部。论工作，处在风口上，许多恩恩怨怨，是是非非，都得要他顶。头绪多，工作麻烦。再说干工作嘛，谁能保证百分之百的正确呢？万一有个闪失怎么办？唉，这把年纪了，何苦……正当他举棋不定的时候，至亲好友也来加重砝码，劝他不当那“官”。

何去何从？他反问自己。

清晨，他步出城门，顺着渠河往上游走去。没走出多远，便收住了脚步。他望着大地，望着生他养他的山和水，思绪万千……山有情，土有情，人不能无情！魏祯华捧起故乡的土，心胸豁然开朗。故乡养育我，我应情投故土中！

在四川，土地管理有三难：一是干部党员违法占地难清；二是“隐形市场”难揭；三是由于一些干部搞以权代法，因而有法难依。

合川干部占地建私房，已成气候。第一难横在他的面前。群众盯着，干部顶着，这块骨头，看你魏祯华咋啃？

“如果我顶着乌纱帽，却不能依法管好这块土地，不仅愧对曾为这块土地流尽血汗的先辈，更愧对我们的子孙后代呀！”

他立下了军令状，是祸？是福？他决心往前闯！

第一块骨头，就卡住了喉咙。

1990 年 2 月，国土局没费多少功夫，就查出官渡乡乡长唐某，利用肩上扛的那块乡政府的牌子，在 1981 年 11 月，擅自把已被征用的 2.19 亩建设用地，转让给 14 户人建私房，他从中捞得好处，在那块地皮上为自己建起了131.8平方米的私房。他给了别人好处，自然得利者也不会忘记恩人，他修房造屋也就不用自己破费了。这手法，并不算唐某的创造，许多基层干部建私房都采取这一手。

“铁证如山，就看局长敢不敢碰硬?”官渡乡山里山外的村民在评说。

“不是贬他老魏没胆量，而是这年月不正之风难清除。人常说，一个跳蚤顶不起一床被盖，一个基层干部难顶住歪风啊。”上上下下的干部在为他担忧。

不管三七二十一，魏祯华对这一桩转卖土地案进行全面调查核实后，便写出处理报告呈到上级机关。

没想到，魏祯华还没出征，唐乡长就动用他的一切力量，向魏祯华主动出击了。

一位顶头上司披挂上阵，登上了局长门，没说几句，便吵了起来：

“老魏呀，这事已经过去几年了嘛，何必那么认真?”

“不，他的问题，正是这次清查的范围。”

“他大小是个领导，这么搞，他今后咋说别人的长短?”

“是呀，他是干部。按理，干部就更应该带个好头，可他却欠了大伙的‘债’，以权谋私，影响很坏。”

“哼，你这人就是个僵脑筋，这些事通融通融，针过线就过啦，何必搞得大伙不舒畅?”

“这是党的政策，只能这么做!”

“你……”

谈崩啦!那位领导，烟没吸一支，茶没喝一口，屁股一拍，怒气冲冲地走了。

人走了，可阴魂不散。

报告送上去，一个月过去了，没有批文；两个月过去了，杳无音信；三个月……

随着时间的推延，说情者一个接着一个。这些人来头不小，官衔比他大，资格比他老，可魏祯华却硬着头皮不买账。

他这样想：这个马蜂窝不捅到底，国家颁发的《土地管理法》就会在合川失灵。这一回，即使是刀山火海，我魏祯华都得往里钻。

第一个实施方案，已被关系网吞噬！

他破釜沉舟。批文不下达，他就利用法律赋予他的权力主动出击，以县国土局的名义直接下文，处理这起土地案。那文件像把钢刀砍了下去："唐××违反土地管理法，所建的131.8平方米的私房，全部没收！"

轰！炸雷在渠河两岸开了花。顿时，轰动了全县，打击了歪风，弘扬了正义，维护了法律的尊严。广大群众拍手称快！

县国土局的工作从此打开了局面。

尔后，魏祯华总结了这一仗的经验。他似乎灵感倍出，又使了另一招。他想，凡说情者需要"热情接待"，于是他做了一个精致的"说情登记簿"，悬挂在办公室。谁要登门，他笑脸相迎，倘若要说情，对不起，他便取下那个本本，请来者在说情簿上填上姓名、单位、职务、说情的内容、与被说情者的关系、赠送的礼品，等等。

那东西，像照妖镜，说情者纷纷望而却步。"说情登记簿"悬挂一年了，还没有谁愿在上面留下大名哩！

许多人喜欢站在门缝里窥测别人。少数刁钻古怪的人，对魏祯华也是这样。

有人说他坏，有人说他好。有人背后议论他："哎哟，常言道，手拐子圈里不圈外。他处罚别人硬得很，如果跟他沾亲带故，是自家人又怎么样?"

他听了这些流言蜚语没吱声。他以执法无亲疏、认法不认人的实际行动，圆满地回答了人们的疑虑。

福寿乡在普查中，查出了老魏的一个亲戚在公路边上违章建房。乡政府作出决定：拆除房屋，罚款200元。

那位违法者，不作检讨，还仗势声称："我的亲戚是县国土局长，县法院的老院长也和我家是亲戚，你们随便罚好了！"

乡政府的决定，虽然作出了很久，却束之高阁，无人愿意去得罪一个局长的亲戚，因此，有法不敢依！

这位亲戚打了胜仗，便沾沾自喜。然而，他还有点不放心，又亲自跑到县城局长家，求他关照关照。

魏祯华本来不知此事，听他一说，顿时火冒三丈：“想走后门？哼，别做梦！”

话音未落，他又噔噔噔地跑到办公室，给福寿乡去了个电话：“你们对我亲戚的做法完全正确！就按乡政府的决定办，尽快执行，并把处理结果报告局里。”

他放下电话，想了想，觉得还不放心，又迅即给区领导打了长途电话，请他们监督执行。

那亲戚没讨到“圣旨”，却碰了一鼻子灰，只好接受了处罚。

硬的不行来软的！有人总想在这位“土地爷”身上打主意。

去年春节，魏祯华的老师听说老魏当了局长，不顾年逾古稀，颤巍巍地提着名酒和糖果，敲响了魏祯华的家门。

无事不登“三宝殿”！老魏一看老人的神态就纳闷。他心一急，来了一个对老师很不“礼貌”的举动：他伸开两手把门堵上，不让老师进屋。

“老师，有啥难处，你就直说吧！恕我这个学生没有礼貌，请你别进屋了。”

“哦，哦——我那亲戚的宅基地……请你照顾照顾……”

“嗯，我明白了。老师，您过去不也教导我们为人要正直，不徇私情吗？您是老师呀，应该作表率，不能说了说，做了做，影响您老人家的形象。”

“……”

老人苦涩地瞥一眼学生，再也说不下去了，蹒跚而去。

魏祯华得罪了老师，一夜没合眼。次日，魏祯华登门向老师赔“不是”，才知道老师是来为自己侄儿说情的。

老师被拒之门外的消息传开后，想给老魏“送礼”的人便不敢贸然登门了。

“陆路不通走水路！”

一位乡武装部长，他忘记了“三大纪律八项注意”，违法超建私房。眼看要受到严厉处罚，他冥思苦想，企图逃出法网，终于想出了投石问路的妙计。

一天，他不知从哪儿得到老魏不在家的信息，便买来两条活鲜鲜的大鲤鱼，托老魏的一位亲戚送去，并嘱咐他："你给魏局长的夫人送去。她要问就说是魏局长前天托我买的。"

中午，老魏回到家中，香喷喷热腾腾的红烧鱼端上了饭桌。

"哈哈，好香的鱼！哪里买的？"他伸手夹了一块，放在口边。

"哦，不是你托人买的吗？"妻子懵了。

老魏也懵了。他把舌头一伸，"叭、叭、叭"地将吃进嘴的鱼吐了出来。

"嗬？怪事，怪事，我没有托人买鱼呀！是不是有人想以鱼钩'鱼'？"老魏猛然放下筷子，把鱼端到一边，他觉得其中必有蹊跷。

魏祯华上任那天，就给自己和家属作了规定：凡请吃喝一律不去，凡送礼者一律拒之门外。他想，妻子决不会收不义之财，肯定有人撒谎。

鱼不能吃，可生米已煮成熟饭，还鲜的不成了。他马上掏出20元钱叫人给部长送去。殊不知，那部长不承认，钱被带了回来。老魏觉得事关重大，又跑到邮局把钱寄去，并在汇款单上加了一句："付给鱼钱20元。若不收下，将通报全县，作为行贿处理……"

做人难，作一个堂堂正正的领导干部更难。这几年，魏祯华小心翼翼顶着局长这顶"乌纱帽"，一言一行、一举一动都严格按照党纪国法行政。他用自己的行动，在群众中树起了秉公执法、刚直不阿的土地"包公"的光辉形象。

榜样的力量是无穷的！

为了推进全市国土管理工作，建立一支坚强的队伍，重庆市国土局作出决定，要求在全市国土系统，开展向魏祯华同志学习的活动。

这位土地"包公"的事迹，已经掀动了山城，掀动了巴蜀。而他自己却永远是那样不骄不躁，平平静静地看待一切，对待一切……

不愧英雄本色

有人说他不近人情，是个"冷血动物"。说情的碰了一鼻子灰，送礼的被顶了回去，请吃喝的统统被他婉言谢绝。

软的不行来硬的！

形势急转直下，一伙“刺儿头”执意要制伏攻破他，卡死他！扬言：“白刀子进，红刀子出。”

有人为他说话了：“哼，你们这些蠢货，有眼不识泰山。你们知道他是谁？这条硬汉，是老山前线的战斗英雄、某部副团长成兴华！”

1987年，成兴华背着赫赫战功，从老山猫儿洞转业回到老家岳池县。这位驰骋沙场的英雄，虽然放下了枪杆子，可保卫国土、保护广大人民群众利益的志向没有丢。

他满脸锐气，一身是胆，仍然时刻等待着党和人民的挑选。正巧，县里组建国土局，“伯乐”的慧眼盯住了他。

这个未曾开垦的领域，摆着艰巨的任务，等待着他这样的英雄去奋斗，去夺取新的战功。

他的胸中，热血在奔涌，翻滚，燃烧。当他得到就任县国土局局长的消息之后，就再也按捺不住内心的激动了。

他清楚，管理国土和捍卫国土一样难，这两条战线，其目的都是一个，为土地而战。只不过一个是对付外来的侵略者，一个是对付内部的蛀虫。对付内部的，绝不比对付外部的轻松。

管好国土要付出的艰辛，成兴华是了解的，因此，他宛如一名勇士，雄心勃勃，整装待发！

1991年3月在成都望江宾馆，我采访了南充地区国土局的曾昌元同志。在向我介绍成兴华的先进事迹时，他深有感触，赞不绝口。

他说：“老成真是一条好汉！他不愧为从战场归来的英雄。他勤学好问，政策、法规、理论，条条清楚。也许是他的智商高，他虽然在部队上待的时间长，可对乡情乡规，人情世故一一精通。他在主持国土局的工作中，善于团结同志，调动发挥每个人的积极性，形成合力。”

在当初，有人怀疑，这位英雄，扛枪打仗是好汉，搞国土管理，是否能对付那些复杂的矛盾？

他上任不久，突然接到群众的举报：花园乡一包工头，改建住房，非法超占耕地80平方米。

“军情”就是命令！他十分气恼。那封皱皱巴巴的举报信，在成兴华的手上颤抖。

他和局里的同志，火速出击，侦查，询问，弄清了情况，决定依法处理。

然而，地方的事远不像部队里的那么单纯，裙带风、关系网、宗派势力绞成一团。

包工头自恃财大、人际关系好，与上级部门一些人感情好，哪里把这个“大兵”放在眼里？成兴华三番五次上门做工作，要他主动拆除复耕，那位包工头就是拒不执行。因而，导致了一场舌战。

“一周内拆掉超建部分！”成兴华火了，发出了最后通牒。

“你敢动一块砖，就没有你的好果子吃！”包工头毫不示弱。

两军对垒，形成僵局。

此时，众说纷纭：

“嘿，他怎么斗得赢地头蛇！”

“成兴华打仗是英雄，到了地方恐怕……”

“人嘛，入乡随俗，在党风不正的今天，他慢慢地会染上一层保护色。”

此时此刻，成兴华的怒气一浪高过一浪，已处于一触即发的战备状态。群众的“激将”，自然刺激着他的情绪，更重要的是，上级部门的说情风，使他愤慨不已。他，憋着一肚子气，怎么能心安口服呢？“横下一条心，走定一条路。”他豁出去了！

数日之后，米黄色的“小洋房”巍然矗立。成兴华受不了这种窝囊气，他旋风般奔向现场，胸中的火，像上了膛的子弹，举手便哒哒哒地放了出去：“你必须拆除，否则就派执法队，一齐推倒！”

包工头望着怒气冲天的成兴华，全身发怵，躲在门角里不敢露头，只好把家属支上前台，胡搅蛮缠。

“英雄难过金钱关。”包工头恍然大悟，他摇身一变，换了手法：以钱开路，以柔克刚。在党风不正的今天，他悟出个道道，钱不说万能，但至少可以作为“马前卒”“敲门砖”。他利用这一手，许多难事迎刃而解。承包工程，购置缺俏物资，人员的调动，舅子老表的安排……哪一宗不是借助金钱的力量？这一回，他想，要软化英雄的心，只有采用这一手了。于是，他布下“八阵图”，请来高手，带上“秘密武器”，向成兴华包抄过去。他暗想，只要保下房子，不伤他的元气，要多少钱给多少钱，要啥“礼”送啥“礼”。

成兴华是个枪打不进的硬汉，他没被金钱所诱惑，上门者讨了个没趣。

包工头像泄了气的皮球，只好认输。他一气之下，把新崭崭的钞票扔出了窗外。他嗔怪金钱无能，没能为他撑腰壮胆。

第二天，他请来帮工，含着眼泪，写了检讨，拆房复耕 50 平方米。其余 30 多平方米因拆除会影响整座房屋，主动缴了 13 200 元罚款。

成兴华上任两三年，处理的棘手案件竟达 1 704 起，其中干部达 170 起之多。这些案子，几乎都是他领着大伙，去斗，去查，去处理。其中的艰辛，是不被局外人所知的。中国有句俗话，“人无伤虎心，虎有伤人意”。处理这些案件，是冒着危险，有时还要冒着生命危险。

老曾谈到这里，又忽然想起了什么，他收住话题，随即又扬起嗓子：“啊，想起来了，我与成兴华还一起合作，处理过一桩大案，要案。那案子很奇，足足斗了大半年。”

近些年，一说土地统管，收归国有，有偿使用，一干人就从一个极端跳入另一个极端，把土地视为“摇钱树”，利用土地敲诈百姓。中和镇越权乱批地、乱收费，就是一个典型。

原镇党委书记，正、副镇长和土管员等人，钱迷心窍，为迎合部分村民的私欲，背着县国土局，从 1988 年 8 月至 1989 年 12 月，仅 15 个月时间内，越权批地给 81 户，并擅自为 9 户扩大面积共达 3 484 平方米。

他们似乎很“民主”。关起门来，在党委会上，先后讨论了 14 次，美其名曰：“集体研究批地。”然而，决策时，他们把有关政策法律忘得一干二净，既不认真审查申请建房户是否符合条件，手续是否齐备，又不按法定程序和批准权限逐级上报审批，只念一下申请建房户名单，无异议就作为集体审核通过。

他们似乎“作风深入，很负责任”。审核批准之后，镇领导马不停蹄，带上驻村干部、财政和土管员，拿上皮尺、收款单据，会同村干部，对他们擅自确定的建房户，进行用地定点、放线、收款，末了，发出指令：“可以破土动工。”他们对这种做法还美其名曰为“现场办公”。

他们似乎作风“雷厉风行”，还搞什么“现场批地”。一些农户见他们如此草率，有机可乘，便随机应变，临时口头或书面申请建房。这些枉法者，党委会也不开了，“民主”也不要了，他们当场拍板定案，立即选点、放线、收款，准予动工。一位副镇长，在八村放线，一户农民口头向他申请，他马上批了44平方米。那村民滑头，在放线时，借口人多，又要求增加了26.3平方米。副镇长办事“果断”，仅一天工夫，就批准7户，占地449.9平方米，还美其名曰为“关心群众疾苦”。

这些举动似乎不可理解。

其实是：瞎子见钱眼开。他们为的是“创收”，要的是“票子”，想的是闯出一条“生财之道”。

他们的违法乱纪行为，给土地管理造成混乱，造成难以挽回的损失，群众义愤填膺，纷纷举报，要求严惩。

然而，这一特大违法案件，却迟迟得不到处理。因为违法者是伙老干部，在小小的县里有点名望，亲戚连亲戚，关系网绕着关系网。陈腐的世俗观念，宗族血缘关系，结成了“万里长城”。此案的最大阻力不是来自于基层，而是来自于上级——成兴华的顶头上司。

此时此刻，成兴华苦恼，气愤，却又无计可施。亲戚看他的笑话，曾经受到他惩罚的人幸灾乐祸，冷言冷语不断冲他而来。

妻子似乎也不理解他。他妻子有位亲戚，前年违法占了地，清理中，听说要没收，那亲戚被吓坏了，买上礼物登门说情，要局长关照关照，殊不知被成兴华当面顶了回去。妻子见势不妙，也出面恳求丈夫就照顾这一次。而成兴华一点也不通融，连爱妻的情面也不顾。尔后，他一视同仁，对亲戚非法占地进行了严肃处理。这件事，那位亲戚至今还耿耿于怀。

这一回，对中和镇的案子，成兴华要么缴械投降同流合污，要么赤膊上阵对着干。后者虽然也有可能取胜，但对自己来说却是一条末路。

道理很简单，有些官司表面上赢了，实际上输了。成兴华若打赢这场官司，就有可能得罪一大批人，上上下下的领导、同事都会记你的仇，给你难堪，往后有你成兴华受的气。因此，这场官司说他赢了也可以，说他输了也可以，因为他付出了代价，今后还可能付出更大的代价。这种怪事，信不信由你。

深夜，县城一片寂静。成兴华捧起红彤彤的奖状和奖品，耳际又响起了“嘟嘟嘟”的冲锋号。他霍地站起来，两只粗大的拳头不停地在空中挥舞。有什么可怕的？对他这位英雄来说，死都检验过不止一次了，还怕什么压力呢？

军令已下，他仿佛又回到了前沿阵地，仿佛是从轰轰隆隆的枪炮声中醒来。

天刚蒙蒙亮，他匆匆出发了。他决定向南充地区国土局汇报，请求他们协助攻下堡垒。

地区国土局立即派去曾昌元协同作战。

工作组深入镇里调查，进一步发现这些案件情况复杂，水很深。这些款收来，他们不上交，不露馅，拿来给干部发奖金，请客送礼，大吃大喝，大肆挥霍。

对此，成兴华更加气愤。他走进县人大、县政府、县纪委，要求严肃处理。然而说情者蜂拥而至。一位政府的领导，还设置障碍，迟迟不开绿灯，他们的理由是：“事情已经过去，批评批评算了，既往不咎嘛，何必认真呢？”

禀性难移。镇党委书记从中和镇调到另一个乡，他并未“下不为例”，又旧病重犯，搞越权批地。群众把情况举报到县里。

说真的，这应该感谢那位书记，他帮成兴华解了围。这位书记的行动如同一把火，把县里的某些领导给烧醒了，最后逼得县纪委大动干戈！

县纪委的处分《通报》这样写道：“中和镇党委、政府原主要负责人越权批地建私房是一种违法行为，其错误严重，有损党的声誉。为严肃党纪，教育本人，根据本人所犯错误事实和应承担的责任，以及认错态度，经县纪委常委会决定，报经县委批准，给予原副镇长、镇土地管理员留党察看一年的处分；给予镇党委书记撤销党内职务的处分；给予镇长党内严重警告处分；给予另一位副镇长党内警告处分。”

成兴华捧着《通报》，望天长叹。是喜？是忧？他无心去思索。他只觉得浑身发怵，这场斗争耗去了他许多精力，更使他感到，搞土地管理，并不比攻下几个据点、取掉几个岗哨轻松。

事情总算有了结果，通报对全县震动很大，国土工作又向前推动了一大步。

为了唤起人民牢固树立“珍惜每寸土地，合理利用和有偿使用土地”的观念，成兴华十分重视对我国土地资源概貌、耕地危机和“两法”的宣传。他走遍全县10个区76个乡（镇）及大部分村庄，将国土知识和法律送到千家万户，极大地增强了群众珍惜土地的全民意识和有法必依的法制观念，全县非法占地得到了制止。岳池县国土局被国家土地管理局评为“土地监督检查先进集体”，成兴华被省、地国土局评为“先进个人”“优秀共产党员”，被南充行署评为“军队转业干部先进个人”。

成兴华捍卫祖国边疆是英雄，管理国土工作是模范，群众称赞他“不愧英雄本色”。

“聂大爷”吃“官司”

他说得非常严肃而诚恳：“这些年，我们没有功劳，也有苦劳。为保护土地，我们受尽折磨。你看你看，记者同志，鞋子跑烂了，神经都快变异了，这些算小事……唉，这些人的脑袋是死疙瘩，无论咋说咋宣传也不开窍，横竖和你对着干！”

广汉市国土局局长是个能说会讲的人，一扯就是一整天，而且嗓门越扯越上劲，越说越激动，好像在和谁吵架。

广汉是新建市，是四川的腹地，“天府之国”的粮仓。黑沉沉的土地如同海绵，种啥收啥，又是自流灌溉，每年几千万吨黄灿灿的谷物，像装在保险柜里，到时候你愿咋吃咋喝，不用担心，痛痛快快取之用之。

“管土地，不轻松呀!”他叹着气往下说。

他是从田野上走来的基层干部，和土地有着“骨肉之情”。他虽然当上了局长，但看上去仍像个地道的“农二哥”。一对憨厚的笑眼，一双粗大的手，身体粗壮结实，担水挑粪、栽秧打谷都是一把好手。人朴实，说话也朴实。生活上，不用问，只需看看他那件深蓝色的中山服，就会使你想起60年代农村基层干部的形象。

在事业上，他可是另一种形象。他率先在广汉推行“土地有偿使用制”。这是他的首创。这制度，像波涛滚滚的洪流，冲破了人们的陈腐观念，警醒了不少人的迷误。

开初，有人顶：占地搞建设还要钱，简直是胡扯淡！把屁股捆得那么紧，是想钱想疯了还是安心坑人?

要扭转人们的观念，远比研制原子弹难十倍百倍。通过反复宣传鼓动，新的国土观念还是很难在一些人的头脑中确立起来。聂局长并不因此而却步，他说得好：既然天都能管，我这个当头儿的为啥管不好地呢?

悟出这个道理后，他第一招就是借助舆论工具，大力开展宣传攻势。别看他穿衣服都舍不得花钱，可搞宣传教育却是个“大方人”。编书，印小册子，一本接一本，一期接一期。按他的说法，仅仅能背诵几条法规还不行，必须把政策、法律，往群众脑子里灌，让它生根。

他又一个首创：不惜重金，聘请艺术家制作了一幅国土宣传广告。广告横挂蓝天，面向大路，是要让南来北往的村民、游客，老远就把广汉这幅小而美的幅员图，印在大脑上。

这一切努力是成功的，可有些事也使他懊恼。他的前半生虽也有三波四折，但总体讲，是平平安安一步一步走过来的。从田野走到城里，从草鞋干部变成皮鞋干部，基本上没遇太大的风浪。进了国土机关后，他成天忙得晕头转向，跑了东头奔西头，弦绷到了极限。这一切他都没啥想法，毫无怨言，也能对付。可万万没有想到，一接触到具体问题，有的人就饶不过他了。

“啊，局长当了被告!”

他乍一听，毛骨悚然，仿佛滚烫的火球在背上燃烧。

在法制建设刚刚起步的国度里，一位堂堂局长被推上被告席，这新闻不亚于海湾战争的爆发！

局长的发明创造很多，这一回是否又是他的首创呢？对各种诽谤，传说，他也来不及往心里放。眼下，他一个劲儿准备“受审”，吃“官司”。

这场“官司”打得很绝！

1989年10月9日，城西的居民张某，向市法院递送了一份起诉状，声称：“市国土局个别工作人员，不按法律程序办，借查看使用人的证件为名，强行没收了张大镛的临时国土使用权证，显属非法……”

原告是位普普通通的老百姓，被告却是一位堂堂正正的“官”——局长、法人代表。

哗——！风波迭起，众说纷纭。有人说，聂大爷毛病深沉，不是贪污，就是男女作风。有人担心，是否那伙刺头儿，挖空心思，想将他“热处理”，夺过那把交椅。

聂局长的名声“一落千丈”！他脸上阴云密布，浓眉打了结，言语少了，笑声少了，怨气直往肚里灌。

“欲说当年好困惑。”谈到这里，聂局长不由得感慨万千。

这是行政法规所框着的事，聂局长不好直言。

其实，他心中有数。

这案子很奇。那房子原是罗某的，早些年，罗向街道递了申请，要在房东侧建偏房。正好那年月土地管理混乱，上上下下没有主管机构，不说那么一块地，就是大块大块的肥田沃土，只要言语拿顺，也是能到手的。罗家的人手齐，不几日，16.25平方米的建筑就立起来了。罗和张是好朋友。后来，罗有了新居，便把房子让给了张某。张某人心不足，又在西边那块空地上偷偷摸摸地搭起一间偏房。时至1988年，国土管理有主有法了，他清楚，先斩后奏上不了户，他很快变换了戏法，欺上瞒下，骗得一张“临时用地使用证书”。改革开放以来，街头巷尾的地皮房屋价格陡涨，他见有利可图，便以1 600元的价格把偏房卖给了肖家。一石二鸟。他这样做既得到了实惠，又转移了产权，不会被人理抹。那偏房，若是他自个享用，检讨检讨，补办个手续，就万事大吉了。现在，房屋进入了流通领域，性质就起了变化。

“没收使用证书!”土地管理员刚收回那张长方条形本，从此风波迭起，数案齐发。肖家登门逼款，高矮要张家退钱，否则就要拆房子，而张家已是两手空空；罗家逼着张家要房子，要产权，可“使用证书”和房子一齐被收归了国有，张仰天长叹，哪交得出票子和房子呢？罗向法院送了状纸，指控张侵犯“私有”财产。张某便把一切过错归咎于市国土局，因此向法院提起诉讼……

聂局长双手捧着沉沉的状纸，啼笑皆非。

这些年，他无时无刻不在考虑全市人民群众的根本利益。为了这，他不知费过多少心血伤过多少脑筋！有人用眼泪软化他，他顶了；有人用匕首威胁他，他没有妥协。

那是前年冬天的事了。有位农机站的站长，你说他的权有多大说不上，但在当地，他算个“官”，他可以利用手中的权，飞扬跋扈，四处占便宜，凡有利的事，就削尖脑袋往里钻。群众说他十处打锣九处在。他爱体面，修房造屋，一心想搞个“花园式”“庄园式”，让日子过得开心、舒展一些。国家给他拨了地，他不满足，又悄悄把线牵到田中间，非法占地138平方米。

国土员给他做工作，他拿架子，没往心上放；纪检干部向他讲政策，讲党纪，他当作耳边风。国土员前前后后跑了几十趟，口水说干了，他仍执迷不悟。乡领导出动了，他自认为和乡上干部有着多年交情，可以通融通融，所以照样不惊不诧。

他会周旋，这些年他家搞活了，票子长，他满以为钱可以买通一切。可这条“法宝”并没有给他带来方便。他于是变换手法，让妻子出面，使出女人最绝的一招：大哭大闹，胡搅蛮缠。

谁知道这一回，他妻子的眼泪白流了。执法者没有被“迷魂阵”所迷惑，毫不留情地推倒了墙，收回了土地，并罚款1 000元。另外还给站长添了点麻烦：党纪处分。

这人精透了，但真正使他聪明起来是事后，而不是事前。在困境中，他流着泪，望着新居叹息：“太可惜呀，多好的房子!”受到处分赔了款，他又悔恨："唉，早知法律不认人，何必当初要强占呢？"

强占一度在广汉形成气候，眼看一片片沃土被吞噬。

1990年，在新平乡一片空旷的田野上，一座崭新的楼房巍然矗立。经理陪着爱妻，转呀，看呀，赏心悦目，心醉颜开。这是他家的一桩大喜事。他们经过一番苦心的策划，决定择一良辰吉日，大庆一番。

纸总是包不住火。经理违法占地建私房的事，终究被捅出去了。

"限期拆除！"国土部门下了命令。

经理是个大方人。他说："只要保住这幢房子，我不惜血本。"他于是拿出一大笔钱，请客送礼，拉关系。他要用人治挡法治，用关系抗政策。他确实会用脑子。一时间，国土局被"关系网"团团包围了，寸步难行。

聂局长的性格是远近皆知的，温和，稳重，平易近人。眼下，恼人的纠缠搅得他朝夕不宁。这件事给国土部门，特别是给这位从政多年的局长生动地上了一课。他们深知，在党风不正的今天，要冲破关系网，管好土地，执好法，光靠主管部门的微薄力量，绝对不行。保护国土，本身就是个综合课题，是全社会共同关心的基本国策，必须动员各方"诸侯"，弘扬正气，顶住歪风。

一支浩浩荡荡的执法大军，开进了新平乡。同时，市人大、市政府、市纪委，以及法院、公安、司法局、信访办等部门纷纷派出人员，组成了一支"多国部队"，为执法助威。

兵临城下。经理是个识时务的，他明白，事到而今，再不能拿鸡蛋碰石头，否则恶果难以设想。

这个执法队确实有权威性，经过宣讲《土地管理法》，做艰苦细致的思想工作，终于使经理的心慢慢启动了，自觉拆除了他苦心经营的新房，并交出了500元罚金。

真是赔了夫人又折兵，他后悔不已……

广汉建局4年，年年岁岁不太平，"官司"一场接一场，纠纷一个接一个。国土部门应接不暇。

在法律的天平上，人治与法治，形成一对尖锐的矛盾。不过，随着法制建设的推进，大势所趋，天平正向着法治的方向倾斜。

这些年，聂大爷经常出没于法庭，可他从没有败诉过。

胖子局长的笑声与瘦子局长的脊梁

他，徐局长，人没到，笑声早已飞来了。这位局长喜欢开心大笑。一副和善的脸，加上开心的笑，无论谁见到他都会感到亲切，都愿亲近他，同他携手合作。

他搞国土工作，成绩一路领先，办一件成功一件。土地管理工作是块硬骨头。当初建局时就有人为他捏了一把汗，哪知，老徐凭着 40 多年从政生涯的经验，组班子，定方针，出主意，不多时就打开了局面。

时间一晃，不觉已是 20 多个春秋了。

我记得第一次见到他，是在“四清”运动中，这个乐山人，给我的第一印象，是个“乐天派”。那时他不过三十七八岁，在工作队，年轻活跃，性格豁达开朗。圆圆的脸，圆圆的嘴。科学家说过，人是地球的一个细胞，地球是圆的，人也是圆的，这话在他身上得到了印证。

20 多年后，也就是 1990 年 3 月，在省国土局召开的全省地、市、州局长会上，我们不期而遇。自然，老友相见，没完没了的寒暄，巴不得把 20 多年的话一吐为快。20 多年呀，对一个人来讲是一个不短的岁月。但他仿佛什么也没有变，还是那样胖，那样的笑声，那样的坦诚。哦，有一点不同，在他的笑声中，多了一些慈祥、和善，脸上也多了几点老年斑。还有，从他的笑声中和纵横交错的皱纹中，隐隐约约透露一种忧思，一种压力，仿佛他面前的路还崎岖而漫长……

半年之后，我再度去乐山采访。

真巧，他刚举办了 60 大寿。岁月悠悠，就人生的历程讲，60 大寿是值得大庆的日子，但按中国的干部体制，这又是个危险的信号。60 岁，意味着一个县团级到点了，人生的三大痛苦之一已降临。

“寿桃”的香味未消，他果真按中国的干部制度，退居二线，从“局长”的位子上走了下来，入乡随俗，当了百姓。他理解，这是共产党的政策。但他很明智，没有那种丢官帽的痛苦。

他把担子搁了，人闲了下来，脸上的肌肉也随之下垂了。

人生难得半日闲啊！亲人为他祝福：好好养养身子！同志们为他高兴，如今可以偿还数年来所欠妻子儿女的账了。

这些都是美好的愿望。殊不知天意不巧，他发现自己有异样的反应。开初，他觉得腹部在慢慢增长，妻子怪他啤酒喝多了。他嘿嘿一笑，没往心上放。不几日，他觉得腹中隐隐作痛，随之便秘，心烦意乱，浑身乏力。他以为是痔疮复发，仍不介意。谁知疼痛不止，继而是便血，腹肌消失，肚子由大变小。这才引起他的重视。去医院一查，结果令人震惊，化验单上，留下了两个可怕的英文字母——Ca！

其实，病魔早就缠住了他。几年前就出现过，只因他太忙，就忘记了病痛。医生责怪他："为啥不早点来检查。"

啊，一切都晚了，一切都完了，一切都无可奈何！

他回想起来了，有一次便血，很厉害。本想去找医生，可他正在当被告，那次震动全省的特大土地纠纷案，很快就要开庭，哪有工夫上医院？因此，他麻痹了，以致带来了严重恶果。

他一辈子就没有清闲过几天。忙不迭度过花甲，以为可以伸长腿，带着老伴、孙子，去周游全国名胜古迹，一饱眼福。哪知，病魔来得太"及时"，没让他喘口气，就破门而入了。

罢、罢、罢……痛快人总是爱做痛快事。既来之则安之。此时此刻，他虽心里不安，但转念一想，他"执政"时期算没有白过，他用"嘿嘿"的笑声，率领大家，苦熬苦守，奔峨眉，爬雪山，一丝不苟，把全区的工作理得有头有绪。上级满意，群众满意，他也就心安理得了。本来，他想在夕阳正红的年龄，潇潇洒洒，再干些时辰，把资料理一理，把搞活国土工作的设想、方案再充实些，完善些，可是……

"嘿嘿，没关系。"他说起话仍然是坦坦荡荡，"上帝赐福或降瘟，都看准了火候的，要是前几年叫我躺下，准会痛哭一场；如今，没关系，担子有人担，管理国土有了个好的开端，今后会出成果，见成效。我知足了……"他有点哽咽了，但那只是一瞬间。

他可怜国土，大伙可怜他。

他静静地躺在病榻上，笑声没有了，活力消失了，泪痕斑斑的脸上，凄凄凉凉，似乎在等待着上帝的“宣判”。

明天，他将走向手术台。是吉？是凶？我不由得举起右手，郑重地在胸前划了个“十”字，愿上帝保佑“胖子”局长安然无恙！

提到胖子局长的笑声，许多人会想起瘦子局长的故事。

噢，告诉你，瘦子局长不是胖子局长那方人，而是另一地区国土局局长。他俩，一个在长江上游，一个在长江中游；一个中等个，胖乎乎，性格开朗，见人总爱“嘿嘿”一笑；一个人高，体瘦，言语不多，腰弯得像弓。他们的性格与爱好，风度与气质，体格与精力完全两样。

他，罗局长，是重庆大学毕业的高材生，搞建筑他是行家里手。

他原在建委工作，担任过一个部门的头头，后任建委副主任。他对工作，太痴情了，干得仔细，干得出色，也干得艰难。

“爱地如子，护地如母。”这几个大字，宛如一道圣旨，高悬在他的办公室，也铭刻在他的心中。

这个普普通通的共产党员，1987 年，在庆祝共和国诞生 38 周年的喜庆日子里，他担负起了保护土地、管理土地的神圣职责。

有位作家，把人生的路称为“人生环形道”，就是说，人从出世、成长、壮大到进入天国，仿佛是个〇形，走了一个圆圈。这说法很有道理。老罗的人生之路就是这样的环形道。

他从小好学，像只小书虫，成天钻进书里，无论寒冬还是盛夏，不声不响，从早到晚“啃”书本。每次考试，他准是前几名。人是对称的，脾气性格往往也是对称的。他的智商很突出，他的性格也很突出。小时候，他心眼窄，性格孤僻。有时想问题，他可沉思三日五日。

也怪，到了青年时期，他的性格突然开朗起来，碰上知己者，也能聊上三句五句。虽然没有胖子局长那样诱人的笑声，但和他相处，没有寂寞感。他担任建委副主任那阵，抓思想，抓业务，既抓得具体，也抓得出色，因此年年被评为优秀党员或先进工作者。

年过半百，两鬓的颜色渐渐由浓变淡，由黑变白。他的性格，忽然变得阴沉，寡言少语，和过去判若两人。有人说他是男性“更年期”，也有人说他是“老还小”。大事小事谨小慎微，忧思不断。

双喜临门！真巧，50大寿和接任国土局长同时到来。

然而，对这项工作，他产生了一种畏惧心理。人地矛盾，他这位成天与土地打交道的建委干部很清楚。“寸土寸金”，越是稀贵的东西，管理越难，这是规律。这副担子的分量，他能掂量出来。

一晃三年过去了。这三年，是如何熬过来的？他自己都说不清，只觉得脊柱弯了，背驼了。工作担子，酷似泰山压顶，使他喘不过气，直不起腰。

这几年，形形色色的土地纠纷，搅得他头昏脑胀，坐卧不安。他接受的案件，不是三件五件，也不是十件八件，而是千件万件。

他愣了，呆了。这起行政案件，昨天开庭审理。虽然国土局胜诉，但罗局长心中总不是个滋味。当他走下被告席，就感到头晕目眩，脊柱剧痛。他一摸第三个腰椎，仿佛有条裂缝，他吓出一身冷汗，又是一阵剧痛，他“哎哟”一声便倒在地上，动弹不得……

大家七手八脚把他扶进医院，经查，他得了“疲劳症”。

由于神经长期高度紧张，他仿佛觉得，神经末梢已经硬化，不张，不弛，不灵，全麻木了。

病情急剧变化，他的神经从麻木到僵化，从僵化到失常。他常常躺在床上自言自语：“啊，快来人呀！有人占地……不行，不行……抓住他，抓住他……”

一个星期之后，他似乎觉得清醒些，闹闹嚷嚷找医生，找院长，要出院。医生劝他，他哪里听得进。他说无钱，要回家，不住医院。

在家里，他无时无刻不挂念着工作，想念着土地。脑子一紧张，病发了，时而疯疯癫癫，从楼上跑到楼下；时而躺在沙发上，咿里哇啦复述那些土地纠纷。

病情还在发展，他又新添“夜游症”。常常半夜三更霍地爬起来，高一脚低一脚，忽而从五楼跑到一楼，忽而又从宿舍冲到办公室……他心神不安，成天处于兴奋状态。

罗局长已骨瘦如柴，两眼深陷。局里决定送他上省城，找名医会诊、治疗，让他早日康复。这是组织的关心，也是同志们的心愿，可他执意不去。孩子们围着他好说歹说，他不吱声。地区领导来劝他，他只冒出一句话："我没钱，局里没钱，去省城要花很多很多钱……"

"土地不能占……不能占……"那天晚上，妻子还在熟睡中，他风风火火吼了几声，从床上爬起来，冲出房门，冲出阳台，纵身一跳，"啊"一声，从五楼摔下去了……从此，他的灵魂进入了"天国"，他的肌体亲吻着他日夜思念的土地，他的名字永远与土地连在一起！

——老板，上面问工程啥时候开工？

——先脱贫，后致富嘛！

第七章　长江养育他　他为长江去

他走了，走得那样匆忙，又那样洒脱。

昨天，他还答应爱妻，一同去看姥姥；今天，他又说带女儿兰兰，去商店买个雪娃娃。今冬，他计划给山上的乡亲们，装上自来水管；明春，再把石板路延伸到山那边。他说了，帮蒋大爷改造破草房；他盘算，为五保户清扫院坝，拆洗被子。妻子盼，女儿望，乡亲们在期待……，有很多很多的事等待他去奔波，周旋，实现……

然而，他突然倒下了，躺进了医院，渐渐地，生命失去了活力，声音悄然隐去。他再也不回来了！乡亲们肝胆碎裂，泪水涟涟，千遍万遍呼唤他的名字："先云呀先云，人民的好儿子，你不能走……"

为悼念蒲先云烈士，《中国土地报》刊登了一首诗《土地不会忘记……》。诗这样写道：

黑色的是土，
红色的是血，
你用生命将它们混合，
凝成强劲的音符，
撞击着沙哑的土地警钟。
倒下的是身躯，
升腾的是英灵，
三十五载春秋，
你进取、奉献、直至献身，
共和国的土地应该不会忘记！

长江啊，为何不留住他

一个人们难以忘怀的日子：1990年11月3日。

雄鸡一唱天下白。山里的唤鸣大公鸡拉长脖子，叫声刚落，蒲先云便起了床。接着他又整理屋子，生起炉子，做好早饭。随后他向窗外伸出半个头，天色蒙蒙，大雾茫茫，浩瀚的长江，此刻还躺卧在大雾中，隐去了她那美丽丰姿。

可以看得出，小蒲昨晚熬了夜，眼眶儿红红的。最近，全市搞土地登记发证工作，人员少，工作量大。是的，全乡几万人口，要逐户清理、登记、注册。快到年底了，工作头绪多，一件件，一桩桩，都要做总结，向市里、乡里汇报。

他是个急性子，工作一忙就难以入睡。昨晚，妻子梁学光催了他几次，他才放下笔，勉强躺下。可没躺多久，东方就发白了。

他狼吞虎咽地喝了几口稀饭，在熟睡的女儿兰兰的脸蛋上轻轻地吻了一下，便提着挎包匆匆走出家门。

山间，清晨，行人寥寥，除了上早班的，难得看见人影儿。蒲先云这位大忙人，不等天大亮就兴致勃勃走下山，去乡上开始他新的一天的工作。

蒲先云的家，住在山坡上。他的自行车不便推上山，每天就放在弟弟蒲先弟家。今晨，他像往常一样，下山后，先去弟弟家取行李。谁知，一个阴影尾随着他进了屋。他刚打开锁，一只手便抓住了车龙头。他回头一望，不是别人，正是他的表弟陈彬。

这个杀气腾腾的家伙，双眼冒着灼人的蓝光。蒲先云不禁一惊，但很快就恢复了常态。

“哥，我的地为啥还不批?”陈彬心藏祸心。

“你的宅基地已经够数了，你有房子，况且你又进了厂，户口不在农村，征地理由不充分，不能批。”蒲先云一边推车，一边解释。

“我们是亲戚，你别把事情搞僵了!”陈彬咄咄逼人。

“不是我搞僵了，而是国家有法律，政府有政策，你不能乱来。”蒲先云心平气和，却又理直气壮，寸步不让。

“哼！你别给我过不去，兔子逼慌了都要咬人！”此刻陈彬胸中的邪火正在熊熊燃烧。

“你认为是我给你过不去，还有上级，你可以去找领导嘛。”蒲先云将车推出门外，和颜悦色地继续向他解释。

“放屁！找×领导，老子就找你！”

矛盾激化了！顿时，陈彬凶相毕露，拔出匕首，像饿狼一般，朝毫无防备的蒲先云扑了过去。罪恶的匕首正好刺中了蒲先云的左肺。血，殷红的血，喷出了心口，渗透了衣襟，洒向大地。

“陈彬杀人哪！”蒲先云手捂着伤口，一边与歹徒搏斗，一边呼救。

蒲先云的弟弟蒲先弟，好友黄志成，被呼喊声惊醒后，霍地爬起身急忙赶来营救。可是，迟了，一切都迟了。歹徒又向蒲先云猛刺数刀。手无寸铁的蒲先云奋力抵抗，不料右臂又被砍伤。

此刻，歹徒见有人追来，便仓皇逃跑。蒲先云踉踉跄跄，追出十多米远，只因伤势过重，流血过多，“扑通”一声，倒在大地上，躺在血泊里……

蒲先弟和黄志成没追多远急忙收住了脚，转身营救蒲先云。

这位忠诚的共产党员，双手捂住胸口，顾不上自己的安危，只听他断断续续地在呼唤：“先弟，我不行了……你把公文包送到乡上，交给领导……”

家住附近的乡长罗运铭闻讯赶来了。罗乡长见蒲先云面带土色，呼吸微弱，就急忙在公路上拦住一辆卡车。他们七手八脚将蒲先云抬上车，决定送到405医院抢救。

车在长江边的山坳里飞驰。蒲先云这位人民的好儿子，当死神来临之际，他心中仍然想着党的事业，想着别人，唯独没有想他自己。血从伤口上不断涌出，他紧闭双眼，静静地躺在弟弟的怀中，用微弱的声音说：“先弟，我不行了，快打电话给市国土局，把情况报告给领导……你要照顾好嫂子和兰兰……”

八点一刻，车开到医院。医院的领导、医生决定立即做手术抢救。然而，血压计上的水银柱，已经升不上去了。蒲先云体内的血已流尽。经过两个小时的抢救，一切医疗手段都失效了。经检查，那致命的一刀，贯通左胸左肺，切断了肋间的主动脉。因抢救无效，于10时30分，这个年轻的生命，依依不舍地离开了他从小就眷恋的土地……

宜宾市黄桷坪乡共产党员、乡人民代表、乡土地管理员蒲先云，在执行公务中壮烈牺牲。

噩耗传来，乡亲们难以置信。就在前一天，乡党委作了一个决定，将他的先进事迹上报市政府，批准他为“国土宣传先进个人”。在“国土宣传月”中，他不辞辛劳，走村串户，宣讲基本国策，贯彻土地管理法规；就在这段时间里，他夜以继日地摸情况，搞调查，填写“国土使用证”，决心尽快把证送到村民的手上……村民们爱戴他，他们不愿相信他真的去世了。张婆婆摇头说：“小蒲不会死，他还要来看我呢。”梁大爷激动地说：“先云这样的好党员不该死，如果我在场，宁愿替他挨那一刀。”有人到乡政府去寻根究底，有人干脆噔噔噔地爬上山去问他妻子……

噩耗传来，顿时群山失去了光泽，长江屏住了呼吸，乡亲们嚎啕痛哭……

长江啊，为何不留住他！

眼前，彩霞满天

宜宾市建于金沙江、岷江汇合之处。长江便起始于她的脚下，滚滚东去，奔腾万里，直入东海，因此世人称誉宜宾为万里长江第一城。数千年来，宜宾为西南政治、军事、经济、文化的中心，也是中原与西南往来的第一门户。所以，这里的土地历来珍贵。同时，宜宾还是个英雄辈出的文化名城。远的就不必说了，抗日英雄赵一曼，她为中华民族的存亡，为了抵抗日寇，不惜牺牲了年轻的生命。赵一曼的许多动人故事流传至今，因而引得很多人到宜宾市去寻迹觅踪，以便更好学习英雄的业绩，陶冶自己的情操。

数风流人物还看今朝！

在长江边的黄桷坪，又一位英雄蒲先云出现了。他，又为宜宾市树起一座丰碑！

蒲先云于 1955 年 8 月 24 日出身在一个贫农家庭，他排行老四，乡亲父老都亲切地称呼他“蒲老四”。

蒲先云的童年是幸福的，又是痛苦的。他不足 5 岁，就失去了父亲，母亲独自抚养着他们兄弟四人，劳力缺乏，家境贫寒，经常以粗粮、红薯充饥。一家人愁吃愁穿，日子实在难度。母亲改嫁后，蒲先云和弟弟跟随母亲到了继父家。继父家的生活仍然拮据，这就更使蒲先云加深体会到了人生旅途的艰辛。他坚强的性格里，又增添了许多刚毅。

1975 年，他初中毕业，不巧断了继续求学之路。他背着橙黄色的书包，毅然回到生他、养他的黄桷坪，扛起维持一家人生活的重担。

20 岁，是个充满幻想的年龄。人生的梦，蒲先云做了很多很多，他热爱解放军，想在部队当一名顶天立地的英雄，奔走在祖国的边防线上，保卫国土，保卫人民。他还想学园艺，像苏联科学家米丘林那样，培养甜美芳香的苹果、梨、桃，奉献给人民……

然而，他的梦没有成为现实。

人常说烈火炼真金。蒲先云，被山风和黄土地炼就出了一双勤劳的手。他种的小麦颗粒大，他种的水稻产量高，他种的果子特别甜。不多时，他便成了种田的能手，青年人的榜样。

生活如烟云。虽然他没机会求学，虽然他的梦变成了泡影，然而新的生活却给他洒下一片希望之光。他热爱劳动，乐于助人，经常帮助村里的老弱户修理沼气池，为五保户、军烈属挑水、扫地、砍柴，深受生产队干部、群众的喜爱。团支部经常组织团员、青年参加义务劳动和集体生产，蒲先云都积极参加，并出色地完成任务。大队开展学雷锋、王杰、欧阳海等英雄人物的活动，蒲先云总是一马当先，学以致用。他还是个活跃分子，上中学时就爱好体育、音乐。为了活跃农村文化生活，每逢青年节、国庆节、元旦、春节，他便积极参与举办歌咏比赛、小型运动会，给寂静的山乡带来了青春的活力。

绚丽多姿的生活，给家乡增添了无限的美，也给蒲先云带来了如花似锦的好时光。1975 年，也就是他回乡那年的岁末，由于他勤劳诚实，为人忠厚，学习努力，终于光荣地加入了共青团。在他的生活里又增添了一片新绿。

但他并不满足于现状。放眼世界，他猛然觉得山间的天太小，路太窄。他渴望开阔视野，紧跟时代的步伐，决心要作一个新型农民，要和全村青年一道，用现代知识文化彻底改变山乡面貌。于是他带领全村青年，学科学，学文化，学技术，并在山间一所简陋茅舍里，办起文化站、图书室。

“改造故土!”蒲先云情深意切，和青年们担起了传播文化知识的重任。

山里人尊重知识，爱护人才。他们的努力很有成效，全村的团员、民兵、青年都加入了他们的行列。

蒲先云积极组织大家改田改土，搞农田基本建设。在这块奇怪的土地上，山上没有树，山下种粮不成行，挖窝弹手板，耕地现铧尖，红苕不牵藤，玉米不挂须。十年九旱，粮食歉收。蒲先云组织青年突击队，冬去春来，常年不懈。不几年，先后改土 400 多亩，植树造林 210 多亩，使光秃秃的山头披上绿装，为黄桷坪的农业丰收打下了基础。

这个生机勃勃的集体，正在创造着人间奇迹。山旮旯，这样的组织是开天辟地第一个；这样的行动，从古至今是第一回；这样的宗旨，祖祖辈辈是第一宗。

人们常常爱说“白手起家”。村办的阅览室，正是白手起家办起来的。书是热心人蒲先云组织大家集资买的。书架是他亲自上山取材，然后自己动手制作的。接着，他又用那双粗大的巧手，制作出借书证，制定借阅制度。

这位团小组长、民兵班长乐于为群众服务，他自告奋勇，兼任了村图书管理员。他饱含热情，根据不同的对象，经常向青年们推荐不同的读物，手把手地指导他们读书，撰写心得体会。

由于他火一般的热情，寂静的长江边，掀起了学习的热潮。山间小路，竹林溪畔，不时传来琅琅读书声。他管理阅览室勤开勤借，一年内借阅人数达一万多人次，仅仅春节三天时间，登门借阅者多达250余人。

头雁高飞群雁随。青年们，白天在田间劳作，晚上进入学习室，由蒲先云带领他们学习科学技术，学习英雄人物，更新思想，陶冶情操。

柿子坪的小李，人聪明，爱动脑，可他就是不肯把心思往学习上放。天长日久，他养成了好吃懒做的恶习，不时还进赌场赌钱。钱输光了，值钱的家什也被他卖掉了。父母是老实巴交的庄稼人，眼看孩子被拉下水，气得六神无主。

人常说：帮人帮在点子上。蒲先云雪里送炭。深夜，他七进小李的家门。二位老人见了蒲先云，痛哭流涕地诉说："先云呀，我们那孩子没救了，求求你，开导开导他，让他醒悟走正道呀。"蒲先云安慰老人说："大伯，别急，我们共青团是青年的先进组织，一定想法帮助他，使他回心转意，把心思用在生产上。"

蒲先云发现小李爱看书的特点，便经常登门送书，谈心，很快和小李交上了朋友。循循善诱，不久小李那被扭曲的思想开始转变了，还常常跟蒲先云交换读书体会，畅谈对人生的种种看法。渐渐地，小李改掉了坏习气，成了一名学先进、爱劳动的好青年。

刚学会开拖拉机的青年王世华，会开不会修，机器一出故障，便望机兴叹。蒲先云技术强，既会开又会修，样样精。他主动手把手地给王世华传授技术，又把阅览室有关拖拉机维修方面的图书送到他的手上。很快，王世华全面掌握了这门技术。

这样的事，太多太多，不胜枚举。

蒲先云仿佛有一种强大的凝聚力，把全村青年都吸引进一个和睦友爱的集体中。黄桷坪村的图书室连续三年被评为市里的先进集体。

蒲先云付出了心血和汗水，赢得了村民的爱戴。四川省文化厅、泸州市和湖北省襄樊市图书馆的领导，来宜宾时还专程踏上黄桷坪，去考察蒲先云的图书室，高度赞扬他工作热忱，业绩辉煌。

他默默无闻地奉献，群众给他许多荣誉。他多次被区、乡人武部评为"先进民兵"，被市团委评为"青年建设社会主义积极分子""学雷锋先进个人""五四青少年先进个人"，并多次出席市里的表彰会。

清晨，东方的红日还未露脸，蒲先云又开始新的生活。他匆匆地行走在曲曲弯弯的山间小道上，正在规划新的起点，追逐美好的未来！

眼前，彩霞满天。

爱心，滋润着这片土地

改革的春风吹绿了长江，吹绿了黄桷坪。山里山外一派繁忙，村民们起早贪黑，治穷致富，各显神通。

年轻的蒲先云夫妇，心灵，手巧，勤劳，门路多，办法好，致富快。妻子种责任田，他开拖拉机，跑运输，轰轰隆隆；一月下来大把大把的钞票就到手了。左邻右舍交口称赞："真是'伶俐人一拨三转，糊涂人棒打不回'，蒲老四家的路子正，倘若坚持下去，车轱辘转不了三年五年，他家就发了。"

"不能只顾自己的饭碗呀！"蒲先云在思索。一天晚些时候，他收车归来，在村口见到村里的贫困户缪大品，寒冬腊月，他一身衣服破破烂烂，顾了肩头顾不了腿。缪家六口人，老的老，小的小，要劳力没劳力，要资金没资金，要计划没计划，生活紧紧巴巴，住房破烂不堪，六口人挤在三间破房内，憋得人透不过气。他家长期吃救济，看样儿，今年春天他家粮食又要差一大截。

"缪大爷，你……"蒲先云喊了一声，心里不是滋味。

深夜里，山风已经停息，村民早已进入了梦乡。只有长江水，仍奔腾不息，不时传来阵阵涛声。蒲先云迷迷瞪瞪躺在床上，梁学光催了他几次，他也未入睡。今晚，不知为什么，他的思路越想越乱，越想越不安。

"一个人组织上入了党，仅仅是进步的开始，要真正为共产主义奋斗终生，还需不断地学习，不断地改造，从思想上真正加入到无产阶级先锋队中来。入了党，觉得干工作更有劲，共产党做事，就要认真。"他忽然想起1984年自己写进申请书里的那段话，继而想到一个共产党员肩上的责任，如今，面对村里的落后状况，面对梁德友、缪大品、申友芳等一家家贫困户，自己可不能袖手旁观啊！

第二天，大清早，蒲先云没喝几口稀饭，就旋风般地到乡里找书记，商量如何帮助黄桷坪的困难户走上富裕之路。正巧，前几天，市委开了扩大会，号召全市农村党员开展“三带四帮”活动。蒲先云的建议，敦促了扶贫工作的进程。乡党委决定，立即召开全乡党员干部会，部署帮助后进村民的工作。

蒲先云如坐轻舟，一抬腿就飞回到村里，同村里的干部一起，组织党员制订扶贫计划，落实措施。黄桷坪支部又先行一步。

在党支部大会上，平素不易激动的蒲先云，今天却按捺不住自己的心情。他在发言中表示：“群众正处在危难之中，我们不能泰然处之。我们应尽自个的微薄力量，扶他们一把。群众对党员的意见大，不能责怪他们，是我们少数党员的形象失去了光泽。我们应该谅解他们，支持他们，关心他们！有人常常责怪，生不逢时，没有出力的机会，现在党组织叫我们冲锋，我们可不能再迟疑了!”

蒲先云的这席话说完之后，又觉得不安。不过，大伙知道他用心良苦。

人常说：一人计短，二人计长。大家别出心裁，呼呼啦啦，“三带四帮”活动很快在山里山外拉开了帷幕。

蒲先云帮的第一家就是缪大品。几天来，他一直为缪大爷编织着致富蓝图，可一时又拿不出好主意。搞运输吧，他家缺乏强劳力；饲养鸡鸭吧，又无钱投资，而且这事技术性强……晚饭之后，蒲先云踏上了缪大爷的家。蒲先云详斟细酌，从实际出发，首先为他列计划，合理安排劳动力：大娃子算半劳力，该唱主角，当龙头，学些技术活；老二腿长手长，可以跑龙套，干些杂活，作为后备力量。蒲先云抓住了这两个主干。他家承包地不少，要紧的是种好菜，喂好猪，猪多肥多，肥多粮茂，以菜引头，以粮坐桩，以副促农，农副双丰收。不多时，蒲先云为缪大爷家编织一幅良性循环图。缪大爷家缺乏良种菠菜籽、萝卜籽，蒲先云顺着长江两岸，四处打听，一一给他购回来，并帮助下种。

缪大爷按照蒲先云的指点，一步一步地实施，很快就上了路。黄桷坪是个工业区，市场繁荣，有了好收成不怕变不成钱。所以，缪大爷当年仅蔬菜、生猪就收入两千多元。

路子顺了，缪大爷年年获丰收，岁岁迈新步。如今他住进了新修的大瓦房，好不气派！他拉着蒲先云的手，激动地说："你真是个好青年，实意帮我家致富。我们吃水不忘挖井人啊!"

村里村外，沿河两岸的人无不这么说："蒲老四的心眼特别慈。"平素，他见了谁都和颜悦色，客客气气，眉开眼笑。他的脑子也特别灵，有文化，有心计，懂政策，懂理论。村里村外的大叔、婶子们，有事总爱找他参谋参谋，有时心里不舒畅，也爱找他唠叨唠叨，即使三言两语，也会让人豁然开朗。这些年，哪家或夫妻发生口角，或婆媳不和，或姑嫂相争，都喜欢找蒲先云评评理，调解调解。在黄桷坪，"蒲老四"不知不觉地成了村里的中心人物。

"人有恒心万事成"。蒲先云帮助乡亲们有恒心，无私心，所以他带一家富一家。

村里的特困户申友芳，她丈夫去世后就有人断言："这家人是和尚的脑壳——没发（法）了!"提起致富，她自个儿也没信心。早在丈夫健在时，就没垫好底。爱人病，孩子小，一个妇女，顾得上家就种不好地，年年当"倒补户"。人误地一时，地误人一年。土地承包后，日子更是一团糟。真可惜了她那些好田好土，无劳力，种不及时，草盛豆苗稀，收的粮还不够成本。

申友芳带着蒲先云，一块一块踏勘她家的田和土。蒲先云一边走一边想，可老是打不开思路。当他踏上一块大田，望着绿油油的水面，忽然茅塞顿开。"养鱼!"他冲口而出，可又觉得失策，她家吃盐买油的钱都没有，哪来钱买鱼苗呀。

当晚，蒲先云找妻子商量，决定把妻子一月的工资借给申友芳垫底。梁学光是个好妻子，对丈夫的工作巴心巴肝地支持。蒲先云帮申友芳买回活蹦蹦的鱼苗，放在稻田后，他一不做，二不休，又从图书室借来有关稻田养鱼技术资料，一边读，一边讲，直到深夜。在蒲先云的精心指导下，申友芳当年收入 1 544 元，她家生活也一改过去的贫困面貌。

不是天意是仁义。几年来，蒲先云帮的周先彬、黄树友、缪大品、梁德友等四五家贫困户，户户变了样，家家有余钱剩米。乡党委在黄桷坪党支部总结了蒲先云“三带四帮”的经验，在全乡表扬他的带头作用。

初战告捷！但蒲先云并不满足自己的点滴成绩。共产党要解放全人类，共产党员要全心全意为人民服务。全村 67 户人家，都在渴求有人能伸出援助的手，带他们一程，拉他们一把。作为一个共产党员，能在这种时候歇下来吗？

一个共产党员的求索

地处宜宾市郊区的黄桷坪，烟囱如林，顺着宜白大路两旁，工厂一个接着一个。沿长江两岸的一溜好地，全被吞噬。耕地少了，农民只好顺着山边发展，耕种那些薄地、次地、插不上犁尖的山坡地。

人多地少这个严峻的现实，十分尖锐地摆在群众面前。

怎么办？群众朝朝暮暮在呼喊，干部却束手无策，一筹莫展。

1983 年，根据市里的安排，乡政府设立一名国土员，专管土地。乡领导搔破脑门，也未物色出合适的人选，只好召开党员会，专题讨论。书记曾给几个青年做过工作。找到小李，小李说，他宁肯干笨活，卖苦力，也不愿当“土地神”；找到小杨，小杨的回答更使人失望，那个“弼马温”我干不了……最后乡党委决定找蒲先云试一试。

当场就有人怀疑：那蒲老四手里玩着拖拉机，一月要挣四五百块，别人正在争创村里的第一个万元户，找他，他会干吗？

“是呀，这个青年思想纯，工作努力，当国土员是块好料，恐怕他不得干！”

“嗯，即使他愿意，他爱人的工作也难做。搞国土，不得罪人，会得罪神，工资又低，有啥油水？”

“是呀，最近电厂征地，劝他农转非，他高矮不干。嘻，进厂当工人多棒，谁稀罕这个临时工，泥脚杆干部。搞土地管理，聪明人不愿干，没本事的人又干不了。”

乡党委一时又想不出另外的人选，书记只好投石问路，委派村党支部书记罗运铭（时任乡长）给他谈谈，试探一下虚实。

说真的，对这次出征，村支书心中无数。他和蒲先云是同学，从小一块磨蹭大，他虽知道他的秉性，但这不是用情感能解决的。

罗支书专程登门，去找蒲先云，见梁学光上班去了，便开门见山地说："先云呀，乡里缺土地管理员，要我们村推荐一个，你去试试咋样?"

他不假思索便应允了。他想得很简单："既然组织相信我，我当然乐意接受。"

正在这时，门"吱呀"一声开了，妻子梁学光下班回来了。她听说乡上要先云去任国土员，愣神了，仿佛有人要抢走她的丈夫一样。她急不可耐，插嘴说："不干不干，钱太少又得罪人。那工作费力不讨好，搞得人不人，鬼不鬼，全家不得安宁。哎，先云呀，你得考虑周到点。"

罗书记清楚，这事自然不可贸然决定。他于是痛快地说："要得。事关重大，你们商量商量再回话。小梁的意见，老人的意见，先云，你都听一听。"

哎，这国土员算哪等级干部呢？说他是"官"，连乡干部的花名册也上不了；说他是"农二哥"，不大不小又是个干部。蒲先云没想那么多，他说，作为党员，只有服从组织的义务，没有讨价还价的权力。

出乎罗运铭的意料。他前脚一到家，蒲先云后脚就跟进来了。他很干脆："喂，罗书记，那事定了，什么时间报到，通知我就来。"

话，说是说了。可这么大的事，没和小梁商量妥就定了音，蒲先云在感情上又觉得通不过。

他俩是青梅竹马。小蒲与小梁从小一起长大；上小学，他们一同进入天原化工厂子弟校；1975 年，二人中学毕业后，双双回到同一个生产队；是年 11 月，他们二人又同时加入共青团。

小梁比小蒲小一岁，圆圆的脸蛋，大大的眼睛，长长的辫子，聪颖、伶俐，朴实无华。小蒲浓眉大眼，憨厚稳重，性格温和。

在学校，他们互相帮助，互相关照，比翼双飞；在生产队一起开荒，植树，学习农活。

小梁喜欢小蒲，小蒲体贴小梁，群众说他们是“城隍庙的鼓槌——天生的一对”。渐渐地，他们之间产生了爱慕之心，萌发了爱情。

1980 年，梁学光顶替退休的父亲，在乡卫生院当了会计；而蒲先云，仍然留在队里挖泥巴。他们虽然只有星期天或节假日才能相见，但感情更加充实、深厚，心心相印，如胶似漆。

生活不会是一帆风顺，美好的爱情也会有风波。

恋爱开初，小梁的父母不同意。小梁属职工家庭，小蒲是农家小户，历史和现实注定，小梁家的经济比小蒲家富裕。经济的不平衡，导致了思想认识上的差异。父母的思想疙瘩解不开，不愿女儿嫁给农民，也是可以理解的。父亲对女儿说：“婚姻是人生大事，必须慎重。农村苦，为啥不找个工人呢?”小梁的朋友、同学也都劝她，另择佳偶，切莫误了终身。

然而，小梁更注重人品，注重内心美。梁学光经过多年的观察，她认为蒲先云为人正直，不虚不滑，勤劳朴实，待人和蔼，是理想的恋人。眼下，小蒲家经济不富裕是暂时的。他已学会开汽车、拖拉机。他心灵手巧，有钻劲，日子会好起来的。所以，不管谁说谁劝，她也没动摇。

小蒲知道小梁有些烦恼，不断向她倾吐思慕之情。两人没有海誓山盟，只有心心相通。他们冲破阻力，1981 年这对经过七年恋爱考验的青年，终于结成伉俪……

蒲先云每每回忆起那段曲折的恋爱史，便对小梁备加尊重，体贴，大小事都要征求她的意见，共同决策。

当晚，在吃饭的桌上，蒲先云把这事向梁学光公开了。小梁一听，心里起了嘀咕。小梁有许多难言之苦呀。在当初，父母对这桩婚事，不是嫌弃小蒲，而是觉得农村条件差，一是缺少致富门路，二是没“脱农皮”的机会，要转变家庭经济状况，太难，太难。今天机会来了，他又固执己见，真令人费解！小梁越想越糊涂。她放下碗筷，决定一吐为快。

“当国土员，拖拉机还开不开?”

“管土地，事儿多，当然就不开啦。”

“工资多少?”

“听说50元。”

“是正式工？还是临时工?”

“临时工。”

“这国土员算哪级干部?”

“临时工就是临时工嘛，上不了哪个品位。”

“那你图个啥？开拖拉机，一月赚几百块，你何苦去干那些得罪人的事?”

“咱不图别的，就图为全乡父老保护土地。土地是农民的命根子，没有土地谁也富不了。作为农民，你清楚，要吃要穿，离开了土地即使有天大的本事也糊不了口。眼下有许多土地被白白地糟蹋了。为了保护耕地，为了全乡群众的利益，家里少挣几个钱没啥关系。何况还有您这个能人。”

小梁是个非常体贴丈夫的女性。她虽然对丈夫的举动不甚理解，但听了他这番肺腑之言后，便不吭声了。

这些年，他们家的日子过得紧紧巴巴的，结婚，生孩子，改造住房，大事一件接一件，眼下还欠三千多元的债没还。为了让这个家添点儿灵气，蒲先云辛辛苦苦拜人为师，日里夜里，风里雨里，眼看就要渡过难关，他却要转向……她最不安的是听说市里同意村里一批青年“农转非”，进厂端“铁饭碗”，这机会难得呀。但最后她还是服了。她知道丈夫的脾气，他要干的事，谁也难说服他。他是党员，就让他去吧。

路，认准后，蒲先云一个心眼儿“傻干”，学政策，读法律，走乡串户，搞调查，摸情况，跋山涉水，忙得脚板翻天。不多久，全乡的土地管理就走上了正道。

梁学光见丈夫一天忙得不可开交，不落脚，她心疼了，帮他整理材料，开票，记录，成了他的好帮手。

烈火炼真金!

不久，又一桩好事上了门。宜宾长江造纸厂要在四社征土地，有73

个“脱农皮”的指标。这个社总共只有43户人家，若按平均，每户至少一个。蒲先云是合格的，而且他又参加这项工作，征地、报名、造册都是他一手经办。“近水楼台先得月”嘛。

听到这消息，岳父、妻子都高兴得合不上嘴，哥嫂、弟妹也纷纷前来祝贺。

然而，蒲先云却毅然决定留在农村，跑田坝，当“土地神”。哥哥劝，妻子哄，他横竖不吱声。此时此刻，说他“笨”，他认了；说他“傻”，他受了。末了，他冒出一句话：“只要群众需要，党需要，我愿一辈子和土地打交道。”

也许，最想不通的是他的岳父。多年来，为改变家庭经济状况，岳父精心扶持，拿出800元帮他买一台拖拉机跑运输，眼看就要脱贫变富，他却不开了，把拖拉机卖了；现在有机会进工厂，终生旱涝保收，他又变了卦。唉，咋不叫老人痛心呢？

惜寸金土地　尽卫士天职

有志者事竟成！

蒲先云当上土地管理员后，他并不嫌弃“官”儿小，只担心干不好。因此，他以十倍的努力，经常早出晚归，马不停蹄地到处跑。黄桷坪乡共管辖4个村、31个社、1 500户人家，不久，他就跑遍了全乡的山山水水。

1987年，宜宾市国土局应运而生。蒲先云经过岗位培训，又笔试合格后，正式被市国土局聘任为乡土地管理员。乡政府在他的考核评定上，给他的评价很高：“认真负责，能严格执行党的土地管理政策。”

从此，蒲先云的工作更积极了，他的整个心思，全部渗入到这片国土。对如何尽快刹住“占地风”，他与市国土局的同志一起，花了三个月的时间，摸清了底细，全乡查出110起违法占地案件，其中有干部，也有他的亲戚、朋友。

这是一场激烈的斗争。清理违法占地还未拉开帷幕，蒲先云先给自己约法三章。他书下八个大字："秉公执法，热情服务"，贴在办公室的墙壁上，作为行动准则。

"秉公，哼，说得好听，他家亲戚多占地，看他啷个整?"众目睽睽，都盯着蒲先云。

是的，在乡村，亲戚连着亲戚，朋友连着朋友，人情世故，裙带关系，藕断丝连，要秉公执法，确实难！

蒲先云碰到的第一个难题，就是他三哥改建住房多占地，有群众检举揭发。

他三哥原是个本分人，家中人不多，有个独生子。这些年，苦熬苦守，帮人耕田犁土，卖劳力，有些积攒。村里村外，改造房屋，平房变楼房，草房变瓦房，一家又一家。他三哥住在山上，地盘窄，想把几间老掉牙的平房改成楼房。他倒不是为了阔气，而是为了节约土地。因为那块地是分家时拨给他的，当初只是两口人的土地。

前几年，先建房的农户，都纷纷向公路靠近。自然，山下土好地势平，又在公路边，出出进进方便。他三哥也想跟着别人的脚印，把破房烂屋搬到山下来。地方他看好了，款子也借到手了，万事皆备，只要胞弟一画押，计划就实现了。

然而，蒲先云是个"死脑筋"，哥嫂几次登门，他闷着头，不吭声。啥意思？弟兄情分他不顾？哥嫂没死心，再次登门，左说右说，最后当弟弟的吐出了两个字："不行。"

按理，前面有先例，三哥的要求也不苛刻，又不多占一寸土地，只是换个地方罢了，又有何不可？而蒲先云却有他的苦衷。宜白公路边几块肥田沃土，前几年宏观管理失控，占的占，圈的圈，所剩无几；况且还有几户人家，正在窥测方向，一旦他三哥有了结果，他们便会随之而来。看你蒲先云同不同意！

无可奈何，他三哥只好就地改造。然而，计划不周，一楼一底竣工后，发现厕所无处放，便在屋后搭了个偏房，面积4.3平方米。

违法占地！自然蒲先云不会答应。他六亲不认，高矮要按政策办，或退出土地，或罚款。哥嫂几次登门求情，要他"睁只眼闭只眼"，蒲先云寸步不让，因此，哥俩吵了起来。吵归吵，罚归罚，蒲老四的心没有挪动半点。

此后，三哥把老母亲请来当帮手，也白搭。矛盾升了级，哥俩断绝了交情。三哥责怪四弟砍了他“两‘刀’”，先不让他移址，现在又要罚他的款。

第一个“国土宣传月”到来之后，蒲先云主动登门讲国土法，做工作。三哥终于理解了弟弟，这才付了罚款。

三哥毕竟是同胞兄长，对四弟的做法能够理解。最使蒲先云伤脑筋的是另一位亲戚，违法占地不仅不接受处罚，还胡搅蛮缠。

那位亲血表，1985年洪水袭来时，旧房被水浸透，墙崩塌了。他申请移址改建住宅，蒲先云认为，他的要求按政策是合理的，所以将材料报上级批了。他表哥原先住在山上，说他买了台拖拉机，要求迁到大路旁，按当初的政策也同意了（当时下山的农户还不多），并且选了地址，划了线。然而，这位表哥“黄眼珠心不足”。在施工时，他不按原计划，悄悄移动了地方，在一块集体准备建幼儿园的土地上，打地基，砌围墙。群众到市里举报他。蒲先云闻讯赶到，要求他立即停止施工。这位表兄满以为表弟会高抬贵手，殊不知蒲先云不给这个“情”。

第一次做工作，表兄执意不听，没被说服。不几日，姨妈登门来了，说已经花费了几千元，要他看在亲戚的分上，打个让手，蒲先云仍然没动心。

问题没有解决，表兄仍在施工。蒲先云又一次苦口婆心劝说他。然而他们先发制人，破口大骂：“你绝情寡意！”“你六亲不认，没良心！”

这一回，蒲先云还未进屋就被围住了，骂声、吼声不绝于耳，他们还拿来锄头，准备行凶。眼看就要出事，幸好五弟蒲先弟闻讯赶到，才解了围。

蒲先云不知跑了多少趟，问题仍得不到解决，他只好向乡政府和市国土局求援。市里派出了执法队，强行推倒墙土，迫使违法者退出了土地。

不久，姨妈过生日，蒲先云买上礼物去祝寿，才算缓和了两家人的紧张气氛。

在亲朋好友中，对他的议论颇多。有的说他“六亲不认”；有的嗔怪他：“蒲先云执法，我们没得到一点好处，他自己也没有尝到一点‘甜头’，真是个‘笨蛋’!”

说他“笨”，也许有点道理。家住吴桥村三社的李火蓉，是蒲先云的亲侄女。有人反映她1988年修偏房多占了地。蒲老四立即去复查，强制她拆除了多占地上的建筑。

第二天，蒲先云去吴桥村丈量屋基地，突然又发现她家的屋檐下特别宽，他起了疑心，拿出皮尺一量，啊，屋基地多了8平方米。他责令她退地。

李火蓉又哭又闹：“你昨天来拆了房子，今天又要我退地，你……太过分了!”

“你不要生气。你修房子超过规定，不信你自己量一量。”

李火蓉心里明白，闷着头不吱声。蒲先云耐心给她宣传法律，讲道理。她是个聪明人，知道闹不行，便悄悄向叔叔求情：“姑父，你已经把人家反映的问题解决了，这点小事，只要你不说，别人不会知道的。”

对李火蓉的这种侥幸心理，蒲先云苦口婆心地开导她，帮助她：“你是个聪明孩子，这土地管理工作要有多难就有多难，每寸地都涉及大家的切身利益。我对亲戚，对侄女耷眼皮，别人会咋说呀?”

“那皮尺有松有紧嘛，你那政策放宽点不行吗?”小李动了情感，向叔叔哭泣求情。

蒲先云是个有血有肉的人，对侄女他何尝不关心、爱护。但又想到事关重大，不能因小失大。他流着眼泪对侄女说：“不行呀，火蓉，不能对自己人宽，对别人严，我们都要按政策办。”

“那你说咋办?”小李开始理解叔叔的心。

蒲先云又围绕房子转了一圈，拆是不行了，房子已成格局。最佳方案，劝她把屋檐锯短。这样既可减少面积，又不影响房子的整体结构。

无奈，李火蓉请来木匠，把屋檐锯了59厘米。她望着锯掉的屋檐，伤伤心心地大哭一场。哭后，她自己安慰自己，以为就此平安。殊不知，过了两天，蒲先云又登门复查，总面积还是超了一平方米。按规定，罚款

210 元，限期三天交清。侄女对姑父的举动更不理解，又哭又闹，连茶都不给一杯。

第二天一大早，蒲先云又催侄女到乡上交罚款。侄女越想越气，她修房造屋的钱，东借西求才扯平，你这个当姑父的一个钱也没有给，还要“节外生枝”罚我一坨。嘿，哪有这样不讲情面的亲戚哟！她一进门，就冲着蒲先云数落开了：“没见过你这样的姑父，房子都修好了，还量来量去，逼着我们锯掉一块，还不安逸，又要罚款，你把我一家整惨了！”

蒲先云笑脸相迎，又沏茶，又让座。他再三解释：“这事要说错，就错在我的头上好了，怪我事前没有向你宣传政策，是我的工作没做到家。”

这青年毕竟知书识礼，听了姑父的肺腑之言，她口服心服了：“好啦，姑父，反正一切都过去了，你也别生气。”

行船千里　掌舵一人

“行船千里，掌舵一人”。群众对蒲先云的一举一动，一言一行都看在眼里，记在心间。蒲先云两次当选为黄桷坪乡人大代表。1988 年 6 月，群众又推荐这位时刻把村民的利益挂在心上的共产党员，担任了黄桷坪村第四社社长。他成了全社 67 户的当家人。蒲先云一肩挑两任后，为群众服务的劲头进一步增强了。

这个“家”既要与自然抗衡，又要与人抗争。这个村，多年来，上上下下，只强调单一抓粮食生产，忽视了现代农业的综合开发，所以越抓人越穷，致使村民力不足，气不壮，丧失了致富的信心。

蒲先云“执政”的第一桩大事就是大张旗鼓向村民传授技术，对准市场搞种植业、养殖业。

心有灵犀一点通。四社村民精神振奋，一派团结友爱、欣欣向荣的景象。这里的山一年年变青，这里的水一年年变绿，这里的人勤劳、朴实，在发展农村经济中越干越欢。人爽粮丰，三年迈出了三大步：1988 年黄桷坪村爆了冷门，人均收入 589 元；1989 年收入猛增，人均增加了 130 元达到 719 元；1990 年，又上了一个新台阶，人均收入 750 元。这个数字在川南不说第一，也是名列前茅。

村民们，提起蒲先云的榜样作用，都竖起大拇指："蒲老四帮助我们致富，不知操了多少心啊！"

年初，电影《焦裕禄》上映后，有位县委书记，在谈到如何学习焦裕禄时，坦率地讲："学习焦裕禄主要是两条：一是学习他全心全意为人民服务的精神；二是学习他时时事事先想着群众。但这两条讲起来容易，做起来就难啦！"

这位书记的话，说得很在理。现在许多干部宣传学习先进，只是要求别人如何如何办，自己则是说说而已，或者做做样子，而无实际行动。

蒲先云例外，他动真情，说真话，干实事，一点雨，一点湿。所以，群众都说蒲先云是焦裕禄式的好干部。在蒲先云看来，关心群众疾苦，是共产党员的天职，所以，在他任职期间，总是为群众的生活忙碌，奔波，周旋。乐于为群众雪中送炭，解决燃眉之急。

黄桷坪村是片黄土，自古有着"晴天一把刀，落雨一包糟"的说法。地势高高低低，倾倾斜斜，山上山下，田无半亩宽，地无半亩平。

四社村民大部分住在黄桷嘴，这是个有四五十度缓坡的小山丘。沿公路散住的20多户人家，他们的责任田都在山上。古稀老人刘少云住得最高，一条羊肠小径，弯弯曲曲，从长江边一直拉到山顶。路小，坡陡，难行，若遇雨季，那就真正可以尝到"蜀道难，难于上青天"的味儿了，上山，下山，常常摔伤村民。为了有利于村民生产、生活，蒲先云决心整修这条路。

他找来社里的老农和干部，先是踏勘，后是列计划。经过一番酝酿，拟了良策。从山脚公路边到山上，共有几百米高，他打算动用集体积累，修条石阶路。群众拍手称快，说："真是求之不得。"

找谁修呢？这条路要求高，石料，人工，运输，都是问题。石料要得多，要在沿山坡埋上长一米，宽、高各一尺左右的大石条。从山脚垒到山腰，得花多少料？眼下没有现成货，还得开石山。开料，运输，人力，物力，工资，得花两三千元。

蒲先云的三哥蒲先贵是石匠，有着“活鲁班”之称。有人建议承包给他，既省事，又能保证质量，缩短工期。可蒲先云听了直摇头。为了避嫌，他决定把工程包给别人。

随后，他又动员全社青年、民兵、团员二百多人，打石条，跑运输，逢山开路。奋战半月，新修了93级台阶的山路，整修了一千多米长的环山土路，完成了第一期工程。村民们每每从这里走过都赞不绝口：“蒲老四，算是破天荒第一个搬动了山石，改造了这条路。”

这几年，黄桷坪乡风调雨顺，年年丰收，村民乐不可支。然而，乐中有忧的是有了粮无处加工。黄桷坪的食品加工，多年来，一家一户采用的是古老而原始的手段，不是牛拉便是手摇。蒲先云盘算着给乡亲们安装打米机、磨面机。可刚修完山路，社里缺资金，蒲先云冥思苦想也没找到上策，他决定找妻子商量。

当天，吃晚饭时，他面对梁学光可又觉得不好启齿。这些年，为了集体的事，修路，买书，资助贫困户，已经花了家里一大笔钱，再找妻子能成吗？蒲先云犹豫了，喝了一口汤，放下碗筷发呆。小梁一看他那神态，一切都明白了，准是碰到了难题。

“先云呀，有事儿吗？”

“学光呀，用手加工粮食累不累呀？”

“怎么不累呢？七口八口人家，就更不一样了。”

“哎，我这个当社长的，什么都得为大伙着想，吃呀，住呀，行呀，村里想买打米磨面机，可苦于没有钱……我们家的存折上还有多少钱，能不能借用一下？”

梁学光一听愣神了。两台机器上千元，垫支？全家人勒紧腰带才攒下这笔钱呀！兰兰上学要花钱，父亲医病要花钱……梁学光有着难言之苦。但她不好给丈夫泼冷水，否则，他会吃不下饭，睡不好觉。

“小梁，这样好了，先借给社里用，只要机器一转动，有了收入，再还给我们，你看行不行？”

“行啦行啦，不然这顿饭就泡汤了。”梁学光无可奈何，只好成全丈夫。

“胜利了！胜利了！”

蒲先云在兰兰脸上亲了一下，提着黄色的帆布包，一阵风飞下山去，组织人员进城买机器。

这一年，蒲先云还为村里做了哪些事呢？

在九九重阳节那天，蒲先云把全村的老人请到一起，召开茶话会，畅谈昔日村史，今日的感受。提到村里的变化时，一个个争先恐后，数了一串串。

古稀老人陈世英，他虽然双目失明，可记忆惊人。他扳着指头数：“可多着呢，蒲老四任社长，修路，补桥，修理电力提灌站，购买打米机，万能磨粉机，架设有线广播。嗯，还有为山中的乡亲们安装了自来水管……”

提起装自来水管，老人们嚷开了。

春播秋收。今年的黄桷坪，家家户户都有了余钱剩米，日子一天一个样，大伙的心乐开了花。然而美中有不足。一天晌午，蒲先云从乡里回来，没落屋又噔噔噔地爬上山去，检查今年的蓄水情况。他走过一块田坎，迎面碰上老大娘陈升富挑着水桶走来。

“哟，陈婆婆，你担的是啥？”蒲先云望着桶里浑浊的水问道。

“山上吃水比吃油还难。天旱无水下山（长江）挑，落雨有水吃田水，我这辈子恐怕吃不上清凉水了。”

老人的叹息声，如针尖麦芒，刺痛了蒲先云的心。他感到有点内疚，没吱声走了。

黄桷嘴虽然面对浩浩长江，却吃不上长江水。从山上到山脚，从山脚下长江边，加起来至少也有五六百米。山丘上没有水井，村民吃水、浇田，或从附近的工厂引水到山脚，然后再挑水上山；或到山后一个水渠担水吃，近则三二百米，远则五六百米。一些孤寡老人无力到远处去挑，只能在稻田舀水做饭。家住长江边，却是吃水难，村民只能望江兴叹！

在山上，吃水难的问题，已是一个古老的话题，许多难处无法解决。有位双目失明的老婆婆，因为吃水难，长期住在山下女儿家里。

前些年，蒲先云为群众吃水问题，曾向工厂要来一些废旧水管，可安装后大部分生锈不能用。1990 年春天，他又为群众的吃水问题再次奔忙，看地形，找材料，到附近几家工厂联系购买新水管。有人见他累得上气不接下气，劝他："你自己又不差水吃，还揽那么多闲事干啥?"蒲先云严肃地回答："我看到那些老人吃不上好水，心里难受。我是社长、共产党员，愧对乡亲啊。大家吃水难，怎么能不管呢!"

7 月初，蒲先云把一切都筹措好后，再次找其他干部磋商，决定立即动工。缺资金，他只好又主动掏腰包垫支。买回新水管，找来安装工人，并组织团员、民兵参加劳动，轰轰烈烈上了马。不几日，一条长 600 多米粗大的自来水管从山脚一直接到山后。当山里的村民站在锅台边，眼看哗哗啦啦的清泉水，便再也忍不住内心的激动："先云呀，你真是我们的贴心人，事事处处都爱着我们，想着我们。"

升腾的是英灵

蒲先云入党转正时，在申请书中写道：

"亲爱的党，从我被批准为预备党员的那一天起，我感到肩上的担子更重了，改造自己思想中的非无产阶级思想的紧迫感更强了。我深深懂得，从那时起我的一言一行，从一定程度上是与我们光荣、伟大的党相联系的……我要为端正党风，给人民群众起一个先锋模范作用，一言一行都应符合党章要求。

"一个人入了党，仅仅是进步的开始，要真正能为共产主义奋斗终生，还必须不断学习、改造，从思想上真正加入到无产阶级先锋队中来。

"我再次宣誓：要为实现共产主义远大理想而贡献自己的一切，以至生命。"

在入党转正申请书中的"支部意见"栏内，字字句句都呈现出一个新党员的人生历程与前进轨迹：支部大会一致肯定他一年来的进步，公认他工作积极，原则性强，勤勤恳恳，任劳任怨，乐于为群众办实事……

这绝不是政治术语，而是对这位年轻的布尔什维克实实在在的评价。

他，入党七年中，时时刻刻、事事处处都怀揣誓言，一步一个脚印地去实践，去行动。

搞土地管理，执法，保护耕地，那仅仅是他工作的一个侧面；另一个侧面是如何搞好为企业、为村民的服务工作，该用的要给用，该建的要支持建。作为国土管理员，既要站在群众的立场上，保护每寸土地，又要有全局观念，保证企业单位的发展。要掌握好这个尺度是十分艰难的。

在厂矿征地中，蒲先云为了防范矛盾的激化，他总是亲自到现场参加选点、放线、检查、验收。他一贯认真负责，按规定办理，不徇私情，一丝不苟，做到群众和用地单位都满意；碰上群众与用地单位发生矛盾，他总是耐心宣传政策法律，进行调解。

1988 年，马鞍石热电厂经政府批准，征地搞建设，部分群众对安置工作有意见，阻挠施工，矛盾尖锐。蒲先云获悉后，立即赶到现场，耐心给村民做思想工作，同时分别召开了工厂、村民和村组干部座谈会，妥善地解决了这场纠纷。

一波刚平，一波又起，黄桷坪五社村民对天原化工厂征用坡地修公路不予支持，认为阻碍了农村经济的发展。蒲先云调查分析后，认为这些村民的意见偏激，没有从全局考虑，便向村民讲清修公路与发展农村经济的密切关系。经过小蒲的说服，大家的思想通了，矛盾才得以解决。

厂矿集中之地，企业与村民难免发生这样那样的摩擦。遇到这种情况，蒲先云总是主动出面协调，让其相互谅解，避免冲突。黄桷坪村八社有村民在宜宾红星无线电厂 201 厂厂房围墙边倒垃圾，天长日久，垃圾堆积成山，挤倒了数十米长的围墙，工厂很有意见。蒲先云及时找到八社和工厂的负责人，疏通联络，共同协商处理。工厂姿态高，村民也意识到自己做法不对。1990 年初，该厂排出的废水流入了村民的责任田，影响生产。蒲先云又及时找工厂，把废水改道，保护了农田和正常的春耕生产。这类事时有发生，而蒲先云总是站在党的立场，出于公心，进行调解、处理，使双方增强了团结。因而，企业把他当作联系群众的纽带，村民把他当作贴心人。

蒲先云为村民服务的故事更多。前几年，农村经济有了发展，部分村民着手改造旧房，营建新房，但也有一些困难户住房年久失修。对这些农户，蒲先云一一进行了摸底排队，主动上门，热情关心，帮助他们想办法解决。

每当雨季到来之前，蒲先云便忙碌起来，一家一户检查，指导维修，堵住漏洞，防止倒塌，保证村民住房的绝对安全。许多“分内”事不必多言，他主动做细做好；一些“分外”事，他也主动承担，奔波，操劳。他常说：“共产党员就是要全心全意为群众办实事，无所谓‘分内’‘分外’，凡对群众有利的事，都属己任。”

80多岁的退休工人龙清和与老伴迁到黄桷坪村后，没有住房。老两口体弱多病，手中没有积累，要修要建一是没土地，二是资金缺乏。蒲先云山上山下，不知跑了多少趟，想先给他们借一间房子住下，没有成功。尔后，他细打算，巧安排，将社里的打米房腾出一块地方，让两老先住下，再为他们办理用地建房手续。两老至今没忘记他的情。

1989年6月的一天，雨哗哗啦啦下了几天，山洪暴发，长江水位陡涨，接着又是一场大风。蒋子军家那间破房的屋顶，被风撕得粉碎，这位孤寡老人被淋得如同落汤鸡。老人身患气管炎，再加上风吹雨淋，情况很不妙。乡政府为救急，决定先给他解决两卷油毛毡遮雨，可他自己又无力拿回去。夜已深，雨仍在淅淅沥沥地下，风仍在山坳里逞威。蒲先云怎么也放心不下，他不顾风雨交加，从家里奔向乡政府，扛起两卷油毛毡，东一脚，西一脚，爬坡上坎，送到了蒋子军家。送到后，他又打着手电筒为老人盖屋顶，一直忙到天亮。蒋子军望着疲惫不堪的蒲先云，泪水涟涟，万分激动。这位孤寡老人逢人便说：“我与他非亲非故，小蒲这样帮助我，实在难得啊！”

蒲先云牺牲后，村里村外最悲痛的，莫过于彭正蓉。这位老人，至今提起先云，仍不免热泪长流。她说：“小蒲生前对我家的关心照顾，三天三夜也说不完。”

对这位农村妇女，有人说她命薄，有人说她前世缺造化。她稀里糊涂生了四条“汉子”，其中三个是残废，不能自立，不能行走，不会说话，

20 多年全靠她拉扯、照顾。她爱人在外地工作。她一人照顾三个“瘫子”简直累得伸不起腰。只有老大是个全劳力，在一家建筑队当工人，却不幸在 1989 年秋天，从高架上摔下来，骨碎身亡。年过半百的彭正蓉，重病缠身，面黄肌瘦，十个指头肿得如同罗汉竹。

她家是标准的特困户，穷得无钱买盐买油，更无钱医治几个残废疙瘩，破草房既不能遮雨，也不能挡风。

蒲先云把彭正蓉作为关心的重点户。彭正蓉病了，无钱抓药，小蒲从自己微薄的工资中挤出钱来借给她。为治她的三个生病的孩子，小蒲四面八方找医生，并四处打听能治这种病的医院；他还多次带上礼物去看望彭正蓉和孩子们；她家房子需要改建，小蒲又主动帮她办用地手续，设计，购买材料……他为彭正蓉家办了不少事，跑了不少路，却烟没抽一支，水没喝一口。彭正蓉想起蒲先云的这些好处，怎么不为之伤心？

蒲先云经过长期自学锻炼，掌握了正骨、按摩等技术。还自己掏钱买了一些中成药，哪家有人病了，他就到哪家去给病人治病。第一个“国土宣传月”刚开始，一社的村民段树德病了，蒲先云白天要写标语，搞宣传，走村串户，晚上就上段家为他按摩。有一天晚上，天下着蒙蒙细雨，治完病已是深夜。老段的儿子用摩托车送蒲先云回家，在途中不慎翻了车，蒲先云被摔得遍体鳞伤。后来伤口化了脓，一身疼痛难忍，可他仍然没日没夜地坚持上班，宣传国土法。

这位“没有列入国家编制”的乡土地管理员，如此热爱土地管理事业，热爱群众，一心扑在工作上，乡亲父老无不为之感动。他的妻子梁学光在介绍丈夫的政绩时，如数家珍。她说：“先云想做的事很多很多，常常忙得早出晚归，顾不上吃饭，熬更守夜，加班加点。接送女儿上学，辅导女儿的家庭作业，他都没有时间管。买煤、买米、买菜、管家务，他更没工夫过问。有一次我病了，住进医院，他在市里、乡里开会，别人告诉他，他也没有时间回家看望。”

的确，蒲先云关心村民比关心自己亲人花去的精力多得多。黄桷坪村村委会主任介绍说：“对几家危房户、孤寡老人，每次下大雨，蒲先云几乎都要去看一看。”

薄先云就是这样，处处以一个党员的标准严格要求自己，他用自己的实际行动塑造出了一个真正共产党员的光辉形象。村民唐剑辉和王廷静，在给乡政府的感谢信中写道："我家七口人，只有 90 平方米住房，我申请迁居建房，得到宜宾市国土局长余凤翼和乡土地管理员蒲先云的帮助。蒲先云来我家看望，对我们说，等批下来，你们修房时，我来给你们放线。"这两位村民还在信中附了两首充分表达自己情感的诗：

身居国土责，
维护国法精，
敢与奸顽斗，
全心为人民。
清官何处觅，
国土就有人，
人情丢开谈，
政策无私徇。

卫士一去不复还

最近，日本《二十一世纪》杂志载文，颂扬中国女性变得更漂亮，更美，更动人，洋洋数千言不失一个"美"字："中国的女性变得漂亮了，让人感到吃惊。因为，她们脱掉了往日那颜色灰暗的清一色的服装，换上了色彩鲜艳的时装，面部又化了淡妆。过去不化妆的人稍加修饰就会让人感到面貌一新，这也是可以理解的。"

这话说得好，但只讲对一半。东方女性的美，不仅仅在于她们的仪表、时装，更重要的是在于她们的心灵！

梁学光与丈夫蒲先云从小一起长大，共同度过了 35 个春秋。而今，丈夫突然走了，他那英俊、潇洒的风姿不见了，仿佛天失去了光明，地失去了活力，屋内空空荡荡，往日那种幸福美满的景象已不复存在……

她呆呆地坐在门前，望着他亲手一砖一瓦垒起来的房子，望着那修筑得光洁平坦的石板路，她又不禁伤心地哭了。她轻声地呼唤着丈夫："先云呀先云，您为啥走得那么急？您走时，也没说声再见！"

太突然了！沉重的打击，使这位善良的女性痛不欲生，分不出昼和夜，分不清东和西！

痛苦的时候，她一人躺在厢房内，打开那本鲜艳的影集，一遍又一遍地翻着，看着，想着。往昔的幸福，一幕一幕地涌来……

那是结婚照。先云中等身材，不胖不瘦，憨厚可爱；小梁身材匀称，风姿秀逸，既有农村姑娘的羞涩，又不失现代女性的温柔、自强之气。

1981年结婚后，他俩从未分离过，也从未发生过口角，总是互相体贴，互相尊重，互相鼓励和支持，夫妻感情一直很好。

有了小女儿兰兰后，这幸福美满的家庭，又增添了一束晶亮的光环。蒲先云爱女儿，他总是小心翼翼地哺育着孩子，对她寄托着无限的希望。他多次对妻子说："我的知识浅薄，没进过高等学府，希望我们的兰兰好好学习，将来上大学。"

为培育兰兰，他常常早起，带着兰兰沿宜白公路跑步。在家里还装了简易单杠，教兰兰操练。

但他工作太忙，没有更多时间辅导兰兰的功课。兰兰理解爸爸。一天傍晚，她站在门前，盼望爸爸归来，不一会儿爸爸果真骑车过来了。兰兰急忙呼喊："爸爸，回家吃晚饭啰！"然而蒲先云正忙着落实几户村民屋基审批的事，顾不上回家吃饭，他只应了一声，便匆匆地从门前飞过去了，兰兰只得扫兴而归……小梁回忆起一幕幕往事，它们是那样的清晰，那样的深刻。

丈夫去了，妻子万分悲痛！丈夫为人民利益而死，妻子理解他。

丈夫遇难的头一天，梁学光厂里生产正忙，大战四季度，加班加点。兰兰期中测验也到了，她还要辅导女儿的学习。她拿了30元钱和粮票，叫他下班回来，买米和面。

几年来，蒲先云太忙，妻子几乎负担了全部家务。蒲先云心里也明白，妻子太累，为支持他的工作，支撑这个家，她几次被累倒。难怪有人说，每个成功者背后都有一个影子，那影子便是自己的爱妻。

蒲先云接过妻子递来的钱、粮票，乐意地接受了这个任务。可由于他忙于“国土宣传月”的活动，忙于土地登记发证工作，竟把这事忘得一干二净。当他想起这件事，奔向粮店时，粮店早已下班了……

想到这里，梁学光突然起身在屋内转了一圈，仿佛有什么事亟待要办理。

她打开血迹斑斑的公文包，愣了，包内的粮票、钱和国土监察证，全部被鲜血渗透了。梁学光双手捧着包，全身痉挛。她的心在颤抖，在哭泣！

记得丈夫躺在医院里的时候，双眼紧闭，人已失去知觉。他是个有情人，可此时他已顾不上她，竟没有给她留下一句话、一个字，就匆匆去了。他给她唯一的纪念品就是这个包。

她突然想起来，丈夫走得太匆忙，还有好些事来不及做，他没有完成的，我应该帮他完成。

于是，在蒲先云去世的第二天，她抹去眼泪，带着先云的弟弟先弟，匆匆赶到乡政府，将42元钱、国土监察证以及公文包一起交给组织。

正巧，市国土局副局长童世明、乡党委书记陈显清、乡长罗运铭，正忙于为先云筹备追悼会的事。

“先云走了，这是他交的最后一次党费。这公文包和里面的遗物，按他生前的意愿，一齐交给市国土局……平素，他爱讲，共产党员要有组织性，我代他交上党费，他在九泉之下，才会安息！”

在场的人，望着先烈的遗物，眼圈红了，喉咙哽咽了。然而梁学光，这位坚强的女性却没有哭。

就在这一天，先云的弟弟蒲先弟，向乡政府递交了申请书。哥哥为了捍卫国土倒下了，他决心继承兄长的遗志，继续为保护国土而努力奋斗。

末了，梁学光坚定地说：“先云牺牲了，还有我，还有他的弟弟。请组织相信他的弟弟，能接好哥哥的班，为国家管好土地！”

今天，梁学光替丈夫完成了一桩重大的事，郁闷的心好像舒展多了。

她连日来，一直在深思，如何为早逝的丈夫完成他生前想做而没有来得及做的事，减少一些遗憾，让他在天国过得舒畅安宁一些。

梁学光擦去眼泪，又陷入了沉思……哦，她突然望着丈夫的遗容，深邃的眼里产生了不安。

丈夫生前没做过一件像样的衣服。“西装热”在宜宾兴起之后，他也曾想过，可没有那笔费用，多么遗憾呀！

天刚亮，梁学光带着兰兰，向市内奔去。母女俩匆匆地走了南街又去北街，市内的几家百货店都走遍了，没碰上理想的衣料。明天遗体就要火化，她决心不惜一切代价，为丈夫做一套最漂亮的西装。

啊，对了，先云生前最喜欢灰色，给他买银灰色的料子。她绕过大观楼，穿过人民路，终于在市百货商场，买了一截理想的料子。

西装当天就做好了。母女俩赶回黄桷坪，到灵堂给丈夫穿上，小梁心中的石头才落了地。

1990 年 11 月 5 日，黄桷坪乡党委、乡政府为蒲先云举行了隆重的追悼大会。方圆数十里的干部、村民和厂矿职工 1 400 多人，佩戴黑纱，举着花圈，含着悲愤，纷纷前来向烈士的遗体致哀告别。人们为党失去一位好党员，人民失去一个好儿子，国土战线失去一位好卫士悲痛不已！

追悼会正在进行中，木材加工厂办公室主任出差归来路过乡政府，获悉蒲先云遇难的消息后，十分悲痛。他回到厂里，放下行装，买上花圈迅即赶来，参加蒲先云同志的追悼会。

挥泪继承壮士志，誓将遗愿化宏图。根据蒲先弟的申请，黄桷乡政府批准他接替哥哥的国土管理工作。蒲先弟向组织表示：“哥哥牺牲后，使我换了脑筋，做人要像他那样才有意思。我对国土管理虽然陌生，但我一定努力。”

这位活泼可爱的青年，在 1988 年因为哥哥劝阻，没有办成“农转非”，便自谋职业，修手表，刷土漆，开饭馆，经济活跃，比蒲先云阔气得多。可是，如今他自愿接替哥哥的工作，为国家管理土地。

11 月 23 日，宜宾市公安干警，撒下天罗地网，将畏罪潜逃的罪犯陈彬缉拿归案。根据《刑法》有关规定，于1991年1月30日，将他推上了刑场。

“学英烈，当好国土卫士”的活动，很快在长江两岸蓬勃兴起。中共宜宾地委、宜宾市委追认蒲先云为优秀共产党员；宜宾地区行署、宜宾军分区为蒲先云追记一等功。

1991年1月19日，国家土地管理局、四川省政府、省军区在宜宾市隆重召开命名大会，国家土地管理局授予蒲先云“土地卫士”称号，省人民政府授予他“革命烈士”称号，省军区授予他“英雄民兵”称号。

蒲先云烈士的英雄事迹，已成为贯彻党的十三届七中全会精神，加强社会主义精神文明建设的生动教材。省委、省政府和省军区号召全省人民，特别是国土战线的广大职工，以蒲先云为楷模，开展学习蒲先云英雄事迹的活动。一个学英雄，树正气，立新风的活动正在全省展开。

2月9日，《四川日报》评论员文章这样写道：“蒲先云光荣牺牲了。他为维护土地法的尊严，用生命谱写了一曲英雄之歌，被追认为优秀共产党员、革命烈士、土地卫士，为国土战线树立了一个学习楷模。

“学习蒲先云，就要牢记我党全心全意为人民服务的宗旨，在生与死的关键时刻，秉公执法，刚正不阿，敢于同违法乱纪行为作英勇斗争。要学习他勤奋好学，奋发向上的进取精神，埋头苦干、热情服务的奉献精神，不徇私情、廉洁奉公的无私精神，忠于职守、不畏牺牲的献身精神。”

4月1日，英烈蒲先云的骨灰，移入了宜宾市烈士陵园。

4月5日，清明节，市委、市人大常委会、市政府、市政协的领导和村民一万多人，前往烈士陵园，为蒲先云同志扫墓，缅怀先烈，学习先烈！

蒲先云倒下了，他的名字将与长江共存！

长江养育他，他为长江去！

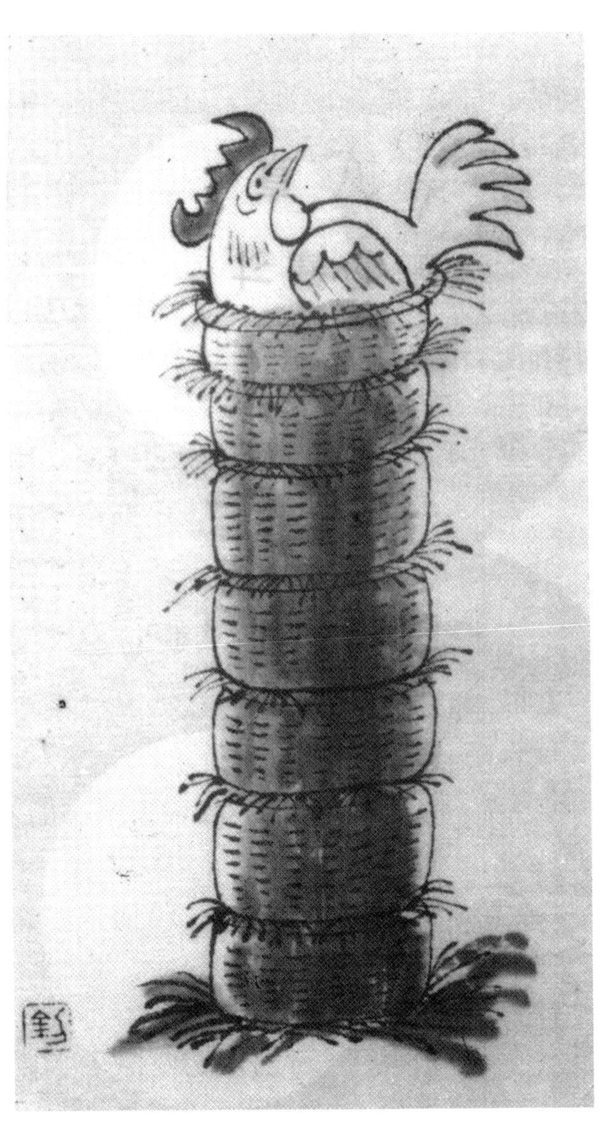

霸 窝

第八章　殊死的搏斗

这的的确确是一场殊死搏斗！这些年，乱占与禁止、违法与惩罚、蚕食与保护之间的斗争，层出不穷，国土干部挨打挨骂是家常便饭，难以统计。

1989 年 9 月 23 日，浙江省桐庐县合强乡土地管理所副所长夏继良，忠于职守，秉公执法，为保护耕地，查处违法案件，被村民何玉贵和妻子余盘花、儿子何春等人用铁锤砸碎颅脑，不幸殉职！

一年之后，在川南宜宾市，乡土地管理员蒲先云又为保护国土献出了宝贵的生命。仅仅四个月后，又有第七位“土地卫士”被人杀害。

多么严峻的现实，多么悲惨的情景！

戴中华——第七个遇难者

又一噩耗，从川北传来！

这已是全国第七个遇难者！

遂宁市市中区南强乡治安员戴中华，死得很悲壮，但又很光荣。他的死比泰山还重！

流血事件，发生在 1991 年 3 月 26 日上午。

三村六社村民宋朝建，有兄弟三人。分家后，住房窄，按规定的标准，他属于建房户。

政府是公正的。对他家的扩建，土地管理部门已有安排。可他操之过急，未经申报批准，于 1991 年年春节之后，便偷偷摸摸请来石匠、木工匠，邀约兄弟、舅子以及老表等一批精壮汉子，兴师动众，叮叮咚咚，在承包的沃土上破了土，下了基石。

这青年，生得愣头愣脑，一脸横肉，一双斗眼。他心肠歹毒，村里的青年遇事都让他三分。

他得尺进丈，越发霸道、横蛮。他所住的范围，属于城市建设规划区。市里已经明文规定，在这个区内不让村民建私房。他不管三七二十一，擅自选定，在一块沃土上建房三间，建筑面积85.8平方米。

他的举动引起了群众的愤怒，路人无不指着他的后脑勺骂：

“狗娘养的，不听安排。”

“我们村，只有这杂种，无法无天！”

受过第一个“国土宣传月”教育的村民，还翻开本本，寻找有关占地建私房的政策依据。他的行为严重违反了《土地管理法》第38条、《四川省土地管理实施办法》第11条、第21条。政策明确规定：“未经批准不得在承包经营的土地上建房”；农村居民占用耕地建房，必须“由本人提出申请，经乡（镇）人民政府同意，村镇规划部门许可，土地管理部门审核，报县级人民政府批准”。很显然，宋朝建违反了上述规定，村里村外的干部群众对他的反映十分强烈，纷纷要求严惩。

听说要处罚他，这位村里的“恶人”一会儿消沉，一会儿狂躁，一个罪恶的计划在悄悄酝酿。

3月26日大清早，南强乡党委委员、驻村干部陈太洋和分管国土工作的副乡长蒋国富，带领乡国土员谭文才、乡治安员戴中华、徐中荣，会同市国土局执法监察科詹成银、南强办事处国土管理所杨光志、胡运林等人，一起来到三村六社进行现场调查。该村的党支部书记、村委会主任、村治保主任也到现场协助工作。

三间方方正正的大瓦房，确实有点诱人！又恰好在市郊，位置好，门儿一开，便可换回大把大把钞票。

大伙儿围着新房转了一圈，又丈量了违法所占面积。然后，市国土局詹成银等几个同志，找到宋朝建夫妇调查取证。经过他们再三启发、开导，他俩才吐出几个字。

初春的川北乡村，农活不多，爱看热闹的村民，络绎不绝拥来。那场面，对宋朝建夫妇不免有些压力。他俩的弦绷得紧紧的，情绪在急剧变化。他们猜想："不知会闹个啥结局?"

屋内，询问在继续进行，气氛在不断升温。

"啊，要处罚?"宋朝建不服。

"噢，好不容易才修起宽宽敞敞的大瓦房，你家祖祖辈辈做梦也想不到呀！唉，太可惜!"有人火上浇油。

当叫他在询问笔录上压上自己的指纹时，他似乎对一切都绝望了。

宋朝建早就扬言："哼，哪个龟儿子敢来处罚我，老子就叫他没好死!"他没有想到，今天真的来处罚他了。这头猛兽般的家伙，此时此刻再也沉不住气了。

他在一边发愣。六社的社长过来开导他，他哪里装得进耳门。他把满腔怒火，泼向了社长。他一直认为是社长在整他，害他。他家修房建屋，已经花了几千元，贷款，债务还未还清，又要罚他的款，简直是雪上加霜!

宋朝建对着社长"吆二喝三"地骂开了。顿时屋内的空气凝固了。他骂骂咧咧，离开了询问地点，向正在为他建房施工的木匠那里窜去。

宋朝建吞不下这口气，行凶报复的歹毒之心顿起。他环顾四周，却没有找到如意的凶器，忽然在木匠的工具箱内，发现一把锋利的"刨叶片"，便顺手拿起藏在袖中，又窜回到现场。

此时，调查人员陆续离去，有的上村治保主任家，有的还在途中。宋朝建杀气腾腾追赶过来。他没追多远，正好遇上国土管理员胡运林，宋朝建像头发怒的狮子向胡扑去。在场的徐中荣、余国清见势不妙，急忙上前阻拦。凶犯将二人冲倒。宋的妻子也急忙上前拦截，不料也被凶犯推倒在地。

宋朝建并未息怒，又向胡运林扑去。

国土管理员胡运林，面对此情此景，毫无惧色。他清楚，这是一场你死我活的斗争，在凶手面前他没有动摇，退缩，也丝毫没有考虑到自己的安危，继续向凶犯交待政策，劝其放下凶器。

凶犯哪里听得进去。此刻，他把一切恩恩怨怨都集中在乡国土员身上，那双血红的眼睛，直勾勾地盯着胡运林。他发出了一声怒吼："老子要杀死你!"随即，宋朝建又向胡运林冲杀过去。

正在紧急关头，乡治安员戴中华火速赶到。为了维护国法的尊严、保护国土卫士的安全，他挺身而出，勇敢上前挡住凶犯。殊不知，凶犯杀红了眼，竟将锋利的凶器"嚓"的一声刺入了戴中华的心脏。顿时，血如泉涌，戴中华不幸倒在血泊中……

罪犯还在逞凶，手持凶器再次向胡运林冲杀过去，眼看又一场流血事件就要发生。

正值千钧一发之际，恰遇市中区公安分局两名干警赶到。侦察员翟异才冲了上去，将凶犯扭住。凶犯负隅顽抗，抽出右手，猛将凶器向翟异才胸部刺去，正巧刺在了翟异才衣袋上挂的那支钢笔上，翟异才幸免一死。那支钢笔却被砍成了两截。

在这危急关头，翟异才为了制止惨案再度发生，迅速掏出手枪，鸣枪示警，但凶犯拒不放下凶器，翟异才被迫再次鸣枪，令其伏法。可凶犯仍负隅顽抗，又向他扑来。情况十分危急，公安员不得不对准凶犯的左腿开了一枪……

杀人犯宋朝建，当场被公安机关捉拿归案。

戴中华同志，因流血不止，来不及抢救，不幸离开了人世!

为了保卫国土，又一位英雄倒下了。戴中华同志以身殉职的英雄事迹，在涪江两岸，在巴山蜀水，传扬开来。人民将永远怀念他!

谢友德——不怕掉脑袋

1989年12月21日，天昏昏沉沉。在庄严的简阳县法院行政庭上，一位五大三粗，扫帚眉，关公脸，皮肤黝黑的中年汉子，像根钢柱扎在被告席前，沉思不语。

"他是谁？犯了什么法?"

"哎呀呀！你还不认识，他就是不怕掉脑袋的谢友德嘛!"

还未开庭，数百名旁听者，交头接耳议论开了。

谢友德，是县国土局监察股长，一位平凡而优秀的共产党员。正因他平凡，站在被告席上更令人震惊。大家在猜测：他是偷还是抢？触犯了哪条刑律？

谢友德是军人出身，至今还保留着浓郁的军人味。他脾气直，像根檩子棒，直来直去，他办事果断，雷厉风行，外号“一把火”。在部队，他为保卫祖国领土，出生入死，驰骋沙场，一干20多个春秋。回到故土，他被安置在县国土局。虽说这是两条战线，但都是为保护国土。所以，他一样专注，一样果敢，一样痴情。

他曾表过决心：“为了保护土地，我不怕掉脑袋!”这话既有分量，又反映了国土管理工作的艰巨。

这场官司，不是他贪赃枉法，触犯刑律，而是他为维护法律的尊严，保护土地，和违法者的一场较量。

“强占土地的歪风，非刹不可!”县国土局下了死命令。人口暴涨的简阳县，把他们逼上了梁山。

违法者软拖硬抗，拒不执行，更有甚者，采用武力对抗，使矛盾白热化。

监察股首当其冲。

谢友德寸步不让！他带着监察队，走南闯北，一面宣讲《土地管理法》，一面清理违法占地案件，一丝不苟。无论对干部、群众，还是亲友都一是一、二是二，毫不含糊。

自然，在风气不正的情况下，他的做法必然受到诋毁，挨打挨骂的事，时有发生。

尽管如此，他们总是耐心地说服教育，尽量不把矛盾激化，让不该发生的事不要发生。

事与愿违。不该发生的事还是发生了。

1988年，一位农民受到行政处罚后，起了歹心，他怀揣凶器，四处打听谢友德的住址，想寻机报复。一天，那凶手喝得酩酊大醉，拦住老谢的去路。

“你就是杂种谢友德？你认不认识老子……哼，狗急了要跳墙，兔子急了会咬人。你带起人来整我。你，你要当心老子……”

那家伙步步逼近，唾沫星喷了他一脸，还想动手动脚哩。谢友德寸步不让，把那“醉汉”给挡了回去。

见那情景，群众劝老谢小心点，好汉别吃眼前亏。老谢毫不在意，对那些流氓行为，他自有对策。

亲友胆战心惊，不时上门看望他，好心劝他。老谢一家子上有老，下有小，老谢体质又不佳，万一出现什么“悲惨事件”，那就后悔莫及。亲友告诫他：“老谢呀，这样的事既不是一户两户，也不是一年两年招来的，何必那么认真呢？还是睁只眼闭只眼好。”

老谢听了，心里是酸是辣说不清楚。他闷着头，不言不语。他这人不容易被动摇，即使有大灾大难，也从不退却。

1990年8月24日，那天是星期天，谢友德和平常一样，天不亮就起了床。他打开前门，忽然一群人头在他眼前攒动，他被吓了一跳。定睛细看，啊呀呀，一个个带着凶器，张着血盆大口。老谢有种预感，要出大事。他见势不妙，后退了几步。那些家伙以为老谢怕了，便一拥而上，把门封了。

“你们想干什么？”老谢如同雄狮一般吼了起来。

“找你算账！你要拆别人的房子，今天先来拆你的房子，抄你的家！”

此时，老谢心里有了底。既然上门来了，正巧是宣传的好机会。他以礼相迎，语气和蔼可亲：“好说好说，请进请进，来者是客嘛！”

“少废话，今天是来给你算账的。”

“哼，你当了个国土员，芝麻大的官，没完没了，光整老百姓。东山那房子是你拆的，赵家湾的墙是你推的。你，你太缺德了……”领头的一位瘦子从人群中伸出半个脑袋，一双三角眼直勾勾地盯着老谢的鼻梁。

这伙人，胡搅蛮缠，无理取闹。老谢义正词严警告他们：“你的房子，是违法建筑一定要拆！我的房子你敢动一下，就会错上加错！”

话刚落地，打头的那个彪形大汉“嗖”一声将拳头向老谢打来。老谢一闪，拳头正好打在门楹上。手刺破了，血流一地。那大个子于是凶相毕露，狂叫起来："谢友德打人啊！"

他们随即向屋内冲来。此时，左邻右舍，以及谢母和全家听到怒吼，蜂拥而来，为老谢挡驾。

违法者侵占了土地，不仅不接受惩罚，还纠集亲朋好友一共18条汉子来报复。

他们哪里是老谢的对手？论武功，老谢在部队时，学过散打、擒拿，要对付这伙人完全不在话下。因此，他干脆跨出门外迎战。

这伙人自恃人多势众，一拥而上。老谢双手拉开，纵身一跃，来了个"十字撩阴腿"，当即打倒三个。

接着，一个墩墩笃笃的胖子，小碗大的拳头平胸打来，眼看要击中老谢的胸部。说时迟，那时快，老谢突然向左侧一避，闪过其锋，接着，他攻其不备，右拳由肋下冲出，正好击中那家伙的心窝。"扑通"一声，那家伙趴在了地上，动弹不得。

他们自知不是老谢的对手，急忙狼狈逃窜。

那违法者吃了败仗，并未就此罢休。不几日他又手提菜刀，气势汹汹冲进办公室，破口大骂："要钱老子没有，要命有一条！你敢拆我的房子，我就整死你！"说完，那汉子一刀向老谢砍来，老谢一闪，菜刀砍在了木凳上，木凳被劈成了两半。

果敢敏捷的谢友德，冒着生命危险，扑了过去，夺了凶器。这场决战，观者吓得目瞪口呆……

近几年，谢友德处理和过问的违法案件大大小小有四五百件。而每处理一件他都要冒一次险。

妻子担心，老母亲痛心，亲朋好友都劝他换个工作，别再一片痴情。他仍是那句时时挂在嘴边的老话："我爱土地"。

谢友德用点点心血，滋润着故乡的土地。父老乡亲便对他无比尊敬，爱戴。群众赞扬他，上级表扬他。他率领的那支监察队，被授予"全国土地监察先进集体"的光荣称号。

"硬的不行来软的！"一些违法者见硬的一手打不倒老谢，就变换手法。他们知道他家还没脱穷皮，就想用金钱敲开他的“后门”，谁知老谢照样不吃这一套，一个个都被他顶了回去。

1988年，在处理某厂的违法占地中，厂方不惜重金，给他送来高级烟、酒、咖啡……要他高抬贵手。老谢气得脑门直冒汗，认为这是侮辱他的人格，“哗”一下把“礼物”从门口扔了出去。对该厂的违法占地案件，老谢当天就严肃处理了，并严厉批评了当事人。末了，老谢的气还没出完，决定向报社写篇批评稿，让他们在报端亮相。厂方的头头听了，直打哆嗦，托人来说情，老谢才息怒。

无独有偶。1990年，海井乡一位干部，凭着与老谢多年的交情，趁他不在家，送来一筐广柑和一大包名茶。待老谢回家问清来历，认定来者不怀好意，当即就叫儿子退还了“礼物”。

几年来，谢友德拒贿数十次，如果积起来，他准能成“万元户”。

“他干工作太忘我了！”群众这样评价他。

办案，他没日没夜地干，连星期天、节假日都赔上了。他说，节假日正是调查取证的好日子。

妻子、女儿病了，老母亲年高体弱，他顾不上回家探望，只好托亲朋好友关照。群众说他是禹王的后代，三过家门而不入。

他的身体不好，常常闹病，仍然坚持跑山路。有一次，天下着淅淅沥沥的秋雨，为了争取时间，把材料抓到手，天不亮他就出发。由于天太黑，路泥泞难行，在下山时险些摔下山崖。

因为长期劳累，身体拖虚了，病魔便乘虚而入。他的食量下降，脸膛越来越瘦削，肝部也经常作痛。大家知道后，劝他上医院查一查。他因工作抽不开身，所以一拖再拖。1990年2月，华西医科大学专家教授上门服务，对全局职工进行了一次体检。经查，谢友德染上了病毒性肝炎。医生劝他住院卧床治疗，可他仍然忙个不迭；领导和同志劝他在家休息，可他依然天天坚持上班。他说：“没关系，人活百岁，终归要去见上帝的，何况我现在还不到那个地步。”

他真正是一个不怕死的人！

王德松——“土地财神”不爱财

王德松是个有棱有角、有争议的人物。

有人说他“傻”，一摞摞钞票到了手，不动心，不红眼，是个“笨贼”。

他自己说：“保护土地、捍卫耕地的人，被人称为‘土地财神’。可我这个‘财神’不爱财。”

地处青白江区的华严乡，是成都市的重工业区，省属市管的企业上百家。百里平川，寸土寸金，人口多，土地贵。有些企业、机关富得流油，啥都不差，就想多买点地皮搞个“花园式”“别墅式”的工厂、机关。中国人虽然穿得差，吃得孬，可有些人却乐于摆排场，讲阔气。他们眼巴巴地盯着平展展的土地，垂涎三尺，恨不得咬它一口。

一时间，国土员身价百倍，成了受人恭维的人物。

王德松自当了乡土地管理办公室主任后，他的地位呼啦一下变了，无论农户建房子，扩宅基，还是工厂搞建设，都得去求他，都得跟着他的屁股转呢。上门送礼求情的，人托人，保托保，企图逃避法律惩处的，多，多，多！

论资历，48岁的王德松算是乡里的老资格，现在又当上了“土地爷”，要捞点“好处”，对他来说那是很容易的。可他不，他说共产党员不是神，别人要朝拜，要送供果，那是他的事，可自己的手不能乱伸。

关于他的龙门阵多得很，三筐四筐也装不完，此处只讲三个，以帮助我们更好地了解他这个人。

龙门阵之一：

1990年4月中旬，天刚麻麻亮，王德松顺着坑坑洼洼的田坎路，去同井村复查农户建房用地的情况。往天，办这事至少也得二三人。开春来，乡上的事儿起摞摞，人手又少，他只好一人去。他上上下下、房前屋后忙得头昏脑胀，待他把全村跑完，已是太阳西斜。他饥肠辘辘，精疲力竭，再也不想动了。所去的那家已经准备好了香喷喷的酒菜，请他吃饭，老王却犹豫了。他耳际突然响起了一阵刺耳怪叫。前几天有人说风凉话："土地管理员就是'土地神'嘛，那还不是吃香的喝辣的，送点，拿点，要什么有什么……"想到这，老王急忙说："嘿嘿，复查农户用地是我们的职责，饭嘛，我绝对不能吃，谢谢你们的好意。"

那家老赵是个厚道人。往常，村乡干部走到他家门上，碰到啥吃啥也属常事，没人大惊小怪的。起初老赵也这么想。

然而，老赵的妻子却是"精灵鬼"，不做则罢，做好了不吃，怕老王起异心，反而心神不安。人世间的事太复杂，往后，谁不求谁呢？万一有事登上他家门……是啊，女儿已长大成人；儿子嘴上已冒胡茬儿了，要娶媳妇；老母百年归山要占一席之地……这一切，都得求"土地爷"。王德松空着肚子走了，她一夜没合眼。

第二天，正好是赶场天，女主人匆匆赶到乡上，趁王德松不在办公室，悄悄把40元钱放进了他的抽屉，以弥补昨天的遗憾。

王德松回到办公室，拉开抽屉，发现一叠崭新的"大团结"，愣神了。这钱哪来的呢？他问办公室的同志，都说不知道；又问家属，也说无人送钱来。他冥思苦想，认定是那农户送的。他急忙又赶到同井村，可那女主人高矮不收。

老王回到办公室，对工作人员小郑说："等这家人来退押金时，一并退还给她。"当这家人拿到退还的钱时，感慨地说："老王这个人真是个不贪财的汉子。"

龙门阵之二：

红阳村是王德松的老窝子，他在那里当过几十年村干部。村里村外的乡亲们对他信任、爱戴，都说他秉性好。

一次，该村一位村民建住宅，老王按政策给他办了建房手续。对国土员来讲，这是极平常的事。可那位农民十分感激，想给老王表示表示，他知道老王脾气“怪”，怕挡回来，琢磨了好久，才想出个绝招。一天，他买了两瓶名酒，一床七色被面，一大包糖果。然后，他又腾出一只装化肥的口袋，将那几样东西装成一袋，风风火火扛进了王家的门。嘀，他高兴极了，正巧，王德松不在家。

对家属，老王管得严，早就上了“发条”。他给家里人约法三章：别人办红白喜事不准去吃，有人送礼送钱不准收，国家集体的便宜不准占。那农民好说歹说，家属不敢收，叫他马上拿走。那农民也精灵，他不留名也不留姓，扯了个谎，转身溜了。

老王下班回家得知此事，决定立即退回。退给谁呢？那不速之客没留名。猜来猜去老王判断是红阳村的，他便自己提着东西，朝那家走去……然而连跑两趟都只见大门紧锁，不见人影。

之后，王德松又托人给那家带信，同时又告诉办公室的人员：“等那家人来领取押金时，一并将礼品退给他。”可那家人得知信息后，干脆连500元建房用地的押金也不来取了。一直拖了几个月，糖果都化了，还不见人来。又过了一些时日，王德松不得不扛着口袋，拿上押金，噔噔噔地跑到红阳村，这次正好碰上那位村民在家。

“喂，老弟，你这东西……”

“哦，什么东西？”

“酒呀，糖呀，嗨，还有押金……”

“嗯，那不是我的，你快拿走。”

“啊？”他不承认，老王无言以对。

正疑惑中，老王突然发现那农民家的另一只塑料编织袋，他将两只袋子放在一起，那农民再不吱声了。一阵沉默之后，他抢先说服王德松：

“嗨，你就别说了，我们多年的情分，这算啥呀？你可把人看扁啦。再大的官儿我不去攀，就讲个情分。”

“不不不，你可别曲解了我的心意。这些年，我干这项工作，受群众的监督呀，怕别人误解……”

老王了却了一桩心事。可那家人却弄得狼狈不堪，背了个大包袱。

龙门阵之三：

这些年，为了孩子上大学，就业，当父母的挖空心思不惜血本，开后门，攀亲戚，托熟人，是常事。1990年，王德松的小儿子高考差两分，名落孙山。按成绩，可以出钱上走读。但上几年大学要花五六千块，老王家经济不宽裕，交不起。“唉，这孩子的前途从此断了线。”亲朋好友都为他孩子惋惜；做父母的自己更是火烧火燎，操碎了心。

有人给老王出点子：“嘿，你这个死脑筋，找个单位委托代培不就行了吗。你的熟人多，还怕没人搭手?”

确实，青白江区的大“财神”多得很，只要老王肯开口，难题便会迎刃而解。别人还正愁找不着机会“表现”哩！

孩子也跟着吼，闹闹嚷嚷，哭哭啼啼，闹着要上大学，弄得老王心神不安。

王德松确实是个“死”脑筋，他宁肯让孩子当“农二哥”，也不走那条路。他说：“我受党的教育20多年，大事小事得从党的形象、个人的名誉考虑。我搞土地管理八年中，从来没有向哪家工厂、单位开口要过什么，有家工厂要给我两袋优惠价化肥我都拒绝了，更何况娃娃上大学这样大事情呢。”

有人说，王德松是自己断了自己的财源。这话也对。身为工业区的“土地爷”，要想送孩子上大学，要想改变一下家庭的困境，那还不容易？而老王却连心都不动一下。他认定一个道理：穷要穷得舒展，富要富得合情理。土地管理人员手中的权力，是人民给的，要为人民群众服好务，用好权，绝不能为自己谋半点私利。

王德松家人口多，工资收入少，由于他的熏陶，儿女们都跟着父亲过着清平、朴素、勤俭的日子。

王德松两袖清风，一身正气，深受领导和群众的赞扬。他为人民默默地奉献，群众给了他崇高的荣誉。他所在的办公室连续五年被评为区城建、土地管理先进集体，他本人也连续五年被评为先进个人。1988 年，由于他正直、无私、贡献大，还给他升了一级工资。1989 年，王德松光荣地出席了成都市国土管理表彰大会，受到了市上的表扬。

陈昌伦——眷恋蓝土地

在素有富甲全川的沱江之滨的富顺县，人们广为传颂着乐于奉献的乡“土地爷”——陈昌伦的故事。他热爱人民，热爱蓝土地，热爱土地管理事业，秉公执法，廉洁奉公，在平凡的岗位上，默默无闻地奉献着。

1984 年 8 月，陈昌伦以优异成绩考上了乡农房管理员，四年之后，被聘为乡干部，从事“天下第二难事”——土地管理。

他肯钻，自己从微薄的工资中抠出一些钱，订阅了《中国土地》《村镇建设》等杂志。每天夜里，他伏在灯下，细心地咀嚼着每个字、每个章节，从中吸取丰富的营养。星期天、节假日，他都成天恋着书本。同时，他还参加了四川农村广播学校的学习，努力夯实基础。

他涉足的领域很宽。渐渐地，思想开了窍，不再为中国的“地大物博，人口众多”盲目乐观自豪了，相反还感到忧虑。他进一步认识到土地管理工作的重要，也更加明确了自己肩上的责任。于是，他刻苦努力，不断探索着管理土地的新路子。

这位有理想的青年，明确了奋斗方向，便不愁找不到用武之地，无论把他放在何处，他都会放出奇异的光芒来。

1988 年，因工作需要，组织上把他从双鹿乡调到偏远的毛桥乡。他没有那种调动工作的不适感，也没有借此机会探亲、休假或外出游山玩水。调令一落到手上，他没吱声就踏上了新的征途。

毛桥乡原来的土地管理简直是一包糟，违法占地几乎不漏户。对“钉子户”谁也不敢触及一根毫毛，裙带关系也普遍。可以说，那里是一个针插不进、水泼不进的“独立王国”。

掌握村情、干情、民情，这是第一招。

陈昌伦进了毛桥乡后，没歇脚，就顶着骄阳下到村村户户，走访干部，询问村民。不到一月的时间，他就跑遍了全乡的山山水水，摸清了10个村近百个组的底细。

毛桥乡的土地管理混乱，但陈昌伦觉得更混乱的是那里人的思想、观念。要理顺土地关系，最重要的是先理顺人的思想、观念。

陈昌伦针对严峻的现实，星夜起草了《毛桥乡政府关于占地建房的若干规定》《毛桥乡政府强化土地管理的意见》等四个文件。

文件有了，法规也有了，如何深入人心呢？陈昌伦的脑袋瓜儿灵，对于群众的思想建设，他想出了许多切实可行的措施，办墙报，编写宣传提纲，组织群众逐条逐字学习讨论。对于边远的村民，他还一户一户地送上门。宣传的目的，自然是为了执行法律，为了医治人们心灵的“创伤”。

马山村九组的问题特别严重。1988年全组违法占地建私房的有30多户。《土地管理法》已颁布两年了，这些人为何如此疯狂呢？陈昌伦背着帆布包，揣着皱巴巴的文件、讲稿，扎进了村。他不辞辛劳，田边有人就在田边宣传，地角有人就在地角讲。他把政策、法规讲得很透彻。

马山村的张大爷，思想不通，怨气冲天：“也不知为了啥，农民要点土地，修房造屋，还不是为了养好猪，多积肥，多产粮，管得那么死干啥?”

“张大爷，你的话似乎有点道理，其实不然。若用数学分数来解释，人口恰如分母，不断扩大，而土地是个分子，不断变小，差距年年岁岁在拉大，因此，村民的平均土地面积越来越少。民以食为天嘛，没有土地吃啥？喝啥?”

“不占也占了，还罚啥？以后不占就行了嘛。”

“哦！那可使不得。不采取措施，理清路子，以后就难保不再有人违法占地。”

张大爷思想渐渐开了窍。他自觉退出了多占的土地。一些村民在张大爷的带动下，也纷纷接受处理。

旗开得胜！全乡几百件违法案件，很快得到了解决。

事物的发展是不平衡的。毛桥乡的问题解决了，而双鹿乡的问题又冒了出来。不久，陈昌伦又回到了生他养他的双鹿乡。

“哼，他的亲戚违法占地，几年都处理不了，看他咋个办?”他一回双鹿，群众就对他发出了疑问。

是的，他有位侄亲是个“钉子户”。1986 年占地建私房，干部磨破了嘴皮，跑断了腿，都无济于事。一拖几年处理不了，成了全县的“老大难”。

陈昌伦返回本乡后，啃的第一块骨头就是他的这位侄亲。他想，这个工作做不通，全乡的土地管理就别想前进一步。面对现实，几万双眼睛盯着他的鼻尖，观望的有，看笑话的有，等着看他失败的有。总而言之，看你陈昌伦敢不敢碰硬?

对此，陈昌伦的回答是：工作做不通，决不退兵!

一场拉锯战摆开了。“闭门羹”“冷板凳”他不计较；骂声、吼声他吞了，忍了。他被围攻，不知多少次，即使“舌战群魔”，他也总是以理服人，以心感人。说呀，劝呀，陈昌伦的喉头似乎冒出了火星，嗓子眼都喊哑了。经过七七四十九天，那位侄亲的思想终于被敲动了。

1989 年，陈昌伦有位同学违法占地建私房，达到了使人不能容忍的地步。群众对此咬牙切齿。那位同学为了逃脱制裁，便托人给陈昌伦送来名酒名烟，要他看在老同学的情分上，做个顺水人情。陈昌伦哪里接受得了！当即要求来人将“礼”带回去，并代他向同学宣传政策，讲解法规，做好准备，接受惩罚。那位同学一听，气得面如土色，但又无可奈何。

陈昌伦这位“铁面杀手”，震慑了全乡的违法户。说情的、送礼的、妄图滑脱的，都不敢登门了。在 1990 年全面清理、查处违法占地案件中，他亲自处理了各种违法占地案 113 起。其中有一位乡镇企业负责人，财大气粗，以势压人。陈昌伦没有退缩，在处理上，他坚持原则，一视同仁。他调查清楚后，写了报告上报，并建议上级主管部门，拆除其300平方米违法占地面积上的建筑物。对方为此担忧，软拖硬抗，三番五次找陈昌伦说情，又偷偷送去“红包”，却遭到陈昌伦的严词拒绝。随后，对方又编造谎言说是与别人合建，他家原房已卖。同时，又找人向区里、乡里领导说情，妄图蒙混过关。陈昌伦没有被这些假相所迷惑，再次深入群众中核实，戳穿了他的谎言。

陈昌伦在处理违法占地的过程中，不免得罪了一些人。有几位曾受过处罚的青年，总想寻机报复他，但又无从下手，只好诅咒他“不得好死”！陈昌伦对这些咒骂，不以为然。

陈昌伦的心思全部用在了这片黄土上，工作越干越出色。县里、区里、乡里的领导常常表扬他，称赞他。可他一直谦虚谨慎，不骄不躁。

近日，他更忙了，土地详查、登记发证、开发利用……事儿一大堆，等待他去拼搏。陈昌伦不得不常常磨到深夜。

1990年4月14日。天，细雨绵绵；夜，漆黑如墨。时钟已走过午夜，而陈昌伦仍聚精会神地伏案疾书。

忽然隔壁财政所的内屋发出窸窸窣窣的响声。他仿佛有种预感，不由得欠起身子，向外张望。哦，有两个人影鬼鬼祟祟闪出门外，他看不清楚，又趴在窗沿上细看。呀！他们还抬着东西。

陈昌伦立即闪出一个念头：莫非是贼！

他赓即冲出办公室。果然是两个鬼头鬼脑的家伙，正抬着保险柜往外走。他一个箭步，抓住了一个盗贼，一面厮打，一面大声喝道：“干什么的？不准动！”

那两个家伙见势不妙，一个跳楼越墙逃走，另一个彪形大汉，见对手是个文弱书生，便扑了过来，要与他决一雌雄。

一场殊死搏斗拉开了！

那家伙心毒手狠，抡起一根大棒，朝陈昌伦的头部、面部劈头盖脸砸来。陈昌伦顿时被打得鼻青脸肿，鲜血淋淋。

“抓强盗！”声嘶力竭的呼喊划破了夜空。

此时，两位青年冲出小巷，准备前来营救。可定睛一看，发现是陈昌伦，便收住了脚步。这两位，正好是因违法占地受过处分的村民。

陈昌伦毫不畏缩，他忍痛与歹徒继续搏斗，厮打，翻滚了二三十米远。“你这笨贼，休想逃走!”

吼声震醒了附近的村民，他们纷纷赶来援助。在群众的配合下，终于抓住了那名罪犯。第二天，公安机关又抓获了另一名逃犯。

经审讯，这两位是多次行窃、行骗的流窜犯。那保险柜内装有5万多元，险些被盗走。

陈昌伦认真负责做好土地管理工作，受到了自贡市政府和富顺县政府的表扬。自贡市政府还下文，号召全市青少年学习陈昌伦埋头苦干，勤奋工作，不计较个人得失的全心全意为人民服务的精神，学习他秉公执法、廉洁从政的高尚品德!

“拉过这一滩，让你亲个够!”

第九章　人类，正在弥补自己的过失

诗人李广田的代表作《地之子》，抒发了他这个儿子对母亲——大地的深厚情意，极为质朴地表白了儿子眷恋大地的心声。

我是生自土中，
来自田间的，
这大地，是我的母亲，
我对她有着作为儿子的深情。
我爱着这地面上的沙壤，湿软软的，
我的襁褓；
更爱着绿茸茸的田禾、野草，
保姆的怀抱。
我愿安息在这片土地上，
在这人间的田野里生长，
生长又死亡。

筑起绿色长城

古老的地球，已经有45亿年的历史。

30亿年前，在这个神秘的星球上，忽然出现了怪物——生命。那生命依赖着地球，产生了活力，开始了运动。渐渐地，生命由小到大，由简单到复杂，由低级向高级演变，进化；进化，演变。在2.5亿年前，地球上就有了森林。

人类，其实是迟到的宠儿。三四百万年前，地球在朦胧与迷离中，才产生了人类。

地球、森林、人类的关系是独特的，复杂的。人类的生存，离不开地球，也离不开森林，地球支持着人类的躯体，森林给人类源源不断地输送血液。

森林，既是人类文明的起源地之一，也是人类种植、生活的源泉。人类最原始的燃料——煤，是森林的遗体；有机质丰富的土壤，是森林用奶汁浇灌而成。

显然，人类的起源与发展和森林结下了不解之缘。生命的起源，人类的起源，从来是与绿色分不开的，没有绿色就没有生命，也就没有人类。

因此，人类一旦离开了森林，就会失去平衡，走向困境，甚至走向灭亡！

很遗憾，世界各地几乎都出现过这样令人痛心的事情：毁坏森林！

中国更严重！世界森林覆盖面占陆地面积的三分之一，而中国的森林覆盖率仅有 12.98%。世界人均占有森林 16 亩，而中国人均还不足 2 亩。中国是个贫林国啊！

90 年代，人类开始觉醒，认识到森林是人类生命攸关的资源环境。联合国大声疾呼，并制定出了几个大的国际行动计划，保护天然森林。还提出要自觉发展生态林业、综合林业、立体林业、农林业等。

总而言之，人类需要通过自身的努力，使森林蓬勃生长起来，让成片的森林呈现在人类面前。

在植树造林的问题上，这些年来，巴蜀人的表现是好的，应该受到赞扬。

这表现，首先起于领导。每年报春鸟叫响第一声之后，从省委、省政府到每个地县的领导，都及时发出号召："全民行动起来，给祖国添绿，给巴蜀增翠！"

于是，省委书记、省长、市长、专员、县长……个个穿起麻耳子草鞋，扛起铁锹、锄头，走向河堤，爬向山岗，浩浩荡荡，植树造林。

随之，全川的百姓也跟着"父母官"们干起来，一个群众性的春季造林运动就这样轰轰烈烈地展开了。

随之，大片大片的林木，郁郁葱葱，铺在山头，绿在原野。

随之，四川将从森林贫乏的困境中逐步解脱出来，川东、川北、川南和川中，四处可见，一块、一丛、一片……翠绿的林子展现于世，给人带来一种力量，一种追求，一种希望！

1991年正是“天府之国”义务植树10周年。

春风送暖，万物复苏，伟大祖国迎来了又一个“植树节”。成千上万的人将在城市和乡村植树造林，为祖国的春天增添秀色。当人们栽下一株株幼苗时，都会想起，这是德高望重的邓小平同志倡导的“全民义务植树运动”，这是一场宏大的“绿色革命”。

义务植树始于1981年。人们不会忘记，那年夏天，四川、陕西等地发疯似的暴雨袭来，两省人民遭受了历史上罕见的水灾，长江、黄河上游出现了特大洪峰，给国家和人民造成了重大损失。水灾之后，邓小平同志特地找到万里同志说，最近的洪灾涉及林业，涉及木材的过量采伐。看来中国的林业要上去，不采取有力措施不行。是否可以建议全国人民代表大会，通过一项议案，规定凡是有劳动能力的中国公民，每人每年上山种几株树，比如三至五株，包栽包活，多者受奖，无故不履行此项义务者受罚。

万里同志对小平同志的建议，非常拥护。1981年10月19日和11月9日，中共中央书记处连续两次召开会议商讨，一致同意小平同志的意见，并由国务院向全国人大常委会提交了决议（草案）。12月13日，在第五届全国人大四次会议上，人大代表审议通过了《关于开展全民义务植树运动的决议》，在法律上为每个适龄公民规定了每年植树三至五株的义务。

这是一项英明的决策！

10年过去了。全民义务植树结出了丰硕果实。全国每年都有2亿～3亿适龄公民参加植树造林，用绿色装点祖国河山。10年中群众义务植树共达100亿株，这一点，在世界可谓罕见。

在四川，全省人民坚持不懈，10年间，共出动3.2亿人次，植树23亿株。盆地中部106个县（市、区）已基本消灭荒山，完成了绿化栽树任务，其中有25个县基本实现绿化。盆地周围有70多个县，是山区、深丘的密集地带，已建成速生丰产林基地1 020万亩，呈现出树木成林、林茂粮丰的景观，初步形成了我国西南地区第一个最大的人工林海。全省森林覆盖面积已上升到19.2%。

四川，地处长江上游。在承担长江中上游防护林一期建设工程的145个县中，四川占有69个，将近一半。这是一项艰巨而光荣的任务。要根治长江，“天府之国”有举足轻重的作用。

序幕已经拉开。20个启动县的80个乡，兴师百万，到1991年1月，已投入劳动日1 196万个，集资1 175万元。工程育苗7 000亩，完成造林520万亩。

长江中上游防护林体系建设，是中华民族兴旺之所在。这是继举世瞩目的“三北”防护林体系建设后，又一项造福当代、荫及子孙的宏伟生态建设工程。1990年，经国务院批准，在赣、鄂、湘、黔、川、滇、陕、甘、青等9省的145个县全面铺开。

防护林建设的总体目标是：在30～40年内植树造林3亿亩，建成布局科学，结构合理，网、带、片、点有机结合，社会、经济、生态三个效益协调统一的防护林体系。

倘若第一期工程用10年时间，完成造林一亿亩，那么，水土流失将大大减少，洪水、旱灾和泥石流经常发生的长江流域，将展现出山清水秀、林茂粮丰、六畜兴旺的新景象。

十年树木，百年树人。邓小平同志倡导的义务植树，实际上是倡导一种精神，也就是中华民族热爱绿色、热爱祖国、艰苦奋斗、无私奉献的精神。

邓小平同志还指出：“植树造林，绿化祖国，是建设社会主义，造福子孙后代的伟大事业，要坚持20年，坚持一百年，坚持一千年，要一代一代永远干下去。”

在植树造林这一宏伟事业中，涌现了一批又一批的先进典范，其中有个人，也有集体。他们虽然长期生活在偏远地区，然而他们的光辉业绩却是高山大河也无法挡住的。

典范之一：

他，一位奇人、神人、怪人——独居深山，以林为伴。

在川南叙永县的崇山峻岭中，有一位身材不高，白发稀疏的老人。他已与青山为伴15载！他是一位远近闻名的奇人、神人、怪人！最早在横亘千里的鸡罩山上，这位老人背着砍刀，扛着锄头，常年活跃在深山老林，时而给小树松松黄土，时而给大树修修桠枝。这位老人已满78岁高龄，他姓陈名尚森，是鸡罩山林场的创始人。

说起这位老人，天池镇流传着他的许多故事，还流传着一段妇幼皆知的顺口溜："陈尚森，生得憨，别人下山他上山，摆着清福他不享，偏偏要去攻难关。"

他是个植树、爱树迷。1976年春节刚过，年过花甲的陈尚森，便辞去天池镇水电站指挥长的职务，主动放弃了优美的环境，舒适的办公条件，不顾老伴、儿女的劝阻，带领十余人，风风火火爬上海拔1 700米、人烟稀少的鸡罩山，大干苦干，拓荒造林。

这位"老愚公"，冬天，同大伙踏着积雪，冒着刺骨的西北风，挖地，开荒；夏天，头顶烈日干，皮晒破了一层，又生一层，肉变黑了、粗了、厚了，也就更结实了。白天，他总是冲在大伙前面，抢最苦、最累的活干，手上、腿上划了道道伤痕，脚板磨起了血泡，许多年富力强的青年都不敢和他比试。晚上，他们睡在茅草棚里，送走严寒，又迎来酷暑。

他成天忙，仿佛不是走，而是跑。选种育苗，打窝，浇水……忙得他焦头烂额。有时本想软软地躺在岩洞里，美美地打个盹儿，可无论如何都睡不着——他刚闭上眼，许许多多的事儿又凑在一起了，好像地下有什么东西在刺激着他去奔，去跑……

很快，他们栽了大片树苗，垦出二十多亩苗圃地，还开荒种上了粮食和蔬菜。这支先遣部队在光秃秃的荒山上站稳了脚跟。接着，他们开始起飞了。

初战告捷，鼓舞了士气。陈尚森干劲倍增，还多次下山动员村民上山造林。

榜样的力量是无穷的。陈尚森的号召力、凝聚力，感动了民心，全镇倾城出动，经过一个冬春的激战，造林 700 亩。他高兴，群众也跟着高兴。他欢呼，群众也跟着欢呼。

“日欤月欤，荏苒代谢。”

1980 年，镇上考虑到陈尚森年纪大了，在山上已经待了四五年，便劝他下山养老。他却愣神了，发愁了，流泪了。他执意“抵赖”，“顽固”到底！

“你们看，我的骨头还硬邦，没关系，再干几年没关系！”他拍着胸口说。

领导的诚意没打动他的心，便动员儿女、老伴劝他。陈大爷是个死心眼，无论咋说，咋劝，他总是那句老话：“我身体硬邦，再干几年没问题。”

领导在猜测，他为啥老不听劝呢？莫非他对接班的人不放心？

一天，镇领导带着接替他护林造林工作的同志，专程登上鸡罩山，办好交接手续，让他高高兴兴下山。

他被领导感动了。他不好再推辞，裹好被盖行李，决定按领导的意见办。随之，他又依依不舍地围着他最早营造的那片林子转了一圈。他一边走，一边看，瞧见那些自己亲手栽种的树苗，不禁潸然泪下。他实在舍不得山里的一草一木，再次要求留在山上。

他含着泪说：“这山生我养我，我离不开，将来老死，就把我埋在山上。”

陈尚森的决心感动了领导，感动了村民。大家尊称他为“森林老人”。

劝陈大爷下山没有成功。镇党委考虑到他的身体，决定补助他 3 000 元养老金，并再次派人上山做工作，强行请他下山。这一回，他似乎很听话，服从了。他只领了 2 000 元，用 500 元帮助林场安上了电灯，余下的钱，交家里用于推广农业先进技术，探索科学种田新路子。

下山后，老人无时无刻不惦记着林场，吃不好，睡不好，身体渐渐消瘦。儿女们以为他生病了，请来医生，一摸脉，正常，没发现大的病痛。他，仍然是心病。亲人劝，邻居劝，他哪里听得进去！他又一次背着粮食、被子，没向镇上打声招呼，就悄悄地回到了鸡罩山……

15 个春秋共植树造林 1 700 多亩。鸡罩山大大小小山头都披上了绿装。昔日用心血和汗水浇灌的杉树、松树已经陆续成材。据测算全部进入采伐后，至少可采木材五六万立方米，产值数千万元。

“森林老人”望着眼前成片的树林，逢人便说：“造林不易啊！要使大地常青常绿，需要一代一代地接着干下去。”

典范之二：

他——对林有意，与“官”无缘，为了造林扔掉了“官帽”。

川南有位“森林老人”陈尚森，川北有位植树能手黄明俊。这绝不是巧合。

川北那片紫色土——盐亭县，吸引着许多人。在 240 万亩的土地上，绿化率已达 99%，未经斧钺的人工林，一片又一片，一坡又一坡。

他们用勤劳的手，换来了丰硕的成果，也获得了荣誉。80 年代，盐亭县荣获“全国造林先进县”光荣称号；90 年代第一春，盐亭人黄明俊又获得一枚“全国绿化奖章”。

黄明俊来到人间得到的第一个印象是，家乡连年旱灾，乡土被烧成了一片紫色土，山头光秃秃，河谷干裂口，十年九旱无收成，地穷人穷，一派荒凉景象。

1966 年，黄明俊调到林山乡任党委书记。那时正提出全党抓农业，全党抓粮食。可是山头红红一片，没有树，没有水，只顾抓粮食，粮食还是年年减产。

他发现，这是老天的报复。他召开全乡党员大会，动员全体共产党员植树造林，并作出了“以林引路，综合治理”的抉择。

正当他干得热火朝天的时候，上面来了个外号“秋老虎”的老上级。

“你这个二杆子，不务正业，老子撤你的职。”“秋老虎”狂叫起来。

“撤职可以，砍树不行！老子不要那乌纱帽了。”他把话顶了回去。第二天就背着一袋干粮，上山种树去了。

植树造林的第一件大事就是育树苗，找树种。川北的桤木是当家树种，生长期快，成活率高。黄明俊日思夜想要让满山遍野种下桤木树。哪来良种呢？他跋山涉水，风里去，雨里来，都未得到信息。一天，他突然收到一位朋友的口信，说阆中有桤木树籽卖。他星夜兼程，在阆中买到了一大麻袋树籽。

他背着麻袋，赶了一天路程。天黑时，住在一家僻静旅馆，他爱籽如命，和衣抱着麻袋就寝。有人不慎踢翻了他的麻袋，他气得跺脚，趴在地上一颗一颗地把树籽全部拾了起来。

幼苗噌噌地直往上冒。黄明俊笑了，乐了。然而，他没有料到，一场虫灾，致使价值 1 万多元的树苗没成活。有人雪上添霜，加盐加醋，说他不服从上级“指示”，把照顾全乡的救济粮给扣押了。

恩恩怨怨，把两桩事一齐加到他头上。

一时间，谣言四起，有的说黄明俊植树造林犯了严重错误，损失上万元，被开除党籍；有的说他经济有问题，不再让他植树造林。

黄明俊没有被压垮，他领着 20 多个劳动力，自筹资金，自带口粮，又战斗在荒山野岭。

他们苦战了 140 多个日日夜夜，然后在打好的四百多万个树坑内，种下幼苗，每株树苗都带着母土。他们像边防战士一样，日夜守在林地上，观察树苗的成长、变化。年三十夜，黄明俊让其他人回家团聚，他独自留在山上，抱着扫帚，把皑皑白雪扫进苗窝，滋润幼苗的生长。

几年之后，72 座山全变样了，绿树葱茏，林茂人欢，盐亭一举成为全国的先进典型。喜讯传来，国务院，农、林、水、牧、科一起嘉奖。国家总理来了，省、市领导来了，各家新闻单位的记者也来了。黄明俊用一颗赤胆忠心在川北山区树起了一座丰碑。

继黄明俊之后，在盐亭这片土地上，“绿林好汉”层出不穷。年轻力壮的何天生，来不及向家里人商量，就在乡政府一个动员会后，签订了承包合同，决心绿化百亩荒山。县林业局局长，为了防止人们因上坟而引起森林火灾，他每年春节前后，都自动去守住那些前来上坟的人们。这位局长身上，还有许多动人的传奇故事，这里恕不一一介绍了。

典范之三：

在茫茫的大雪山下有一个全国响当当的营林造林先进集体——夹金山林业局。

局长张彩林，这位“雪山老人”，远离妻儿，在雪山草地一呆30年，苦熬苦守，人熬瘦了，疾病也不时缠身。

1989年，春暖花开的时候，笔者踏上了夹金山。我们在夹金山下的河谷地带，一座小巧玲珑的山间小镇——宝兴县城，找到了老局长张彩林。

他，中等个儿，瘦精精的。人很健谈，堪称夹金山的“活字典”，一拉开话匣子，雪山老人的神话故事一个接一个。

至于张局长自己的传说，就更多更多了。

他自接过上届陈宝祯局长的工作，就提出了一个崭新的观点：把工作的支点放在营林造林上。夹金山职工是森林保护者，决不做森林的“破坏者”！

这观念确实新，得到了人们的赞扬。

可是，少数人却听不进去：“林业局，不砍树子，谁来养活你们？”

一时间，那压力不轻于夹金山！

从此，夹林局“一落千丈”。讥笑，讽刺，冷落，这一切，他都顶着，受着，忍着！

“巧得很，今年是改革十年，建局十年，也是我来夹金山林业局的第十年。我认为不管什么时候，不管什么地方，可以说，森林最美，林业工人最美！”这话说得多有感情啊！

张彩林与森林，已有30年的交情了。他性柔人精，说话做事实实在在，像那崖石上的云松，每走一个历程，都要在崎岖的山道上留下道道花环，使人难以忘怀。

夹林局，是阿坝十万森工大军中的“叛逆者”！

它在全省24个森工局里，人数最少，面积最小，堪称省林业厅的“小老幺”。然而，它的能量却很大，使人望而生敬。

当初，省上决定把夹林局发展成 2 000 人的大局，以森工为主，靠砍树过日子。工人们一听傻了眼。妈呀，哪有那么多树砍呀？共产党人可不能说假话，要对夹金山负责，对子孙后代负责。不久，陈局长率领局级干部全体出动踏勘。虽是阳春三月，但山上有积雪，朝冷晚凉。他们骑着马，白天长驱直入，翻山越岭；晚上住岩洞，啃干粮。行至赶羊沟，山势险峻，年近花甲的陈局长，精力不济，只好退下来。

一个月的考察，查明森林资源储量不足 130 万立方米。原决定投入巨款、上 2 000 人进行砍伐的计划显然有问题。随后，他们将情况火速报到省上，省领导作了明智的决策："资源不足，只上 800 人。"

张局长谈到这里，如卸千钧。他继续说："说真的，那时，一些领导的观念就是一个劲地砍呀、伐呀，缺乏生态意识。如果那样下去，夹金山已是荒山秃岭了。我们将遗恨千秋，后悔莫及。"

是呀，生态意识，是人类文明的标志。疯狂追求物质文明的西方，已觉悟到过去的失策，正在忏悔，正在千方百计保护生态平衡。遗憾啊，东方民族正在重蹈着一二百年前西方人的覆辙，往自毁的深渊滑去！

夹林局的决策者，没有昧着良心乱砍滥伐。他们合理采伐，营林造林，迹地更新，保住了这片绿洲。

夹金山人受到赞美，张彩林被誉为"森林保护神"。1986 年，夹林局被评为四川省"林业企业更新造林先进单位"；1988 年荣获林业部"六五期间更新造林先进单位"称号。

觉醒者，我为你们的胜利干杯！

莫让沃土付水流

尽人皆知，人类的生存和社会的发展，都离不开水土资源。因此人们喜称："土地是立国之本""水利是农业的命脉"。这些精辟的论述，都是人类社会和科学实践的总结，十分珍贵。

然而，随着森林面积的缩小，人类赖以生存的水土资源，流失日益严重。因此，增强水土资源的保护意识，莫让沃土付水流，已是中国的当务之急！

他，杜榕桓教授，是研究泥石流的专家。

1991年6月13日，我带着疑问，走进了中国科学院成都分院。暴雨季节来临，人们的神经末梢又绷直了。怎么办？我索性求个答案。正巧碰上了杜榕桓教授，我渴望向他求教。他也正在困惑之中，早就想找新闻记者唠叨唠叨他的苦衷。

杜教授风尘仆仆刚从三峡归来。他是研究泥石流的权威，参加了为期五年的“长江三峡工程”的论证，专门负责滑坡与泥石流的研究。

我们不谋而合，走到一起了，想到一起了。他口若悬河，向我讲述起四川泥石流的“家底”。

这位年近花甲的教授，自70年代末，“孔雀东南飞”，从甘肃跨入“天府之国”。

教授说，他曾一度做梦都想着这片神奇的土地，然而，他悔恨自己来晚了，祖先留给我们的“天府之国”已是面目全非。呈现在他面前的神女峰，不知是谁剥去了她的外纱，光山秃岭，乱石嶙峋；童话世界九寨沟，一部分被“刀斧手”剃了光头，垃圾、泥沙的侵扰，已使它由美变丑；大熊猫的故乡，盗伐者、伐木工人一齐抡着斧子，威胁着它们的繁衍栖息之地……

杜教授似乎从梦里惊醒，面对满目疮痍的情景，悲叹不已！他如同一名高手良医，含辛茹苦，走南闯北，捉摸人类频繁的社会实践活动强加给大自然的危害，以及大自然对人类的报复。

杜教授提起他多年治理滑坡和泥石流的情况，精神开始振奋起来。他的谈话，像一篇富有科学性、哲理性、鼓动性的长篇演说。

笔者：我是慕名而来，请你谈谈四川泥石流的现状。

教授：有位诗人说过，回顾历史是痛苦的。四川地形特殊，是个山多、河多、雨多、人多、地少的省份。本来，地形与气候，客观上就形成了门类齐全的自然灾害。再加上人多地少，人类的社会活动频繁，而又缺乏科学性，因此，自然灾害必然像瘟疫一般蔓延。80年代以来，年年岁岁，绵延不断，给四川的经济建设、人民的生命财产造成严重损失。

10 年间，全省洪灾造成直接经济损失多达 147 亿元。1990 年夏天，川西突然大雨滂沱，洪水如虎如狼，一夜之间，损失 25 亿元。四川的滑坡、泥石流，原在川西一带周旋，现在蔓延很快，川北、川东、三峡、华蓥山举目可见。

近几年，经济刚刚起飞的华蓥山区，突然陷入困境，连续发生山崩、滑坡、泥石流，造成数百人死亡，直接经济损失 6 000 多万元。

四川的泥石流灾害，系全国之冠！

笔者：有人说，长江将变成第二个黄河，对此你有何看法？

教授：这说法不一定科学。在三峡工程的论证中，对长江中上游的自然灾害，人为的灾害，作了全面系统的调查分析。长江本是条“黄金之道”，可悲啊，现在却变成了“黄泥之道”。长江的经济价值、运输价值实属世界前茅。可眼下的长江，却遍体鳞伤，满目疮痍。

长江与黄河有着本质的差异，所以灾害的演变也不一样。长江上游山多、土层薄，生态一旦被破坏，许多地方的水土将流失殆尽。黄河上游人少，土层厚，流水清清；长江的中游横穿三峡，山高，地势狭窄，河床坚固；黄河中游虽然多害，但它躺卧在辽阔的平原上，可以改道，以此减少灾害；长江中上游人多，物产丰富，经济价值在我国举足轻重，可以说长江一旦失去平衡，经济损失，社会恶果无法估量，这一点，黄河无法与长江相提并论。对“保住了黄河就保住了中华”的提法，我认为不妥，应该说，“保住了长江就保住了中华”！

笔者：教授，你对四川泥石流的整治有何见解？

教授：这几年四川泥石流的治理还是卓有成效的。对宝兴、汉源等 40 个被泥石流包围的县城的治理是成功的。开县、广安等县结合农田基本建设，治理一片，成功一片，见效一片，其他地区还探索出了治山治水的新路子。但那些都属局部的、小范围的治理。实际情况是，全省治理与流失的差距很悬殊，小打小闹，难以控制灾害的发展。

四川治理滑坡和泥石流的力量很雄厚。中科院为加强西南山区的滑坡泥石流研究工作，形成拳头，于 1978 年将兰州水利冻土所的泥石流骨干力量，调迁成都，合并于成都山地灾害和环境研究所，设立了泥石流研究室、泥石流动力学模拟实验室、东川泥石流观测站、滑坡研究室、滑坡模拟实验室、金龙山滑坡观测站。并在四川、云南同20多个县市重灾区合作，建设了综合防治试点工程，实现了滑坡、泥石流的考察研究—观察实验—防治实践“一条龙”。经过10年的防治实践，不仅得到了显著的防灾效益，而且促进了当地的经济发展，安定了社会，稳定了人心，改善了生态环境。这些成果受到了政府的重视，群众的好评，也赢得了国内外专家学者的称赞。

专家的治理，离不开广大群众的配合。这种配合，首先需要观念一致，行动协调。然而，目前的状况却令人不安呀。一方治理，多方破坏；这边治理，那边破坏。这是四川水土保持工作所面临的最大、最难解决的问题。

老百姓常说：“靠山吃山”。我说“靠山吃山”还要“保山养山”。光吃不养，靠不住。目前乱砍、乱挖、乱种现象特别严重。按科学耕种，25°以上就不宜开荒种粮，可一些地方40°的高坡还成片开荒耕种。

防治与救灾的关系，老是协调不起来。应该“以防为主，以治为辅”，现在恰好相反。破坏在先，治理在后，宁可交“手术费”，不愿交防治费。这种水土保持工作难以跳出恶性循环的“怪圈”。全国每年的救灾款11亿元，四川吃大头。搞救灾，有人认为是为人民服务，解决群众疾苦，舍得花钱，也乐意辛辛苦苦去奔波，去周旋。可搞防治，他们却缺乏信心和决心，一个钱也不愿意花。这种做法，用四川话讲，就是“头痛医头、脚病医脚”，不能根治，越救越灾，越搞越穷，越闹越大。

唉，为了解决水土流失的问题，多少人熬白了头，多少人长眠于荒山野岭。他们图什么？只图中华民族不再“流血”，但照目前这种治法，是难以跳出“怪圈”的，我们的肌体日益枯萎，而沃土照样付之水流（谈到这里，教授有点激动）。

哦，记者同志，我有一事相求，望你支持呼吁。

笔者：教授，什么事？

教授：我曾多次在一些学术会议、政府工作会议上重申我的观点。治理泥石流不是今天治条沟、明天治条沟能奏效的，应以交通要道、重点建设、城市安全、能源基地为重点。

省上有位抓防洪工作的领导，对我说："哎呀，每年到了雨季，就睡不好，吃不下。"

说真的，我很同情这些领导，他们太辛苦了。但又有点不服气，他们没有忙在点子上。使人遗憾的是，没有把防治与救灾结合起来，始终是被动的，其效果只能是事倍功半。

成都市辖五区一市十一县，拥有863万人口，是我国22个特大型城市之一，是四川政治、文化、经济和科学技术中心，也是一座新兴的综合性的工业城市，在全省、在西南以至全国都占有举足轻重的地位。在改革开放浪潮的推动下，成都市正以它崭新的姿态，空前的速度阔步前进。

由邛崃山、龙门山、龙泉山夹着的成都平原，面临着用水、用电和洪涝灾害三大难题。龙门山脉（从广元至雅安一线）灾多而且凶猛。1986年6月15日，岷江上游的大海子、小海子和叠溪堰，由于连日暴雨，致使局部溃决，造成岷江水位猛涨，沿江数县遭殃。成都平原虽然没有被淹，但成都自来水厂却遭到严重破坏。可以看出，龙门山脉稍有不测，就会祸及成都。联合国于1987年12月11日通过的第169号决议，把始于1990年的10个年头，指定为"国际减轻自然灾害十年"。我获悉中国决定利用这个良机，搞一批"减灾工程"，便立即写了立项报告《四川盆地暴雨滑坡泥石流综合治理示范工程》，送到北京，争取立项。

这是项重大工程，也是四川"八五"期间治理泥石流的计划。工程完工后，可提高四川防灾能力，达到明显减灾效益，保护成都平原，确保华蓥山、三峡等地区的重点工程。

经过一年多的努力，总算有了希望，省政府的报告，已送到北京。但目前，还有一些部门领导的思路未进入程序，面临的困难很多很多，希望记者给予舆论的支持。

笔者：教授，请放心，我们一定积极配合。预祝成功！

历史性的转折

1990年7月2日。成都。

今天，省市有关领导、数百名政法和国土干部以及新闻记者，汇集于四川省国土局会议大厅，隆重纪念《土地管理法》实施四周年。

省国土局副局长王寿廷扬起嗓门，郑重地向与会的新闻记者宣告：始于20世纪50年代末期，狂躁于80年代中期的抢占耕地鏖战，业已偃旗息鼓，四川保护人类“一切生产和一切生存的源泉”——土地，发生了历史性的转折。

大厅内，鸦雀无声，与会者在震惊中领会，在领会中溯源……

正如一位历史学家说过的那样，回顾历史既是痛苦的，又是有益的。

在巴蜀，20世纪50年代至80年代间，农民赖以养家糊口的土地，年均锐减耕地69万亩，就等于是一个中等县的农民年年含辛茹苦，却颗粒无收，空喜一场。

斗转星移。1989年，全省耕地“收”大于“支”，开发17万亩，占用9.4万亩，新开耕地与建设占用耕地持平有余。情况表明，一场旷日持久的人地大战，经过数年的较量，时下已初见端倪。

自然，这一转折，是与全省数以万计的国土战士的辛勤劳动分不开的。

“我省的土地管理工作，已经历了四个春秋。在各级党政的领导下，认真贯彻‘十分珍惜和合理利用每寸土地，切实保护耕地’的基本国策，土地管理实现了由多头分散管理向集中统一管理，由单一的行政管理向法律、行政、经济相结合的综合管理，由单纯的控制用地向控制与开源并重的历史性转变，为经济发展和社会稳定做出了贡献……”

1990年2月20日，四川省国土局局长焦成斌在全省国土工作会上，也曾向巴蜀人民透露过人们渴望的喜讯。

四年来，这位老局长的竭诚忧虑之心，完全沉浸在国土管理之中。如今已经耗去他许多精力。从他那清瘦的脸庞，疲乏的身体，即可看出这位领导，正经历着一段艰苦卓绝的抗战。

“土地是财富之母，劳动是财富之父。”焦局长继续往下讲，“我们的神圣使命，就是保护人类赖以生存的物质源泉。在这个思想指导下，全省国土系统的广大职工，不辞辛劳，战斗在保护国土的最前沿。几年来，国土工作取得的成绩是：全省上下建立了土地管理机构，实行了城乡土地统一管理；广大干部群众的法制观念不断增强，80%以上的违法占地案件受到查处；实行计划管理，严格审批制度，各类非农业建设用地得到较好控制，1987—1989年全省各类建设占用耕地35万亩，比实施土地管理法前的1984—1986年减少82万亩，下降70%；土地资源开发利用初见成效，近两年共开发耕地32.2万亩，实现了新增耕地与建设占用耕地持平有余；开展了以权属管理为核心的地籍管理工作，基本完成了城镇国有土地使用权的申报登记，部分城镇已颁发国有土地使用证……”

随着焦局长的话音，人们被引入沉思……

沉痛的教训令人痛心疾首。人类自栖息、寄生于地球之后，人与土地血肉相连。以农为本的农民，与土地有着特殊的关系，特殊的感情。

在巴蜀这片国土上，历来农民奉土地为神灵，尊土地为“衣食父母”，祖祖辈辈在敬奉的神位上都写着“天地君亲师”，地仅次于天。

然而，人们曾一度产生了一种错觉，对土地一向顶礼膜拜的心理发生了变态，将信仰心理异化为占有欲望，从此，土地这尊偶像失去了尊严和灵气，变成了奴仆，被占有、蹂躏、践踏。

在辽阔的川西平原，在物产丰富的盆周山乡，违法占地建造私房，修筑坟茔，营建“官府街”“官府村”，任意买卖转让土地……举目可见，大片大片土地被荒废，耕地锐减，生态失去平衡，一种无形的自杀行为在无限延伸。

更可悲的是，那些人积重难返，陷入泥潭，难以自拔。

在剑门山区，在川西平原，在长江两岸，土地逐年减少，人们不说致富，连温饱问题也难解决。

一切都不能从想象出发。

一切都不以人的意志为转移。

人类虐待了地球，地球必然会惩罚人类！

农民承受不了强大压力，在大声疾呼：“还我土地！”一份份紧急报告送到上级机关，一封封告状信飞向县政府、省政府、中央……

形势逼人！

于是，1986年国家颁布了《土地管理法》，土地有了第一部法规，可望走上法制轨道。

于是，在1987年，省、地、县相继成立了国土管理机构，结束了土地管理的混乱局面。

于是，土地管理破天荒第一次提到政府的议事日程上。

他们凭着悟性和灵气，一手抓法制建设，堵住漏洞，清理鲸吞土地的“地老虎”；一手抓“开源”，恢复被践踏的耕地。

近几年，人们的观念随着时代的变化而变化，土地资源开发闯出了新路，捷报从山乡、田野频频传来。

经验之一：

以开发耕地为重点，以解决温饱为中心。各地根据四川省委、省政府提出的“在一亿亩耕地上搞集约经营，在五亿亩非耕地上进行开发性经营”的方针，把资金、物资、人力主要投入宜农荒山的开发和废地的复耕，为粮食稳定增产奠定了基础。有不少地区讲究实效，做到了开发一片，见效一片。在气候温和的宁南县，各族人民齐动手，仅仅两年工夫，1 100亩耕地，平展展地呈现在村民面前，领导笑逐颜开，群众乐不可支，种粮食，种甘蔗，五谷丰登，人均收入300元。在川南的富顺县，多年来盲目建砖厂，耕地成片被占用，去了浮泥，袒胸露背，成片荒废，村民无不望洋兴叹。县国土局发挥其职能，组织劳力30万个，投入26万元，复耕876亩，并做到了立竿见影，当年复耕当年就获得好收成。

经验之二：

科学开发，合理利用。有了土地，只是有了获得收成的前提条件，并不等于已经把谷物装进了粮仓。在实践中，各地不是盲目草率行事，而是充分运用农业区划的成果，根据宜粮则粮、宜果则果、宜林则林、集中成片、科学可行的原则，层层编织土地开发利用中、长期规划，使土地开发建立在科学、可靠的基础上。人杰地灵，灵性与悟性的合力，自然会产生良好效果。因此，不少地区出现了开发一片，种植一片，见效一片的好典型。通江县的经验，曾吸引了外地农民。他们把土地资源开发与经济发展紧密结合起来，两年开发耕地4 000多亩，增产粮食312万公斤，提前一年跨过了“温饱线”。

经验之三：

完善政策，增添措施，调动多方积极性。保护土地，开发耕地，造福人类是亿万人的事业。这一观念向群众灌输之后，再增添一些优惠政策，群众是会理解、会行动的。农民很讲实惠，这是中国的特征。在进行这项工作中，倘若政策不够硬，要做到立竿见影便是天方夜谭。各地的实践经验正是如此，优化政策措施，鼓励社会团体、农村集体、城乡个人一齐上，各投其力，各得其所，多层次、多渠道、多模式地集资开发收到了良好效果。实践中不拘一格，冒出了一种新的形式：由国家扶持，以农民为主体，层层投入。这一做法，已被农民广泛采纳利用。地处成都平原的金堂县，人多地少，矛盾异常尖锐，全县实行国家、区乡、村组、农户四级投入，集资64.3万元，开发耕地2 403亩，缓减了人多地少的矛盾。

作为泱泱大国中首屈一指的“天府之国”，实现新开耕地与建设用地持平有余，不能不说是个奇迹！

但面对现实，绝对来不得半点骄傲，自满。耕地同人口构成的矛盾，至今没有缓解，依然困扰着中华民族，困扰着八亿农民，困扰着每个中国公民的心。

这个矛盾源远流长，盘根错节。半个世纪前陶行知就断言，中国农民命薄，长期在送子观音和土地菩萨这两种矛盾着的神灵下，苟且偷生，过着惨淡的生活。当初，有人不理解，还振振有词地指责他是“胡言乱语”。历史是最好的见证人。待“上帝”

惩罚了人类，如今才后悔莫及。

对已有的一点微薄成绩，不能忘乎所以！

要看到，已开垦的耕地与被占用的熟土之间，质量上、地力上还是个未知数；建设用地的数目还带有不稳定性；仅从森林被乱砍滥伐，随之造成的水土流失，以及自然灾害每年还要吞噬数以十万计的耕地面积来说，就足以令人忧心忡忡！

第十章　功在当今　利在千秋

为了今天，
更为了明天，
为了中华，
也为了全世界人民。
我们少年先锋队员，
向全世界发出倡议：
爱护地球吧！
这是我们共同的家园……

今天，在人民大会堂，首都的少年儿童，为纪念“地球日”21周年，举行了“爱我地球，爱我中华”的主题队会，上面所引，是他们在这次主题队会上向全世界发出的呼吁。

新一代的儿童们，已经行动起来，参与这个席卷全球的活动，值得高兴，值得庆贺！

爱护地球，保护环境，保护土地，功在当今，利在千秋！

更新国土观念

巴蜀人的后裔之多，属全国之冠，而且历来有种自豪感，安全感，舒适感，从而也就产生出一种惰性。悠悠忽忽，得过且过，风刮不动，雷打不醒，需要猛击一掌，方能醒悟。

这一回，巴蜀人再也稳不住了，土地锐减，人口暴涨，眼看就要吃了上顿无下顿。

这一回，巴蜀人睡不安宁，也玩不痛快，需要脱胎换骨，树立五个观念：即土地国情观念、国策观念、法制观念、公有制观念和有偿使用观念。

这一回，必须大造舆论，大造声势，发动全民，像宣传人口那样，向巴蜀人宣传四川省土地、人口的现状，宣传人口、粮食、耕地三者的关系，要珍惜方寸土地，留给后代耕种。

更重要的是观念的更新，管理制度的更新。

冰冻三尺非一日之寒。“地大物博，用之不竭”的说法，害了中华，也害了人民。这观念，在这片国土上，可以说已经根深蒂固，宛如一块顽石，镶嵌在人们的头脑中。

翻开世界地图，中国的领土一大块，横在亚洲，约占这个星球陆地面积的1/15。应该说，作为中国人，是值得自豪的，值得骄傲的！

但是，如果仅仅从这一点出发，那就带有偏见，忽视了我国是人口大国，11亿张口，22亿只脚。人均脚下所占的面积，微乎其微。我国的现状是：人均占有土地面积13.3亩，不及世界人均数的三分之一；人均耕地1.4亩，只及世界人均数的30%。若将这个星球上的人均数量按多寡排列，这个版图面积居世界前茅的中国，便退到了第67位。

这些文字也许是重复、赘述，但笔者写到这里，又情不自禁地抬了出来。

请允许我，向大家介绍，当前四川省国土管理上的一些糊涂“官”所持的糊涂观念吧。

去年春天，我到二郎山区采访，碰上地区的几位国土局长，他们提起土地管理搔头抓耳，满腹忧虑。

“嘿，记者同志，国土工作难啊！”

“哦，这工作一开始就不畅，谁也难解这个谜。”

“有的领导不理解，不支持；主管部门工作不到位，要人无人，要钱无钱，我们忙得晕头转向，也难忙在点子上。”

“是呀，有人说，国土工作有啥嘛，不就是跑腿画线，收钱要钱，不需要那么多人……”

女局长说不下去了。她两手一伸，忧心忡忡，愁肠难解，哭了。然而，她的眼泪没有感动地区领导的心，工作困难重重，打不开局面。唉，那些头头的脑袋比花岗岩还硬！

有一次，我去某市采访，据说，市长对土地统管不放心，怕土地统管，对城市建设不利，他把权死死地捏在手里不放。

我很清楚，国土管理，在“天府之国”不仅一些群众不理解，就连许多领导也是糊里糊涂、懵懵懂懂。

土地观念的更新，概而言之，就是更新对土地的国情认识，对土地国策的认识，对土地国法的认识。多数人对土地管理工作很陌生，长期以来，对保护土地的意义和目的没有足够的认识，更没去咀嚼它，消化它，从而草率从事。在国土问题上，要使干部群众树立起正确的民族之魂。

规律就是如此，没有正确的民族之魂，就产生不了正确的观念。错误的认识，必然引来错误的行动，导致错误的结果。

土地的国情、国策、国法，和每个中国人都息息相关。但是，要树立人多地少的国情、省情观念，绝非一朝一夕能奏效的。其原因，一是历史渊源，二是私心的勃发。中国是个农业大国，八亿农民几千年来小生产的私有观念，已经把人的思想扭曲，要矫正很难很难。

全国人大常委会法制工作委员会，在制定土地管理法时，就这样写道：“我国人多，地少，十分珍惜和合理利用土地是我国的一项基本国策。但是，我国有些干部和群众对这个问题的特殊重要意义还缺乏足够的认识。当前乱占耕地，滥用土地的问题普遍存在，有些地方甚至到了相当严重的程度。因此，制定土地管理法，用法律手段从严管理土地很有必要。各级人民政府都要贯彻执行十分珍惜和合理利用土地的方针。”

“一寸土地一寸金。”为了民族的富强，为了子孙后代的幸福，我们必须树起这个观念！

第一个“国土宣传月”

我捧着这份关于全省开展“国土宣传月”的《通知》，冥思苦想，从理性上，觉得“宣传月”有趣，有意义，很新奇，但实际上，我又不完全理解其意。

10月，眼看即将来临。我乘着一阵秋风，飘向四川省国土局，正巧找到办公室主任。今天是个“闲暇”日子，没有会议，没有来访，没有扭不断、说不完的长途、短途电话，真是机会难得。

这次采访轻松而有趣。来访者喜欢单刀直入，被访者喜欢开诚布公，所以干脆、利索、爽快。

笔者：为什么要开展“国土宣传月”活动？

主任：三四年来，我省土地管理工作取得了一些成绩。但是，土地问题的形势严峻。我国人均耕地不足1.4亩，在世界上26个人口5 000万以上的国家中，人均耕地仅居第24位。我省人口占全国1/10，而耕地只占1/16，人均耕地只有0.88亩，比全国人均水平低1/3。这种状况已成为我省农业发展的重要制约因素。

今后发展趋势呢？据我省的实际情况，有两项我们估计到了：一是各项建设用地，二是自然灾害对耕地的破坏。所以，耕地下降的趋势在短期内难以根本扭转。当前，还有一些干部群众没有意识到问题的严重性，浪费土地，有法不依，以权代法，违法占地的情况不断发生。因此，开展土地问题的国情、国策、国法的宣传教育势在必行。为了推动这项工作深入开展，省委宣传部和省国土局联合发出了通知，决定从1990年开始，每年10月为全省城乡“国土宣传月”。

笔者：这活动很有意义，最初是咋想的？

主任：国土局算个“晚辈”，成立迟，起步晚，人员少，经费不足。搞国土宣传是个难点，一直没有打开局面。保护耕地，人人有责。四川一亿人口，干部群众对其重大意义如何理解？政策、国法如何深入人心？如何采用最佳方式，达到最佳效果？

笔者：“国土宣传月”何时提起？

主任：我们不需要望梅止渴，需要的是“立竿见影”。国土宣传的内容很丰富，但还需要个好的形式。最早在名山县搞试点，效果不错。随后，在1989年6月，扩大教育面，广汉、涪陵、石棉三个地区同时展开，写标语，组织宣传车，文艺汇演，知识竞赛……浩浩荡荡，轰轰烈烈，引起了干部群众的兴趣。尔后，重庆市搞了“国土宣传月”，受益匪浅。在这个基础上，焦局长提出搞宣传工作，不能小打小闹，必须大干。今年初，局里正式确定：每年10月为“国土宣传月”。这一决定得到了省委、省府领导的支持。

这是一个果断而英明的决策！

紧接着，一个轰轰烈烈的第一个全民“国土宣传月”，于1990年10月在四川全省拉开了帷幕！

宛如强大的洪流，很快进入巴山蜀水的大小角落，卷起一个个浪潮：

——五彩缤纷的标语，铺天盖地而来，城市的大街小巷，乡村的原野、岩石、院墙、门楹……书写着：“劳动是财富之父，土地是财富之母！”“保护国土人人有责！”“十分珍惜合理利用每一寸土地！”

——领导的积极性被调动起来了。我党历来有个传统：“宣传群众”。这次仿佛有点例外，开初把重点放在“宣传领导”上。事半功倍，效果最佳，省里的领导率先上阵，拿起笔杆子，纷纷撰写文章。

为推动全省宣传月活动顺利开展，省领导以身作则，带头撰写文章，在《四川日报》发表。省委书记发表了给全省人民的一封公开信，省人大常委会主任、省长、省国土局局长等同志，也相继发表了署名文章。在字里行间，既渗透了他们的情感，也明确宣传了党和政府对土地管理的方针、政策，鼓动了党心、军心和民心。

省领导一带头，市、地、县的四大班子也火速运转起来，纷纷作报告，写文章，发表电视演说。

——数十万干部走出办公室，组成一支支队伍，手捧宣传品，浩浩荡荡走上大街，向行人讲国法，讲政策；市长、专员、州长、县长、区长、乡长，宣传、国土、教育、文化、公安、司法和工、青、妇负责同志，纷纷出任国土宣传月领导小组组长……各地的宣传活动，又显示出各地的特色。

绵阳、涪陵的队伍最庞大。绵阳市组织了737个领导机构，参加的成员上万人。他们走乡串户，送政策上门。涪陵地区比谁都认真，335个领导小组，领导全区人民，深入山区和长江两岸，将国土法一条一条向群众宣讲，与土改时发动群众没有两样。

攀枝花市和广元市的步伐最整齐。两大市有个共同的特点是，无论城镇与乡村、大厂与小厂，也无论地方与部队、机关与学校，都争先恐后成立了领导机构，领导带头学，群众跟着学，越学越起劲。

山城重庆的形式最新鲜。在山城人看来，爱护国土，保护国土，实行国策，是一个国家文明的标志，而国土文化是民族文化的重要组成部分。他们利用这座文化名城的优势，组织专业和业余创作人员，以这个古老的话题——土地为题材，创作出了相声、话剧小品、舞蹈、歌曲、谐剧等节目，层层选拔，举办文艺调演。其规模之宏大，是新中国成立 40 年来少见的。

乐山的花样最多最美。乐山市竭尽全力，将宣传活动深入党心、民心、军心。街头宣讲，咨询问答，办国土展览……全面开花，无论“洋”的还是“土”的，应有尽有。在郭沫若的故乡沙湾区，寓教于乐，别具一格。他们自编、自导、自演，汇集了 40 多个节目，群众喜闻乐见，拍手称赞。

一个全民性的学习、宣传活动，席卷全川，从夔门脚下至川藏高原，从大巴山麓至娄山关口，村村寨寨，家家户户，都卷入了国土教育的热潮中。

那场面，那声势，确实壮观。对比之下，有人吃醋了：“我们搞计划生育，搞了十年多，还没有你们来得快，规模大。”

这话一半是嫉妒，一半是实际情况。

第一个“国土宣传月”的声势为何如此浩大？群众说是领导的带头作用，领导说是群众的心想到一起了。这些说法都不错。依我之见，成功的决定因素在于领导！

效果最佳！心血没有白费，汗水没有白流！

首次全民国土教育，据统计，全省干部、群众，受教育面达到了理想的效果——90％以上。

干部群众提高了认识，更新了观念，涌现了许许多多珍惜土地的动人故事。

地处丘陵的乐至县，土地窄，资源贫乏，农民世世代代磨破皮子，也养不好肠子。县委副书记谭朝敏，对侵占土地感到十分痛心，他大会喊，小会呼："我们必须提高认识，控制耕地面积减少。这是稳定我县粮食生产、发展经济的一项长远大计。"在广元市的大山里，一位 83 岁的老农，得知省情、市情后，他再也控制不住自己的感情，捋着雪白的胡须，颤巍巍地向村民宣传他的主张、他的感受："唉，一些人总想占好田好土，修房造屋，如果再这样下去，不说致富，连稀饭也难喝上了。"

观念的变化，情感的变化，随之会产生行为的变化。在"宣传月"中，主动纠正自己行为的典型就更多了。青川县白河、永红两乡，原向往"花园式""游乐式"的办公条件。部分农民经济冒尖后，他们打算迁场建镇，将占地 745 亩。通过学习，观念更新了，便都自觉放弃了原来的方案，使大片土地得以保存下来。宣汉县发扬优良传统，实打实干，有 15 万多农户订了"爱土公约"。他们目光远大，还在交通要道建成几十块"爱土碑"，高高耸立于大巴山麓，决心让这一精神世世代代发扬下去。

爱我中华　惜我土地

观念的形成，是个漫长的历史过程；观念的更新，自然也不可能一蹴而就。

"计划生育"，这个观念，从 70 年代讲到 80 年代，80 年代讲到 90 年代。年年讲，年年宣传，然而时至今日，许多人仍然稀里糊涂，二胎三胎偷着生，偷着养，黑人黑户从未杜绝，"超生游击队"仍活动频繁。

青少年的思维敏捷，正处于萌动、发生、发展、趋向成熟的阶段。一种新观念，新观点，若从他们做起，潜移默化，循循善诱，将收到事半功倍的效果。

成长心理学告诉人们，在婴幼儿时期，儿童开始把他从经验中分化或分离出来，这就是自我。幼儿逐渐成熟，他们的分辨能力也在不断扩大、成熟，从而逐步发展了自我的概念，在自我概念的要素中，最突出的是儿童想象他应当是什么样子，或者他能够希望成为什么样子。通过领会他人，或外界对自己的反应，渐渐地，儿童的概念、观念就铸成了自己的模式。所以，任何观念、思想体系在儿童、少年、青年时期抓起，是会有显著成效的。

美国哲学博士奥尔波特，曾讲过他小时候的一段故事，是他在乘有轨电车到弗洛伊德家时目睹的一件小事。他看见一个四岁的小孩非常怕脏，这男孩认为他周围的任何东西都是脏的。他对他母亲诉苦说："我不愿意坐在那儿。""不要让肮脏的人坐在我旁边。"据奥尔波特看，这位母亲是盛气凌人的、极端整洁的，而且衣服"浆洗得很好很漂亮"。他认为，这孩子对脏的厌恶显然来源于此。

从本质上讲，孩子是可以信任的，他们生来就坦率，有极强的接受能力。国土教育从他们抓起，是能达到理想效果的，而且还有其深远的战略意义。把新的国土观念，渗透到中、小学教育中去，实为上策。

在彝族聚居的西昌市，那是渴求文化、知识最强烈的地区之一。这一地区的八十多所中、小学，率先举起向儿童、青年宣传国土基本国策的旗帜。这是教学中的新课题。老师们一丝不苟，伏在灯下精心编写教案，查阅古今中外有关国土制度、政策、管理方法的资料。他们通过政治课、地理课、周会课、团队活动，对学生进行国情、国策和土地法规的教育。对国土，孩子们缺乏实感，学校的领导就走出校门，向县里、区里、乡里请来专家、行家、政府领导、国土管理干部，与老师一齐站上讲坛。

西昌的影响，如同喷射着浓焰的火箭，映红了神州大地，迅即产生了"轰动效应"。远远近近的学校，效法的效法，取经的取经，从而带动了全社会的青少年国土教育。

与此同时，在地处摩天岭下的安县城内，"爱我中华，惜我土地"的讲演活动，徐徐拉开了帷幕。一个个小嘴巴，讲得头头是道，绘声绘色，吸引了农民，引来了干部，数万人将学校围得水泄不通。兴仁乡中小学举办的"国土知识演讲"别开生面。说国情，讲国策，语言生动，形式活泼。听众洗耳恭听，心领神会，简直入了迷，收到了极好的宣传效果。

在那举国上下宣传国土的红十月里，飘溢着名酒剑南春酒香的绵竹县，说形式，那里多姿多彩；论声势，那里最大；论内容，那里更丰富；论发动，那里更全面，各行业、各阶层，纷纷行动起来，自觉地参加了这场国土观念的教育。

县国土局局长李仲文，乍看，八成像农民，两成像乡村教师，局长的“官架子”，他“抖”不起来。西服穿上别扭，皮鞋穿上脚丫儿是拐的。他的衣着几十年“一贯制”：一身老蓝布中山服。中央首长、外国朋友进了国土局，他照样是那一身。可一干起事来，他就是另一副模样了。“国土宣传月”，他没命地奔呀、跑呀，里里外外，上上下下，日里夜里，忙得溜溜转。胖乎乎的身体累垮了，还得了“不眠症”。

他满脑子国土情，满肚子政策、法规。

他如数家珍地告诉笔者：“绵竹是个文明古县，幅员 1 244 平方千米，南北长 60 千米，东西宽 42 千米，石亭江、绵远河纵贯南北，人工渠横穿东西，水利条件优越，土地肥沃，是‘天府’中的‘天府’，蜀国中的富饶之地……”

这片富饶之地，近些年，仿佛是块唐僧肉，人人见了都想吃一嘴。这个咬一块，那个吞一块，残留的土地，已经难以养活全县居民。所以，在绵竹县，土地锐减，人口外流，许多姑娘像电影中的“李秀芝”那样，远走他乡，嫁到异省异县去。

县政府领导，对人地矛盾十分重视，对国土工作、国土宣传、观念的转变念念不忘，一直把这项工作放在首要位置来抓。县委宣传部、教育局还为此颁发文件，撰写宣传提纲，搞得热火朝天。

李局长很得意，有这样好的县领导支持他的工作，他当然感到幸运和自豪!

这个县，值得局长欣喜的事还多着呢。

县教育局的教学大纲中，已经写上一项新课题：国土教育从小学抓起。有人说：“这是教育战线上的重大改革。”还有人说：“孔夫子都没有想到，新鲜，新鲜!”

方针一旦确立，教育立即出现了可喜的变化。全县的小学、中学火速行动起来了，编教材，请老师，国土部门、宣传部门、建委部门……一个个“国土通”都被请上了讲坛。

1989年秋天，一个阳光灿烂的日子，上百名中学生，结队叩响了县国土局的黑漆大门。顿时，县国土局的大院里热闹起来。小客人充分发挥他们的想象，要领导解答他们幼小心灵中发出的疑问。

“对人地矛盾这一世界问题如何认识?”

“我们县土地面积与人口的矛盾有哪些具体表现?”

“绵竹县的现状如何?”

“你们采取哪些果断措施保护耕地?”

……

周康、李俊民等学生，争先恐后，提出了几十个大伙未曾想到的问题。

那气氛既热烈，又尴尬，李仲文在回答这些问题时，时而口若悬河，宛如一个激情高昂的演说家；时而又感到肚内空虚，所答非所问。

李仲文的求实精神很强。他知道在孩子们面前来不得半点虚假，他尊重同学们的好奇心和自信心，决定再作准备，再作解答。

为了上好国土教育这门新课，老师们绞尽脑汁写教案，翻箱倒柜查找资料，努力丰富自己这方面的知识。

国土部门与学校配合得很好。东北乡中学提出的疑难问题，李局长利用休息时间，挤占睡觉时间，为他们写出了一份长卷。

学校决定聘请土地专家李仲文为专业课教师。每当身着老蓝布中山服的李局长伫立在讲台上时，老师和同学都对他感到格外亲切。

将这一新课题渗透到中小学教育中，这也许是中国教育事业上的新发展、新突破，也许这就是全民国土教育萌发的新途径!

土地制度的变革

一种制度的确立和变革，绝不是轻而易举的事。国土管理的变革也是如此，经过十月怀胎和分娩的阵痛，才诞生于世。

40年来，共和国制定的政策与策略有多少?多，多，多，无法统计。

但基本国策只有三个：计划生育、环境保护、土地管理。

制定一项基本国策，不是凭着主观臆断，而是思想、意识、观念、主张等方面发生飞跃之后，才下决心；或者是经历一番忧虑、沮丧、痛苦之后，不愿扮演时代的“逃兵”，才反转过来奋起直追。土地的基本国策也许正因如此才降落神州。

回顾历史，1981 年 11 月，在国务院的工作报告中，写着这样的文字：“我国人多耕地少，随着人口的增多，这个矛盾越来越尖锐，十分珍惜每寸土地，合理利用每寸土地，应该成为我们的国策。”从那天起，共和国的历史上，写上了这一国策。从此，“人多地大，用点没啥”的观念，被彻底否定了。

历史在前进，教训在不断地出现。在城乡建设蓬勃发展的背后，乱占滥用土地的现象在不断增加。1986 年 3 月 21 日，中共中央、国务院发出了《关于加强土地管理制止乱占耕地的通知》，十分明确指出：“我国人多地少，耕地后备资源不足，国家为进行经济、文化和国防建设以及兴办社会公共事业，今后势必还要征用一些土地和耕地，农民兴建住宅，也要使用一些土地。因此，十分珍惜和合理利用每寸土地，切实保护耕地，是我国必须长期坚持的一项基本国策。”随后，经全国人大通过，作为法律条文，写进了中华民族的历史。

这是一个伟大的胜利，是人们认识上和决策上的胜利，全国人民欢呼：“管好国土有了希望!”

历史的演变，随之带来制度的演变。

国家颁布的《中华人民共和国土地管理法》第二条规定：“中华人民共和国实行土地的社会主义公有制，即全民所有制和劳动群众集体所有制。”

我国实行的土地公有制，是自有人类社会以来，最进步、最完整的土地制度。这一制度的确立，也是遵循着自身的规律演变而成的。

众所周知，我国是社会主义国家，土地是社会主义生产资料公有制的主要组成部分，是社会主义的经济基础。

屈指数来，人类历史的演变，迄今已经历了四种土地所有制：即原始社会的氏族公社土地所有制，奴隶社会的奴隶主土地所有制，封建社会的封建地主土地所有制，资本主义社会的资本主义土地所有制。

土地制度的演变，是随着经济基础的变革而变革的。追溯历史，土地立法，早在奴隶社会就已有雏形。奴隶制国家的王室，占有大量土地和众多的奴隶，为便于统治，王室便将土地、奴隶分赐给诸侯百官，由他们再分给奴隶耕种。诸侯百官对王室赐予的土地，只有享用权，而无所有权。分给奴隶耕种，实行“井田制”。到了封建社会，“井田制”被封建社会土地私有制所取代，地主私人占有土地，利用地租无情地剥削农民，致使富者田连阡陌，穷者无立锥之地。

漫长的封建社会，造成广大农民没有生活的源泉——土地。所以，历代农民起义的主要宗旨，便是实行耕者有其田，废除土地私有制。

新中国成立后，土地公有制虽然已经确立，然而土地管理却杂乱无章，一派混乱。因此，在社会上出现了许多错误观念和奇谈怪论。

农民说：“土地是土地改革时期，人民政府分给我的，所以土地属于我所有。”

国营企业的理由似乎更充分，他们说：“我们是国营企业，我们脚下的土地理所当然属于单位的。”

于是，他们可以任意交换、买卖、转让、占有……

其原因就在于这些年来，960 万平方公里的土地上，缺乏土地国有的观念，因而也就缺乏土地使用税制度，等等。

“弹丸之地”的香港，总面积仅有 1 060 平方公里，常住居民 540 万人口，是世界人口稠密地区之一。香港地势崎岖，背靠陡峻山坡，面向茫茫大海，土地大部分是坑坑洼洼的山地。境内既没有平原，也没有大的河流与湖泊，仅在幽谷之中，间有潺潺溪流和一些平坝。但香港的土地经营有绝招，年创产值达 2 600 亿港元。

深圳、珠海也是好典型。这两个特区，经济发展迅猛异常。靠什么？他们自己总结了两条：一靠宣传鼓动，二靠土地资源的合理利用和有效的开发。

这些经验十分可贵，全国的有志者，于是纷纷前往取经。

1990年12月，四川省国土局王寿廷和戴世荣等，南行广东、深圳、珠海等地，就国土管理、土地使用制度改革、土地资源开发利用等方面，进行了考察。他们了解到，深圳经济特区10年前是个人口不足3万、面积仅3平方公里的边陲小镇。转眼10年工夫，迄今已是一个初具规模的现代化城市，充分展示出了它的英姿与活力。

深圳土地管理制度改革的成功经验很多，但最令人叹服的有四条：

——实行土地统一管理，政府垄断经营。它们的措施很具体，制度特别过硬，指挥也特别灵巧，没有外来的、行政的、特权的干扰。那步骤很绝，如同机器人，一切都按程序办。它的运转规律是：国土部门代表政府统一进行开发，将“生地”变成“熟地”，之后，再将成片的土地，有偿划拨给建设单位使用。

——坚持国有土地所有权与使用权分离的原则，所有权归国家，使用权实行转让。在深圳，人们的观念很清楚，土地所有权与使用权是两个概念，不能混为一谈。权属者与使用者的关系是租赁关系。政府凭借土地所有权，向承租方收取土地价款。方针一确定，一笔可观的收入便到政府手里了。据统计，政府每年可获得土地收益四五亿元。土地收益实际上已成为深圳经济发展的有力支柱，改变了过去捧着“金饭碗”讨饭的局面。

——变无偿、无限期使用土地为有偿、有限期使用土地。深圳一改过去长期形成的对国有土地无偿无限期的使用制度，把行政划拨改为市场机制调节。这是一场大变革，把死地产变成了活地产。土地一旦进入流通领域，价值就充分地体现出来了。

——实行房随地走。事物发展的规律是，有母才有子。土地与房子的关系有点像母子关系。过去是重子轻母。深圳人改变了这个观念，明确了房产买卖同时伴随着土地使用权的转让，反之，土地使用权的出让无不是为建筑高楼大厦。因此他们采取房随地走，房产从属地产，即子属于母，以地产经营带动房屋经营。

珠海特区土地管理独具特色。1988年，市政府一道命令，决定对城乡土地实行“统一规划、统一征地、统一管理、统一开发、统一出让”的管理办法，很快扭转了局势。这一办法实施两年多来，收到了很好的效果，收入资金达65亿元。这种新体制，被人们誉为“珠海模式”。

四川省国土局一行人在沿海几个大城市考察后，有一个共同的感受，那就是四川的土地管理比之沿海相差悬殊，仿佛一个在天上，一个在地下。

常言道：不比不知道，一比吓一跳。他们心里着急了。他们考察归来后，便即刻行动起来，根据四川的省情寻找差距，寻找方向，寻找自己的路，并挥笔向省里写了一份“意见和建议”。

他们开宗明义地写道：“我省是个内陆大省，人多地少是我省的突出矛盾。要解决这个矛盾，就需要强化国土管理。在继续完善管理体制的基础上，加快土地使用制度改革的步伐。城乡土地统管要按照国家的法律、法令、政策，尽快到位；收取国有土地使用税（费），是体现国有土地所有权的重要措施，土地使用税（费）应主要留归地方，用于土地开发和城市基础设施建设……”

这是一个不很成熟的“意见”，但它却表明了四川人的紧迫感。

功在当今　利在千秋

冬日，天寒地冻，逼得人们喘不过气。清晨，我顶着寒风，匆匆地去找四川省国土局的头。新年又开始了，国土管理面临着强大的压力，不知他们有何高招?

新年伊始，几位局领导纷纷外出，去谋求新招、新法、新的希望。办公室副主任陈宗清接待了我。

他到川南宜宾参加“土地卫士”蒲先云烈士的命名大会，刚风尘仆仆赶回来。

可以看出，他满脸的悲哀之色还未散尽。蒲先云的死牵动着万人心啊!

感慨一番之后，我们开始转入正题。

“老陈呀，你们对国土管理有何新的打算?”笔者开门见山地问道。老陈说：“今年，省局决定在全省掀起学习蒲先云烈士的高潮。以此为基础，搞好国土管理工作。记者同志，对于土地管理的艰苦，你很清楚。我们现在的体制、观念、行政区划，给国土管理带来许多制约，拴住了手脚，难以大步前进呀。”

稳重而朴实的陈宗清轻轻地扶了扶玳瑁色的眼镜，又继续我们的话题。

“国土工作，是四化建设中的一个重要组成部分，目前形势逼人，中央早下了决心，要求各地抓好这项工作。省委、省府领导抓得具体、认真，我们也是雄心勃勃。今年是实施‘八五’计划的头一年，全国土地管理的任务繁重而艰巨。我省处于特殊的位置，工作难度实属全国之冠。”

“对今年的工作，能否谈得具体些?”笔者又问。

老陈说道：“我对古人的话有些坚信不疑。‘天下未乱蜀先乱，天下已治蜀未治。’我到国土局已经三个年头了，我有一种感觉，四川国土管理的状况印证了这句古话。四川人口多幅员大，盆地意识如同凝雾，把人们的思想、观念禁锢在一个狭小范围内。所以我们的工作拖泥带水，举步维艰。至今，国土管理机构已成立四年了，很多人，甚至领导干部，对国土局的职能不了解。他们有个错觉，似乎这个机构无足轻重，其任务不过是开开条子，收收票子，划点土地。

“由于上述原因，一部分地、县的国土管理统不起来。随之而来的扯皮、争权、争利、争职能，闹得没完没了。

“国土局嘛，顾名思义，就是全面管理国土的职能机构，也是一个执法机关。嘿，少见多怪，有部分市、地、县管理混乱，城建、规划、建委把权抓在手中不放，部分领导，忙于事务工作，对国土政策吃不透，听之任之。另外，还有个习惯、观念的问题，有些领导的观念没有转过来，他们怕国土局收回管理权，影响市政建设，这是偏见。实践证明，国土管理只有克服了各自为政的混乱现象，才能保证国家建设用地的需要。令人遗憾的是，一些地、市、县对这个问题还没有彻底解决。国土管理难啊!”

据笔者调查，一些地区统不起来，原因自然是多方面的，但说到“权”字，在后面作祟的却是个“钱”字。这些单位的领导倘若是无私地为人民做事，自然应受到表彰，然而他们不是这样，是见钱眼开，想从中捞点油水。为此，他们把胳膊伸得老长老长，什么形象什么党纪国法都一概不顾了。

有那么一个市的建委，越权把一块地批给友邻单位。国土局呼吁市府领导出面解决未成功，硬逼着国土部门向法院提起诉讼。法院秉公执法，做了判决，可建委权大，竟敢践踏法律，顶住不办，让这起行政案件趋于流产。真是咄咄怪事！

今天的对话，涉及的范围宽广，绕了一圈之后，又回到了中心话题。

笔者："管理不统一的危害何在?"

老陈："嗯，危害就多啦。解放几十年，土地管理没有专门机构，统不起来，乱占滥用成风，至今还没有完全纠正过来。今年，全省三项建设用地计划控制在10万亩以内。要达到这个目的，需要强化计划管理、定额管理和制定统征土地的实施办法。地籍管理不统一，权属分散，各施其政，是绝对达不到这个目标的。"

笔者："据说许多省都搞有偿使用，为什么四川不搞?"

老陈："许多经验表明，搞好土地管理工作，单一的行政手段难以奏效，必须采取行政的、法律的、经济的'三管齐下'，才能改变目前的恶习。现在实行法律手段难、实行经济手段更难。我省今年准备实行有偿使用制。这一政策，对国家财政收入、管好用好每寸土地都有好处，人们称它为第二财源。从全国来看，深圳、山东、江苏搞得好。我省成都、广汉先行一步，也取得了一些经验。按照中央精神，就是要有计划地采取措施，把通过行政划拨取得使用权的土地由有价转让市场管理起来，坚决取缔土地的'隐形'交易市场，使国有土地所有权在经济上得到体现，逐步为国家经济建设积累资金。这是我省今年国土管理的中心议题，也是一个新的突破。可能矛盾很多，斗争激烈，但必须千方百计冲破重重阻力，确定国土管理的新门路。"

人类何去何从?

面对这个新课题，有人在窃窃私语，有人在大声疾呼，有人在沉思，有人在辛勤奔波……

美国绿党有个响亮而发人深省的口号："我们不是从父母手里继承了地球，而是从子孙那里借来了一个星球。"倘若人类还需继续繁衍下去，就必须唤起全社会共同努力，捍卫人类赖以生存的物质源泉，热爱自己的母亲——土地！

艰苦奋斗，功在当今，利在千秋！

1991年1—7月写于成都

跋：忠言自古不顺耳

刘济昆（香港著名作家）

20世纪60年代，在大学读文学史等课程时，教授讲师必然高度评价屈原、杜甫、辛弃疾、鲁迅等人的忧国忧民；而一旦提到当代的文学艺术成就，就不再用“忧国忧民”四个字，而改为“歌颂祖国，歌颂人民”。倘若提到1957年“右派”文人自称“忧国忧民”，也许被冠以某一个罪名。偏偏中国的知识分子又最喜欢“忧国忧民”，虽然有人前仆，血肉淋漓；还是有人后继，慷慨悲歌。

改革开放十多年，海内外叫好声响遏行云，但仍有不甘寂寞、忧国忧民的知识分子。最近，读了一本新书《啊，国土——忧患的警钟》(后改名为《国土的忧思》)，就使我为作者王治安先生捏一把汗。如果这本书是“反右”或“文革”期间出笼，王治安先生会受非难。

且看王治安先生如何写三峡——“三峡如此美丽富饶，又如此丑陋贫穷！到过三峡的人，都说三峡是一幅富有诗意的、独具特色的山水画，令人神往！可如今天然森林资源被砍，到处是穷山、秃岭、乱石，美消失了，丑不可言。1982年在云阳附近，一座山滑入了长江，堵塞了三分之二的航道。”再看王治安先生曝的“内幕”——“1981年7月9日凌晨，正值泥石流暴发之时，从昆明开往成都的442次客车，行驶在隧道内……转眼间，列车最前面的两台内燃机车、行李、邮政车厢，以及8号、9号、10号、11号车厢，栽入波涛滚滚的大渡河中，数百名旅客在劫难逃。”

这本书谈的就是中国的土地被破坏、被滥用的情况。书中没有刻意制造神话般歌功颂德的语言，而是大量披露“阴暗面”，提醒同胞要爱我中华、珍惜国土！

忧国忧民的知识分子，是中国的脊梁。当政者最应当请教这类“臭老九”，忠言自古不顺耳，却最有利于治国安邦。

《啊，国土——忧患的警钟》一书的妙处在于客观、真实，其中许多数据使人信服。我们知道，有的数字可以令人陶醉、令人得意忘形，如1958年的“亩产万斤田”一类，结果是造成和美丽数字相反的结果。有的数字是令人惊心动魄的，这些数字不是“高指标”，不是“空头支票”，而是灾荒的记录，苦难的根据，但更能推动历史车轮的前进，使人们不会晕头转向。

随便翻阅，就可举出王治安先生引用的这类数字。

1989年，我国死亡人数650万，其中火化的仅180万，有470万人实行土葬，占用可耕地进行土葬的高达370万人。若以每座坟头占地0.2亩计算，每年就将损失近百万亩耕地，比塞舌尔整个国家的面积还多。

在160个国家和地区中，我国的森林面积覆盖率排在116位。80年代统计，四川的森林覆盖率，已由50年代的30%下降到13%。

每一个中国人看了这些数字，能够高枕无忧吗？在某一种意义上，你可以想起中华人民共和国国歌即《义勇军进行曲》的歌词：“中华民族到了最危险的时候……”。

我在四川生活了10年。前年秋天，在一个偶然的场合认识王治安先生，他问我：“你把四川当作第二故乡吗？”我说：“不，第一故乡。”是的，我一向将四川视为第一故乡。《啊，国土——忧患的警钟》一书主要写四川的情况，写了灾难深重的成都平原，向我们出示“黄牌”的长江，还有“人满为患蜀为最”……

我希望当政者都好好读一读这本书，以便急采措施遏制情况的恶化，不要使“峨眉天下秀”“青城天下幽”变成历史的神话，而是世世代代永葆美丽景色。

王治安先生写这本书，虽说忧国忧民，却没有垂头丧气，他仍然相信亿万同胞能够更新国土观念，爱我中华，惜我土地。

王治安先生这本书，字字力透纸背，“世事洞明皆学问，人情练达即文章”，王治安先生做到了！

（原载香港《星岛日报》），1993年4月15日

报告文学

县委书记的改革历程
番茄树上的苦果
中国农民的希望
一粒普通的种子
大地交响曲
激活寒武纪

县委书记的改革历程

我采访的程序，也许是“古老”的、“怪怪”的。那时，心情急迫，对这个山区县，总想看透它“心脏”命位，是否有“色块”“疙瘩”，也就是说，是否有误读、吹捧。时下，人们对“大跃进”“文革”的“老病”根——浮夸风，感受刻骨铭心。作为新闻记者的我，不得不防啊。于是，我在一派疑团中，走进了这个有着各种传言的山区县。

我并未先找第一责任人——周裕德，而是先入茅舍，走过一个个田坎、土路，随后去查看他的米柜子，油罐子，鸡笼子……再走过那铺着石板，夹在低矮的土墙中的县城窄小街道。

不觉，对于我从梦中醒来的第一感悟，有触摸式的印象。

记得，那年岁末的一天，县委办公室的杨宗福领我去见周书记。我们走进大门，步入一个和川北农村相似的四合院内的一处平房，进了前门，经过石板铺成的天井，再上两级台阶，见到了周裕德。已是冬天，他穿一身褪色的旧军装，脚上的“解放鞋”已补了两块补丁，个子不高不矮，身子骨不胖不瘦，一看就是一位“老兵”的打扮。我们刚落凳，就寒暄起时下县里发生的那些事。

“王记者，粮食局去了吗?”

“去啦!”

“冷冻场生猪收购站看了吗?”

“看啦!”

“城内的饭馆、商店还可以去瞧瞧。”

“书记，整个县城的大街小巷都瞅过了。”

他把我上下打量了番，然后说：“嗯，王记者，能代表我心意的单位你都看过了，那你还要我说啥呀?”

我看他那困惑的样子，只提出了两点：“周书记，你是如何从一个农民的孩子，走上县委书记的位子?”

“你又是如何顶风摇帆，搞起土地承包责任制?”

随后，他取出8分钱一包的“经济牌”香烟叼在嘴上，就在这种气氛中，我们敞开胸怀，谈起了他如何走向那条曲折的改革之路……

一

1981年的阳春三月，川中正是桃红柳绿，麦苗茁壮，菜花飘香，孕育着无限生机，展现出改革的前景。在绿色的田野上，一辆辆色泽鲜艳的小轿车、旅游车、大客车、唧二嘎……跨过涪江、郪江，穿过千年古道，向蓬溪县疾驰而去。从乘客的衣着和言谈即可断定，他们中有来自天山南北、长城内外，鸭绿江边、娄山关隘的领导干部、外交人员、解放军、教授、农技师、新闻记者……他们带着各种疑虑和奇特的心绪，揣着各自的动机，来到这个普普通通的县，寻找答案。短短的半年内，全国各地慕名而来的客人有150多个单位5 000多人次。

在省内，特别是毗邻地、县，像赶场看“西洋镜”一般，更是络绎不绝，向这个曾被人们“围攻”，视为“洪水猛兽”、当代“世外桃源”的地方簇拥。他们中不少的人，悄悄地深入田边地角，住宅深院，刺探实情。笔者有幸也随着人流，去看了个究竟。

这个过去著名的穷县，究竟发生了什么惊天动地的事呢?人们一跨进县城蓬溪镇，沿着灵芝溪畔，绕过钟鼓楼，首先看到的是昔日光溜溜的街头巷尾，如今，粮食市场，牲畜市场，禽蛋市场，各种小吃摊，挤得水泄不通。那炸得黄生生的大油条，那热气腾腾的粉蒸肉，那香喷喷的脆皮鱼，那沁人心脾的醪糟蛋，那独具风味的川北凉粉……不仅色、香、味吸引着顾客，而且价格低廉。

紧接着，客人们看到的是接二连三的告急：仓容严重不足——粮食无处保存。原有仓容1.4亿斤，新建仓容5 200万斤，尚差仓容1.6亿斤；

油罐满盈，储油 630 万斤，库存菜籽 2 000 万斤，尚差储油罐 3 000 万斤；库存冷冻肉 100 万斤，腌肉 100 万斤，全县还有几十万头像小水牛一样的大肥猪，食品站无法收购，多次告急，仍未解决，县里多次派人外销，也无济于事。在那年月，别的县区，特别是城镇居民，吃粮、吃肉都是凭票，想多吃可难啦。

是啊！可在蓬溪这片土地上，庆丰收的农民，正发愁，担忧，如何解决几十年未涌现的疑难新“症”嘞。

这忧、这愁，其核心却充满了希冀和活力！

人们走乡串户，揭开社员冒尖的粮囤，捧着农民的存款折，翘首仰望着社员的幢幢新房，赞叹不已。

“嗬，社员的粮食硬是吃不完呀！”

“真是一步一层天，一年一个样！”

“日子太美了！我这一辈子还没遇上这样的好日子呢！”

劳动发家的社员，个个红光满面，喜气洋洋，人人衣冠楚楚，趾高气扬。腰包里揣着大沓票子，上绵阳，过成都，下重庆，脊背挺得笔直笔直的，大摇大摆地走在繁华的大街上，太神气啦！在茶馆酒店，在街头公园，社员们喜笑颜开，交谈各自成倍增加的收入和今后的美好日子，道出他们的新生活，新享受。

在城里转悠中，笔者虽然没有孙悟空那般火眼金睛，却能看出一些改革的路数，还听见一则让我迷惑不解的新闻。几位老年人在摆谈中，一个说：

“四川不是省委书记给我们送来责任制这剂灵丹妙药，生产咋个搞得好哟，我们还在过穷日子哩！”

“是呐！没有周裕德和县委这种拎方煎药的人，怕连裤子也没得穿哟！”

“喂，你们听说过没有，去年南充地区有几个县选‘县太爷’要选我们府上的周书记呐！”

“他真是个实事求是，思想解放，认真贯彻党的方针、政策，真心为农二哥谋利益的好书记。”

二

1977 年，“文革”刚过，绵阳地委派周裕德到蓬溪，担任了县委副书记。他一来，就一头扎进生产队，在田边地头，在社员的草屋里，和“社员们”摸爬滚打，与“黄泥巴脚杆”交上了朋友。全县 90 个公社，863 个大队，几乎都留下了他的足迹，都淌下了他的汗水。可以说，在最初的两年内，他没有干出什么惊天动地的大事，更不想抛头露面，邀功请赏。他这人，就是那么个怪脾气，喜欢默默无闻，埋头苦干，即使立下汗马功劳，也绝不会炫耀。

1979 年，蓬溪遭受了百年未遇的大旱。就是在这个关口，这位 40 刚露头的汉子，接替了老书记的大印。

一天，在县委的礼堂内，坐满了黑压压的人。当周裕德出现在主席台上时，与会者面面相觑，眼鼓鼓地瞪着他，七嘴八舌，叽叽喳喳。

这个说：“猫儿小了不避鼠。他把这个大县搞不搞得起来啊?”

那个说：“成天在下面跑田坎，能起什么作用。”

还有人说：“没有两把刷子，想把这穷县弄好，是白日做梦。”

总之，周裕德嫩气了点，嫩姜儿没得老姜儿辣。说风凉话的人干脆叫他“嫩气书记”。

为什么群众这样议论他呢？说不清楚。大概是因为他不爱抛头露面的性格，也可能是因为他泰然自若的神情，也许是因为他貌不惊人，太平凡，太普通，普通得就像个地道的“乡巴佬”。那条绷在身上的草绿色的下装和解放鞋，常常沾满了泥点，黧黑的面孔，留着浅浅的平头，从头到脚，朴实无华。有一点应肯定，更使人们“遗憾”的是他当“官”不像官，不住衙门住草棚。普通的人，总是大多数。然而，那线条粗犷的五官，给人留下憨厚、刚毅的印象。这个精壮的汉子，浑身透着剽悍、英武，显得虎里虎气！

周裕德一上台，就碰上了“拦路虎”。他有事无事都爱到农村去转转，展现在他面前的蓬溪大地，是一幅多么荒凉的景象啊！他接任的这个县，位于川中山石泥土交汇地带，是十年九旱的地方。由于旱灾频繁，地少人多，土质瘠瘦，生产门路少，是一个穷得狗在锅里卧的县。

周裕德“升官”的那年，老天爷仿佛成心与他作对，春旱、夏旱加伏旱，成片的秋田咧着嘴，露出了牙，地里的庄稼火都点得燃，这是一场百年未遇的大旱灾啊！这一年，三分之一的生产队颗粒无收，全县粮食产量下降到新中国成立后的最低水平。这一年接受返销粮 5 300 万斤，接受救济款 100 多万元，公社、大队、生产队三级欠贷款 1 600 万元，人均收入仅 15 元。这一年，有人断炊，有人讨饭，有人外出流浪，闯关东谋生。总而言之，这一年蓬溪人民全是靠贷款，靠救济，靠返销粮维持生计，过着十分窝囊的日子！不少人叹息说：“这个县成了秃子的脑壳——没发（法）了。”

周裕德每当看到社员众口嗷嗷的饥馑，面带愧色，心似针刺！县委一班人的心真像水煮石头——难熬啊！

面对重重的困难，部分干部社员思想混乱，情绪低落，说什么“眼看这片荒凉景象，心都冷了半截。”县委个别领导干部动摇徘徊，信心不足，有气无力地说什么“一年爬起，两年站起，三年起步就不错了。要想一年恢复生产，是癞蛤蟆想吃天鹅肉”。

全县的 100 万双眼睛，盯着新上任的县委书记周裕德。社员群众向他呼吁：“哎，周书记呀，快带领我们，寻找一条摆脱贫穷的道路吧！”

困难像一副千斤重担，压在这位年轻的县委书记的肩上！

在困难面前，周裕德这个经过党多年培养的硬汉子，并未屈膝。他带领一班人，首先认真研讨、解读、贯彻党的三中全会的文件，教导大家振奋精神，树立信心。他在县委举行的誓师大会上，斩钉截铁地说：“在严重灾害面前，我们要有气吞山河的魄力，愚公移山的决心，去领导全县农民千方百计恢复生产。如果三年不彻底改变蓬溪的面貌，我自动背起铺盖卷走人！”他的豪言壮语，像一团熊熊烈火，在县委一班人的心中燃烧。他的誓言直到今天，仍然铭刻在每个干部的心坎上，成为他们前进的动力。

这些豪言像龙王爷的定海神针，把干部群众的心稳住了。然而，在那一年他并未立刻找到致富的尚方宝剑呵。

在这些日子里，周裕德的心情十分沉重，常常彻夜不眠，苦思苦索，他脑子里直挽疙瘩：解放 30 年了，农业生产像“三寸金莲”的小脚女人，徘徊不前，群众的生活改善不大。眼下，连社员的温饱都未解决，哪能谈得上农业现代化？自己身为县委书记能对得起党，对得起百万农民吗？

寻找，他苦苦地寻找致富的灵丹妙方！

三

秋夜，静静的田野上，一轮皓月挂在太空，银辉透过窗棂，洒向办公室。紧锁着眉头的周裕德，一支接着一支地抽着“经济牌”香烟，在办公室里，习惯地来回踱着方步。在探寻改革的道路上，曾经思索过，实践过，失败过，往事，像流动的银屏，一幕一幕地闪现在他的眼前。

过去的一些年月，生产上不去，一找原因就是“天不坏，地不坏，阶级敌人搞破坏，资本主义在作怪”。因而，今天讲路线，明天抓斗争，你斗我，我斗你，搞来搞去生产还是一团糟。多年来，我们在农业生产上，不实事求是，却好高骛远，想抄近道，反而欲速不达。这就是农业上不去的症结所在。

1978 年春，地处偏远山区的群利公社，为了根除三类苗，社员偷偷地把部分旱地承包给私人管理，定产包交，全奖包赔。当年就出现了奇迹，粮食丰收了，社员乐了。可是，在饱尝“左”倾思潮毒汁的当初，这个“禁区”谁敢触犯？

殊不知，坛口封得住，人口却封不住啊！不久，这个风吹到了县委。县委发现“敌情”，心急火燎，当天被“红卫兵”的吼声吓破胆的书记派人赶到现场，进行“围剿”。对此，他还不放心，赓即又派了工作组“纠偏”。对“承包”的事儿，社员坚持，干部支持，县委训斥，你一言，我一语，公说公有理，婆说婆有理，辩论就这样拉开了。工作组压不住场子，只好来了一道强令：“思想不通，组织服从”。干部软了，社员失望了。群众唉声叹气地说：“中央在放，群众在盼，县、区、社就是三根顶门杠。”老队员唐光显咽喉哽哽地对县委的同志说：“地上只有千年树，世上难找百岁人。我土改就干起，跑了30年，没找到让社员翻身的计策。这个办法儿一用，就灵验了，一年就吃饱了肚子，装满了柜子，穿上了裤子，很多人还修了房子。端在社员手上的一碗油，为啥子又要求我们倒了呢？唉，往后我们咋个活呀！”这是发自肺腑的呼喊，是千百万农民掏心窝子的声音。

善于思索的周裕德，听到这些撕心裂肺的呼声，如梦初醒，受到巨大启迪。他想，既然群众认为“包产到户”两全其美，何乐而不为呢？就让他们搞下去，试试不行吗？但是，“包产到户”是多年批判的中心话题，闹不好会“株连”三代啊！他心里矛盾，眼前出现了挨批被斗的场景，找不到定盘心。另外，他还想起了三年自然灾害造成的荒凉景象，仅仅两年时间就恢复了元气，不就是由于实事求是地调整了生产关系，调动了群众积极性，加强了生产责任制的缘故吗？

1979年春暖花开的时节，周裕德沿着涪江两岸，看到稀稀拉拉的麦子，蔫不拉唧的油菜，连声叹息，快快不乐。在离转轮公社不远的田坎上，看见一个身着长衫，两鬓霜雪的老农，站在一块齐刷刷的、金黄的麦田里，舒展开满脸皱纹，捋着八字胡，正赏心悦目地欣赏他那块齐腰深的、沉甸甸的垂着金黄色脑袋的麦苗，散发着籽粒香。周裕德一看他那泰然自若的神情，兴趣油然而生。于是他便兴致勃勃地走到那位老大爷的面前，双手捧着麦穗问：

“老大爷，这块麦子是你的吗？”

“嗯。”

“长得不错呀！”

“嘿嘿，大家都说这两分多地，能打二百来斤啦。”

“据我看还不止这个数呢。”

接着周裕德抬眼看了看紧挨着的那块稀稀拉拉，只有筷子高的麦苗说：

“这块地是谁的呀？”

“唉！那是集体的。”顿时，老大爷蹙着眉头，脸上的皱纹加深了。

“为什么集体的庄稼那么差?”

“集体搞啷门搞得好嘛?”

此刻，老农的眉梢上，愁容像雕刀镂刻。他把周裕德从头到脚打量一番，看他那打补丁的草绿色的旧军装和露着脚叉子的解放鞋，满身泥沙，浑身的蛮劲，他想，准是个务农的好把式。他斜视着目光：“哎，伙计，你是哪个队的？听说上面不叫，再拮鸭儿翻田坎那是真的?”

周裕德望着这位老社员，支支吾吾，一个字也没有哼出来。

这一连串的问题正好击中了周裕德的“心病”。他一路潜心思索着一个问题：为什么社员对“吃大锅饭”不感兴趣呢？为什么群利公社的社员对包产到户那么热衷呢？他困惑不解呀！

这时，他想起了“农业学大案”那阵，社员干法的架势：“出工人等人，干活人看人，收工人撵人。”人心涣散，精神不振，这是生产上不去的致命弱点。必须打开油门，疏通渠道，才能加大马力搞生产。

此刻，周裕德的脑壳里，像十五个吊桶打水——七上八下。想了几个通宵，最后，他索性和其他县委常委磋商，让承包到户这个路走下去。

县委一班人统一了认识后，在群利公社那山旮旯里试点，即使闯了“祸”，对整个大局，也不过是苍蝇害背疮——没大脓血。

庆祝新中国成立30周年的乐曲声，还在空中盘旋的时候，在成都召开的县委书记的会议上，省委书记作了一个振奋人心的报告，他号召大家要解放思想，闯出新路。会后，省委又为四个重灾县，开了单方，举行了一次特别会议。书记指示蓬溪县可以把部分旱地和田坎包给社员种。在会场里一个穿着旧军装的中年汉子，瞪着一双炯炯有神的大眼睛，一动不动地盯着主席台，聚精会神，洗耳恭听，书记的话字字句句都扣中了他的心弦。这条汉子就是郁郁寡欢、心事重重的周裕德。他听着听着，沉闷的胸怀豁然开朗，宛如在烟波浩渺的大海里，看到了灯塔；仿佛在茫茫的黑夜中，见到了光明，希望的火种，点燃了这颗沉闷的心！

周裕德紧锁的眉头舒展了，他信步走出会场，长长地呵了一口气，好像卸下了千斤重担。

四

周裕德匆匆忙忙赶回县里，立马召开了常委会，把省委书记的话，一字一句地送到大伙的心坎上。为了百万农民尽快摆脱困境，他带领一班人，顺着省委揭示的那条亮丽之道，披荆斩棘往前闯。

正值极力寻找脱贫之际，本县两个灾年丰收的典型材料，像磁铁一样把他牢牢地吸引住了。

地处县境东南角，离县城百余里与合川、武胜、潼南交界的群利公社，重灾之年粮食丰收，1979 年比上年增产 25%，实为罕见。

地处县境西南角，离县城二百余里的河边公社六大队八队，全队 26 亩棉花，平均亩产皮棉超过百斤，赶在负有盛名的全国植棉模范区精英的前头，令人惊奇。

这难得的榜样，正是蓬溪县需要的！

可是，在庆幸的时刻，一个疑团盘踞在周裕德的脑门上：这些队为什么能增产，难道老天爷偏爱他们？他巴不得立即飞到那里，弄个水落石出。

当时，好心的同志，语重心长地劝他，“估计他们可能是搞包产到户生了效的，你是县委书记，你去了他们叫你表态，啷个办？”他笑了笑，毫不犹豫地回答：“共产党人，一切从实际出发嘛，对的就支持、宣扬，错的就批评，纠正呗。”

他长了个天生的犟脾气，言必行，行必果，他认定要做的事，谁要想拦住他，犟人的劲头牛也拉不回。

一个寒风凛冽，大雾弥漫的冬日，周裕德忍着腰椎骨质增生的疼痛，向二百余里外的群利公社奔去。

他们一行四人，跨上群利公社的土地，已经 12 点钟了。公社干部留他们吃午饭，他不同意，屁股未挨板凳，就饿着肚皮下队去了。他一手撑着腰，一手拄着一根竹棍，佝偻着身子，一步一挨地向边缘山区的八大队一队靠近。走着走着一阵腰痛，被迫停下来用手按着腰部。搓呀，揉呀，似乎松了一口气，继续弓着腰往前赶。看到他那艰难的步履，同志们都劝他就此止步。

“周书记，你的身体吃不消，就不去了吧。”

“不，不到长城非好汉嘛！”

“你是县委书记，不能去啊！”

“怎么不能？”

“去了要你表态咋办？”

“对的，就支持；错的，就批判。”

“你表了态不就支持了单干吗？”

“谁说‘包产到户’就是单干呀！”

他们一边走，一边争论，三张嘴怎么也说不服他。

一片绿油油的小麦、油菜，长得整整齐齐的。周裕德望着眼前的庄稼，忘记了腰痛，越走越来劲，三步两步来到了队长的家。

生产队长唐先珍，看到不速之客，预感“大祸临头”。她强撑着笑脸：“周书记，你……”边说，两根脚杆边打哆嗦。

社员们听说县委书记来了，探头探脑地瞅了一眼，就溜下地去了。

会计蹑手蹑脚搬来账簿。周裕德拿出电子计算器，一笔一笔地算起来。最后，在红色的信号盘上，显示出了几个引人注目的数字。全年粮食增长一倍多，生猪增加30%……对这些数字他是满意的，然而，他仍然持怀疑的态度。于是，他又走家串户，揭开柜子，掀开粮囤，捧起金黄色的谷子，眉开眼笑，赞不绝口：“你们干得好，我支持！”

这时，也只有这时，周裕德心中的疑团才解开了。全队的社员，听到周书记的称赞，他们欢呼雀跃，他们满面春风，围了过来，向他们的书记炫耀他们的丰收成果。

周裕德不顾一天的疲劳，一连跑了几个队，得到了同样的结果。他情不自禁地嘀咕：“我们反对过的东西，它却在灾年夺得了丰收，这是为什么？”

社员告诉他：“包了产，我们的脚拇指尖上都是劲，还愁搞不好？”

“过去，搞大伙营、大呼隆，饭在锅里；包了产，饭在自己碗里，心中踏实，谁不起劲呢？”

随后，干部告诉他：

“过去，生产生产，队员在喊，农活质量，大家不管，要说工分，圈圈照挽；现在，生产生产，大家在管，农活质量，精心细管，要说产量，加倍加翻。”

周裕德发现这个典型，就好像哥伦布发现了新大陆，高兴得惊叫起来。是夜，他高一脚，低一脚，摸了30里夜路才回到公社。他似乎吃了“兴奋剂”，想呀想，一夜没有合眼。

群利公社的奇迹，社员富裕的生活热情，使他冲决了心底僵固的堤坎，洗去了眼前溟蒙的尘埃，看到了一条治穷致富的光明大道！

他握着公社党委书记邓天元的手，心悦诚服地说：“老邓啊，过去我们反对他们搞包产到户，事实证明我们错了，向你赔礼道歉！”

五

通过对群利、河边两个典型的调查，周裕德的思绪像潮水一样起伏着，党的的三中全会的阳光，使他心中的坚冰融化了；省委领导的教诲，给了他无穷的力量。他大胆地闯进了思想深处禁锢那块领地，痛切地感到：多年来，辛辛苦苦地干了许多蠢事，违背了客观规律，遭到了应得的惩罚，这是沉痛的教训。于是，1980年的早春他索性在全县推广群利河边的经验。

他找县委一班人商讨，决定推行各种责任制。很快“包产到户”“包产到劳”……责任制像雨后春笋，从全县农村的大地上冒了出来。它是百万双眼睛期待的，是一颗颗火热的心盼望的，它显示出农民的向心力和创造性，它代表了中国亿万农民的心愿。

话又说回来，在中国的大地上，禁锢了几十年陈腐的思想，是难以突破的。一种设想的推出，通常就是一场争论的开启。作为县委书记的周裕德，从不把自己的观点强加于人。他总是摆事实，讲道理，以理服人。

1980年2月，这个关系到蓬溪县何去何从，关系到百万人口的生计大事，在县常委扩大会上，辩论开了。会议从早开到晚，从掌灯时分开到了鸡啼犬吠。会场像沸腾的大海，如爆发的活火山。提倡的、赞扬的，都做过周密调查，有事实、有理论、有依据，有说服力；抵制的、反对的，都引经据典，极力诋毁。有人慷慨激昂地说："上面规定，共产党员搞资本主义要开除党籍。"周裕德以心平气和的态度慎重地解释："我是班长，即使上面追查责任，由我去承担。不过，我没考虑自己的乌纱帽，考虑的是如何让群众装饱肚皮。我们放心大胆地搞。有人说，当官不为民作主，不如回家卖红薯。是呀，我们为官一方，就要为民解难嘛。"

经过九十九个回合，终于用事实战胜了雄辩，以周裕德为首的多数通过了一个令人震惊的决定："在全县推行旱地联产到劳。"

县委的决定，犹如一股春风，吹动了干部社员沉闷多年的心，社员们喜出望外，奔走相告。1980 年的春天一半的生产队迈出了新步子。

周裕德的行动，一时间引起了上上下下、内内外外的强烈反响。有的说："这是几十年来走不通的老路。"有的说："批判多年的'右倾'倒退风像路边的野草现在又冒出来了。"有人质问："周书记，你究竟要把蓬溪县百万人民引向何方?"有人指着他的脑门说："老周，你别糊涂，这是在搞复辟、倒退，是要坐班房的!"一些家在农村的干部、工人忧心忡忡，担心自己家里的收入会减少。几乎在同一时间，从遥远的边陲，到祖国的心脏，一封又一封带着忧虑的信，飞到了周裕德的手上。

关于内部的争论仍在继续。毗邻的十几个县看到蓬溪推行责任制，忐忑不安。于是，有的县派上强有力的干部，驻在边界上，扎下一垛墙，进行"隔离"；有的县，拉开大喇叭，对着蓬溪的天空大吼大叫，进行"围剿"。顿时，谣言四起，谩骂不绝于耳，说什么周裕德是个"天棒书记"，周裕德正在背书"倒霉"呀，"周裕德已经撤职"呀……还有人首先发难到绵阳地委告黑状，说他"一粒耗子屎会坏了一锅汤"，蓬溪县的乱局如果不收拾，就会像瘟疫一样，传向四面八方，首先感染邻近的县，把社员拉回到旧社会。

随后，在地委的扩大会上，一位领导声色俱厉地对周裕德说："老周，共产党员如果带头搞包产到户，要开除党籍哟!"

千言万语，万语千言，汇成一句话：蓬溪县出了个“天棒书记”！

霎时间，在蓬溪的大地上，闹得乌烟瘴气，已是“兵临城下”。然而，周裕德却岿然不动。

夜，静谧。周裕德从地委回来，拖着疲惫的身躯，忧然地跨进了家门。他直愣愣地坐在靠背椅上，两眼盯着窗外昏暗的月光，一支接着一支地抽着烟，像个木头疙瘩，一动也不动。

贤惠的妻子，看到丈夫满脸愁容，不禁吃了一惊。他一定发生了什么事了！对周裕德这种神色，她是再熟悉不过了。她细声细语地问：“老周，身子不舒服吗?”

他深深地吸了一口烟，下颌骨蠕动一了下，嘴唇却一个字也没有吐出来。

妻子根据周裕德往常的习惯，明白了几分，一定是心窝里的疙瘩解不开，又语重心长地劝他：“在‘文革’中，挂黑牌，批呀，斗呀，挨打，现在你的腰都还在痛哩，还没被整怕吗？唉，上面咋个说，你就咋个干嘛，何必去冒风险呢?”

正在隔壁屋里复习功课的女儿，听到妈妈嘶哑的担惊受怕的声音，想想“四人帮”兴妖作怪时，乌云笼罩的恐怖情景，那双明镜般的眸子闪出了泪光。她有点担心爸爸……“嘎”的一声推开门，冲到爸爸面前，胸口一起一伏，像玩累了的羊羔儿，脸，红溜溜的，小苹果一样。她扑向爸爸的怀里，抽咽着，奶声奶气地说：“爸爸，妈妈劝你都不听，你真牛，你是个牛爸爸。要为我们着想，不能再让我们受牵连啊!”

爸爸接着女儿的话题说：“孩子，我们不能光为了自己呀，要想到全县百万人民。”这一夜，周裕德辗转反侧，怎么也合不上眼。他的思绪回到了以前……

那是1948年，一个数九寒天的夜晚，北风在穷乡的野地呼啸，万籁俱寂，遂宁明耻中学的一间教室里，一盏明灯，照亮了世界。刚满14岁的周裕德，满脸稚气，攥起了拳头，在金光闪闪的党旗下，发出了钢铁般的誓言。这声音震撼着川北大地，吞没了旧世界，这誓言永远铭刻在周裕德幼小的心灵上。他高兴，他幸福，他从此就是党的人了！一团火炬在他的心中燃烧，燃烧，永远燃烧！

他像个初生的牛犊，向学校当局勇猛地冲去，他们罢课，反饥饿赶走了反动的军事教官。在闹学潮中，他是一名勇士；在土地改革中，他是个尖兵；在大昌沟煤矿任党委书记时，他没日没夜与工人战斗在井下。他从入党那天起，就把一切交给了党，从来没和党分过心，从来没有考虑个人得失呵。他对党、对人民只有一颗赤诚的心，怎么能说他和党唱对台戏呢？

在县里，一些心有余悸的人，提心吊胆忌讳那个“包”字，他担心，“包产到户是资本主义”，“包产到户是单干”，必然会产生“剥削”，“卖儿卖女”。

“包产到户”是“资本主义”吗？不，社员在承包的土地上，用自己的双手种出庄稼，看不见资本主义的影子嘛。

“包产到户”是“单干”吗？不，它坚持生产资料公有制和按劳分配的原则，正是体现了社会主义的优越性嘛！

“包产到户”会产生“剥削”吗？不，土地是集体的，这就铲除了产生剥削的基础。为此，一场自发性的大辩论在川北农村展开了。

周裕德的脑子里，翻江倒海，对那些离奇的流言与中伤，用理论和事实作出了精确的回答。最后，他把来自田边路边，山里山外的言谈浓缩到一点：要尽快改变这个“三靠县”的面貌，必须在全县推广群利和河边公社的经验。那是百万双饥饿的眼睛所期盼的。它显示农民的向心力和创造性，是中国农民的共同的心愿！

为了正确地回答这些尖锐的问题，统一干部的认识，县委决定组织县区干部考察，到田边地角去听听社员的心声。

在动员会上，干部听到县委的决定一片哗然。有人编了顺口溜：

“说起包，脸发烧，

过去挨过批，弯过腰；

现在又喊搞，

恐怕要翻翘！”

还有一些干部以嘲笑、陌生的眼神看着周裕德，好似他是从另一个星球刚刚来到地球上一样的外星人。大家异口同声地称周裕德是个“牛书记”!

周裕德听了这些风凉话激动得站了起来。他用长满老茧的手，把头上的黄色军帽揭下来，往桌上一搁，斩钉截铁地说：“只要能把蓬溪百万人的肚子装饱，要摘帽，要坐牢，由我一个人承担，决不把责任推给大家!”

翌日，8 辆大客车，拉着三四百名县区干部从东到西，从南到北，浩浩荡荡，走家串户，一个个调查会、评论会，在院落宅地开得热热火火。调查研究，参观访问，整整跑了大半月，写了上百份材料，一个个充满“火药味”的数字，像一颗颗炮弹，射向极“左”思想这个顽固堡垒。随着时间一秒一分地过去，人们心中的坚冰一滴一滴地融化了，疑团也随之一个一个地消逝了。

六

蓬溪县包产到户的信息，风驰电掣一般传到地委一位管农业的书记的耳朵里。他是周裕德的老上级。多年的交情，他摸透了周裕德的犟脾气，怕他年轻气盛，工作上出偏差，不好收拾“烂摊子”，他焦急，真为他担心!

就是那一年的 3 月，这位书记风尘仆仆，急急忙忙赶到被人们视为“火山”口的蓬溪。他一下车，不顾长途跋涉的劳累，披着满身的尘土，脸未洗，饭未吃，握着周裕德的手，就开诚布公地指责：“老周啊，大家反映你推行的是‘孬’办法哟!”

“这个办法好得很嘛，社员巴心巴肠地盼呀!”

“搞个体经营几千年还没有搞烦吗?”

“我们不是搞个体经营呀，是集体包产的一种责任制嘛。总不能以一起干活的人的多或者少，来判断是集体经营还是个体经营噻!”

那位书记有点生气，想爆发一通，怕伤了多年友情，又软了下来。周裕德的嗓门却高一阵，低一阵，宛如放连珠炮，把他的心里话通通挖了出来。就这样，两人喋喋不休的争论，从下午一直舌战到午夜。周裕德看到老书记满脸倦容，关切地说："老书记，休息吧。明天我陪你下队转一转。"

"当然要去啰!"老书记怏怏不乐地回答后，接着他又提醒周裕德，"你的犟脾气，应该改一改呀!"

这位老书记，久久不能入睡，偌大个问号萦绕在他的耳际：周裕德为什么老拖着包产到户不放呢？他这个牛脾气相当危险，得想办法对他进行挽救、教育，挽回他的面子呀!

周裕德更是彻夜难眠。南下时，这位书记年轻英俊，是有较高理论水平的领导干部，解放30多年来，他为了百姓谋生计，哪一天不是在农村与社员一起滚打呢？两鬓霜雪就是他辛劳的见证，额上的皱纹记录下了他对群众的情分啊。可是如今他对这个驱赶群众穷困的路子，为什么不赞成呢？莫非他"变"了吗？周裕德感到困惑。

次日，报晓的晨钟还未敲响的时候，他们便迈开双脚，向包产到劳的社队进发。这位地委副书记，搞调研是他的拿手好戏，这次他更是一丝不苟。他一边走，一边看，亲自找干部，问社员，逐队翻阅了方案，挨门挨户开柜，瞅粮仓。

周裕德陪着老书记，翻山过岭，走社下队，整整在乡下转了7天时间，老书记怀揣一个小本儿，边看边记。他看到实行"承包制"，家家都出现了粮丰猪壮，锅里一日三餐都把肚皮喂得饱饱的，他那紧锁的眉头渐渐地舒展开了，争论也平息多了，经过反复思忖，他觉得周裕德"牛"得有道理。结束时，他拍着周裕德宽阔的肩膀，说："小周啊，我支持你们旱地包产到户，不过……"说到这里，他没有把肚皮里的疑惑吐尽，那些忧虑似乎依旧盘旋在心间，也许是雨过天晴，他不愿正视阳光的刺激。

这朴素的语言，可来之不易呵！它表明老书记和群众出现有了心心相印，几天来，困扰着周裕德的迷雾解开了：原来他没有变!

几个回合的舌战，使周裕德深深感到，要坚持三中全会的方针、路线、政策，就必须认真学习马克思主义，大兴求实之风。多少年来，极"左"的东西把人们的思想搞糊涂了，像一锅粥，形成了一种顽固的疑团，盘踞在部分人的头脑里。我们要打破极“左”的思想桎梏，要按三中全会提出的大步前进，就必须帮助干部打开社会主义初级阶段理论的大门。于是乎，他更加刻苦地钻研理论，并写出一批有说服力的文章。

晚上，县委的大院里，他的办公室总是最后一个熄灯；早晨，总是最先从他的窗户里透出灯光。几个月来，他带着人们解除对生产上实行包产到劳责任制的种种嫌疑，研究马克思政治经济学中生产关系必须适应生产力的特性，以及社会主义初级阶段的基本特征。对那些打脑壳的问题，他又反复读了《反杜林论》《哥达纲领批判》《政治经济学教程》等。

与此同时，他还组织干部学习了三中全会以来党中央和省委的重要文件，通过学习，他的心胸更宽广了，更加深了对责任制的推广的坚定。对三中全会的路线、方针、政策有了更深刻的理解，对包产到劳、包产到户等有了明确的认识，而且突破了“大”“公”“平”这些极“左”的框框不适合当前生产力发展水平，生产责任制应当在全县推广。

在周裕德的倡议下，县常委中心学习小组的学习加强了；各部门召开了多次研讨会，就包产到劳、包产到户的若干理论问题，进行了深入广泛的探讨。周裕德还多次在干部会上作理论报告，引经据典，回答人们的种种疑虑和担心……干部的思想在混乱中得到了新的统一。

七

当笔者再次采访周裕德的时候，他突然告诉我，他经历的那段终身不忘的场景。他在回忆中，是那样痛苦，甚至有些伤感。那是几个月前所经过的又一宗大浪。

我住在全县最高级别宾馆——县委招待所，其实只是几间土屋。招待所距县委特别近，只隔一堵半人高的土墙。那天我起得特别早，按约定的时间，我走进周书记的办公室。门房已开，但不见人影，我坐定后，发现案头上有一叠旧巴巴的稿件，我顺便翻开，正好是他的笔迹，文章的内容全是阐明他主张搞包产到户的证词证言。

不一会儿，他手拿一捆“废”纸，不，按“文革”的老名词，应该叫“大字报”，那才是它的“本名”。他顺手摊开几张，放在我面前说：“王记者，你看你看，这是我们几个月前在县里搞辩论会，大伙写的文章——嘿，你就叫它大字报好了。这些东西是山里人对农村变革的想法和迫切希望！我们部分干部怕这怕那，怕丢掉乌纱帽，而农二哥最怕吃了上顿没下顿，有了上衣没裤子。”

他接着在屋内走了几步，然后又说：“尽管全县搞了承包制，然而，这场争论并未结束。”

一向坚持实事求是，一切从实际出发的周裕德，风里雨里继续为联产到户的责任制的生存而奔忙。几个月内，他带领县委一班人，踏遍了蓬溪县的山山水水，一点一滴地搜集资料，写出了140多份调查报告，其中他亲笔写的就有五六十份。这些调查报告字里行间充满着希望，充满着真理，显示出责任制的强大生命力。这强大的生命力，给了周裕德无穷的力量和智慧。

然而，他一想起今年5月份，地委召开的扩大会上的情景，不禁心里有些犯愁。会，一场大争大辩的会，把矛头直端端地指向周裕德的脑门，整整开了五六天。千言万语，万语千言，都没有说服他。平常颇有儒雅风度的周裕德，到了针尖浪尖上，便横了心，顾不上温文礼让了。他在众目睽睽之下，始终不改初心，始终不退让半步。

有几位好心的朋友劝他：周书记，你已这把年纪了，就认了吧！别坚持，会成孤家寡人，会遭到众人唾弃呀！他却没有动摇，还反驳：“我们的搞法是根据省委领导的指示、心愿，没有错。事实会证明我周裕德是对的，生产关系是符合生产力发展这个规律的。实践是检验真理的唯一标准嘛，你们也可以实践噻。”

他的话，像高亢的琴声，震动着与会者的心弦，引起了共鸣。但地委的个别领导，心里还埋着未解开的疙瘩，厉声地批评他：“蓬溪搞包产到户是倒退，必须纠正！”

蓬溪地区这场风波升到了浪尖。

在指责和压力面前，一段时间，周裕德更加少言寡语，闷闷不乐，人瘦了，黝黑的脸上皱纹密布，头发悄悄地向外延伸，胡子像一把刷子，哎呀，他哪有时间去理它呢！

没有时间，这是事实。他心中只有工作，没有自己，更没有家。一天，他从农村匆匆忙忙赶回县委，肚子饿得像泄了气的皮球，他冲进家门，翻盆倒碗，都没找到一点“进口货”。喊爱人，爱人不在；叫女儿，女儿没应，他慢慢地放下了正要打开碗柜门的手，不知不觉地停下了脚步。这时，他爱人下班回来了，听他叫女儿吃了一惊，以为他被逼疯了。她急忙说：“嘿，你这个人咋的，女儿不是到成都上大学去了吗？”

“哦，什么时候上大学的？”

“唉，你这个人啦，我都给你说过几次了还记不住。”

这个家，对周裕德似乎是陌生的。家里的事他很少听得进耳门里，他成天价一个字“忙”，一是想计谋，二是去农舍，跑田坎，一心想的是为农民“脱”去身上的补丁结补丁的衣袖。那时，他妻子还在离家100公里外的绵阳上班嘞。

1978年，妻子得了高血压，加之患了痢疾，在绵阳地区医院住院一两月，爱人几次来信叫他去护理几天，他总是说工作忙没有时间，后来病情恶化，医院发了病危通知，他仍然蹲在社队与干部社员琢磨泥巴。后来，地委接连下了三道“金牌”，他才奉命到了地区医院看望妻子。

不久，地委派来一支队伍，再次踏上蓬溪的大地。其来势之猛，具有“大军压境”之威。

辩论整整两天两夜，唾沫说干了，嗓子辩哑了，一点也没有动摇周裕德的承包到户的心。他们请来一位理论权威，他在结束语中强调：“从理论上讲，这种办法是空想社会主义，是乌托邦。”周裕德却坦然地说：“不。从理论上讲，我们坚持的是社会主义原则；从实际上看，我们增了产。”

事实证明，这不仅是一次生产上的变革，而且是科学战胜愚昧，实事求是战胜形而上学的一次飞跃！在百姓的思维还处于个体生产的原始蒙昧状态下，这种生产方式是适应的。

周裕德英俊憨厚的外表下，裹着一身拗劲。许多干部经过“文革”的“熏陶”，棱角都磨平了，变得更驯服了，越来越像绵羊，而他却像根“钉子”，在领导面前低不下来头，屈不下腰来，遇事一个钉子一个眼，一点也不讨人喜欢。

经过又一场激烈争吵、辩论后，地委来的同志在一旁窃窃私语：“看来蓬溪的同志讲得有道理，如果要纠偏恐怕不合适吧。”再看看周裕德那风吹不动、重压不弯的德性，最终不会有什么满意的结果。

于是，带队的书记硬着头皮表了个态：“我以个人的意见，承认包产到户是一种责任制的形式。不过你们县委对各种责任制都要同等看待，不能偏爱你们的‘幺儿子’哟。”

周裕德委屈地回答道：“这哪里是什么偏爱我们的‘幺儿子’啊！我们这个办法还是个‘私生子’呢。半年来，我们就是为‘私生子’的合法权利而争口气啊！”

1980年，整整争论了三百六十五个日日夜夜。秋后，算盘珠儿一响，传来丰收的喜讯，粮食总产达到了7.9亿斤，比上年增产1.8亿斤，增长30.3%；油料增长73.8%；棉花增产81%。蓬溪恢复了元气，把贫穷落后的帽子扔到脑后，许多农户还盖了新房，光棍汉娶了新媳妇。在巴蜀的地平线上冒出了“奇葩”，这一变革把四川的农村推向了新天地。

20世纪80年代第一春，在蓬溪是个不平常的年代，是个大争辩、大前进的年代。发展农业，在蓬溪经历了30年，人们辛辛苦苦地探索，均未找到尚方宝剑，现在才找到了妙方，真是“四十而立”啊！

在80年代的第二个早春，从北京又给天府人民带来了喜讯，给蓬溪人民送来了定心丸：要求四川全面推行“生产承包责任制”。这时，辩论才算真正结束，“私生子”才获得了生存的权利，上了“户口”，发给了“身份证”。

省委对蓬溪县推行的联产到劳责任制，作了充分肯定，并向全省推广。但有的专区恳请周裕德去传经送宝，而他又“牛”了起来，他笑了笑谦虚地说：“嘿嘿，我们做得不够好，没有什么可说的，你们就按省委指的路子走就行了呗。”

一幕幕惊心动魄的场面，是由他导演出来的，一曲曲悦耳的歌声，由他指挥而生。他带着一股死不回头的牛劲，赢来了最后的凯歌。说他牛，一点也不冤枉，看他神志，像牛一样踏实、勤劳、憨厚；看他那身傲气，如牛一样纯洁无瑕；看他履艰历险，似牛一样慷慨地把自己的一切奉献给人们！

八

1981年7月13日下午，突然狂风嘶叫，雷鸣电闪，瓢泼大雨倾泻而来，涪江、郪江的水位陡涨。一路“哗，哗”嘶叫的洪水像脱缰的野马，向沿岸的良田、城镇、村庄唬唬冲去，眼看数万亩即将到手的秋谷，就要被洪水吞没，新建的座座工厂即刻被摧残。

忐忑不安的周裕德，坐在值班室的电话机旁，双眼盯着窗外的狂风暴雨，一串一串雨滴宛如重锤击在他的心上。几十万亩秋谷是社员们的心头肉，一片片郁郁葱葱的棉花是百万人民的心血的结晶啊！这是实行责任制的第二个丰收年呵！

叮铃铃，叮铃铃，电话响了。

水情，涪江已达一万三千个流量，红江公社被淹没，电厂、丝厂被吞噬，4 000多人被围困在水中……郪江的水位已达最高点。

周裕德已经四十八小时没有合眼了，大伙劝他回家休息一会，他，在这万分紧急的关头，心潮起伏如波涛滚滚的涪江水，怎能平息得下来呢?

他火速召集县委一班人，作了救灾部署，动员县、区各机关干部，城镇居民，连夜加工干粮，准备衣物，运往重灾区。县委政府倾城出动，兵分三路奔向灾区，把党的温暖送到灾区人民群众的心坎上。

他率领一支救灾队伍，奔向灾情最严重的蓬莱镇，组织了抗洪抢险突击队。他在洪水中，身先士卒，和群众一起抢救国家财产，打捞群众的衣物。他光着脚，冒着滂沱大雨，沿着涪江、郪江两岸查看水情，慰问社员群众，一大队、二大队……哪里有险情，他就出现在哪里。

蓬莱织布社老工人周万山，在抢救国家财产时腰被扭伤，卧床不起。周裕德登门慰问，周万山全家被感动得热泪盈眶。老工人拉着周裕德的手，激动地说："解放前涨洪水，有谁管老百姓的死活。如今县委的关心，给灾民送粮，送衣服，还上门看望大家。"

七、八、九三个月，连降三场特大暴雨，蓬溪遭受了百年未遇的洪灾，全县 90 个公社，遭受特大灾害和内涝的就有 60 多个公社，2 872 个生产队，其中土地、房屋等财产全部被冲走的有 52 个生产队，大部分被冲刷的有 131 个生产队，被冲刷、淤填、淹没的春季作物 24 万多亩，经济损失 7 000 万元，冲走、霉烂的粮食 620 多万斤，社员私人的粮食、衣物、农具、家具等损失难以计数。

洪水浩劫，损失惨重。蓬溪经受着一场严峻的考验！

在困难面前，周裕德决心未减，他表态："乡亲们不要发愁，我们仍有回天力！"

在首次洪灾暴发的第二天早晨，他第一个捐出了 20 多套衣服，100 元钱，100 斤粮票，支援灾区人民。榜样是无声的号召，全县干部群众很快捐献粮食 160 万斤，现金 96 万元，解决重灾区吃、穿、住等问题。

灾后的蓬溪人民，在县委的领导下，信心不减，士气倍增，发展生产，大抓工副业。

大雨刚过，农民补种、补苗，在田里地里卷起裤脚干开了。没有想到，在大灾之年，又夺得大丰收。1981 年全县粮食总产 8.5 亿斤，增长 6.4%；棉花总产 1 200 万斤，增长 44.9%；油料总产 4 300 万斤，增长 12.3%；农副业总产值增长 8.2%。

特大丰收，显示出承包责任制的强大生命力。面对五谷丰登的景象，周裕德笑了，百万农民的心儿醉了！蓬溪是枝鲜艳的"报春花"，在川中的地平线上越开越灿烂！这一切，没有实干家的魄力，没有敢于闯新路的勇气，没有建设社会主义的雄心壮志，能办到么！

送走了贫穷的日子，迎来了做主人的今天。1982 年的春节，全县城乡气象新奇。除夕之夜，村村镇镇的鞭炮声、庆贺声不绝于耳。家家挂春联，人人穿新衣，扎龙灯，耍狮子，唱大戏，放焰火，迎新年，庆丰收。

社员门上贴着红光闪闪，朴实清新，富有诗意的对联：上联是“你家好，我家好，家家都好”，下联是“年好过，月好过，天天好过”，横额是“步步登天”。

写于 1982 年 4 月　蓬溪

番茄树上的苦果

"案犯胡云高倒卖番茄树种犯罪过程中，似有以营业为目的的破坏社会经济秩序罪的行为，定投机倒把罪并非没有理由。但通观全案，该犯犯罪的主要手段是，编造虚假事实，在几家报刊登广告，私印'简介'、'资料'6万多份广为散发，大胆宣传，骗取他人钱财，面广、人多，数额巨大，比较符合诈骗罪的特征，据此，法院以诈骗罪定性较妥……"——摘自《审结报告》

一份批复，从紫禁城飞向了"天府之国"，各种神态的法律女神，摇摇晃晃，以孝代法、以情代法、以权代法都粉墨登场，各显神通。

对这一奇案，在法院，在乡村，在干部与群众中，展开了一场激烈的争论，时间长达三年啊！胡云高的命运究竟如何？

人们并不注意，法官的办案思路，也不注意，检察官的分析、判断，更不注重，权势们的情感，他们最关心的乃是这位年仅20岁的小青年，在改革的浪潮中，经过大潮的洗礼，他的命运将是一个什么样儿？

胡云高的命运如何？这里有一份经过嘴唇磨炼而形成的"万言书"——《审结报告》，笔者将其公布于众。可以说，胡云高的命运如同一根头发丝悬在空中，他的前途，被千百万双睁得圆溜溜的大眼睛关注，期盼有一份准确而详细的答卷。

为了这份"答卷"笔者四处奔波调查采访，决心弄个水落石出。于是，我率先走进了三台县法院，随即向绵阳奔去，访问了绵阳中院，然后，觉得还未达到目的，又走访了四川高院。在众多的高谈阔论中，矛盾多多，最后奔赴胡云高的家乡——三台县新建乡，访问了诸多村民和胡云高的家人。在数十件材料和大批采访人的谈话中，笔者写下了这些文字……

第一章 青春梦

“被告人胡云高 1984 年 5 月高中毕业回家后，响应中央号召，走科学养殖致富的道路，他购买多种科学书籍学习，并先后着手养猪、养鸡，因养猪效益低，养鸡失败，胡又经营‘多用豆’。经营中，胡发现豆种竟是地瓜种，遂将已出售的种子款退还买主。由此可见，胡当初走科学致富道路的动机是好的，目的是明确的。”——摘自《审结报告》

每个青年都有自己的憧憬，自己的人生梦，他也有。每个青年学生都有自己的梦，他的梦不但多，更是五彩缤纷。

他得意地放下那只橘黄色的钢笔，又盯了一眼早已摆在桌上的试卷，自以为答卷完美，满心喜悦地走出了考场。

不知从什么时候起，每年高考结束，一批人的心中，总有一个“中心试题”，那就是各自即刻转换为对自己的前途进行推测、判断，失败者垂头丧气，感到人生渺茫；成功者趾高气扬，自鸣得意。胡云高自然不是前者，而属于后者。

“鬼才”胡云高自幼聪颖，好学，上小学他学业优异，是班上的优等生；上中学，他名列前茅，无论数学、化学，门门功课学得透彻，钻得很深，一些疑难算题，他三算两算就成功了，没有哪门功课难得倒他。他是班上的高材生，老师器重他，同学们喜欢他。他一向是班上的佼佼者。

那年月，高考，不知不觉地成为人的分水岭，决定一生命运的关键，优胜者一踏上大学的门，就如同步入了天堂，可以期待高官、厚禄，可以成为社会名流、上层人物。一旦失败，人生的美梦就像狂风下的肥皂泡。成为社会的“下里巴人”，面朝黄土背朝天，拴在泥土上，一生不得离土离乡。面对现实，许许多多的青年学生，把自己的命运，把自己的前途，寄托在一年一度的高考上。

于是，每年的高考之战，成为青年学生命运攸关的大战，成为人生历程的一大转折。他们拼死拼活去奋战，去拼搏！

于是，望子成龙的家长，自觉或者不自觉地向自己的孩子打气，加温，加压，让青年学生始终处于高度紧张，极度疲劳的状态中。

于是，一批青年名落孙山之后，有人悲观失望，有人神情恍惚，甚至有人自尽。

全班同学，对于 1984 年的高考是不满意的，唯独胡云高感觉良好，心态轻松自在，他认为十拿九稳。不是考不考得上的问题，而是进川大还是进清华的打算。

善于想象的胡云高，还对自己的前途作了一番描述：大学毕业，似乎不是他的目标，攻读博士研究生远涉重洋，留学深造才是他最终的志向。

胡云高越想越兴奋，高考结束的那天晚上他失眠了，清早起来，他没有向同学告别，就踏上了开往新建乡的客车。

夏天的川北，是雨的雾的兴盛季节，汽车在山间扬起阵阵尘土，然后吃力地穿过翠绿的田间，爬上一座低矮的小山冈，天气忽然晴转多云。车上方有一片红云的后面升腾起黑压压的乌云，向田野压来，山上的雾也随即抱住了山冈。转眼，汽车被凝雾笼罩。顿时，胡云高眼前一派茫然，一切梦幻仿佛瞬间即逝。他在窗前，急忙放眼远眺，眼前是一片白色的雾，他不觉打了个寒战。他急切去乡里查看高考通知书。

他在家已经等了 20 余天，通知书老等不见音讯，他预感到不妙，他急不可耐呀。实际上，他的分数离录取线只差三分。脑子里突然“嗖”一声，他惊呆了。胡云高一身锐气，全没了。他站在杨柳树下，像个木桩，不知所措。“三分”，仅仅差三分，就如此残忍地断送了他深造的前程，断绝了他渴望的美好的人生的梦！

人生的际遇，宛如一阵旋风，把胡云高卷进了“广阔的天地”。

他预料到生活中会有这一幕。他家祖祖辈辈都是面朝黄土背朝天的农民。

回家当农民，对于他来说，他还不觉得是件辛酸事。这位热衷关心国家大事的青年，自有他的想法、看法和做法。

早在高中阶段，改革的春风，就已经吹进了他所在的山乡。

胡云高走进老旧的破瓦房，年迈的父亲，清瘦的脸上，有些疑惑不解，难道人真的有什么命运吗？他家几代人才出了个高中生。胡云高自幼聪明睿智，有望进入最高学府，成为山里山外第一个大学生。唉，可运气不好！多么遗憾啊！父亲胡绍文有几天闷闷不乐，心神不安。

倒是这位年轻人想得开些。他放下书包，就立下了改造“夹皮沟”的宏伟计划。改革的浪潮促使他的信心更加上了决心，要改变家乡面貌，改变贫穷的困境。

他摩拳擦掌，跃跃欲试，什么都想干，什么都想试一试，真像一头初生牛犊。

胡云高从小没出过远门，姐姐特意接他到河南内黄县走一圈。他自然是乐意的，想看一看祖国的名山古刹，欣赏婀娜多姿的大好河山。一天，他在欣喜之余，从收音机中听到电台播放一则消息，即刻萌发出一道致富的灵光。河南洛阳生产的蚯蚓饼干，畅销一空。食后，使人面部保持长期红润，可以延年益寿，增进人的抵抗力，因此，养殖蚯蚓是一条致富的好门路。洛阳有人饲养蚯蚓，一月赚 8 000 元。

胡云高听了茅塞顿开。一时间，刊在报端的致富人开创的致富路，让人眼花缭乱。他致富心切，听了这些消息，不顾姐姐的劝留，很快就返回了老家——四川省三台县，立即借债订了 30 多种报纸、杂志，准备甩开膀子大干一番。

科学致富的技术，像磁铁一般，吸引了他的心。勤奋好学的胡云高，仅仅两个月的光景，就掌握了养猪、养鱼、养鸡和修剪柑橘树的科学技术。

由于资金和条件的限制，他首先采用科学养猪法。他卷起裤管，上百斤的担子压在嫩嫩悠悠的肩上，不多时，就冒出血泡，渗出了鲜血。他咬着牙，没吭一声，一天又一天地忙碌着，坚持着。他的努力很生效，自创的配合饲料，仅仅 5 个月就得到了常规养猪法一年的效应。乡亲们看见膘肥肉壮，没有一根杂毛的大肥猪，发出了啧啧称赞声：他搞科学养鸡，又成功了。从此，他的名字和事迹，传遍了远远近近的农家小院。

这段艰辛的历史，是有目共睹的。当他走向黑洞洞的牢房时，村民们发出了疑问，“他的动机是不是为了骗钱?”大家始终想不通，这些铁的事实，是历史的见证啊!

胡云高的聪明才智初步得到了发挥，他那青春的梦，显示出微弱的光泽。

经过半年实践，他认定农村最有发展前途的是养殖业，具有强大的生命力。发展猪、鸡、鱼、兔……是农业生产的指南。

于是，他苦熬苦干，磨了几个通宵，给乡政府写了一份如何带动农民致富的报告，勾勒出建设家乡的美丽蓝图。他在报告中作了仔细分析和论证：“我乡农民一年苦到头，手里无钱花，主要是农民没有掌握科学技术，我乡地处丘陵，有着无穷的潜在力。每户农民养一只兔，多养一头猪，多种一株葡萄、柑橘，每户人家一年可多收入 300 元，还有几千亩稻田，可以发展稻田养鱼……可使五业兴旺，百业齐发，农民可以在科学的跑道上起飞，致富”

他兴致勃勃地把洋洋洒洒的万言书，送到乡政府，一位领导干部没翻完，就啪一声，扔在案头上，一撇嘴，把报告打下地狱。他信口批评胡云高，说：“哼，异想天开！学生娃懂个屁!”

胡云高上书乡政府，没有起到任何效应，还挨了一顿刮。他怎么也想不通。他明白，如果把报告送到上级政府，得到的也许是同样结果!

胡云高悔恨自己莽撞，气冲冲地走向茅舍，啪一声把自己关在屋里，闷坐在那条用了几代人的板凳上，把头埋在心窝里。

“你啷个哪，幺娃子?”母亲黄素靖见儿子心绪不好，神色不安地问。

胡云高不吭声。

“是哪样事不顺你的心?”

母亲看着儿子，可仍然没有回声。

天真的胡云高，他怎么知道在今朝这片黄土地上的事，哪里是那么简单，那么容易。乡干部，虽然在中国历代的“升官图”上，没留一个小小的位置，只能算“编外官”，可是一个毛小子要上书“编外”官府，谁听你的呢？

他没有沉沦在乡干部的唾沫中，放弃了他原先的计划，准备先搞定方向，走出一条路来。正在徘徊之际，报纸上几条耀眼的信息又刺激着他的中枢神经。

——《四川日报》报道：剑阁县一农民，一分地上做文章，种植“甜叶菊”，一年收入上万元；

——《农村百事通》上说：非洲“多用豆”不择地，产量高，味甜美如蜜，宛若营养丰富的鸡蛋。河南省中牟县大孟乡茶庵村吴某，种一亩二分地，一年收入 8 000 元。

数九寒天，呼啸的西北风和鹅毛大雪，撕打在一起，胡云高冒着严冬风风火火向河南奔去，急切地寻找致富的门路。

他看了报道吴某那则消息后，脑里膨胀出更大的“野心”，要向“万元户”看齐。他看了这个专业户致富的奇功妙术，像神话中的“财神”给胡云高灌进了致富的魔法。

胡云高从河南购回 100 斤“多用豆”种子，自己种了一些，然后，他又学着吴某的路子走，在《四川农村日报》《农家乐》等报纸上登广告，出售“多用豆”种子，他的盘算果真见了效，很快就有 4 000 多户农家汇款来买种子。他迷迷糊糊发了财，有 7 000 多元钱就汇到了他的手上。

正在欣喜之时，用户来信反映，所谓的“多用豆”不过是“地瓜”种而已。年幼的讲科学的胡云高不曾想到，报上鼓吹的非洲“多用豆”竟使他受到蒙蔽，被繁多的别名挡住了视线。

在胡云高的思想深处，还是纯洁公正的。他受到良心的谴责，自觉地退了一部分买主的款。这件事，无疑在他的思绪上出现了一个黑斑点，使他的灵魂受到了震动。他有意无意中，在周围的洁净的环境中，撒下了几粒尘埃。

1985 年 3 月 28 日，他在河北《农家乐》报纸上刊出一则“紧急启事”，称：“我处多用豆已售完，请不要再寄款来。已邮来的款，全部退回。”

第二章　一个“暴发户”的诞生

“胡云高遭受上述挫折，苦闷中接到熟人光某寄来的树番茄种，经委托所在区农技站农技员试种后，发芽率在60%以上，便在农技员的启发下，经乡政府证明刊登广告推销树种。”——摘自《审结报告》

潇潇春雨，把偏僻古老的胡家塆染得郁郁葱葱。

天在变，地也在变，可乡村的穷酸态势仍然如同古老的红砂石，沉沉地蒙着一层灰黑灰黑的保护色。

胡云高初出茅庐，而在致富路上似乎一败涂地。钱没赚到却失损了名声。他有些自卑自愧。然而，他望着左邻右舍的穷酸劲，面临着无米下锅的春荒景象，致富的信心又涌动起来。

昨天，他从三台县城归来，几位朋友见他气色不好，劝他去外地跑生意，他摆了摆头没吭声，他有他的想法。自古以农为本，农民岂能放下土地，以商为本，那不是真的成了本末倒置了吗？想着想着，脸上露出几分忧虑。

他无奈翻开《百事通》的扉页，一篇介绍专业户发展养殖业、种植业的文章，又挑动了他的心。

吴某似乎知道了胡云高的心思，正好又来信鼓动他“东山再起”。自然，这次不是叫他推销“多用豆”，而是教他种木本番茄。

木本番茄？木本番茄四川没有呀？对胡云高来说简直陌生，他从来没有见过这玩意儿。吴某在信中说道：“番茄树，是我国不多见的贵重树苗，是致富树，我家的苗子已经开始结果，一年可以成熟。”

他还寄来“简介”，那些使人眼花缭乱的字样，简直说得天花乱坠。

木本番茄又叫番茄树、果树番茄，是茄科的一种，多年生常绿灌木。一年四季果实累累，边成熟边开花，十分可爱。果实富含维生素，糖分，果酸，以及多种氨基酸……

在中国的大地上，改革、开放之花开遍神州大地，经济结构，在偏僻的山乡，在贫瘠的落后的农村，悄悄地起着让人意想不到的变化。老困难户变成了“万元户”，劳弱户脱去了穷皮。虽然，这样的农村极少极少，但它总是那样显眼，诱人呀！

胡云高看到报上的消息，他的心又活跃了。“胡家塆，几百户人家，就这么干穷着？嘿，我才不相信就找不到一条开拓致富的路，就想不出发家的好办法。大家都说自己没有文化，难赚钱。我有了文化不用，也等于盲人瞎马呀。”

那时，这位小青年，思想纯洁无瑕。他无时无刻都想到老师的教导，一言一行不能越轨，不能违法乱纪。

元月四日，他正在举棋不定之时，吴某来信，又一次鼓吹起种番茄树的好处呀、前途呀，并告诉胡云高说，“我种的苗子已经一尺多高了，大的卖 8 元一株，小的卖 7 元一株，一年仅苗子钱即可变成万元户”，小胡完全被番茄树的传说迷住了。夜深他躺在床上没有睡意，一个不平静的念头扰乱了他的心。脉搏加速了，血液直往上涌。他放下手中的信，迅即向里屋走去，和父亲商量。

“幺娃子，你咋没睡呢？啥子事，看你急得睡不着？”其实父亲也知道儿子有心事，也没入睡。

“爸，我想到河南去一趟。”

“有啥事，走一趟总得有什么事呀。”

“我打算去买种子。”

“啥种子？”

“树番茄种。”

“啊？我种了几十年地，没听说过世上还有树番茄。孩子，可别再上当了！还是安安分分在家种地，你别再……”父亲越说越激动。

“吴某来信说，他种了很多，还有一些种子，愿意卖给我们种。”

“算了算了，别再想那些鬼点子了……”父亲有点动火了。

小胡知道父亲脾气，不愿干的事，三天三夜也说不服他。

还是母亲疼爱儿子，怕伤了他的自尊心。于是她出了一个折中办法：“还是让儿子去吧，快过春节了，去河南把他大姐接回来过年。”

经过一场争论，胡云高借了 1 000 元贷款，再上河南寻求致富路。

小胡冒着零下10多度的严寒，走进了吴某的家。他家门庭若市，春意盎然，一派繁忙景象。有来自陕西的、福建的、云南的，这些人都是来买番茄树苗和树种籽的。兴趣相投，小胡很快就和他们交上了朋友。

年轻的吴某吹得天花乱坠，“木本番茄是当今全国广泛推广的经济作物，有无限的发展前途。四川绵竹有个农民买了几千元钱的种籽，准备搞个果园，搞个西南种子基地。那位农民有个亲戚是中国农科院果树研究所的权威，他是打听实在后才来买的。”

吴某怕小胡不相信，收住话题翻开记录本，送在胡云高眼前，然后又拍着胸脯说：“如果说了谎话，愿负法律责任。”

随后，吴某带着小胡看了他种的苗子，然后又将他带到邻近一个村庄，观看了去年已经开花结果的番茄树。

自然，小胡是坚信无疑的了。他一撒手买了1 000元钱的种子，带回三台县。

春的信息，刚刚传到胡家塆，胡云高在房后的那块平展展的菜地里播下了一块番茄树种籽。不久，经过他精心护理，冒出了嫩绿的小脸儿。另外，他托汪大叔和乡农技员种的也都发芽破土而出。成功对小胡是极大的鼓励。他想下半年，即可将苗出售，可以还清那笔贷款。

然而，乐极生悲，一场暴雨袭来，山洪卷走了他种的苗子。他伤心地哭了，另外几户的树苗不巧被人偷走了，所剩无几。这对小胡是个多么沉重的打击啊！

他盼星星盼月亮，汗水雨水浇灌出一片沃土，冒出了一片新芽。他盼望着这批出土的小苗儿快快长大，让神秘的番茄树，首次在胡家塆的瘠土中结出鲜嫩的番茄来。

胡云高种树番茄的消息在山里山外传出之后，每天上他家来观看的人流如织。“真是天大地大，无奇不有！”几位村上有学识的小学老师看了也大开眼界，张口称赞。乡亲们对这玩意更是稀罕，人们像看“西洋镜”一样，有事无事都要绕道来胡家的后山看那些刚出土的小苗苗。

“能致富吗?”自然也有一些爱动脑筋的庄稼汉问。

“怎么不会呢?吴某已经发了，种树番茄发了。”小胡自信地说。

对这事，胡云高总是有问必答，耐心和蔼。那些番茄苗子，一时间，似乎成了胡家致富的希望，也成了全乡人摆脱贫穷的希望……

洪水后，胡云高望着眼前，已被洗劫一空的番茄树苗，流泪了。他伤心的样子很可怜。他顺着洪水冲走过的荒地，从水沟里寻找到几株埋在大地中的几片翠叶，洗去污泥，又复栽在土中，经过几天的浇灌，幼苗活了。

胡云高的试验，被一场洪水洗劫，只余下几株孤独而瘦小的嫩苗。能成功吗？他回答不了。不几天，他涉足广西、广东、云南、福建考察，他带了大量资料，也见了挂果的树，饱尝了树番茄那酸甜有味的果实。

他在福建《富民报》上看到一则消息说：日本马尾实农场，用三年时间试验成功木本番茄，气味芳香。福建省农业科学院果树研究所的专家告诉他，条件好的地方几乎是常年开花，常年结果，四川的气候好，至少一年可以结三季。每株结果 3 000 个，一亩 60 株，年产果 180 000 个。而广西武宝县三里木古村钟某的一席话更说动了胡云高的心。在广西市场平均价格每斤 0.25 元，一亩一年可卖 3 万元。这个数字确实显眼，诱人啊！胡云高想，四川一亩地一年就算少卖 2 万元，也要收入 1 万元。这么好的经济价值，何乐而不为呢？

番茄树，真有那么好吗？

小胡坚信不移！他从河南回来，立马按照吴某的方法，在《四川农村日报》等报纸上刊出了售木本番茄种的广告，并印发了一批“木本番茄树详细种植资料”，广泛传播。

在信息爆炸的时代，这位乡下人根本没有想到，广告的威力如此巨大。广告刚刚见诸报端，汇款单就哗哗啦啦飞来了。小小的古井乡邮政所，几乎成了胡家的独立邮政所，那信件，大捆小捆，白花花的钞票像湖水般朝他流来。他一个人已经控制不住局面了，请了三位帮手，来为他拆邮件、收汇款。不几月，胡云高成了“暴发户”，已是腰缠万贯的富翁了。

在短短几个月内，全国各地给胡来信约二万件，汇款源源不断，胡云高忙得不亦乐乎。他专门请了几个人来“帮助处理来信”，又与古井区邮政支局退休职工何某签订“代办邮政业务合同”。胡将汇款收信的一部分付给何某作“劳务费”。何在短短20天内即得“劳务费”三四千元，也发了一笔横财。

全国各地竟有8 106户人汇款119 200元，除去主动退款的2 591户购买者，退款33 410元，在侦破中追回赃款33 371元。

第三章　报纸的魔力

“胡在多家报纸上刊登广告，没有隐瞒其真实住址和姓名（虽用其父亲名字）。广告中介绍的树番茄，虽引自有关资料，但据发芽实验和有关科技人员鉴定，确系树番茄无疑。”——摘自《审结报告》

监狱，确确实实是无情。无论24岁的青年怎样辩解，那道阴森莫测的铁门，依然向他敞开了。他混混沌沌，踉踉跄跄，没有一滴泪，没有一丝反抗，只迷迷糊糊地，对着蓝天，绝望地呼喊：“冤枉啊，冤枉啊！”

他那嘶哑的声音在天穹回荡，高高的铁门，已经严严实实关上了。他的身躯被囚禁，而他的灵魂似乎永远也不安静……

在漫长的铁窗生活中，胡云高只有一个念头：让事实证明我，是为了致富，改变农村贫穷的落后面貌，不是为了骗钱！他曾找过乡里王书记，他理解我，关心我。他等待王书记来解救他。

他望着窗外，盼望着亲人，他冥思苦想：“我到底犯了什么罪？”然而他却如同一个“白痴”想不起来。思绪很乱，理不出一个头绪来。他喊天天不应，叫地地不鸣。王书记没有来，他失望了，一切都失望了！

一天，70岁的老母背着破被子，带着亲友接济的生活费，突然出现在他的面前。“幺娃子……”

母亲还未喊出声，已是泪水如注，恸哭不辍。小胡心如针刺，他真想扑上去抱住母亲，热辣辣地叫上几声“妈妈”，让悲伤的老母亲消去悲痛，可是他到底还是却步了。母亲还在抽泣，离去时，母亲惨白的脸色，红肿的眼里那哀怨、绝望的目光，直勾勾地盯着儿子，小胡痛苦地低下了头……

老母亲已是风烛残年，看着儿子进监狱，她的心怎么平静呢。在山里，人们的观念是一人有难满门羞愧，儿子坐班房，父母受牵连，这是社会的观念，唉，他有什么可说的呢？

他有时，在梦中看到母亲在悲痛中熬煎的模样儿，心中十分难过。

有一次，在审讯室里，胡云高觉得轻飘飘，整个身子都宛若漂在惊涛骇浪中。恍惚中他自问："我怎么会去骗人呢？我怎么会丧失良心，去危害群众呢？我怎么会坐到这里呢？"他简直像在做梦。

最理解儿子的还是母亲。他母亲自探监回去后，心里像一团火般痛苦、忧虑。儿子究竟犯了什么罪？她弄不清楚，她不时隐隐约约地从别人的口中听到唧唧咕咕的语句："胡云高是诈骗犯……"有人对儿子咬牙切齿，对她也指指戳戳，捅她的背脊骨。她自己受不了这个窝囊气。她没有文化，可做事说话，在胡家塆的小辈中，是个受人尊敬的老辈。儿子做了"不体面"的事，她焦虑、心碎，人瘦了，整个家都失去光泽啊！

可怜天下父母心啊！从三台县看守所回来那天晚上，她怎么也睡不着，更使她伤心的是，儿媳妇走了，新房空了，一切都暗淡无光。

她做的饭，吃不下去，给老伴盛了碗。随后，她就走进了儿子住的那屋，双手捧着儿媳的照片，泪水又嘀嗒嘀嗒落了下来。

"女娃子你不该走呀！"她轻轻地呼唤着媳妇的名字，又好像在为这对年轻人祈祷，祝福。你们结婚才几天呀，这个新家就散了，多可惜啊！

那一夜，胡云高也没睡着，他觉得，最对不起的是自己的母亲。24个年头，母亲是如何把他养大的，如何希望他出人头地，上大学，当科学家，光宗耀祖，也让受苦一生的母亲有个出头之日。可是，唉，如今成了阶下囚……

在这间不大的房子里，关着五颜六色的犯人，有盗窃犯、杀人犯、强奸犯……一到晚上，看守所的干警们离开哨所时，这些亡命之徒就疯狂起来，屋内仿佛像煮沸了的一锅浊水。他和他们没有共同语言，平素他只和小赵嘀咕几声。有人大骂、有人上吊、有人串通越狱。唯独胡云高的脑子里像一塘秋水，没有涟漪，没有暴戾，平平静静，等待着雨后的晴天。

他是个"囚犯"，一个20出头的"囚犯"。他家祖祖辈辈都是老实人，小胡也是个老实人。

在学校，他怕羞，见了老师就红脸，别人做游戏他怕参加，总是站在场外，一个人笑呀笑，常常笑得合不上嘴。在爸爸妈妈的熏陶下，在老师的栽培下，他如同一株春苗茁壮成长。一次，他在上学路上，捡到了一只绿色的小皮包，包里装有84元钱，一张肥猪返销粮证。小胡眼睛盯着钱包沉思，他突然想起了，一定是哪个村民卖了猪的钱。去年爸爸卖了肥猪不也是这么多钱吗。养头肥猪多不容易啊。他坐在树阴下一直等到太阳落山，果真一位老大爷流着眼泪沿路找来了。小胡递上了钱包，大爷一把将他抱在怀里，连连称赞他："好孩子，你是好孩子！我找得好苦哟！"

这样的好事，胡云高可不是一桩两桩。在学校他多次被评为"三好生"。老师喜欢他，同学亲近他。想到这里，小胡责怪自己："唉，我究竟干了什么蠢事啊！"

说真的，在当初，他没想到报纸会有那么大的威力。一幅广告竟调动了成百上千人的胃口，刺激了他们埋在心底数年的欲望——致富。金钱的诱惑，欲望的膨胀，以至使他失去对局势的控制力。也应承认，前些日子，小胡贩卖"多用豆"虽然打了个"平局"，但舆论的魅力使他五体投地。用户致富心态的膨胀，胡云高赚钱欲望的扩张，两种合力相撞，必然产生出一种闪电般火花，或破坏他的经济收获，或毁坏一个人的青春。

促使这力量的裂变，一种"怪物"——报纸广告，此时又歇斯底里地狂叫起来。转眼《"诈骗犯"胡云高登广告诈取近十二万元》的通栏稿出现在《光明日报》《四川日报》等10余家报刊上。那可怕咒语更使他散魂落魄。还有一篇文章标题是《揭穿胡云高出售木本番茄树种的骗局》。文章写道："今年三月，胡云高再次到河南，从一姓吴的手中购回'番茄树'种子1万粒……这份欺骗广告在全国20家报纸先后刊出后，全国除西藏、台湾两省外，南起广东，北至内蒙古的八千一百户顾客，汇给胡购买番茄树种、树苗的现金共119 000元，胡成了三台县的'暴发户'……他又花5 000元在荣县长山乡一位教师陈某处购种子2斤，共约3万粒。据有关部门调查，这批种子几易其手，每斤由75元涨到2 500元，胡见种子平均单粒价为3分3厘，他竟以0.29元1粒，高的甚至0.8元1粒卖出。"

胡云高阅读那些五颜六色的报纸，呆若木鸡，全身发怵。闪亮的手铐落在手腕时，他没丧失生活的信心。他觉得自己的灵魂是圣洁的，思想是纯真的，他没有迷惘过，失望过，消沉过，对生活仍充满信心。此刻，他觉得面前漂浮着一片迷茫的世界，好像有一条永远走不到尽头的魔窟。

在此时，报纸的“功绩”更充分显示出来。是报纸让大把大把票子飞来，使他一个晚上成了“暴发户”，是报纸把他推入高深莫测的监狱，又是报纸使案子不断升级……

他全身战栗，长吁短叹：“啊，报纸你竟有如此的魔力！你把我这个小人物吹成了灰烬！”

窗明几净的县委信访办公室，聚集着县委、县政府、县政法部门的要员们，举行特别会议。他们确实不辞艰辛，兵分三路，远涉征途，经过三个月的查证，花了上万元的差旅费，总算理清了这堆乱麻。

一双双震惊的目光，盯着调查报告，不约而同地发出了一声感叹：“哟，这是解放以来的第一个特大经济案，是轰动全省全国的木本番茄树诈骗案！”

随后，案情连续升级，三台县信访办将调查报告转给县检察院，县检察院又转给绵阳地区检察院。

案情不断扩大升级，这一迹象表明，胡云高或许将在监狱度过他年轻宝贵的一生！

庞大的调查组，既查明了胡云高如何运用广告“诈骗”钱财，同时也取得了许多科学认证，神秘的番茄树有了科学本来面目，让神秘的色彩现出了原形。一份份证据归入了案卷，这里不妨摘录几段，供读者参阅：

“木本番茄是种多年生灌木，生长于热带，亚热带，我国云南省思茅、保山一带有零星栽培。福建南部、广东、广西、云南东部冬季无霜地区都能生长，四川的渡口、西昌、会理也可生长。木本番茄果实如鸡蛋大，椭圆形，未成熟前呈深绿色，成熟后呈暗红色，风味如番茄。”

——中国科学院云南热带植物研究所

树番茄原产于南美洲高海拔地区和美国加州一带，是一种多年生的经济作物。株高为2～3米，干短、皮灰、枝粗，叶大、对生、宝绿色，果实长，果皮薄，光滑，红色或黄色，果内多汁，略酸。

果实的用途和番茄一样，可烹饪，制作果冻、果酱或腌制品，有较高的经济价值。

经我园鉴定，胡云高引种的树番茄种是真实的树番茄，与我国的树番茄一样，对胡云高所印的“木本番茄简介”资料所谈的基本上与我国掌握的资料也是对的。

——厦门华侨亚热带植物园

全国10余家科研部门提供的证词，几乎一样，毫无疑虑，胡云高所售的树番茄种子货真价实，无可非议。

第四章　命运之舟漂向何方

“胡购销的树番茄种是当前‘开放、搞活’政策允许的，其经营的目的是赚钱？（且牟利不大）而非骗财。”——摘自《审结报告》

在三台县看守所二楼预审室内，单调而陈旧的设备，循规蹈矩的预审规则，通通没有任何变迁。

预审员挪动了一下身躯，缓慢落在硬板凳上，显然他有些疲惫。对胡云高这桩“诈骗”案，究竟审了多少次，他已记忆模糊，该问的话都问过了，该核实的事实已查清，但上级对这个“特大经济案”仍然紧紧抓住不放，一直要挖出这个小青年“犯罪”的动机。

预审员又摆开了笔墨纸张，可没问几句，觉得要问的事儿都问完了，问号的使用就此结束。

“同志，我要解手呀！”胡云高看到威严的气氛缓和多了，僵持的残局在缓缓过去，于是他提出了一个合理的要求。

被告与公安干警的思维也有所沟通。预审员顺手撕下两张纪录纸递给这位老实巴交的小青年要他签字，随后，便掏出烟卷，悠闲地吸着。

千篇一律的审讯，对于胡云高已经完全习惯了。但这铁笼式的生活，自 1985 年 6 月 30 日拘留收审后，他像个腹中的胎儿，与世隔绝了，他多么渴望自由啊！

胡云高从厕所出来，一望四周空荡荡的，没有一个人影儿。他放心大胆地走向水槽，洗完手，向下瞥了一眼，楼下是条过道，直通门外，越过水沟，不远就是一条宽阔的公路。时间，已是下午时分，来往的行人寥寥无几。

逃！突然在他郁闷的脑门上，冒出了一个可怕的念头。但四肢紧缩了一下，他清楚，倘若被抓回来，会罪加一等，他有点胆怯。两秒钟后，他恢复了正常，他又向预审室望了一眼，没有动静，于是他像发了疯一样，脚一跷，越出栏杆，抱住水管，“哗”的一声，滑到一块砖上，后跟腱损伤，撕心裂胆地痛。他明白，时间就是胜利，他不容思索，拔腿向公路奔去……

话分两头，预审室外，法官们老等不见胡云高进来，便起了疑心，令法警四处寻找。

人常说：做“贼”心虚。胡云高怕有人发现，没走多远，他便拐弯向附近的广化小学树林跑去，不多时隐没在树林里。他跑过两条山路，来到一座小山上，顿时显得有些偏僻。

他躺在一棵树下，全身乏力。

暮色渐渐降临了。向何处去？回家？那不等于束手待擒吗。上大姐或二姐那里去，当然那是最理想的避风港。可哪来的路费，无论上河南或下武汉，动辄路费上百元。他犹豫了，举棋不定。

突然，他想起了狱中的“难友”赵老三，他住在建平乡四季桥村，离这里只不过 20 来里地。

胡云高的脚已经红肿，走走停停，停停走走，直到深夜，他才找到小赵的家。

笃笃，笃笃……有人叩门。赵老三急忙点上煤油灯，然后拉开了大门，突然他眼前出现了一个“亮蛋”，他吓了一跳。

“哦，是你呀，这么晚你从哪儿来？”赵老三惊讶地问。

“我从收容所出来的，喊我去拿伙食费……”突然，他发现自己说走漏了嘴。随后，他转换了话题。“小赵，你知道，我就是登广告，卖了点番茄树种子，我一不偷，二不抢，把我关起，唉！我绝对不服，要去上访，上访，到北京，找中央！”

这时，小赵的大哥，父母都带着惊诧的神色，围了过来。

胡云高见大伙对他不信任，急忙为自己辩解：“大叔、大婶，你们放心，我不是跑出来的……”

才吃了“官司”的赵家，一听“监狱”二字便毛骨悚然。赵大爷不安地问：“孩子，你，你既然不是跑出来的，不回家，为啥往我们家跑嘛?”

“赵大伯，我和小赵在看守所认识的，我们住在一屋子……大伯，家里又不知道我出来了，请小赵帮我送个信。”胡云高乞求道。

“啊！不能去!”小赵父亲阻止说。

“在家靠父母，出门靠朋友嘛。大伯，让你儿子给我跑一趟嘛，我又没罪，是放出来的。我这腿痛得要命，回不去了。”胡云高泪水流过面颊，哭泣的声音，软化了一颗善良的心，老人同意了。

“不过丑话说到前面，我儿子出了事，要你负责哟!”老人还是不放心，又补了一句。

“不会的！肯定不会的！大伯放心好了。”

信一送出，胡云高潜逃的行踪即刻暴露了。他没有逃出天罗地网，第三天，这对“难友”双双重进看守所。

罪加一等！1986 年 8 月 6 日，绵阳市检察院指控胡云高犯“诈骗罪”“脱逃罪”，向市法院提起公诉。

12 月 15 日，绵阳市中院依法组成合议庭，经过三思对本案作出了一个出人意料的裁定：被告人胡云高贩卖番茄树种，属于投机倒把行为，根据本案具体情况，可不按犯罪论处，其逃脱罪也不能成立。据此，依照《刑事诉讼法》有关规定，裁定如下：

一、驳回市检察院对被告人胡云高的刑事起诉；

二、撤销本院 1987 年 4 月 3 日对胡云高取保候审的决定，宣告无罪；

三、胡贩卖番茄树种的违法所得，由有关部门依法处理。

一份法律文书从市中院那扇灰色的门洞一送，一场无止境的争论开始了；一份长长的《抗议书》时隔不足半月，又从另一门洞送到了省城。

“抗议！抗议!”一派吼声，从此胡云高的命运又升华到了“绞刑架”的顶端。“抗议书”指出：“被告人胡云高以非法占有为目的，利用有关多用豆、树番茄资料，夸大其词，扩大经济效益，编造谎言，多次发布欺骗广告，骗取巨额现金，其行为触犯了《刑法》第125条的规定，已构成诈骗，在被依法关押期间，又畏罪脱逃，其行为触犯了《刑法》第161条之规定，构成了脱逃罪，应依法追究其刑事责任，而市法院裁定驳回本院对被告人胡云高的刑事起诉，是不恰当的，特向你院提出抗议，请依法重新审理。”

两种观点相对抗时，《两用人才报》却为这起案子开了个小小玩笑。该报刊登了一则胡云高出售“树番茄”种的报道，仍声嘶力竭地为胡云高摇旗呐喊。其他十余家报纸在大喊捉拿诈骗犯，而它却唱对台戏，为其宣扬、传递信息。

报纸失去了灵感，而人民却十分渴望公正透明。对胡云高一案，从三台到蓉城，长达数百里，沿途的人们却双目圆睁，等待着这位牵动万人心的青年的最终结果!

胡云高，命运之舟漂向何方呢?

第五章　现实对历史的反思

“胡在广告中，确有夸大不实乃至虚构之词，而且由于其不负责任的宣传，致使部分买主受到经济损失，这是毋庸讳言的事实。但是，这种现象的本质，仍然是缺乏职业道德的现象，在社会上时有发生，若都追究刑事责任，打击面未免过宽。因此，对这类问题只能用行政法规解决。这样，才能既不放纵此类不正之风，使犯规者受到应有的惩罚和教育，又可避免混淆罪与非罪的界线，直接或间接地伤害致富的积极性。”——摘自《审结报告》

曾经震惊全省的胡云高诈骗案，像一块沉重的石头压在人们心上，已经整整3个年头了，胡云高在监狱内度过了漫长而宝贵的光阴。然而，人们对这位青年人的议论，仍然是举目可见。群众对杀人犯、强奸犯、扒窃犯是咬牙切齿，可对这位“诈骗犯”却恨不起来。

为什么？他们的理由似乎既简单又明了。“不是天天在喊大伙致富吗？可别人赚了点钱，就被拘留、坐牢，唉，真叫人不可思议呀？”

“嗯哟，幺娃子，不就是多了几个钱嘛，城里人做生意的，开饭馆的，大把大把的票子花不完，过着花天酒地的生活，谁问过他们嘞？哼！他们就该剥削农民，农民就该穷一辈子。”

“他有啥子错嘛？穷就正确，赚了钱就该坐牢，这是啥规矩！往后谁敢致富呀！”

也许，我这个记者，由于职业性质，确定了我的实践心，好奇心，求异心。我倒不一定具备这些特征，但我一向追求真实，深入实际，去掇取别人看来微不足道、支离破碎的材料喜欢深入到那些一般人认为不必要的地方，而不喜欢蜻蜓点水，蜜蜂采花。

我到三台去采访听了许多人的意见之后，6月15日，在绵阳中院找到了荀院长，他是我认识的法官中比较坦率而且富有开拓性的人物。提到胡云高这个案子，在他平缓的语句中隐伏着一丝激动，同时在敏锐的目光中，溢出了难色。

世界上有许多艺术的语言，而法官讲不讲艺术呢？有人说他们只讲法律，而不讲艺术，我认为这似乎有点偏见。这位院长的语言，就具很高很高的艺术性。

荀院长点燃一支烟，不慌不忙地吸着。经过周密思索后，他才谈起他的一些想法。

他说，胡云高是个刚出校门的学生娃娃。对这个普普通通的青年，处以重刑，自然也是不对的，他只是一个小青年而已。但目前社会上出现的此类问题，若是处理不好，会影响一大片。对“改革、开放”会带来严重后果。

荀院长语重心长地说，我去过他家两次，家里很穷，父母年老无人照料，两老是苦寒人，老实人，一看就心明眼亮，他们不是那种老奸巨猾的社会游子。胡云高是个很聪明天真的孩子，我们到看守所去提审他，他对我说："叔叔，我想抽支烟，你给吗?"我顺手给了他一支，并点燃了火。他见我很友好，他便不停地讲他的心里话："叔叔，你叫他们让我给看守所养猪吧，我有技术，保证把猪儿养肥。不信我就承包，保险能供应大家吃肉。"

院长又继续说，他真是个天真而可怜的孩子，关了一年多，他没有想到将来的恶果，却想的是养猪，搞技术，致富。他那无忧无虑的，幼稚的情怀，感动了我。这些青年真可爱。他们想得很多，但他们经验不足呀！唉，他们犯了错误，我们不能一棍子打死呀！他的错不就是打广告，夸大了一点吗？目前我们报纸上、电视上的连篇累牍的广告，谁没夸大其词呢，"名酒"广告不一样渲染，吹嘘吗，什么"酒史千年，窖龄六百年，名扬四海，香飘五洲"，有那回事吗，再香的酒也香不了"五洲"嘛。

他说，这件事一揭发出来，涉及了多少人呀，邮递员、乡农技员、乡党委书记都没脱手。开放、搞活，本来让百姓心有余悸，这样一搞更是人心惶惶。政府喊农民致富，出了一点岔子就坐牢。农民引起错觉，说"政策又变了"，农民就怕政策变呀。法律没有相对的稳定，再变就更难调动群众的积极性了。法律要保护改革，否则改革就没有希望！

这位精干的院长，越讲越来劲。他说，诈骗的核心就是虚构，把假的吹成真的，诱人上当。胡云高的番茄树种是真的，他没有撒谎，他的责任在于夸大了效果，提高价格。有错，但没有犯罪。有人提出要判他无期徒刑，那怎么行么？我们的脑子必须要有全局观念呀，罪与非罪必须严格区别，不能搞错了又来纠正，那影响多不好啊！

院长的话给了我许多启迪。是啊，一个法官，身负的责任十分重大。法官的言行，人命关天啊！可不能信口开河，随便裁断！特别是对于一个初生牛犊。

人，呱呱坠地时像块美玉，材质朴拙，而又蕴藏着无法估量的价值。随着岁月的流逝，奶腥味的消去，生活中的杂质、尘埃玷污着肌体。纯洁的人性可能被涂上不太悦目的色彩，自私、虚伪、利欲熏心，隐去了玉的光泽。“天真烂漫”堪称是童年和青年的本能，谁能保证，在他们想入非非的“危险”年代，不出点差错呢？

前几天，我在省法院采访时，主管胡云高案件的法官张守清，谈到了他的一些想法。

这是一位和蔼可亲充满人情味的法官。他翻开一叠叠胡云高的材料，推在我的面前，又取出一块干枯了的、杏灰色的番茄果放在我的手上。

他说，三台县我去过三次，找干部、群众、邻居多次座谈。自然是各持己见，意见不一。究竟如何看法，在我们法院内部也是有分歧，多数人认为就以犯罪论处。是的，他利用21种报纸宣传，利用夸张的手法。但他没有出格，别人咋说，他就咋说。他的动机是发展生产，赚钱，不是为了行骗。所卖的番茄树种子是真的，没掺假。但也应该指出，他有投机倒把的行为。

老张翻开材料，给我看后，他又严肃地说，为了把这个问题吃透，我们是花了大力气的，我一连走访了省种子公司、省工商行政管理局、省农村政策研究室、省乡镇企业局这些单位。省农村政策研究室主任，讲得很有分量。他说：“农村要进一步开放、搞活，这是大势所趋，大政方针。现阶段，我国属于商品社会，农村也不例外呀。农民做生意，卖种子是允许的，不能说是违法。他卖了高价，一方愿买，一方愿卖，两厢情愿嘛。国家没有规定他的价格，不能说赚点钱，就戴上犯罪的帽子。”他这话，讲得很正确，目前的情况就是这样。

张法官说，“哦，老王呀，省工商行政管理局局长的回答更确切。他说当前农民卖种子是允许的，大宗的种子国家统一经营，小宗的种子农民自由买卖。省种子公司的意见是，这种野生种子，根本不属于《种子管理》的范围，农民愿意怎么卖就怎么卖，不受政策的约束。”他稍许又说，“有了这些部门的解答，说真的，我的心里踏实多了。”

最后，张法官对笔者说：“法律是严肃的，我们决不能怕干扰，怕权势，就摇摇摆摆，随心所欲。人们办案要实事求是，要经得起历史的验证嘛。你说是不是？要办好一个案子不易啊！这案子调查、研究、分析、上上下下，磨了三年呀。办案子不能以权势为中心，要以事实为依据，法律为准绳。有些群众感情用事，只看到局部利益。有人说：好呀，他骗了那么多钱，就算了，太便宜了他嘛。这些话，似乎很有理，但详细分析，他们混淆了罪与非罪的界线。”

我走访了几家法院，也找到经手这起案子的法官，和他们详聊细论，收获不小，明白了这起所谓“诈骗案”的来龙去脉，前因后果，觉得还需去胡云高的家乡，找群众证实些问题，于是我于 1988 年 6 月 16 日向三台县那个小山村奔去。

新建乡地处偏远之地，我先到潼川镇。可新建乡离潼川镇还有好几十里山路。我虽曾几次到三台县采访，可那地方没去过。

我的向导是区委宣传干事左先生，我们执杖顺着山沟的羊肠小道进发。这位向导倒是合格的，因为他曾在这个乡作过团委书记，走到哪家哪户村民都亲切地称呼他“左书记”。

6 月 17 日那天上午，落过几粒细雨，田野上，青油油的秧苗还挂着晶明耀眼的露珠。

虽然，十年的开放政策，不时撞击着偏远山区封闭式的自然经济的根基，可以说以摧枯拉朽之势，向落后的农村挑战。可这地方似乎是块沉睡的坟茔，一切都是那样平静如故。看不见轰轰隆隆的、充满生机的“时髦牌”乡镇企业，也看不见农民匆匆而来，匆匆而去的贸易经商的往来。方圆几十里，人口数万，连一个场镇也兴不起来。自然没有交换场所，还遵循着“桃源”式的经济关系，以至所产生的社会关系就可想而知了。

这里的百姓淳朴善良，随着商品经济发达而来的尔虞我诈，互相蚕食的社会恶习，自然就要少得多。反之那种刻板、古怪的陈规旧习，就远远比大千世界要深厚得多。

我们边走边议论着，开放政策对山区农民的重要性，我们虽然各持己见，但谈得自然融洽，十分投机……

直到太阳西斜，我们才在半山腰，一座古老的破烂瓦房里找到胡云高的家。

第六章　妈妈的泪

老左原在这个乡当过几团委书记，每每碰上迎面走来的庄稼人，在斜阳下，不由露出笑脸，亲切地喊："哟，左书记，是啥子风把您吹来的?"

村民们也不时打量我这个陌生人，可以看出大家露出一派惊奇的神色，这个偏僻的山村，自从胡云高倒霉后，再没什么陌生人来这个"夹皮沟"。

由于时间久了，走着走着左先生也打不着方向。不时向路旁正在田间劳作的山民们打听胡云高的住址。过了村小学，在一片林中，突然发现一位八九岁的男孩操一口流利的湖北话。开初我担心听不懂湖北口音，结果是他听不懂我们的四川腔。

问了许久，他坦率地说，他是胡云高的外甥。

很顺利，有了这位小向导，我们在半山腰一座大瓦房的背后，找到了胡云高家。那是一座破旧低矮的瓦房，远远看去不像是一户人家，倒像是一般住户的偏房。

真巧，那天正是端午节，他家坐着很多人，我以为是串门的亲朋好友，却原来是请来帮他栽苕的人。对不速之客，显得惊恐不安，当我们说明来意之后，他们的紧张心态似乎减少了几分。但一说是报社的记者，他们立刻又警觉起来。

一阵寒暄之后，气氛慢慢地缓和下来。作记者的，要向别人了解情况，就得首先把心掏给别人。不多时，他们觉得我是真心的，善意的，"来者不善，善者不来"一类的心事渐渐消失，两位老人和三四个帮忙的便争先恐后地攀谈起来。

胡云高的父亲是个性格内向的老农民，满头银丝，仅仅 65 岁却显得苍老枯瘦，两眼深陷，颈脊隆起，毛茸茸的山羊胡，挂在下颌上，把脸拉得更长。我觉得，他是个言语不多，而且老于世故的老头。

小胡的母亲是屋内最活跃的人。她见来访记者的心是公正的，善意的，没有那些危言耸听、伤神刺耳的语言，脸上抽搐了几下便打开了憋得很久的话匣子，倒出了她心中的苦水。

她抹去泪水说："我娘家祖祖辈辈穷，穷得巴背呀。父亲那阵把我嫁到胡家，确实'门当户对'，胡家比我娘家更窝囊。"顿时，她呜咽地讲述，屋内一派寂静，一派同情的目光望着她。

夕阳已经西去，胡家塆的山山水水，沉浸在金灿灿的斜阳中。两位老人陪我们参观了他们的屋里屋外。儿子进监狱后，精心培育的四棵番茄树还活鲜鲜的。我们走进屋前那块菜地里，四棵树一字儿地排列在地中间，有三四米高的树干上，长着青翠的嫩叶，开出一串串紫色的花，仿佛在对着客人笑。沉甸甸的花穗，将结出丰硕之果。老人如实地说："这花是不断开，果子不断地成熟，一年可以开三季花，结三季果。前两年结的果，远近的人都觉得很奇怪，前来看的、尝的、要求要种子的人不少。儿子为这件事坐班房，我们怎敢给别人种呢?"

老左详细地观察了笔直的树枝后，肯定地说："古井区邮电支局大院内那一棵比这几棵大些。去年，我专门尝了它的果实，放在口里酸甜酸甜的，全是番茄味……"

很遗憾啊，我们去得不是时候，再晚来几天也许会品尝到它的美味。我围着树绕来绕去，顿时涌现出许多想法。为了引进番茄树种子，风浪卷起，吹垮真理，摧毁了许多人的意志。这四棵树花了多么大的代价啊!

我顺手摘下两片毛茸茸的叶子，小心翼翼夹在报纸中，作为纪念。我们挥别老人，带着遗憾和不安向十里外的乡政府走去。

我们顺着小山沟，踏过层层叠叠的稻田，阵阵饱含馥郁芳香的晚风，和善地拂过地平线，撩得人神迷心醉。

改革，一些人沉沦了，一些人走红运，升华、膨胀，这也许是历代社会变革的必由之路!

在这块大地上，天越走越矮，地越走越小，腿越走越沉。我回头望时两位老人仿佛仍在田野哭泣。

胡云高的案子结束了，边远的山寨似乎平静了，随着风波的平息，前几年山沟里的热闹气氛已经消失了。山民绕过一段崎岖的山路，小山沟又回到了远古时代定下的坐标点上。

在僻野的古村，涨潮已经消去，人们开始反思。我慌忙地询问沉默的大地，春光何日归来？寂寞的大地仍然默默不语。也许要经过漫长的岁月，让冬天渐渐消去残留的寒气，春风从遥远的北方吹来，撕开灰色的帷幕，让沉睡的土地重新醒悟！

1988 年秋　三台

中国农民的希望

没有哪个农民有这样大的能耐，齐刷刷地培养出四个大学生！

瞧，这兄弟四人多么令人爱慕啊，一个模样儿，身材高高大大，胸脯宽宽阔阔，一双双聪颖的眸子，闪耀着青春的智慧，心中燃烧着熊熊的火焰。这火，不是初恋的热火，而是理想的希望之火。凡有抱负的年轻人，一旦燃烧起内心的希望之火，他们将在人生的道路上，创造出惊天动地的奇迹！

老大，刘永言，年龄：40 岁，专业：电子计算机，工作单位：成都906 厂；

老二，刘永行，年龄：38 岁，专业：数学，工作单位：四川省新津县文教局；

老三，刘永美（现名陈育新），年龄：36 岁，专业：农艺，工作单位：四川省新津县农业局；

老四，刘永好，年龄：34 岁，专业：电子计算机，工作单位：四川省机械厅。

人们说：年龄是金牌，学历是银牌。他们有着诱人的学历，诱人的年龄，诱人的工作。在选拔“四化”干部的当今，他们得天独厚，既有金牌，又有银牌。然而，他们没有做“官”的欲望，更没有留恋大城市的乐趣，搁下“铁饭碗”，回乡当农民。许多青年做梦都想上大学，跳“农门”，他们却毅然走出金碧辉煌的高楼大厦，退居阴暗潮湿的茅舍，和农民肩并肩，一身汗，一身泥，探索地球的凉热，美化地球的容貌。人们摇头叹息：不理解，真不理解！不知他们是为了啥？

观念的巨变

大学生陈育新退职回家当农民！这条爆炸性新闻，在川西平原的新津县旋风般地传开了。

人们舌头拉长了，眼睛鼓大了。各种舆论接踵而来。

有人惋惜："好不容易考上大学，毕业又回家当农民，太可惜啰！"

有人误解："嘿，他呀，是财迷心窍，想单干，发横财。"

有人嗔怪："不退职将来局长的位子肯定是他的，真是个大傻瓜！"

一时间，远远近近的评论家，冲锋上阵，鼓动着三寸不烂之舌，对陈育新评头品足。

陈育新的思绪被绞成一团。他放下手上的各种报表，走出县农业局的大门，在泥泞溜滑的田间小道上踽踽独行。那弯弯曲曲的小路，一头系着光怪陆离的霓虹灯、琳琅满目的大商店，以及高耸入云的现代化建筑群；一头系着贫困落后的村庄、低矮潮湿的茅草棚。陈育新，白天待在宽敞明亮的高楼里，晚上回到黑咕隆咚的茅舍，仿佛到了另一个世界。城市与乡村，仅仅相距 3 千米，却有着天壤之别。他每每见到家乡父老，觉得有些拘谨，似乎他们之间隔着一垛墙。

他跨过小溪，伫立在麻柳树下。这是川西平原最古老的树。它像一位慈祥的老人，凭着壮实的身躯，护卫着他和家乡的人民，他抚摸着粗壮的树干，眺望着古老的村庄和 200 来户人家，凝重的雾，禁锢着破旧的茅屋，没有生气。他神情激动，心绪如麻，宛如都江堰的水，在翻滚涌流。

刘家很穷，父母养不活兄妹 5 人，便把不满周岁的刘永美抱给陈家，改名陈育新。他从小好学，可初中刚毕业。"文革"开始了，"读书无用论"把他贬回农村。那正是多思的年华。家穷，无床，他睡在门板上做过金色的梦，心心念念，要改变家乡的面貌。然而，风景如画，蜚声川西坝子的高家花园，"学大寨"越学越穷，半年糠菜，半年粮。日子真寒酸啊！"只要能赚钱，我就领着大伙干！"这位血性青年，肯学，肯干，肯动脑筋，便带领大家搞竹编，做书架卖。真不幸，他的技艺还未传给社员，

“割资本主义尾巴”便割到了他的头上。从此，这位有锋芒、有朝气的青年像一头被困在笼中的狮子。他没能带动大家致富，始终觉得欠下了家乡父老一笔债。

1978年，陈育新求学的欲望，像春天的竹笋又萌发了。他花了3个月的时间，补完了高中课程，考入了四川农业大学。“陈育新熬到头了。”乡亲们无不为他高兴。

人走了，可他仍然惦记着古家村。毕业前夕，他对母亲说：“妈，我毕业后准备回家当农民，搞养殖业。”

母亲怔住了，她瞪了儿子一眼，很不高兴地说：“三娃子，你别胡思乱想，国家培养个大学生，不容易呀。你回农村，别人会说你忘恩负义。”

“哼，农民的儿子读了书不愿回家当农民，那才是忘恩负义呢。”

“孩子，农村苦，你吃不消。你当了13年农民，皮都脱了几层，罪还没受够吗?”

“苦，我不怕!”

母亲说服不了儿子，流泪了。

陈育新是个死心眼，母亲的泪也没能阻止他的行动。1982年他毕业分到县农业局不到半年，就坐不住了。一个星期天，找回哥哥和弟弟，在那棵麻柳树下，召开了“四方”会议。

会议是决定性的!他们的举动将会出现什么样的前景呢?成功?失败?群众将如何看待他们在个人名誉上和经济上的“过失”呢?谁的心中也没个谱。改革的道路，真是险夷莫测啊!

陈育新坦率地向大家谈了心中的打算。他的理想，如热核聚变，引起了连锁反应。快嘴刘永好，抢先放了一炮：“好哇，三哥有胆量，率先行动，我支持。需要我，我也退职。我是学机械和电子技术的，对你搞工厂化、专业化养鹌鹑，肯定有用。”

“三弟的想法不错，像干事业的样子。目前我们的体制有许多毛病，不知何年何月才能变。我们需要自己动手，创造一个良好的环境……我曾多次想回到家乡，创办电子技术科研所。”大哥刘永言的话是很有分量的。可他突然把话题刹住了，仿佛有许多心事，堵住了他的嗓门，他沉吟片刻又说："现在政策不甚明确，'铁饭碗'丢了咋办？要有思想准备。"

"是呀，万一政策变了不准搞，会进退两难的。"老四的话又一次把大家心中的疑团给挑开了。争论十分激烈。

陈育新没考虑那么多，他信心十足地说："无所谓，叫我放下我就放下，我有两只手，不会饿肚皮。"

大家的话，激起了不善言词的刘永行的一席肺腑之言："我看，目前一起回去不现实，单位也不会放人。三弟先行动，我们晚一步是上策。他万一砸了锅，丢了饭碗，我们3个人的饭4个人吃，不会让他去讨饭。"

好！大家一拍掌就定了弦。母亲的思想工作老大和老二去做。

这想法行不行呢？又没有红头文件，算史无前例了。陈育新还是觉得心中没底，他又和四弟一起去找县委书记钟光林。

思想开放的钟书记，听说陈育新辞职回乡当农民，始而惊奇，继而高兴。他打量这位朴实无华的小伙子，猛然从他那富有理想的眉宇间看到了希望。他没有"研究研究"就破例单独行使了自己的职权。他拍着陈育新的肩膀说："我看可以！现在是改革时期，各种办法都可以试验嘛。你是个有胆量、有抱负的大学生，你带了个好头。一年如果能带10户农民致富，就是了不起的贡献！好，我等着你胜利的消息。"

请放心吧，钟书记，这个农民的儿子，只要是为了农民致富，他会赴汤蹈火，不惜牺牲自己的一切！

有牺牲才有奇迹，才有壮举！他不是第一次作这种牺牲了。毕业时，学校让他留校，凭他的钻劲和才华，完全有条件成为教授、学者。他不，索性回到县上，为发展农业添砖加瓦。他真是条"痴汉"呀，难怪有人说他是"傻瓜"。这已经是他第二次作出牺牲，第二次当"傻瓜"了。

"读书做官"。这是几千年来人们遵循的信条。于是，千千万万的信徒便祈祷在这个"拜物教"的足下，顶礼膜拜。陈育新兄弟4人，要放弃"做官"的机会，扎根农村，带领农民发展养殖业，改变农村的落后面貌。这无疑是震撼人心的观念巨变，无疑是对传统观念和封建意识的挑战！

歧途与顺境

呜……!

汽笛欢奏。九次特快摇晃着长长的身躯，从华北向西南疾驰而去。

在卧铺车厢内，一位脸庞微胖的年轻人，抱着一只纸盒，不时向内窥视、哈气，随之盒内发出“呱呱”的叫声。旅客们投来了好奇的目光：“准是个玩鸟的。”“不，看他那文绉绉的样儿，是个书呆子。”有人憋不住了，凑过来问：“同志，你盒里装的啥呀?”他转动着圆溜溜的大眼睛不置可否，继续弄他的“鸟”“喂，你买那么多鸟干什么?”第二个好奇者逼他回答。他不慌不忙从咽喉里吐出了一个字：“玩”。说完，他紧紧地抱着纸盒，人和“鸟”，纸盒与列车，带着旅客的疑虑，一同颠簸，晃荡……

这位年轻人，便是刘永言。他那深谋远虑、勤于思索的眼神，告诉大家，那鸟绝不是买回去玩，他也不像玩鸟的“花花公子。”他是为三弟跑运输。

眼下，他的注意力不在鸟上，被瞬息万变的计算机揪住了。1982年，他决定回乡办科研所，一切就绪，村里派人到成都商谈，却卡了壳，厂里高矮不放。他不但没走成，还挨了一顿刮，且在工作上卡他，生活上克他。几年来，他尝够了生活的苦酒。他泄气了吗?没有。他支持三弟陈育新先回乡安营扎寨，他迅即出山。

陈育新决定开办鹌鹑良种场时，“鹌鹑热”已在成都地区消失了。许多人大惑不解；他为什么不去赶“热门”，偏偏要钻“冷门”呢?莫非他有什么神机妙算?好心人劝他：“哦，养鹌鹑，拣狗屎卖都比搞那玩意儿强，你不晓得吗，鹌鹑专业户垮杆了，何必跟着死人陪葬呢。”

他笑了笑：“我晓得，四川的几个大户都倒闭了。不过，我不怕，八仙过海各显神通嘛。”

哑巴吃饺子，心中有数。别看他朴实、厚道，像个地道的“农二哥”，可他心里有数。他曾浪迹天涯，收集市场信息、养殖业信息。他认为市场是变幻莫测的怪物，时而繁荣，时而萧条，波浪式的发展是正常的。鹌鹑专业户的沉没，不是销路不好而是经营不善，技术低，成本高，一只蛋卖两毛，谁吃得起？当然这一宝押不准，会身败名裂。我有个“智囊团”，依靠现代技术，将每只蛋的成本降到三、四分，售价五、六分，就能站住脚。请放心，我不会重蹈覆辙！

刘永言从北京种鹑场买回的40只鹌鹑，由母亲饲养。可事与愿违。因密度大，饲养不得法，不足两月，只余下3只。妈妈气得四顿没吃饭。这可是刘永言半年的积蓄啊，上百元钱白花了，多使人痛心啊！还是陈育新想得开，他劝大哥，母亲不要大惊小怪，舍不得孩子打不着狼，干事业就要舍得花血本。他没有鸣金收兵。那些小生命像小鹿一样，在撞击他的心扉。他准备再买两千枚蛋自孵自养，既经济又可靠，还能获得第一手孵化资料。

蛋到手，孵化任务落到刘永行的肩上，因为他家人少房子宽敞，城里的电供应充足。采用电子技术，搞成自动控制装置，恒温孵化。老实说，搞孵化算个啥，电视机他都装了几部哩。

“可是没有孵化箱呀，咋使蛋变成小雏呢?”做，刘永行闪出个念头。结婚时，小两口只买了一张吃饭桌和一个灯柜，拿啥做？他在屋内转了三圈，没拿定主意。突然，他眉头一皱把目光落到了灯柜上。对，就拿它做孵化箱。

从此，刘永行弄电的本领，又拓宽了领域。他蹲在阳台上，整整忙了两天，把孵化箱做好后，又在箱内装上电热丝、继电器以及一些电子元件，组成个简易自动控制孵化箱，两千枚蛋放进箱内正合适。电门一开，温度计上的水银柱，正好升到37℃。他轻轻地舒了一口气，觉得胜利在望。

他围着孵化箱转悠、观察、测温、计时……一天、二天、三天……半月过去了，他沉不住气了，取出一只蛋，在灯光下照呀照，哈，尖尖的嘴，灰黑灰黑的羽毛已经长齐了。不善于表露自己内心感情的刘永行，顿时高兴得手舞足蹈。他半月的心血，汗水总算没白流。

他困极了，每晚要起来七、八次。他想，只有最后两天可能没问题，一上床就呼噜呼噜睡着了。不巧，深夜忽然电压升高，继电器烧坏了，箱内的温度超过了 45℃。待他天明发现时，蛋壳内的小鹌鹑已烤成了肉饼。完了，功亏一篑！

失败的消息如同一声炸雷，惊呆了陈育新。若不是他善于控制内心的激动，准会嚎啕痛哭一场。这次失败，完全出乎他的意料。唉，养鹌鹑真难呀，仿佛是个遥远的梦。这梦，何时才能成为现实呢？

在陈育新的脚下出现了“歧途”，但不是“穷途”，他没有退却，而是歇下来，总结经验，吸取教训，从荆棘中踏出一条路来。

有志不怕山高。四兄弟又集会于麻柳树下，共议良策。眼下他们最缺的是钱，刘永行已花光了他几年的积蓄。无钱咋办？大家面面相觑，谁也拿不出好主意。平素，在哥嫂面前咋咋呼呼的刘永好，此刻显得特别懂事，也特别激动。“钱，我想办法。”

他回家动员妻子李巍卖掉结婚的首饰和手表！为三哥凑了一笔款。

本次孵化陈育新亲自搞，他毕竟是学农的。过去小家小户孵鸡、孵鸭，是抱鸡婆的功劳。大型的养殖场，大批量孵化靠电热来完成。这穷乡僻壤，一无电、二无现代化设备，要完成大批量的孵化，对这位农大毕业生，无疑也很难。不过，农家小户虽穷，但柴火不缺，瓷缸不缺。

陈育新想了个简便易行的妙法。一口大瓷缸，一个面盆，两床破棉絮，组成世界上独一无二的“孵化缸”，大缸内装上热水，上面放着面盆，装上鹌鹑蛋，再盖上棉絮，不断地更换热水，使盆内的温度保持在 37℃左右。

真绝，16 天后第一批鹌鹑出世了。小生命晃动着麻乎乎的脑袋，把他遥远的梦，推到了眼前，他双手捧着雏儿，抿嘴笑了！

初战告捷

试养的成功，无疑为气宇轩昂的陈育新插上了翅膀。

第一步虽然迈得很难，可陈育新看到了东方的曙光，事业成功的希望。厚厚的几摞材料为他铺平了前进道路。世界上养殖鹌鹑发展较快的日本、朝鲜、德国和美国，别人的经验诚然是宝贵的，但它不一定符合我国国情。他索性创造“中国式”的养鹑法，为中国古老的养殖业再添上一支玫瑰花。

1983年早春二月，“新津县育新良种场”这块土里土气的牌子在麻柳树上悬挂后，生活就把他推进了旋涡。

养千只哪有地方装？哪有那么多笼具？买现成的铁制笼具，既方便，花样又多，阶梯式、叠层式都有。哪能呢，这丁点钱还不够运输费呢。不行，不行！他请来几个老农为他出点子，也没找到好计策。这只拦路虎，弄得他晕头转向。人的聪明才智，往往在关键时刻才能显示出来。在一筹莫展之际，他脑海里，突然显示出一个竹制书架的图案。有了，有了！这是个理想的笼具。每层放30只，五层就是百多只。他住在竹海里，不怕没原材料，做书架又是他的拿手好戏。没花多少工夫，他和妻子赵桂琴别出心裁，做出一批“育新式”的竹制笼具。

陈育新搞养殖业，有两件事，一直使他头痛。

鹌鹑把人的“窝”全占了，卧室的床头床尾都放着笼子，里里外外成了鸟的世界。晚上叫，白天闹，鹑粪熏得人窒息。无处煮饭，只好把灶搬到露天坝。那年，川西的雨水特别多，小赵常常戴着斗笠，在雨中煮饭。温柔的妻子结婚12年没和丈夫说过一句红脸话，对养鹌鹑搞副业，她是巴心巴肠，拼命干。她没闲过一天，母亲病了躺在床上，也没工夫回去请安。几个月，一家人围着鹌鹑转，有一顿，没一顿，红苕和着包谷面，马马虎虎过日子。倒不是她心疼钱，而是没时间去张罗。她见陈育新那又黑又瘦的脸盘，于心不忍。今天上午，她匆匆上街买回两斤肉，打牙祭。殊料，背时的天不长眼睛，肉刚下锅，突然狂风大作，大雨倾盆，房顶摇摇欲坠，屋内成了河。小两口不顾一切向鹑舍扑去，围、堵、盖，忙了东头又忙西头。暴雨后，小赵走近锅台傻眼了，满锅泥沙，竹叶和雨水，女人受屈，男人便成了装气的皮囊。小赵气得顿脚，直冲着陈育新训。“你倒八辈子霉啦！当干部一不晒太阳，二不淋雨，每月硬当当的现金，哪点儿不安逸。回家养鹌鹑，是木匠戴板枷——自作自受”。开初，妻子骂骂咧咧，陈育新只“嘿嘿，嘿嘿”的笑。继而妻子大发雷霆锅瓢碗碟满天飞，他招架不住了，便把嗓子眼堵上，闷着头，只是一味地干活，陈育新倒不是耳朵缺钙，而是他让得人，吃得“亏”。他想，女人发脾气，男人不吭气，是最好的“对抗”。唉，真是，牙祭没打成，还惹得两顿没揭锅。

妻子的“教训”，陈育新倒不介意，但有一点启发了他。是呀，这样搞何时才有个起色？钟书记给的任务咋完得成？

他徘徊在田间的小路上，阴云密布的脸像块铁板。深圳人说得好：“时间就是金钱，速度就是生命。”唉，我的速度在哪里，这样干猴年马月也翻不了身。必须跨大步，抢时间，拼命干！

孵小鸡？当这个念头出现的时候，他已经决定这样做了。时下，完全有条件：今年春节，兄弟四人待在他家新装置成功一套电子自控系统，建成一个孵化室，一次可孵化小鸡6万只。目前市场销路好，良种鸡两元钱一只。

孵鸡的消息一传出，一订货就8万只，若能成功，最少也得赚一两万纯利。真拿到这个数，陈育新就鸟抢换炮，发了！

然而，料想不到，才孵两批，市场突然扯起“鸡爪疯”，小鸡价格猛跌，若有人撕毁合同便有破产的危险。

果真，一个不守信誉的人，正动摇着他们企业的根基。

这人就是乐至县养鸡专业大户尹自立。他定了两万只，鸡出蛋壳就接二连三地打电报给他。唉，真气人，足足等了半月，他才坐上卡车来到古家村。3 000只鸡上车后，尹自立惊惊慌慌地取出一张皱巴巴的“汇款单”，塞给陈育新：“老陈，款已经汇出来了，你们很快就能收到。”陈育新事事都为别人考虑，还劝他：“老尹呀，天太热，鸡受不了，你们下午太阳落山再走吧。”嘿，他的话还未完，汽车已扬起阵阵尘土，走了。

陈育新这位老实巴交的人，从来像相信自己一样相信别人。他哪里想得到，尹自立会伤天害理骗他呢？

这也许是报应。那正是三伏天，骄阳火辣辣的，晒得灼人。车，刚刚爬上龙泉山，天突然翻了脸，乌云滚滚，大雨滂沱。尹自立叫苦不迭，急忙用塑料布把车围得严严实实。不多时，雨转晴，太阳像饿狼一样舔着大地，车内如同蒸笼。等到把鸡拉到乐至，已经全部断了气。

话分两头。陈育新拿着3 000元汇款单，向邮局跑了七、八次，左等右等不见款来。他起了疑心，莫非受了骗？于是，他托二哥刘永行去催款。

当刘永行走进尹自立的家，只见院内几大筐死鸡儿，发出恶心的臭味。哦，这个养鸡大户已经破产了，家里的财产都顶了债，乡政府怕他寻短见，专门派两名干部守着他。一切真相大白，原来他想“借鸡生蛋”，企图把“经济危机”，转嫁给陈育新。那张“汇款单”是假的。

尹自立见到刘永行，自觉做了亏心事，咚一声跪在他面前求饶：“刘大哥，行行好，千万别上法院告我呀，否则我一家人都完了……是我不对，我有罪。钱我想法给……”

刘永行这个五尺汉子，此时此刻心情十分复杂。为了给三弟凑这笔底金，我们几乎倾家荡产，我忍痛卖了“五大件”。想不到，你这个骗子，竟不讲良心，把灾难转嫁到我们头上。真可恶！他拳头捏得“喀喀”响，恨不得把他揍成肉泥。当然罗，尹自立已经坐到被告席上，刘永行或是送他到法院，或是没收他的房子赔偿损失，都不过分。然而他没有这样做，见他那可怜相，心软了。

当陈育新得到这个消息后，又急又气，怎么办？他摊开纸写了一份材料，决定上法院告尹自立。然而他写着写着突然又刹住了笔。父母为了教育我们长大做一个高尚的人，与人为善的人，便给我们四兄弟取名“言、行、美、好”。我们的名字里，贯穿着爸爸妈妈的意志、心愿和美德。他文化低，经营不善，成了破产户，我不能……在法律和道德之间他犹豫了，按道德规范，他的想法是美好的；按法律标准，他的行为又是与法律违背的……也许尹自立是个法盲，缺乏法律常识，不知道自己已经触犯了刑律。不，他更缺乏道德，我应用道德去感化他……

陈育新在举棋不定的时候，尹自立把 3 000 元钱送来了。陈育新肚量宽容，把余下的 1 万多只鸡就自个儿赔了。

这一沉重打击，陈育新做梦也没想到，本可以赚一笔大钱，结果折了本。

走了弯路之后，陈育新决定回头老老实实养鹌鹑。倒还顺当“鸡生蛋，蛋成鸡”，很快发展到 8 000 只，初战告捷盈利 6 000 多元。

头雁高飞群雁随

陈育新的良种场，刚刚开始见效益，他就动员村里的穷家小户跟自己走。

开初，“穷哥们”摩拳擦掌，跃跃欲试，也想凑个热闹，不时上门坐坐，瞅瞅。他们见他养得吃力，又把头缩了回去。

农民最讲实惠，没油水的事，不会轻易上手的，他说得口干舌燥，大伙儿却无动于衷。有人问：“育新，你是肚子里撑船——内行（航）。我们呢，斗大的字识不了一筐，养这玩意儿能成功吗？”陈育新理解大家的心，这么多年风风雨雨，大伙儿思想上留着裂痕，摸着石头过河是可以理解的。过去，他向农民宣传养鹌鹑能赚钱，但大家置身度外，不摸深浅。于是他把大家找来，扳着指头算了几笔账，教他们如何计划，如何饲养。随后，又找来村里的头等穷户高泽明，装了一挑鹌鹑蛋，请他们到成都帮他卖。其实这是陈育新用的计。果真高泽明望着一把厚甸甸的票子动了心。可是，在欣喜中，他那膨胀的神经，似乎被刺了一下，不敢开口。“明哥，你看养鹌鹑咋样，能赚吗？这一挑蛋就卖 200 元，比搞啥都强啊。”高泽明的心痒痒的，连声说：“要得，要得……”养鹌鹑是条好路子，可他穷得巴背，哪来钱垫底呢？

在陈育新的鼓动下，高泽明斗着胆子向银行贷款 200 元，可银行要他找人担保才贷。他一连找了几个，别人嫌他穷，不愿保。

他气得伤心。陈育新知道他的苦衷，便大大方方地给了他 400 只小雏。陈育新接着又向乡亲们宣布：谁愿养先捉去，养活了见利还本，养死了不赔。大家看到这位农民的儿子有度量，有抱负，真心带领他们致富，激起了他们心中脱贫致富的浪花。于是，呼啦一下就有 11 户农民跟他走。

农民那种待人质朴和忠厚的品质，在他身上充分地显示出来了。白天，把他们请到场里给他们作示范；晚上，集中在一起讲理论。过去他一心管自己，现在他把心分成 11 份，哪一家也不能拉下。

这一年真不巧，全县流行“鸡白痢”，村里村外死鸡不少。鸡瘟威胁到鹌鹑，引起了一阵混乱。

“育新，我的小鹑子拉稀，不吃，不喝，咋办?”

“糟啦，老三，我家的鹌鹑一晚上倒了十几只，快给我想个法子。”

一张张惊愕的脸，弄得陈育新昏头昏脑。不过他心里明白，“一定要赶走瘟神，稳住这 11 户。”这可是全村的希望，致富的火种，倘若火种灭了，将前功尽弃啊！陈育新找来刘永行和刘永好，由他们担起种场的饲养任务，自己全力以赴，对付“鸡白痢”。陈育新绞尽脑汁，查资料，拜老师，采草药，搞试验，终于研制出一种治疗“鸡白痢”的新药。他迅即星夜生产出一批饲料，加上药物火速送到了农民家里，很快就降住了瘟神。

这些识字不多的农民，经过陈育新半年的点拨，茅塞顿开，闯过了养鹌鹑的第一大难关。

转眼就是冬天。这是育雏最难对付的季节。虽然经过陈育新的努力，村里通了电，可他仍然提心吊胆，担心小鹌鹑难以越冬。

冬至刚过，突然川西平原上下了一场鹅毛大雪。陈育新望着飘飘扬扬的雪，一股寒气灌进他的背脊梁。他想，小雏没有 37℃是熬不过这场大雪的。他在几个鹑舍内转来转去，直到深夜才上床。他刚迷迷糊糊合上眼，突然停了电，全村漆黑。糟糕！他不由打了个寒战。他马上披上棉衣，拿起电筒，旋风似地消失在黑咕隆咚的竹林深处，他挨门挨户检查防寒的情况，余兆金、陈长明、蒋志堂、敬老院……各家正忙碌着为小鹌鹑加被升温。他的神经好像松弛了一点。当他叩响高泽明的家门，夫妻俩早已进入了梦乡。他预感不妙，又乒乒乓乓敲。等他们醒来，啊，1 000 只小鹌鹑已经冻得缩成一团。陈育新不顾一天的疲劳，脱掉棉衣抬开温床，用砖头砌起个地炉子，又烧了一大锅开水，灌满 10 来个高温瓶，放在底部再严严实实盖上被子，小生命才活跃起来。

小雏救活了，可陈育新的腿却支持不住瘦削的身躯，摇摇晃晃，天旋地转，脚直往下沉，“扑通”一声瘫在竹椅上，再也动荡不得了……他那憔悴的脸上挂满尘土，胡须丛生，精疲力竭。他太累了，即使是机器人也会累倒的。高泽明望着他蜡黄的脸，他和妻子感动得流下了热泪。他为了带动家乡父老脱贫致富，人瘦了，背驼了，手上的皮脱了一层又一层。

过了好一阵，陈育新才缓缓地苏醒过来。高泽明劝他躺一会儿，他执意要走。

东方已经发白，启明星更显得亮洁，高泽明十分抱歉地说“育新，你是为了大家才累成这样的。难为你了。”“明哥，不要这么说，只要你们富了，我就满足了。”

头雁高飞群雁随，古家村的农民紧紧地跟着他。他养几千只，他们每户养几百只；他养几万只，他们每户养几千只。他是农民的影子，农民是他的根基。他不是领导，却分明是一位领路人，率领农民鹏程万里。他不是演说家，他的话却深深地打动了大家的心，有着强大的号召力。无意中，他成了村里“首领”，乡亲们无论大小事都喜欢听听他的高见，喜欢找他定盘。

陈育新的育种场，也许是世界上最简陋、最古老的种场，但是简陋并不影响经济效益，古老不会隐去它的诱惑力。第一年他带动了11户致富，超额完成了县委书记给他的任务。第二年，他猛然向全县推进，在新津县很快出现了“鹌鹑热”。现在全县已有500多户农民，饲养鹌鹑90万只，年产值达900万元。1985年6月刘永行辞职回乡与三弟共同创业。良种场种鹑达到7万只，年产值45万元，盈利10多万元。几年来，为全县提供良种蛋50多万斤，培训人才上千人。他们还培育成优良品种“育新二系蛋用型良种鹌鹑”，研究成功电子计算机配料系统饲养技术已达到全国先进水平。目进，全县运输专业户、编笼专业户、饲料加工专业户，已成龙配套，自成体系。鹌鹑蛋畅销16个省市，全国有10余厂家争先恐后要求和他搞鹌鹑蛋罐头产品联营。陈育新已积累了一笔数量可观的现金，仅固定资产已达30万元，买了汽车，修了一楼一底的小洋房。良种场用地10亩，有工人50个。当你步入古家村，一幢幢新崭崭的小洋房，掩映在竹林深处。远处的乡村公路上，轰轰隆隆的汽车、摩托车，川流不息；近处，屋顶上的“X”型天线，密如蛛网。家家有存款，户户有大件。高泽民再也不是过去那个穷酸劲了。他家养6 000只鹌鹑，一年盈利两万元。春天里，燕子成群结队从南方飞来，在屋檐下营造新巢，苍老的麻柳树长出了嫩绿的新芽。蝶飞舞，人欢笑，高家花园又恢复了昔日的生机。

陈育新出名了，他被授予全国和省的农村科技致富能手的光荣称号，被选为四川省科技致富能手协会副理事长，并晋升为农艺师。

于是，许多人把希望寄托在他的身上，前来取经的、参观的、学习的，省内省外络绎不绝。

陈育新送走一批一批客人，又沉浸在他的事业中，他正在筹划新的蓝图，孕育着宏伟的计划！

在希望的田野上

今后怎么办？

中央、省、市、县领导的表扬，群众的仰慕，把他们四兄弟推向了新的领地。

“陈育新，你可不能带有农民意识，吃一嘴就收口啊。”人们这样说。

兄弟4人有点儿着急了。他们开始广泛地探索，自然的、社会的、工业的、农业的，都是他们涉猎的范围，凡有学习机会都不放过。

1987年3月28日，陈育新随国家科委组织的“有突出贡献的科技人员考察团”到了联邦德国的首都波恩访问。上午，他兴致勃勃地参观了一家3人办的养殖场。场很大，共养5万只鹌鹑，还种了2 800亩土地。种植机械、自动化孵化设备，都很吸引人。但陈育新望着那些锃亮的机器，并不觉得新奇，别人聪明，我陈育新也不笨，他们能做到的事，我们也能做到。可不是？当他步入一所家禽研究所的种鹑场时，他立即发现，该所的铁制笼具和他的竹制笼具一模一样，倾斜度、水槽、饲养槽的参数都几乎相同，有人总喜欢借别人的力量，来扫自己的威风。他不这样做。他觉得这家种鹑场管理水平并不高，还落后于我，若在中国定会亏本。然而，我没有亏，还赚了大钱。他不自觉地露出了得意的神色。结束时，他大大方方地对主人说：“先生，欢迎你到中国考察！”不过，有一点倒是他钦佩的，无论走到哪里，主人总是喋喋不休地大谈他们的远景规划。“对，我们也要有远景规划，正如中国一位在英国剑桥大学学习的留学生，给我的信中所写：‘不断创新，走在前面！’”

傍晚，当他们走进宾馆，突然省科委副主任张建翰从中国大使馆打来电话，要他立即去交谈。在异国遇上家乡人，对这位农民的儿子来说，自然喜出望外了。哦，怎么，他走进大厅愣神了。他万万没有想到，迎接他的是国务委员、国家科委主任宋健同志。几个月来，他有许多事要向中央领导汇报，可一直没有机会呀。他还没来得及向宋健同志表达自己诚挚的谢意，宋健同志却已拉住他的手，坐在自己的身边了。他高兴地向使馆的同志介绍：“同志们，他就是我经常向你们谈起的那位大学生陈育新。”

这位德高望重的老专家，堪称知识分子的贴心人。1986 年 11 月，全国“星火计划”工作会议在成都召开时，也是他点名要陈育新到大会发言，讲他带动农民共同致富的经验。陈育新的名字他记得很牢很牢，在许多大会上赞扬这位大学生，要大家学习他敢于独辟蹊径的开拓精神。11 月 28 日，又在县委钟书记的陪同下，走进了这个沸腾的古家村。陈育新清楚地记得，那天，宋健同志兴致极高，看完他的种场，又围着他的小洋房转了一圈，随后他还和兄弟四人合了影。宋健同志越看越精神，他拍了一下钟书记的肩膀说：“我说老钟呀，你们县出了个典型，了不起呀！如果有 1 000 大学生下农村，带动农民共同致富，那就是全国最好的典型了。”他最了解知识分子的心，当一位副市长说：“小陈，可以搞股份制，搞联合”时，宋健同志立即打断对方的话：“不，让他们自由好了，这样才能充分发挥自己的聪明才智。我相信他们会闯出新路子的！”宋健同志再次嘱托兄弟四人：“你们放心大胆地干吧。我希望下一次来时，你们干得更出色。”

下一次？才 3 个月又见面了。我向中央领导汇报什么呢？陈育新不由心中敲起小鼓。宋健同志似乎看出了陈育新的心思，环顾四周后，把希冀的目光落到他的身上：“陈育新同志，你给大伙儿谈谈你们今后的打算吧？”

打算？对兄弟四人就够多了。去年初，刘永言、刘永好又辞职回乡，共同集资 20 万元，办起了“希望科学技术研究所”，他们旨在开发新技术和计算机软件，为发展养殖业、种植业打下基础。他们的分工是绝妙的：

刘永言任科研所所长，陈育新任良种场场长，刘永行负责饲养加工厂，腿长嘴快的刘永好跑采购，管外交。各施其才，协同奋斗。

唉，真遗憾，什么都有了，就是缺个理财的内当家。别急，他们还有个聪颖、伶俐、多才多艺的五妹子刘永红。她是个“书虫”，眼睛都啃书本近视了。她是县种子公司的会计，领导打算让她当科长，她不干。去年二月向公司打了报告，申请回乡当兄长的“红管家”。公司领导同意了。但公司也缺管家，要她暂时“两兼顾”。她点点头，嫣然一笑：“也行，两副担子一肩挑。”

这是个最佳智能结构的集体，四位“书生”和一朵“金花”缺谁都不行。

5 月 1 日，在希望的田野上，正式挂起了“希望科学技术研究所”的牌子。农民们望着充满希望的牌子，开心地笑了。

五根台柱子，在城市与乡村之间，架起了一座金桥，乡亲们伫立桥头，凭栏远眺，东方的地平线上仿佛升腾起五彩缤纷的云，洒下潇潇春雨，神州一派繁荣。那云，那雨，那繁荣，正是中国农民的希望!

（原载《记者文学》1988 年第 3 期）

一粒普通的种子

是的，他，既不出名，又不显眼，像一粒普通的种子，在沃土中，悄悄地萌发、生根……

一千五百万分之一

到西半球的第一个夜晚，缪树华就没睡好觉。天刚蒙蒙亮，他就蹑手蹑脚起了床。他想，第一天，应该给威德荷蒙教授一个好印象。哪知，他拉开门，一缕灯光射进了他那惺忪睡眼。啊，教授早已在伏案工作。

中国科学院成都生物研究所副研究员缪树华，是位追赶时代的狂人，然而，威德荷蒙教授的节奏却使他吃惊！早餐后，教授驾车穿过美丽宽阔的伊利诺伊大学，赓即向校外农场驶去，和缪树华一起播种玉米。

威德荷蒙是位细心人。播完一块玉米地，他们便穿越茂密的树林，走过绿茵茵的草坪，直奔教学楼，在夕阳中站住脚。缪树华抬起左臂望了一眼金表，慎重地说："不行啊，这地离学校太远了，太远了！"

威德荷蒙清楚，中国的学者到美国学习，多不容易。随即他借来拖拉机，自己驾驶在实验楼后播下了第二块地。接着他又带着缪树华去办理入学手续，租房借屋；介绍实验室，培养室……

多么快的节奏！多么严谨的作风！

在异国，仅仅几个小时，缪树华仿佛经历一个时代。第一天，他的巨大收获不是这个先进国家给他留下的第一印象，而是旋转的东方和西方，有着截然不同的时间观念。中国 30 年前就高喊"一天等于 20 年"，可拖沓的作风，助长了人们的惰性，迄今仍然如此！

清晨，缪树华撩开云雾纱幔，他看见了一个年轻的国家，没有中国那样古老的文化，更没青铜器、陶瓷一类古老的发明创造。然而，它的科学技术却走在世界的前列。

在这里，缪树华感觉到现代科学气势磅礴的发展趋势，了解到世界生物发展的新信息，锐意为发展祖国的生物学打开窗口。他心急如星火！

急，威德荷蒙教授更急。他对“氨基酸及氨基酸类似物抗性突变体的选择研究”，进行了多年，希望这一研究能尽快用于生产。

正巧，缪树华也选中了这个研究课题。威德荷蒙得知这个信息高兴万分。1983 年 6 月，邀请缪树华到美国去共攻难关。

美国是个玉米高产国，可是玉米的营养成分尚待改良。威德荷蒙领导的伊利诺伊大学植物生理系实验室，正在进行这项研究。

拼搏开始了！

忙，对缪树华来说，倒是家常便饭，可是这课题他比较陌生，感到力不从心。于是，他把睡觉和休息的时间减少一半，用来攻读生物化学和生物遗传学。

正在紧张的时刻，不巧他生了一场大病。

玉米（未成熟胚）接种的季节——仲夏到了，顷刻实验室一派繁忙，连威德荷蒙教授也放弃休息，星期天都来加班。缪树华坐在工作台前，一动不动，目不转睛地盯着培养皿内的玉米胚芽，像雕刻大师在进行象牙微雕。他用解剖刀，切去果皮，取出仅一毫米大的幼胚，一颗、二颗、三颗……

一连 10 多天，他钉在凳子上，把全身的血液都凝聚在玉米粒上。夜深了，星移了，凌晨 3 点，实验室还灯火通明。他毕竟是 47 岁的人了。长期患有神经衰弱症的缪树华，睡得越晚越不能入睡，常常一天只休息三四小时。

他腰酸腿痛，面黄肌瘦，黑乎乎的胡子像毛刷一般，也挤不出时间修一修。肛裂早就复发了，屁股一挨凳子，像针扎一样，痛得他大汗淋漓。医生给他做了肛裂缝合术，要他住院休息。哪能呢？一则药费贵，二则没时间。

第二天，他又出现在实验室。大家劝他休息，他把眼镜向上推了推，露出了憨厚的微笑。

准备就绪，鏖战的序幕拉开了。

针尖似的幼胚，从一坨一坨的愈伤组织中，长出来了。缪树华那高兴劲儿，不亚于哥伦布发现新大陆。他，从1983年7月起，把自己封闭在实验室，进行选择，试验，一次、二次、三次……进行数千次诱变，苦熬苦守整整熬了365天，才得到一个具有抗性愈伤细胞组织！

多么难得的细胞啊，成功率只有一千五百万分之一！

到南海捞针去

叮当、叮当……一阵阵打石声，在山谷回荡。

暮霭楚楚的溶洞里，两个人影在晃动。缪树华赤着胳膊，抡起铁锤，用力地砸去。转眼，钻尖撞着岩石，冒出一束一束的火花。

这是两个书生，在创造奇迹。世界上的实验室如群星崛起，有地下实验室，空中实验室，海底实验室……也许还没有人在溶洞里开创实验室。

人们窃窃私语："嘿，这个年轻人，北京那么好的条件，不愿享受，偏要跑来住山洞，图的啥呢?"

那是1975年，国家科委给中国科学院下达了一项重点课题：玉米花药培养。任务落到北京植物研究所。这项棘手的课题，当时中国还没有谁尝试过，大伙谈虎色变。所领导一连请了几位高手，都婉言推诿，没人有勇气承担这个任务。这项研究能否成功，大家的结论是"大海捞针"。

大海捞针，针总还有个影。然而花药培养自20世纪60年代，一位印度科学家培养出"曼陀罗"后，10年过去了，玉米苗的影儿也没有谁见到过。

传统的、常规的玉米育种方法，早已不能适应现代化农业发展的要求。经过科学家多年筛选，认定"花药培养"是一种理想的方法。中国是农业大国，决定率先研究。

烟雾萦绕、鸦雀无声的会场内，时间一秒一秒地流逝，所领导紧锁眉头，这是个使人失望的“招标”会，高手荟萃，人才济济，却没有谁敢揭标。

“如果不嫌弃的话，我愿意试一试。”突然，在后面角落里，缪树华打破了沉默。

他明知是块硬骨头，却主动拿起来啃。事后，有人问他为啥傻干，他憨厚一笑：“搞科学没有便宜占。”

北京地区无霜期短，玉米一年只能种一季，不利于实验。

“到南方研究去!”缪树华拿定主意。

广西玉米研究所地处亚热带，一年可种三、四代，花药培养的材料是取之不尽的。

1976 年一个春寒料峭的日子，缪树华离开京城，登上了南行的火车。是凶？是吉？神仙难卜。他感到惶惑不安，忧郁的眼神不敢向后看，沉重的心不敢往前想。

玉米研究所所长听说中国科学院来了人，他欣喜万分。但一看缪树华是个小辈，大失所望，便在招待所的楼角为他安顿了“实验室”。小缪望着破旧的屋子，抽了一口冷气。但他的心，仍然像三伏的华南热辣辣的。这位淳朴憨直的山里人，不计较别人的脸色。他像株川南“山玉米”在这里扎下了根。

10 多平方米的房子，空空荡荡，既无工作台，也无办公桌。自力更生，他和玉米所的陈曼玲身兼数职：既是木工、农民，还兼采购，做接种箱、培养箱，自己动手组建成实验室。

仲夏的南宁，像个火炉。缪树华成天待在炎热、潮湿的楼角，汗水渍烂了皮肤，人瘦了，腿上长出了一个鸡蛋大的肿瘤。“癌”一个可怕的结论，从医生嘴里吐了出来。谈癌色变，似乎死神已抓住了他的手脚。广西医不好，大伙敦促他回北京，他忍痛离开了实验室。

在北京，折腾了一个月，医生们众说纷纭，莫衷一是。心急如焚的缪树华坐不安席，食不甘味，他没有考虑个人安危，心里只有他的玉米植株。他拔腿回到了南宁。

当他走进玉米所，没想到陈曼玲走了，实验室关门了，玉米苗全枯了。这是他一年多的心血啊！他望着满屋灰尘，不禁全身抽搐。他想嚎啕痛哭一场，可哭有什么用呢？

他抹了泪水，卷土重来！

一切正在恢复之时，招待所又要用来“批林批孔”，实验室被赶到一间老鼠成群的地方。不几日，青绿脆嫩的玉米苗，全被老鼠吃了。

缪树华看见惨死的玉米植株，心一酸，淌出了苦涩的泪水。

挫折，一个接着一个，使缪树华喘不过气来。眼下，正值酷暑。温度计上的水银柱升到40℃，而花药培养，只能在27～28℃的气温下进行。

眼看花粉干枯，愈伤组织被烤煳。没有恒温箱，怎么办？他想出了一个妙计，用溶洞的回流凉水，把获得的愈伤组织装进试管，放在水中降温，很快又分化出一批玉米苗。

缪树华望着翡翠色的玉米苗，沉浸在不可名状的欢喜之中。

欢乐和忧虑似乎是孪生兄弟，古云：乐极生悲。

深夜，缪树华躺在湿漉漉的山洞里，一阵凉风吹过，仿佛是妻子在呼唤：“树华，你在哪儿！快来救救我们呀！”

1976年，四川闹地震，在家乡工作的妻子郭笑文带着两个小囝，东藏西躲，几次来信叫他回家帮一把。他欠妻子的“债”太多了，此刻他多么想立即飞到她的身边。可哪能呢？他的实验进入了新阶段。他含着泪水给妻子去了一封信，安慰她、祝愿她，希望唐山的悲剧不在故乡重演。

没有人想到，这位凡人小辈，两年内，竟做出了惊人的成果，培养出世界上第一个玉米自交系。黄灿灿的纯合种子把传统的育种法推向了一个新阶段。他和其他同志合作写出了《玉米花粉植株的诱导及其后代的观察》等八篇论文，在《中国科学》《植物学报》等刊物上发表。这一成果跻身于世界科研的先进行列！

共同的心愿

一缕缕明丽、柔和的灯光，显示出一派团结友好的气氛。

椭圆形的餐桌上，摆着脆皮鸭、香酥鸡、红烧鱼……美味的中国菜。这是来自台湾的C先生年轻夫妇为宴请缪树华制作的。

不久前，C先生从台湾来到伊利诺伊大学学习。这位与缪树华萍水相逢的学者，知道缪对玉米花药培养引起了世界同行的注目，非常赞赏。

“缪先生，玉米花药培养，你已捷足先登，望你关照指点。”

是的，花药培养对于缪树华来说已是轻车熟路。他不保守，除了自己的课题外，和C先生一起做实验，接种、观察、分析。当培养皿内冒出绿芽时，他们的心如同台湾海峡的浪涛，起伏不定。

那位年轻的研究生，将缪树华视如兄长。是呀，他们本是一家，同天同地，同一祖先。

平素，在傍晚时分，他们总是徜徉在林荫道上，谈工作、谈生活，谈论祖国历史、艺术……各自抒发对祖国的情感。

“我做梦想念长城、故宫，可没有机会呀。”C先生失望地说。

“这机会是有的，你应该创造，力争。”

“缪先生，你的家乡在哪里?”

“在南方，长江边。”

“好极了，那肯定是个美丽的地方。”

“那还用说呀，长江是中华民族的摇篮。你若回到大陆，欢迎你到我家乡走走。那里有迷人的竹海，有千里橘香……”

“好极了，缪先生。我能认识你感到无限荣幸。”

经过9个月的共同努力，花药培养的频率提高了。

在欣喜的时刻，C先生把他们共同的心血铸成论文后，毕恭毕敬地放在缪树华的面前:“缪先生，请署上您的名字。”

“啊，C先生，工作主要是您在做，别署我的名字了。”缪树华婉言谢绝。

“不，没有您的指点，我是完不成这项课题的。威德荷蒙教授说还要征求你的意见。”

缪树华翻开扉页，看见C先生的名字后面注有“中华民国台湾农业实验研究所”的字样。

他怦然心动，旋即又郑重地说："C先生，这名我不能签。"

缪树华犹豫的目光告诉对方，中国只有一个，"一中一台"十亿人民是不会答应的。

这时，威德荷蒙教授正好来到桌前，为了不伤害两位好友学者之间的友情，他提议改为"中国"。

C先生拍手赞成："好，好，我们都是炎黄子孙，就落上'中国'吧。"

两双友好的手，紧紧地握在一起；两颗火热的心，在一个频率上跳动……

他们共同的心愿，结出了丰硕的果实。论文《影响玉米花药培养再生单倍体植株的因素》经过缪树华再度修改补充发表于1986年联邦德国《植物生理学》杂志上。

美好的未来

翻开那份陈旧的出国报告，缪树华那严肃的脸上，露出了难得的微笑。两年前启程那天，领导的希望，同志们的祝愿，历历在目。哟，只有两年呀，这么短的时间，在禾本科植物细胞抗性突变体的选择和鉴定的研究上，有一定进展，那就是不小的成绩啦！今天，缪树华在玉米突变体的研究上，又获得了第一代抗性纯合种子，应该说心满意足了。

"明天，就要回到生我养我的那片热土。"他想到温柔的妻子，富于幻想的儿子，想到家乡那巍峨的豪武山，巴不得展开双臂向祖国扑去。

小时候，他家那贫穷的境况令人心寒。一家9口，靠父亲做小生意度日，雄伟的豪武山，那年头，也哺育不了贫病交加的山里人。兄妹7人，哥哥姐姐都上不起学，唯独他幸运，遇上了"解放区的天"，走进了学堂，他从小学到大学，成绩一路领先，1964年四川大学毕业后便分到中国科学院植物研究所工作。从此，他隐姓在植物王国里，研究他家祖祖辈辈视其为命的玉米棒子。

冬月18日，是母亲的80寿辰。走时，老母唏嘘地对儿子说："80大寿那天，你一定回来看看我。"过去，缪树华长年走南闯北，没有机会为母亲过生日，这次一定要表一表儿子的一片孝心……

"缪先生，我希望你在美国多住一个时期，您工作得很出色。遗憾的是你的成果只能在温室里取得种子，没有在大田中验证。"

威德荷蒙教授的话严肃而热忱。随后，又突然提高了嗓门："你若能在大田中取得成功，这项研究将领先于世界。"

缪树华踌躇起来：延长留美时间，这可是件大事。"教授，我考虑一下再答复您吧。"

教授猜测到缪树华的心事。"缪先生，在延长期间经费有困难我们可以资助，您不能走!"

下班了，缪树华还在忙碌着，一位来自中国台湾的教授从另一张工作台上凑了过来："缪先生，你真的要留下吗?"

"嗯，有这个打算。"

"你还帮他们干啥，又不给报酬，搞的成果还不是他们的?"

"不，张教授，我也需要试验。"

科学不分国界。两国合作探讨一些科研项目，很有必要。我们国内设备不足，器材、药品有限。只要他们提供生活费，继续实验有何不可。于是在征得大使馆同意后，缪树华又进入了繁忙紧张的拼搏之中。

实验在温室和大田同时拉开了。

他那辆旧自行车的轱辘成天运行在温室——农场——实验室的道路上，整整6个月，他没有度过一个节假日。

妻子从国内飞来，3年的知心话，急于向他诉说。可不巧，缪树华正进行酶的分析。一心扑在实验上，妻子在家门口盼着，在灯下等着，常常深夜还不见人影……

春华秋实。金黄色的第三代纯合玉米种子收获了。据分析，氨基酸等成分的含量，比传统玉米高达3～7倍。

缪树华的成功，引起了世界植物学家的瞩目。同年8月，他应邀出席了第六届国际植物组织细胞培养学术大会，威德荷蒙捧着他俩的论文《利用玉米组织培养物选择对赖氨酸加苏氨酸和五甲基色氨酸的抗性》，在大会上作了学术报告，赢得了潮水般的掌声。

缪树华走过那片绿油油的玉米地，心情极不平静，第四代纯合玉米已经抽穗，受粉，长出了饱满壮实的玉米籽。

告别了！教授将《美国风情》送到缪树华的手上："感谢您的努力，感谢您的诚实！我们共同的成果，是我们友好的象征。祝愿您有一个美好的未来！"

美好的未来属于祖国，也属于缪树华自己。

9月16日，缪树华双脚落到了自己的国土上。他欣慰地把自己培植的种子，奉献给了国家。

"祖国，您的儿子回来了！"当他走过天安门广场时，他那赤子之心在虔诚地呼唤。

大地交响曲

猛然，这个绚丽的世界在他眼前消失了。多遗憾啊！他太忙了，没来得及欣赏这个世界的美丽风姿，没来得及在她温柔的怀抱里，享受人生的天伦之乐，没来得及把他的聪明才智全部奉献给这个世界的地质事业，他的双眼却突然失明了。此刻，他的心情乱极了，仿佛世界是个怪物，赐给他的不是甘露，而是苦水。他恨不得变成一滴露珠，随着宇宙气化……

王朝钧是一位地质学家，一年前，一个怪影，挡住了他的视线，他成了盲人。从此，他那双勤劳的手闲下来，著书立说的宏图化作泡影。难道他渊博的学识，也将化为灰烬吗？难道他能坐吃等死吗？

在苦恼中，他觅到了一条路，依靠一个小录音机，把知识化作声音，灌入磁带，撰成一篇篇学术论文。他，终于唱出了自己心中的歌……

中梁山前奏曲

盛夏，骄阳舔过的岩石，冒出亮光光的一层油。棚顶，油毛毡像一片烤红的铁板罩在头上，棚内窒息，灼人。王朝钧汗水淋淋，不停地写呀，画呀。一向稳重的王朝钧，近几天再也稳不住了，心急如焚。年底要交出40万字的“中梁山煤矿南井田详细勘探地质报告”，能完成吗？

新中国成立初期，煤，比金子还贵。西南重镇重庆，数百万人的大城市，没有一个能让它吃饱肚子的煤田。北煤南运，远水难解近渴，地质部门决定进军中梁山。

他谦称：“蜀中无大将，廖化当先锋。”刚过而立之年的王朝钧，便挑起了勘探中梁山煤田的总指挥担子。

中梁山属于隐伏矿。一无技术资料，二无设备，要在一两年内把工程地质、水文地质、煤层含量搞个一清二楚，真比上天揽月还难。

要探明地下情况，只有靠打钻。钻机哪去找呢？王朝钧在绝望中，忽然得到个信息，长江三峡的沙滩上，躺着一台破旧的手摇钻机。工人们去了，搬回那台钻机。

吱呀，吱呀……烈日下，王朝钧双手握着摇柄，奋力地摇，不多时，他的手上打起几个血泡，瞬间泡破了，血肉模糊，搅在摇柄上。骄阳在头上炙烤，脚板踩在岩石上，烫得难受。哧，哧，如注的汗水滴在石头上，发出难闻的臭气。

“王工，一天才钻两米多，啥时候才能找到煤?”

“噢，人常说嘛，不怕慢，只怕站，只要坚持，总会找到的。”

王朝钧故作镇静，其实呢，他心里恨不得像孙行者，一个筋斗钻入地下，弄个一清二楚。

“啊，找到煤啦!”昼夜不停地摇了8个月，在700米深地层中，钻出了乌黑乌黑的煤。

人们欢呼，雀跃！王朝钧捧着煤球，却没有一丝笑意，那眉头锁得更紧了。发现煤，并不难，难的是要在起伏的山峦中，判断煤层的含量、分布、走向，摸清地球的脉络。

进程加快了，工作处于鏖战之中。王朝钧奔忙在中梁山——西南地质局那条崎岖的山道上。

大禹治水，三过家门而不入。王朝钧找煤多次从家过，也无暇看看自己牙牙学语的孩子。

雨淅淅沥沥地下着，汽车在弯弯的山道上颠簸爬行。王朝钧靠在椅子上，心中一阵慌乱。他强忍着泪水，把头扭向窗外，烟雨茫茫的大地间，仿佛有一张小圆脸在晃动……哦，那脸蛋，多么熟悉呀？不就是小华吗？唉，多可惜，他已不在人世了。

那是前年6月，这位年轻的地质工作者，参加政务院地质勘察队，正日夜泡在鞍山铁矿的巷道里。一天，妻子突然发来电报：不满三岁的大儿子小华，淹死在下水道里。多么凄惨啊！他的眼圈红了。妻子要他回去，他也巴不得飞到妻子的身边，安慰她，给她温暖。哪能呢？整个工作正处在紧张会战中。这是他欠下妻子的第一笔债。

今晚，王朝钧回局里汇报完，已是凌晨一点了。他匆匆地叩响家门，他多想在家里呆上一宿啊！可他没有这样做，亲了亲孩子红扑扑的脸蛋儿，抱歉地说了声“淑秀，我走啦!”又回到了矿山。

车，刚爬上凉风垭口，就陷入了几尺深的泥潭，再也不能自拔。

王朝钧高一脚低一脚，挨了两个钟头才回到油毛毡棚。

廖淑秀不放心，第二天匆匆地赶来。王朝钧早已满身泥浆，围着钻机剖岩心，记数据。

廖淑秀一看那棚子，鼻子一酸，哭了，天呐，这哪里是人住的地方，两个马叉子，上面放一张凉板，便是床。床下，长着青青的茅草、黄荆，水从地下直往上冒；床上，长着绿霉。前几天，家里送来的他最喜欢吃的泡粑，他没时间吃，还躺在瓦缸内。床脚那堆油光光的衣服，发臭了也没时间洗。

有人说：“有女不嫁地质郎，一年四季守空房。”她曾为队上的“光棍”寻找对象，说几个，吹几个。别人还嗔怪地说她：“哎哟，淑秀呀，你倒了霉，就不要把我们也拖去，谢天谢地。”她不这样想，十分理解“地质郎”。这帮硬人为了谁呢？还不是为国家，为人民，才长年累月守在深山老林。

她抹去泪水，望着沸腾的矿山，情意绵绵。不久，她带着两个孩子，也住进了茅草棚，决心做一块为丈夫铺路的石子。

1954 年 12 月 31 日，西南第一部地质专著：40 万字的地质报告撰写完成了。

20 台崭新的钻机，轰轰隆隆在嘉陵江畔怒吼，西南第一个年产 90 万吨的大煤田，吐出了乌黑乌黑的煤块。

事情过去 30 年了，王朝钧和地质队员们的功绩，仍然深深地镌刻在中梁山的岩石上。

渡口交响曲

一座钢城的崛起，一代英雄的诞生。他们像高大挺拔的攀枝花树，绽开出红云般的花朵。然而，弹响狂想曲，指挥勘探队，最早闯进那个洪荒世界的英雄之一的王朝钧，似乎已被人们忘却了。

那是1955年的事了。当时没有成昆铁路。他们去攀枝花，坐着像蜗牛一般速度的汽车，爬过大凉山，再骑小毛驴，一步一挨地蹬上蓝家火山。山上，狼群出没，土匪流窜；山下，麻风病流行。他们去时，刚发生地震，奴隶主造谣地质队的钻机惊动了地下的鳌鱼，煽动彝族老乡妄图轰走地质队。无可奈何，队员们只好荷枪实弹开钻机。

攀枝花式钒钛磁铁矿，是我国铁矿中的佼佼者，仅次于鞍山式铁矿而名列全国第二。然而，开采这种矿，老祖宗没有嚼过，我们能消化吗？人称钒钛磁铁矿为“呆矿”，勘探开采纯属狂想！

这位总工程师，肩上的担子够重的了，如今又添了一副担子。在这片贫瘠的土地上，已转磨两年了，能胜利吗？这位“找矿大王”，在许多人的心中，他就是矿石的化身；在他面前没有探不明的矿。此刻，他的眉头拉下来了。

他爬上一座陡坡，斜坐在岩石上，环顾山峦下，那赭红色的环抱里，“鲁汉”们扛着钻机向山上移动。哼哧，哼哧，咳唷，咳唷！号子声多么富有节奏感啊！没有车，30台钻机，上千吨的铁件，竟从金沙江边运到1 600米高的山顶。他看到队员们移山般的劲头，不禁自觉惭愧起来。

1958年，党的中央会议在“天府之国”召开，毛泽东同志十分关心攀枝花。他指示大家：骑着毛驴也要征服攀枝花。

和暖的春风，吹开了火红的攀枝花。王朝钧的眉头高高扬起。他马不停蹄地跋涉在这片土地上，哪个山头，没有留下他的足迹！哪条溪流，没有他的行踪！

一次，他和技术员秦震一行4人，背着仪器，去宝顶矿区踏勘。平素温柔的仁怀河今天却发怒了。湍湍激流，卷起一个一个的漩涡。找不到船，只好择了一处浅滩，秦震拄着竹棍在前面探路，王朝钧在后面紧紧跟随。齐胸的水，脚下的卵石又来回动，王朝钧身子摇摇晃晃，宋国荣伸过竹棍，秦震抓住他的手，一步一步淌过激流。老乡为他们捏了一把汗："好险啊！这里每年都要淹死几个人。"

哗！哗！一泻千里的金沙江，在山脚下翻滚。他们像猿猴一样攀藤附葛，从峭壁向山顶攀登。20 挂零的小周，一个劲儿朝前攀登，把王朝钧和秦震丢在后面。王朝钧爬上陡壁，只顾检查标记，查看露头，松软的草鞋，早被石头咬了个大洞，他没有发现。突然，小周踩虚了脚，"哗"一声滑了下来。王朝钧一把抓住了小周，可自己的脚没法站稳，二人一起滑了下去……

机灵的秦震一个冲刺上前截住了他俩。倘若掉到崖下，准会葬身鱼腹。

就这样，王朝钧一天行程几十里，在同他肤色一样的黄土上，和队员们一起苦斗了 4 年。终于，在这神秘的土地上，揭开了钒钛磁铁矿的谜底，切开了蓝家火山、宝顶山、朱家山的胸膛，袒露出足够开采 1 000 年的矿石。他捧起褐色的矿石，仰望着群山高呼："我们胜利了"。

交报告的日子一天天逼近，整个工作进入了繁忙阶段。不幸，一场灾难在欢呼声中悄悄地孕育着。

太阳喷出火焰，炙烤着大地。油印室突然起火，风助火势，瞬间几百间茅草棚成了火海。无水，无防火设备，大家眼巴巴地望着大火，束手无策。许多队员不禁放声痛哭。

损失惨重啊！衣物、粮食、仪器，上百万元的财产付之一炬。

怎么弥补损失呢？王朝钧十分难过，心像矿石一样沉。他背着队员们用生命救出的资料住进茅舍，一门心思扑在资料上，苦战了 90 个日日夜夜，和大家共同完成了长达 600 万字的中国地质史上的巨著——《攀枝花地质报告》。

啊，中国的聚宝盆！攀枝花的足下，蕴藏着 70 亿吨铁矿！

王朝钧背着报告刚落屋，省地质局副局长兴致勃勃地叩开他的门："快，总工，准备准备，中央领导要听一听攀枝花情况呢。很急，中午就要接见。”

金牛坝招待所，在一间宽敞的会议室里，他们忙了一个小时，把地图、图纸、矿石、标本，整齐地摆在桌上。王朝钧又检查了一遍后，才坐在靠背椅上静静地等着。

没想到，向他们走来的是刘少奇和王光美同志。王朝钧太激动了，显得拘谨。

不过，一说到他的铁矿，语言就变得流畅了，聪慧的头脑像电子计算机，有条不紊地显示出一串串数字。对他的汇报，少奇同志十分满意，紧紧地握住了他那双沾满泥土味的手，热情赞扬他们的丰功伟绩。

最后少奇同志说：“你们地质工作人员很辛苦，我代表中央向同志们表示慰问，感谢你们为国家立了大功。”

1964 年，党中央决心开发攀枝花。毛主席号召：全国人民支援攀钢。20 年过去了，我国第二座钢城——渡口，在大西南拔地而起。

1981 年，在全国第三次矿产会议上，为攀枝花论文作了高度评价。1984 年，攀枝花荣获国家找矿特等奖，攀枝花地质队，被地质部命名为“找矿功勋队”。

马槽滩创意曲

省里为了发展农业，要开发个磷矿，搞化肥，经过勘测发现什邡县金河磷矿是个理想的富磷矿。可这是个石灰石岩矿区，溶洞星罗棋布，相互串通，形成许多暗河，纵横交错。在地面，水跟人捉迷藏，忽而，从这里冒出，瀑布飞洒，形成潺潺溪流；忽而，从那里隐蔽，无影无踪。

地质报告，在地质部部长的案头上，已经躺了半年，说是水文地质情况不明，不批。派来专家考察队，提出了打 16 个孔的方案。

1960 年“一天等于 20 年”的时代。省委一天一道“金牌”要求尽快投产，要王朝钧这位总工程师拍板。

拍板，谈何容易啊，这可是关系到党和人民利益的大事，工程队已经花了一年工夫，若再打 16 个钻孔，得花两年时间，上百万元人民币！

他打了个寒战，抬头向窗外远眺，眼前一片模糊，他取下近视眼镜，轻轻地擦了擦，仍然撒不开视野，感到困惑、茫然……他从来没有感到这么窘迫，在鞍山的坑道里，在中梁山的钻井旁，在攀枝花的烈火中，他都坦然地转危为安，眼下这个板，可实在不能拍啊！

水啊水，真是个怪物！在戈壁滩滴水不见，它吝啬得出奇，比血液还贵；在金河山川，它又慷慨过分，山洪暴发，淹没良田夺走房屋，如虎如狼。马槽滩上的水，对于王朝钧，每一滴都像一枚地雷啊！要如何才能探明沉没于地下的河床，排除脚下的“地雷”，王朝钧在苦苦地思索着……

清澈蜿蜒的金河像张弓。在弓上，隆起一座巍峨的大山。王朝钧背起地质包，罗盘、铁锤、放大镜，又一次踏上了马槽滩。

机器在山岭沉静地躺着，500 余名地质队员在窝棚内待了几个月，等待着命令。

在工地上，王朝钧看地形，查资料，访农民，捕捉地下水的轨迹。他像一台高速运转的钻机，不停地旋转着……

那清清的金河，不停地流着，流去了春天、夏天，又迎来了秋天、冬天，不知不觉一年的工夫消去了。王朝钧终于在灰蒙蒙的荒山野岭，得出了一个最佳方案。

很快，一个长途电话，把他召到了北京。

地质部大楼顶端，宽敞的会议室挤得爆满。地质部、化工部、煤炭部，北京地质学院的教授、专家、领导云集于此，那气氛严肃而紧张。

序幕一拉开，便形成针锋相对的阵势。

“要探明地下水的轨迹，唯一的办法是打 16 个钻孔。”

这一主张占了上风，喧嚷的会场，顿时显得十分宁静。

主持会议的宋应副部长走向前台，把炯炯目光落到王朝钧的身上：“王总，你的意见怎样？”

王朝钧不惊不慌，掇开图纸，胸有成竹地提出了他的设想：“打 16 个钻孔，从理论上讲是高明的。但实际价值不大，即使打 30 个孔，也难探明地下水的脉络，若打在石灰石断层上，将一无所获。”

王朝钧轻轻地推了一下眼镜，清了清嗓子，平静地谈起了他的见解：“将山横切一刀，顺着岩层打两个坑道，有水放水，无水放心。”

“这种设想，理论上是站不住脚的，在水文地质学上也没有先例。科学不是儿戏!”

“难道只能做有先例的事，才叫科学吗?”

“你有根据吗?”

“有!”

“你有把握吗?”

“有!”

他镇静自若，对答如流：“我作了计算，若打孔，山高，坡陡，一次只能开动一台钻机，16 个孔得花两年时间，上百万元钱。打两个坑道，可节约四分之三的时间，三分之二的钱，而且坑道可用来采矿。这一举数得的好事，何乐而不为呢!”

宋副部长点着头说：“好，有见地。就按这种方案搞吧。有水放水，无水放心。”

王朝钧走出会议室，没来得及松一口气，赓即打了个电话回省地质局。

两条幽深的坑道，仅花了半年时间，31 万元钱就打成了一水，果真没进入矿层，磷矿石源源不断地流出了马槽滩。

川南矿区凯旋曲

斗转星移。王朝钧已年逾花甲。

1983 年，他主动退居二线，让年富力强的年轻人接替了他的担子。

这位地质学家，40 年来，跑遍了大半个中国，为祖国的地质矿产事业立下了汗马功劳，眼下，他完全可以安安静静地欢度晚年；或者带着孙儿，去公园游玩；或跟着老伴，养花，买菜；或在窗下、灯下欣赏珍藏多年的数百套邮票。但他要不来，闲不惯。他似乎有点“老还小”，走起路蹬蹬的，显得特别精神，仿佛把 66 岁的年纪甩去了一半。

献计献策。当省委请出 500 诸葛共商巴蜀大计时，王朝钧首先瞄准了川南矿区。那可是一块宝地啊！有全国最大的硫铁矿，藏量 45.4 亿吨，还蕴藏着丰富的无烟煤、天然气，有得天独厚的水利资源，全国罕见的威西盐矿，宜人的气候，廉价的劳动力。小平同志说过：我国应发展高级复合肥料。川南若配套，制磷铵，那可是全国独一无二的地区了。对，搞综合开发利用，为开发祖国的大西南打开一扇窗户。

他来劲了，寒冬，冒着雨，踩着泥，找资料，议打算，一天工作十几个小时。可年事已高的王朝钧，哪经得起磨呢。他刚开始列计划，急性肠炎像魔鬼一样缠住了他。他在床上痛得打滚，老伴在床前流泪，一晚拉七八次，水中带血。他的身体垮了，不得不瘫在医院的病榻上。

走廊的尽头便是王总的病房。门上挂着一个牌子，上面写着：一不准会客；二不准写字。凡从门前走过的人都觉得新鲜，稀奇，偏着头，瞅一瞅。

那是护士长的独创。王朝钧的病情刚缓减些，他便爬在床上，颤巍巍地写计划。护士长发现他不“安分守己”，就“刮”了他一顿：“王总，你的病刚好点，要静养，别累翻了。”他笑着点头，护士一出门，他又沙沙地写起来。软的不行，来硬的，约法三章，给他挂了“黑牌”。

他焦急地躺在床上，怎么也睡不着。他忽地爬起来，取下黑板，架在凳子上：“淑秀，你看，我有了一张桌子！”他叫老伴站在门口放哨，他又爬在床头画呀，写呀……

他住了一个月医院，一万余字的计划形成了。

1984 年 3 月，王朝钧带领一支考察队跋涉在川南的山山岭岭。当他的足迹，落到纳溪的土地上，忽然一桩往事打乱了他的思路……

对，那是 28 年前，也是一个百花吐艳的春天。他陪着苏联专家到川南考察铜矿。在纳溪，年轻的蓝眼睛，看到了地面上星星点点的铜矿石，就报出了个惊人的数字：3 000 万吨。王朝钧听了大吃一惊以为说说而已，就把实话哑在心里。

嘿，殊不知，省上的领导信以为真，决定出兵川南。省地质局局长李亚明听了忐忑不安，赓即来找王朝钧。“老王，川南究竟有多少铜?”

唉，那是一个“冒进”的年代。他知道，许多领导喜欢念“跃进”经，不喜欢泄气话。但科学必须实事求是，在科学面前，不能看领导的脸色行事。于是，断然回答“依我之见，只不过50万吨。”

“有何依据?”

“川南铜矿，品位不高，矿层薄，含量低，没有开采价值。”

“那怎么办?”

“退兵!”

一瓢冷水，领导的头脑清醒了，一大损失避免了……

王朝钧想到那华而不实的教训，心里阵阵发怵。一种责任感在鞭策着他。他盘算着，拿出一幅宏伟的蓝图，为绮丽的川南添上一束玫瑰花。

经过一个多月的奔波，他们考察了6个县、7个矿区，背着大批资料、标本凯旋而归。

他望着一堆零乱的材料发呆，要从中理出头绪，远比外出考察难得多。他找来课题组的同志商量，都说忙，后期工作，全部落到他的肩上。

他一急，一切都控制不住了，压在肩上的担子是沉重的，他把吃、睡都置之度外，成天伏在那张古雅的楠木写字台上，铅笔、圆规、三角板轮番地在手中旋转……一天工作十五、六个小时，弦绷得紧紧的。那双高度近视的眼睛，盯在雪白的纸上，又涩又胀，他突然惊叫起来：“哎呀，淑秀，我的眼睛看不清楚。”

“朝钧，你太累了，当然受不了嘛。你休息一下吧。”

廖淑秀把他狠狠地数落了一顿，他却当作耳边风，轻轻地揉了揉太阳穴，把1 400度的眼镜换成1 600度，又忙碌起来，可眼前仍然像有一垛墙挡着。

“淑秀，不行不行，快，给我点点氯霉素，是不是有点发炎呐。”

廖淑秀翻开他的眼皮，愣住了，眼睛肿得像灯笼。廖淑秀火了，过去夺他的笔：“你为啥这样固执嘛，向省上说一声，以后写不行吗?”

王朝钧见老伴动了感情，他表示愿意“投降”，但不愿“缴械”。等她前脚一走，他又忙起来。然而没过几分钟，眼睛又看不清了。

夜，万籁俱寂，人们早已打着呼噜，发着梦呓。唯有王朝钧还在忙。他头上悬着三盏日光灯，屋内如同白昼，整整熬了一个通宵。

天亮了。太阳从窗外升起，报告在他的笔下终于形成了。他放下手中的笔，不由得一阵高兴。他打开窗户，深深地吸了一口新鲜空气。然而，他面对着火红火红的太阳，眼前却茫茫一片，再也看不见这个美丽的世界了。

王朝钧的眼瞎了！听到这不幸的消息，局领导和同志们匆匆赶来，一双双痛惜的目光，望着这位德高望重的地质学家，感叹不已！

王朝钧住进了川医。诊断为视网膜脱落，视神经已经萎缩。做了视网膜复合术，也未奏效。

长达 50 万字的《川南地区煤硫矿资源综合开发利用方案研究报告》送到省上，荣获了四川省 1985 年科技成果二等奖，1991 年 9 月被国家科委列入“国家级重大科技成果”。王朝钧被评为优秀共产党员。

录音机在飞速地旋转，王朝钧仍在不停地用生命歌唱。他和黄淑德工程师合作，撰写的《攀枝花式钒钛磁铁矿床勘查历史的回顾与展望》《从四川地质情况谈找隐伏矿》等科学论文，相继发表。他壮心不衰，又正孕育着一部专著——《中国矿业经济学》。

王朝钧的双眼虽然失明了，但他的雄心不泯，理想和事业的火炬把他的心照得透明，他仍在一步一个脚印地朝前走着！

（原载《生活没有梦幻》1991 年 8 月出版）

激活寒武纪

一

豪华壮观的北京机场，沐浴在金灿灿的阳光中。一架银光闪闪的波音747客机，腾空呼啸而起，上升，上升……跃入蓝天白云。此刻，王福星乘坐的班机，风驰电掣，穿过浩瀚的云海，飞越祖国的西大门，世界屋脊珠穆朗玛峰，向西行进，他躺在松软的沙发靠背上，藏青色的西装，裹着结实健壮的身材。他，神色紧张，心儿止不住地在怦怦跳动。是高兴？是惆怅？他说不清楚。刚40出头的人，黝黑的脸上，添上了几条明显的鱼尾纹，深邃的眼里，洋溢着智慧的光芒。看上去，很明显，他的心思，悬挂着，飘浮着，像蓝天上的白云。是的，他刚结束海南岛地质勘察，就奔往南京全国第一届藻类化石学术报告会，昨天天津震旦亚界学术会议刚刚闭幕，今天就匆匆地启程到北京，然后，踏上了西去的征途……

近日来，时光，太匆忙了。他一直奔波在几个学术会议上，争执，诋毁，相互间的内耗，让他烦死了。出发前，他找到领导："出国，我一个人怎么去呀?"

"我们考虑过了，你去最合适。"

"一个人，我怕，不去!"

"去吧，福星，组织上信任你。"

他才不是那种，到处钻营，要出国"深造"，求名的人嘞。如果不是组织上再三敦促，国外的学者邀请，他是不愿一个人出国的。那闲言闲语，像他这样火爆脾气的人，根本就受不了……

在高空，一位俊俏的，穿着白色衫裙的空中小姐，用奇异的目光，打量这位中国人。

“先生，您上哪儿去?”

“墨西哥呗。”

“旅游吗?”

“不，参加一个国际会议。”

“您一个人吗?”

“嗯。”

“啊，一个人代表国家，不可思议呀……”

是的，他，一位普普通通的工程师，代表地质部，不，是代表中国，这是难以想象的呀！这，不是参加一次轻松的音乐欣赏会，或者一次体育比赛的评奖会，而是肩负着祖国和人民的重托啊！

他沉思片刻之后，好像突然想起了什么。啊，那是一月前的事了。持续几小时的显微镜观察，他已感到眼力不济。于是，这位敦实的中年人，关闭了光源，移动身躯，伸了伸酸痛的腰，揉了揉充满血丝的眼睛。这时，他的助手陈乔，兴冲冲地递来一封海外来信，喜不自胜地说：“王老师，阿洛米克教授又给你来信了。嘻嘻，你看，他老是称你‘博士’呢”

“哈哈，我算啥‘博士’呀!”他那宽厚肃穆的脸上，掠过一丝淡淡的微笑，若无其事地浏览着来信：“联合国教科文组织决定于1982年1月11日至14日，在墨西哥城召开前寒武纪岩石圈、生物圈和大气圈的发展及其相互关系研讨会，邀请您参加。您若愿意，我可为您提供差旅费。”这真挚的情谊，触动了他曾受到挫伤的思绪。他侧身凝视着窗前那棵苍劲挺拔的皂角树，阵阵发愣。他，又一次在国外来函面前，陷入了沉思……

那是1979年的早春，当王福星、罗其玲合作提供的“轻化石”图版，在中国孢粉会第一次学术会议上崭露头角后，立即引起了国内同行的关注。接踵而来的是，联合国教科文组织欧勒博士来信：在157科研项目中，没有中国成员，您是一位合格的人选。因为您对前寒武纪生命有系统研究，有独特见解。请您参加我们的组织。这种不谙我国国情的盛情邀请，真叫他举棋不定，局促不安。那倒霉的“海外关系”，曾弄得他险些身陷囹圄。对此，他心有余悸啊！

过了一些时日，该国际组织在久持不耐的焦躁情绪中，竟未经本人的允诺，就把他列入了该组织的名单中。随后，经地质部推荐，王福星又参加了国际孢粉学会。

不久，他的研究成果，频频登上了国际论坛，先后在世界上颇具声望的科技刊物《自然》《前寒武纪研究》等杂志上，发表了《中国西南震旦纪微化石》《前寒武纪疑源类化石——注意事项》等 7 篇论文。

然而，他在国内外赞扬声中，招来了横祸。地质界的个别"权威"，大有泰山压顶之势，向王福星劈头盖脸地袭来："你这是胡闹嘛！你把问题搞乱了！"权威们指令他作检讨。

针尖对着麦芒。这位赫赫有名的"大炮"，寸步不让，顶了回去。王福星的举止，使他们未曾想到，这位"小人物"，竟敢触犯权威们的尊严。他们更没有想到，王福星对前寒武纪地层的研究，独辟蹊径，闯入了一个新领域。他有 12 项蜚声中外的科研成果。撰写了 40 多篇学术论文，一部具有国外先进水平的专著《中国西南前寒武纪藻类化石及其地质意义》即将问世（共 30 万字）。

在对"哑地层"的研究上，向他们飞来一张张挑战书。"啊，王福星要赴伦敦啦！"一个爆炸性的新闻，在地质部成都地质矿产研究所的大院内传开了。"不行，这个人不能出国讲学！"这时，权威又放出风声，想堵住他出国的大门。所领导推荐，同行重举，地科院看中了这位中年知识分子。1980 年 6 月，他终于奔赴了英伦三岛。

在剑桥大学举行的第五届国际孢粉学术会议上，王福星作了《再论假疑源类化石》的发言，精彩的学术报告不时激起雷鸣般的掌声。荟萃一堂的专家、教授、学者投来了赞许的目光："祝贺您，讲得好！"此刻，王福星觉得一切都很平静，并没有发生惊天动地的事。倒是，代表团领队××教授心绪不安，他有点毛骨悚然，真是后生可畏。他的目光惊讶，既为他骄傲，又感到愧疚。以前，并不了解自己的学生，对他的研究持反对意见，现在，被王福星勤奋上进的热忱所感动，被他的成就所震惊。这位长者，他鼓足勇气紧紧地握着王福星的手说："小王啊，你为祖国赢得了荣誉!”

“不！老师，荣誉不是属于我个人的，应该归功于祖国和人民!”

二

刚从海里蹿出来的太阳，透过云层，射出道道金光。引擎飞转，发出“隆隆”的呼啸声。飞机正飞行在浩瀚无垠的大西洋上。机舱内，人们疲惫地躺在沙发上，眯着眼睛，想着各自的心事。王福星的心依然没有平静，善于思索的大脑，泛起阵阵涟漪。他侧脸从舷窗下望，那浮现在大西洋上无数个翠绿的岛屿，宛如撒在绿色地毯上的一串串珍珠。他不禁想起太平洋上，婀娜多姿的印度尼西亚群岛。在那里，他度过了 20 个苦难的春秋，在那婆娑的棕榈林，有他洒下的辛酸泪；在绿色的大海里，流进了他的血和汗。现在，我，可不再是一个寄人篱下，受人欺凌的海外孤儿了。我是一个中国人。是的，一位了不起的中国人！我是多么高兴呀！多么幸福呀!

唉，可惜，自己的祖国穷，经济落后。落后，并不可怕。我们一定自强不息，让祖国强盛起来，赶上世界先进水平！中国富了，身居海外的侨胞们才能扬眉吐气呀!

不是吗？23 年前，他从印度尼西亚回国，为的是什么呢？不正是为了中华民族的富强，为了建设社会主义祖国吗？这是他回国的唯一动机，也是他奋斗的宗旨。现在出了成果，对母亲有了贡献，他怎能不高兴呢!

王福星祖宗四代侨居在一个偏僻荒凉的小岛上。勤劳的父亲，有一套过人的手艺，长年累月，日夜操劳，经营一个小面包店。一家人，过着衣不蔽体，寅食卯粮的生活。

夜，明月高照；海，怒气消融。习习海风，抚摸着海岛。父亲卸下了一天的疲劳，驱走了心中的烦恼，又像往常一样，手捧一本红皮书，把四个孩子哄到身边，又神秘地讲起那个动人的故事：“孩儿们，这本《红龙》是美国的一个记者在延安采写的。书上说中国像头沉睡的狮子，它一旦觉醒，就会成为世界上的强国，巍然屹立在世界的东方。”他沉吟片刻，又说：“不会脱皮的蛇，是活不成的。忘记祖国的人，就难以生存。我们永远也不能忘记祖国哟!”他那庄严肃穆的神态，娓娓动听的故事，深深地打动着王福星幼小的心灵！那位记者的笔，饱蘸着理想的色彩，为中国勾画出一幅宏伟的蓝图，一下子把他吸引住了。

王福星，偎依在父亲身边，一双胖乎乎的小手，轻轻托着黝黑的脸蛋儿，两只明亮的大眼睛，睁得圆溜溜的，瞭望银河，盯着北斗，好似他看见了沉睡的狮子，正在苏醒。他常常梦见一头狮子，时而在天空飞舞，时而在中国的原野上奔驰。

他七岁时，进了一所华侨办的中文学校。他学习刻苦，成绩优异。老师的教导，父母的熏陶，让他了解到，中华民族是世界上最伟大的民族，有悠久的历史，灿烂的文化。指南针、火药、造纸、印刷术，是自己的祖国发明的！他用天真烂漫的想象力，憧憬着祖国秀丽的山河；用他那灵巧的双手，描绘出幅幅美景。无数英雄人物，可歌可泣的故事，孕育着这棵幼苗。他立下志愿，长大了，要远涉重洋，万里归乡。他日里盼，夜里盼，盼着中华民族的觉醒，盼着雄狮矗立在世界的东方。哦，听见了，滚滚黄河，奔腾不息的呼啸声，在呼唤着她的儿女！哦，看见了，巍巍群山，扬起巨臂，要招回她离乡背井的海外游子！

一个终生难忘的日子：1949 年 10 月 1 日，终于盼来了。王福星一家三代，噙着激动的泪花，簇拥着一面五星红旗，在茅屋顶上升了起来，他们载歌载舞，热烈欢呼：“海外孤儿有了娘啦!”

“爸爸妈妈，我要回大陆去!”1959 年，王福星高中毕业后，又一次向两位老人恳求。

“阿福（乳名）听说国内正在搞什么‘大跃进’，苦战 3 年，由穷变富。你又小，吃得了苦吗?”

“不，爸爸。苦，我吃得消；穷，我不怕。我总不能等国家变富了再回去呀!”

雾霭，笼罩着雅加达港口。一艘白色的海轮缓缓启动。父亲泪水盈盈，拉着儿子的手，望着他那神采飞扬、兴致勃勃的脸膛，激动地说：

“阿福，回到大陆要好好干啊，要为祖国争气。”

“呜……”汽笛长鸣，珠江港遥遥在望。他站在甲板上，极目眺望，祖国呀，我回来了，母亲呀，您的儿子向您报到来了！他踏上珠江港，深深地吸了一口清新的空气，啊，祖国呀，我多少回梦里想念您，有多少次梦见回到您身边！他捧起珠江水啊，深情地饮呀饮，祖国母亲的奶汁，是多么香甜啊！

他，像一颗播进肥沃土地的种子，随着和煦的春风、阳光、雨露的滋润，生根、开花、结果。

三

在墨西哥大学，富丽堂皇的大厅内，荟萃着举世瞩目的专家、教授、学者。王福星站在世界的讲台上。他用指头捅了一下眼镜，微微闪了闪深邃的目光，看了看台下，只有他一个亚洲人。今天，他不是作为一个难民、流浪者到异国他乡的。他，是作为一个地质专家，向来自五大洲的代表，讲述他为养育自己的祖国用心血凝成的成果。他那激动的心怦怦直跳，心情欣慰，嗓音高昂。他阐述了远国前寒武纪时期的地层和丰富的生物化石，以及关于假化石的研究；他引经据典，印证了元古界盆地的沉积作用和盆地的地质分析；他阐述了这古时代生命的新证据及它们对前寒武纪环境（大气圈和水圈）再造的联系。

他讲得头头是道，十分精彩。话音刚落，会场沸腾了，与会者惊讶了！唯有中国人参加这样大的学术讨论会，才会特别引人注目。墨西哥的、美国的、法国的代表纷纷伸出了友谊的手，向他祝贺，恳求与他结下长远的友谊，交换科技情报，共同探索微化石的奥秘。他此时的心情是不可名状的。他神情自若，却又喜不胜喜。学会主席希托洛夫斯基教授，兴致勃勃地来到他的面前，伸起大拇指：“中国好！王博士，您揭开了一个谜。祝您成功！”

成功？唉，国内权威们可不这样认为呀！在他们看来，这个60年代的大学生，要搞古化石的研究，简直是异想天开，他们对他的成果不屑一顾。

当红艳艳的玫瑰争相怒放，溢出馨香的时候，人们看到的只是姹紫嫣红，嗅到的只是沁人心脾的芬芳。然而，可曾知道，培育玫瑰的园丁，在一片讪笑声中付出的血的代价吗？

20世纪60年代初，国外地质界综合利用各种手段，探索一些地质问题已蔚然成风。我国本不算落后的地质科学，却宛如一颗明珠，摆在不透风的陈列室里，渐渐地蒙上了蛛丝和灰尘。尽管我国地质界人才济济，但综合利用各种手段来探索地质问题，起步晚，进展慢，亟待变革的呼声四起。王福星决心举足探索，揭开前寒武纪“哑地层”的谜。他努力把理想变成现实，把誓言变成行动，在茫茫的沙漠中，留下了一个个深深的脚印……

严冬，北京。寒风呼啸，滴水成冰。王福星和谢振西提着行李包，迈着沉重的双腿，急急忙忙奔跑在中关村的柏油路上。他们已在紫禁城内奔波了7天，还未找到求学之门。他们忧心忡忡地再次跨进了科学院的大门，去求教于我国研究微化石的“权威”。

“老师，我们来学习前寒武纪生物，请您指导吧。”王福星局促不安地恳求。

“我忙，没有时间。”那位“权威”头也不回，扬长而去。

他们又一次吃了“闭门羹”，忧虑的心情上，又增加了一块石头。

翌日上午，他俩沮丧地蹒跚在天安门前。突然，迎面走来一个熟悉的人影，王福星定睛一看，正是那位“权威”。他急忙笑盈盈地迎上去：“老师，您不愿教我们，谈几句总该可以吧？”他不假思索地回答：“没有什么好谈的。”王福星发愣了，他呆呆地望着“权威”的背影，气得满脸发紫，半晌才说上话来。“呸！我们决不服这口气！”

拜师无门，求学无路，他们失望了。但“失望”不等于绝望。他们摒弃了求师的“奢望”，一头扎进中国科学院图书馆，北京图书馆，北京情报所，收集中外资料，咀嚼那枯燥无味的文献。他们如饥似渴地扑到学习上，一不上电影院，二不外出逛马路，不去拜访他多年未见的老同志、老同学。风景秀丽、闻名遐迩的颐和园，没有留下他们的足迹；珠宝如山的故宫，未曾闪过他们的身形。他们苦战了30多天，摘抄、复制、摄制软片，数九寒天，他的心却像一盆火，顶风雪，战严寒，搜集了几千份宝贵的资料。

历经曲折之后，他们终于投拜到成都地质学院丁莲芳老师的门下。他们背着馒头，水壶，早出晚归，勤奋学习，很快就闯入了微化石研究的瑰丽宫殿里。

夜幕低垂，“造反派”的吼声渐渐淡去。孩子睡着了，妻子安排好家务之后，王福星在厨房的角落里，拉上窗帘，又在家中仅有的一张吃饭和写字合用的方桌上，摊开英文、俄文、德文资料，以及写得密密麻麻的稿纸和胶片，摆开别出心裁自制的阅读器，翻译资料，阅读文献。那个简陋的角落里，就是他的实验室和办公室，也就是他成就事业的起点……

在汗流浃背和蚊叮虫咬的磨难中，度过了三百六十五个日日夜夜，整理出200多万字的地质资料。他那超人的毅力，令人叹为观止；强烈的事业心，则又是促成如此惊人毅力的原动力。不久，我国第一部关于迭层石分类描述的工具书《迭层石汇编》脱颖而出，给生产、科研和教学单位，提供了宝贵资料，受到国内同行的赞赏。

四

“你没学过古生物，要搞微古生物是外行，搞不成。”

“啊，没学过就不能搞啦！我才不信邪呢！你们不让我搞，就把那些化石推到锦江河（岷江支流）里！”

“哎，别着急嘛。”

“不急？我们国家穷，科学技术落后。你们不急我急呀。我是回国搞建设的，不是白吃饭！”王福星憋着一肚子气，像倾盆大雨泼了出来。它冲掉了个别领导头脑中的“怕”字，不多时，领导的大脑清醒了，同意了。王福星也高兴了！

前寒武纪微化石的研究工作，包括野外采样和室内处理两个内容，而室内处理必须具备专用实验室。

正当这位血气方刚的年轻人，干得欢快的时候，“粉碎右倾翻案风”的妖风四起。那时，正是“文革”初期，人们像惊弓之鸟，担惊受怕。个别领导更胆小如鼠，对“哑地层”的研究不敢拍板，课题组的方案又被打入冷宫。王福星心急如焚，他三番五次找领导，磨破了嘴皮，也无济于事。他清楚，只有果断的行为，才有可能步入理想的境界。于是，一场大辩论拉开了。

大清早，王福星满腔忧郁跨进办公室。他劈里啪啦把样品搬到三楼办公室，干什么？人们看他那脸色，就愣住了，意识到即将发生的一切。

“胡子，你快劝劝‘大炮’吧，他今天又要闯祸哪？”

“不，他不是闯祸，是和党委讲理嘞！”

一开始，他想方设法抑制感情的冲动。然而，讲着讲着，他黝黑的脸变得彤红。他喷吐着内心的激愤，如火如荼，如波涛汹涌。他完全失去了理智，和所长、书记吼了起来。领导拗不过这位年轻人，只好把事儿应承下来。

然而，一波刚平，一波又起，领导虽然应承下来了，可许多问题并未解决。“主任，我们筹建实验室，需要三尺布，请你批一下。”他找到管后勤的领导。

“嗯，你们乱弹琴，我不批。”

“啊！我们搞科研咋能说乱弹琴呢？哼，你们坑人啦。”

“嚓！”他气鼓鼓地抓过报告，撕得粉碎。生气，他怎么不气呢？为了三尺布，写了三次报告，仍然得不到解决。最终，没有良策只好自己掏钱买。

“小郭，快，你们‘大炮’又跟领导吵架啦！”

“啊！”小郭吓得目瞪口呆，噔噔噔地跑进办公室，一把抓住王福星，又哭又劝：“你这个脾气怎么得了哟！我们在国内还没站住脚！今天批你，明天斗你，还没吃够苦头？眼前的工作就是这个样儿，管那么多干啥？”

王福星拖着松软的腿，如散魂落魄一般，缓缓地回到家里。忧郁的眼窝里滚出几颗委屈的泪珠。为了事业、理想，他有多少心里话，可是那年月，向何处去倾诉呢？平时，他是一个豁达开朗的人，如今，却变得忧心忡忡，沉默不语。贤妻郭瑞环，看到爱人那沮丧的脸，心乱如麻。她偎依在他身边，“福星呀，我劝你多少回啦，好像你没耳朵似的，就是不听，得罪了领导，危险呀！”

“咳，怎么、不该跟他们讲理？他们那副精神状态，哪像搞社会主义的样子？我反正没干坏事。”

小郭，嘤嘤哭得如此伤心……

“福星呀，你在业务上打响了，可政治上要注意啊！”好心的同志也苦口婆心地劝他。是呀，在那光怪陆离的政治气候中，他像个初生牛犊，不能不让人为他担心呀！

“我看到那些疲沓、拖拉的作风，心急呀！”他，一边说，一边拍着自己的胸口。他恨不得把自己那颗赤诚的心，挖出来，放在光天化日之下，以表他对祖国的一片忠心！中国，在一派混乱的年代，他胸中却吞吐着时代的风云雷电，考虑着祖国的前途和未来；对自己的安危，他确实很少去思索，掂量。

“大炮”这个雅号，就是在1976年大家送给他的，也就是这个时候传开了……

争论的结果，仍是纸上谈兵，设备没有，房子没有，经费没有。怎么搞实验呢？王福星只好破釜沉舟了。他跑向垃圾场，废铁堆，拾回废铁丝，烂木板，做试管架，阅读器；从家里搬来了凳子，找来桌布、旧衣服，做样品袋，搬来碓窝代替粉碎机。他们的行动感动了一位老干部，暗暗支持他们，并让出了办公室。一个别开生面的“办公室”诞生了。

夜幕刚刚降临，王福星和周国富又悄悄地开始工作。忽然，一位领导干部瞪着眼，闯了进来。他声色俱厉地问：“唉！怎么在办公室里搞实验呢？”王福星先是“嘿嘿”一笑，支支吾吾地应酬；后又觉得一干人只当家，不干事，还要和别人搞摩擦，随即沉下了脸。眼看一场“暴风雨”就要发生，善于解危的大胡子周国富，见势不妙，急忙把“大炮”往自己身后一推，站在他俩中间，嗫嚅地说：“哈哈，当权派，我……我们没搞啥呀。”

“那，哪来的酸味呢。”

“哦，可能你的鼻子有问题，把厕所的尿味当成酸味了。”

繁重的实验，崭新的课题，王福星沉浸在神秘的实验里。他风华正茂，热情、奔放、不知疲劳，他胸中好像蕴藏着铀料，正起着热核反应，放出巨大的热能。这位中年知识分子，把对祖国的爱，全部倾注在事业上。

1976年夏天，川西发生了罕见的大地震。波及成都，威胁着每个人的家。大地在震动，房屋在摇晃，树木在倾斜，人心惶恐不安，精神极度紧张。人们常常屏住呼吸，注视着大地的变化，测试着周围的动静。在地研所的大院内，各式各样的地震栅和地震仪，围得水泄不通。办公大楼的门口，指挥人员严密把守，不准进出。

可是，王福星却是个怪人，在他周围，好似什么也没有发生，他成天躲在四楼的实验室里，全神贯注观察显微镜，查样品。突然，人声鼎沸："地震啦!"院子里响起了呼喊声，人们惊恐万状。小郭牵着岚岚和薇薇四处寻找王福星，孩子哭喊“爸爸”，妻子呼唤丈夫。然而，他没注意眼下地球上瞬息间翻天覆地的变化，他的双眼依然紧紧地贴在“接目镜”上，观察那十亿年前的每一个微小演变。

春秋辗转，时序交叠。仅几个春秋就取得了一连串重大科研成果：他与周国富合作，分层取样制片获得微化石标本的试验成功，弥补了我国地质研究的一项空白；随后，他在中国孢粉学会第一届会议上作了关于《“软化石”——一种假疑源类化石》的发言，轰动了中外地质界。从此，排除了混入真化石中的假分子，准确地判断出地层分布的规律。这位祖国的好儿子，人民没有忘记他辛勤的劳动。1977年3月，他被推选为先进工作者，出席了成都市先代会；7月，他又出席了全国地质系统工业学大庆先代会，跨入人民大会堂，受到中央领导的接见。

五

啊，“爬山匠!”你们的荣誉，恰恰在于以平凡的劳动，做出不平凡的贡献!

“爬山匠”，多么自豪的名字啊！爬山，既是地质工作者的家常便饭，又是最艰苦的磨炼。在从前寒武纪地质的研究中，王福星索性独树一帜，走测试手段与宏观地质相结合的道路。

夜，像寂静的山林，听不到一丝儿嘈杂的声音；钟，已响过三声。他闷着头，在屋内踱来踱去，没有睡意，时而瞅瞅摆在桌上的课题计划，时而蹑手蹑脚地走到床前，望着生病的妻子。原准备，利用秋天的大好时光，登雪山，过草地，远征藏北高原。可是，临走前，小郭一病不起，怎么办呢？他想得很多……

她与我一起从印尼回国，又一同寒窗苦读，结下深情厚谊。她，一位有钱人家的小姐，不愿享受国外优厚的物质生活，不顾父母的阻挠，一颗炽热的爱国之心像一团火，在心中燃烧，决心把自己的青春献给祖国，把人生的足迹留在故乡的土地上。她，出自对事业的追求，与我结成终身伴侣；她，为了中华民族的崛起，努力学习，默默无闻地工作。在创业初期，她协助我翻译外文资料；当科研在艰难爬行的时候，她承担了全部家务劳动。如今，她病了，我能丢下病妻弱女不管吗？

“福星，你去吧，家里的事有我呢!”小郭从睡梦中醒来，望着满脸愁云的丈夫，早已猜出了他的心思。她完全知道这位憨厚、笃实，富有强烈事业心的丈夫。每当他立下“军令状”，不完成任务，是决不罢休的!

七岁的岚岚，跟随爸爸闯进云南东川，风餐露宿，奔跑在高山峡谷间。白天，把岚岚锁在住地，或托付给他人，他背着帆布包，携着镢头，攀登在悬崖峭壁上；晚上，带着孩子，在豆灯下，整理资料，阅读外文书籍，人们无不感慨地说：“多么值得同情的中年知识分子啊!”

含辛茹苦的野外工作，把王福星累倒在茫茫的荒原上。他得了急性肾炎尿血，腰痛折磨着他。同志们噙着泪水，把他送进了医院。所领导带着党的温暖，赶到现场慰问。医生要他休息 3 个月。

“啊，3 个月!” 90 个昼夜，在短暂的人生中，不过是一瞬间，可在王福星的眼里。2 160 个小时，可是一个了不起的数字呀。休息，哪能呢?他心急得火烧火燎，躺不住了。他躲过医生的视线，逃出医院，又向大千世界，寻找他需要的宝藏!

7 月，骄阳似火。葱茏的树木，在阳光下熬煎，瘦骨嶙峋的岩石，像烤红的炉铁，熠熠闪光，流油。一座座高耸入云的大山，拔地而起，横亘在王福星、李复汉的面前。他俩像只壁虎，已经在崖石的缝隙里，艰难地爬了六个小时。手磨破了，衣服撕烂了，身上青一块，红一块，继续向数千米高的顶峰攀登。

有一天，烈日直射，他俩瘫软地躺在石洞里，等待太阳息怒。上山，豁出命来往上爬；下山，干脆坐下连滑带滚……可是，浮肿的双腿怎么也不听使唤。馒头吃光了，水壶空空，饥肠辘辘。他们被围困在悬崖绝壁上。

太阳沉下去了，四周影影绰绰。天，渐渐黑了，“路”，更渺茫了。“大炮，我们下不去了，可能被埋葬在高山上啦!”李复汉有点绝望了。“老李呀，那可不行，我们完不成科研任务，怎么能向祖国交代呢。”哟！这时，王福星这个“泡毛鬼”却镇定自若，不时向老李加油打气。

十几个小时的折腾，几乎耗尽了他们的精力。王福星咬紧牙关挺着，用镢头在坚硬的绝壁上，艰难地凿起一个一个小“台阶”，伸手去抓呀!还未抓稳，就“哗”的一声，滑了下去……

遍体鳞伤，脸上湿漉漉的，只觉得天旋地转。“啊，真的完了!”他不禁发出一声惊叹。他定了定神，慢慢爬起来，趴在崖壁上，做成人梯，他们缓缓地往下滑，下滑……

“迭层石”，多么美妙的名字啊。它像“月亮宝石”一样吸引着王福星。可是，为了它，他和同事们踏遍祖国的大江南北、长城内外，穿过深山密林、边疆村寨。瓦岗寨的蚂蟥吸过他的血；黑山沟的石头磨破了他的手；拖布卡无水的荒原，使他唇焦舌燥；弯刀山的暴雨浇得他瑟瑟发抖。行程数万里，终于在云南发现“迭层石”，在洪川桥南的河谷中，找到了迭层石灰岩，据其形态指向，准确判断这一带的地层层序；同时，发现了具有重大地质意义的珍贵矿物。这一切，为今后的地质研究，开辟了新的途径。

他如获至宝，捧着“迭层石”，满意地笑了。他高兴，手舞足蹈；他欢呼，为祖国找到了宝藏！

六

波音747客机，在茫茫的大西洋上空掠过。王福星俯视下面的大海，前方正是美丽的墨西哥城。大海的狂欢，撒下一串串笑语，突然他又想起前次伦敦会议的情景。会议在一片笑声中结束后，几位欧美学者，对王福星假疑源化石理论局促不安，王福星的科学冲击着地质界。他们感到高深莫测，必须重新改变自己的研究课题。几位老地质专家惊讶地望着他：“王博士，你是如何发现假疑源化石的?”如何发现的，那又是一段玩命的历程嘞。

实验室落成了。房子，虽然矮小，也没有现代化的设备，但在他的眼里，已是金碧辉煌的宫殿。他知足了，知足者常乐。他笑逐颜开，围着实验室，转来转去，蹦蹦跳跳，像个孩子一样。他端详着，品味着，勾画着宏伟的蓝图。他高兴，他终于有了个“家”。他带着小陈，涂颜色，粉墙壁，安电灯，修水管，把它装扮得花枝招展。

王福星的劲更足了，他一头扎进实验室，没日没夜地围着那些化石转，盯在显微镜上，观察、分析。他好像也变成了一个微生物，溶进了细胞海洋中……

可是，实验室内除了自制的几件工具外，粉碎机、扣片机、高倍显微镜都没有。他环顾室内，欣喜的神色顿时消失了。他向所里打报告要设备，毫无反应。困难，成堆的困难，像千斤重担沉沉地压在他的心上。他闷闷不乐，浓眉下满布愁云。他恳求体贴的爱人，要她为他解难。可妻子的反应是：“哎呀，这么大的问题，谁能解得了呢?”

天，冷了。地球的体温已经降到零度。“福星呀，你把存款取了做件冬衣吧。”郭瑞环把存折塞在王福星的手上，叮咛着。

“行啰!”他骑着车，急急忙忙上街去了。

这对夫妇，自结合后，节衣缩食，过着勤劳俭朴的生活。近年来，收入增加了，别的归侨，笔挺的毛料，时髦的款式，时兴的家庭电器，生活现代化，方兴未艾。可是，王福星夏天一身粗布衣，冬天一件破棉袄。他，那朴实的衣着，与其说他是个华侨，不如说像个川西坝子的农民。

他穿过春熙路熙熙攘攘的人群，看了几家铺子，琳琅满目的衣服，竟没有他喜欢的那种老式青年服。他在街上走着走着，又想起了实验室，把爱人的叮嘱，忘到脑后去了。突然，他喜出望外，好像发现了什么秘密。他急忙打开存折。“嗬，刚好五百元，能买台离心机。”他匆匆回到家里，和小郭磋商。她难为情：同意吧，这笔钱是她母亲回国探亲，看到女儿工资低，人口多，于心不忍，留给他们改善生活的，他们一直舍不得花呀；不同意吧，他为了一台机器，朝思暮想，与领导吵了几回啦，再拖下去，肯定要急出病来。瞻前顾后，她同意了。

“福星，我要回国探亲，需买点什么吗?”母亲来信说。

“买一部日本生产的幻灯机。”他在回信中恳求妈妈。偌大一个研究所，没有一部幻灯机。为了这，他暗暗盘算多年，要在国外买一部。终于，幻灯机从印尼运到了地研所。

“临时工不请了，所里没钱!”领导说。

“啊!”王福星傻眼了，不请，实验室许多工作没人做，咋办呢?

“没钱”他家经济也困难呀！近几月，他姨父回国探亲，花了很多钱：用所里的车花费400元，电话费60元，买国库券100元。这些钱，都要从工资中一一扣除，上月发工资他只领了七角八分。

他翻箱倒柜，找出了一件皮衣，卖了50元，又请来了临时工……

这位实干家，无时无刻不想到祖国，想着人民。只要为祖国，为事业，为我们这个大家庭，一切都没关系，连他的心也舍得掏出来，至于自己，他从没考虑。群众赞叹不已：“王福星就是活着的蒋筑英!”

这时，他研究的课题，进入了艰苦跋涉的阶段，无数次试验后，他发现，寻找的藻类，不是真正的古代生物。他提出了疑义。可有人讪笑他：

“拿榔头的手，怎么能去磨绣花针呢。”

“你生来就是‘爬山匠’，不懂古生物，还是趁早收场吧！”

冷水，大有扑灭他心中火焰之势。然而他不屑一顾，照直走自己的路。

这颗赤子之心，早已融进他的事业之中，同祖国的脉搏一起跳动。他在科学的海洋中，贪婪地吸收营养，探求未知的宝藏。他，卧薪尝胆，在微古化石的研究上，决心闯出一条新路。他，恨不得把每秒钟都拉长，延伸……

“小陈，你们散开，我来！”

“王老师，你已经干了几个小时了，休息一下吧。”

“没关系，我已经适应了。氢氟酸对人体有害。你们还年轻呀！”

“啊！你的衣服烧烂了，手烧坏了！”陈乔和赵霞惊呆了。他的手上，脸上顿时泛起了密密麻麻的疙瘩，像一个个红色的小灯泡，一个连一个，一个叠一个。

实验室浓烟滚滚，刺鼻的氢氟酸，呛得他喘不上气来。突然两眼发花，天在倾斜，地在旋转，“扑通”一声，他昏倒在地上……

几个小时过去了。王福星踉踉跄跄地又出现在实验室。长期实验室工作，使他的双眼老化，体质急剧减弱。由于氢氟酸的侵袭，全身骨骼松软，美尼尔氏综合征也常常爆发，几次昏倒在工作台上。

秋雨，淅淅沥沥的，他从污水沟里取来“样品”，放到显微镜下。突然，一种藻类闯进了他的视野。“啊，这不就是权威认定的那种古物球体吗?”他豁然开朗，一个疑团解开了。嗬，别看他是个“大炮”，在探索古生物的问题上，他却像个绣花姑娘，在 2 100 倍的显微镜下，把古代藻和现代藻分得一清二楚。

“喂，胡子，‘郝台达穴面球形藻’的定论有问题。”

“大炮，你别先下结论，再作试验吧。”

他再次取来污水试验，一次、二次、三次……10 天过去了，得到同样的结果；20 天过去了，显微镜下的现代藻仍然如此。苏联专家 50 年代就认定的“郝台达穴面球形藻”，不属于古生物，而是一种假微古化石的产物。这个普通的工程师解决了许多作者怀疑而未解决的问题，他很快就写出了一篇关于假疑源化石的学术论文，震动了国际地质界。

七

墨西哥城。夜，万籁俱寂。卧室里，陈设豪华，墙上挂着丝绣壁画，地上铺着名贵的地毯。王福星躺在床上，却火烧火燎，彻夜难眠。他披着柔软的睡衣，从床上霍然而起，跨到窗前，仰望着满天星星。在这星球的东半边，是亲爱的祖国！这位异国长大的华侨，如今每次出国，他总感到心神不安。美丽的风景，华丽的建筑，现代化的生活，对他好像不是一种享受，而是一种折磨。他感到一切都陌生，拘谨，好似到了另一个星球。四天的会期，他觉得太长，宛如过了一个世纪。在他的心目中，只有养育自己的祖国，才具有无穷的吸引和魅力！生活在祖国母亲的怀抱里，是最甜蜜美好，幸福快乐！

他轻轻地扶了一下近视眼镜，觉得有点委屈，又觉得滑稽。嘻嘻，说来好笑，走的前一天，所领导跨进他的家，猛然问他：“王福星同志，哪些方面还照顾得不周到？你写的东西准备给你出版。”

咦，这是什么意思？莫不是怕我出国后不回来哪？噢，这人真官僚，这么多年还不了解我心呀。不回来，怎么可能呢？中国有句俗话：“儿不嫌娘丑嘛。”为了祖国的建设，我才在国家最困难的时候，踏上国土，与全国人民同甘苦，共患难。在十年浩劫中，曾“炮轰”、“火烧”过我，我也没动摇，没离开母亲呀！数年来，多少海外同学，亲朋来信要他出国啊！他们愿为他奔波，为他寻找舒适的工作。

是的，他有技术，有文凭，有 11 项重大科研成果，在国外可以出人头地，过上花天酒地的日子。在墨西哥的国际会议上，他作了题为《元古代最末期显生宙最早期矿化微化石》的学术报告，博得了国际上学者们的好评。

可是他的心，像“定海神针”，深深地扎在故土里。他在一封封回信中这样写道：“国家兴亡，匹夫有责。祖国还落后，要靠她的儿女去奋斗，去建设。祖国强大了，丢掉了‘亚洲病夫’的丑名，海外侨胞才会扬眉吐气，不受欺凌!”

他那赤诚的心中，凝聚着对祖国的爱。那天，王福星一踏上墨西哥城，就感到心里空荡荡的。他走进宾馆，愣住了：啊，住宿费每天 45 美元!

“喂，是大使馆吗？宾馆的住宿费太贵，我要到大使馆来住。”他焦急不安，急忙请示大使馆。

“嗯，贵也得住呀。”大使馆给他的回答是坚定的，他却仍在犹豫之中。

伙食，更昂贵。一顿普通的早餐就要花七、八美元。他心痛呀。于是，他发挥小时候养成的“特长”，早晚啃面包，中午吃大会供应的免费伙食。四天，他只进过一次餐馆，他一分一厘地为国家节约外汇。

会议结束了。王福星喜气洋洋，立即回到了自己的“家”——墨西哥大使馆。

“老王同志，你太疲倦了，休息几天吧。”

“不，还是早点回国。”

大使馆的刘玉树同志，兴致勃勃地陪他游览市容。美丽的墨西哥城，是旅游者观光的胜地，不仅有遐迩闻名的“多别朵”集市，而且有“佩里苏”超级市场。商店，装饰得金碧辉煌，名牌，优质商品堆积如山。鳞次栉比的高楼大厦，色彩缤纷的小汽车，使人眼花缭乱的霓虹灯，更令人欢快而陶醉。可是，不知是什么又搅动了他的心，这一切都吸引不住他。走着走着，他的游兴消融，他想起那些疑神疑鬼的人，对他不放心，他要早点回国，让他们看一看我王福星是真的爱国者，还是口是心非。

王福星是回来了。他满面春风，走进地质部外事局，取出厚厚一叠美元，放在老会计的面前。老会计愣住了，他疑惑不解：“哎，你只领了一千六百美元，怎么交回来 2 047 美元呢?”

“大会资助我的 900 美元，我没用，和余下的钱全部交给国家。”

“这30元零用钱我们不能收，因为没有先例。”

“不，你就破例收下吧！这是我的一点心意呀！”

老会计摘下老花眼镜，紧紧捧着手上的美元，望着王福星的背影。他情不自禁地发出了肺腑之言：“真是个好同志！这不仅是外汇，而是一颗比金子还贵重的心啊！”

过去，许多人出国考察、参观，总是要设法带回几个大件，武装一下自己的小家庭。而王福星出国归来，两手空空，把省吃俭用节约下来的钱，全部献给了祖国。

早春，风和日丽。长长的列车，驶出北京，奔向大西南。王福星站在窗口，神采奕奕，凝视窗外闪过的绿色田野，美丽山川。飞转的车轮，发出“铿铿”“铿铿”的声音，好似一支支高亢的战歌，他随着激昂的歌声，又奔向了前寒武纪生物的世界……

1983年冬　成都

附：地委第一书记秦长胜带头树新风

雅安地委第一书记秦长胜是“保持延安作风的老干部”。这亲切的称呼，是二郎山下，青衣江畔广大干部群众对他的赞语。

秦长胜同志1937年参加革命，1938年入党。在延安时期，他任过区委书记、县委书记；解放战争期间，进军西南，跨入四川，1960年担任雅安地委书记。几十年来，他工作上勤勤恳恳，兢兢业业；生活上艰苦朴素，以身作则，严于律己，保持了高尚的品质和普通一兵的本色。

对旧习，坚决抵制

秦长胜只有一个独生女儿，去年10月，既是女儿的结婚之日，又是秦长胜60岁生日。左邻右舍和机关干部准备礼物，打算前来贺喜。女儿也想把婚事办得“像样一点”。秦长胜不同意。他对女儿说：“我是地委书记，经常教育别人不要讲排场，闹阔气，我们就该带头呵。”随后，他为女儿的婚事作了三条规定：不声张，不请客，不受礼。女儿结婚那天，老两口给女儿、女婿包了一顿水饺吃，以示祝贺。秦长胜破旧俗，树新风，节俭为女儿办婚事的模范行动，受到干部群众的称赞。

对群众，和以待人

秦长胜身居领导岗位，经常深入群众之中。几十年来，他一直坚持与经验丰富、为人正直、憨厚朴实的老农民交朋友。有时登门拜访，有时把他们请到地委，和他们亲切交谈。老农民来到地委机关，秦长胜总是和他们同吃、同住，亲手给他们沏茶，端水，买烟打酒。芦山县仁加公社横溪生产队老队长杨国志，是秦长胜交往最长，关系最密切的一个。10年内乱中，杨国志被打伤。1971 年，秦长胜恢复工作后，立即把杨国志请来，自己掏钱给他检查治疗，并亲自给他熬药护理。以后杨国志又染上了肝炎。他家经济困难，无力治疗和调养，秦长胜又解囊相助，多次给他买药，捎糖，每月还接济他一、二十元钱，直到病好为止。县、区、社的同志回到地委，他总是亲自过问他们的住处、伙食，要求管后勤的同志对他们照顾周到些。机关收发室工人卢先发，在抗美援朝战争中受过重伤，身体不好。秦长胜经常关心他的饮食起居，问寒问暖，要他注意休息，保重身体。

对自己，不搞特殊

星期天、节假日，秦长胜很少休息。每年春节常委值班，他总是值正月初一，让别的同志高高兴兴欢度佳节。多年来，秦长胜一家三代四口人，一直住在一间 18 平方隔成两间的平房里。近年来，机关陆续修了几幢楼房，曾多次劝他搬新房，他总是说："现在住房紧张，先让别的同志住，我家人不多，没关系。"行政科的同志看到他家的住房实在太挤，多次劝说，1979 年才搬进地委原用的小食堂。虽然房子的面积比原来大些，但房子很破旧，天花板是几板烂篾笆，室内没有厨房、厕所和自来水设备。女儿结婚，行政科派工人来维修，也被他制止了。

一次，秦长胜因工作忙，托秘书上街买块檀香皂，不巧此货脱销。后来，这位同志打电话找百货公司买了一块，他批评这位同志说："我们领导机关不能搞特殊，你把香皂立即送回去。"

（原载《四川日报》1982 年 1 月 28 日）

电视文学剧本

血祭黄土地

堵住暗流

命运的迁徙（解说词）

拥抱长江（解说词）

血祭黄土地

片头

一只木槌各种角度敲击着大钟。反复叠化逆着夕阳走来的葛天民的升格镜头。

旁白：中国的土地问题，是一个严重的问题。占世界人口21%的中国人，要靠只占世界耕地面积7%的土地来生存。这就是我们面临的严峻现实。

然而，土地问题的警钟并未能完全制止至今仍在野蛮吞噬大片良田的人为的罪行。全国耕地面积正以平均每天×××亩的惊人数字减少。

人们啊，珍惜每一寸土地吧！

大钟鸣响。

血红的片名推出。

上　集

百果村村委会主任家外　日

镜头从一群人后背拉出。人们围在何万三村委会主任的厕所外嘻笑。

雪白的厕所墙上是用红砖写上的字：村委会主任是个大屁股。

村委会主任何万三气急败坏地冲出院门，用白粉涂字。

人群里，二傻兴奋地笑。

何万三："狗日的，哪个有人养没人教的……"

人群里有人喊："二傻写的。"

何万三："兔崽子！"拿着沾满白粉浆的扫帚冲上来。

二傻转身就跑，边跑边笑着喊："大屁股、大屁股……"

朱嫂建房工地　日

"扑通"一声，葛天民被推倒在泥地里。

葛天民大喊："不行，朱嫂，这是耕地，没有经过批准，不能建房！这是违法！"葛边喊边往起站，刚站起来，又被推倒。

二傻也在帮助朱嫂建房的行列里。众民工围攻葛时，他高喊："别打、别打！"

众民工见满身满脸都是泥的葛天民倒在地上，才笑着散开。

二傻走到葛面前："葛大哥，在自家承包地上建房也违法？"

葛天民："没经过批准。不管在哪建房，在自家耕地上也是违法。"

二傻："村委会主任盖那么大个新厕所违法不？"

葛天民："超出法律规定面积，当然违法。"

二傻想了想，突然扔下工具："我不干了，违法了！"说完就走，边走边喊："朱嫂违法了！"

朱嫂："二傻子，滚！你这个从小没吃过人奶的东西！"

二傻傻乎乎地笑着："我吃你的奶！"

朱嫂："混蛋！葛天民，你滚！"说着又扑上去。众民工跟着扑向葛，连推带搡。

二傻："犯法了！打人了！出事了！"大呼小叫地跑去。

村路　日

二傻边跑边喊"打人了，出事了！"

一个胖子骑着摩托车带着个瘦子飞速驶来，两人均穿着入时，看见二傻，胖子刹住车："傻子，什么事？"

二傻："葛天民，他让人打了！"

胖子："活该！"回头向瘦子一笑，又开车驶去。

葛天民家　日

二傻跑到葛家，葛天民媳妇张小雨正在院里干活。

二傻："嫂子，大哥让人打了。在朱嫂地里！"

张小雨急匆匆跑去。

何万三家　日

二傻边向院里跑边喊："村委会主任，村委会主任！"

何万三一看是二傻："兔崽子，又来了！"抓起扁担就追。

二傻边向门口退边说："打人了，葛天民让朱嫂他们打了。打坏了……"

何万三愣了一下："打吧，他该着。老子不管！"

二傻："出事了，打坏人了！"喊着又跑。

何万三想了一下，也跑去了。

朱嫂建房工地　日

张小雨拼命往回拉葛天民，葛不停地甩开，不停地喊："不行啊，大家想想，咱大坪乡 2 500 多户人，眼下每人只剩四分地了……"

朱嫂："剩一分关我屁事！没地大家喝西北风！干部占地为什么不管？这叫官逼民反！"

一个民工："少跟他废话，没良心的！"

民工们要上。

"住手"何万三大吼一声，"土匪！敢打人？打土地员？没王法了！"

朱嫂："何村委会主任，你屁股上的屎擦干净再说话吧！"

何万三："造反了！我是村委会主任，屁股不干净乡里给擦，你屁股不干净我就有权管！停工，现在就停！"

长江边　日

葛天民默默坐着。张小雨洗了手绢轻轻地擦着丈夫脸上的泥和血。禁不住流下泪来："天民，不干了，咱不干了……你一个小小的土地员管得了谁呢？再说，都是乡里乡亲的，还是回村开拖拉机吧，咱也清静几天，不干了，咱不干了……”

葛天民慢慢抬起头看着张小雨的泪眼，沉重地叹了口气。

何万三家　日

葛天民、宋青耐心地跟村委会主任谈着。

葛天民：“国土法规定，村民宅基地，不能超过标准，您是村委会主任……”

何万三：“厕所又不是建在耕地上。”

宋青：“耕地更不能随便占，国土法38条说……”

何万三院内　日

何万三老婆正用扫帚打狗，边打边骂：“打，打死你，让你跑到别人家去叫，不要脸的东西，再叫，再叫，打死你……”

二傻家院内　日

房破墙垮，门无漆皮，窗无玻璃。

二傻在院里窜来窜去，异常激动气愤地对有些麻木的老爹大喊大叫：“你去找，你去找，咱八代贫农，怕他啥？‘主义’再改革，社会再开放，共产党也要认贫农……”

二傻爹：“人家是村委会主任，拉屎比咱吃饭重要，该用个好厕所……”

二傻：“你懂啥，他那叫特别违法！咱没新房，我娶不上媳妇，绝你的后！”

二傻爹：“放屁！”

二傻：“没媳妇，屁都不响！指望不上你，我去，我不怕……”说着就走。

二傻爹：“回来！你去找死呀……”

何万三家　日

何妻："干了几十年村委会主任，建个厕所就违法？"

何万三："天民他们说了，土地也是国策了，跟养孩子一样，占多了不行。"

何妻："葛天民说，他算啥？咱当村委会主任的时候，他连鸡鸡还没长出来呢？看他现在，仗着个法，狂的！电影上的董存瑞也没他英雄。"

何万三："这事，唉，咱是村委会主任……"

何妻："村委会主任咋的，村委会主任就得有村委会主任的地位，人家市长住大楼，坐汽车他葛天民咋不去管！"

二傻家山坡下　日

二傻爹正站在那着急："狗东西，你是要我的老命呀，村委会主任是啥人物，跟人家比不得，从古到今咱老百姓就得服管，天底下就是这王法，你想上天啦……"

葛天民、宋青路过，急忙上前。

葛天民："大爷，你老这是……"

二傻爹："快去，快去拉住二傻，他找村委会主任拼命去了，这逆子啊……"

葛天民、宋青急忙跑去。

何万三院外　日

二傻气势汹汹地走到村委会主任家，可鼓了几次劲也没喊出来，气势也就跟着弱了，没了。

正在这时，何妻走出家门。

二傻急忙躲在一边。

何妻进了厕所。

二傻突然有了发泄的念头，拾了一块大石头，狠狠砸进厕所后面的粪坑，粪水一下溅起老高。

只听厕所里一声尖叫。

二傻拔腿就跑。

何妻提着裤子追出来，看到二傻。扯开嗓子骂起来："二傻子，你这龟儿子，缺了德了，你娘没干好事，养出你这么个坏种……"

二傻笑着跑了

二傻家院内　日

宋青："村委会主任为什么不同意?"

二傻："他说我们家就两条光棍，光着屁股在院里走也碍不着事，有个睡觉的地方就行了，盖新房养耗子呀？省下钱好好伺候庄稼……后来再问他，他说我找着媳妇再说……这年头，没房子谁找咱，三婚的都不来。"

宋青："你打报告了吗?"

二傻："打什么报告?"

宋青："就是写个申请，土地法规定，在原有的地基上拆旧建新，也要经过批准呀。"

二傻："他不同意，打也白打"。

葛天民："这样吧，你写个申请，我去找上面帮你批。"

二傻："这行?"

葛天民："你家建新房，符合土地法规定。"

二傻兴奋地一下跳起来唱道："太阳出来了——要娶媳妇了——爹，咱盖了新房，也给你找个老伴，先尽你!"

乡土地办　日

葛天民、宋青整理着文件。

宋青："这次清查违法占地建房难。"

葛天民："群众看党员，党员看干部，先从何村委会主任家开始。"

宋青："他那老婆……"

门一开，陈乡长气呼呼地进来："太过分，太过分……"

宋青："什么事?"

陈乡长："县里要从咱们乡划三十亩地、搞别墅区!"

宋青："一个县搞什么别墅区！谁住？赶什么时髦？"

陈乡长："我说了，今天修别墅区，明天修游乐园，地都是从农民嘴里掏，以后让农民在房顶上种庄稼？县里说我本位思想，目光短浅。"

葛天民："不根据国家现状，打肿脸充胖子，不顾农民利益，拿国家前途赶时髦，他们目光远大？"

陈乡长："我去找市长，这股一窝蜂现象，准会犯错误。"

何万三院　日

又围了许多人，葛天民、宋青正在用皮尺丈量何家新厕所。

何万三脸上极不高兴。

宋青收起皮尺："面积二十五平方米。按他家人口，法律规定面积，超标准十九平方米。"

葛天民："村委会主任，您确实违反了土地法，拆了吧。"

何万三不说话。

二傻跑出人群，拿着根树棍在何万三屁股后头横比竖比。

"干什么?!"何万三突然转身大吼。

二傻急忙跳开："二十五平方米，大屁股，二十五……"

何万三一掌把二傻推倒。

宋青："不许打人!"

葛天民扶起二傻说："二子，得尊敬老人。"然后转向何，"村委会主任，你是老村委会主任，老党员……"

何万三恼怒地："老村委会主任，老党员的屁股就能让人随便量尺寸?!"

葛天民："这是二子的不对，可您违法占地……"

何万三："天民，不是我想多占地，儿子刚跟我分了家，老婆又有病……"

宋青："这跟厕所大小有什么关系，您是村委会主任……"

话音未落，突然何妻怪叫着冲出屋门，抄起一把锄头，疯疯癫癫乱舞着扑上来："打死你，老娘打死你，天兵天将，快下凡，妖魔鬼怪，快闪开，打死你这仗势欺人的魔鬼，打死你这害人的狐狸精，哈哈……”

何万三上去打了老婆一巴掌：“滚回去!”将又喊又骂的老婆推进屋。

葛天民，宋青冷静地站着。

何万三走过来，无可奈何地：“没办法，她这病犯了，天王老子也不认!”

宋青：“天王老子可以不认，国法得认呀。”

何万三：“对对，天王老子，亲祖宗都可以不认，得认葛同志和宋同志，你们是法嘛!”

葛天民：“何村委会主任，亲祖宗还得认，不过您没必要认我们，我们不是法。请您三天内拆掉厕所。”说完，和宋青转身走了。

何妻又冲出来，坐在地上撒泼：“天啊，不让人活了：日本鬼子、国民党，‘四人帮’也没有不让人拉屎啊——姓葛的，你把老娘一家人的屁眼都堵上吧，啊……”

卧龙居　夜

鞭炮震耳、鼓乐喧天、灯火辉煌、觥筹交错。

游九洲西服革履，每一条皱纹里都是笑。他挎着一个小媳妇，满面春风地走出走进。

墙上到处贴着大红喜字。

骑摩托的胖、瘦两青年，葛天民的表弟张玉宾里里外外紧张罗。

一看便知，这是一个腰缠万贯，握有实权的人物的婚礼。

何万三家　夜

何妻：“你去找乡长。我就不信姓葛的一个土地员……”

何万三：“哎呀，这法的事说不清，真要认真起来，乡长也挡不住……再说，咱又是党员……”

敲门声。

何妻：“又来了?!”

何万三急忙走到门边，从门缝向外看。

“爸，是我。”

何妻一下兴奋地：“三子回来了！”

何万三的儿子何江一头撞进来：“咱家出事了？”

何万三不吱声。

何妻：“啊呀，快帮你爸过过关吧，葛天民那小子死活不讲理，非要拆咱的厕所，他仗着法，要扳倒你爸！”

何江不屑地：“就这事？”一屁股坐下。

何妻：“拆了房才算事？你爸倒了……”

何江：“那么容易就扳倒？法？啥叫个法？法是个啥？有人执行，就有个法，没人执行，就没那个法，跟你们说吧，人就是法，法就是人。”

何妻：“害人的是，葛天民就是执着法的法人！”

何江：“啥法人。姓葛的没当土地员时，还不是咱村里一个地里刨食的？他老婆眼下不还得归我爸管？咱不能光防守……”

何万三：“你是说……”

何江：“一呢，咱让他执不上这个法，二呢，让他执着法也使不上劲……”

葛家院　夜

何万三来到葛家院里，四处看看，见没人，便开始一步一步丈量葛家占地面积，他边量边念念叨叨计算。

“谁呀？”屋里传出张小雨的声音。

何万三急忙：“我，何万三。”

“村委会主任呀，稀客，快屋里坐。”张小雨边说边开了门。

葛家　夜

何万三走进，坐下：“天民呢？”

张小雨：“去西坝了。”

何万三：“是这样，乡里给咱村两个‘农转非’的指标，我经过研究，决定给天民一个，这是申请表，写好给我就行。”

张小雨欣喜地接过表，但马上又有些犹豫："村委会主任，给天民，怕村里……"

何万三："怕啥，怕谁？"

张小雨："我是说，村里不开个民主会？"

何万三："啥民主会？我虽是村委会主任，其实还不是个民？要说是个民，村里我做主，咱是民，又是主，我一个人还不就是民主？国有国法，村有村法，我在百果树就是法人。法人说给谁就给谁！别说没意见，有意见也是对我有意见，再说，我何万三当了几十年干部，啥时候怕过意见？"

张小雨："那就谢谢村委会主任了，天民回来我交给他。"

何万三："字不多，你替他写上我就拿走了。"

张小雨："还是等天民吧，我做不了主。"

何万三："也是也是。再什么社会时代，家里还得男人做主。你让他快写，乡里催得紧。"说着站起身。

葛家院内　夜

葛天民回来碰上何万三。

葛天民："村委会主任啊？"

何万三："才回来？"

葛天民："婶子的病好点没？"

何万三："哪有那么快？天民，那厕所肯定拆，能不能缓缓？你婶子、可不敢再刺激她了。唉，要不是城里三媳妇常来住几天，我修个新厕所有球用。咱个农民家，裤子一脱，院当间也把屎屙了……城里女人文明……"他边叨叨着边走了。

葛家　夜

葛天民拿那张表，凝视着出神，良久，轻轻叹了口气。

张小雨："再想想……"

葛天民摇摇头。

张小雨站起身，走到窗前："结婚七、八年了，我没求过你，你扔下地不管，扔下拖拉机不开，扔下乡里工厂的活不干，我都随你。从干上这土地员，亲戚乡邻得罪了多少？挨骂的话我都替你接着。看你天天起早贪黑累成那样子，天民，我心里不好受……"她说着声音哽咽起来，"回到家里想好好让你歇歇吧，可是，看看咱家这房子，这日子……这次，我求你了，天民，就这一次……"

突然一声响，玻璃被打碎，一个塑料袋包着块石头和一封信扔进屋来。

二人一惊。

葛天民抓起手电冲出去。

葛家　夜

葛天民冲到门外，什么也不见了。夜色茫茫只是偶尔从远处传来几声狗叫。葛天民慢慢走向家门。在门口又站住了，猛转身喊道："有种的当面来，来呀!"他使劲踢开脚下一个竹筐，进屋去了。

葛家　夜

张小雨默默坐在床边流泪，身边放着扔进来的信。

葛天民纳闷地拿起信。张小雨突然趴在床上哭了，葛急看信，信上写着：葛天民，宋青和你媳妇哪个的奶子大，身子白?

葛天民愣了，茫然地看着妻子："小雨，你信这?"

张小雨哭泣不语。

葛天民："你信?!"

张小雨突然起身扑到葛身上，伏在他肩头哭道："天民，你不知道，村里早就风言风语了。我走到哪都有人指指点点，天民，我受不了，受不了……"

葛天民："小雨……"

张小雨："我……不信，我清楚……你。可是我受不了，受不了……"

葛天民抚摸着妻子，眼泪滴下来。

陈乡长办公室　日

“啪”一下，葛天民把那封信扔在桌上：“我不干了！”

陈乡长不急不恼拿起信看看：“就为这？”

葛天民：“还能为什么？这还不够？！”

陈乡长严肃起来：“你干了没有？”

葛天民急了：“我……”

陈乡长：“干了？”

葛天民：“你……”

陈乡长笑笑：“只要心里正，尼姑和尚共板凳，没干怕什么？”

葛天民：“怕什么？没干才怕，真干了就不怕了！”

门一下开了，宋青走进来：“葛天民，你喊什么？”

葛天民一愣。

宋青：“这么点事就闹成这样？告诉你，这谣言我早有耳闻，嫂子也早听说了！”

葛天民：“你为什么不说？”

宋青：“怕吓着你，我们女人都受得了，你怎么了？天底下就你受了委屈似的……”

房门又一下撞开。十几个工人闯进来：“陈乡长，出事了！”

陈乡长走进来。

工人：“热电厂工地聚了几十个农民，不让施工！”

陈乡长：“看看去。”

葛天民、宋青二话没说，紧跟着出去。

热电厂工地　日

推土机、挖掘机、装卸汽车都停着。工人们无奈地站在车旁。农民们坐在施工现场，一副死活不怕的样子。

陈乡长、葛天民、宋青急急走来。

陈乡长站在一个土坡上，扫视农民一眼：“谁是领头的？”

农民们静了一下，纷纷喊：“我，我……”

陈乡长笑了：都想当领头的，好事！不过头儿太多了不行，咱们选三个代表，和工地负责人一块儿谈谈怎么样？”

农民甲：“谈什么？他们吃皇粮的今天占块地，明天划块田。我们靠土里刨食的农二哥靠啥活命？我就不信你们乡长、县长、省长、中央的什么‘长’不吃粮食？”

陈乡长：“说得对！管他什么‘长’，都得吃饭，咱们国家还是农业为基础，中央为了保护这个基础，保护农民利益，才制定了土地管理法。”

农民乙：“管理法我们听过，没这法撑腰，我们也不敢来！电厂凭什么乱占地！”

葛天民：“我说几句行不？”

农民乙：“葛天民！你当了土地员，可还是咱农民出身，胳膊肘别向外拐！”

葛天民：“二德子，你搞错了，我这土地员还是农民户，还是农二哥，以后生个儿还是叫锁呀柱的，生个闺女也不敢叫什么伊娜呀、珍妮呀。还得有点土味……”

二德子：“叫葛菜花吧！”

葛天民笑笑：“叫葛土地也行！二德子，就说这土地的事吧，中央的政策是既保护又开发，要充分地、合理地使用。电厂是咱们国家开发能源的大工程，占这块地是省、市政府批准的，为了国家咱做点牺牲也值得。再说，电厂占地，三年的青苗损失费和其他钱大家也都拿了，再不让人家施工，就是咱的不对了。土地管理法二十三条，国家建设征地，被征地单位要服从国家需要，不能阻挠。这事我要是说清楚了，大家就回去吧。别让人家大哥笑话咱二哥不懂法，不懂国家利益！”

农民们不说话了，面面相觑。

宋青走到一个老农身旁：“刘大爷，坐一天了，大娘该着急了。天民说得对，您老发个话，让大家回去吧。”

老农想了想，站起来：“嘿，后生子们，尽跟着二德子屁股后头闻屁，就会瞎球闹、不懂个国家王法，回去吧！”

卧龙居内　日

游九洲和他年轻的妻子，正穿着袒胸露背睡衣，在嬉戏，狂玩……

张玉宾风风火火突然从门上走进屋内：“游经理，热电厂工地上吵起来了，哈哈……真热闹！”

游九洲点燃一支香烟，漫不经心地坐在安乐椅上：“哼，这下有好看了，让他们吵吧，吵吧！”他突然站起来，冲在张玉宾面前，“玉宾，快！你去支持二德子他们。你要一寸地都不给，电厂一占就一大片，公平吗？这地还不是农民的！”

张玉宾急忙起身出门。

何万三家　夜

何万三老两口正吃饭，门外传来葛天民的声音：“村委会主任在吗？”

何妻急忙藏起自己的碗筷，跑进里间屋躺下。

何万三开门让葛天民进来：“这么晚了……”

葛天民手拎着的水果往上提提：“婶子的病好点没？”

何万三：“两天了，滴水不进。”

葛天民把水果等放在桌上。

何三万：“这是干啥？”

葛天民：“村委会主任，厕所的事，怪我不好。该先跟您在下面慢慢商量，不该当着村里人的面给您下不了台，丢了您的面子，又把婶子气病了。您大人不计小人过，我是晚辈，给您和婶子赔不是了。这点东西是小雨带给婶子补身体的。”

何万三一下子不知说什么好：“天民，这，这厕所……”

葛天民：“我来，一是赔不是，二是看看婶子的病。厕所的事，今天咱不提它。再有……”

说着拿出那张“农转非”的申请表交给何：“这表格，我跟小雨商量了，还是给村里其他青年吧。”

何万三：“天民，按表现也该给你，我可没别的意思。”

葛天民：“村委会主任想哪去了。我算过命，我属五行里的土，注定得跟土打一辈子交道，我情愿。婶子的病，要去医院就打个招呼，我请乡里出辆车。”

何万三两眼有些湿润：“天民……”

葛天民：“没事我就回去了，明天小雨再来看婶子。”说完起身走了。

何万三呆呆地坐着，忘了送葛。好一会，他走进里间屋。

老两口默默对视着，何妻先自掉下泪来。

何万三叹口气，转身走出去。

何万三院　夜

何万三拿了把锄头，走到厕所边，自言自语道：“我真是个老糊涂。”然后抡起大锄向厕所刨去。

陈乡长办公室　日

陈隔着走道喊：“天民、小宋来一下。”

葛、宋走进。

陈乡长：“市建筑公司经理游九洲知道吗？”

宋青：“刚离婚，又找了个比他小二十岁的小媳妇。”

陈乡长：“找小八十岁的跟咱没关系，他的新房在哪知道吗？”

葛、宋摇头。

陈拿出一些信：“看看群众反映吧。”

葛、宋看信。

宋青：“在东坪？不对呀，信上说的那地方，是批给张富贵搞建材厂涂料车间的建设用地。”

陈乡长：“见过那房子吗？”

宋青：“房子没盖完的时候我路过几次，看见张富贵在那指挥施工。”

陈乡长：“怎么样？”

葛天民：“那还用说，看看去。”

卧龙居外　日

“卧龙居”三个大字远远就能看到。

葛、宋走来，对视一下。

葛天民：“张富贵的涂料车间名字起得不错。”

宋青笑笑。

这时，二傻从坡路上骑车冲下，见到二人急下车。但车闸不灵，冲出几米才停住：“他妈的，这刹车跟我爹那耳朵一样，不灵了。”

葛天民：“二子，你来东坪干嘛?”

二傻：“来找我大姑，借点钱，赶紧把新房建了，娶媳妇。”

葛天民：“到时候喝喜酒别忘了我们。”

二傻：“哪能呢? 少给媳妇买套衣服，也得弄瓶五粮液给你们喝。”

宋青：“媳妇是哪村的?”

二傻笑笑：“还没呢。房子盖好，有了本钱才能张罗。”

葛天民：“找个本分漂亮的。”

二傻兴奋地：“那当然。就照着宋大姐这模样找，不过，得比宋大姐年轻点儿。”

葛、宋笑。

二傻：“你们来这有事?”

葛天民向卧龙居努努嘴。

二傻吃惊地：“他? 这家你们可惹不得，拔根汗毛比咱腰粗。”

葛天民：“你听说什么了?”

二傻：“人家的姐夫是市里的局长。”

宋青：“村里人说什么?”

二傻：“说他住的是龙王殿，坐的是什么纳……?”

宋青：“桑塔纳。”

“对。坐的是桑塔纳，喝的是灵芝精，使的是大哥大。葛大哥，这家伙有武功，天天练大哥大，那东西舞起来水都泼不进去，十几个棒小伙靠不近!”二傻说。

宋青笑笑：“大哥大是一种电话。”

二傻："电话？你弄错了。村里有人见过，那东西一丈来长，黄澄澄一条赤金链子。"

葛天民："七节鞭吧。"

二傻："不对，大哥大！反正别惹他，咱划不来。"

二傻没动，看着二人，又担心地喊："葛大哥、宋大姐……"

二人站住。

二傻："你们，小心点儿……"

葛、宋感激地点点头。

卧龙居内　日

游九洲、胖、瘦青年、张玉宾等十多个人正围着四张牌桌搓麻将。

胖："屎难吃，钱难挣，啥时候发了，弄套游经理这样的房子……"

瘦："你？捏着卵子想媳妇吧，玉宾他表哥地皮都不批你。"

游看了一眼张玉宾："别扯淡，这房是借住，玉宾真信了你们的话，跟他表哥一说……"

张玉宾不阴不阳地："他姓葛，我姓张，跟他是吃冰壳，屙冰屎，没话，那种人六亲不认。"

瘦："这房子是自己的又怎么样？姓葛的敢把游经理怎么样？"

胖："敢来这闹事，那还不是耗子舔猫腚，找死？经理答应，我也不答应啊！"

游九洲："玉宾跟你表哥说说在路边批块地，把家搬下来吧，上、下班出来转转也方便。再说，要想富，靠公路。"

张玉宾："我妈跟他说两回了，临死打哈欠，白张嘴。姓葛的王八吃秤砣，铁了心跟我过不去。"

游九洲："这就是你没经验了，说话得分场合，就是得抓对时机，把握方法。很多事是你给他敬酒时不能提，等他给你敬酒时……"

张玉宾："他给我敬酒？"

"游经理在吗？"宋青的声音传来。

卧龙居外　日

游九洲走出，站在高高的门前阳台上："两位土地员呀！快请进。"

葛、宋走上台阶。

卧龙居客厅　日

游九洲："坐，坐，喝点什么？"

葛天民："不了。"

游九洲："小葛不是来找你表弟的吧？"

葛天民："玉宾在这？"

游九洲："天天来，小伙子人机灵，在我那干的不错，我准备提他当个队长。"

葛天民："谢谢。"

宋青："游经理房子盖得挺气派。"

游九洲："哪呀，城里的房子前妻住了，我结婚没地方住，厚着脸皮跟张富贵张了嘴，借住几天。"

葛天民："张富贵怎么把车间用地盖上住宅了。"

游九洲："也许他觉得现代化车间就这样？"

宋青："车间再现代，也不能叫卧龙居吧？"

游九洲："各人见解不同，别见笑，这名字还是我给他起的。咱们都是龙的传人嘛！以后他的产品就叫'卧龙牌'。"

宋青："这名字太谦虚了，该叫飞龙。"

游九洲笑笑："我是想，这龙飞起来，全身展开，也就一览无余了；卧龙嘛，随时靠着根基，轻易不亮全身。一旦想飞，那可就是直冲云霄，没有人控制得住了。"

葛、宋对视一下。

葛天民："那游经理和张富贵谁是卧龙呢？"

游九洲："不敢，不敢，这只是形容将来的产品，再说，我姐夫在市里当那么大的首长，谁敢在他面前说自己是龙呢？"说到这，他突然想起什么，"请稍等一下。"说着出去了。

葛天民："卧龙嘛，随时靠着根基，轻易不亮全身……"

宋青："我姐夫在市里当那么大首长……"

两人相视一笑。

游九洲笑呵呵地走进来，难于启齿的样子："两位土地员整天辛苦，这是点小意思，聊表寸心。"说着给葛、宋每人一个信封。

葛、宋："这是……"

游九洲："拿不出手，少了点，每人两千，先花着。"

宋青："游经理，这……"

葛天民马上接嘴："小宋，游经理的一片真心，不好不收吧？"

游九洲："看不起我？"

宋青："那就，不好意思了，我们走了。"

游九洲："不送了，有空常来玩玩。"

葛、宋走了。

游九洲不屑地笑笑。

胖、瘦两人进来。

胖："找麻烦来了？"

游九洲："我游九洲还从来没见过鸡撒尿！"

陈乡长办公室　日

葛、宋把钱放在办公桌上。

陈乡长沉默了一会儿："这事，不好办了……"

宋青："怎么？"

陈乡长摇摇头："你们两个小小乡土地员，他出手就是四千，别人呢？万一有些领导……"

葛天民："谁吃了这钱，谁最后吃不了兜着走。姓游的以为有钱能使鬼推磨。这鬼咱们当，非把他的磨给推垮架不可！"

下　　集

葛家　夜

葛天民刚一进门，张小雨迎上来："表弟来了。"

正看电视的张玉宾站起来："表哥。"

张小雨："快吃饭吧。"

葛天民洗洗手坐下，张小雨给他和张玉宾斟好酒。

一杯酒下肚，张玉宾突然问："游九洲给你和宋青一人两千块钱?"

葛天民一愣，张小雨一愣。

葛天民点点头："交给乡上了。"

张玉宾："你真要跟他斗硬?"

葛天民："怎么?"

张玉宾："算了吧，人家是苍蝇扒在驴蛋上，有硬根子。"

葛天民："既然是苍蝇，扒在哪都得打。"

张玉宾："你想整他?"

葛天民："事情还没调查呢。我们乡土地员只管具体清查、汇报、说不上整谁。真有问题，怎么处理是乡里和市里的事。"

张玉宾："处理？能怎么样?"

葛天民："土地法有规定。我和宋青把钱上交的事，暂时不能往外说。"

张玉宾："关我屁事。"他喝干杯里的酒，起身说："回家。"

葛家院内　夜

葛天民和张小雨送走张玉宾。葛自言自语："平时不来，今天来了就说这……"

张小雨："为你好呗，再怎么都是亲表弟。"

"葛大哥。"黑暗中有人喊。

"谁?"葛天民问。

草垛后走出二傻。

“二子?”葛天民问。

二傻:“葛大哥，张玉宾刚才跟你们说的话我都听见了，是游九洲让他来的!”

葛天民:“游九洲?”

二傻:“晚半晌我又去东坪村姑姑家，看见他们俩在卧龙居门外嘀嘀咕咕，后来我见玉宾朝这面来了，我来提醒你。”

葛、小雨对视一下。

葛天民:“进屋坐会儿吧。”

二傻:“不了，就是告诉你一下。姓游的是耗子戴笼头，不是好牲口，我看他是想破坏基本国策。我走了。”

葛屋内、夜

两人进屋后，葛天民问:“家里有钱吗?”

张小雨:“有点儿，不多。”

葛天民:“按土地管理法规定，咱家的宅基地应该是六十平方米。现在咱家超了七平方，先补办手续，再交超面积土地损失费35块。”

张小雨:“不对吧。房子是八五年建的。规定不是说土地法制定前多占的面积不违法吗?”

葛天民:“我是土地员……”

张小雨:“天民，土地员不能这样执法吧?不贪不占，没必要……”

葛天民:“还是把自己管紧点好。”

张小雨还想说什么，又忍了回去，拿出35块钱放在桌上。

葛天民:“还得四十块。”

张小雨:“不就七平方吗?”

葛天民:“大哥家多占地八平方米，我让他交罚款，嫂子骂我六亲不认，死活不交，我想先给他垫上。”

张小雨慢慢站起身:“天民，你就这么当土地员?村委会主任，市里局长的小舅子游九洲你都敢管，你们家的人你就管不了?你有几个哥?”

葛天民……

张小雨："亏了你就一个哥，表弟、表妹、舅舅、伯伯、姨姨、姑姑你都帮着交?"

葛天民："你怎么……说话呢?"

张小雨："怎么说话?大哥的钱不管，咱的三十五块也不该交，也不交了。"

葛天民："你，你怎么这样?"

张小雨："我怎么样?"

葛天民："小农意识，狭隘!"

张小雨："是，我是小农，狭隘。你高大，你无私，向你学习。"她边说边打开柜子把所有的钱都扔在桌上，"都拿走，把全乡的罚款都替他们交上，咱们喝西北风!"说完穿上衣服往外走。

葛天民："干什么?"

张小雨："干什么?找乡长申请贫困补助!"

不害臊!葛天民大喊。

"不害臊?我?"张小雨眼泪一下流出来。"我不害臊?你害臊?你个大男人，管过这个家吗?我一个女人什么活没干?地里、家里、养鸡、喂猪，没黑没日整天操持，我跟你说过一个累字没有?就是来了例假，我不也照旧在稻田泡着，我跟你说过一句没有?我腰疼、腿疼，你问过一句没有?是，你是土地员，我是农民，我狭隘……"

张小雨委屈地哭着扑在床上。

葛天民低头不语，慢慢走向外间屋，坐在竹椅上。烟头一明一暗，映着他感情复杂的脸。

叠化，天渐渐亮了。

在竹椅上睡着了的葛天民慢慢睁开眼睛，身上盖着被子，他四处看看，发现身旁的茶几上，放着七十五块钱和早饭。

他急忙走进里间屋，屋内已收拾得整整齐齐。

他又跑到屋外。

院子里，张小雨正吃力地干活。

葛天民站在门口，默默看着，泪水渐渐湿润了眼眶。

卧龙居前小路　日

一辆桑塔纳轿车飞速驶下坡路，直向迎面走来的葛天民、宋青冲去。二人急躲。

轿车刹住。

游九洲摇下车窗："两位土地员又来了？"

宋青："我们去给二德子家宅基地画线。"

游九洲笑笑："看来你们这些日子是要重点清查东坪村喽？"

葛天民："哪需要土地员出面，我们就去哪。"

游九洲："好，查查好，查完了心里踏实。听说，两位土地员把四千块钱交给乡上了？"

葛、宋一愣。

游九洲："交了就好，本来我就是让二位转送乡里资助小学教育经费的，我的会计已按这个项目下了账。百年大计，教育第一嘛。有空儿请乡里给我开个现款收据。"

葛天民："游经理办事不愧是卧龙居的风格。"

游九洲："过奖了，有空常来坐坐。"

轿车刷地开走了。

葛天民："这个……"

宋青："狗东西……"

葛天民惊奇地看了宋一眼，两人哈哈大笑。

张富贵砖瓦厂　日

葛、宋来到制砖工地，问一个正在工作的人："张富贵厂长在哪？"

那人指指。

葛、宋走向张富贵。

葛天民："张厂长。"

张富贵："你俩？买砖？"

葛天民："不，问个事？"

宋青："你那个涂料车间什么时候开始生产？"

张富贵："快了，进了设备就开工。"

葛天民："从哪进？"

张富贵："上海"。

葛天民："什么时候进？设备看过了？"

张富贵："不，还没看，眼下资金还差点。"

宋青："涂料车间是按照生产需要设计的吗。"

张富贵："是请市建筑公司设计的。"

宋青："那房子像车间吗？"

张富贵："游经理指示过，要现代。"

宋青："超豪华车间？"

葛天民："游经理说要现代是你的意思。"

张富贵："是是，我也有这意思。"

宋青："你到底什么时候投产？按照合同，再有十天不投产，国土局就有权收回你的土地使用权。"

张富贵急了："小宋……"

葛天民："张厂长，我们看看你的土地使用证。"

张富贵："在，在家。"

葛天民："咱们去拿。"

张富贵："我正忙，过两天我给你们送去。"

葛天民："还是现在吧。"

张富贵："那，那就现在……"说完他就走。可刚走几步，他突然狠狠在脑袋上擂了一拳，蹲下不动了。

葛、宋看着张不说话。

张富贵慢慢抬起头："卖了，我们村委会主任批的，卖给游九洲了……"

葛天民："村委会主任是无权批准转让土地的。"

张富贵哭了："黑屁眼儿，姓游的非要那块地。我不卖，他就两个月不要我的砖，这几年厂里的砖都是他包下的。他不要了，没法子，我也是没法子……"

葛天民叹口气："张厂长，土地法第四十七条规定，买卖或者以其他形式非法转让的土地，没收非法所得，限期拆除或者没收在非法土地上新建的一切设施。你要被罚款，同时受到处分。希望你接受教训。"

张富贵抬眼看看葛、宋，低头哭起来，突然他大喊："姓游的，你八辈祖宗倒血霉啦……"

卧龙居外　傍晚

胖、瘦两青年正连拉带拖往院里拽二傻。二傻又踢又喘大声喊叫着挣扎。他的自行车倒在一边。

游九洲高高地站在门前阳台矮墙后看着。

正走来的葛、宋见状，急跑上来。

葛天民："把他放开！"

游九洲听到葛天民的声音急忙躲到矮墙下。

"放开他！"葛天民跑到院前。

胖子放开手，故意眯着眼打量着葛天民，流里流气地说："葛土地呀？我当是公安局的呢。"

葛天民："怎么打人？"

胖子看看二傻："这你问他。"

葛天民："二子，怎么回事？"

二傻揉着被拧疼的胳膊："我三舅让姓游的坑了。"

葛天民："你三舅？"

二傻："就是张富贵。我气不过，在他墙上写了几个字，让姓游的看见了，就叫他俩打我。"

葛、宋转眼看去。

卧龙居院墙上，用红砖写着："地主庄园。"

葛天民："他乱写乱画不对，但你们也不能打人。"

瘦子："土地爷管地，怎么又管起人来了?"

宋青："打人犯法，谁都能管!"

瘦子："你管我什么？我又不是你男人?"

宋青："要什么流氓!"

胖子："流氓？他摸你了，睡你了?"

"放肆!"突然站在高处的游九洲喊道："在我这撒什么野？滚!"

胖、瘦两人又推了二傻一把，走了。

二傻："姓游的，你别装好人!"

游九洲："别不知好歹，我不跟傻子说话。"

二傻刚要还嘴，葛天民拦住他："二子，把那字擦了。"

二傻答应一声走出院子。

葛天民："游经理，我们找你。"

游九洲："上来谈。"

葛天民："不了，请你明天到乡里去一趟。"

游九洲："对不起，我没时间。"

宋青："你非法买卖土地……"

游九洲："我是国家干部，不归你们乡里管。"

宋青："你的房子盖在乡里，乡里有权管。"

游九洲："挑明了吧，这地是我买的，市国土局批了的，劝二位土地员别费心了。"

葛天民："市国土局批的，请让我们看看土地使用批文。"

游九洲："看看？你们要看看?"

葛天民："对。"

游九洲故作宽厚地笑笑："二位是不是有点儿分不清南北了？市一级批文是你们能看的吗？级别不够吧？我原谅你们年轻狂妄，快回去吧。"说完转身走进屋去。

张玉宾家　晨

张母正在扫院。葛天民进院。

葛天民："姑姑。"

张母："天民呀，这么早。"

葛天民："玉宾呢？"

张母："今儿他们工休，睡懒觉呢。玉宾！表哥来了。"

葛天民："让他睡吧。"

张母："也该起来了。"

张玉宾睡眼惺忪从窗内向外望："起了，起了，进来吧，我正说去找你呢。"

葛天民："啥事？"

张玉宾："明天我妈过生日，五十五了，请你和嫂子来喝几杯。还有件事，不知道对你有影响不？"

葛天民："什么事？"

张玉宾："前天去游九洲那，他在牌桌上故意输我，后来他让我求你给他补办一个土地使用证，我没答应。说表哥那人原则性特强。他说'强个屁，你找他准行。'我说不可能，我了解表哥。"

葛天民："说我拿了他的钱。"

张玉宾："对。"

葛天民："你一生气就说出我把钱上交了。"

张玉宾："我确实很气，这事没影响你吧？"

葛天民："影响？游九洲除了能影响跟着他的屁股乱哄哄的屎壳郎，影响不了谁。"

百果村路　日

葛天民走着，迎面碰到何万三村委会主任。

葛天民："村委会主任，大中午的去哪？"

何万三："二傻家要起新房，家里缺人手，我去张罗张罗。"

葛天民："村委会主任，他前些日子……"

何万三："快别说了。二傻那也是提意见的一种方法。"

葛天民："婶子的病……"

何万三有些生气："她根本没病！没想我清白了一辈子，老了栽在拉屎问题上了，天民，我这脸往哪放……"

葛天民："村委会主任，事都过去了，谁都有糊涂的时候。对了，我姑明天过五十五岁生日，无论如何请您和婶子一块儿去。"

何万三："五十五了……一晃三十多年。当时还是我给你姑姑和姑夫牵的线……你姑夫没了三年了吧？活着的也都老了，这时间也快，社会变的也快……"

张玉宾家　晚

贺寿的喜气装满了屋里屋外。

灯光明亮，觥筹交错，欢声笑语，音乐抑扬。

张母拉着何万三老婆的手，乐得满眼泪花。

何万三高声大笑。

游九洲西服革履，盛气凌人，坐在桌旁。

葛天民、宋青、张小雨和一群人围在一起聊天。

张玉宾满脸堆笑，忙前忙后。

游九洲端着酒杯慢慢踱到张玉宾旁边："玉宾，有些事要等别人给你敬酒时才能提这话，记着没？"

张点点头。

游九洲："葛天民给你妈祝寿现在是他给你敬酒……"。说完，他仰脖喝干了杯里的酒。

气氛热烈。

"大伯、大婶、大哥、大姐们！"突然，张玉宾端着一杯酒站在高台上大声说："谢谢你们来给我妈祝寿，我想借今天这好日子，当着亲戚朋友的面，向我表哥提个请求……"。

葛天民、张小雨一愣。

张玉宾："希望表哥给我妈一个面子，我爹死得早，我妈就我这么一个儿子，前两年我表哥帮忙让我当了工人，我一辈子忘不了。我现在有个困难。我家这破房子落在这山沟里，上、下班不方便，这倒能克服，主要是我妈身体不好，看个病实在困难，我想请表哥照顾一下，在村口路边批块地，让我们娘俩把家搬出来。这一辈子我们娘俩就再求你一次了！”

所有眼光都转向了葛天民。

张母担心地：“玉宾……”

张玉宾拿着一瓶酒和两个酒杯，走到葛天民面前：“表哥，我敬你一杯，”然后倒满两杯，首先干了一杯。

葛天民端着酒杯，苦涩地：“玉宾，今天是喜兴日子，姑姑……”

张玉宾：“我再敬你一杯！”又一饮而尽。

葛天民不说话。

张玉宾突然转身：“妈，你求求他！”

“玉宾！”张母突然哭了。

何万三站起身：“玉宾，你太过分了！”

张玉宾：“过分？”

何万三：“市里规定不许在这里建房。”

张玉宾：“规定？龟腚是王八的屁股！”

“胡闹！”游九洲突然拍案而起。“你是我职工，简直无理！”

张玉宾：“游经理。您能给我解决住房。我现在就收回请求。不过，还想在那里搞门市部，做生意呢。你能解决吗？”

游九洲：“你知道公司没房。”

张玉宾：“那就怨不得我了……”他四周看看，突然跪在葛天民面前。

张小雨：“表弟！”急忙去扶。

游九洲走上来：“张玉宾。你逼人太甚！给我丢脸！”说着。沉重地叹口气：“别难为你表哥了。这样吧。我的房子腾出一套，给你娘俩住。”

张母感动地：“游经理……”

“不行！”葛天民断然喝道：“游经理，乡土地办没看到你合法的土地使用证以前。在那块地上盖的房子，不能住任何人！”说完转身离去。

祝寿的喜庆，一扫而光。

百果村路　夜

葛天民骑车驮着张小雨走着，两人都不说话。

突然，一道强烈的手电光束照在他们脸上，紧接着两个面蒙黑布的人从路旁冲出，一下把骑在自行车上的葛天民、张小雨推倒。

张小雨一声尖叫。

两个蒙面人一声不吭，对葛拳脚相加，葛拼命抵抗，张小雨不顾一切地一次又一次扑向歹徒，终于她抓住一个歹徒的手，狠狠咬下去。

歹徒杀猪似地叫了一声，跑了。

葛家　日

葛天民坐在竹椅里，头缠绷带，脸上也是伤。

宋青、何万三、二傻、一些乡亲都来了。

张小雨："村委会主任，你说天民这土地员……何苦呢……"

葛天民："小雨。"

何万三："要说这土地员，真是不易呀……我老糊涂了，前些日子……"

葛天民："村委会主任，您老就别提了。"

何万三："不提了，不提了，小雨，这土地管理和计划生育都是基本国策。搞国策的人，得是先进分子不是？不是你大爷心肠硬，这活，天民还得干，过去，我这当村委会主任的，没有支持他，还丢人现眼。从现在起，我也当个义务土地员，定个条约，村里家家一份，让大家都支持天民搞国策。唉，谁这么心黑呀，把人打成这样……"

二傻："肯定是姓游的，葛大哥，暴发户，咱背着手撒尿，决不能服他。"

正说着，张玉宾的母亲提着水果进来了，她急匆匆走到葛天民面前："看把孩子打的。"说着流起泪来。

张小雨搀张母坐下。

葛天民："姑，没事，大老远，还累您跑来。"

张母："来的时候，碰到游经理，他也听说了，托我给你带些个吃的，他忙……"

葛天民苦笑道："姑，您老真是……太善了……"

何万三："妹子，昨天晚上的事你没看出来？这东西里有毒药。"

二傻什么也没说，抓起游九洲送的东西，扔出窗外。

张母一下站起来："傻子，里头有两个罐头是大娘买的！"

二傻愣了，人们笑了。

百果村　日

一辆辆拖拉机开过，何万三正指挥几个年轻人在墙上写宣传国土法的标语。葛、宋走来。

宋青："何主任，您老真是说干就干。"

何万三笑笑："急用先学，立竿见影嘛。天民，你该在家躺两天，伤口着不得风。"

葛天民："没事，我身体棒着呢！"

一个小伙："天民，你瘦得快成捆柴火了，小心哪天嫂子不留神，把你当柴填到灶里烧了。"

葛天民："你胖，像是尿憋的。现在瘦肉型值钱，村委会主任，东坪村您熟不？"

何万三："熟，啥事？"

葛天民："游九洲有个妹是哪村的？"

何万三："嫁到城里十多年了。"

葛天民："她原来的房子呢？"

何万三："说是二德子住了。"

宋青："是卖了还是租了？"

何万三："那就不清楚了，你们去问问二德子。天民，游九洲的事，我看还得靠上级。"

葛天民："我们汇报市国土局了，我们去东坪。"

卧龙居　夜

屋内依然传出男男女女放肆的喧嚣。

一辆警车驶来，停在门外，两个民警走进来。

室内，游九洲、胖子、瘦子等十多人仍围着四张牌桌搓麻将。

民警走进。

所有的人一愣。

民警："游经理，请出来一下。"

游九洲走出。

民警："是赌博吗?"

游九洲："我是国家干部，哪能呢?"

民警："贾小虎、刘山在吗?"

游九洲："在，出事了?"

民警："调查核实，他们是半路拦截打伤葛天民的凶手。"

游九洲："什么？太不像话了!"说着要往屋里冲。

民警一把拦住他。

游九洲："法盲，法盲，我太失职了，有这样的职工……"

民警推开门："贾小虎，刘山!"

胖子、瘦子一下站起来。

民警："你们因半路拦截，打人致伤罪被刑事拘留了!"

两副手铐分别锁住两个凶手。

游九洲："听着，你们两个败类要如实交待罪行，争取从宽处理，否则我开除你们的公职!"

凶手押走了。

游九洲看着发愣的人们，突然暴怒地喊："滚，都他妈的滚蛋，滚出去!"

所有的人急忙溜走。

室内空了。

游九洲颓唐地坐在沙发上。

叮叮叮，敲门声。

游九洲惊惧地问："谁?"

进来的是葛天民、宋青和陈乡长。

游九洲："又有事？"

葛天民："对。"

游九洲："没空。"

宋青："游经理，请把你的土地使用证拿出来。"

游九洲："你们还想看，你们的级别……"

啪一声，陈乡长把一张纸扔在桌上："游经理，这是市政府、市国土局的证明信，我们有权力调查有关你非法买卖土地的一切问题。"

游九洲笑了："好，我相信你们。话说明了吧，这块地是我妹妹申请的宅基地，她是东坪村民。"

葛天民："你妹妹向谁申请的？"

游九洲："东坪村委会。"

葛天民："土地法规定村委会无权批占土地。"

游九洲："那就再补个手续。"

宋青："你妹妹原来的住房呢？"

游九洲："别人住了。"

宋青："我们调查核实，她把房子出租给东坪村民谢二德了。"

游九洲："这我不清楚。"

葛天民："土地管理法三十八条规定，村民出卖、出租住房后再申请宅基地的，不予批准。"

游九洲不说话了，突然，他站起来看了一下手表："糟了，市委书记八点约我打电话。"说着奔向电话机按了几个号："彭书记吗？是我，对不起，对不起，有点事耽误跟您通话了。挺好，不好意思。我是二婚了，您那么忙还专门派人送礼来。真过意不去。确实，那我就不客气了，朋友之间不必客气。您说，老太太生日？书记，我就不回去了吧。都是市里的头面人物，我去不好。什么？您亲自来接我？不行不行，您要这么说，我只好从命了，好好。空手去，什么也不带，好。再见再见。"

游九洲放下电话："彭书记这人，一点架子没有。"

宋青："市委书记请你去做客？"

游九洲："老朋友了。"

宋青："游经理，咱们市的电话是六位数，您刚才拨了五位……"

游九洲愣了一下，笑了："小宋呀，市委书记的专线电话你也要知道吗?"

宋青："他的电话我不知道，可彭书记今天上午到省里开会去了……"

游九洲："笑话。"

宋青："游经理非想知道的话，我可以告诉你，市委彭书记是我亲舅舅，我送他去的机场。"

游九洲傻了，良久，他豁出去了："你们想怎么样呢?"

葛天民："按照中华人民共和国土地管理法的规定办。"说完站起身和宋青、陈乡长走了。

张玉宾家　夜

他一个人默默喝闷酒，突然把酒瓶摔在地上："老子不吃这一套!"

张母跑进："干什么，你?"

张玉宾："我就不信，他妈的，不信！他能把老子怎么样！我非在路边把房子盖起来!"

张母："玉宾，咱不能……"

张玉宾："不能？我说能就能。妈，起新房时，你搬把椅子坐到工地上去，看他葛天民能逼死人!"

张母："我不能……"

张玉宾："你非去不可!"

张母："我不去!"她又气急。

张玉宾："抬也把你抬去!"

张母："混账，你想叫我死是不是?"

"妈!"张玉宾突然跪在张母面前："求你了，他葛天民是欺负咱孤儿寡母，往他自己脸上贴金。求你了，妈，你不答应，我就死给你看!"说着猛地站起来，抓起一把匕首。

"玉宾……"张母哭着扑向儿子："老天爷呀，造孽呀，娃他爹你叫我怎么办呀……"

乡土地办　日

葛、宋正在办公，陈乡长闯了进来。

陈乡长兴奋地："批了，批了！"

宋青："什么批了？"

陈乡长："市政府对游九洲的处罚决定。"

葛、宋一下站起来。

宋青："什么时候执行？"

陈乡长："市里说，咱们乡土地法执行得好，这一次市里责成乡政府执行，立即执行！"

陈乡长说完，三个人兴奋地对视，谁也说不出话。

宋青流下了眼泪。

门突然又被撞开，二傻慌张地："葛大哥，你表弟，张玉宾从他们厂找了一帮人，开始了！"

葛天民："开始了？"

二傻："在马路边，盖房子！"

葛天民立刻往外走。

陈乡长拦住他："天民，冷静，坐乡里的车去。"

乡路　日

葛、宋坐着汽车，默默无语。

张玉宾在张母生日庆贺会上，敬葛天民酒的情景一次次在他眼前晃："表哥，我敬你一杯！表哥，我再敬你一杯……"

汽车急驰。

张玉宾建房工地　日

张玉宾领着一帮人大干。

汽车驶来，急刹在工地旁，葛、宋跳下车。

工人甲："玉宾。"

张玉宾回头看一眼："别理他们。"

工地边，坐在竹椅上的张母："玉宾……"

张玉宾蛮横地："妈!"

老太太全身痉挛，不敢说话了。

葛天民默默地看着，努力克制着自己。

宋青担心地看他一眼。

"停工!"声音不大，但威严，葛天民说话了。

没人理，继续干。

"停工!!"葛天民高声喊。

工人甲："你是干嘛的?"

葛天民："本乡土地管理员。"

工人甲："乡土地爷呀，吓我一跳，以为是截道土匪来了。"

葛天民："张玉宾是违法强占土地，这不能建房。"

工人甲："我们是和张玉宾签了施工合同的，谁给钱给谁干，市场经济!"

宋青："你们是国家工人，要懂国法。再不停工，我们叫执法队。"

"葛天民!"张玉宾突然歇斯底里地喊叫着冲到葛面前。"你威风！你牛大！你不是让公安局抓了贾小虎和刘山了吗？把我也抓走吧!"

"玉宾……"张母喊。

"妈!"张玉宾制止。

张母："天民，你让他一回吧。你是当哥的，就让他一次吧……玉宾，咱不盖了……"

葛天民："姑，这是国法，让不得"。

张玉宾狠狠地盯着葛。良久，他猛转身跳进工地，疯狂地喊"干，干，老子不怕，干——"

宋青："天民，先回去。"

汽车开走了。

张玉宾一伙人继续大干。

远远的，一辆面包车飞速开来。

工人甲："玉宾……"

张玉宾看到汽车，犹豫了一下，继续干。

汽车停下，陈乡长首先跳下，葛、宋和几个穿制服的相继跨出车门。

陈乡长：“张玉宾，立即停工！”

执法队人员甲：“你们是市建公司的？都回去！”

工人甲：“我们的合同……”

执法队人员甲：“走！”

所有干活的人慢慢走出工地。

陈乡长：“张玉宾，限令你三天之内，拆除全部基脚，恢复耕地，并按照毁坏耕地面积每平方米五元罚款，逾期不交，每天加收总罚款数的千分之三。”

张玉宾死死盯着葛天民，一步步走到他面前。

葛天民一动不动。

“呸”地一口，张玉宾狠狠地把口水吐在葛天民的脸上，转身走了。

卧龙居　日

围了很多人。

陈乡长、葛天民、宋青、执法队人员站在门前高高的阳台上。

陈乡长：“现在，我宣布滨江市国土局对市建筑公司经理游九洲非法占地建房的处罚决定。”

根据中华人民共和国土地管理法第四十六条、第四十七条规定：

一、责令游九洲退还非法占地；

二、没收游九洲在非法占地上的一切建筑设施；

三、对游九洲处以罚款×××元，并限令×日内一次交清，逾期限不交，按罚款额总数每天加收千分之三；

四、游九洲支持打人是错误的，市政府决定撤销游九洲市建筑公司经理职务，并行政记大过一次。

人们欢呼，鼓掌。

二傻格外高兴，拍手跳跃：“癞蛤蟆跳门槛，又蹾肚子又伤脸……”继而高喊：“拥护土地法！”

陈乡长："再有，经市政府批准，这栋房子的使用权从今天起，由乡小学校享有!"

人们再一次欢呼。

张富贵砖厂　日

宋青走来。

砖厂工人都垂头丧气，懒懒散散地坐着。见到宋青，个个眼神都不友好。

宋青："张厂长呢?"

一工人："死了。"

宋青没说话，在一角落找到了闷头抽烟的张富贵。

宋青："张厂长，怎么了?"

张富贵："完了，砖厂完蛋了。"

宋青："完了?"

张富贵："游九洲过去包了我的砖，他一下台，市建筑公司不认了，去了几次，人家一块不要……"

宋青笑笑："天民早知道了，他这几天跑遍了全市，给你找到买家了。"

"什么?!"张富贵不敢相信。

宋青："省××厂要开工，砖嘛，你张厂长有多少要多少，还怕你产量不够嘞!"

张富贵一下哭了："天民呢?"

宋青："他让我来告诉你，乡里决定你的涂料车间还得上，再写个用地申请吧。"

张富贵热泪盈眶，说不出话。

宋青："不过，你违法卖地要受处分，罚款也要按时交……"

张富贵："认，我认。只要厂子能活，什么我都认，唉，天民这人、这人、你这人……"

陈乡长办公室　日

陈乡长沉闷地坐在桌前，面前放着十几封信。

宋青进来："乡长。"

陈乡长不说话。

宋青："怎么了？"

陈乡长仍不说话，他把那些信推给宋青。

宋青："什么？"

陈乡长："市里转下来的，检举信，告天民的。说他滥用职权，打骂群众，男女作风……"

宋青："太卑鄙了！这是诽谤！"

正在这时，葛天民进来了。

陈、宋愣了一下。

葛天民看到两人的表情，纳闷地问："出事了？"

陈乡长没说话，宋青指指信。

葛天民拿起信，打开一封。

看完，他沉默了一会："乡长的话，只要心里正，尼姑和尚共板凳。"葛天民强笑了一下，走了。

长江边　黄昏

长江水泛着夕阳的金光，缓缓流着。

葛天民默默坐在江边，呆呆地看着远方，耳边响起《长江颂歌》的旋律。最后他长长吁了口气，自言自语道："没什么……"

葛家　夜

饭桌上，摆着几个菜，一个生日蛋糕，放着一瓶酒和两个酒杯。

张小雨伏在桌上睡着了。

村路　夜

葛天民慢慢走着。

远远的，家里的灯光在黑暗中闪烁。

葛天民笑了，又自言自语："没什么……"

突然，一条黑影蹿出来，挡住去路："姓葛的!"

葛天民："谁?"

"张玉宾!"

葛天民："表弟?"

张玉宾："你还认识我?"

葛天民："有事?"

张玉宾："有!"

葛天民："回家去说。"

张玉宾："家？你还想回家?"

葛天民："你要干什么?"

"要你的命!"张玉宾话音没落，突然扑上来。只见寒光一闪，匕首直插葛的心脏……

葛家　夜

正伏桌熟睡的张小雨，突然恐怖地叫了一声，惊醒。她茫然四顾，急跑出家门。

村路　夜

葛天民静静地趴在地上，身后是挣扎爬过的血迹，他右手伸向前方，用鲜血写了两个字"土地"。"地"字没写完。

坟前　晨

葛天民的墓碑上镶着他的照片，墓志铭是：革命烈士葛天民。簇拥的花圈，默立的人群，风飒飒，情哀哀。

张小雨默默走到坟前，将那瓶葛天民生日没喝到的酒缓缓洒向丈夫。

她洒着，慢慢地洒着。

陈乡长拿起那些诽谤葛天民的信，一下下撕碎。

所有的人眼里都是泪。

张小雨仍在慢慢地向丈夫洒着酒，突然她撕心裂肺地喊一声："天民——"

重重的打击乐响起，之后是，充满着颂扬的合唱。

主题歌起：

遥远的天边，
无尽的地头，
天地相连的深处，
到处都震动着你的脚步。
深深的脚印。
红色的泥土，
你用生命撞响了，
撞响了，
古老土地的警钟；
你用血写下了，
写下了，
年轻生命的音符。
啊，
年轻的你啊，
年轻的你啊，
什么时候再睁开睡眼，
什么时候再拥抱我们，再共喝一杯酒。

（由《国土的忧思》改编，峨眉电影制片厂拍摄，故事片，两集）

堵 住 暗 流

——两集警示教育电视专题片

序幕：

巴蜀大地，沃野千里。

美丽的四川盆地，辽阔的成都平原，阡陌纵横，大城小镇，高楼林立，农家院落，竹林掩映。莽莽的大雪山，潺潺雪水汇聚百川，东流入海。这片肥沃的土地，曾孕育出灿烂的巴蜀文明，造就了“天府之国”的美誉。

在巍峨绵延的群山中，蕴藏着丰富的矿产资源，不仅有举世闻名的攀枝花钒钛铁矿、石油、天然气、煤，还有金、银、铅、锌等稀有金属矿藏。

肥沃的土地和丰富的矿产资源，是四川社会经济可持续发展的物质基础。遗憾的是，本应科学规划，并由市场进行合理配置的土地和矿产资源，却在一些地方政府官员急功近利的思想驱动下，滥设“开发区”，任意出台土地优惠政策，以土地换工程，换项目，盲目占用大量耕地；有的补偿不到位，严重侵害农民的利益；有的热衷于搞“形象工程”，“以地生财”，造成国有土地资产大量流失。由于管理混乱，少数干部乘机以地谋私，权钱交易，腐败行为滋生，行业不正之风蔓延，甚至成为干部腐败的温床，给国家造成巨大损失。

多少年来，矿政管理与土地管理如出一辙。一些地方政府采取杀鸡取卵的办法，实行掠夺性开采，粗放式经营，乱采滥挖现象严重，致使资源浪费，安全事故频发，环境遭到破坏。一些利欲熏心的干部则趁乱参与矿山利益格局，暗箱操作，权钱交易，谋取暴利，一时间矿业市场成了腐败滋生的重灾区。

走市场配置土地矿产资源之路，实现经济可持续发展，是全省人民关注的热点，也是四川省委、省政府十分重视的经济工作。

2003年初，省委、省政府在深入调查研究的基础上，用新的经济思想、新的经营理念分析四川的经济形势，提出了“三个转变”的重大战略决策，其核心是坚持市场配置资源，也就是说，经营性用地必须实行招标、拍卖、挂牌出让，商品住宅用地必须以拍卖方式出让。

“三个转变”是推进四川发展新跨越的新思路，不仅是一种新理论和理念，还是一种推动发展的长效机制、实践活动和操作方法。“三个转变”的核心是发挥市场配置资源的基础性作用，用市场这只“无形的手”取代行政（计划）配置资源。

省委书记对治理整顿工作高度重视，多次强调：“各级领导要率先垂范，依法行政，在治理整顿土地市场以及土地供应工作中，任何人都不得写条子、打招呼，这是一条政治纪律，是一条不可逾越的高压线。省上从我做起，一个条子也不能批，谁违反了，谁就到省委常委会上来说清楚。”

（同期声：省委书记在2003年召开的“全省经营城市工作会议”上的讲话……摄制“高压线”的录像资料。）

画外音：对经营城市的重大决策，是省委、省政府将土地矿产资源推向市场配置，堵住漏洞，克服各种弊端最有效的方法。

为全面实施“三个转变”的战略决策，坚持走市场配置资源之路，从根本上治理土地矿产资源管理混乱的状况，省委、省政府作了周密部署，要求重拳出击，从查处大案要案入手，其目的旨在扫除市场配置资源的一切阻碍。

随即，省纪委、省监察厅组织力量，严查腐败案件，长剑出鞘，直指干部中的害群之马，一批以地谋私、钱权交易的经济犯罪分子纷纷落入法网。

第一集　堵住土地资产流失的漏洞

画外音：原四川省国土局副局长王某，利用掌握全省土地审批大权，搞权钱交易，违法批地，经他审批的土地曾一天多达 20 万亩。经成都市中级人民法院审理查明，王某利用职务之便，收受他人财物共计 73.2 万元。并拥有人民币存款 235.6 万元、美元 5.64 万元、港元 7 227 元，股票 36 360股的巨额财产，不能说明合法来源。2003 年 8 月成都市中级人民法院经过审理并公开宣判王某一案，以受贿罪判处有期徒刑 15 年，以巨额财产来源不明罪判处有期徒刑 3 年，决定执行有期徒刑 17 年，并没收个人全部财产。

（配画面：王某、何某、张某、岳某、付某等人的庭审及宣判录像资料。）

画外音：王某等二人身为厅局级干部，受党培养教育多年，长期掌握国土资源行政审批权力。在权力与金钱的考验下，他们的道德防线崩溃，乘土地管理混乱之机，以权谋私，结果不仅使自己身陷囹圄，还给国家造成巨大损失。

画外音：无独有偶。王某等人是“以权谋私、权钱交易”的典型，而邬某则是“官商勾结、炒卖地皮”的典型。

邬某是泸州市国税局原局长助理兼任建房办主任。2001 年，由于国有土地资源的市场配置机制尚未形成，管理体制与制度建设的不完善，炒卖地皮者便乘虚而入。邬某暗箱操作，采取提高地价，索要回扣方式贪污巨款。

从基层调回市国税局后未获提升，邬某产生了仕途无望寻机在经济上大抓一把的念头。不久，市国税局决定购土地修办公楼和职工集资建房，由邬某兼建房办主任，于是，他便与泸州宏远开发公司经理梅某相勾结，从此走向犯罪的深渊。一天下午，梅某邀约邬某坐上他开的车，在车内谈判土地作价事宜。车行途中，梅将每亩 50 万元的土地底价，报成每亩 68 万元，他希望邬某多照顾一点，好处大家分。经过一番讨价还价定为每亩

65 万元，并由局长办公会确定为正式价格。最终成交土地 50 亩，计价为 3 200 万元，超出 739 万元。邬与梅商定的多出底价部分分为四股，邬占三股，梅占一股。

（配画面：赃款、存折、购置的住房……）

画外音：2002 年 6 月 18 日，邬某被刑事拘留，7 月 2 日被正式逮捕，10 月 2 日，由泸州市中级人民法院审理认为：邬某身为国家机关工作人员，利用职务上的便利，与他人勾结，侵吞本单位公款 739 万元，数额特别巨大，构成贪污罪以及收受他人财物受贿罪等数罪并罚，依法判处被告人无期徒刑，剥夺政治权利终身，并没收个人全部财产。

（同期声：邬某身陷囹圄的忏悔……）

画外音：犯罪嫌疑人罗某，系原乐山市驻蓉办主任（正县级）。经侦查查明：罗某利用驻蓉办主任职务之便，采取欺上瞒下，假借招商引资名义，未经乐山市政府批准，伙同他人非法骗取成都高新区经贸局、成都市规划局、成都市国土局工作人员为其办理了改变业主的立项、规划和土地使用权等手续，擅自将办事处所购土地变更为罗某自己控制的成都乐山大厦有限公司名下，采用变卖国有资产的卑劣手段，贪污钱财数额特别巨大，涉嫌构成贪污罪。此外，他还挪用公款用于个人经营，数额巨大，涉嫌构成挪用公款罪。此案正在进一步侦查审理之中。

（配画面：罗某“双规”及受审录像资料。）

画外音：“吃”土地的“蛀虫”还有原成都市国土资源局局长李某、副局长邓某、原市土地统征中心主任莫某，因贪污受贿，违规批地，为他人谋取利益而锒铛入狱，分别被判处 12 年、10 年、4 年的有期徒刑。这是继原省国土局之后的又一起窝案。

（配画面：李某等人拘捕、庭审录像资料。）

画外音：省委领导决心打击违法犯罪行为的同时，全面清理土地违纪违规批地，堵住漏洞，为大张旗鼓地盘活土地资源市场鸣锣开道。

画外音：违规批地，多头供地，是土地市场混乱的根源。宜宾市筠连县就是“顶风违纪，违规出让”的一个典型。筠连县在旧城改造中，违反招拍挂出让土地的规定，随意收取土地出让金。宜宾市对此进行了严肃查处，对有关责任人分别给予行政警告和行政记过处分，并收回已出让的土地，重新拍卖出让。

画外音：成都市郫县为追求政绩，违反土地规划，非法批准四川烹饪高等专科学校占用郫筒镇土地 1 076 亩，其中 590 亩为基本农田。省国土资源厅会同纪检监察部门对此案进行了严厉查处，一批干部受到了党纪政纪处分。

画外音：为了全面实施市场配置资源，省委、省政府下定决心从清理整顿查处大案入手，力挽狂澜，堵住黑洞。在治理整顿期间，省委、省政府先后派出 6 批 30 多个督导组，深入 19 个市州、78 个县区、30 多个开发区开展督导工作。在省委、省政府的正确思想指导下，清理整顿土地市场取得了巨大的成果。全省 148 个“开发区”已撤销 54 个；清理出非法圈占土地 4 170 亩，闲置土地 3.6 万亩；查处违法案件 6 700 件。

画外音：目的很明确，清理整顿就是要把无序的行政划拨资源引向市场配置。这既是“三个转变”的核心，也是省委、省政府抓“经营城市”的战略决策。

画外音：果城南充市，在经营城市的探索实践中，坚持以人为本，使科学的发展观与正确的政绩观交融，取得了可喜的成绩，是四川省的一大典型。果州宾馆是原市政府的招待所，因设施陈旧，经营不善，陷入困境。2002 年 6 月 8 日，市国土资源局为盘活存量资产，在南充大酒店对该宗土地进行公开拍卖。当拍卖师报出 8 000 万元的起拍价后，竞拍者争先恐后举牌，最后手持 6 号牌的南充文迪房地产公司以 9 950 万元的价格，竞得果州宾馆 18.88 亩国有土地 50 年的开发使用权。该宗国有土地扣除成本，政府可净获 7 000 多万元的土地收益。

（同期声：市委副书记谈收益体会……）

画外音：果州宾馆的成功拍卖，政府获得了巨大的土地收益；商家竞得了黄金口岸，开发商坦言，该项目建设过程中的年营业税可达上千万元，建成后将为近千人提供就业机会，每年的商业利税可达几百万元，这个成功运作的房地产项目，使商家获利，政府受益，城市市容市貌改观，居民生活质量提高。

2004年8月10日，在南充召开的全省经营城市工作会上，张学忠书记讲话指出："南充认真贯彻落实'三个代表'的工作部署，在经营城市方面取得了明显成绩，去年实现土地收益8.6亿元，是前9年总和的两倍还多，超过市本级财政收入。经过高起点规划，大气魄建设，已形成了80平方公里的城市骨架，人口增加到53万，已达到大城市标准。"

（同期声：省委书记在2004年8月在南充召开的"全省经营城市工作会议"上的讲话录像资料。）

画外音：德阳市坐落在富饶的成都平原西北面。近年来，德阳市在经营城市方面，也是硕果累累。2003年12月15日，受市政府委托，德阳市将位于天山南路的两宗国有土地，共75.7亩投放市场，进行公开拍卖。其中一宗土地是该市今年推出的最大的一宗房地产开发用地，经过59轮竞价，最终成都兴元房地产开发有限公司以每亩42.1万元竞得，是同地段协议地价的3.8倍，拍卖成交总额达3 186万元，超过拍卖底价916万元。

画外音：土地资源向土地资本转变，不受地域和经济发展水平的限制。南部县是一个拥有131万人口的国家级贫困县。2004年3月30日，南部县将改造后的柳林文化广场3.2亩国有土地进行公开拍卖，经过8家开发商的145轮的激烈竞价，最终以每亩410万元的高价成功拍出，成交总价款1 331万元，政府可净赚900万元。其成交价格，已接近了省会成都黄金口岸的地价。

第二集　矿产市场由乱到治的博弈

画外音：四川在推进土地资源向资本转变中，将商业性用地推向市场，取得了丰硕成果。那么，矿产资源向资本转变的情况如何呢？

2003年8月6日，乐山市爆出一条引人注目的消息——在以拍卖方式出让煤矿采矿权的交易中，经过8家民营企业25轮激烈角逐，四川和邦集团以高出起拍价近2倍的价格，用3 330万元成功买走乐山市犍为县桅杆坝煤矿的开采权，成交价高出评估价的4.7倍。这一举措，为四川省首次拍卖采矿权创造了奇迹！

桅杆坝煤田面积16.62平方千米，储量为1 313万吨，属优质焦煤，开发条件较好，矿山建成后对加快四川省煤电建设具有重大意义。

桅杆坝煤矿的成功拍卖出让采矿权，既为四川省矿权采用招拍挂出让成功迈出的第一步，也是完善市场配置矿产资源改革取得的新突破。

（同期声：介绍拍卖情况……）

画外音：一石激起千层浪。乐山拍卖桅杆坝煤矿采矿权的槌声刚刚落下，阿坝州汶川铁矿的拍卖声又随即响起。

位于汶川县七盘沟的阿坝州铁矿，属国营老矿山，有铁矿储量2 100万吨。因经营不善，于2002年8月宣告破产，其采矿权、采矿设备等资产闲置，大批下岗职工未获妥善的安置，生活十分艰难。

2003年12月，阿坝州国土资源局在汶川县将阿坝铁矿采矿权和厂房设备所有权进行整体拍卖。经过激烈竞价，川威矿业集团以4 043万元，高出起拍价3 393万元高价竞得头筹，此举不仅盘活了国有存量资产，卸掉国有矿山企业破产改制的包袱，同时也为原铁矿大量的下岗职工再就业找到了出路。目前，70%的下岗职工已得到妥善安置。公开拍卖不仅使阿坝铁矿起死回生，而且还焕发了勃勃生机。

（同期声：下岗职工谈恢复生产后的生活状况……）

画外音：遂宁市地处川北，蜿蜒开阔的涪江横贯其中，蕴藏着丰富的砂石矿产资源。然而，长期以来由于乱挖滥采，管理混乱，加之黑恶势力参与其中，致使涪江两岸的砂石矿产资源遭到严重破坏。过去，大量的砂石矿产资源流失，政府的收益极少；如今，收益是成倍增加。

2003年以来，遂宁市按照“三个转变”的指导思想，市委、市政府和相关部门通力合作，坚持一手抓专项治理，一手抓市场建设，采取招拍挂的方式，先后分5次拍卖，成功出让33个区块的砂石矿采矿权，实现采矿权价款780万元，收取资源税费400余万元，为国家增收1 180万元。

（同期声：市长谈经验、成绩……）

画外音：从2004年开始，四川省采矿权拍卖掀起了一浪又一浪的高潮，继桅杆坝煤矿、汶川铁矿、遂宁砂石矿采矿权拍卖成功之后，甘洛县的铅锌矿采矿权又陆续拍卖成功。

凉山州甘洛县的崇山峻岭中，蕴藏着极为丰富的铅锌矿资源，产地达18处，是四川省最大，也是国内主要的铅锌矿产地。

长期以来，甘洛县铅锌矿由于管理混乱，地方政府越权审批，违规办证，出现了大矿大开，小矿乱开，一哄而上的混乱局面，造成资源浪费，生态破坏严重，安全事故不断发生。1997年以来，全县发生矿山安全事故232起，死亡209人，重伤108人，造成上百亿元的经济损失。走进采矿场，映入眼帘的是密密麻麻的井洞，土法炼矿的烟囱林立，浓烟蔽日，河谷、沟壑之间到处是堆积如山的乱石、矿渣。昔日绿树葱茏的青山，如今已是满目疮痍，曾经清澈的尼日河变成了臭水沟。生金流油的铅锌矿山，已被破坏得千疮百孔，让人触目惊心。

身居要职的少数党政干部，不择手段，染指矿山利益格局。他们竟敢为矿主的违法行为提供诸多方便，使矿山陷入种种怪圈之中。“金刚一号”等矿洞就是一个典型的例子。这种既穿过河道，又穿越成昆铁路的矿洞，不仅得到了各级管理部门的批准，取得了许可证，同时还获得了西南某名牌大学研究所的可行性论证。

甘洛矿业秩序混乱的问题引起了中央和省委、省政府的高度重视，省委书记专门批示，要求一抓到底。省委召开专门会议，决定以整治甘洛矿业秩序为突破口，推动全省矿业秩序整治和资源市场化配置。省委书记先后在省人代会、省纪委全会等10多次全省性会议上就此提出具体要求，明确指示：干部退出利益格局，公开拍卖矿权，彻底整治，不留后患，以整治促发展。针对屡治不改的现象，书记一针见血地指出：“要害是利益，关键在干部”。

（配画面：中央、部、省的批示、文件录像资料。）

画外音：重拳出击，彻底整治。由省委组织部、省纪委、省监察厅、省国土资源厅联合组成的甘洛矿业秩序治理整顿督导组迅速开赴现场，经过深入的调查研究，认为矿业秩序整治首先要打掉“保护伞”，撕破“关系网”，斩断“利益链”。

2003 年 9 月，省委副书记带队进驻甘洛县，从干部队伍着手查起，抓住了关键，产生了令人震慑的效果。随即，一批涉嫌犯罪的干部落马：省财政厅原投资处处长雷某，凉山州州委副书记曹某、甘洛县县长巫某、县委常委何某、副县长木某，县国土局局长罗某等涉嫌违纪违法的干部被“双规”，14 名涉嫌犯罪的矿山业主和公职人员被刑事拘留，8 名涉嫌违法的党政干部被移送司法机关，暂扣车辆 4 辆，追缴违法违纪款项 1 000 多万元，另有 38 名干部主动清退违纪现金 113 万元。

（配画面：雷某、曹某、马某、巫某、何某、木某、罗某“双规”录像资料。）

画外音：目前，甘洛县已全面停封和关闭了 241 口井洞，对 11 个矿井进行重点治理，违法审批的采矿许可证一律撤销，非法采矿人员全部被清退，违法采矿活动全部被禁止。

（同期声：省国土厅厅长谈整顿情况……）

当地政府和国土资源部门在上级指导下，对原有矿区进行了科学规划，合理设置探矿权及采矿权，并于 2004 年 4 月至 6 月，在凉山州将 10 宗矿权向社会进行公开拍卖，5 家企业分获 10 宗矿权，拍卖成交总收入 5.35 亿元，为起拍价的 6.3 倍，相当于 2003 年甘洛县财政收入的 12 倍。其中老 915 矿区矿权拍卖收入达 1.61 亿元，是起拍价的 16 倍。

（同期声：省委书记 2004 年 8 月 24 日在“甘洛矿产秩序整治工作情况汇报会”上讲甘洛半年来所取得的成绩录像资料……）

尾　　声

画外音：变革的闸门一旦打开，涓涓细流便汇成滚滚江河。在实施“三个转变”战略的过程中，全省国土资源系统与各级政府部门密切合作，奋力推进矿业资源向矿业资本转变，使四川省的矿权市场建设取得了历史性的突破。仅 2003 年，全省矿权出让的收益达 2.22 亿元，是 2002 年的 6.35 倍。2004 年可望再创新高。

2003年，经营城市的工作更是成绩斐然，土地出让总收入达256亿元，是上年的3.88倍，政府土地收益141亿元，比上年增长2.5倍。在全国，四川的土地收益由原来的第12位上升到第4位。用科学发展观，将土地和矿产资源全面推向市场，充分发挥市场配置资源的基础性作用，是资源管理理念的历史性转变，也是克服各种管理弊端，从源头上遏制腐败的治本之策。而四川省土地矿业秩序治理整顿的成功经验，也为“三个转变”战略作出了最生动的注解。

但是，应该清醒地看到，四川省“三个转变”战略的实施，所取得的成绩是初步的。我们必须进一步解放思想，重新认识土地、人才、资金的现状与优势，不仅局限于此，凡是四川省众多丰富的资源，无论是地上地下、有形无形，都应通过市场合理配置，所以要做好这项工作还任重道远！

成则造福于民，败则殃及子孙！这既是一次挑战，也是一次机遇！

四川省土地矿业秩序治理整顿的成功经验启示人们：国土资源管理领域发生的腐败案件触目惊心，不少人因此走上了不归路，教训惨痛，代价巨大；国有土地和矿产资源必须坚持市场配置，掌握资源分配大权的行业和部门必须加强正确的政绩观、科学的发展观、健康的人生观教育，谨防权力本身对掌权者的腐蚀，从源头上治理和防治腐败。坚定党的信念，这是反腐倡廉之本。筑牢道德防线，警惕自身的弱点被人利用扩大，使蚁穴变洞穴。太史西汉令司马迁曾说过：“欲而不知止，失其所以有；有而不知足，失其所以足。”“物必自腐，而后虫生。”防微杜渐，警钟长鸣。

（四川电视台拍摄）

2004年7月

命运的迁徙（解说词）

——中国长江三峡工程外迁移民纪实

百万移民，世界壮举，在人类历史上，任何一个国家，任何一个民族，在非战争状态下没有经历过如此大规模有组织的移民活动。只有中国，只有中国长江“三峡工程”，在20世纪末和21世纪初，才动员和组织了百万移民移动搬迁，其中有10万以上的移民，井然有序地离开了生长于斯的长江三峡，远赴异省他乡，在新的家乡开始了新的生活，经历了从磨合到融合的他们，正在创造新的锦绣前程。

第一集　百年呼唤　百年期待

青藏高原的格拉丹东大雪山，潺潺的雪水，溶化的冰块，跳跃着，奔腾着，汇聚百川，横贯中国东西部，最终形成了长江。它和黄河两大流域孕育了世界最早的文明之一。这个文明在很长的时间里都是我们这个星球的奇迹。

作为中国第一大河，世界第三大河流。长江，以其被千年诗化的气势浩浩荡荡，奔流到海，泽被着180余万平方公里流域面积的中华儿女，见证着人类与文明的命运，推涌着中华民族的发祥、绵延和成长。长江，以6 397公里的全长，跨越川渝鄂湘赣皖苏沪，以其不可替代的交通命脉地位和丰厚的水能资源，骄傲地承载着母亲河的使命，繁衍生息着一代又一代的中华儿女。

毛泽东当年畅游长江，激起诗人万丈豪情与海阔天空的想象，吟出

“更立西江石壁，隔断巫山云雨，高峡出平湖，神女应无恙，当惊世界殊。”的诗句。

有人认为这首诗的浪漫主义和伟人气质最终导致了三峡大坝的出现。其实，理性的原因却是多方面的，其中之一，是治理水患。

1931 年大洪灾，5 000 多万亩良田一片汪洋，2 800 多万人口受灾。武汉三镇淹没长达 133 天，14.5 万人浮尸水面。

1935 年洪泛，淹没耕地 2 200 多万亩，1 000 多万人受灾，14.2 万人死于非命。

1954 年，更大的洪灾袭来，淹没耕地 4 700 万亩，1 800 万人受灾，死亡 3.3 万人。京汉铁路中断停运 100 天，这条南北交通的大动脉，停车一天就是 1 亿元的损失。

1991 年的淮河泛滥至今令人们记忆犹新，华东的许多地方一片汪洋，受灾人口 4 000 多万，损失惨重、触目惊心。

1998 年，再度袭来百年不遇的洪灾，洪水甚至将汉北河民乐闸的钢铁闸门都扭弯扯裂。人民解放军奋战在抗洪前线，荆江保卫战是其中最为险恶、最为壮烈的一幕。子弟兵用鲜血和生命挡住了疯狂的洪水，保住了武汉等大城市。但是，这场百年不遇的特大洪灾仍然给国家、给人民带来了巨大的损失。

在我们民族饱受长江洪暴肆虐并与之奋斗的漫长时期中，有很多雄才大略之士，早已经在思索如何根治水患并用于航运或发电的方略。

早在 1919 年，中国民主革命的先驱孙中山就提出了开发长江的想法；他在 1921 年所著的《建国方略》中指出：“自宜昌而上入峡行，张良此上游一段，当以水闸堰水，使船得逆而行；而又可滋其水力……”

26 年以后，一位美国的著名专家也怀着与孙中山同样的梦想来到了长江三峡。他就是时任美国内务部垦务局总设计师的萨兰奇博士。1944 年 5 月，已经 65 岁高龄的他，不顾日军飞机在三峡上空的巡逻轰炸，率众乘小木船对峡江两岸进行了考察，提交了宏大的报告。可是，当时那极端腐败、而后又忙于打内战的政府，哪有心思去理会那以发电为主的著名的《扬子江三峡计划初步报告》，哪有心思去建立那空前宏伟的大坝呢？

萨兰奇的计划夭折了，工程人员不得不在沮丧中办理撤回手续。闻讯后，萨兰奇禁不住老泪纵横。

在新中国成立后的第4年，一代伟人毛泽东视察了三峡，就三峡工程的各项问题一一进行了询问。1958年2月，毛泽东再次在南宁召开会议，研究三峡问题。

共和国第一任总理周恩来，为三峡工程倾注了无数的心血，他亲自兼任长江水利委员会主任，就三峡工程曾9次听取汇报，并主持召开了成都会议，亲自草拟并经中央通过了“关于长江水利枢纽和长江流域规划的意见”。

邓小平曾就三峡工程果断地说：“看准了，就下决心，不要动摇”；1990年7月，他视察长江后说：搞三峡工程意义很大，对防洪作用很大。

一代又一代人的梦想，在历经了长期的探索和漫长的民主决策之后，终于在1992年4月3日由七届全国人大五次会议表决通过决议案。作为中国第一个由全国人民代表大会表决通过的基本建设工程，它成为民主与科学精神进入国家重大事项决策的象征。历史，将永远铭记那些为三峡工程做出过贡献的人们，记住他们为开创一代伟业而付出的辛劳。

梦想，在这一天终于开始了它迈向现实的进程。

第二集　世界级的大难题

2002年11月6日，随着具有历史里程碑意义的三峡大坝异流明渠的顺利合龙，雄伟屹立于长江的三峡大坝已经全部截断江水，“高峡出平湖”的梦想已经指日可待，中国历史上最伟大的工程已经接近完成，一代又一代中华儿女的梦想即将成真。

从1919年孙中山首次在《建国方略》中提出，到2009年全部机组建成发电，90年之久的论证时间创造了一个“世界之最”；而1 820万千瓦的装机容量，使之成为世界上装机容量最大的水电站，这又是一个“世界之最”。

2003年6月，库区水位将抬升至135米，三峡工程第一台机组蓄水发电；2009年，库区水位将抬升至175米。长江三峡大坝以西直至重庆的陆地淹没面积达 632 平方公里，涉及重庆的万州、涪陵、忠县、云阳、奉节、巫山等共 15 个区县，湖北的秭归、巴东、宜昌等 4 个县；淹没耕地 35.94 万亩；淹没工厂 1 599 个；淹没文物 1 000 余处，其中国家级、省级重点文物保护单位 6 处。石宝寨、白帝城、张飞庙、屈原故里、丰都鬼城这些具有丰厚历史文化积淀的宝贵遗产都将因此而受到影响；“两岸猿声啼不住，轻舟已过万重山”，曾引发无数骚人墨客引吟的峡江风光，雄奇俊秀的三峡两岸也将因此而改观。

2 座城市、11 座县城，116 座小镇将永远沉没于江底，其中不乏当地的经济文化中心和千年形成的古城古镇。而 113 万人，将必须搬迁出库区原址。即便是目前世界上最大的巴西伊泰普水电站，总共移民也才 4 万人。20 世纪的最后二三十年，20 余个国家修建的 20 余个大中型水库的移民总数相加也不足 80 万人。而长江三峡工程的移民人数超过了它们的总和，成为世界水利建设史上的又一个“世界之最”。百万大移民是“三峡工程成败的关键”，也是一道世界级的大难题。

面对挑战，党中央、国务院既坚定信心，又采取了以科学的态度、求实的作风、积极审慎的办法先试点，在试点中探索和积累。1992 年底，历时 8 年的三峡库区开发性移民试点工作结束，国家为此投入经费 4.6 亿元，进行一定规模的农村土地资源开发，开展了部分迁建城镇的基础设施建设，有重点地进行了工厂迁建工业安置移民，组织了相应的智力开发和人才培训。

8 年试点确立并证明了开发性移民方针的正确性和可行性，为库区移民安置积累了物质成果，为进一步大规模搬迁安置探索总结了宝贵经验，也就此拉开了大规模移民的帷幕。

第三集　战略调整——10 万外迁大移民

位于大宁河畔的大昌古镇是目前库区唯一保存得相对完善的古镇。三峡成库后，长江水将从大宁河倒灌进来，淹没这座处处可见明清风格建筑的小镇。古镇将被整体迁移复建至大宁河下游5公里的邓家岭。古镇里的农民，有些就是大宁河著名的三峡纤夫。他们，也将随之迁移。

（库区峡江两岸风光秀美、景色壮丽，但很多地方同时也是山高坡陡、人多地少的恶劣生存环境。三峡成库后，江水上涨或顺支流倒灌，将淹没原本不多的耕地良田。）

约有40万之众的农村移民，因为滔滔江水将淹没他们原有的耕地，甚至是住房，而要告别生长于斯的土地，要失去祖祖辈辈赖以生存的田园家乡，去面对全新的土地，重建自己的家园。

如何才能使他们真正做到安居乐业，成为世界级难题中最为艰难的一道题目，也成为党和国家最为忧心的问题。

在长时间的争议和探索中，有过三种主张：其一，主张以发展工业为安置方向，以移民补偿投资兴办工业吸收移民就业。但实践证明，在市场经济的激烈竞争中，风险太大，移民难以巩固。其二，主张加速城镇化，多安置移民。但又受到多数移民知识、文化、素质上的限制，就业难以解决。其三，主张就近就地后靠，开山造地，种植柑橘安置移民。这不仅造成水土流失加重，更由于全国水果品种、产量迅速增加，柑橘竞争优势逐步减弱，单靠发展柑橘，移民难以维系生存。

1994年，江泽民视察三峡的涪陵、万县，对移民工作作了重要指示。

1999年5月20日，国务院召开三峡移民工作会议。朱镕基提出“两个调整”的重大决策。一是农村移民由过去就地后靠安置为主调整为把本地安置与异地安置，集中安置与分散安置、政府安置与自找门路安置相结合，尤其要鼓励引导更多的农村移民外迁安置；二是工厂搬迁由按原规模补偿复建调整为按市场要求结构调整、企业重组。朱镕基的这一重大决策，来源于对库区生态环境、资源条件，经济发展，以及移民长治久安问题的科学分析，不仅有效地解决了库区移民安置环境容量不足和移民安稳致富的问题，而且从战略的高度，为长江流域生态环境的平稳，三峡库区未来的发展，当地人民群众子孙后代的生存，留下了空间。为把长江三峡库区建设成为山清水秀、环境优美、人民富裕的新库区奠定了基础。

按照这一方针，国务院三峡工程建设委员会作出决定：从2000年开始，分三年时间，三峡工程重庆库区的开县、忠县、巫山、云阳、奉节五个县外迁移民 10 万人，其中 7 万人到上海、广东、四川、福建、浙江、江苏、安徽、山东、湖南、湖北、江西等 11 个省市安置，3 万人在重庆市内的梁平、垫江、大足、合川、江津等县安置。从而，一场牵动了全国 12 个省、市，接受安置三峡外迁移民的战幕正式被拉开。

第四集　难舍难分故土情

三峡沿江两岸的许多山村，有一种水墨画般传神的美丽。三峡移民的世世代代，就生活在这样如梦如幻的美丽和宁静中。

然而，刻在墙上的水位线清楚地告诉着人们，滔滔江水将随着库区的不断蓄水，而淹没他们生长于斯的家园和土地。

为了国家，他们不得不舍弃自己的家园，不得不告别这早已溶入血脉的三峡。

（采访）

作为一个山里的孩子，他无法用语言来表达，但他对新家充满了好奇和憧憬。

像往常一样，他们仍然在自己的家园里平静地生活着。但在这平静的背后，各种生活家什正在被一件件地打包，装进行囊。因为，离别故乡的日子正一天天临近。

（采访）

九泉之下的亲人们，这也许是最后一次在坟头的祭拜了，以后，也许就只能在天各一方的他乡默默地遥思了。

再烧一点纸，寄托深深的怀念和远行前的哀思；从坟头带走的那一捧泥土，饱含着多少对故乡、对亲人的眷恋与深情。

一砖一瓦、一草一木，都是那么熟悉。曾经千百次走过的巷道和小路，这次走起来是那么的沉重难行。

亲人们，邻居们，甚至是素不相识的村民们，从四面八方不约而同地赶了过来，向离别的亲人们告别。

叮嘱的话语说一遍又一遍，离别的热泪擦干了又流出来。

“男儿有泪不轻弹，只因未到伤心处。”想忍住眼泪，却忍不住伤悲。

这难舍难分的情怀，这离别的感伤，弥漫在每个移民，每位亲人的心中。毕竟，这是出生长大的家园，这是祖祖辈辈赖以生存的土地；这里有同饮一江水的亲人，这里有同住一座山的乡邻。

深情地回望，望着那山脉，望着那江水，望着那血肉相连的三峡故土。这故土，注定将永远魂牵梦绕在他们的心中。

别了，三峡；别了，故乡；别了，亲人！

第五集　滚滚长江东逝水

滚滚长江东逝水，又一批外迁移民挥别故土，顺江而下，前往第二故乡。

“舍小家、顾大家，为三峡建设作贡献”，这是对三峡移民最真实的写照。举家外迁的移民很多，你看这位小小的移民，还未来得及将故乡印在脑海，就已经在外迁他乡的路上了。或许，若干年后长大成人的他会重返故乡，去体会他父辈的怀乡之情。

每批移民，都有干部随行护送，干部们一路上总是不时地跟移民拉家常，嘘寒问暖；为了尽量减少移民们在路途中的颠簸，他们不断地总结经验，研究方法，改变迁移路线和交通工具。

（采访）

24小时服务的“外迁移民医务室”的医生们，也是一刻不停地为移民检查着身体，对路途中的移民悉心照料。

这些细致入微的关切，深深地抚慰着移民们的心。

移民当中，也不乏能够体谅干部的辛劳，能够顾全大局的群体。这位老党员就是其中之一。

（采访）

这样的群众与这样的干部水乳交融，成为迁移途中一道亮丽的温暖的风景线。

奔腾不息的长江水，如同移民的心澎湃起伏。

移民们谈起迁移前的种种心态和移民干部所做的工作，也不禁感慨万千。

（采访）

回想当初，干部们顶风冒雨，翻山越岭，不厌其烦地为移民做工作，解困惑。

耐心细致的工作，使移民们转变了思想，转变了观念。

迎接挑战的移民们，都争着去经济特区厦门，最后，为难的干部们想出一个抓阄的办法，让报名的移民都有一个公平的选择机会。

这位移民忙着给家人通报结果，看来他很高兴；这位老伯也对自己的结果和位置很满意。

奔涌不息的长江，见证着这些点点滴滴、不为人知的艰辛；见证着他们的默默奉献、无私努力。所有这一切，都将被记载进三峡工程历史的篇章中。

第六集　来自四面八方的关爱

全国11个省、市领回了国务院分配接收的移民数。没有任务的省（市、区），也敞开胸怀，热情欢迎自主外迁的“三峡移民”。

湖南省提出了“五不安置”的政策，把好地方让给移民。

（采访）

外迁移民大军浩浩荡荡，满怀对生活的憧憬和些微忐忑不安的担心来到了第二故乡。

这里，依旧是一片热土。刚到新家，当地领导干部就赶过来看望移民。而切实感受到新家温暖的移民们，洋溢着发自内心的感激之情。

（采访）

虽然看不到三峡那雄伟的山脉，但是，这眼前连绵的山峦一样美丽；虽然下着雨，可是，掩盖不住全家人的兴奋和对未来蓝图的勾画。

像其他地方一样，浙江嘉善从安置工作一开始，就成立了以县领导任组长，相关职能部门领导组成的“三峡移民工作领导小组”，全面安排，细致部署。

（采访）

移民一到新家，刚放下行囊，户口簿、土地经营权证等就交给了移民，新的邻居们纷纷前来帮助他们安顿新家。

（采访）

海纳百川展示的是博大的胸怀，第二故乡的乡亲们又何尝不是以大海般博大的情怀给予三峡移民无私的关爱。

时空移转，唯真情永恒。这块“情缘”纪念碑不仅见证了世纪大移民，也见证了我们的人民顾大局、识大体、相互关爱的博大胸怀和觉悟厚意。

（采访）

如今幸福健康生活着的这位小移民周洪玲，一到福建厦门，就在对移民组织的体检中被诊断出患有先天性心脏病。因为无力负担昂贵的医疗费用，全家人绝望之极。厦门市农办主任洪英士闻讯后，立即通过传媒发起号召，社会上积极响应，纷纷慷慨捐助。最终，由厦门心脏中心的医生和两位德国专家一起手术，挽救了小洪玲的生命。小洪玲的父母保留了所有当时的报道和捐款号召，他们说：我们一家很幸运，因为迁到了厦门，迁到了这个温馨的城市，这个城市给了我们希望。

（采访）

这座即将竣工的大桥，连接着移民新村和镇上的道路，是当地政府考虑到一旁的旧桥年久失修，为了移民的安全，也为了方便移民的生产生活而专门筹款修建的。

（采访）

上海崇明岛分管移民的副县长陆鸣经常走访散布于岛内各地的移民家中了解他们的生产生活状况，现场解决移民遇到的实际困难，移民们都亲切地称他为“我们的父母官”。

迁移到江苏省东台市的移民魏太仁一家，不幸惨遭车祸，全家3口都住进了医院，当地政府为他们积极地申请医疗救助费用。为了救助他们一家，魏太仁的左邻右舍也纷纷伸出了援助之手，主动替他们悉心照料一家人出事前刚刚建立起来的养鸡场。

真情关爱如同春日里的暖阳，照亮了移民们的心房，照亮了他们在异乡前行的道路。

第七集　心系移民的公仆们

这是一间间普通的办公室。然而，这些平常得不能再平常的办公室却牵动着上至共和国领导人，下至每一位普通移民的心。

这位曾被国务院表彰的重庆奉节县的移民干部，名叫冉绍之。为了移民搬迁，他 10 天磨破了一双皮鞋，卷起被盖就深入移民家中。10 年工作的艰辛，使他成为移民的"铺路石"。然而，他那挂满了各种奖章、奖状的家，却是那样普通，那样简陋。

（采访）

"忠魂漫大江"的重庆忠县干部张兰权的同事，至今还能清楚地回忆起张兰权生前的工作情况。

（采访）

张兰权的妻子杨涛坐在他逝去丈夫的办公桌旁，悲伤得无法讲述。可是，她的心中始终萦绕着她那位坚强而体贴的好丈夫；移民的心中始终牢记着那位不厌其烦，数十次登门说服他们的好干部；那位把火车座位让出来给移民当床睡，自己硬站了几小时的好干部；那位掏出自己微薄工资补贴移民伙食的好干部；那位因为移民工作四处奔波而失去了治疗机会的好干部。

（采访）

她，失去了一位好丈夫；人民，失去了一位好公仆。

四川省南充市的移民干部明德成，为了带领重庆来的对接干部实地考察，顶着家庭的压力，没有去福建安排突然亡故兄弟的后事。

（采访）

这位总觉得他没有什么值得报道的干部，就是重庆忠县的县委书记廖觉超。他的座右铭是："人民群众是我的衣食父母"；他把移民款称作是"高压线"，谁都不能乱碰；他出差不报补助，亲自搞了"约法三章""四个监督"和"移民干部十不准"。2001 年 4 月肝病复发，被医生"扣留"。4 月 11 日被"扣"，4 月 14 日就悄悄地跑回了忠县继续安排移民工作。

（采访）

重庆巫山的干部冯春阳，在大昌镇做移民搬迁工作时，不幸被洪水卷走牺牲。

村民们谈起他的往事，历历在目。

（采访）

跟他一起战斗过的同事，对他当时牺牲的情景仍然记忆犹新。

（采访）

冯春阳就这样走了，他的英灵将长存于大宁河的青山绿水之间；他的坟头甚至连一块墓碑都没有，可是，他的名字早已经铭刻在人们的心中。

第八集　从磨合到融合

数万之众的外迁移民们，从三峡迁到了沿海，从山区走向了平原，从南方语系来到北方语系，环境、风俗、人情、习惯、观念都发生了巨大的变化，必须经历一个从磨合到逐步融合的过程。

接受地政府采取多种措施，尽可能创造条件缩短这个过程。比如举办移民培训班。这些祖祖辈辈在长江边上辛勤劳作的移民们，也许做梦也没有想到，有一天会跟他们的儿孙辈一起，坐在宽敞明亮的教室里，学习当地的语言风俗、地理气候、职业技能培训的知识。

子弟兵的医疗队也来了，他们以亲人般的关怀，认真仔细地为移民检查身体。

（采访）

这些从重庆忠县迁移到山东青岛的移民，才一年时间，已经满口山东腔的普通话了，从三峡情怀到浓浓的鲁味，不正是中华民族大家庭血浓于水的真情流露么！

（采访）

迁移到上海崇明岛的移民徐继波，以自己辛勤的汗水和踏实的品性得到了所在工厂的信任，老板甚至不惜重金送他到外地进行新技术的培训，他回到工厂又教给其他工友，使大家在共同的技术交流中成长。

10万移民为了三峡别三峡，为国家做出了贡献；安置地群众，为了三峡接移民，让出了自己的良田沃土。在共同为中华民族的振兴做贡献的同时，也在互融互补，互助互促。三峡移民的诚实、勤劳、淳朴、聪明也给一些接受地带来了缕缕春风。

从重庆开县移居到四川丹棱的小伙子卿和，在辛勤耕耘土地的同时，跑市场、找门路、搞开发，成为了远近闻名的水果营销大户，给当地村民悠闲自足的观念带来了撞击与震撼。

（采访）

经济的融合、文化的融合，推动着移民与当地群众情感的融合、姻缘的融合。这位移民姑娘已经在第二故乡找到了她的真爱，成为了幸福的新娘。

（采访）

“百年修得同船渡”，这对新人乘坐他们的爱情小舟，驶向幸福的彼岸。

融合，已成为了一股不可阻挡的潮流，它融进长江、汇进黄河、汇进我们中华民族的大家庭。

第九集　创业在第二故乡

这是一株原本根植于长江土壤的小树苗，而今，随着它的主人远去天涯海角。移民不是一棵树，不是扔在哪里都能生根发芽；但移民又像是一棵树，只要有合适的土壤、阳光、水分，它就能茁壮成长。这些长江水哺育的移民，以勤劳淳朴的秉性虚心地向当地人学习，又发挥自己的特长，在第二故乡闯出了一条属于自己的路。

这家生意红火的火锅店老板是一位重庆移民妹子。她给当地带去了重庆人火辣辣的火锅，更带去了山城人火辣辣的热情。

（采访）

来自重庆开县的这位移民，起早贪黑，身兼数职，做起了建材、农药、饲料销售、汽修好几种生意。靠自己勤劳的双手，他建成了一个漂亮的家，过上了幸福的日子。

（采访）

四川师范学院是南充的知名高校，学院附近的带房铺面自然是黄金口岸。就是这黄金口岸，当地政府把它让给了移民。

（采访）

不仅是网吧，这个移民姑娘开办的精品店，生意也是红红火火。

（采访）

“三十六行，行行出状元”。这位移民大爷则建起了猪舍。他兴奋地带着我们参观猪舍，充满着自信，也充满着对新生活的激情和渴望。

（采访）

这幢漂亮的移民楼里，有一家移民开办的个体诊所。我们从墙上一面面的锦旗，可以看出病人对诊所医生的感激和尊敬。

（采访）

远远地就望见了“三峡酒坊”那块醒目的招牌，仅从“三峡”两字上也能大概猜出它的主人也是移民。

（采访）

从重庆云阳来到江苏的移民有很多都搞起了养殖业，这个小伙子就办起了养鸡场。

（采访）

浙江桐乡有着全国最大的羊毛衫批发市场。三峡移民看准了市场，在这里开了一家羊毛衫加工厂。他们不仅在编织着羊毛衫，更是在编织着明天的希望。

（采访）

创业的路千万条，关键是要适合自己。这家移民因地制宜当起了养鸭专业户，前景同样看好。

（采访）

（采访山东青岛的移民餐馆）

这燃烧的火焰，就像这扎根新家的三峡移民灿烂的创业前景和美好的明天。

第十集　天地更宽广明天更美好

长江后浪推前浪，走出夔门天地宽。

在历经搬迁初期的陌生、茫然到逐步熟悉、热爱第二故乡的移民们，当他们看到安置地政府为他们制定的发展蓝图和切切实实的帮扶；看到一个个移民走上不同的就业岗位或经营着自己的致富项目，回想当初的犹豫和担心，不禁感慨万千。

很多移民都从家乡带去了树苗，想在第二故乡培植在家乡随处可见的扶桑和黄桷树。

而今，克服了水土不服、气候差异的树苗都开始长大。

外迁异省他乡的三峡移民，就像这崇明岛上的扶桑，青岛即墨的黄桷树，虽然离开了生养多年的三峡故土，东移崇明，北植青岛，也曾带来短暂的不适。但是，生存的环境改善了，发展的条件优越了，自然也会枝繁叶茂，树大根深。

从磨合到融合，从立足到发展，靠着自己的勤劳和智慧，众多的移民走上了光明的坦途。他们，置身于一个更宽广的空间，拥有了更多的机会，看到了一个更加充满希望的未来。

希望，不仅在已经适应的新环境，正在开拓新天地的中青年一代移民身上。更美好的希望，更光明的前景，还在于移民的子孙后代。

落户崇明的这位小朋友，在老家学习成绩不佳。在崇明上学，突然像变了一个人，成绩猛涨，一跃而成为班上的尖子生。

不只是这位小朋友，更多的三峡移民的后代们，在条件优越和教学环境宜人的学校里学习成绩突飞猛进，在更广阔的天地里接受着良好的教育，拓宽着视野，领略着更多阳光雨露的滋润，从而更加茁壮地成长着。

不少移民说：走出三峡，才知道天地之大，我们这一代人做出一些牺牲和奉献，但对子孙后代的发展有利呀！从长远来看，好啊！

明天，充满着更多的希望，洋溢着更多的激情！明天，将更加灿烂，更加美好！

（由《三峡大移民》改编）

拥抱长江（解说词）

第一集　福也长江　祸也长江

万里长江，是一条横卧在神州中部的银色巨龙，源于唐古拉山，流入东海。滚滚长江东逝水！上下五千年，长江像取之不尽的乳汁，哺育着华夏儿女，哺育着中华民族。她是中华民族的摇篮，是中华民族文化的发祥地！

长江流域地形的高低悬殊、复杂多样，始于海拔 4 000 多米的青藏高原。气候变化多端，而且流程长，丰沛的水量随季节而变化，地区差异显著，水系密如蛛网，且小型多样。这一切，形成了长江的特征，也造就了长江的气质！

江水滔滔，长江越过草原肥美、矿藏丰富、莽莽苍苍的青藏高原，穿过横断山脉，横贯“水旱从人，不知饥馑”的四川盆地，冲出举世闻名的三峡，淌过“湖广熟，天下足”两湖平原之后，润泽着“江淮稻粮肥”的苏皖大地，流经“富饶甲海内”的长江三角洲，潇潇洒洒汇入东海。长江水系在中国的河流中，是一条完美的水系，遍及 16 个省（市、区），拥有 180 万平方公里的流域面积，全长 6 380 公里。流域内，具有充沛的雨量，使长江生机勃勃，活力盖世！

长江对于中华民族太重要了，有 4 亿人民喝着长江水，有近 4 亿亩农田依赖着长江的浇灌，流域的工业总产值和粮食产量，均占全国的 40%；干流横贯东西，支流沟通南北，拥有我国最大的水陆空运交通网；流域森林蓄积量占全国总蓄积量的 1/3；生物资源居全国首位；长江沿岸还分布有重要的工业带和商品粮油棉基地。

长江是中华民族的母亲河，养育着几亿儿女，孕育出中华民族的文明与巨大财富。千百年来，长江如同一位慈母，灌溉良田，承载舟楫，给两岸人民带来富饶安康的生活。

长江是中国及亚洲第一大河，长度仅次于南美洲的亚马孙河和非洲的尼罗河，被列为世界第三长河。长江富有啊，每年入海径流量达1万亿立方米，相当于黄河的20倍，仅次于亚马孙河与刚果河，流量同样居世界第三位。

在人类的文明史上，历代文人墨客用最美的诗句，话说长江，颂扬长江，赞美母亲河。在浩如烟海的中国古典诗词中，不乏让人喜欢、经常吟诵长江的佳句。“不尽长江滚滚来”“大江东去”，固然是大家背得滚瓜烂熟，但是，更让人喜爱的莫过于《离骚》《九歌》《岳阳楼》中的动人诗句。

长江最大的特点是，她的“博大”与“天险”。古人给她取名“长江”，因其大，又有人给她起名“大江”，以便与一般的江河区别。在众多的赞美诗中，李白的“孤帆远影碧空尽，唯见长江天际流”，苏东坡的“大江东去，浪淘尽，千古风流人物”，是颂扬长江博大的最美佳句。长江入诗，诗入长江，诗因长江而美，长江因诗胜名远播。长江的美，是与她给中华民族的奉献分不开的，是人类的创造与劳动成果，是中华民族孜孜不倦的开发利用的辉煌史诗。

福也长江，祸也长江！

老子曰：“祸兮，福所倚；福兮，祸所伏。”

浩瀚的长江，自她诞生以来，每个时期都无不显示出她的雄浑、壮阔、慷慨与温柔！

然而，中华民族的母亲河正遭受劫难，人类愧对于母亲河，她已是满目疮痍，目不忍睹。长江似乎已经失去了耐心，她作出了强烈的反应。

长江流域的水旱之灾，比起黄河不过是九牛一毛。但是，她古已有之，而且随着历史的推进，人类活动的频繁，灾害在不断加剧。

是的，历史的长江与现实的长江一样多灾多难。根据历史文献记载，从汉代到清代，长江中下游洪水成灾共有200多次，平均10年一次。1788年宜昌站洪水流量每秒高达8.5万立方米，荆江堤溃决22处，荆江城被淹，死亡人数众多，数量无法考证啊！

在20世纪发生的几次洪灾也是十分惊人的！1926年6月，洞庭湖水系出现连续降水，间有倾盆大雨。与此同时，长江上游暴雨不断，洪水陡涨。湘江流域的湘阴、长沙等市、县成为泽国，堤垸全部溃决，“人登屋顶，随屋漂流，络绎不绝者三昼夜”，人畜溺死不可计数，满眼浮尸，随波逐流。1931年，长江干堤决口300多处，淹没土地339万公顷，汉口这座大都会泡在水中达3个月之久，死亡人数达15万人。事隔4年之后，又一场洪水袭击，淹没土地虽然减少为151万公顷，可死亡人数居高不下，达14万人。邓拓曾于1937年在《中国救灾史》中写道：“大水之在我国所以严重而频繁者，实有其社会之特殊原因。”“水患决非天灾，乃由治水未努力。”他还说“是知灾荒之暴发，虽导端于自然之变异，但必须通过一定之社会条件而实现。过去数十年间，由于政治之不良，封建剥削之严酷，不仅水利组织破坏而无建设，而且森林亦多毁灭，加以整个农村经济之破产，农业恐慌之侵袭，遂使灾荒接连暴发而不可收拾。”

1954年那场特大洪水，是许多人亲身经历过的，至今记忆犹新。当时军民全力防守和抢险，但干堤仍有60处决口，洪水淹没良田317万公顷，死亡3万多人，京广线中断100天。

1998年，揪心的长江之夏！那一年入夏后，长江一反常态，出现了大范围、长时间强降雨过程，天地江河、支流湖泊，轰轰烈烈地宣告百年一遇的大灾大难开始了。长江如同一头猛兽，吐恶浪，泛洪水，左冲右撞，冲毁堤坝，吞噬良田，给两岸人民造成了巨大的灾害！

长江，自从入汛后，发生了继1954年以来又一次全流域性大洪水，先后出现8次洪峰，宜昌以下360千米江段和洞庭湖、鄱阳湖的水位，长时间超过历史最高纪录，沙市段曾出现42.22米的高水位，实属历史罕见！

长江，全国人民为她哭泣。长江汛情急，军民斗洪魔！

洪灾给中华民族造成了巨大的损失！洪水量大，涉及的范围广，持续时间长，洪涝灾害十分严重。为了抗洪，数百万军民彻夜不眠，守护在漫长的长江干堤上，全国人民食不甘味，心悬大汛，灾情惨重，经济损失达1 600亿元之多！

长江洪水之害，一件件，一桩桩，历历在目，发人深省！多少年来，长江失衡之后，喜怒无常，时而放荡狂躁，洪水泛滥；时而低迷、哭泣，水位下降，无法维持正常的生活生产和行航运。

随着长江水患频繁，接踵而至的是如虎似狼的滑坡和泥石流的大量涌现。长江中上游层层叠叠、绵延不断的山峦，植被惨遭破坏，再经暴雨的侵袭，大地无光，山体裸露，铸成了长江流域的隐患，大灾大难连年不绝。

在众多的灾害中，首要的是长江上游地区因植被毁坏，水土流失严重，面积已从50年代的30万平方公里，扩大到现在的40万平方公里，占这个地区总面积的39%。

四川水土流失有日益扩大的趋势，全省水土流失面积由50年代的6万平方公里，扩大到目前的16万平方公里，四川境内入长江的泥沙每年超过6亿吨。50年代四川泥石流发生的县只有16个，到80年代增加到近100个。眼下，滑坡、泥石流灾害正在干扰破坏四川经济建设，影响“天府之国”的社会安定和几千万人民的安危，成为心腹大患！

大家知道，宝成线北起陕西宝鸡，跨渭河，穿秦岭，顺嘉陵江迂回南下抵广元，再沿龙门山脉南行，而后入四川盆地。蜿蜒崎岖几千里，是历史上有名的蜀道。然而，多少年来，在宝成铁路线上由于泥石流、滑坡、崩塌而造成的灾难繁多，损失惊人，仅仅在1981年，平均每公里就有一起滑坡或崩塌。在宝成线建成后的30多年中，损失的巨额数字令人振聋发聩，“国家在它身上所耗费的整修费已经远远超过当年筑路的全部投资。”

滑坡，在四川已是司空见惯：1971年7月，汉源县富村镇麦地滑坡，死亡45人；1974年9月14日，南江县白亚梅村山洪暴发，乱石冲击，死亡160人；1983年7月29日，万源县钟亭乡滑坡，死亡37人……据成都地质灾害研究中心提供的数字，四川全省约有山地崩塌、滑坡、泥石流

23万余处，而每一处都可引发一场重大的灾难。悲哉，如今的“天府之国”并不尽美啊！

大自然惩罚四川，而这个人口大省在“惩罚”面前却显得苍白无力。天地无常，并非不分青红皂白，而实则是：“要不是人类贪心和掠夺，大地是绝对不可能发怒的！”

除四川之外，还有金沙江上游的云南段水土流失也十分严重，流失面积达4.7万平方公里，年输沙量2.6亿吨。流域内湖泊、水库淤塞的现象也非常严重，水利设施效益低，泥石流、滑坡、水、旱等自然灾害频繁发生，给流域内的经济发展和人民生活造成重大损失。

地处三峡库区的重庆市，多高山峡谷，大小河流纵横交错，水土流失面积5万平方公里，几乎占辖区面积的一半，流失的泥沙直接进入长江。三峡地区是一个多灾的区域。1998年入夏之后，重庆连降暴雨，洪水肆虐，造成部分老滑坡复活，新滑坡大量涌现，危害程度较大的滑坡、崩塌、塌陷、泥石流有1 000余处，体积约18亿立方米。这是一个十分惊人的数字！

在三峡，滑坡之类的灾害也非常普遍。1982年夏天，云阳县鸡扒子一座山坠入浩瀚长江，堵塞了长江三分之二的江面，阻塞航运，损失1亿多元。次年，在巫溪县城附近又出现大滑坡，丧生近百人。1994年4月30日傍晚，在武隆县鸡冠岭猛然腾起犹如原子弹爆炸时喷出的蘑菇云一般的黑色烟雾，随后，传出一声惊天动地的巨响。顿时，只见波涛滚滚的乌江，溅起百米高的浪花。乌江特大滑坡，长760米，宽200米，体总量为530万立方米的岩层坠入江中。由于巨石壅塞，造成乌江完全断流，并有16人在灾难中丧生。

倘若，我们将镜头移向三峡的出口——“兵书宝剑峡”，即湖北省新滩镇。那地方特别，两岸悬崖陡峭，高入云端，江面狭窄，宛如瓶口。早在1542年（明嘉靖二十一年），那场大灾系新滩镇两岸岩崩所至，“人畜所剩无几”，长江巨龙整整被截断了82年。“一朝天崩地裂，两岸三秋不见猿猴鸣。”郦道元纵然在《水经注》中把遭灾的惨景写得如此悲壮，可人类却无回天之力，一点也未减少长江的险恶和残暴。在相隔443年后的

1985 年 6 月 12 日，已有 1 370 人口的新滩镇，又一次出现了“长江断流日”，更是罕见。在新滩上方的宴安坡至广家岩地段滑坡体“复活”，3 000万立方米的岩土，一声震响，整体滑入长江。巨石向大江倾泻，江面激起巨浪高达 80 米，宛如一条条蹿入天穹的白色巨龙。啊，长江断流，震惊中外!

如今，整个长江流域的水土流失面积已达 73 万平方公里，比四川和湖北幅员的总和还要大。

海纳百川，河纳沙粒。长江中上游的泥沙步入江中，一粒一粒，日积月累，河床增高了，水流不动了。据长江水利委员会水文局调查，近 20 年来仅长江城陵矶至汉口河段，就淤积了 2 亿立方米的泥沙，平均河床淤积高一尺多（43 厘米）。长江流域现有的各水库中，每年因水土流失、泥沙淤积而损失的库容量达 12 亿立方米。

长江命运多舛啊! 10 年前有人发出警告：“长江将会变成第二条黄河!”这一说法不无道理，有着历史与现实的科学依据。众所周知，1998 年百年未遇的洪水，就其降雨量而言，并不算最大，缘何造成如此惨重的灾害呢? 1954 年，武汉长江段最大流量为每秒 7.6 万立方米，而 1998 年为每秒 6.6 万立方米，1998 年长江洪水流量较 50 年代每秒少 1 万立方米，而水位却高出了几十厘米，甚至 1～2 米，持续创下高水位的历史新纪录，加剧了这次长江洪灾的严重性。

那一年的特大洪水所显示出来的特点，与山、江、湖、林有着十分密切的关系。长江水位创历史新高度的原因是多方面的，但根本原因是长江流域水土流失严重而造成的。泥沙淤积，河床抬高，调洪、蓄水和行洪能力大大减弱。

滚滚洪流将大量的泥沙，冲至中下游，淤积于长江流域的河川、湖泊、水库之中，眼下已达到 17.4 亿吨。倘若将这些泥沙筑成一条高宽 1 米的长堤，那长堤即可绕地球 34 圈。

长江是世界上第三大河流，可她每年入海的泥沙相当于尼罗河、亚马孙河和密西西比河的总量。所以专家预言长江将会变成“第二条黄河”。这样造成长江中、下游河床每年以 3 厘米的速度增高，湖北境内的荆江河段已高出地面 10 米以上。“长江万里长，险段在荆江。”荆江无疑是长江最险要的河段。悲哉！长江步入黄河的后尘，正在成为又一条更大的“地上悬河”。

不可乐观的现实告诉大家，我们正走在一条不归路上！

第二集　愧对绿色　自食其果

森林，是地球上的“绿色王国”，是一个充满生机的世界，也是一切生命的象征。人类与森林息息相关，森林不仅孕育了人类，而且是保护人类最忠诚的“卫士”。然而，人类却愧对自己的“卫士”，过量的砍伐和索取，难以预测和防止的森林火灾正在猛烈地摧毁森林，面积急剧下降，生态失衡，给全世界人民带来无穷无尽的灾难。最为严重的是一些国家，对森林实行“掠夺式”采伐，破坏更为惨重啊！

在远古时代，地球一派郁郁葱葱，全球森林覆盖率达 60%。如今，鸟瞰地球，已不是昔日的“绿色星球”了，而是一个光秃荒凉、满目疮痍、十分脆弱的机体。在非洲、亚洲，乃至美洲，大片的天然林被砍伐，植被惨遭破坏，导致了全球性生态失衡，气候怪异。

中国的森林状况，更令人不安呀！这里，让我们再熟悉一下，世界森林的篇章，再读一读中国森林的现状，会给人启迪，让人警醒。全球森林覆盖率 33.2%，中国最低时期只有 13.9%，全球人均占有蓄积量 72 立方米，中国只有 9 立方米。中国与一些国家相比相差悬殊，对全球 200 个国家和地区进行排队，中国排在 136 位。一言以蔽之，我国的森林现状令人担忧！

我国著名水文学家马雪华一针见血地指出了 1998 年长江洪水肆虐的主要原因。他说：“众所周知，1998 年我国长江流域的特大洪水是因长江全流域受到大气环流的影响，导致连续降雨成灾。而长江中上游流域森林长期以来遭受到严重破坏，也是这次洪水肆虐的人为的原因之一。”

因此，森林的命运，伐木者的命运，长江的命运，人类的命运，在世纪之交，导演出一出又一出戏剧性的情节！

生态失衡的悲剧与长江儿女的悲剧，几乎是同时迭现。森林的历史就是人类的悲壮史。

长江流域，原本是中华民族的资源宝库，森林蓄积量占全国总蓄积量的1/3，生物资源占全国首位。倘若回顾长江的森林史，我们可以十分清楚地看到，森林是如何消失，人类是如何践踏森林的。

至今，人们还念念不忘人间奇观——阿房宫的美。当时，人间仙境阿房宫，雕刻精细，造型独特，龙飞凤舞，金碧辉煌，被后人称为中国建筑艺术史上的奇迹。阿房宫之所以如此之美，其原因之一是建筑都用珍稀楠木、梓木、檀香木、红豆木所造，木质细腻而坚韧，亭台楼阁，高大精美，是中国建筑史上的奇观。

秦始皇统一中国后，下令收缴天下兵器，铸成“金人十二，立于宫门”，这座朝宫的前殿，就是历史上的著名的“阿房宫”。张守节称：“阿房宫东西三里，南北五里，庭下可受十万人，车行酒，骑行炙，千里唱，万人和。”寥寥几笔，便勾勒出阿房宫建筑群整体规模和繁荣景象。

营造阿房宫的木材从何处而来呢?

从地处大西南的四川而来。四川的资源丰富，草原辽阔，有全国的第五大牧区和第四大盆地；森林面积广大，木材蓄积量甚富；地下蕴藏着丰富的矿产；水力资源得天独厚；还盛产麝香、虫草、贝母、天麻等各种珍贵药材。此外，在茂密的森林中生活着大熊猫、金丝猴等珍稀动物。社会生产的发展潜力巨大！

当初，营造阿房宫，当政的皇帝，调遣数以万计的民工，从京城、从江淮平原、从华南，进入川西林区，爬山越岭，费尽艰辛，伐参天林木，运进咸阳，营造成阿房宫。

四川素有“天府之国”的美称。古人云，其美称的得来，泛指成都平原千里沃野，也有人说，那千里原始森林，也是她必不可少的内涵。四川的天然林资源丰富，还不在于她的面积大，蓄积量多，而更为重要的是，四川的珍稀林木最多，实属全国之冠。

在《马可·波罗游记》中，他对四川郁郁葱葱的森林是这样描写的：

“越秦岭入川20日抵成都，所见沿途，多属森林地，有许多野兽如虎、熊……羚羊之类，20日路程全在山谷树林中。”

正因为如此，四川的珍稀林木，吸引着能工巧匠，吸引着历代的帝王将相。他们兴师动众，修皇宫，造六院，无不想到了天府之国的珍贵木材，从而产生了“蜀山兀，阿房出”的景象。

四川的森林资源，自秦朝开始，出现了历史性变迁，出现了从新生走向衰退的漫长历程！

亘古千年，人类大起大落，径直前行，可极少有人回眸一瞥，去剖析那人类赖以生存的森林，是如何从繁荣走向衰落的？

倘若要准确地表述长江上游森林的遭遇，对那段历史可划分成5个时期进行剖析，既能知其所以然，也能听到森林走向衰落的脚步声。

古代，四川森林密布，到处郁郁葱葱。到了秦王朝便出现了“蜀山兀，阿房出”的悲剧。唐宋时期，似乎“市场观念”陡变，允许买卖土地的商机出现了，于是百姓可随意开荒种田，导致森林大减。正如南宋诗人范成大的《望乡台》一诗中所写：“千山已尽一峰孤，立马行人莫疾驱。从此属川平似掌，更无高处望东吴。”在明清时代，四川的森林变迁已经进入剧变时期，绵延千里的天然林置于刀斧之下，每况愈下。明王朝为了营造宫殿，在四川林区不断选伐“皇木”，运往京城。据《四川通志》六卷《木政》一章称：“明王朝派人来此采办木材始自永乐四年（公元1406年）。”今屏山选伐楠、桧、杉大木出三峡，经江汉涉淮泗，输运往北京营造宫殿，同秦汉之际，大修阿房宫而破坏秦巴山地之森林有同样性质。今日紫禁城，那些高大的木质建筑，什么“太和殿”“保和殿”；什么“天安门”“地安门”……其粗壮耸立的木柱，不少珍贵的木材，都是出自长江上游的“天府之国”。近代的四川，森林消失的速度，出现了亘古未见的局势。

时至20世纪中叶，中国有四大林区，长江上游的四川林区和云南林区正好占据一半。

川西森林的大量采伐，始于20世纪50年代。那时，10万伐木工人奔赴岷江上游，主要采伐的是国有林。不多时，刀斧之声响遍大江——金沙江、岷江、大渡河。三线建设四川是重点，国家建设需要木材那是正常，也是必要的。不正常的是，在50年代末期，“大炼钢铁”、“大办公共食堂”、大刮“共产风”，使森林遭到最为严重的破坏。那时到处均可听到砍树声，大片大片的林木以闪电的速度消失。对森林而言，那是一段不堪回首的悲壮历史！

四川的森林，经历若干朝代后，眼下已是“蜀山兀”的凄凉景象，再也找不到高大的阔叶林和坚硬的楠木林，更难建造出昔日金碧辉煌的“阿房宫”了！

云南森林消失的速度也十分惊人。森林覆盖率，由20世纪50年代的50%，到了90年代，下降到23%，每年以0.9%的速度在消失。西双版纳首当其冲，是云南森林减少最快的地区，早在新中国成立初期，到处是郁郁葱葱，森林覆盖率达70%，到了80年代末，下降到了33%，天然林寥寥无几，消失殆尽，只有在自然保护区才能欣赏到她的风采。地处金沙江上游的丽江县，在50年代，四处是茂密的天然林，从来没有泛滥过洪水，在“大跃进”时期，轰轰烈烈的“大炼钢铁”运动，砍光了坝上的林子，便向低山推进，低山砍光了，随后又向高山进发。60年代后，大规模砍伐木材，致使大片大片的天然林毁灭，森林覆盖率迅速锐减，生态环境遭到严重破坏，而县财政增加到3 400万元。“木头财政”成了全县的支柱。

在长江上游，半个世纪以来，一支亘古未有的伐木大军，聚集在深山密林中过量采伐，天然林消失的速度令人震惊。森林的消失，使长江失去光泽，使人们充满忧患！

长江上游的植被破坏，更令人担忧的是草原退化。在四川，草原面积占据了四川幅员的四成，主要分布上在长江、黄河、澜沧江三江之源，是三江的绿色屏障，又是四川少数民族地区牧民群众赖以生存和发展的物质基础。但是多少年来，草原沙化、退化、鼠虫害严重，生态日益恶化。据统计，到2000年，四川退化草原10 545万亩，占可利用草原的一半；沙化草原281万亩，并以每年19万亩的速度蔓延。造成严重后果的原因，是生态平衡被破坏。据专家分析，由于第四纪末冰川的剧烈运动，导致河流中心不等量下沉，各大河流及其支流均有不同程度改道，旧河床的废弃风沙、土壤形成沙源。该地区冬春降水少，八级以上的大风增加明显，为冬春季草原沙化创造了条件。若尔盖湿地是世界上唯一的高原鹤类——黑颈鹤在我国最集中的分布区和重要繁殖地。然而，由于生态系统失衡，该湿地的湖沼萎缩，或成为季节性河流和湖沼，或成为新沙源，因风蚀而危及邻近草原。随着畜牧业的发展，草原单位面积载畜过大，长期处于超载过牧的状态。“风吹草低见牛羊”的美景，眼下已处于让人目瞪口呆的凄凉景象。细细的黄沙在蓝天下分外刺眼。风起沙扬，茫茫一片，让人仿佛置身于戈壁沙漠之中。当年红军长征走过的草地，也许会在不久的将来变成沙漠。

这里说的是草原被践踏的情况。如果再追溯长江的源头，那就是青藏高原的腹地——三江源地区，即我国长江、黄河、澜沧江的发源地。这里地区辽阔，面积 31.8 万平方公里，地形复杂多变，而且平均海拔高度在四五千米。每当天气转暖，雪山脚下的冰川便会融化，形成涓涓细流。那些细流，从冰川雪岭，高寒草原之中流出，汇入大川——其流量是黄河总流量的二分之一，是长江总流量的四分之一。因此，三江源地区，素有“中国水塔”的美称。

可是，在那高达四五千米的冰天雪地，也遭受着人为侵袭。在蓝天白云之下，采挖金矿的人密集在雪山下，轰轰隆隆的机器声，回荡在高山河谷之中。这里的采金热是从 80 年代开始的，几十万人涌到这里采金，几乎把所有的河床都翻了遍。

采金造成的破坏性极大，采金船采过金矿之后，在河道上挖开几米，甚至十多米的大坑，在河滩上留下了一片片堆得像小山一般的石块、泥沙，而原来的河道被石块泥沙堵得死死的。三江源的土层薄，这种采金的结果，破坏了原来的地形地貌，不仅造成流水不畅，而且使水质恶化，四处渗漏。地表径流没有了，地下水没有了，加剧了地区性的干旱。三江河源属于高原生态圈，生态环境极其脆弱。破坏性的开采，对这里的生态环境，尤其是对水资源造成了严重威胁。

在长江上游，森林过量采伐，草原过量放牧，无计划采矿。由于森林、植被惨遭破坏，野生动物也处在十分艰难生活之中，大熊猫、金丝猴、羚羊、黑颈鹤等一大批珍稀动物，都面临着灭绝之危。国宝大熊猫，原在三峡都属她生长的地方，可是由于人类活动的拓展，大熊猫逐步向山地、高原退步，最后她们只能在川藏高原的狭窄地带生活。

水源涵养减退，淡水也出现危机。

第三集　天地无常　祸起人类

人常说，长江力量大，大得无可比拟。

千百年来，“靠山吃山，靠水吃水”的民谣，似乎没有给人类带来什么惊天动地的业绩，却给大自然造成了惨重的灾难。如今的长江流域已是“靠山吃山”山殆尽，“靠水吃水”水难流。

在人们嘴边，常挂着“只要青山在，不怕无柴烧”的另一种说法，其中蕴藏的浓厚的小农经济意识，直接影响着人们对山、对水的认识。因此，在山民中，那种“拿来主义”就随之产生，他们习惯于向山伸手，习惯于无限期、无限量地向山索取，向大自然索取，向森林索取。在经济利益驱动下，向莽莽林海伸手，“掠夺式”地采伐天然林。群众编了个顺口溜“近山光，远山烂，不远不近剩一半”。长江上游，素有“绿色屏障”之称的天然林，如今已是光山秃岭，所剩无几了！

随着工业的迅猛发展，人口的剧增，一方面，大量人口拥向城市，消费水平急剧增长，木材的需求量日益增大，就更加速了对森林的砍伐；另一方面，农村人口的无限量发展，耕地锐减，粮食生产不足，大肆开荒，森林采伐一片，农民无计划的耕种，又向前推进一步。这样形成了一种恶性循环，森林砍到哪里，农民就种到哪里。于是，在长江上游出现了原始的生产方式——“刀耕火种”。随着采伐高度的增加，开荒耕种的坡度也就越加陡峭，20度、30度，一直种到40度以上的高坡。农民把这类地叫做“大字报地”，它如同贴在山崖上的“大字报”，东一块，西一块。

我国人口随着东西部地形的差异，而形成了东密西疏的人口分布格局。长江中下游，仅占全国8%的面积，却聚集了占全国25%的人口，人口密度每平方千米320人。长江中下游平原，是我国人口分布最为稠密的地区，工农业生产发展水平也最高。

决定人口分布的因素很多，除了地形，还有气候、水体、矿产资源、森林资源等，都是十分重要的因素。如果就南北而言，又一大特征是南密北疏。长江流域的人口密度最大。由此可见，整个长江流域，除了源头人烟稀少外，长江流域都是人口密集的地区。

在长江上游，以川西平原为核心的四川盆地，人口密度达530人，是我国农业开发最早和人口最为稠密的地区之一。

人满为患蜀为最！古人云："天下未乱蜀先乱，天下已治蜀未治。"治蜀难呀！

自从清代以来，四川的人口不断猛增，"湖广填四川"的大移民之后，四川的人口就一直在增长。

四川的人口形势与压力，比全国其他省份更严峻。

在重庆市设为直辖市之前，四川是拥有一亿多人口的大省。世界上拥有1亿人口的国家有6个，倘若将四川的人口分离出来，就能构成世界上第七个人口大国。四川的计划生育虽然抓得紧，也取得了显著成效，可是人口基数太大。素有"中国粮仓"美称的四川，相当一部分县，曾一度成了粮食供应不足的缺粮县。目前，四川人均耕地只有0.8亩，低于全国人均水平。

地处长江上游的另一个省——云南，也是一个人口众多的省份之一。云南地形特别，山区面积占了94%以上，其中大于25°陡坡地面积就达到15万平方千米，占40%，客观上要求有较高的森林覆盖率，以发挥国土保护的功能。但是，为了解决人口增加、耕地不足的矛盾而采取的不合理的陡坡开垦方式，使一些地方盲目追求经济的一时发展，毁林、种植粮食、经济作物等，导致森林植被遭大面积破坏，水土流失加剧，其中金沙江流域水土流失面积达4.7万平方公里。

长江流域的湖泊消失也是十分惊人的！仅在长江中下游地区就有1.3万平方公里的湖泊被围垦，800个左右的湖泊消失了，其中，江汉平原就有300多个湖泊消失。据统计，自50年代以来，洞庭湖调蓄江水的能力减少了40%。全国围湖造田的湖泊面积至少有140万公顷，其中大部分是在长江中下游。有着“千湖之省”称誉的湖北，因“围湖造田”使众多的湖泊消失了三分之一以上。诚然，数字是惊人的，而人们的麻痹思想更惊人、更可怕！

人多了，不仅要强占土地，更让人不安的是，对环境、水源的污染也随之加剧。2002年初，《人民日报》发表了《长江水质恶化，湖北排污第一》的文章，一针见血地指出，人们对长江的残酷践踏达到了令人发指的地步。文章说，长江水利委员会发布上一年的长江片水资源公报中透露，“长江流域废污水排放逐年增加，河水质量呈下滑趋势，大量湖泊富营养化，长江水质正在恶化。”“2000年，长江片工业、生活废水排放为239亿吨，排放名列前5位的是湖北、江苏、江西、四川、上海。”真可怕呀，长江变成了一条流泄污浊的天然下水道！

人们呼唤：救救淮河，救救太湖，救救汨罗江……仿佛长江的每条支流，每方水域都在被污染，都在哀告！

长江既是人们依赖生存的母亲河，又是人们倾倒垃圾的排污河，长江沿岸的每座城市，都有人向江中倾倒垃圾，长江成了真正的“无盖垃圾箱”。

大地给了孩子生命，给了孩子爱，并希望他们成龙、成凤。然而，随着人类渐渐失去控制力，一个个新生命昏昏沉沉，糊里糊涂来到这个世界。大家不知道如何爱地球、爱自己，更不知道如何爱母亲，无限制地生育，以至超过了地球的承受力，因此，便开始践踏母体，摧残母体——地球。

人类可悲啊！一面在呼喊：地球超载了，一面又无计划地繁殖。

全球人满为患！

中国人满为患！

长江人满为患！

拥有13亿人口的泱泱大国，人均占有自然资源远远低于世界平均水平。人均耕地，不及世界人均耕地的三分之一；人均林地，不及世界人均林地的九分之一；人均草地，不及世界人均草地的二分之一；人均淡水，不及世界人均淡水的四分之一。中国的很多人还常常陶醉于“历史悠久，地大物博，物产丰富，人口众多”的神话之中，十分缺乏危机意识，特别是缺乏人口危机意识。中国的人口问题，实质是一个粮食问题，水源问题，环境污染问题，经济问题，而且是一个政治问题。

长江面临着人口问题的严峻挑战！

目前，“又绿、又美”的长江流域，面临着人口不断增长带来的两大危机——人口与资源、人口与环境。若有人问：当前长江流域最需要解决的问题是什么？我们应该毫不含糊地回答：“人口问题！”长江流域容量太小，且生态环境十分脆弱，再也经不起人口过度增长而带来耕地危机、水源危机、粮食危机、能源危机和生态危机！

“母亲河”——长江，已不是一位年轻、丰腴、美丽的母亲了，她经过千年折腾、践踏，已变成一位老态龙钟、不堪负重的老妪了。如今，就是这位老妪，所负的重任，比历史上任何时期都要沉重，就是这一河浑水，不仅要养活长江儿女，还要南水北调，去解除北方大部地区人民群众的饥渴。古人云“饮水思源”。保护长江，保护母亲河是中华民族的重任，是长江儿女义不容辞的重任！

科学家提出一个严峻的问题，地球将毁于谁手？有人断言，地球将毁于人类。现在，地球已处于毁灭的边缘。这一威胁不是来自宇宙，而是由人类本身造成的。

人们不禁要问：长江将毁于谁手？如果不刹车、收手，长江也将毁于生于斯、长于斯的长江儿女的手中。

长江儿女啊，别毁了长江！

（应四川省人口和计划生育宣教中心邀请创作，2002 年 10 月）

图书在版编目（CIP）数据

当代中国生态解密：王治安文集．第一卷，土地卷/王治安著．—北京：中国农业出版社，2020.6
ISBN 978-7-109-24156-5

Ⅰ.①当…　Ⅱ.①王…　Ⅲ.①中国文字一当代文学一作品综合集　Ⅳ.①I217.2

中国版本图书馆 CIP 数据核字（2018）第 108326 号

中国农业出版社出版
地址：北京市朝阳区麦子店街 18 号楼
邮编：100125
责任编辑：赵　刚
版式设计：张　宇　　责任校对：赵　硕
漫画插图：孙光钊　　摄　　影：王　飞
印刷：北京通州皇家印刷厂
版次：2020 年 6 月第 1 版
印次：2020 年 6 月北京第 1 次印刷
发行：新华书店北京发行所
开本：700mm×1000mm　1/16
印张：28.5　　插页：1
字数：400 千字
总定价：480.00 元
